Kisch-Preis 2004

Die Juroren:	Giovanni di Lorenzo, DER TAGESSPIEGEL
	Thomas Osterkorn, STERN
	Iris Radisch, DIE ZEIT
	Peter Sartorius, SÜDDEUTSCHE ZEITUNG
	Cordt Schnibben, DER SPIEGEL
	Hermann Schreiber, Autor
	Jutta Voigt, Autorin
Die Vor-Juroren:	Paula Almquist, Autorin
	Heiko Gebhardt, STERN
	Wolfgang Höbel, DER SPIEGEL
	Florian Illies, Autor
	Ulli Kulke, DIE WELT
	Johanna Romberg, GEO
	Regine Sylvester, BERLINER ZEITUNG
	Michael Schaper, GEO
	Norbert Thomma, DER TAGESSPIEGEL
	Dr. Alfred Welti, STERN
Sekretär der Jury:	Peter Sandmeyer, STERN

EGON ERWIN
KISCH-PREIS

2004

EDITORIAL

Alle Jahre wieder sind es vor allem zwei Fragen, die uns von den Kollegen Berichterstattern, aber auch von Publizistikprofessoren und Journalistenschülern im Zusammenhang mit dem Kisch-Preis gestellt werden. Sie lauten:
Welche Kriterien gibt es für diesen Preis? Und: Welche Trends lassen sich feststellen?
Einfacher zu beantworten ist die zweite Frage. Wer die Antwort auf sich wirken lässt, kennt auch die auf die erste Frage. Ein eindeutiger Trend ist nämlich der, dass die Jury-Sitzungen immer länger dauern. Wenn die Juroren des Kisch-Preises sich früher an einem schönen Junivormittag zusammensetzten, war der Tisch für ein gemeinsames Mittagessen nach getaner Arbeit schon reserviert. Heute sitzen die Preisfinder oft noch am späten Nachmittag zusammen und reden sich über welken Brötchen die Köpfe heiß.
Warum?
Weil die Welt sich verändert und mit ihr deren Widerspiegelung in der Reportage. Weil die Wirklichkeit unseres globalisierten Lebens immer komplexer, facettenreicher und unübersichtlicher wird und Journalisten nach angemessener Darstellung suchen. Natürlich hat Journalismus noch immer die Aufgabe, Zusammenhänge transparent und begreifbar zu machen; vor allem die journalistische Königsform, die Reportage, darf ihren Lesern nicht nur einen Begriff von den Dingen vermitteln, sondern muss sie versinnlichen – je saftiger, desto besser. Nach wie vor ist die Reportage im Unterschied zu allen anderen journalistischen Ausdrucksmöglichkeiten die Erlebnisform – die das Erlebnis eines Menschen an einen anderen vermittelt und nicht nur seinen Kopf erreichen muss, sondern gewissermaßen seinen ganzen Körper und vor allem seine Seele. Aber eben *auch* seinen Kopf!
Doch wie beschreibt man das komplexe Geflecht dessen, was heute Terrorismus ist, so, dass es für Leser begreifbar *und* erlebbar wird? Wie kann man Leser

mit Kopf *und* Herz teilnehmen lassen an dem dornigen Versuch, Deutschland zu regieren, und dem düsteren Staunen der Regierenden über das, was dabei herauskommt? Wie führt man Leser in die gespenstische Netzwerk-Unterwelt der Kinderschänder und ihrer grausigen Obsessionen? Wie vermittelt man ein vitales Bild der Explosivkraft eines zeitgenössischen Global Players auf den Märkten der Welt?

Alles Beispiele aus den 410 Einreichungen zum diesjährigen Kisch-Preis, von denen die besten 28 Texte von fünf Vor-Jurys und den Juroren ausgewählt und in diesem Band versammelt sind. Alles Beispiele für die Suche von Journalisten nach neuen Formen, um ihrer alten Aufgabe gerecht zu werden. Sie führt beispielsweise dazu, dass Report- und Reportage-Elemente neu gemischt werden; dass neue Formen von Teamarbeit entstehen und vier, fünf Autoren sich zur Recherche an einem Thema und zum Verfassen einer gemeinsamen Geschichte zusammenschließen. Oder auch dazu, dass ein scheinbar vertrauter historischer Sachverhalt durch die Erschließung neuer Quellen eine ganz neue Deutung bekommt und nach einer frischen, packenden Darstellung verlangt.

Und damit alles neue Beispiele für die alte Frage: Ist das noch eine Reportage?

Die Antwort auf diese Frage wird man nicht in der Definitionsartistik publizistischer Oberseminare finden, sondern nur in der vitalen Bewährung von Journalisten an ihrer Aufgabe, den Leser »ein Ereignis oder einen Zustand miterfahren und miterleben zu lassen«. Das war es, was Henri Nannen, der Stifter des Egon Erwin Kisch-Preises, mit der Prämierung der besten deutschsprachigen Reportagen fördern wollte. Und deswegen werden die Jury-Sitzungen für diesen Preis immer länger: weil es keinen Kriterien-Katalog gibt, den man einfach wie eine Vermessungsapparatur benutzen kann, sondern nur die lebendige streitbare Auseinandersetzung über Texte herausfinden kann, ob sie dazu taugen, ihre Aufgabe zu erfüllen.

Vielleicht wird man durch diese Auseinandersetzungen den Begriff der Reportage neu verstehen und weiter fassen, als es für den »rasenden Reporter« Egon Erwin Kisch vorstellbar war. Vielleicht wird man ihn sogar vergessen und einen neuen Begriff erfinden. Die Aufgabe wird die alte bleiben: den Leser zu unterhalten, zu bewegen und ein Stück Welt besser verstehen zu lassen.

Für Texte, die das auf brillante Weise erreichen, vergeben wir diesen Preis.

Thomas Osterkorn, *stern*-Chefredakteur

Inhalt

Egon Erwin Kisch

Wirklich gedruckt

Alljährlich vor Schulschluss wurden die Absolventen der Realschule nach ihrem künftigen Lebensberuf befragt. Lächerlicherweise gab es nur sechs Berufe, aus denen man zu wählen hatte: Bauingenieurwesen, Architektur, Maschinenbau, Chemie oder Militärwissenschaft. Für den Kaufmannsberuf prangte im gedruckten Jahresprogramm das stolze Wort »Handelswissenschaft«.

Als ich 1902 gefragt wurde, antwortete ich: »Journalistik.«

»Ich verbitte mir Ihre albernen Scherze«, herrschte mich der Klassenlehrer an.

»Ich will wirklich Journalist werden«, sagte ich.

»Natürlich, Sie müssen immer eine Extrawurst haben! So etwas kann ich nicht eintragen.« Nach einer Pause des Unwillens: »Das muss ich der Lehrerkonferenz zur Entscheidung vorlegen.«

Die Lehrerkonferenz beschloss, dass mein Lebensberuf »Publizistik« zu sein habe.

Vor ein paar Jahren kam mir der alte »Jahresbericht der k. k. Ersten Deutschen Staatsrealschule in Prag« zur Hand, und ich las, wie viele meines Jahrgangs Militärwissenschaft als Beruf angegeben. Sie hatten gehofft, dadurch bei der Matura weniger streng geprüft zu werden – was schadet es einem Leutnant, wenn er die Eigenschaften des Ameisenbären nicht kennt, und was nützt es einem General, wenn er weiß, wann Goethe die »Iphigenie« vollendete. Ernsthaft hatte kaum einer daran gedacht, sich der Militärwissenschaft zu widmen, und erst der Weltkrieg hat alle gleichermaßen, die seinerzeit zukünftigen Militärwissenschaftler ebenso wie die Prätendenten des Ingenieurwesens und der Handelswissenschaft, zu Soldaten gemacht, zu Kriegskrüppeln oder Heldenleichen.

Von den Überlebenden habe ich einige wiedergetroffen. Als ich Sing Sing besuchte, war unter meinen zwei internierten Landsleuten, die Warden Lawes mir vorführte, ein Mitschüler; vor der Matura hatte er angegeben, Chemie studieren zu wollen, aber nachher war daraus Alkoholschmuggel geworden mit Todesschuss gegen einen Polizisten. In Berlin begegnete ich einem, der 1902 die Frage nach der künftigen Profession mit Architektur beantwortet und wirklich von Wolkenkratzern und Akropolen geträumt hatte; statt sie zu bauen, leitet er die Sargfabrik des Beerdigungsinstituts Grieneisen. Einen dritten – Berufsangabe Maschinenbau – traf ich als »letzten Mann« des Kasinos von Monte Carlo, und er enthüllte mir die Geheimnisse des Roulettes. Ein vierter, mein sommersprossiger Nebensitzer, war zukünftiger »Handelswissenschaftler« gewesen, aber er erfand das abstrakte und schriftlose Plakat und wartet seither im Pariser Café du Dôme auf Aufträge.

Eigentlich war es voreilig von mir, die Tatsache, dass die Realschulleitung nur sechs Berufe zur Auswahl freistellte, als lächerlich zu bezeichnen. Sollen etwa im offiziellen Schulprogramm Berufe wie Alkoholschmuggler, Leichenbestatter, Abortwächter oder Surrealist prangen?

Auch hatte 1902 keiner von den vieren, die ich erwähnt, an solche Zukunft gedacht. Keiner segelte aus nach diesen Häfen, es waren die widrigen Winde der Zeit, durch die sie strandeten.

Bismarck hat einst die Journalisten als Leute abgetan, die ihren Beruf verfehlt haben. Im Falle unserer

Schulklasse stimmt es gerade umgekehrt; nur der eine, der Journalistik beziehungsweise die akademischer klingende Publizistik gewählt hatte, hat diesen Beruf nicht verfehlt.

Jedoch nicht gleich nach Absolvierung der Realschule strafte ich Bismarck Lügen. Zuerst inskribierte ich an der Technischen Hochschule. Hätte dort das Studium mit Materialkunde und Technologie samt Exkursionen begonnen, wäre ich vielleicht dabei geblieben. Es begann mit Integral- und Infinitesimalrechnung (oder wie immer man es ausspricht), und in solchen Fächern stand ich schon als Realschüler kläglich da. So schwänzte ich Collegia. Unser geheimer Fußballklub »Sturm« war jetzt, da einige seiner Mitglieder zu akademischen Bürgern aufgestiegen waren, ein öffentlicher, registrierter Verein und gab mir viel zu tun. Immerhin blieb mir Zeit, mich in der Literarischen Sektion des Studentenverbandes »Lesehalle« zu betätigen und – was, reicht denn mein Leben bis ins Mittelalter zurück! – drei Duelle, eines auf Pistolen und zwei auf Säbel, auszutragen, an die ich mich nur erinnere, wenn ich im Spiegel meine abgeschlagene und schlecht angenähte Nasenspitze erblicke.

Nach einem Jahr des Nichtstudiums trat ich meinen Militärdienst an; doch nicht den papageigrünen Einundneunzigern wurde ich zugeteilt, zu denen ich von Kindheit an gewollt, sondern den milchgrauen Elfern, einer in Prag garnisonierenden Truppe, die Wallenstein im Dreißigjährigen Krieg aus den Insassen der böhmischen und mährischen Zuchthäuser formiert hatte. Jetzt hieß sie »k. u. k. Infanterieregiment Johann Georg Prinz von Sachsen Nr. 11«, ein langatmiger schwieriger Name, den sich die Böhmerwäldner Holzfällerburschen nur in der Form »Hans Sachs Nummer elf« merken konnten.

Ein neunzehnjähriger unbekümmerter Studiosus, der sich literarisch betätigt und Ehrenhändel ausgefochten hatte, machte ich mich auf Kasernenhofhumor gefasst. Bald aber lernte ich, dass man beim Militär unbekümmerte Studiosi, und insbesondere solche, die sich literarisch betätigt und Ehrenhändel ausgefochten hatten, durchaus nicht leiden mochte und dass man in Kasernenhöfen jedes Humors, einschließlich des Kasernenhofhumors, bar war.

Wer eine Strafe entgegenzunehmen, wer eine Strafe anzutreten oder wer eine Strafe verbüßt hatte, wurde zum Tagesrapport befohlen und hatte an dessen linkem Flügel strammzustehen. Wie in den vorhergegangenen Jahren beim Fußballspiel und in den nachfolgenden Jahren anderer Betätigungen, stand ich auch hier am linken Flügel. Und wurde verurteilt, zu vierzehn oder zu einundzwanzig Tagen verschärften Arrests, je nachdem. Nach dem Dienst führte mich der Korporal vom Tage in das Arrestgebäude an der Ecke des Kasernenhofs. Dort habe ich von den dreihundertfünfundsechzig Abenden und Nächten meines Dienstjahrs nicht weniger als hundertsiebenundvierzig verbracht, die Sonn- und Feiertage ganz. Dieses mein erstes Gefängnis war kein fideles. Dunkel die Einzelzelle, ungehobelt die Pritsche, ungenießbar das Essen, schmutzig das Trinkgerät, durchlöchert die Waschschüssel, gefährlich die Latrine.

Theoretisch war ich infolge meiner Schulbildung ein Offiziersanwärter, und wenn ich auch praktisch wegen meiner Strafen diese Anwartschaft verloren hatte, galt für mich noch immer eine Reihe ebenso ehrender wie peinlicher Vorschriften. So durfte ich die Zelle nicht mit gewöhnlichen Mannschaftspersonen teilen und saß deshalb in Einzelhaft. So durfte ich – damit niemand einen künftigen Offizier als Häftling sähe – nicht an dem morgendlichen Ringelspaziergang im Hof teilnehmen, sondern musste im finsteren Staub bleiben. So durfte ich mich nicht an der Reinigung des Hauses beteiligen wie die Häftlinge aus dem Mannschaftsstand, die sich, Bürste, Eimer und Lappen in Händen, auf den Korridoren und in der Wachstube unterhalten konnten, sogar abends und nachts. Von solch entwürdigenden Arbeiten befreit, sollte ich allein in meinem dunklen Loch stecken.

Zum Glück lag das Arrestgebäude so, dass der davorstehende Posten das Herannahen des Inspektionsoffiziers von ferne sehen und den Wachkorporal rechtzeitig benachrichtigen konnte. Darum riskierte es dieser gegen ein Trinkgeld, den Nobelhäftling Licht und Leben der Wachstube atmen und die Gemeinschaft mit den anderen Arrestanten genießen zu lassen, bis lange über die Mitternachtsstunde hinaus.

Unter den Häftlingen gab es Kriminelle, die erst nach Verbüßung von Zivilstrafen zum Militärdienst eingezogen worden waren und nun als Soldaten neuerdings Eigentumsdelikte begangen hatten. Andere saßen Disziplinarstrafen wegen Wirtshausraufereien und Gewalttätigkeiten ab oder weil sie, um der Liebe und des Suffs willen, eine ordnungswidrige Entfernung aus dem Kasernenbereich dem ordnungsmäßigen Verbleiben im Kasernenbereich vorgezogen hatten.

Neugierig und fasziniert hörte ich die Gespräche aus Regionen, von denen ich bisher nur in der Zeitung gelesen. Meine Mitgefangenen erklärten einander verschiedenartige Praktiken beim Gebrauch des Dietrichs, sie unterhielten sich über Leben und Treiben in den Spelunken, über ein Zuhälterkonsortium und den Handel mit Jungfrauenschaft und über die Möglichkeit von Fluchtversuchen aus Inquisitionsspital und Garnisonsgericht. Das war eine andere Welt als die, in der ich bisher gelebt, da gab's manches zu lernen, manches zu verlernen. Ich, der ich nicht einmal mit einem meiner Brüder aus der gleichen Kaffeetasse getrunken hätte, trank jetzt aus der Schnapsflasche, die reihum ging. Ich sog an dem gemeinsamen Zigarrenstummel. Ich ließ mich tätowieren, um zu beweisen, dass ich mich weder fürchte noch ekle vor der rostigen Nadel und dem schmutzigen Lappen, mit dem das ausströmende Blut und die einströmende Farbe auf der durchlöcherten Haut verrieben wurden.

Morgens wurde ich aus meiner Zelle zur Einjährigenkompanie hinübergeführt und machte Dienst wie meine Kollegen, die die Nacht fern von Pritsche, Arrestanten und Tätowierung zugebracht und in ihren Betten berechtigterweise davon geträumt hatten, in Kürze Reservefähnriche oder Reserveleutnants zu werden. Ich war via facti von solcher Zukunft ausgeschlossen. Alsbald bekam ich es auch schriftlich.

Das geschah im Unterricht Militärgeschäftsstil, einer ganzen Wissenschaft über Zusammenfalten des Papierbogens, über Respektdistanz von vier beziehungsweise sechs Fingern Breite, über Anredefloskeln und dergleichen. Wir hatten als Prüfungsarbeit ein Gesuch abzufassen, mit dem wir uns dereinst, nach allfälliger Erlangung einer geachteten Existenz, um den Rang eines Reserve-Offiziersstellvertreters bewerben konnten.

Auf feinstem Ministerpapier, mit reichlicher Anwendung von Kalligraphie und Geometrie bewarf ich mich in der utopischen Eingabe auf einen utopischen Beruf: »Diensthöflichst Unterfertigter, Redaktionsmitglied der Tageszeitung ›Die Zeit‹, mit einem Monatsgehalt von zweihundert Kronen österreichischer Währung, stellt hiermit alleruntertänigst das Ansuchen ...«

Unser Lehrer, der siebzigjährige Hauptmann-Truppenrechnungsführer Behauneck, strich das Gesuch durch und schrieb darunter: »Kann infolge krasser Unkenntnis des Militärgeschäftsstils niemals einer Zulassung zum Ehrenkleide des Offiziers gewürdigt werden, kann aber gleichermaßen ebensowenig Redaktionsmitglied einer Tageszeitung sein, sintemalen jedes Mitglied einer P. T. Druckerei ein derartiges Manuskript, wie es das vorliegende darstellt, dem Schreiber um die Ohren hauen würde.«

Wie mag sich wohl der Lehrer des Militärgeschäftsstils ein Zeitungsmanuskript vorgestellt haben?

(Ausschnitt aus: *Marktplatz der Sensationen / Entdeckungen in Mexiko*; Gesammelte Werke, Band 8. Aufbau-Verlag GmbH, Berlin 1993)

Andreas Albes

Andreas Albes, geboren am 30. Juni 1967 in Göttingen, wohnhaft in München, promovierter Politologe, verheiratet, keine Kinder. Journalist seit 1991. Albes arbeitete bei TZ, ABENDZEITUNG und BILD (alle in München) als Polizeireporter, war Lokalchef bei der NEUEN PRESSE HANNOVER. Seit 1997 beim STERN, schreibt über alles, von Kriminalität bis Karneval, war im Irak, Afghanistan und im Kosovo. Seit 2000 leitet Albes das Münchner STERN-Büro.

TOD EINER GEISEL

Nach sechs Monaten endete im August die Entführung von 15 Europäern in der Sahara. Alle Abenteurer kehrten zurück – bis auf MICHAELA SPITZER. Es war kein Zufall, dass ausgerechnet sie die Strapazen der Geiselhaft nicht überlebte

von Andreas Albes
stern
23. Dezember 2003

Am Ende haben sich alle schuldig gefühlt. Manche mehr, manche weniger, aber schuldig bleibt schuldig. Es war der 29. Juni. Michaela Spitzer lag vor ihnen und war tot. Gestorben, nachdem sie gemeinsam vier Monate als Geiseln in der algerischen Wüste durchgehalten hatten. Jetzt waren sie nur noch vierzehn.

Für Michaelas Grab hatten sie eine leichte Anhöhe gesucht, damit die Leiche beim nächsten Regen nicht gleich fortgespült würde. Der Boden war so hart gewesen, dass sie ihn mit zwei rostigen Reifenmontier-Eisen aufmeißeln mussten. Es ging auf Mitternacht zu, sie hatten 48 Stunden nicht geschlafen. Die meisten konnten sich vor Erschöpfung kaum noch auf den Beinen halten. Ihre Entführer hielten sich mit den Kalaschnikows im Hintergrund, die Scheinwerfer eines Iveco-Lasters tauchten die Szenerie in kaltes Licht. Irgendjemand meinte, man hätte ein Tuch über Michaelas Gesicht legen sollen, bevor man den Sand ins Grab schaufelte. Aber da war es schon zu spät.

Sie hatten Michaela ihre rote Wolldecke mit auf den letzten Weg gegeben, die sie so geliebt hatte. Und den grauen Sonnenhut, um den sie ab und zu gestritten hatten. Aber das sollte jetzt vergessen sein. Wer wollte, konnte ein paar letzte Worte sprechen. Die meisten taten es. Es waren liebe Worte, die sie vorher kaum zu Michaela gesagt hätten, Worte der Entschuldigung. Michaela war ein Mensch, der es anderen nie besonders leicht gemacht hatte.

Warum traf es ausgerechnet sie? Warum war sie die einzige Geisel, die das sechs Monate dauernde Entführungsdrama nicht überlebte? Nüchtern betrachtet, weil die Geiselgangster ihr zu wenig Wasser gaben und sie einen Hitzschlag erlitt. Daran besteht aus rechtsmedizinischer Sicht kein Zweifel. Aber man könnte auch sagen: Mit Michaela Spitzer hat es in dieser Situation größter psychischer Belastung genau den Menschen getroffen, den es treffen musste.

Sie war 46, Mutter einer zehn- und einer vierzehnjährigen Tochter, alleinerziehend, seit vier Jahren geschieden. Manche behaupten, dass sie ihr halbes Leben darunter litt, nie den richtigen Mann gefunden zu haben. Ihre beste Freundin Gabi hat ihr einmal einen nackten Adonis aus Pappe vor die Tür gestellt. Auf einem Zettel stand sinngemäß: Endlich der Richtige für dich. Sieht gut aus und hält die Klappe. Michaela hat Tränen gelacht.

Sie war eine attraktive Frau, schlank, mit großen Augen und vollem dunklen Haar. Freitagabends ging sie oft in eine Tanzbar, in der sich Singles über 40 treffen. Im Oktober 2002 lernte sie Witek Mitko kennen. Ein knorriger Typ Ende vierzig, geschieden wie sie, Inhaber eines Geschäfts für Kaminöfen, sehr sportlich, sehr schweigsam, sehr prinzipientreu. Das Gegenteil zu ihrem Ex-Mann, einem ehemaligen Priesteranwärter und Architekten in Frührente. Es kam zu einer Affäre mit Witek Mitko, von der sich Michaela Spitzer mehr erhofft hatte.

Eigentlich wollte er die geplante Reise durch Algerien gar nicht mit ihr unternehmen. Ein Freund sollte ihn begleiten, doch der hatte sich verletzt. Es war Michaela, die ihn überredete, sie stattdessen mitzunehmen. Womöglich hatte Mitko seine Bedenken. Er redet nicht gern drüber.

Am 20. Februar morgens um vier ging's los, mit Mitkos umgebauten Iveco-Allradbus. Michaela führte Reisetagebuch. Sie notierte, dass sie am 25. die algerische Grenze erreichten, danach einen Tag ohne Diesel festsaßen und dass es am 27. Februar wie aus Eimern regnete. Am 1. März erlebten sie die erste Nacht ohne Wind und Regen. Sie hockten lange am Lagerfeuer. »An diesem Abend«, sagt Witek Mitko, »war Michaela sehr glücklich.«

Aber dann gab es doch gleich wieder Ärger: mit Kurt und Erna Schuster. Mitko hatte sie über ein Zeitungsinserat gefunden, weil er es für besser hielt, mit zwei Wagen zu fahren. Die Schusters waren auch Augsburger, beide Mitte sechzig. Sie sagen von sich, dass sie jeden Stein in der Wüste kennen. Und dass man bei so einer Reise morgens möglichst vor neun aufbrechen muss. Wegen der Hitze. Um neun hatte Michaela meistens nicht mal ihre Sachen gepackt. Und dann wollte sie auch noch ständig die Reiseroute bestimmen. Sagen die Schusters.

Der 9. März war ein sehr heißer Tag. Sie waren drei Stunden zu Fuß durch einen Canyon geirrt, auf der Suche nach kleinen Siedlungen, um Altkleider zu verteilen, die sie mitgebracht hatten. Aber es war ihnen kein Mensch begegnet. Erst als sie ihre Fahrzeuge fast wieder erreicht hatten, tauchte ein Mann hinter ihnen auf.

Er rannte. Er hatte einen langen dunklen Bart, trug abgenutzte Turnschuhe und einen Turban. In der Hand hielt er eine Kalaschnikow. Minuten später waren sie von drei Dutzend bewaffneter Turbanträger umringt. Erna Schuster stammelte: »Die erschießen uns alle.« Michaela erwiderte: »Das darf man nicht mal denken.« Die Männer rissen die Campingeinrichtung aus den Wagen. Anschließend quetschten sich alle zusammen in die ausgeschlachteten Laderäume. Die Fahrt ging tief in die Wüste hinein. Mitko sprach wenig. Erna Schuster bekam vor Angst einen Krampf, dass sie ihre Arme und Hände nicht mehr bewegen konnte. Michaela weinte viel. Kurt Schuster ermahnte die Frauen, sich zusammenzureißen. Tränen könnten ihre Entführer nur provozieren.

ELF WEITERE WÜSTENTOURISTEN hatten zu dieser Zeit schon zwei Wochen Gefangenschaft hinter sich; in einer anderthalb Meter breiten und knapp dreißig Meter langen Felsspalte des Tamelrik-Gebirges. Für sie war das Schlimmste nicht mehr nur die Angst. Mindestens genauso schlimm war die Enge, die Ungewissheit, die mangelnde Privatsphäre. Aus Steinen hatten sie Tisch und Stühle gebaut. Sie vertrieben sich die Zeit mit Spielkarten, die sie auf Pappe gemalt hatten.

Sie waren ein Holländer, vier Schweizer, sechs Deutsche; eine homogene Gruppe, wie man so sagt, wenigstens einigermaßen. Da gab es Sascha, 27, den Rettungssanitäter, der den ganzen Tag redete, am liebsten über Motorräder. Oder Rainer, 46, ein bulliger Gerüstbauer mit viel schwarzem Humor. Wer sich vor dem stinkenden Trinkwasser ekelte, dem sagte er:

»Entweder du verdurstest jetzt, oder du bekommst in 30 Jahren vielleicht Krebs.« Und natürlich Marc Hediger, 42, mit seinen 14 Jahren Wüstenerfahrung; Vater zweier Söhne, ein Zimmermann aus den Appenzeller Bergen. Bei ihm spürte jeder sofort, dass er die Anführerrolle übernehmen würde. Er hat so eine unaufdringliche, missionarische Autorität.
Michaela Spitzer, Witek Mitko und die Schusters waren nicht im Entferntesten eine homogene Gruppe. Am frühen Nachmittag des 10. März wurden sie zu den anderen Geiseln gebracht. Von da an dauerte es zwei Stunden bis zum ersten Streit. Eine Lappalie, wie es später noch so viele gab. Michaela hatte Erna Schuster unterstellt, heimlich Knäckebrot auf die Seite geschafft zu haben.

WAS VON JENEM TAG AN GESCHAH, ist ein Prozess, den Psychologen oft beobachten, wenn Gruppen unter hohem psychischen Druck stehen. Unbewusst wird eine interne Rangliste aufgestellt. Den Spitzenplatz nimmt ein, wer von der Gruppe als am nützlichsten eingestuft wird. Das Schlusslicht bildet, wen die Gruppe als belastend empfindet – der kann schnell zum Sündenbock werden. Seit der Entführung auf der Insel Jolo vor drei Jahren gibt es unter Kriminalisten für diesen Prozess einen Begriff: der Wallert-Effekt; benannt nach Renate Wallert aus Göttingen, die damals von der Geiselgruppe als sehr große Bürde wahrgenommen wurde.
Michaela Spitzer nahm schnell den letzten Platz in der Rangordnung ein. Es begann damit, dass die Schusters sich von ihr abwandten, weil sie Michaela verdächtigten, schlecht über sie zu reden. Mitko hatte ihr zu verstehen gegeben, dass nichts weiter laufen würde zwischen ihnen. Er distanzierte sich nach und nach, um keine neuen Hoffnungen in ihr zu wecken. Und weil sie es ihm immer schwerer machte, in der Gruppe Partei für sie zu ergreifen.
Die Entführer waren radikale Islamisten. Sie bestanden darauf, dass Frauen in ihrer Gegenwart Kopftücher trugen; Hosen waren verboten, nur Kleider oder Röcke erlaubt. Michaela gaben sie ein langes graues Gewand. Doch sie weigerte sich, es zu tragen, sie sagte: »Ich trage nie grau«, und zog einen blau geblümten Rock an, der ihr knapp über die Knie reichte. Auch ein Kopftuch band sie nicht um. Ein Sonnenhut, meinte sie, täte es doch auch.
Als die anderen Geiseln sie baten, mehr zu kooperieren, sagte sie: »Ich lasse mich nicht bevormunden.« Statt Schuhe anzuziehen, lief sie barfuß, obwohl überall Dornen und spitze Steine lagen. Statt wie alle anderen eine Literflasche Wasser zu benutzen, bestand sie darauf, nur aus einer Halbliterflasche zu trinken, was bei der Wasserzuteilung oft zu Streit führte. Ihre Begründung: »Ich kann aus einer kleinen Flasche einfach besser trinken.« Sie cremte ihre Füße mit Sonnencreme ein. Sonnencreme war ein knappes Gut.
Schritt für Schritt grenzte sich Michaela aus. Und als Ausgegrenzte nahm sie mit Abscheu wahr, wie sich die anderen Geiseln mit den Entführern solidarisierten. Sie brachten sich gegenseitig Arabisch und Deutsch bei; die Geiseln wurden um Rat gefragt, wie man die Lösegeldforderung formulieren sollte. Michaela schrie in die Gruppe: »Warum wehrt ihr euch nicht?«
Wenn algerische Militärhubschrauber über ihnen kreisten und sich alle auf Befehl versteckten, lief Michaela oftmals weithin sichtbar durch die Landschaft. Dass die Geiselnehmer sie nie bestraften, lag wahrscheinlich nur daran, dass selbst die bemerkt hatten, wie isoliert Michaela dastand. Wenn sie Michaela sahen und mal wieder ihre nackten Beine unter dem Rock vorlugten, zuckten sie nur mitleidig die Schultern und tippten sich an die Stirn.
Michaela war immer öfter allein. Sie traute sich kaum noch zu den anderen. Meistens lag sie nur da auf ihrer roten Decke und stöhnte vor sich hin. Vor Rückenschmerzen, wie sie sagte. Aber das hielten alle nur für ihre Masche.
Der Schweizer Marc Hediger war irgendwann der Einzige, der sich noch mit ihr beschäftigte. Stundenlang saß er bei ihr, belächelt von den anderen, und hörte sich ihre Sorgen an.

Da gab es so viele: die Kinder, der Ex-Mann, ihre Beziehung zu Witek. Vor allem aber litt Michaela unter der Sehnsucht nach Geborgenheit. Mit Ende zwanzig hatte sie geglaubt, dass einzig Gott ihr Geborgenheit geben könnte. Sie engagierte sich im Christlichen Lebensbund. Eine Zeit lang war sie richtig radikal. Sie ging nicht mehr tanzen, was sie immer sehr gern getan hatte. Sie verbot ihrer Tochter, Fasching zu feiern.

Einmal, als ihr Vater eine Lebensversicherung für sie abschließen wollte, sagte sie: »Nur Gott hält mein Leben in den Händen.«

Den Wochen in der Felsspalte folgten anderthalb Monate in einer Höhle. Jeder hatte seine Hochs und Tiefs. Kurt Schuster erlitt eine leichte Herzattacke, erholte sich aber wieder. Seine Frau kam an einen Punkt, wo sie nur noch sagte: »Ich renne jetzt in die Wüste. Entweder erschießen die mich, oder ich verdurste.« Michaela hatte sich ihrer Rolle ergeben und lebte wie ein Einsiedler. Sie führte Selbstgespräche, manchmal tanzte und schrie sie vor Freude, nur weil sie eine schöne Blume gefunden hatte. Dann wieder platzte alle Wut aus ihr heraus und sie brüllte: »Ihr seid alle Arschlöcher! Keiner liebt mich! Keiner nimmt mich in den Arm!«

Der 19. Mai war ein besonders schwerer Tag. Es war der Tag, an dem die Nachrichten in Deutschland stündlich meldeten, die Freilassung der 15 Geiseln stünde unmittelbar bevor. Gerüchten aus algerischen Regierungskreisen zufolge sei sie sogar schon erfolgt. Die Geiselnehmer hätten sich verhandlungsbereit gezeigt. Die Hoffnung nährte sich auch daraus, dass eine Woche zuvor eine zweite Geiselgruppe, die sich ebenfalls in der Hand der Islamisten befunden hatte, befreit worden war. Michaelas Töchter schmückten daheim in Augsburg die Wohnung. Sie klebten Herzen an die Fenster und Plakate über die Tür. »Willkommen zu Hause! Mama ist wieder da!« Die Plakate hingen noch lange, nachdem die Mädchen vom Tod ihrer Mutter erfahren hatten.

Auch Michaela Spitzer glaubte an jenem 19. Mai an ihre Freilassung. So wie alle Geiseln. Die Entführer hatten ihnen einen Weltempfänger gelassen; sie kannten die Nachrichten. Der »Emir« wollte sie sehen, der Boss ihrer Entführer. Man hatte sie in einer viertägigen Fahrt auf den Ladeflächen alter Pick-ups in sein Versteck zwischen riesigen, unübersichtlichen Sanddünen gebracht. Als sie ankamen, erschöpft und voller Hoffnung, begrüßte sie der Emir nur kurz mit generöser Geste. Dann zog er sich wieder zurück, um wenig später ausrichten zu lassen, dass er es sich mit der Freilassung anders überlegt hätte.

Wäre die Entführung an jenem Tag zu Ende gewesen, den anderen Geiseln wäre Michaela bloß als schwierige Persönlichkeit in Erinnerung geblieben. Wahrscheinlich hätten sie noch oft von ihr gesprochen. Die meisten Geiseln reden heute lieber nicht über sie. Vielleicht, weil da diese Ungewissheit ist, ob Michaela nicht noch leben könnte, wenn man trotz ihres Eigensinns anders mit ihr umgegangen wäre.

In einem Brief, den Michaela am 25. Juni an ihre Eltern schrieb, steht: »Bitte macht mir keine Vorwürfe, ich habe sie mir selbst gemacht. Ihr werdet mich wiedersehen, glaubt daran.«

Vier Tage später starb sie. Nach dem Besuch beim Emir waren die Entführer und ihre Geiseln tagelang auf der Flucht gewesen. Sie hatten in Dünentrichtern übernachtet und Wasser getrunken, das nach Kamelpisse schmeckte. In einer Oase, die sie Paradies tauften, fanden sie noch einmal für drei Wochen Ruhe. Michaela hatte sich eine Schürfwunde am Knöchel zugezogen. Sie war ohne Schuhe gelaufen. Die Wunde entzündete sich, eiterte stark und schmerzte. Michaela versuchte, das Bein ruhig zu halten. Sie trank wenig, um nicht aufs Klo humpeln zu müssen. Kurt Schuster sagte: »Du musst mehr trinken!« Die andern sagten es auch. Aber Michaela hörte nicht auf sie.

Nachdem sie aus dem Paradies wieder aufgebrochen waren, fuhren sie zwei Tage fast ohne Pause durch. Vermutlich war Michaela schon stark dehydriert in den Wagen gestiegen. Sie saß mit den anderen Frauen vorne in einem Pick-up. Die Entführer hatten

die Wasserration auf zwei Liter pro Person reduziert. Bei der Hitze wären sechs Liter nötig gewesen. Als sie in einer Senke, in der ein paar dürre Tamarisken Schatten spendeten, endlich Rast machten, war Michaelas Gesicht aschfahl und ihre Haut so heiß, als hätte sie Fieber. Aber sie schwitzte nicht. Deutliche Symptome für einen Hitzschlag.
Michaela sagte nichts. Von den anderen bemerkte es niemand. Bis sie hinter einem Wagen ohnmächtig zusammenbrach. Sascha, der Rettungssanitäter, wurde gerufen. Im ersten Moment stöhnte er, was denn nun schon wieder los sei. Einer der Entführer, der ein paar medizinische Kenntnisse besaß, verabreichte ihr eine Infusion mit 250 Millilitern Kochsalzlösung. Das Zehnfache hätte sie retten können. Michaela Spitzer wachte nicht mehr auf. Sie starb ohne Schmerzen.
Ihr Leichnam wurde noch in derselben Nacht beerdigt. Kurt Schuster sagte an ihrem Grab: »Es tut mir leid, dass wir manchmal so böse zu dir waren.« Witek Mitko versprach, dass er für ihre Kinder da sein würde, wenn sie ihn brauchten. Marc Hediger gab ihr ein Lob mit auf den Weg, weil er fand, dass sie in der letzten Zeit etwas beherrschter geworden war.

MIT MICHAELAS TOD änderte sich die Stimmung in der Gruppe; sie wurde besser, der Umgang fürsorglicher. Jeder spürte es, und bei jedem verursachte das Gefühl ein Unwohlsein. »Wir haben es lange verdrängt«, sagt Marc Hediger. »Es dauerte zwei Wochen, bis wir miteinander darüber diskutieren konnten. Es war nicht so, dass wir froh waren, dass uns Michaela nicht mehr auf die Nerven ging. Es war so, dass wir gesehen haben, wozu es führen kann, wenn wir nicht alle zusammenhalten.«
Die Entführung endete im August in Mali. Am Flughafen Köln/Bonn gab Witek Mitko einem BKA-Beamten die Koordinaten von Michaelas Grab. Eine Woche später wurde ihre Leiche überführt. Die Eltern ließen Michaela auf einem kleinen Friedhof beisetzen, den sie aus ihrem Küchenfenster sehen können. Michaelas Kinder leben bei ihrem Vater. Damit sich die anderen Geiseln noch einmal von ihr verabschieden konnten, wurde eine Trauerfeier organisiert. Einige kamen. Mitko, die Schusters, fast alle Schweizer.
Michaelas Freundin Gabi schrieb in den Nachruf: »Für eine Frau, der ihre Töchter immer das Wichtigste waren; mit einem Geist, der ein einziges Mal mutig war; mit Augen, die viel gelacht und geweint haben; mit einem Mund, der viel diskutiert hat; mit einem Herzen, das auf der Suche nach Liebe war; mit einem Traum, der nicht in Erfüllung ging; mit einem Körper, der verloren hat.«

Wolfgang Bauer

Wolfgang Bauer, geboren 1970, Hamburg-Harburg, aufgewachsen in Schleswig-Holstein, Niedersachsen, Bremen, Bayern, seit 1983 in Baden-Württemberg. 1989–93 Abendgymnasium, währenddessen verschiedene Aushilfsjobs. Studium der Islamistik, Geographie und Geschichte, dann Rhetorik, Geographie, Geschichte. Aus Lust am Schreiben und Reisen das Studieren aufgegeben. Seit 1994 freier Journalist. Start beim SCHWÄBISCHEN TAGBLATT (Tübingen). Von 1997 an als fester Freier bei »Sonntag Aktuell« (STUTTGARTER ZEITUNG). 1999 Erscheinen der Reportagensammlung »Sturmgeschichten«. Seit 1998 hauptsächlich für Magazine unterwegs, freier Autor bei der Agentur Zeitenspiegel/STERN-Büro Baden-Württemberg. 2001 Reporter im Reportagenressort bei FOCUS, unterwegs auch für BRIGITTE, GEO, MARE.

KETTEN-MENSCHEN

Sie sind depressiv, schizophren oder einfach nur alt. Sie werden gehalten wie Tiere. Sie leiden unter Hunger und Schlägen. Es gibt Zehntausende von ihnen in Westafrika – und einen, der sie retten will

von Wolfgang Bauer
FOCUS
7. Juli 2003
Fotos: Andreas Lobe

Die Freiheit ist zwei Schritte lang
Ihre Mutter hat Akissi verstoßen, im Glauben, sie sei vom Dämon besessen. Zweimal in der Woche kommen Priester, die sich christlich nennen. Sie predigen und traktieren die Frau mit Schlägen. Das soll sie heilen.

Die Welt ist eine Bestie, im schwarzen Kasten des Radios nistet sie. Wenn du den Atem anhältst, ganz leise bist, leiser als die Falter, denen die Nacht gehört, hörst du ihre Verwünschungen. Die Welt zischelt, wispert, sie quält. Sie will dir den Schädel brechen und dein Blut saufen. Vor zwei Jahren, als er dem Rauschen des Radios lauschte, hat sie den Plantagenarbeiter Joseph Yao Kouadis grausam angefallen. Weißer Schaum klebt auf seinen Zähnen, weit aufgerissen ist sein Rachen, der Schizophrene wälzt sich auf dem Boden. Das Weiße der Augen hat er nach vorn gekippt, die Pupillen starren in den Schädel, das sicherste, unsicherste, das verwirrteste Asyl. Joseph ist ein kluger Mann, der weiß, dass er in der Falle steckt. Der Staub auf seinem Körper ist sein Leichentuch.

Der Wahnsinn der Welt zerrt an Joseph, noch wehrt er sich. Heiser zerfetzt seine Stimme die Stille des Tages und der Nacht. Langsam, Monat für Monat, wird sein Schreien schwächer werden. Die Menschen haben den 28-Jährigen auf die Lichtung eines Zuckerrohrfeldes an der Elfenbeinküste verbannt. Dort führt sein bedrängter Verstand einen einsamen Kampf. Josephs rechter Fuß ist an einen Betonzapfen gekettet. Zwei Schritte kann er gehen, einen halben dritten noch, dann spannt die Kette.

Das Elend psychisch Kranker ist nirgendwo so groß wie in Westafrika. Sie werden gehalten wie wilde Tiere, in dunkle Verliese gesperrt, angekettet, sie verrotten bei lebendigem Leib, Zehntausende von ihnen.

Diese Geschichte handelt von der Vernunft. Es gibt Menschen, die ihr vertrauen. Ein Fehler.

Josephs Mutter steht mit verschränkten Armen vor ihrem Jungen. Ihr Gesicht ist ein Panzer aus Ekel. Die Pastoren einer evangelischen Freikirche hatten ihr vor einem Jahr geraten, den Schreienden hierher zu bringen, an den Ort der Gnade Gottes, wo man Krankheiten mit der Kraft des Gebetes heilt. Fünfstündige Marathonmessen, mittwochs und samstags, halten die Pastoren, Andachten direkt bei den Kranken, wenn sich deren Zustand wieder einmal besonders verschlechtert. Dämonen sind in sie gefahren, sagen die Priester. Ihre Apostel, junge Männer mit Stöcken, knüppeln die bösen Geister. Die Dämonen vertragen keine Schläge, daher müssen die Prügel hart sein, ausdauernd, dann schweigen die Geister irgendwann.

Seine Mutter hatte die Kirchenmänner gebeten, ihn an die Kette zu legen. Josephs Verhalten macht ihr Angst. Erst vor zwei Tagen ließ sie ihn frei, sofort aber benahm er sich wieder eigenartig. Er tanzte durch die Hütten, wild, ekstatisch, wirbelte um seine Achse, nach einem Jahr der Fesselung, er sang. Da bekam die Mutter erneut Furcht. Zwei Männer überrumpelten Joseph, mit viel Mühe zwangen sie ihn zurück ins Eisen. Seither liegt Josephs Brüllen wieder über dem Gebetszentrum. Die Familie der Kranken zahlt den Pastoren Behandlungsgebühren, sie sind billiger als staatliche Krankenhäuser, und trotzdem reicht es für die Ernährung der Kranken hinterher kaum. Überall in Westafrika existieren diese Centre Prière, Gebetszentren der evangelisch-protestantischen Kirche C.M.A., einer Gründung amerikanischer Missionare.

Am Rande des Centre Prière von Bouaké, der zweitgrößten Stadt der Elfenbeinküste, gibt es fünf knorrige Bäume. An deren Wurzeln hängen braunrostige Ketten, daran Vorhängeschlösser. Manche glänzen in der Sonne, blank gerieben vom Fleisch, das sie jahrelang banden. Zehn mit Haut überzogene Gerippe krümmen sich dieser Tage unter den Kettenbäumen von Bouaké. Ihre Haut, ob jung oder alt, wird im Lauf der Jahre rindenhaft, rau und rissig. Die Menschen verwachsen mit dem Holz, der Körper verliert ein, zwei Kilogramm jeden Monat, bis nur Knochen übrig bleiben, nicht viel mehr. Die Angeketteten verbringen den Tag regungslos. Eine Mutter von drei Kindern wird von zwei schweren Vorhängeschlössern an der Wurzel gehalten. Ihre jüngste Tochter brachte sie an den Baum. Die Familie hat sie abgesandt, für die Mutter zu sorgen. Einmal am Tag reicht sie ihr eine Konservenbüchse mit gestampftem Mais. Die Mutter

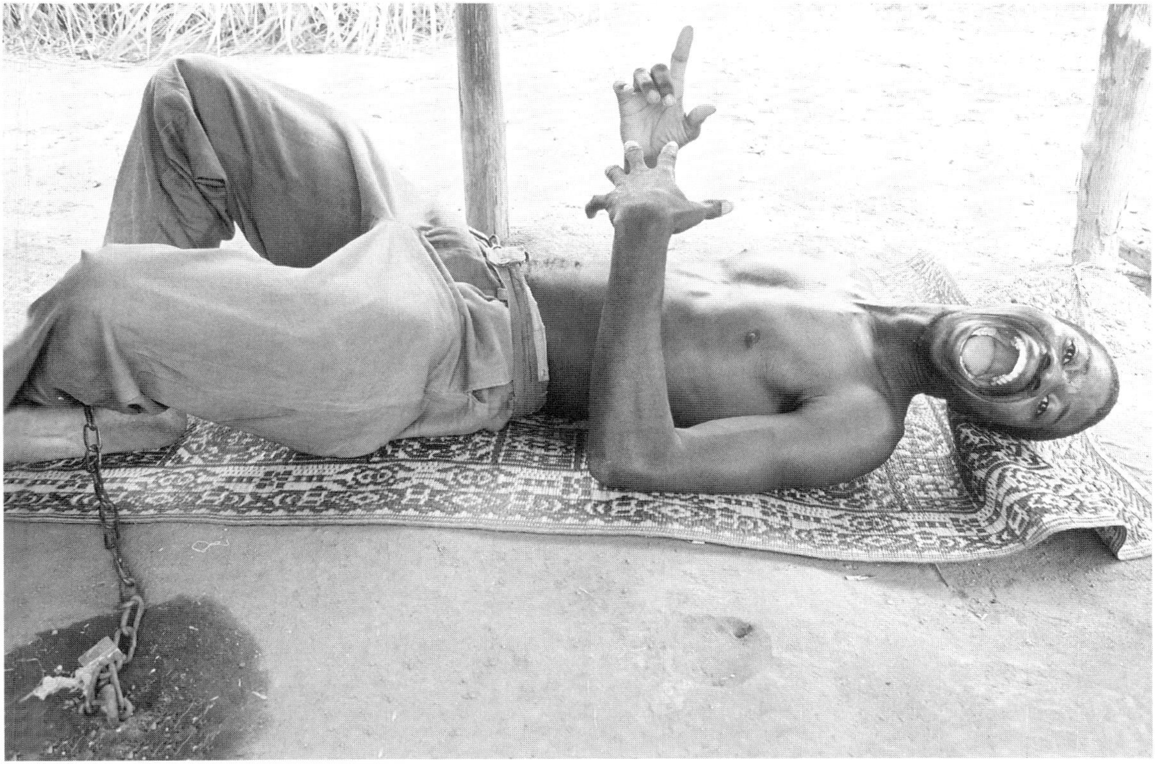

klagt, dass ihre Tochter sie schlage. Eine schwarze Plastikfolie, die sie bei Regen über den Kopf zieht, ist ihr einziger Besitz.

»Die Leute meinen, ich sei verrückt. Ich weiß es nicht. Vielleicht wurde ich verhext.« Ein schmerzendes Schulterblatt hindert sie am Schlafen. Manchmal durchrollen sie Anfälle, die die Festgebundene auf den Rücken werfen. Minutenlang hebt und senkt sich dann ihr gestreckter Körper. Die Kette reißt ihr am Fußgelenk, und von den Hütten der Angehörigen dringt das übermutige Lärmen spielender Kinder.

Ärzte sind hier nicht wohlgelitten, hier gibt es nur Gottesmänner, der oberste heißt Prosper, was man mit »wohlhabend« übersetzt. Auf einem Liegestuhl döst er vor seinem Haus, ab und an knien Gläubige nieder und bitten um Segen. »Jesus«, legt Prosper seine Hand müde auf die gesenkten Häupter, »ich, Prosper, dein demütiger Diener, bitte dich. Sage mir, wie man diesen Menschen helfen kann.« Ängstlich suchen Gläubige um Audienzen nach. Ex-Präsidenten und Polizeioffiziere zählen zu ihnen, eine Woche im Voraus ist Prosper ausgebucht. Wer ihm mehr Geld zusteckt als die anderen, kommt früher dran.

Kette und Gebet gehören für Prosper zusammen. »Sonst hauen die Verrückten ab. Sie hören nicht die Messe und fasten nicht.« Dass viele Kranken unter dieser Prozedur elendig verrecken, kalkuliert er ein. Die Depressiven, Senilen, Anfallskranken und

Irrsinnige Qualen
Nur kurze Zeit war Joseph von seinem Martyrium befreit. Als er vor Freude tanzte, legte ihn seine Mutter wieder an die Fessel.

Schizophrenen seien gestorben, macht er den Angehörigen weis, »weil der Glaube in ihnen schwach war«.

Prospers Gegenspieler, der ihm das mörderische Geschäft mit dem Wahnsinn vergällen will, der Einzige, den die Pastoren zu fürchten haben, ist Grégoire Ahongbonon, 50. In grauer Mao-Kluft, aber ebenfalls mit der Bibel unterm Arm, kämpft er seit 20 Jahren gegen die Kettenseuche in Westafrika. »Hunde kettet man an. Wenn man Menschen ankettet, werden sie nicht geheilt. Sie werden dadurch wie Hunde.« In einer Region, in der jeder körperliche Kontakt zu Geisteskranken gemieden wird, weil Wahnsinn als ansteckend gilt, sind solche Sätze revolutionär.

Ein Zufall führte Ahongbonon zu seinem ersten Kranken. Dessen Familie ließ ihn in einem lichtlosen Verhau verfaulen. Maden in Ohren und Nase, grauer Baustellendraht im Fleisch der Oberarme und Oberschenkel. So straff und so lange fesselte der Draht den Mann, bis er sich tief in dessen Körper gefressen hatte. Bauch und Beine trugen grünschwarze Flecken der Verwesung, und doch atmete dieser Mensch noch. Hilflos stand Ahongbonon davor und wusste nicht, wie den Mann vom Draht lösen. Lange versuchte er es, und als es ihm schließlich gelang, starb der Mann. Seitdem befreite Ahongbonon, der früher Taxifahrer war und der zum Katholizismus konvertierte, 2500 Menschen.

Sechs Zentren betreibt seine Association Saint Camille de Lellis rund um Bouaké. Er gründete Stationen, in denen den Neuankömmlingen nach Jahren, Jahrzehnten der Gefangenschaft der Filz vom Kopf geschoren wird. Wo mit der Säge ihre zentimeterlangen, brettdicken Klauen gekürzt werden. Wo man unter dem Dreck das herausschrubbt, was vom Körper noch übrig blieb. Es gibt einen Psychologen, der ihre Krankheit erforscht, ihnen Arznei verschreibt. Ahongbonon baute vier Rehabilitationszentren, mit einem Budget von 30000 Euro ernährt er 950 Menschen, selbst in Afrika ein finanzieller Hochseilakt. Die ehemaligen Kettenmenschen pflanzen Yam-Wurzeln und Zuckerrohr, sieden Seife, züchten Hühner. Das Wichtigste jedoch: Man reicht ihnen wieder die Hand.

Ahongbonons Fahrten entlang der Elfenbeinküste sind Reisen an die Grenzen menschlicher Psyche. Der Kassettenrecorder des Jeeps eiert die immer gleiche heitere Kirchenmusik, das hält den chronisch Übermüdeten wach. Eine 50-jährige Frau hat er heute dabei, sie kehrt in ihr Dorf zurück, wo sie mit beiden Beinen 15 Jahre im Holz war, wie man hier sagt. Der Ältestenrat hatte es beschlossen, zwei Männer sägten ein enges Loch in einen Stamm, zwangen Adingra Sina hinein und vernagelten die Öffnungen mit Eisen. Von ihrer Familie aufgegeben, vegetierte die Gefangene im Schutt eines verfallenen Hauses, als Ahongbonon sie fand. Unrat aß sie und Fliegen. Ihre Tochter hatte schon das Leichentuch gekauft. »Lass die liegen. Die ist doch so gut wie tot!«, sagte einer der Nachbarn.

Schüchtern, strahlend aber, herausgeputzt mit neuen Kleidern, sitzt sie auf der Rückbank. Die lange Gefangenschaft deformierte ihren Rücken, bogenförmig ist er verkrümmt, bis zur Hüfte kann sie sich aufrichten. Vor Nervosität übergibt sie sich. Wie werden die Leute auf sie reagieren? Adingra war vier Jahre in Grégoires Zentrum, einmal in der Woche schluckte sie ein Psychopharmakon. In dem Maße, wie sie es zuließ, wurde sie integriert. Das ist Ahongbonons Zentrum eigentlich: Ersatz für die Dorfgemeinschaft, dessen Bewohner, Männer, Frauen, Kinder, ihren Alltag weitgehend eigenständig organisieren. Alle Leiter sind ehemalige Kranke, die jahrelang angekettet waren. Adingra kochte in der Frauenrunde, kümmerte sich um Kinder, spielte mit ihnen. Allmählich fand sie neues Gleichgewicht.

Adingras Mutter schlägt die Hände vors Gesicht. Unangekündigt ist Ahongbonon ins Dorf gefahren. Zaghaft, mit zwei Fingern, berührt die Mutter die Hand ihrer Tochter. »Sie erkennt mich!«, beginnt die Alte zu weinen. »Ein großes Wunder!«, raunen die zusammengelaufenen Bewohner. Adingra begrüßt sie alle mit Namen, fragt, wie es ihnen geht. Als sie im Holz war, beharkte sie jeden mit schlimmsten Obszönitäten. Ihre Augen glotzten, ihr Körper stank schlimmer als der eines Kadavers. »Das alles war einmal«, sagt Ahongbonon der Dorfversammlung. »Streicht Adingra, wie sie war, aus eurem Gedächtnis. Sie ist wieder gesund, eine von euch. Behandelt sie auch so. Ich will kein Geld. Ich will nur, dass ihr nie wieder einen Kranken ins Holz sperrt.« In den Augenwinkeln der Dörfler sitzen Zweifel.

Im Nachbarort wissen sie von einer Frau, die seit Jahren angekettet in einer dunklen Hütte haust. Wie lange genau, vermögen die Angehörigen nicht zu sagen, einer sagt, drei Jahre, der andere, zehn. Nur ein schmaler Spalt unter der Holztür lässt Licht in die Finsternis. Die Haut der Frau ist bedeckt von Kot und Dreck. Sie stinkt grauenvoll. Ahongbonon ringt mit dem Erbrechen. Ein Fuß ist an einen Baumstamm gekettet, bis vor kurzem steckte dort auch ihr Arm in einer rostigen Eisenklammer. Der Stamm ist drei Meter lang, von schwarzem Hautfett und Flöhen überzogen. Ahongbonon gibt ihr eine Beruhigungsspritze, befreit sie, führt sie zum Jeep, wo sie während der Rückfahrt immer wieder ins Polster uriniert. Im Zentrum in Bouaké wird sie als Erstes ihre Reisportion mit dem eigenen Kot verrühren und hastig verzehren. Eine alte Gewohnheit.

Die Rückfahrt nach Bouaké verzögert sich ein weiteres Mal. Bei einem Stopp erfährt Ahongbonon von einem Mann, der vom ältesten Bruder weggesperrt worden sei. Nur wenige Häuser entfernt sitzt Sié Kouane, 47, mit übereinander geschlagenen Beinen in einer Hütte. Um das linke Handgelenk haben seine Verwandten eine Eisenklammer in das Holz geschlagen, fünf Zentimeter breit, vier Zentimeter hoch. Die Fingernägel sind messerlang. »Ich habe in letzter Zeit etwas abgenommen«, betrachtet er grübelnd den Arm in der Klammer. Wer er sei, fragt Ahongbonon. Mit der Langsamkeit eines Reptils hebt er seinen Kopf und schaut ihn stirnrunzelnd an. »Haben Sie schon einmal vom höchsten Wesen gehört? Das bin ich.«

Der Mann, der sich für Gott hält, arbeitete bis vor zehn Jahren als Beamter im Landwirtschaftsministerium in der Metropole Abidjan. Der Stolz des Dorfes. Zu ihm kamen die Leute, wenn sie Rat und Unterkunft brauchten. Dann wurde er krank. »Wissen Sie«, erzählt er in der beißenden Luft seines Verlieses, »mir wurde das alles zu viel. Ich habe mich überarbeitet, das war 1991. Seitdem ist Leiden, nur Leiden. Ich verstehe das nicht. Vielleicht muss das höchste Wesen leiden, denke ich mir manchmal. Und dann denke ich, nein, das ist falsch, es kann auch glücklich sein.« Sié litt unter Depressionen, das Ministerium kündigte ihm. Im Dorf lief er ruhelos umher und schimpfte viel. »Er hat unseren Onkel mit einer Machete angegriffen«, rechtfertigen sich seine Brüder. Den alten Frauen im Dorf habe er das Essen gestohlen. Drei Jahre schon hockt er jetzt auf seiner alten Aktentasche und kann weder stehen noch liegen.

Fünf Männer braucht es, um den Baumstamm nach draußen zu transportieren. Das Tageslicht brennt Sié in den Augen. Schwach sind sie in den Jahren der Dunkelheit geworden, klagt er. »Ich kann keine Buchstaben mehr lesen.« Ahongbonon lässt die Metallsäge aus dem Wagen holen. Das halbe Dorf verfolgt gebannt die Szene, Kinder drängeln um die besten Plätze. Ohne Verletzungen löst Ahongbonon die Haut vom Holz. »Du kommst jetzt mit«, nimmt er den Mann in den Arm, der noch lange danach fassungslos die Innenfläche seiner Hand anschaut. Seit Jahren hat er sie nicht mehr gesehen.

Ihn einfach umzubringen wäre menschlicher gewesen, räumen seine Brüder ein. Versündigen wollten sie sich aber nicht. Und freilassen konnten sie ihn nicht. »Jetzt ist er schwach, aber dann wäre er wieder stark geworden. Das ist das Problem.« Die ersten Tage in Bouaké sind für Sié ein Schock. Aus seiner Einsamkeit wird er in einen Schlafsaal mit 25 Menschen katapultiert, links und rechts wälzen sich Kranke. So viele Bewegungen, so viel Geräusch. »Ich halte das kaum aus. Ich bin es nicht mehr gewohnt, unter Leuten zu sein.« Den Akt der Befreiung hatte er gelassen beobachtet, fast gelangweilt, als sei er ein gänzlich Unbeteiligter. Nun gerät er aus dem Gleichgewicht. Verloren sitzt er draußen auf einer Bank, reibt sich unruhig die Schläfen. Sein Kopf ist tief zwischen den Beinen versunken. Aufmunternd legen andere Kranke ihre Hände auf seine Schulter. Unter der Kruste seiner Seele regt sich etwas. Es sind die Wehen der Wiedergeburt: Nach langer Abwesenheit kehren Gefühle zurück. Den Anfang macht die Verzweiflung.

Andrea Böhm

Andrea Böhm, geboren 1961 in München. Studium der Politikwissenschaften in Berlin und Bloomington, USA. Absolventin der Deutschen Journalistenschule in München. Von 1989 bis 1998 bei der taz – als Lokalredakteurin, USA-Korrespondentin und Reporterin. Von 1998 bis 2000 im Dossier der ZEIT. Derzeit lebt sie in Ithaca, New York, und arbeitet als freie Journalistin für GEO und DIE ZEIT.

Die verratenen Brüder

Traumatisiert kehrte der US-Soldat Manny Babbitt 1969 aus dem Vietnamkrieg zurück. In seinem Kopf ging der Krieg weiter, 1980 tötete er eine alte Frau. Die Nation, für die er in den Krieg gezogen war, bestrafte ihn mit dem Tod. Sein Bruder Bill hat den Glauben an Amerika bis heute nicht verloren

von Andrea Böhm
DIE ZEIT
10. April 2003

Der schlimmste Monat ist der Mai. Im Mai hatte Manny Geburtstag, dieses Jahr wäre er 54 geworden. Im Mai wurde Manny getötet, das ist vier Jahre her. Bill stellt sich manchmal vor, sie wären eine ganz normale Familie geblieben – eine Familie, die im Frühling den Gartengrill anwirft und die ersten Spiele der neuen Baseballsaison diskutiert. Dieses Jahr hätte er mit Manny vor dem Fernseher gesessen und den Krieg verfolgt. Manny war besessen vom Krieg.

Bill hat Mannys Totenschein aufgehoben und ein Foto seines Bruders darauf geklebt. Als Geburtsdatum ist der 3. Mai 1949 eingetragen, als Todestag der 4. Mai 1999. Amtlich bestätigt von Dr. Ross R. Davis, San Quentin, Marin County, Kalifornien. Unter der Rubrik »Todesursache« hat der Arzt »Totschlag« angekreuzt und mit Schreibmaschine »gerechtfertigt« darüber getippt. Manuel Pina Babbitt, genannt Manny, war am 4. Mai 1999 im Gefängnis von San Quentin durch die Injektion eines Herzlähmungsmittels exekutiert worden. Bill Babbitt sah dabei zu. »Ich vergebe euch allen« – das waren Mannys letzte Worte, und sie waren vor allem an Bill gerichtet.

Bill Babbitt ist jetzt 59 Jahre alt, ein kleiner Mann mit großem Bauch, pfeffergrauem Haar, Tränensäcken unter den Augen und schwieligen Händen. Er war über 20 Jahre Rohrleger bei der Eisenbahn, heute arbeitet er in Sacramento als Mechaniker für die kalifornische Straßenbaubehörde. Es ist ein guter Job mit Pensionsanspruch und Krankenversicherung. In der Mittagspause läuft er manchmal durch den Park vor dem Kapitol, wo sein oberster Dienstherr, der kalifornische Gouverneur, sitzt. Der Mann heißt Gray Davis und gehört der Demokratischen Partei an. Als Davis 1998 zum ersten Mal kandidierte, hatte Bill Babbitt ihn gewählt. Das war einer der Fehler, die er heute bereut. Ein kleiner Fehler

Man muss Bill Babbitt nicht drängen, seine Geschichte zu erzählen. Er kommt dabei schnell außer Atem, er weint, und manchmal geraten ihm die Jahreszahlen durcheinander. Aber er hat sich das Reden als Therapie verordnet. Nicht gegen das

Schuldgefühl, das ihn auf ewig verfolgen wird, sondern gegen den Hass und die Wut. Eigentlich müsste er sein Land verfluchen, bloß wäre er dann im Herzen heimatlos, und dafür ist er nicht stark genug. Die Babbitts haben zu lange darum gekämpft, Bürger dieses Landes zu werden. Also weht vor seinem Haus die amerikanische Fahne, die er auch nachts nicht mehr einholt, schon gar nicht jetzt, wo der nächste Krieg begonnen hat. Er bleibe Patriot, sagt er. »Trotz allem.«

Er ist, trotz allem, immer noch dankbar für diese Armee, die schwarze Einwanderersöhne wie ihn und Manny aufnahm und nachreichte, was ihnen bis dahin verwehrt geblieben war: einen Schulabschluss, eine saubere Unterkunft, Reisen um die Welt in der Uniform einer Supermacht. Bill Babbitt verpflichtete sich mit 17 Jahren bei der Navy, lernte Istanbul kennen, ankerte als »Kalter-Kriegs-Matrose« vor Kuba, wurde zum Fähnrich befördert. Das war ein rasanter Aufstieg für den Sohn eines kapverdischen Landarbeiters aus Massachusetts, der seine Kinder aus der Schule nahm und aufs Feld zum Arbeiten schickte. Nach vier Jahren Militärdienst verließ Bill Babbitt die Armee. Das Zeugnis der ehrenhaften Entlassung ist ihm bis heute heilig. Es war der Ausweis, endgültig in dieses Land aufgenommen worden zu sein. Er hatte das Recht eines guten Amerikaners erworben, seine Vergangenheit abzustreifen und irgendwo neu anzufangen. Bill zog auf der Suche nach dem guten Leben nach Kalifornien – mitten hinein ins Utopia der Hippie-Bewegung.

Das war 1967. Da war Manny, ebenfalls mit 17, gerade ins Rekrutierungsbüro marschiert, wollte wie sein großer Bruder heraus aus einer Welt, die ihm bestenfalls einen Platz als Fließbandarbeiter in der örtlichen Schuhfabrik bot. Ein Offizier füllte den Eingangstest aus, weil der Junge kaum lesen und schreiben konnte. Manny absolvierte die Grundausbildung mit Bravour. Aus einem Analphabeten wurde ein Gefreiter des US Marine Corps. *»The few, the proud«* lautet deren Motto, »Semper Fi« ihr Schwur. In ewiger Treue. Manny, im Kopf immer langsamer als seine sieben Geschwister, war plötzlich der Held der Familie. Manny Babbitt kam nach Vietnam.

Manny hielt Autoscheinwerfer für die Lichter anfliegender Hubschrauber

Vielleicht, sagt Bill Babbitt, habe Gott schon damals, im Januar 1968, die Weichen für diese Tragödie gestellt. Da hatte er seinen kleinen Bruder aus den Augen verloren, saß in den Cafés der Westküste, demonstrierte gegen den Krieg, rauchte Joints und rief: *»Make love not war!«* Ein paar Mal ballte er bei Versammlungen der Black Panther die Faust, aber nie richtig fest. Revolution war seine Sache nicht. Er fühlte sich wohl bei den weißen Blumenkindern, die von sich glaubten, sie seien farbenblind.

Ein paar tausend Kilometer entfernt wickelte sich der Gefreite Manuel Babbitt nachts in Tarnnetze, damit ihn die Ratten nicht bissen. Er stank wie alle Soldaten in den Erdbunkern von Khe Sanh nach Urin und Angstschweiß. Tagsüber ging er auf *body count patrol* und sammelte die Leichen und Gliedmaßen gefallener Kameraden ein, oder er feuerte von seinem Panzerfahrzeug »Bienenkörbe« in die feindlichen Linien. So nannte man Granaten, die mit Tausenden kleiner Stahlpfeile gefüllt waren. Wenn er getroffen hatte, sah er die Körperfetzen feindlicher Soldaten durch die Luft fliegen.

Die Schlacht um Khe Sanh dauerte 77 Tage. Über 15 000 Vietnamesen und 900 Marines starben. Manny Babbitt überlebte mit einem Granatsplitter im Kopf, mehreren Tapferkeitsmedaillen an der Brust und wurde noch im Dauerfeuer zum Obergefreiten befördert. Es war ein rasanter Aufstieg für den Sohn eines kapverdischen Landarbeiters in Massachusetts.

Ein Krieg kann auch die zerstören, die das Schlachtfeld überleben. Das weiß man seit langem. Was im Amerikanischen Bürgerkrieg von Armeeärzten als »Soldatenherz« diagnostiziert wurde, nannte man im Ersten Weltkrieg *shell shock*, im zweiten Kriegsneurose: Albträume, Desorientierung, Herzrasen,

Angstzustände. In Korea und Vietnam erlaubte die amerikanische Militärführung ihren Soldaten kürzere Einsatzzeiten und längere Urlaube. Die Zahl derer, die an der Front kollabierten, sank drastisch. Das Problem schien gelöst. Dann kehrten die ersten Veteranen aus Vietnam zurück, viele nicht älter als Mitte 20, viele drogenabhängig, viele durchdrungen von der Angst vor einem allgegenwärtigen Feind und von den Bildern der Verheerung, die sie angerichtet hatten. Manny Babbitt bekam 1969 seine Entlassungspapiere, doch in seinem Kopf ging der Krieg weiter, von dem das Land bald nichts mehr hören wollte. Er stürzte langsam, aber unaufhaltsam ab – erst in die Drogenszene, dann ins Gefängnis, dann in die Psychiatrie – bis elf Jahre später sein Bruder kam und ihn aufzufangen versuchte.

Als Bill im November 1980 Manny am Greyhound-Busbahnhof in Sacramento abholte, hatte er noch nie etwas vom posttraumatischem Stress-Syndrom gehört. Manny war an der Ostküste wegen paranoider Schizophrenie behandelt worden. Auch darunter konnte sich Bill nichts vorstellen. Er wusste nur, dass Manny aus Angst vor Angriffen nachts seine Kinder aus den Betten riss, Autoscheinwerfer für Lichter anfliegender Hubschrauber hielt und Ferienhäuser für vietnamesische Hütten, die man plündern darf. War Manny mal nicht im Gefängnis oder in der Psychiatrie, lief er mit seinem verdreckten Kampfanzug durch die Straßen – betrunken oder auf LSD oder beides, in den Händen zerquetschte Bierdosen, mit denen er klapperte, als wären es Kastagnetten. Seine Frau ergriff irgendwann mit den Kindern die Flucht.

Es war bei den Babbitts immer schon ehernes Gesetz, dass Zuflucht findet, wer nicht auf eigenen Beinen stehen kann. Manny, so beschloss die Familie, kommt zu Bill an die Westküste, nach Kalifornien, wo der Himmel höher hängt und man seine Vergangenheit so leicht abstreifen kann. In Sacramento hatte Bill für sich die Ordnung einer bürgerlichen Existenz entdeckt. Bill hatte Linda geheiratet. Linda ging nicht in Kneipen, sondern in die Kirche. Er hatte einen guten Job bei der Southern Pacific Railroad. Er hatte seine Schwester und Mutter von Massachusetts in den Westen geholt. Er war jetzt der älteste Mann im Babbitt-Klan, er übernahm Verantwortung. Es zog ihn wieder in die Kirche – nicht zu den Katholiken wie in seiner Kindheit, sondern zur Calvary Christian Church, einer protestantischen Erweckungskirche, wo die Menschen »auch ohne Alkohol und Marihuana positiv dachten«. Den Pastor kannte er noch von den Versammlungen der Black Panther.

Er würde Manny einen Job besorgen, ihn mit anständigen, fürsorglichen Frauen bekannt machen, ihn langsam aus dem Krieg in die Gegenwart holen, bis Manny selbst wieder in die Zukunft sah.

Mannys Ankunft feierten sie mit der Mutter in einer Kneipe. Nach dem dritten Bier sprang Manny auf den Tisch, ließ sich in den Schneidersitz fallen und begann zu summen wie ein buddhistischer Mönch. Am nächsten Tag schnappte er sich ein Fahrrad, klemmte Bierdosen in die Speichen und fuhr klappernd und glücklich wie ein kleiner Junge ums Haus. Er trug nichts anderes als seinen Kampfanzug. Bill musste ihn zwingen, sich zu waschen. Jedes Bewerbungsgespräch endete damit, dass sich der potenzielle Arbeitgeber in seinen Stuhl duckte, während Manny wild gestikulierend von »fliegenden roten Fleischfetzen« erzählte. Bill beschloss, seinen Bruder nach Weihnachten zum Amt für Veteranen zu bringen, »damit die sich um ihn kümmern, weil ich das allein nicht schaffte«. Anfang Dezember ließ sich Bill in der Calvary Christian Church taufen. Alkohol, Marihuana und die abendlichen Kneipenbesuche mit Manny waren von nun an Tabu. Deshalb zog Manny in der Nacht des 18. Dezember allein los.

Bill übergab seinen Bruder der Polizei und vertraute auf Gerechtigkeit

An dieser Stelle fällt Bill Babbitt immer in den Konjunktiv, seziert all die Momente, in denen er das Schlimmste hätte verhindern müssen. Nie hätte er ihn abends allein gehen lassen dürfen. Er hätte auf dem Polizeirevier, am Morgen des 21. Dezember, einen Anwalt hinzuziehen müssen. Er hätte sich sofort Geld für einen guten Psychiater leihen müssen. Aber Bill Babbitt verbarrikadierte an diesem Morgen nur die Tür zu seinem Haus, weil er Angst hatte, sein Bruder könnte Amok laufen. Dann ging er allein zur Polizei. Es goss in Strömen, daran kann er sich gut erinnern. Es wollte den ganzen Tag nicht hell werden.

Das Protokoll, aufgenommen am 21. Dezember 1980 von Detective Terry Brown, Mitglied der Mordkommission in Sacramento, beschreibt einen emotional aufgelösten Zeugen, der angibt, im Schrank seines Bruders Rollen mit Kleingeld, zwei Uhren und ein Feuerzeug mit den Initialen LS gefunden zu haben. Sein Bruder sei am Morgen des 19. Dezember mit einem blutigen Lappen in der Hand nach Hause gekommen. Der Zeuge sagte weiter aus, er habe in der Zeitung von einem unbekannten Täter gelesen, der in der Nacht des 18. Dezember die 78-jährige Leah Schendel zu Tode geprügelt und mehrere Rollen mit Münzen, zwei Uhren und ein Feuerzeug mit ihren Initialen entwendet habe. Der Zeuge bat unter Tränen, bei der Festnahme seines Bruders keine Gewalt anzuwenden. Sein Bruder sei Vietnam-Veteran und brauche dringend psychiatrische Hilfe.

An diesem 21. Dezember führte Bill Babbitt die Polizei zum Haus seiner Schwester, wo Manny mit deren Kindern spielte. Bill ging allein hinein und sagte: »Komm Kleiner, wir gehen eine Runde Billard spielen. Ich werd dir ordentlich einheizen.« Manny lachte, griff seine Jacke, folgte ihm auf die Straße und wurde in Handschellen gelegt. Bill stammelte: »Manny, es kommt alles in Ordnung, es wird alles gut.« Manny habe ihn die ganze Zeit angesehen, sagt Bill Babbitt, »erstaunt wie ein Kind«.

Manny Babbitt hat bis zuletzt beteuert, keinerlei Erinnerung an die Tatnacht zu haben, in der er – eine Flasche Brandy, LSD und PCP im Blut – die Haustür Leah Schendels eintrat, mit dem ersten Schlag das Gebiss der 1,55 Meter kleinen Frau zertrümmerte, mit dem zweiten ihre Kopfhaut aufriss, dann noch zehnmal zuschlug. Über die bewusstlose Frau legte er eine Bettdecke, schnürte einen Gebetsriemen um ihren linken Knöchel, nahm mit seiner blutverschmierten Hand den Telefonhörer ab und verschwand schließlich mit Uhren, Kleingeld und Feuerzeug. Irgendwann in dieser Nacht starb Leah Schendel an Herzversagen – als Folge der Schläge.

»Wenn ihr sagt, dass ich es war, wird es stimmen«, sagte Manny auf dem Polizeirevier. Das Verhör wurde auf Tonband aufgenommen. Man kann Bill Babbitts Stimme hören, der seinen Bruder um Vergebung anfleht, weil er ihn in die Arme der Polizei gelockt hat. »Ich wollte nicht, dass sie dir wehtun. Ich hab das für dich getan. Verzeih mir.« – »Ich verzeih dir.« Man hört auch die Stimme von Detective Brown, der zu Manny sagt: »Ich versichere Ihnen, niemand will Sie in die Gaskammer schicken.« Bill Babbitt ging an diesem Abend nach Hause mit dem Ruch des Verrats in den Kleidern und dem eisigen Gefühl, das Richtige getan zu haben. »Ich hätte ihn beinahe in den nächsten Bus zurück an die Ostküste gesteckt. Aber dann hätte er irgendwann jemand anderes angegriffen.«

Kurz darauf wurde gegen Manny Babbitt Anklage wegen Mordes erhoben. Die Polizisten, die therapeutische Hilfe für seinen Bruder versprochen hatten, reagierten nicht mehr auf Bills Anrufe. Der Staatsanwalt war nicht zu sprechen.

Es folgte ein Prozess, wie er schon oft beschrieben worden ist. Auf der Geschworenenbank nahmen zwölf Weiße Platz. Der Pflichtverteidiger überbrückte die Verhandlungspausen mit Martinis und verlor später seine Anwaltslizenz wegen Alkoholmissbrauchs. Die Staatsanwälte präsentierten den Angeklagten als einen von Drogen entfesselten, schwarzen Gewalttäter. Niemand brachte zur Sprache, dass Manny Babbitt im März 1968 mit einem Granatsplitter im Kopf und »totalem Gedächtnisverlust« aus Khe Sanh auf ein Lazarettschiff gebracht und sieben Tage später wieder in die Schlacht geschickt worden war. Kein psychologischer Gutachter wurde bestellt, der die grausam-bizarre Szene am Tatort hätte erklären können: Der Angeklagte hatte in der Tatnacht wahrscheinlich einen Flashback erlebt. Er hatte feindliches Feuer gehört, in einer »Hütte« Schutz gesucht, deren schreiende Bewohnerin zusammengeschlagen. Er war wieder auf *body count patrol* gegangen: Leichen zudecken, mit einer Schnur am linken Knöchel markieren, per Feldtelefon den Helikopter rufen. Er hatte sich aus der »Hütte« ein paar »Andenken« gegriffen, *souveniring* nannte man das in Vietnam.

Als das Gericht am 14. Mai 1982 das Strafmaß aussprach, saß Bill wie an jedem Verhandlungstag im Saal. Es dauerte ein paar Sekunden, bis ihn der Urteilsspruch wie eine Lawine erfasste: »Wir, die Geschworenen, verhängen gegen den Angeklagten die Todesstrafe.« Er vernahm die unterdrückten Jubelrufe von Leah Schendels Angehörigen. Er sah Manny, der wie in Zeitlupe aus einem Wasserglas trank. Bill Babbitts erster klarer Gedanke war: »Wie erkläre ich das unserer Mutter?«

Die amerikanische Justiz lässt sich Zeit mit der Vollstreckung ihrer Todesurteile. Durchschnittlich neun Jahre vergehen bis zur Exekution. Bei Manny Babbitt waren es 17. Staatsanwälte beklagen, das Warten sei eine seelische Qual für die Familien der Mordopfer, die mit der Hinrichtung des Täters endlich ihre Trauerarbeit abschließen wollten. Über die Angehörigen der Todeskandidaten redet niemand. Sie werden mitschuldig qua Verwandtschaft. Das ist ein Grund, warum Bill Babbitt nicht aufhört, diese Geschichte zu erzählen, warum er mit Mannys Totenschein vor Kirchengemeinden und Bürgerrechtsvereinen auftritt, obwohl er erst lernen musste, »lange Vorträge zu halten«. Irgendwann wird vielleicht ein Sheriff im Publikum aufstehen, ein Gefängnisdirektor oder Staatsanwalt, und sagen: »Mister Babbitt, Sie haben das Richtige getan, und wir haben Sie betrogen.« Es wäre ihm wichtig, diese Worte von einem Weißen zu hören, denn gerade den Weißen will er beweisen, dass er »kein hasserfüllter Schwarzer« ist. »Ich glaube weiter an das System«, sagt er, »auch wenn es mich im Stich gelassen hat.« Das ist sein letzter Triumph: Er kann seine Geschichte erzählen, die Geschichte eines Mannes, der immer noch ein guter Staatsbürger, ein guter Amerikaner ist. Vor ein paar Monaten, sagt er, habe er im Gebet endlich die Kraft gefunden, Gouverneur Gray Davis zu verzeihen, der Mannys Hinrichtungsbefehl unterzeichnet hat. Vielleicht ist das der enorme Schritt eines Gottesfürchtigen, vielleicht die hilflose Geste eines Ohnmächtigen. Wohl beides.

17 Jahre saß Manny in der Todeszelle, Bill gab die Hoffnung nicht auf

In der Nacht zum 4. Mai 1999 war die Luft lau in San Quentin, dann zog ein scharfer Wind auf, und die Demonstranten drängten sich in kleinen Gruppen zusammen. Mehrere hundert Veteranen hatten sich vor dem Gefängnistor versammelt, mit ihnen die übliche Gemeinde der unbeirrbaren Todesstrafengegner: Mitglieder von amnesty international, Nonnen, Priester, Quäker. Gray Davis, der demokratische Gouverneur, hatte am 30. April das Gnadengesuch des Häftlings C50400 abgelehnt. »Unzählige Menschen haben die Brutalität des Krieges und anderer Katastrophen durchlitten«, hieß es in der schriftlichen Begründung. »Aber solche Erfahrungen entschuldigen nicht brutale Attacken auf wehrlose, gesetzestreue Bürger.«

Am 3. Mai, seinem 50. Geburtstag, gab Manny Babbitt über Telefon dem *San Francisco Chronicle* ein letztes Interview. »Ich bin nicht bitter. Ich habe keine Angst. Ich habe meinen Frieden gefunden, und ich hoffe, diejenigen, die mein Leben nehmen wollen, finden ihn auch. Gott schütze sie. Semper Fi.«

Manny wollte von seiner Familie nur Bill als Zeugen seines Todes. Das erscheint wie die schlimmste Strafe für den Mann, der ihn an die Polizei ausgeliefert hatte. Aber Manny Babbitt wünschte sich wohl nur eine verwandte Seele zwischen den Angehörigen von Leah Schendel, die sich von seiner Exekution ein Ende ihres Horrors erhofften, und den Reportern, die seine letzten Worte und Zuckungen protokollieren würden. Wen sonst sollte er nehmen als seinen großen Bruder, mit dem er als Kind Muscheln geknackt hatte, den großen Bruder, der ihm in die Armee vorausgegangen war; der ihn immer vor dem Schlimmsten hatte bewahren wollen. Und wer außer Bill hätte es ausgehalten, sein Sterben mit anzusehen?

Also ging Bill Babbitt kurz vor Mitternacht durch das Spalier der Vollzugsbeamten, vor ihm Laura Thompson, die Enkelin von Leah Schendel, die ihm in den letzten Wochen wie ein Schatten zu jeder Demonstration, jeder Mahnwache und Talkshow gefolgt war, um Mannys Tod zu fordern. »Bill, das geht nicht gegen Sie persönlich«, hatte sie ihm einmal zugerufen. Die Beamten standen breitbeinig mit vorgestreckter Brust und hinter dem Rücken verschränkten Händen, die Augen ins Nichts gerichtet.

Bill Babbitt schwört bis heute, dass er Mitgefühl in ihrem Blick sah. Wahrscheinlich stimmt das. Manny war beliebt bei Insassen und Wärtern, ein Kriegsheld, ein liebenswerter Bär, bei dem ein paar Schrauben locker waren. »Helfen Sie ihm«, hatte ein Schließer einmal zu Mannys Anwälten gesagt. »Der Kerl gehört nicht hierher.« Bill Babbitt ging in dieser Nacht durch das Spalier und tat etwas, was einem vorkommen muss wie ein bizarrer Akt der Unterwerfung. Er blickte jedem Wärter ins Gesicht und flüsterte: *»Thank you.«* Manny hätte das so gewollt, sagt er.

Der *San Francisco Chronicle* berichtete am nächsten Morgen, dass sich die Zeugin Laura Thompson um 0.32 Uhr, fünf Minuten nach Beginn der Hinrichtung, entsetzt abgewandt habe. Der Bruder des Delinquenten sei »emotionslos« gewesen. Um 0.37 Uhr wurde Manny Babbitt für tot erklärt.

Eine Zeit lang wäre Bill Babbitt ihm gern gefolgt. Selbstmord schien ein Ausweg aus seiner ganz privaten Hölle, aus dem Albtraum der Hinrichtungskammer und dem Begräbnis wenige Tage später. Die Veteranen hatten Geld gesammelt, um den Leichnam nach Wareham in Massachusetts zu überführen. Sie bestatteten ihn mit militärischen Ehren, feuerten den Ehrensalut. Es war ein wunderschöner Tag im Mai, die Apfelbäume blühten, die Mutter zerschnitt die Luft mit ihren Schreien, und Bill stammelte wie ein Ertrinkender: »Mama, bitte nicht. Nicht hier.«

Er weiß bis heute nicht, ob ihm seine Mutter verziehen hat, ob das, bei aller Liebe zu ihm, überhaupt möglich ist. 17 Jahre lang hatte er beteuert: »Mama, es wird alles gut. Manny wird nicht sterben«, und sie hatte ihm geglaubt. Sie hatte ihm geglaubt, dass die neuen Anwälte Erfolg haben würden; dass die »Armee Gottes«, für die er in der Kirche gebetet hatte, Manny retten würde. Und Gott schien zu hören: Wenige Monate vor der Hinrichtung sandte das US Marine Corps zwei Offiziere in Paradeuniform nach San Quentin, um dem Häftling C50400 das Purple Heart an die Brust zu heften, die Auszeichnung des amerikanischen Militärs für im Krieg erlittene Verletzungen. »Semper Fi«. Die Marines ließen niemanden im Stich, und die Babbitts waren sicher, dass der Staat keinen Mann hinrichten würde, dem er noch einen Orden verleiht. Bill hat das Purple Heart seiner Mutter gegeben. Es ist »Mannys Herz«, sagt sie.

Mannys Kinder, inzwischen erwachsen, kamen letzten Sommer zu Besuch. Sie waren warm und herzlich zu ihm, aber wie sollen sie aussprechen können, was er hören will?: Onkel Bill, du hast das Richtige getan. Ein anderer Neffe, Billy junior, der Sohn seiner Schwester, ist ihm ans Herz gewachsen wie ein eigenes Kind. Billy junior, so scheint es, hat stellvertretend für die Familie in diesem Land noch einmal neu angefangen. Er hat auf dem Weg, ein guter Amerikaner zu werden, die Stationen dieses Albtraums durchlaufen, als wäre nichts gewesen. Billy junior ging nach der Schule zu den Marines. In der Gardeuniform des Corps sah er so unverwundbar aus wie damals Manny. Er wurde im Kosovo eingesetzt. Das war kein schmachvoller, sondern ein guter Krieg, geführt von Soldaten, die eine »kugelsichere Psyche« haben. Zumindest behaupten das die Militärpsychologen, die sie vor und nach den Kampfeinsätzen betreuten.

Billy junior wurde vergangenes Jahr ehrenhaft aus der Armee entlassen und hat in der zivilen Welt einen guten Job gefunden. Er wird Gefängniswärter in San Quentin. Auch diese Uniform, sagt sein Onkel, stehe ihm gut. Als Bill Babbitt erfuhr, dass sein Neffe zum Dienst im Todestrakt eingeteilt worden ist, zuckte er dann doch zusammen. Bevor Billy junior die erste Schicht antritt, will Bill Babbitt ihm einschärfen, dass er in jedem Häftling immer den Menschen sehen muss. Der Junge wird ein guter Gefängniswärter, da ist sich Bill Babbitt sicher. Und keiner könne jetzt noch behaupten, dass sich seine Familie nicht um Aussöhnung mit diesem Land bemühe, dessen Fahne vor seiner Haustür weht.

Klaus Brinkbäumer

Klaus Brinkbäumer, geboren 1966 in Münster, ist seit zwölf Jahren beim SPIEGEL, zur Zeit als Reporter. In jungen Jahren spielte er vor allem und mit Leidenschaft Volleyball: in Münster, München und Santa Barbara/Kalifornien, wo er auch studierte. Nach dem Studium war Brinkbäumer Boulevard-Reporter für die ABENDZEITUNG in München und beim BERLINER KURIER. Es folgten vier Monate in der Entwicklungsredaktion von FOCUS, dann der SPIEGEL. 1998 gewann Brinkbäumer den Axel-Springer-Preis für junge Journalisten. Er ist Co-Autor mehrerer Sachbücher.

Frieden ist langweilig

Die Soldaten der 2. Brigade aus Fort Stewart in Georgia waren die Helden der Schlacht um Bagdad. Nun wollen sie nach Hause, aber sie müssen bleiben und die Feinde von gestern Demokratie und Kapitalismus lehren – am besten ganz schnell.

von Klaus Brinkbäumer
DER SPIEGEL
19. Mai 2003

Der Lieutenant Colonel Philip de Camp war neun Jahre lang in Deutschland stationiert und kann auf Deutsch ziemlich weise Sätze über den Krieg sagen. »Wenn man mit den Fußen lauft«, sagt er, »hat man in Krieg wenig Spaß. Im Panzer hat man mehr Spaß.«

Das kann der Lieutenant Colonel Philip de Camp beurteilen, denn er verbrachte den Krieg in einem M1A1 Abrams-Panzer, 4,3 Millionen Dollar teuer, 56 Gallonen Spritverbrauch pro Stunde, gerüstet mit einer 120-Millimeter-Kanone, einem 12,7-Millimeter-Maschinengewehr und zwei 7,62-Millimeter-MG. Behütet wurde dieses Monster von oben durch die Luftwaffe und von hinten durch die Artillerie.

Der Feind kam zu Fuß, mit Bussen zum Schlachtfeld gekarrt und in Schussweite abgesetzt, manchmal kam der Feind auch in Lastwagen oder per Boot über den Tigris. Der Feind lag im Gebüsch und in Sandkuhlen, der Feind stand auf Hausdächern und unter Brücken, der Feind trug Uniform oder Jeans und T-Shirt, der Feind schoss viel und traf nur die Wände des Panzers, der Feind ist besiegt.

Wie viele Iraker haben Sie erwischt, Sir? »I don't care«, sagt Lieutenant Colonel de Camp, »ich habe meine Mission erfüllt.«

Lieutenant Colonel de Camp sitzt im Regierungsviertel von Bagdad in Udais Büro, Udai ist oder war der Sohn Saddam Husseins. Lieutenant Colonel de Camp holt sich eine Coke und ein Stück Pizza aus Udais Kühlschrank. Eine Scheibe Salami liegt auf der Pizza und eine Olive, kein Käse, keine Tomaten, »die beste Pizza, die ich je hatte«, sagt er. Zwei Handwerker stehen draußen am Fenster und sammeln Glasscherben ein, es ist viel zu Bruch gegangen in Udais kleinem Palast. Darum hat de Camp die Handwerker bestellt, sie kriegen fünf Dollar am Tag, und de Camp hat ihnen seine Handschuhe geliehen; jetzt sind sie fertig, sagen ›Bye-bye, Sir‹ und rennen weg. Und de Camp muss die Wache rufen, die den Männern seine Handschuhe abnimmt. »Du darfst diesen Kerlen nicht den Rücken zudrehen«, sagt er.

Was genau, Sir, war Ihre Mission? »Die Menschen des Irak sind befreit«, sagt er, und dann steht er auf.
Es ist acht Uhr morgens in Bagdad, draußen in Udais Salon liegen seine Jungs und trinken Coke und gucken »Apocalypse Now«, hundertmal gesehen, immer wieder geil. Der Lieutenant Colonel muss los. Denn Philip de Camp, 41, Sohn eines Generals, bei der U. S. Army seit 23 Jahren, Kommandeur jener Task Force 4-64 der 2nd Brigade der 3rd Infantry Division, die Bagdad erobert hat, hat zwei neue Missionen: Die Nakha-Schule soll ihre 460 Jungs wieder unterrichten, und die Tankstelle ein paar Blocks weiter soll Benzin verkaufen, ohne Schießereien an der Zapfsäule.
»Let's roll! Another day in paradise«, ruft de Camp und springt in seinen Humvee. »Wohin, Sir?«, fragt sein Fahrer, Sergeant Mark Macey.
»Zur Schule, Macey«, sagt der Lieutenant Colonel. An die Decke seines Fahrzeugs hat er seinen »shitter chair« gebunden, einen Klappstuhl mit eingesägtem Loch für den Stuhlgang im Kriegsgebiet.
Fünf Minuten später ist er auf dem Schulhof, patscht zwei Jungen auf den Kopf, nimmt eine Putzfrau in den Arm, tröstet die Lehrer, die auf ihr Geld warten, und überlegt, was er tun kann: Die Schüler kommen nicht, weil sie oder die Eltern Angst haben. Vor der Straße, vor Überfällen, vor diesem ganzen neuen schweren Leben.
Der Lieutenant Colonel, der ungefähr so aussieht wie der junge Herbert Grönemeyer in Uniform, überlegt nicht lange, das macht er nie. In 23 Army-Jahren lernt man, Entscheidungen zu treffen, im Krieg hatte er hundertmal am Tag irgendetwas zu entscheiden. Der Lieutenant Colonel hat seine Jungs gleich am ersten Tag nach dem Krieg die Schule räumen und neue Tische besorgen lassen, er hat Dollar-Scheine an die Lehrer verteilt, das Problem ist nicht, dass er faul wäre. Er arbeitet 16 Stunden am Tag, der Lieutenant Colonel ist schnell und scharf, das Problem ist, dass Bagdad matt ist und müde. Das Problem ist, dass in Bagdad zwei Welten zusammengeprallt und nun grotesk ineinander verhakt sind, die harte, klare Welt der U. S. Army und die Welt der Iraker, die sich in 24 Jahren unter Saddam längst eingerichtet hatten und nicht befreit werden wollten, jedenfalls nicht von Lieutenant Colonel de Camp und seinen 400 Soldaten und deren Monstern.
»U. S. Army, you'll die« steht an Häuserwänden, »Give us back our human rights« steht auf einer Mauer.
»The Big Show« haben die Soldaten der 2. Brigade aus Fort Stewart in Georgia auf ihre Panzer geschrieben.
Zwei Welten sind das, die nichts miteinander zu tun haben: Ihre Bewohner misstrauen sich und sind ungeduldig und verzeihen deshalb der anderen Seite keinen Fehler. Ein wenig ist es in Bagdad wie 1990 in Ostdeutschland, der Unterschied ist, dass es im Irak einen Krieg gab. Mit Demütigungen und Toten, mit zerstörten Häusern, mit Siegern und Verlierern.
Und nun sagt de Camp zu den Lehrern im Hof der Nakha-Schule: »Ihr müsst euer Schicksal selbst in die Hand nehmen, ihr müsst euch selbst beschützen. Das ist die Freiheit. So ist Amerika. Ihr seid selbst für euch und für die Gemeinschaft verantwortlich.« Er redet schnell, er redet breit, nicht mal der Englischlehrer Hamad Ali Hussein versteht ihn. »Der Mister gibt sich ja Mühe«, sagt der Englischlehrer, als de Camp wieder verschwindet, »aber vorher hatten wir eine Regierung, jetzt haben wir keine.« Dann, ganz leise: »Wir wollen sie einfach nicht hier haben. Der Mister gehört zu der Macht, die unser Land besetzt hat. Illegal.« So tief wie der Graben zwischen Amerika und dem Irak war der zwischen Wessis und Ossis nie.
Es ist jetzt Mittag in Bagdad, es sind 40 Grad, die Telefonzentrale im Stadtzentrum brennt, auch das noch, aber de Camp muss zum Neuen Präsidentenpalast, zu einem Meeting.
Die Nachrichten: Es gab wieder einen toten US-Soldaten, es war ein Scharfschütze, von einem Hausdach. Ein Major hat auf dem Weg zum Flughafen auf dem Highway 8 gewendet und ist auf eine Mine gefahren. Es war schon seine zweite Mine im Irak, der

Major sollte zu den Minensuchern wechseln, great joke, aber es war eine lausige Mine, es hat gewackelt, mehr nicht. Und sonst so? Schießereien in der Nacht, ein missglücktes Attentat auf US-Soldaten mit Handgranaten, Plünderer, eine Demonstration. Man kann nicht sagen, dass es ruhig würde in Bagdad.

Man kann allerdings sagen, dass die Amerikaner den Krieg besser beherrschen als den Frieden.

Die 2. Brigade aus Fort Stewart ist schon im September zum Training nach Kuweit geschickt worden, und als es losging, da waren die Männer fit. Am ersten Tag schafften sie 300 Kilometer durch die Wüste, mit 2000 Fahrzeugen. Nach zehn Tagen vierteilte sich die Brigade, kämpfte an vier Orten zugleich, zerschlug die Medina-Division und die restlichen Truppen der Republikanischen Garde und kam auf vier Wegen durch die Enge von Kerbela. Die Iraker erwarteten den Angriff auf Bagdad von Süden, wo die anderen amerikanischen Einheiten waren, aber die 2. Brigade nahm Bagdad von Westen ein. Nach 18 Tagen, am 7. April um 10.30 Uhr, standen die Monster vor dem Neuen Präsidentenpalast.

Sie sind immer noch da, Panzer und 25 000 amerikanische Soldaten, verteilt auf die ganze Stadt und den Saddam International Airport, und die 2. Brigade bewohnt nun die Paläste und Gästehäuser Saddams.

Der Neue Präsidentenpalast, gebaut, weil Saddam seine Gattin beglücken wollte, ist eine Kathedrale aus gelblichem Stein und goldigem Kitsch. Hinten am Tigris gibt es Teiche und Blumenbeete, vorn gibt es Aufgänge aus Marmor, oben gibt es eine blaue Glaskuppel. Drinnen sind die Räume hoch, voller Marmor, und die Möbel sind schwer, dunkel, grässlich. Jedes Zimmer hat einen eigenen Stromkreis, das hat mit Saddams Paranoia zu tun, und überall liegt Saddams Stuss herum: Spazierstöcke, mit denen man schießen kann, Aktenkoffer mit eingebautem Maschinengewehr, Gemälde, mehr Gemälde, alle von Saddam. Es sieht hier im Palast nicht mehr ganz so aus wie vor dem Krieg: Die rechte Hälfte der Kathedrale hat eine Bombe zertrümmert, und deshalb bedeckt eine dicke Staubschicht nun die linke Hälfte, wo die Krieger wohnen, ohne fließendes Wasser und mit Strom aus den mitgebrachten Generatoren.

Die Kommandanten der Brigade residieren im Erdgeschoss, die Captains im Keller, und oben im ersten Stock sitzen die Jungs vom 10th Engineer Battalion, die nun Bagdad zum Laufen bringen sollen. Und draußen, rund um den Palast, stehen die Feldbetten der GIs. Sie gucken DVDs und liegen auf ihren Feldbetten herum. Sie bewachen die Plünderer, die sie auf Saddams Tennisplatz eingesperrt haben. Sie würgen Kartoffelchips und diese verdammten MRE (»meals ready to eat«) herunter und sind glücklich, wenn es endlich mal Kebab gibt und Wasserpfeifen. Fucking great party, man. Und sie alle verlieren im Schach gegen Master-gunner Sergeant First Class La Pointe.

Amerikas Krieger sind seit neun Monaten dreckig, sie schwitzen, sie haben genug vom Frieden.

»Ich freue mich darauf, in ein richtiges Klo zu scheißen«, sagt Sergeant First Class La Pointe.

»Ein Steak. Ein Glas Wein. Ein Bier«, sagt Captain Glaser.

»Wie funktioniert Ficken noch mal?«, fragt Private Miller.

»Here I am. Send me«, ist das Motto der 2. Brigade, es stammt aus dem Buch Jesaja. »Send me home«, haben GIs auf die Armaturenbretter ihrer Wagen gekritzelt.

Und jetzt müssen die Krieger den Menschen, die sie befreit haben und die nicht befreit werden wollten, die Demokratie und die Freiheit made in USA beibringen. Sie tun das, indem sie überall Checkpoints mit Betonbarrieren, Sandsäcken und sehr viel Stacheldraht aufbauen, natürlich auch vor den Palästen, und die sind für die Menschen von Bagdad deshalb genauso verschlossen wie vorher, nur die Macht hat gewechselt.

In der Nachkriegszeit hat man in zerschossenen Häusern wenig Spaß. In Palästen hat man mehr Spaß.

Die Soldaten lehren Demokratie und Freiheit, indem sie verspiegelte Sonnenbrillen aufsetzen und Menschen anbrüllen, die einen Tisch durch die Gegend tragen: »You Ali Baba?« Es gab zu viele Selbstmordattentate im Krieg, zu viele irakische Kämpfer in Zivil – die amerikanischen Soldaten wollen keine Iraker beschützen, sie wollen auch kein Vertrauen aufbauen und keinem Iraker vertrauen. Sie wollen verhindern, dass es sie nach Kriegsende doch noch erwischt.

Der Archäologieprofessor Abdullah Fadhil, der nicht weiß, wie die Uni künftig arbeiten soll, eine Uni, vor deren Tor gestern wieder ein Dozent erschossen wurde, sagt: »Wasser, Strom, Sicherheit, so etwas interessiert die Amerikaner nicht. Auch unsere Befreiung interessierte sie nicht. Sie wollten unser Land erobern und die Karte in Nahost ändern.«

Aber wenig im Leben ist derart simpel, Bagdad schon gar nicht. Iraker haben zertrümmert, was zu zertrümmern war, Schulen, Krankenhäuser, Museen, Wasserwerke. Die Banken von Bagdad sind Brandruinen, die Geschäfte in der Raschid-Straße verrammelt und verwaist. Und oben in Saddams Palast zeigt Major Mike Poloquin, 10th Engineer Battalion, aus dem kugelsicheren Fenster und sagt: »In dem Gaswerk da drüben müssten alle vier Schornsteine dampfen. Das Ding soll ganz Bagdad versorgen!« Ein Schornstein dampft. Denn Bagdad ist ein Schrottplatz, und dafür haben Saddam, die Amerikaner und die Plünderer gemeinsam gesorgt. Natürlich versuchen Leute wie Lieutenant Colonel Philip de Camp mit ihren vielen Entscheidungen und mit Rastern, die sie über ihre Satellitenfotos legen und die Bagdad in Zonen aufteilen, endlich Ordnung in den Moloch zu bringen. Natürlich sammeln Major Poloquins Männer Tag für Tag Hunderte Waffen ein. Sie schulen Polizisten, und sie haben eine Firma angeheuert, die die Straßen säubert vom Schutt der Schlacht und von Schuhen und Mützen der toten Iraker. 1000 Dollar am Tag kriegt die Firma, es ist so etwas wie die Aufnahme wirtschaftlicher Beziehungen.

Und wenn im Zoo ein blinder Bär in ein Loch gefallen ist, dann rückt ein Platoon der 2. Brigade an und schweißt das Loch zu, und wenn zwei Löwen entweichen, kommen Scharfschützen und erlegen sie.

Und natürlich gibt es hier im Palast auch Leute wie Colonel Eric Wesley, ruhig und nachdenklich, die glauben, »dass das unglaubliche Experiment, in dieser Region einen demokratischen Staat zu kreieren und dann den Irak den Irakern zurückzugeben«, tatsächlich gelingen kann. Und dass sich dann Syrien und Jordanien dem Westen und Israel annähern müssen. Und dass auf dem Schrottplatz Bagdad irgendwie ein besserer Naher Osten geboren wird und damit irgendwann eine bessere Welt.

Denn Leute wie Colonel Wesley, 38, verstehen sich als »soldier statesman« und lieben diese Aufgaben, bei denen sie »an der Spitze der nationalen Strategie der USA und im Fokus der Welt« sind. Sie lieben diese Mischung aus Militär und Politik und die Kraft, die in der Verbindung liegt. Wesley befehligt 3500 Leute, er ist der Chef der 2. Brigade der 3. Infanteriedivision. Am 7. April dirigierte er die Schlacht um Bagdad im TOC, dem Tactical Operation Center, draußen vor der Stadt, so lange, bis in Wesleys Humvee eine Rakete einschlug, die fünf Männer tötete. Er überlebte. Und jetzt dirigiert er den Frieden.

Wesley, in Yorba Linda in Kalifornien geboren, war schon so ziemlich überall, wo es brannte. Aus dem Kosovo und aus Bosnien weiß er, »dass wir nicht viel Zeit haben. Die Menschen werden unruhig, die Chance für Fanatiker wächst mit der Unzufriedenheit«.

Die Frage ist, warum dann Krieger, von denen George W. Bushs Sicherheitsberaterin Condoleezza Rice sagt, sie seien »bestimmt nicht dafür ausgebildet, eine Zivilgesellschaft aufzubauen«, nun eine Zivilgesellschaft aufbauen sollen. Warum die Regierung einen Cowboy wie Jay Garner als Bushs Statthalter in Bagdad installieren und damit vier Wochen verschwenden konnte. Warum Organisationen wie UNHCR und World Food Program nicht tun dürfen, was sie beherrschen, und warum der Flughafen immer noch so fest im Griff der U. S. Army sein muss, dass Hilfslieferungen spärlich bis gar nicht ankommen.

Seine Soldaten jedenfalls seien ausgebrannt, »smoked«, sagt Wesley. »Friedenstruppen müssen her«, sagt de Camp, aber deren Einsatz verschiebt das Pentagon seit Wochen um Wochen nach hinten.

Also weiter. Der Lieutenant Colonel setzt den Helm auf, zieht die Schutzweste an, er trägt eine beigefarbene Uniform und Raulederstiefel wie alle amerikanischen Soldaten hier, und zumindest die Farben passen ganz wunderbar nach Bagdad, zum Sand und zum Staub.

Lieutenant Colonel de Camp wurde in Fort Benning in Georgia geboren, er ist Soldat in der vierten Generation und ziemlich froh, dass sein drittes Kind ein Junge wurde; er hat ihn Alexander-Philip genannt, nach Alexander dem Großen und nach Philip de Camp. De Camp ging in vier Jahren auf vier verschiedene High Schools, er ist ein Mann, der in Westpoint, New Orleans und Washington oder in Vilseck in Germany gelebt hat, alle zwei Jahre woanders, ein Mann, der schon im ersten Golfkrieg einen Panzer befehligte.

Er sieht Missionen, keine Menschen, er ist Soldat.

Er ist ein Mann, der die Regeln der Army liebt: kurze Haare, täglich rasieren, auch in der Schlacht, denn »wir sind keine Tiere«, kein Alkohol, kein Sex im Nahen Osten. Wer sein Gewehr verliert, geht sechs Monate in den Bau. Der Untergebene spricht den Vorgesetzten mit »Sir« an, der Vorgesetzte nennt den Untergebenen beim Nachnamen.

»Wohin, Sir?«

»Zur Tankstelle, Macey.« Sergeant Macey ist einer der vielen hier, die nach dem 11. September 2001 angeheuert haben, weil sie dachten, sie müssten etwas tun für ihr Land. Für die Vereinigten Staaten von Amerika, nicht für heulende, stinkende Iraker. Sergeant Macey trägt eine verspiegelte Sonnenbrille und kaut Kaugummi.

Soldaten bewachen die Tankstelle, winken ein Auto nach dem anderen herein. 50 Liter dürfte jeder Bürger von Bagdad pro Tag tanken, 50 Liter kosten 1,30 Dollar, vorausgesetzt, es gibt Benzin. Es gibt nur selten Benzin. Deswegen sind die Schlangen an den Tankstellen zum Teil vierspurig und viele Kilometer lang; wer sich nachts um vier einreiht, bekommt mittags um zwölf sein Benzin. Eine Menge Tricks haben die Kunden drauf, falsche Papiere, wechselnde Nummernschilder, Kanister, die mit Leitungen an den Tank angeschlossen sind. Die Kunden wollen mehr als 50 Liter, weil sie den Sprit auf der Straße weiterverkaufen wollen. Schlauch in den Tank, mit dem Mund ansaugen, Schlauch in den Kanister oder den Tank des Käufers und laufen lassen, es ist ganz einfach, es bringt Geld. Am Anfang wussten die Amerikaner nicht, ob nicht genau das Kapitalismus ist: kaufen und verkaufen, uramerikanisch, aber irgendein General hat entschieden, nein, das ist Schwarzmarkt, das ist verboten.

Dass ausgerechnet Öl zu einer Sorge der Iraker wurde, dass deshalb ausgerechnet amerikanische Soldaten Planwirtschaft predigen, ist endgültig absurd. Aber die Förderung stockt. Zwölf Millionen Liter braucht das Land pro Tag, fünf Millionen werden produziert. »Irak ist nun ein ölimportierendes Land«, sagt de Camp. Um seine Tankstelle zu versorgen, lässt er Trucks durch die Gegend fahren.

Die Trucks saugen Saddams Vorräte aus den Palästen ab, und sie sammeln vergammelte Tanks am Fluss ein, da kann der Sprit noch so verdreckt sein, man kann es ja mixen. »Saddam-Sprit plus Dreck-Sprit ergibt Okay-Sprit«, sagt de Camp, und der Tankwart lacht.

Dann erzählen sich die zwei Männer Geschichten von Udai: wie Udai Gäste, die etwas Falsches gesagt hatten, an seine Löwen verfüttert hat; wie Udai mit seinem Tiger an der Leine ins Restaurant ging, den Tiger am Eingang festband und ohne Belästigung speisen konnte. Ein Amerikaner und ein Iraker lachen gemeinsam, oft kommt so etwas nicht vor in Bagdad.

Und dann gehen sie ins Büro, ein Büro ohne Papiere, und der Tankwart sagt, dass er gern noch ein paar Freunde einstellen würde. »Du hast neun Leute hier. In Deutschland würden das zwei erledigen«, sagt de Camp. Dann der tägliche Tadel: Die fünfte Pumpe funktioniert immer noch nicht, die Wände sind immer noch nicht gestrichen. »Wofür bezahlen wir dich? Das hier wird Wettbewerb. Get ready, man, I'm talking big!«

Es ist jetzt 19 Uhr, Lieutenant Colonel Philip de Camp von der Task Force 4-64 fährt zurück in Udais Palast. Zwei Stunden lang sind heute ein paar Jungs in der Nakha-Schule unterrichtet worden, und die Tankstelle hat immerhin 6000 Liter Benzin abgegeben. Ein guter Tag? »Ein Tag im Paradies eben«, sagt er. Der Lieutenant Colonel holt eine Dose Coke aus Udais Kühlschrank.

In Udais Wandschrank hat er einige Flaschen Dom Pérignon von 1985 gefunden. Kriegsbeute, wenn das Pentagon es gestattet. Lieutenant Colonel Philip de Camp wird das Zeug in Fort Stewart trinken. Nach der Parade. Wenn er den Silver Star der U. S. Army erhalten hat für die Schlacht um Bagdad, jene dreckige Stadt im Nahen Osten, die er erobert hat und die weit weg sein wird beim Ball der Helden.

Uwe Buse

Uwe Buse, Jahrgang 1963. Studium in Hamburg, Volontär und Redakteur bei der OSTFRIESEN-ZEITUNG in Leer, jetzt Reporter beim SPIEGEL. Die meistgestellte Frage: Wie kommt man von der OSTFRIESEN-ZEITUNG zum SPIEGEL? Die Antwort: Mit einem Artikel im PLAYBOY.

Kampfpiloten auf Speed

Zwei Piloten der US-Luftwaffe droht ein Prozess vor dem Kriegsgericht. In Afghanistan töteten sie vier kanadische Soldaten mit einer Bombe. Nach Ansicht der Verteidiger trägt die Air Force die Schuld – sie versorgt ihre Piloten mit Drogen, damit sie länger wach bleiben.

von Uwe Buse
DER SPIEGEL
1. März 2003

Wenn es geschehen ist, kommen sie zu zweit, als wäre es einem Menschen nicht zuzumuten, eine so fürchterliche Nachricht allein zu überbringen. Sie parken den Wagen vor dem Haus und steigen aus. Ein kanadischer Offizier in Uniform und ein kanadischer Priester. Er trägt Schwarz, nur sein weißer Kragen leuchtet.

Sie klingeln an dem Haus in Edmonton. Es ist spät in der Nacht, und es dauert eine Weile, bis sich die Tür öffnet. Im Flur steht Marlyn Léger, 28 Jahre alt, blonde Haare, Angestellte einer Versicherung, spezialisiert auf das Abwickeln von Unfallschäden. Die beiden Männer sehen, dass es ihr nicht gut geht. Marlyn Léger hat vor kurzem ihr erstes Kind verloren. Es war eine Frühgeburt, das Kind kam tot zur Welt, und sie hat den Verlust noch nicht überwunden.

Als sie erkennt, wer sie so spät besucht, fingert sie nach Halt an der Tür. Sie weiß, was es bedeutet, wenn ein Offizier und ein Priester unangekündigt vor der Tür einer Frau stehen, die mit einem Soldaten verheiratet ist.

Einer der Männer beginnt zu reden. Er spricht von »einer traurigen Nachricht«, vom »höchsten Opfer, das ein Soldat für die Freiheit und den Frieden bringen kann«, von »Mut« und »Stolz«. Er spricht von Marlyns Ehemann, Marc Léger, einem kanadischen Soldaten, der vor wenigen Stunden in Afghanistan von einer US-amerikanischen Bombe getötet wurde. Mit ihm starben drei weitere Soldaten aus Kanada, acht wurden verletzt.

Neun Monate später, im Januar dieses Jahres, sitzt Marlyn Léger auf einem Holzstuhl in einem spärlich möblierten Raum der Air-Force-Basis in Barksdale (Louisiana). Das Licht ist künstlich, die Wände sind weiß, und sie teilt sich den Raum mit den Mitgliedern der drei kanadischen Familien, die im April vergangenen Jahres ebenfalls ungebetenen Besuch von einem Offizier und einem Priester bekamen, weil ein Sohn oder der Ehemann von der amerikanischen Bombe getötet worden war.

Alle blicken auf eine Leinwand an der Stirnseite des Raums, auf der Brigadegeneral Stephen T. Sargeant zu sehen ist, ein Mann mit straffem Scheitel und tadellos gepflegten Händen. Sargeant rekonstruierte das Unglück in Afghanistan, und nun sitzt er hier, in Barksdale, vor einer Kommission der U. S. Air Force, um seine Ergebnisse in knappen Sätzen zu erläutern. Hin und wieder, wenn Geheimes besprochen wird, stoppt die Übertragung aus dem Sitzungssaal, und auf der Leinwand erscheint dann CNN.

Der Sitzungssaal ist ungemütlich wie der Raum, in dem Marlyn Léger auf die Leinwand starrt. Er liegt in einem anderen Gebäude, ein paar hundert Meter entfernt. Kameras übertragen das Geschehen aus dem Saal in das Besucherzentrum, in dem die Familien sitzen. Die Aussage des Generals wird mit darüber entscheiden, ob der Pilot, der die Bombe abwarf, vor ein Kriegsgericht gestellt werden wird.

Marlyn Léger sitzt auf ihrem Stuhl, und um den Hals trägt sie eine Kette, an der ein Ring hängt. Ihr Mann trug ihn früher. Sie wirkt gefasst, ihre Stimme ist klar und fest. Marlyn Léger ist es mittlerweile gewohnt, über den Tod ihres Mannes zu sprechen. In Kanada ist sie, wie die anderen Hinterbliebenen, eine Berühmtheit.

Sie sagt, sie wisse nicht, ob ein Schuldspruch nötig sei, damit sie mit ihrem Leben fortfahren könne. Dann schweigt sie, schaut an die Wand und sagt: »Doch, es würde mir helfen, wenn er im Gefängnis landet.«

Blickt Marlyn Léger auf die Leinwand, sieht sie Harry Schmidt, den Piloten, der sie zur Witwe machte, schräg von hinten. So zeigt ihn die Kamera, wenn Schmidt an seinem Tisch im Verhandlungsraum sitzt. Er sitzt sehr gerade in seiner blauen Luftwaffenuniform, die Ellbogen liegen auf der Tischplatte, die Hände sind meist gefaltet. Er bewegt sich nur wenig, ist schlank, und sein Gesicht ist klassisch. Eine gerade Nase, ein gutes Kinn, hohe Wangenknochen. Sollte Hollywood die Tragödie verfilmen, die er verschuldet hat, könnte er sich selbst spielen.

Normalerweise schützen die amerikanischen Streitkräfte Soldaten wie ihn vor der Öffentlichkeit. Als gegen Ende des Golfkriegs zwei amerikanische Piloten neun britische Soldaten töteten, wurden die Namen der Piloten der Öffentlichkeit nicht mitgeteilt. Sie mussten sich auch nicht vor einem Kriegsgericht verantworten. Die Namen der Soldaten, die während des Luftkriegs in Afghanistan eine Hochzeitsgesellschaft beschossen und 40 Menschen töteten, sind bis heute ebenfalls unbekannt. In diesem Fall ist es anders.

Wie die Familien der Opfer können Journalisten die Anhörung in einem separaten Gebäude auf einer Leinwand verfolgen, dort erfahren sie den Namen von Schmidt und seinen Dienstgrad. Er ist Major, und er flog während des Einsatzes eine F-16, einen Jagdbomber.

Schmidt absolvierte die »Top Gun«-Ausbildung der Navy, lehrte danach als Instrukteur, funktionierte fehlerlos selbst unter feindlichem Beschuss. Schmidt war ein Vorzeigesoldat. Man behängte ihn mit Orden.

Es ist seltsam, dass er der Öffentlichkeit präsentiert wird. Normalerweise behandelt das amerikanische Militär diese Probleme als Familienangelegenheit. Es sei so entschieden worden, dieser Satz ist alles, was als Begründung geboten wird. Vielleicht geschieht es, weil der Krieg im Irak noch bevorsteht und Kanada sich nicht weiter von Amerika entfernen soll.

Vor dem Unglück waren die Einsätze kanadischer Soldaten kaum mehr als staatlich organisierte Abenteuer. Wer in die Armee eintrat, tat es, um etwas von der Welt zu sehen. So war es bei Marc Léger. Das Risiko, während eines Einsatzes getötet zu werden, war nur eine sehr entfernte Möglichkeit. Vor 50 Jahren, in Korea, war zum letzten Mal ein kanadischer Soldat während eines Kriegs umgekommen. Aus dem Golfkrieg, aus Bosnien, dem Kosovo kehrten Kanadas Soldaten vollzählig und lebend zurück.

Die amerikanische Bombe traf die Soldaten, die Politiker und die Medien des Landes unvorbereitet, und auch Amerikas Kampfpiloten kamen nicht unversehrt davon. Zu Beginn der Anhörung wurde bekannt, dass Schmidt während der Mission das Aufputschmittel Dexedrin geschluckt hatte.

Plötzlich war in Zeitungen, im Fernsehen die Rede von Drogen, die Air-Force-Ärzte den Piloten gaben – und zwar mit Billigung der Kommandeure. Es ging um Speed, um Wachmacherpillen, und es wurden eine Menge unangenehme Fragen gestellt: Was für Nebenwirkungen haben die Pillen? Darf der Staat mit Drogen dealen? Schlucken auch Zivilpiloten den Stoff? Sind Amerikas Helden ein Haufen Junkies?

Es war der Anwalt des Piloten, der dafür sorgte, dass Amerika über die Drogen debattierte. Charles Gittins behauptete, dass die Tabletten, von den Piloten »go-pills« genannt, das Urteilsvermögen beeinträchtigen: »Die Piloten werden gezwungen, diese Pillen zu nehmen. Wer sie nicht nimmt, fliegt nicht«, sagte er während einer improvisierten Pressekonferenz auf dem Gelände der Air-Force-Basis.

Die Tabletten, die zehn Milligramm des Aufputschmittels Dexedrin enthalten, werden den Piloten vor dem Flug ausgehändigt. Alle vier Stunden soll der Pilot eine Pille schlucken, so lautet die interne Anweisung. »Es ist der Königsweg, um Piloten wach zu halten«, sagt Oberst Peter Demitry, ein Arzt der U. S. Air Force, der von den Anwälten des Verteidigungsministeriums in den Presseraum geschickt wurde, um die Fragen der Journalisten zu beantworten. Die Anwälte der Piloten und die des Ministeriums kämpfen nicht nur um den Ausgang der Anhörung, sondern auch um Geländegewinne in den Medien.

Ein Sprecher der US-Luftwaffe bestätigte, dass den Piloten Aufputschmittel angeboten werden. Die Einnahme sei freiwillig und üblich. Anders seien die Einsätze nicht zu bewältigen. Mit dem Briefing vor dem Flug, dem Check des Flugzeugs, dem stundenlangen Flug zum Operationsgebiet, dem Aufenthalt dort, dem Rückflug und dem Debriefing ziehen sich Einsätze oft 24 Stunden hin.

Langzeitstudien über die Auswirkungen des Mittels auf Piloten gibt es nicht. Es gibt Vermutungen über ein gesteigertes Aggressionspotenzial. Gittins spricht von unvorhersehbaren Wechselwirkungen, die durch das Schlucken von Go- und No-go-Pillen entstehen. No-go-Pillen schlucken die Piloten, um nach den Einsätzen einschlafen zu können.

Der erste Akt der Tragödie, die den Piloten Harry Schmidt vor den Richter und den Soldaten Marc Léger unter die Erde bringt, beginnt am 17. April 2002 um 19.35 Uhr Ortszeit. Fünf Lastwagen, ein Notarztwagen und mehrere gepanzerte Fahrzeuge verlassen das Gelände des Militärflughafens Kandahar. Das Ziel des Konvois ist ein ehemaliges Qaida-Trainingslager, das jetzt den Namen »Tarnak Farms« trägt. Es liegt 4,5 Kilometer südlich des Flughafens. Im Innern der Fahrzeuge sitzen die Mitglieder der A-Kompanie des III. Bataillons. Sie werden auf dem Gelände des Trainingslagers mehrere Stunden mit scharfer Munition üben.

In den vergangenen sechs Wochen waren die Einheiten auf dem Flughafen mehrere Mal das Ziel von nächtlichen Blitzangriffen der Taliban. Die Übung soll die Soldaten kampffähig halten. Eine Gruppe wird das instinktive Schießen auf plötzlich auftauchende Ziele üben, die zweite Gruppe wird mit panzerbrechenden Waffen trainieren.

An Bord eines Fahrzeugs ist Marc Léger, er ist 29 Jahre alt, und es ist ein Zufall, dass er im Wagen sitzt. Eigentlich hat er Dienst im Lager, aber ein Mitglied der Trainingsgruppe ist krank, und Marc Léger nutzt die Chance, dem langweiligen Lageralltag zu entkommen.

19.50 Uhr: Harry Schmidt startet in seinem F-16-Jagdbomber von der Air-Force-Basis al-Dschabir in Kuweit. In einem zweiten Jet sitzt Major William Umbach. Er ist Schmidts Vorgesetzter während dieses Einsatzes. Ihr Ziel ist der Nordosten Afghanistans. Dort werden sie mit ihren Flugzeugen mehrere Stunden kreisen, für den Fall, dass amerikanische Bodentruppen Luftunterstützung brauchen. Die Bordkanonen sind mit 20-Millimeter-Munition bestückt, unter den Tragflächen jedes Jagdbombers hängen vier lasergesteuerte Bomben vom Typ GBU-12. In neun von zehn Fällen treffen diese Bomben ihr Ziel. Sie wiegen 360 Kilogramm, und sie werden für 19000 Dollar pro Stück produziert. Es sind erprobte militärische Massenartikel.

Die beiden Piloten kennen einander, es ist nicht der erste gemeinsame Einsatz. Beide sind erfahrene Piloten. Sie haben mehr als 3000 Stunden im Cockpit eines Flugzeugs gesessen.

20.00 Uhr: Der kanadische Konvoi erreicht das Übungsgelände. Die Soldaten bilden zwei Gruppen. Die Gruppe von Marc Léger macht sich auf den Weg in ein ausgetrocknetes Flussbett, das sich Richtung Norden zieht.

20.31 Uhr: Am Flussbett angekommen, laden die Soldaten ihre Waffen, entsichern sie und beginnen im Flussbett vorzurücken. Nach einigen Metern ist das erste Ziel sichtbar. Ein Soldat beginnt zu feuern.

Gegen 1.30 Uhr: Schmidt und Umbach verlassen ihr Operationsgebiet im Nordosten Afghanistans. Ihr Einsatz war ereignislos. Sie fliegen Richtung Südwest, um sich mit einem Tankflugzeug zu treffen.

1.45 Uhr: Die Kampfgruppe von Marc Léger beginnt die zweite Trainingsphase und nähert sich in dem Flussbett ihrem ersten Ziel, der Silhouette eines feindlichen Soldaten. Ein Mitglied von Marc Légers Gruppe, Unteroffizier René Paquette, feuert mehrere Salven. Nicht alle Kugeln treffen das Ziel. Querschläger und Leuchtspurmunition steigen mehrere hundert Meter hoch in den Nachthimmel.

1.46 Uhr: Schmidt und Umbach sind 37 Meilen ostnordöstlich von Kandahar. Ihre Jets fliegen in etwa 8000 Meter Höhe, und die Piloten bereiten ihr Treffen mit der fliegenden Tankstelle vor. Sie wechseln von der Funkfrequenz, die für Kampfeinsätze vorgeschrieben ist, zu der Frequenz, die für das Auftanken während des Fluges benutzt werden muss. Sie entspannen sich ein wenig. Das Wechseln auf die Tank-Frequenz zeigt Piloten, dass sie ihr Einsatzgebiet verlassen haben und nun über ungefährlicherem Territorium unterwegs sind.

Gegen 1.51 Uhr: Schmidt informiert Umbach, dass er Leuchtspurfeuer vom Boden sieht, das auf die Jets zielt. Schmidt und Umbach lösen ihre Flugformation auf. Umbach positioniert sich vier bis fünf Meilen entfernt von Schmidt, er fliegt höher und hinter ihm. Schmidt verringert die Flughöhe und die Geschwindigkeit seines Jets. Er will sich die vermeintlichen Angreifer genauer anschauen.

Brigadegeneral Sargeant, der das Unglück untersuchte, wird später sagen, dass dieses Verhalten von Schmidt falsch, gefährlich und unüblich sei. Die angemessene Reaktion eines Kampfpiloten in einer solchen Situation sei, das Gefahrengebiet so schnell wie möglich zu verlassen, »an Höhe gewinnen und an Geschwindigkeit, genau das Gegenteil von dem, was Schmidt tat«. Aus einer sicheren Position soll der Pilot die Situation dann einschätzen.

1.53.33 Uhr: Schmidt kontaktiert die fliegende Einsatzzentrale Awacs. Er hat ein Ziel ausgemacht und will seine Bordkanonen abfeuern. Die Antwort lautet: Warten Sie ab.

1.53.45 Uhr: Umbach sagt Schmidt, er müsse sich vergewissern, dass sich dort am Boden keine Alliierten befinden. Zur Sicherheit richten Schmidt und Umbach die Lasermarkierer ihrer Jets auf einen Punkt am Boden, etwa in der Mitte von Marc Légers Gruppe. Die Kanadier bemerken das nicht.

1.54.50 Uhr: Die Gruppe von Marc Léger feuert die nächste Salve auf ein Ziel. Wieder steigen Querschläger und Leuchtspurmunition in den Himmel. Auf den Nachtsichtgeräten der Jets ist auch das Mündungsfeuer eines Granatwerfers zu sehen.

1.55.00 Uhr: Schmidt erhält vom Awacs-Flugzeug den Befehl, noch nicht anzugreifen.

1.55.04 Uhr: Schmidt bestätigt den Befehl und sagt dann merkwürdigerweise: »Ich habe hier, äh, ich habe hier Männer auf einer Straße, und es sieht so aus, als ob sie mit ihrer Artillerie auf uns schießen. Ich greife an, in Notwehr.« Schmidts F-16 kippt über den rechten Flügel Richtung Ziel. Auf dem Audioband, das während des Angriffs in Schmidts Jet mitlief, ist das angestrengte Atmen des Piloten zu hören. Aber seine Stimme ist ganz ruhig, keine Spur von Panik.

1.55.17 Uhr: Umbach hindert ihn nicht am Angriff. Stattdessen erinnert er Schmidt, seine Waffeneinstellungen zu prüfen. Auch das wird später von Brigadegeneral Sargeant gerügt werden.

1.55.19 Uhr: Schmidt bestätigt.

Zwanzig Sekunden später trennt Schmidt die Bombe vom Flugzeug. Es ist eine mondlose Nacht. Die Bombe gleitet lautlos. Nach 21 Sekunden schlägt sie zwischen den Soldaten ein. Marc Léger stirbt schnell und ahnungslos. Seine Verletzungen beweisen, dass er im Moment der Detonation auf die Bombe zuging, ihr das Gesicht zuwandte.

Neun Sekunden nach seinem Tod meldet die Awacs-Zentrale: »Angriff abbrechen. Es sind Alliierte.«

Am nächsten Tag erreicht die Schockwelle den nordamerikanischen Kontinent. US-Präsident George W. Bush ruft den kanadischen Premierminister Jean Chrétien an und spricht ihm sein Bedauern aus. Chrétien antwortet, dass der Zwischenfall »ein fürchterlicher Unfall gewesen zu sein scheint, aber dass die Familien der Opfer, dass alle Kanadier viele Fragen haben, die beantwortet werden müssen«. Chrétien und der US-Verteidigungsminister Donald Rumsfeld vereinbaren, dass kanadische Offiziere die amerikanischen Ermittler bei der Untersuchung des Unglücks unterstützen werden, und in Kanada beginnt eine heftige Debatte über den Sinn dieses Einsatzes und über die Frage, wie der Tod der Soldaten durch »friendly fire«, durch die Geschosse befreundeter Einheiten, hätte verhindert werden können.

Es war ein Unglück, das typisch sein dürfte für die Kriege des 21. Jahrhunderts, denn die Unübersichtlichkeit auf den Schlachtfeldern nimmt zu. Große, konzentrierte Truppenverbände sind keine mächtigen Waffen mehr, sie sind zu langsam, zu schwerfällig und deshalb gute Ziele für moderne Lenkbomben. Aus diesem Grund diskutieren amerikanische Militärplaner das »swarming«, den Einsatz kleiner Einheiten, die weitgehend unabhängig vom Rest der Streitkräfte operieren.

Der Afghanistan-Krieg war der erste Krieg, der ausschließlich durch den Einsatz kleiner Kommandoeinheiten und Bomber gewonnen wurde. Die Zahl der getöteten US-Soldaten war gering, es starben 14 Kämpfer, der Prozentsatz der Toten durch friendly fire war hoch: etwa 20 Prozent. Ähnlich war es im Golfkrieg, dem ersten Krieg, in dem in größerem Umfang »intelligente« Bomben eingesetzt wurden. 367 US-Soldaten wurden getötet, 17 Prozent durch friendly fire. In beiden Kriegen starben die Soldaten, weil verbündete Kämpfer übermüdet waren und überfordert.

In den zukünftigen Kriegen Amerikas sollen die Soldaten tagelang marschieren, ohne müde zu werden. Sie sollen weniger bluten, schneller heilen und weniger Schmerz spüren als die Soldaten in Afghanistan. Wenn in militärischen Laboren über die neuen Kämpfer gesprochen wird, fallen Begriffe wie »metabolische Dominanz« und »physiologische Ingenieurskunst«. Finanziert werden diese Arbeiten von der »Defense Advanced Research Projects Agency« (Darpa), einer Forschungseinrichtung für das Pentagon.

Um die Soldaten biologisch aufzurüsten, arbeiten zwei Wissenschaftler in New York an der Manipulation des menschlichen Gehirns. Der Neuropsychologe Yaakov Stern und die Psychiaterin Sarah Lisanby sollen dem Pentagon den immerwachen Piloten schenken, der keine Go-Pillen mehr schlucken muss.

Möglich machen soll das ein Gerät im Keller des Instituts für Biologische Psychiatrie. Es steht in einem schulterhohen Gitterkäfig und besteht aus sechs obstkistengroßen Metallboxen, die durch Kabel verbunden sind. An der Vorderseite der obersten Box hängt ein Kabel, das in einem Metallstück endet. Es ähnelt in Größe und Form vage einem Tischtennisschläger.

Die Boxen produzieren einen starken magnetischen Impuls, der durch den Tischtennisschläger abgestrahlt wird. Das magnetische Feld regt Neuronen im Hirn an, und ihre Aktivität lässt sich messen, darstellen und erlaubt Rückschlüsse auf komplexe Hirnfunktionen wie Sprache, Erinnerung, Sehfähigkeit. Oder auf das Bedürfnis nach Schlaf. Stern und

Lisanby sind dabei zu verstehen, welche Hirnregionen zusammenspielen, wenn der Mensch vom Schlaf außer Gefecht gesetzt wird. Diesen Mechanismus wollen sie stoppen.

Mediziner nennen diese Methode der Hirnforschung »Transcranial Magnetic Stimulation« (TMS). Mit ihrer Hilfe sollen depressive Patienten schonender und effektiver geheilt werden, als es jetzt der Fall ist. Bevor Stern und Lisanby TMS für ihre Forschung entdeckten, war es eine rein medizinische Therapie, nun ist es ein Dual-Use-Produkt.

Im Sommer dieses Jahres werden Lisanby und Stern ihre Ergebnisse ihrem Arbeitgeber, der Darpa, vorstellen, danach wird es neues Geld geben, und zusammen mit einem zweiten Forscherteam wird ein funktionsfähiger Prototyp entwickelt werden, der in ein Flugzeugcockpit passt. Wird der Pilot müde, drückt er einen Knopf, ein magnetischer Impuls schießt in sein Hirn, und er ist wieder wach. So soll es funktionieren.

Am letzten Tag der Anhörung auf der Air-Force-Basis in Barksdale sprechen die Piloten zum ersten Mal. Sie liefern keine Erklärung für die Tragödie, sie entschuldigen sich nur. Umbachs Entschuldigung klingt echt. Schmidt spricht hölzern, als wäre er ein Kind und müsste in der Schule ein Gedicht aufsagen. Marlyn Léger glaubt Schmidt die Entschuldigung nicht: »Er will sich damit nur entlasten.«

Die Anwälte des Verteidigungsministeriums werfen Schmidt und Umbach vor, grob fahrlässig gehandelt zu haben. Es sei bekannt gewesen, dass es südlich der Stadt Kandahar ein Gebiet gebe, in dem befreundete Einheiten in regelmäßigen Abständen mit scharfer Munition trainieren.

Die Anwälte der Piloten geben den Drogen die Schuld. Zwischen den Anwälten der beiden Seiten herrscht ein Patt. Niemand kann eine überzeugende Erklärung bieten für das Unglück. Es könnte sehr schnell wieder passieren, im nächsten Krieg vor den Toren Bagdads. Das ist das Beunruhigende.

General Bruce Carlson, der Kommandeur der »8th Air Force«, wird nun entscheiden, ob Schmidt und Umbach vor ein Militärgericht gestellt werden. Meist geht das Militär milde um mit seinen fehlbaren Helden. In den vergangenen Jahren wurde nur ein Soldat wegen eines tödlichen Irrtums vor ein Kriegsgericht gestellt. Er wurde freigesprochen.

Marlyn Léger wird die Entscheidung des Generals in ihrer Wohnung in Edmonton erwarten und an ihrem neuen Leben arbeiten. Manchmal spricht sie mit Marc, und einmal sprach er mit ihr.

Es geschah ein paar Wochen nach seinem Tod. Jemand klingelte an der Tür, draußen stand ein Blumenbote. Marlyn nahm den Strauß entgegen, sie fand eine Karte, öffnete sie und las: »Ich wäre gern bei Dir.« Marc hatte die Blumen vor seiner Abreise nach Afghanistan bestellt. Der Strauß war schön.

Andreas Dietrich

Andreas Dietrich, Jahrgang 1964, Abitur, abgebrochenes Studium in Bern. Seither Journalist mit wechselnden Funktionen und Interessen, aber konstanter Begeisterung für den Beruf. Er war Mitarbeiter/Redakteur der Tageszeitung BUND, freier Journalist für verschiedene Schweizer Publikationen, Co-Drehbuchautor, Autor/Redakteur beim TAGES-ANZEIGER-MAGAZIN, Reporter und später Textchef des Nachrichtenmagazin FACTS, sowie Mitarbeiter der neuen WELTWOCHE. Seit Oktober 2002 ist Andreas Dietrich Redakteur bei NZZ FOLIO. Er lebt in Zürich.

MAX HAT ES GETAN

Betrug, Verrat und 1187 Tage Angst. Wie sich ein anständiger Buchhalter in einen Albtraum stürzte.

von Andreas Dietrich
NZZ FOLIO
Januar 2003

Der ehemalige Bankangestellte Hugo Wiederkehr (Walter Roderer) stiehlt drei Millionen. Die Aktentasche voller Geld führt zu Verwicklungen. (»Der Herr mit der schwarzen Melone«, 1960, Regie: Karl Suter)

SWISSAIR

Max B. kam jeden Tag unverdrossen in denselben Schuhen zur Arbeit. Er besaß nur das eine Paar, und ein neues kaufte er erst, wenn das alte durchgetreten war. Auf ihn war Verlass. Pflichtbewusst in jeder Arbeit, flott im Umgang, der leichte Hang zum Eigensinn machte ihn keineswegs unsympathisch. In die Schweizerischen Bundesbahnen war er als 19-Jähriger eingetreten, Lehre, Betriebsdisponent, später Buchhaltung. Neun Jahre und drei Monate hatte er zuletzt in der Finanzabteilung der SBB-Generaldirektion in Bern gearbeitet, er war 36 und stellvertretender Dienstchef im Kreditorendienst, verheiratet und Vater zweier Mädchen, als er am 30. November 2000 den letzten Arbeitstag hinter sich brachte. Zum Abschied schenkten ihm die Kollegen arglos ein Paar schwarze Glattlederschuhe mit dicken Sohlen.
Die Gewohnheit, stets hellbraune Mokassins zu tragen, war aber das Einzige, was in Max B.s angsterfülltem Leben damals noch Bestand hatte.
Die Tat ist nicht schrecklich und das Motiv seltsam vertraut. In unregelmäßig auftretenden Wallungen hatte sich Max B. über gewisse Abläufe und Vorkommnisse in der Firma geärgert sowie über gewisse Personen mit weitreichenden Befugnissen und Krawatte. Er war Buchhalter, der Buchungen ausführte, hinter denen Entscheide standen, die nicht er fällte. Ihn störte wenig, das wenige aber sehr. Zum Beispiel, dass auf SBB-Konten Millionen von Franken unbewirtschaftet lagen. War dann von Sparmaßnahmen die Rede oder wurde man von Bekannten wegen der Bahnpreise gepiesackt, konnte das einem schon zu denken geben. Dass man mit dem herumliegenden Geld etwas machen müsste – warum nicht auch selber? merken würde es eh keiner –, war ein beliebtes Plauderthema, wenn Max B. mit seinen Kollegen in der Kantine den Pausenkaffee trank. Behandelt wurde es mit der Ernsthaftigkeit eines Überfalls auf den Postwagen einer Märklin-Eisenbahn.
Von den Nachlässigkeiten bei den SBB erzählte Max B. beiläufig einem seiner Brüder. Dem zweitältesten, dem Traumtänzer. Was der anpackte, kam krumm, seit er den Beruf als Konstruktionsschlosser aufgegeben hatte und sich in Consulting aller Art versuchte. Einer, der mehr will, als er kann. Die Diskrepanz zeigte sich als Schuldenberg. Doch plötzlich und wundersam stand an einem Hochsommertag im Juli 1999 nicht mehr der kleine Bruder Max vor ihm, sondern die Chance seines trüben Lebens. Er packte sie, ohne zu zögern. Und Max, halb gleichgültig, halb neugierig, treuherzig obendrein, ließ sich packen.

Warum er dies tat? Er weiß es nicht. »Es entspricht mir überhaupt nicht, ich bin die Ehrlichkeit in Person. Ich habe aus Blödsinn heraus einen Blödsinn gemacht. Das ist alles: Blödsinn.« Keine Woche später führte ihn der Bruder mit einem durchaus flexiblen Finanzberater zusammen. Am Ende des Treffens lag die Gebrauchsanleitung zum perfekten Coup auf dem Tisch.
Der Plan: Max B. zweigt von einem SBB-Konto Geld ab, via eine Scheinfirma wird es so risikolos wie gewinnbringend angelegt, nach drei Monaten fließt das Geld zurück, niemand hat einen Schaden, keiner merkt etwas. Der Finanzberater phantasiert eine wahnwitzige Rendite herbei; für jeden würden in kürzester Zeit 100 000 Franken abfallen, eher mehr. Für Max B. überdies die stille Genugtuung: Auch wenn die da oben es nie erfahren würden – er hätte bewiesen, dass es bei den Schweizerischen Bundesbahnen wirtschaftlicher zugehen könnte. Vielleicht etwas rigoros in der Form, darf es dennoch als Ausdruck jener übermäßigen Identifizierung mit dem Betrieb gewürdigt werden, die hierzulande manchem Angestellten eigen ist.
Am Montag, 2. August 1999, gegen Ende eines nervösen Arbeitstages, nahm der SBB-Beamte Max B. an seinem Schreibtisch diskret den Einzahlungsschein hervor, den ihm der Bruder an der Autobahn bei Egerkingen gegeben und den er ein paar Tage lang zögernd auf sich getragen hatte. Unter seinem Benutzernamen U116639 tippte er eine Buchung

von 3,17 Millionen Schweizerfranken in den Computer, zugunsten der Firma Hupac Intermodal SA, eines Geschäftspartners der SBB. Dann änderte er die Zahladresse, er hatte Herzklopfen, die Angaben schrieb er vom Einzahlungsschein ab: Marbert Consulting SA, Kontonummer 0.53505-21000, Bank Sarasin & Cie., Basel. Das einzige Mobiliar der Offshore-Gesellschaft war ein Briefkasten auf Tortola, British Virgin Islands. Ihr Direktor ein Schweizer Treuhänder, den der Bruder als Strohmann eingesetzt hatte. Max B. drückte die Enter-Taste, und 3,17 Millionen Franken traten die elektronische Reise ins Dorado an.
Von da an bis zu der Minute, da ihn das Gericht mit angemessenem Wohlwollen verurteilte, verging für Max B. kein Tag ohne Angst. Es waren 1187 Tage.

Die Angst ist sofort da. Sie überfällt den rechtschaffenen SBB-Beamten Max B., sie würgt den Betrüger Max B. Sie lädt sich ungefragt zum Nachtessen ein, als der Familienvater Max B. zu Hause bei Tisch das Wichtigste nicht erzählt. Sie lärmt, als der Ehemann Max B. schweigend im Bett liegt. Am ersten Arbeitstag danach feiert sie Halloween im Hochsommer: Deine Tastatur ist eine Tatwaffe, Max! Glaubst du wirklich, die merken nichts, Max? Maxxx, wie fühlst du dich?
Er fühlt sich elend. Aber er ist Zahlenmensch, er rechnet. »Theoretisch konnte es jederzeit auffliegen. Doch die Wahrscheinlichkeit war klein.« Das Hupac-Konto, auf dem die 3,17 Millionen nicht angekommen sind, gilt intern als »Chaos-Konto«. Welche Zahlen zusammengehören, ist erfahrungsgemäß erst nach etwa drei Monaten ersichtlich. Und nach spätestens drei Monaten, so ist es mit dem Bruder und dem Finanzberater vereinbart, wird das geliehene Geld zurück sein. Mehr noch: Max B. hat zur Bedingung gemacht, dass es jederzeit innert zweier bis dreier Tage ausgelöst werden kann, falls jemand Verdacht schöpft. »Es kann nichts Schlimmes passieren«, beruhigt sich Max B., sobald er ein Würgen spürt.
Drei Monate, Zeit ab, die Uhr läuft.
Klappt bestens, sagt der Bruder, als sich Max B. nach dem Stand der Dinge erkundigt.
Max B. spielt den Menschen, der er bis vor kurzem war. Er spielt ihn gut. Niemandem fällt die Wandlung auf. Innen und außen haben nichts mehr gemein. »In mir drin bin ich fast verreckt.« Einzig seine Frau sieht Indizien. Schon in den ersten Wochen. Sie denkt, ihr Mann habe eine Geliebte. Sie sagt nichts. Von ihrem Verdacht erfährt er viel später, eine ihrer Freundinnen erzählt es ihm.
Aber sicher, sagt der Bruder, alles läuft nach Plan.
In den Kaffeepausen fallen die alten Sprüche. Mit dem herumliegenden Geld müsste man doch etwas machen ... Merken würde es eh keiner ...
Bist du sicher, Maxxx?
Eine unsichtbare Wand steht zwischen ihm und den Kollegen, die ihm so wichtig sind; man mag sich auch außerhalb des Büros, hat gemeinsam unvergessliche Ferientage in Chicago verbracht, hält zusammen – und er, so sieht es Max B., hat sie alle verraten. Judas in der SBB-Kantine.
Kein Problem, sagt der Bruder, vielleicht dauert es etwas länger.
»Was ist das für eine Buchung?«, erkundigt sich ein Controller, der aus dem Nichts kommt. »Ach, das übliche Durcheinander«, weicht Max B. aus, »das klärt sich in den nächsten Tagen.« Er hatte sich nie überlegt, was er sagen würde. Jetzt hat er sicher gestammelt. »Alles klar«, sagt der Controller.

Nach den drei Monaten ist das Geld nicht zurück. »Der Fehlbetrag war nun so offensichtlich, dass ich meinen Kollegen ebensogut einen Post-it-Zettel auf den Schreibtisch hätte legen können.« Max B. muss das Loch möglichst schnell stopfen. Er scrollt sich durch das Computersystem SAP R/2, auf der Suche nach anderem herumliegendem Geld. Er stößt auf 2,67 Millionen Franken, die sich seit etwa anderthalb Jahren auf dem Konto Alptransit ausruhen (und, wie sich in den Untersuchungen herausstellen wird, vergessen gegangen waren). Den Rest holt er sich vom

Konto der Eidgenössischen Finanzverwaltung, auch dieses ist als notorisches »Chaos-Konto« bekannt. Ein Loch gestopft, zwei neue offen. Und die Wahrscheinlichkeit erhöht, entdeckt zu werden.
Bald, sagt der Bruder.
Max B. schaufelt die Angst in sich hinein und würgt sie runter, bloß dass die Angst beim Einkassieren schamlos fragt: Isch es rächt gsi, Maxxx?

Überraschend prompt erkundigt sich die Finanzverwaltung nach dem Fehlbetrag. Max B. sagt wieder irgendetwas. Jetzt ist es sicher so weit. Doch wie immer ist die Auskunft des langjährigen Mitarbeiters zufriedenstellend. Er stopft das Loch. Er gräbt ein neues. Stopft, gräbt, monatelang. Er begrüßt seinen Bruder nicht mehr mit: »Hallo, wie geht's?«, wenn er ihn vom Mobiltelefon aus anruft. Er sagt als Erstes und schließlich Einziges: »Wo ist das Geld?«
Max B. beginnt in dieser Zeit stark zu schwitzen. Vielleicht liegt es nur daran, dass er wegen einer Sportverletzung kaum mehr Fußball spielt und außer Form ist.
Meist fährt er mit dem Auto zur Arbeit, der Weg vom Dorf im Solothurnischen nach Bern dauert eine Stunde. Zwei Stunden pro Tag, allein. Alleinsein ist am schlimmsten. »Wenn ich mit andern zusammen war, musste ich mich zusammenreißen. Das war anstrengend, aber wenigstens eine Ablenkung.« Unterwegs legt er sich ein Orakel zurecht: Bei Rot zählt er bis fünf, und wenn die Ampel vorher wechselt, kommt alles gut. Am Steuer redet er mit Schutzengeln. Er betet im dunkelgrünen Hyundai Accent: »Lieber Gott, bitte mach, dass das Geld zurückkommt.«
Max B. spricht mit keinen Lebenden darüber. Im Büro kann er nicht, zu Hause will er nicht. Montags sieht er sich auf RTL die Serie »Hinter Gittern – der Frauenknast« an, dienstags »Im Namen des Gesetzes«. Immer öfter, weil es ihm immer realistischer erscheint, stellt er sich vor, wie ein Vertreter des SBB-Rechtsdienstes das Büro betritt und sagt: »Herr B., wenn Sie bitte mal mitkommen möchten.« Er zuckt bei jedem Telefonanruf innerlich zusammen, bei jedem Menschen, der sich seinem Schreibtisch nähert. Die Kinder schreit er wegen jeder Kleinigkeit an, die Frau wegen jeder Nichtigkeit.

Der Albtraum steht kurz vor seinem ersten Geburtstag, als Max B. per Ende November 2000 die Kündigung bei den Schweizerischen Bundesbahnen einreicht. Sie wird allseits sehr bedauert. Er weiß nun mit der Sicherheit des Buchhalters, dass der Betrug, der nie einer hätte sein sollen, auffliegen wird. Selbst wenn die 3,17 Millionen Franken endlich eintreffen, woran Max B. nur ein bisschen zweifelt – erst kürzlich hat ihm der Bruder einen »Beleg« ins Büro gefaxt –, das Stopfen und Graben hat zu viele Spuren hinterlassen. Wenn der Rummel losgeht, soll die Familie möglichst weit weg sein. Man bereitet die Auswanderung nach Brasilien vor, in die Heimat seiner Frau.
Zwei Wochen vor Ablauf der Kündigungsfrist leitet Max B. nochmals Geld um. 350 000 Franken fließen per Knopfdruck von einem SBB-Konto an eine weitere Scheinfirma seines Bruders, Burton Invest & Finance SA, auch sie auf den British Virgin Islands untätig. 100 000 Franken erbat der Bruder für sich, mit der Viertelmillion will Max B. die Auswanderung wirtschaftlich absichern. Er hätte sich bedeutend mehr Geld zuschanzen können, das mangelhafte Kontrollsystem der SBB ließ in dieser Hinsicht keine Wünsche offen. Doch die Beschränkung hatte einen Sinn: Für annähernd den Betrag, den er nach Brasilien mitnahm, hinterließ der Buchhalter in der Schweiz Vermögenswerte in Form seines Hauses und seines Pensionskassenguthabens. Die SBB würden, nach menschlichem Ermessen, keinen finanziellen Schaden nehmen. Ein solcher Grad an Aufrichtigkeit, Reue und Willen zur Wiedergutmachung, wie Max B. ihn an den Tag gelegt habe, sei ihm in seiner Tätigkeit noch nie begegnet, wird der vorsitzende Richter später sagen.
Tadellos sitzt Max B. die Kündigungsfrist ab. Drei Tage später, am 3. Dezember, hebt das Flugzeug Rich-

tung Brasilien ab. Auf dem Flughafen Zürich wirft Max B. einen Umschlag in den Briefkasten, Papierkram, den er beim Austritt aus den SBB vergessen hatte abzugeben. Als die Kollegen den Poststempel sehen, wundern sie sich erstmals. Schon abgereist? Hatte Max nicht gesagt, er wolle nochmals vorbeischauen? Am 7. Januar 2001 platzt der Betrug. Max B. erfährt es aus einer E-Mail, die ihm ein Bürokollege nach Brasilien schickt. Endlich kann alles raus. Max B. schreibt sofort und ausführlich zurück. Die Kollegen, nachdem sie sich gefasst haben, ermuntern ihn, möglichst bald in die Schweiz zurückzukehren, und vermitteln ihm einen Anwalt. Am Samstagabend, 13. Januar, ruft aufgeregt seine Mutter an. Der »Sonntags-Blick« habe sich bei ihr gemeldet und schlimme Sachen über ihn erzählt. »Max, du musst denen sagen, dass das nicht stimmt.«

»SBB-Skandal: Buchhalter haut mit 4 Mio. ab! … und versteckt sich in Brasilien«, titelt anderntags die Zeitung. Illustriert ist die »Exklusiv-Enthüllung« mit einer Fotomontage, auf der eine SBB-Lokomotive am Strand von Rio einfährt. Ein Reporterteam hat sich für die Nachfolgegeschichte bereits auf den Weg nach Brasilien gemacht, über Max B.s Dorf im Solothurnischen fallen die Medien her. Bellasi, Biggs, Brasilien, SBB und B. – die Schlagzeilen tanzen den Samba. Nachbarn und Fußballkollegen sagen in die Kamera von Tele 24, was in solchen Fällen gern gesagt wird: »Kann ich mir nicht vorstellen«, »hätte ich ihm nie zugetraut«, »er ist nie aufgefallen«, »kaum zu glauben«. Nur der Platzwart des Tennisclubs murmelt: »Max hat das super gemacht.«
»Ich habe Mist gebaut, dazu stehe ich, und jetzt bringe ich die Sache in Ordnung.« Am 28. Januar verabschiedet sich Max B. von Frau und Kindern, verlässt das Land, das ihm vor einer Auslieferung Schutz böte, und fliegt zurück in die Schweiz. An der Passkontrolle werden ihn die Polizisten abführen. Sie werden ihm, beim Halt auf der Fahrt ins Gefängnis, nicht einmal auf der Toilette von der Seite weichen. Er ahnt, was ihn erwartet, und diese Angst kommt ihm winzig vor im Vergleich zu der, die er kennengelernt hat.
Willkommen zu Hause, Maxxx.
»Herr B.«, fragt ihn der Untersuchungsrichter in der Einvernahme, »was würden Sie sagen, wenn ich Ihnen mitteile, dass das Geld gar nie angelegt worden ist?«

Mit Wucht erfährt Max B., dass ihn sein Bruder von allem Anfang an und über alle Monate hinweg hintergangen hat. Der Bruder zahlte die Schulden ab. Der Bruder füllte seine Konten auf. Der Bruder kaufte einen Audi Quattro und einen Fiat Brava und Aktien und vom Besseren das Teurere. Der Bruder richtete für seine Frau eine opulente Geburtstagsparty aus. Der Bruder gab den endlich erfolgreichen Geschäftsmann. Der Bruder hatte manchen Spaß und wenig Bedenken. Fast die Hälfte der 3,17 Millionen – verpulvert. Ein Teil des Geldes verschwand auf unbekannten Wegen, einzig 1,5 Millionen waren im weitesten Sinn »angelegt«. Der Bruder hatte sie zuerst diesem, dann jenem Finanzjongleur zur wundersamen Vermehrung anvertraut. Bei dem Dritten geriet er an den Schlausten: Der hat das Geld für sich behalten. (Die SBB versuchen noch immer – Stand Ende 2002 – ihn zur Herausgabe zu bewegen.)
Dass sein Bruder nicht mit Geld umgehen kann, weiß Max B., seit er denken kann. Aber er hatte geglaubt, die Geschäfte führe der Finanzberater. Unter diesen Umständen überrascht ihn nicht, dass das Geld weg ist. Ihn erschüttert die Skrupellosigkeit. »Wenn man nicht einmal mehr seinem Bruder glauben kann – wem denn sonst?»
Schlagartig packt Max B. eine neue Angst. Sie kommt ihm monströs vor im Vergleich zu der, die er kennengelernt hat. Ihm ist klar, dass er nicht einen Blödsinn begangen hat, sondern ein sogenannt schweres Wirtschaftsdelikt. Mit Anstand und gutem Willen würde er da nicht mehr rauskommen. Mit dem Geld ist auch die Boje weg, an die er sich geklammert hat. »Da wusste ich, jetzt spiele ich in einer andern Liga.«

In der Untersuchungshaft werden die beiden voneinander ferngehalten, der Bruder sitzt in Bern, Max B. in Burgdorf. »Das Schlimmste an der Untersuchungshaft ist, du weißt nicht, was draußen vor sich geht.« Für die Einvernahmen wird Max B. nach Bern gebracht, und einmal, als er in der Besucherzelle auf den Rücktransport wartet, erzählt ihm ein Häftling die drollige Geschichte, die er von seinem Zellengenossen gehört hat: Dieser habe ein Riesending gedreht, Millionen bei den SBB abkassiert, ein Kinderspiel, zusammen mit seinem Bruder, der habe sich dann nach Brasilien abgesetzt. Und dieser »Depp von Bruder«, habe ihm der Typ erzählt, sei doch tatsächlich freiwillig in die Schweiz zurückgekommen.

»Und weißt du was?«, antwortet Max B. »Dieser Depp, das bin ich.«

Sein Bruder wird nach 86 Tagen aus der Untersuchungshaft entlassen, während Max noch sitzt. Der ist überzeugt: »Jetzt läuft es gegen mich. Jetzt bleibt alles an mir hängen. Jetzt wird es erst richtig schlimm.«

Das Gebäude, wo am 14. Oktober 2002 der Prozess vor dem Wirtschaftsstrafgericht des Kantons Bern beginnt, steht direkt gegenüber der SBB-Generaldirektion. Max B. sieht seit langem wieder seinen Bruder. Sie sitzen nebeneinander, voneinander abgewandt. In den Pausen haben sie sich nichts zu sagen. Aus der förmlichen Distanz der Gerichtsverhandlung stellt sich das Geschehen geordnet dar, als würde alles einen Sinn ergeben. Die Figuren treten überzeichnet zutage wie in einem Filmdrehbuch.

In den Hauptrollen die B.-Brüder. Der eine als der betrogene Betrüger, der schon während der Tat reumütig ist, ein lügenfreies Geständnis ablegt und in zerknirschter Bescheidenheit niemanden verantwortlich macht als sich selbst. Als Gegenpart: der verräterische Bruder, der laut seinem Anwalt getrieben ist von einem »übersteigerten Geltungsbedürfnis mit infantilen Zügen«, ein »in seiner Existenz bedrohter Pechvogel«, dem »die im Geschäftsleben entscheidenden Katastrophenängste fehlen«. Der Anwalt trägt den Richtern ein Gedicht von Eugen Roth vor: »Ein Mensch, der spürt, wenn auch verschwommen / Er müsste sich, genau genommen / Im Grunde seines Herzens schämen / Zieht vor, es nicht genau zu nehmen.«

In den Nebenrollen die Profis: der Treuhänder, der sich ein Zubrot als Strohmann verdiente und teilweise geständig ist. Der Finanzberater, der wusste, wie es ging, aber von nichts etwas gewusst haben will. »Er war zu gutgläubig«, sagt seine Anwältin. Sie isst während der Verhandlungen Gummibärchen, um ihr Mobiltelefon stülpt sich ein buntes Plüschtier.

Max B. umklammert an den Tagen des Prozesses einen Edelstein, der ihm Glück bringen soll. Der Bruder wird zu drei Jahren Zuchthaus verurteilt und ficht das Strafmass an. Max B. akzeptiert noch im Saal seine 18 Monate bedingt. Es ist der frühe Nachmittag des 31. Oktober 2002, und zum ersten Mal seit einer Unendlichkeit hat Max B. keine Angst.

Die Mail kommt aus Brasilien. Max B. hatte gleich nach der Urteilseröffnung seinen Pass zurückerhalten und bei der Mutter zu Hause die Koffer gepackt. Am Abend hatte er auf dem Bauschänzli, wo Zürich das Münchner Oktoberfest feiert, mit Kollegen Bier getrunken, im Auto übernachtet, und am nächsten Morgen war er zu seiner Familie nach Brasilien geflogen. Er schreibt mir: »Du glaubst es nicht, wir haben bereits den 3. Dez. 2002, und ich hab immer noch nichts von den SBB betreffend den Einzahlungsschein gehört. Habe bereits vor einer Woche eine Mail gesendet, ohne Reaktion.«

Max B. muss den SBB monatlich 500 Franken zurückzahlen. Er ist in Sorge, dass sie ihm keinen Einzahlungsschein schicken.

Ullrich Fichtner

Ullrich Fichtner, Jahrgang 1965, volontierte bei der FRANKENPOST in Hof, studierte danach Germanistik in Bremen und Berlin. Während des Untergangs der DDR arbeitete er für die Nachrichtenagentur AP in Berlin. 1994 Wechsel zur FRANKFURTER RUNDSCHAU, erst in die Nachrichtenredaktion, dann als Korrespondent ins Berliner FR-Büro. Anschließend Redakteur im ZEIT-Dossier. Seit April 2001 ist er Reporter beim SPIEGEL, seit September 2003 mit Sitz in Paris. Fichtner wurde mit dem Theodor-Wolff-Preis ausgezeichnet. Den Egon-Erwin-Kisch-Preis erhielt er 2000 und 2001.

Das letzte Gefecht

Saddam Hussein versprach Amerika einen langen, verlustreichen Krieg und war nach nur drei Wochen geschlagen. Wo war die Streitmacht des Irak? Wo blieb die Gegenwehr? Ein Kommandeur der Republikanischen Garde im Einsatz vor Tikrit gibt Antworten.

von Ullrich Fichtner
DER SPIEGEL
12. Mai 2003
Foto: Frederic Lafargue/Gamma/Studio X

Soldaten der Republikanischen Garde bei ihrer Gefangennahme: Den Feind nie gesehen?

Als die Amerikaner beginnen »Selbstmord an den Mauern Bagdads« zu begehen, tritt Abu Muschs Kompanie der Republikanischen Garde 180 Kilometer nördlich der irakischen Hauptstadt zum Frühsport an. Es ist der 6. April, die Truppe steht um 7.30 Uhr im Hof der Hauptkaserne von Tikrit, Saddams und Saladins Heimatstadt, klein liegt der Ort unter einem großen Himmel in flacher Steppe bis zum Horizont.

»So war es«, sagt Abu Musch*. Er sitzt einen halben Monat danach in seinem Wohnzimmer, umgeben von Brüdern, Neffen, Cousins und seinen drei Töchtern. Abu Musch war in Tikrit Saddams letzter Mann. Er kennt die Geschichte vom amerikanischen Sieg, der eigentlich den Irakern gehört. »So war es«, sagt er, zieht eine neue »Pine« aus der blauen Zigarettenschachtel, reißt ein Streichholz an und erzählt: »So war dieser Krieg.«

Tikrit, am 6. April, ist halb leer und leert sich weiter. Die Bürger unter Waffen, Saddams Elite, 20000 Mann Spezialkräfte, Garde, Palastwachen sind schon seit Wochen abkommandiert zur Verteidigung Bagdads. Jetzt ziehen die Einwohner, noch einmal 20000, 25000 Menschen, in Scharen aufs Land in die umliegenden Dörfer.

Hochgepackte Autos durchrollen die Hauptstraßen, vorbei an den Mauern des Paradeplatzes, vorbei an gemalten Parolen in blassem Grün und Rot: »Saddam und die Baath-Partei, immer voran für das irakische Volk«, »Saddams Geburtstag ist der Geburtstag des arabischen Volkes«, »Saddams Geburtstag ist der Geburtstag des Friedens«. Das stimmt schon lange nicht mehr.

Abu Muschs Kompanie hat 270 Mann, befehligt von 30 Offizieren. Die Einheit verfügt über sieben Luftabwehrkanonen Kaliber 57 Millimeter, sechs sowjetische BTR-60-Schützenpanzer, sechs alte Artilleriegeschütze, 300 AK-47-Sturmgewehre, dazu Jeeps und einen Ambulanzwagen. Drei solcher Kompanien sind ausersehen, Tikrit, die Heimatstadt Saddams und Saladins, zu verteidigen. 900 Mann gegen Amerika.

»So war es«, sagt Abu Musch mit müdem Gesicht, das ihn älter macht als seine 42 Jahre, seine Rede wird unterbrochen, fortlaufend, von den Kommentaren der Brüder, Neffen und Cousins, die über die Benzinknappheit im Land reden wollen, über die Stromausfälle, über den Hochmut der Amerikaner. Der Krieg ist noch warm in Tikrit. »Aber wir haben unseren Feind ja nie gesehen«, sagt Abu Musch. Zigarettenasche fällt auf sein linkes Hosenbein.

Am Nachmittag des 6. April reißt die Telefonkette nach Bagdad. Der Generalstab im Hauptquartier ist nicht mehr zu bekommen. Abu Musch, Vizekommandeur der Kompanie im Rang eines Majors, auf der Schulter einen Streifen und einen Stern, schaut seinen Männern abends beim Volleyball zu.

Wochenlang haben sie den Häuserkampf in ihren Manövern geübt. Ende März rückten sie dreimal aus, um den Landkrieg in der Steppe zu trainieren. Abu Musch findet, dass seine Leute 100-prozentig auf alles Kommende vorbereitet sind, 100-prozentig. Er hat keine Angst. Er ist Soldat seit 16 Jahren. Der Krieg ist sein Handwerk. Saddam Hussein al-Tikriti ist sein Führer.

Der 7. April und der 8. werden allen sehr lang. Die Routine füllt die Tage nicht mehr aus. Morgenappell um 6, Antreten um 7, Sport um 7.30, Waffenübungen ab 8 Uhr. Gewehr zerlegen und wieder zusammensetzen. Dann politische Bildung, Frühstück, Lagebesprechung der Offiziere. Im Fernsehen sagen sie, Amerikaner und Briten seien lachhaft unterlegen. Der Aufmarsch der Feinde versinke im Sand. Von Sieg zu Sieg eile Iraks ruhmreiche Armee. Aber am Morgen des 9. April zeigen die Fernseher in Tikrit nur noch ein Standbild.

»Das war kein gutes Zeichen«, sagt Abu Musch. Auf seinem Wohnzimmerschrank, der eine ganze Wand des Raums füllt, stehen Pudel aus Porzellan, Pralinenschmuckdosen, Plastikblumen, Familienbilder. Ein Foto zeigt einen Onkel beim Händeschütteln mit Saddam. »Wir waren ohne Befehle, ohne Nachrichten, wir waren unruhig«, sagt Abu Musch.

Der Regionalkommandeur, ein General, seit Ausfall der Telefone direkter Oberbefehlshaber, schickt per Auto einen Kurier nach Tikrit mit der Order, die Kompanie in Gefechtszustand zu versetzen und vor die Tore der Stadt zu verlegen, um jeden anrückenden Invasor zurückzuschlagen.
Abu Musch bellt die nötigen Befehle. Die Mannschaft packt. Verlegung der Kompanie mit allem Gerät am 10. April, von 6 Uhr morgens an. Aber die Nacht ist schon zwei Stunden früher vorbei. Der Krieg in Tikrit beginnt um 4 Uhr.
Der unsichtbare Feind belegt die Stadt mit furchtbarem Feuer, über die Steppe geht ein Sturm, aus dem Himmel fallen Bomben, schleudern Raketen, pausenlos, tonnenweise.
Es trifft, Schlag auf Schlag, das Haus der Geheimdienstzentrale, das Haus der Polizei, das Haus der Staatssicherheit, es trifft das Tikrit-Hotel mit seinen korinthischen Säulen, es trifft die Telefonzentrale, den Haupttrakt des Saddam-Museums, die Militärschule, es trifft Kasernen, Militäranlagen, einzelne Luftabwehrstellungen.
Abu Musch trifft es nicht. Abu Muschs Kompanie bleibt verschont in sechs Stunden Angriffswelle, keine Bombe, kein Tomahawk findet die 300 Männer der Republikanischen Garde. Eilig verlegt sich die Kompanie nach Süden. Sie zieht vorbei am Portal von Saddams Faruk-Palast, das zwei große Reiterstandbilder des Führers trägt, vorbei am Monumentalgrab von Saddams Vater Hussein Madschid, das rechts der Straße wie eine Süßigkeit aus gefärbtem Zucker 30 Meter in den Himmel zeigt.
Die Offiziere fragen sich: Wo bleibt die irakische Luftwaffe? Ist Bagdad schon gefallen? Ist Saddam noch mit ihnen? Die Kompanie ist kleiner geworden. Drei Dutzend sind in der Nacht von der Fahne gegangen. Die Soldaten verlieren darüber kein Wort. Sie bauen ihr Lager.
Ein paar Kilometer vor Tikrit ziehen sie Luftschutzgräben in die hart gebrannte Erde, die Kanten bewehren sie mit einer doppelten Lage Sandsäcke. In den Erdfurchen, eine Armspanne breit, kann ein Mann so stehen, dass nur noch sein Kopf über die Bodenlinie ragt. Dies wird kein Häuserkampf. Ein Landkrieg, vielleicht. Sie stellen die Zelte weit voneinander auf und noch weiter weg die Panzer. Am Abend des 10. fliegt der Feind neue Angriffe. Die Soldaten hocken im Graben, die Hände über dem Helm.
»Wir haben unseren Feind nie gesehen«, sagt Abu Musch, als suchte er ihn immer noch. Der ganze Mann sitzt nach links in den Sessel gelehnt wie ein Schrägstrich, ein Teeglas in der Hand. »Es war ein Krieg ohne Feind.«
Am 11. sind sie, ohne Offiziere und ohne dass ein Einziger von ihnen gefallen wäre, nur noch ungefähr 200 Mann. Sie kochen sich Tee. Abu Musch überwacht das Verbot des Kartenspielens im Feld. Sie warten. Sie trinken Tee. Warten. Trinken Tee. Bis der Nächste »Alarm« brüllt, weil sich der Himmel mit leisem Summen füllt. Dann stürzen sie in ihre Gräben zurück. Die Erde bebt. Kein Feind zu sehen.
Im Süden, von wo er kommen müsste, nur Horizont. Kein Amerikaner. Kein Brite. Nicht am 11., nicht am 12. April. Und kein Funkkontakt zu den anderen Einheiten, die Tikrit, Saddams und Saladins Heimatstadt, verteidigen. Abu Musch denkt bei sich, länger schon, eigentlich seit dem Tag, als das Bild im Fernseher stand: Game over.
»Aber ich bin Soldat«, sagt der Major im erzwungenen Ruhestand. Er geht herum und bietet auf dünnen Beinen ringsum Zigaretten an, er ruft die Frauen in der Küche nach neuem Tee. »Ich hatte die Verantwortung für meine Männer«, sagt er, »alles Leute um die 20 Jahre, gute Männer.«
Vor ihnen streckt sich in all den Tagen die Steppe, eine Fläche aus Ocker, eine Landschaft ohne Eigenschaften, bis zum Horizont. Hinter ihnen duckt sich Tikrit, die kleine Stadt, voll gebaut mit 16 privaten Palästen des Führers, ausstaffiert mit Schwimmbädern, goldenen Armaturen, Musikzimmern, Bibliotheken, ausgestattet mit Küchen, Wäschereien, langen Schlafzimmerfluchten und geheimen Geldschränken. Es geht um viel bei der Verteidigung Tikrits.

13. April, ein 40-jähriger Offizier macht seinen Zug verrückt, er weint vor seinen Männern, ihm gehen die Nerven durch aus Angst um seine Familie in Bagdad. Er fragt herum, was den Seinen zugestoßen sein mag, er verflucht die Amerikaner und den ganzen Krieg. Seine Soldaten versuchen ihn zu beruhigen, einen Offizier der gefürchteten Republikanischen Garde. Dazwischen immer neue Bombenwellen.

Am nächsten Tag, 14. April, sind die Verteidiger Tikrits, obwohl niemand getötet wird, nur noch 25 Offiziere und höchstens 140 Mann. Die Garden, die den Eid schworen, bei all ihrem Tun Allah, die Revolution und das Land »bis zum letzten Tropfen ihres Blutes« zu verteidigen, werfen die Gewehre hin. Sie stehlen sich davon, in der Nacht, Raketenbeschuss hin oder her.

Am 15. sind sie, Offiziere und Mannschaft, noch 45. Seit dem Vortag geht in den Gräben Gerede um. Bagdad sei gefallen, Saddam tot, der ganze Krieg längst verloren. Irak in der Hand des Feinds. Die Offiziere sind machtlos dagegen.

»Was sollten wir glauben?«, fragt Abu Musch mit leeren Augen, die keine Antwort erwarten. Er raucht. Er will jetzt, nach dem Krieg, »etwas mit Computern« machen. Ein 286er-PC steht verstaubt auf einem Beistelltisch. Abu Musch springt durch sein inneres Kriegstagebuch, blättert vor und zurück und vor, er sortiert beim Reden die Widersprüche seines Kriegs mit den Amerikanern. »Was sollten wir tun? Was konnten wir machen?«

Am Vormittag des 16. April zählt die Stellung innerhalb von zwei Stunden 45 Einschläge. Jetzt müssen die Amerikaner, die Briten irgendwo in der Nähe sein. Dies sind keine Bomben aus dem Himmel. Dies sind Boden-Boden-Raketen, teils gewöhnliche Artillerie. Granaten. Niemand aus Abu Muschs Truppe ist verletzt oder stirbt. Wann wird die Infanterie des Feindes anrücken?

Der Regionalkommandeur, der General, fährt am Nachmittag im Dienstwagen die Stellungen ab. Er gibt keine Auskunft über die Lage. Ja, ja, auch die anderen beiden Kompanien stünden noch ein für Tikrit. Die Amerikaner? Es sei mit ihrer Ankunft jetzt bald zu rechnen. Bagdad? Möge Allah beschützen. Der General befiehlt Abu Muschs Leuten, 45 Mann, ihre Position aufzugeben und sich näher an der Stadt neu aufzustellen. Die Truppe ist erleichtert.

Sie packen. Sie sagen, am Abend des 16.: »Wir könnten doch nach Hause gehen und nachsehen, ob alle noch leben.« – »Wir könnten sehen, ob unsere Häuser noch stehen.« – »Wir könnten eine Dusche nehmen!« – »Etwas Gutes zu essen holen!« So gehen die Männer auseinander. Fest verabredet, sich am neuen Standort wiederzusehen. Verschworen, dem Feind nicht freies Feld zu überlassen. Vereidigt, Gott, Revolution und das Land zu verteidigen.

Am Morgen des 17. sind sie noch 14. Abu Musch, der Vize, ein Major, ist jetzt der ranghöchste Offizier. Der Kompaniechef, ein Oberstleutnant, ist nicht mehr zum Dienst erschienen. Nördlich von Tikrit, unsichtbar für sein Dutzend Republikanischer Gardisten, unerreichbar ohnehin, landen amerikanische Fallschirmjäger. Der Feind nimmt Position am Rand der Heimatstadt Saladins und Saddams. Er zieht einen Ring um Tikrit.

Jetzt, nach einer Woche Geisterkrieg, bekommt Abu Musch zum ersten Mal eine sichtbare Ahnung vom Feind. Über der Steppe im Süden stehen Staubwolken. Sie kommen auf mehreren Kilometern Breite. Es müssen sehr viele sein. Zwischen ihnen und Tikrit steht der Major mit 14 Mann.

Er und seine Leute wissen nicht, dass einer der vier großen Scheichs der Region den Amerikanern mit weißer Fahne am Auto entgegenfährt. Er will die Stadt kampflos übergeben. Tikrit kapituliert ohne Wissen seiner Verteidiger und ohne dass sie einen einzigen Schuss auf den Feind abgefeuert haben.

Die Kompanie der Republikanischen Garde schmilzt weiter. Im Laufe des Tages sind sie bald nur noch ein Dutzend. Dann zehn Mann, dann acht. Abu Musch versucht nicht mehr, die Leute aufzuhalten. Game over. Das Spiel ist aus.

»Es war nicht mehr die Stunde für Heldentaten«, sagt Abu Musch. Er verjagt Fliegen aus seinem Gesicht, er befiehlt einem Cousin, den Gästen kaltes Wasser nachzuschenken. »Es war nichts mehr zu verteidigen«, sagt er nach drei Stunden Erzählung in der dunklen Wohnstube, »es war doch nur noch alles zu verlieren, nicht wahr?«

Am Nachmittag des 17. ist er allein. Saddams letzter Mann in Tikrit. Die Amerikaner nehmen die Stadt ein. Sie brauchen dafür keine Panzer, keine Abrams, keine Bradleys. Aus dem Lager der Fallschirmjäger wird im Laufe des 17. eine Basis. Ohne Widerstand rückt Infanterie nach in die Stadt.

Sie besetzen den zentralen Festplatz und bauen ihn aus zur Kommandostellung in Tikrit, Saddams und Saladins Heimatstadt. An den Wänden steht: »Saddams Geburtstag ist der Geburtstag des irakischen Volkes.« An den Panzerfahrzeugen der Amerikaner steht, in Schablonenbuchstaben: »Blitzkrieg Bop«.

Abu Musch ist allein. Vor ihm erstreckt sich die Steppe. Hinter ihm duckt sich Tikrit, voll gebaut mit 16 Palästen des Führers. Abu Musch erwägt die Lage. Er sagt sich: Tikrit zu halten bedeutet nicht, den Krieg zu gewinnen. Er fragt sich, warum er mit seinen Männern den Häuserkampf geübt hat, wochenlang, auf Befehl von ganz oben, auf Geheiß von Saddam. Er fragt sich, warum sie Ende März dreimal ausrückten, um den Landkrieg zu üben.

Es wird sechs Uhr abends am 17. April, im Licht der sinkenden Sonne geht Abu Musch in der verlassenen Stellung herum und zerstört die Kalaschnikows, um sie nicht dem Feind zu überlassen.

»Jetzt denke ich, dass die Flucht meiner Männer richtig war«, sagt Abu Musch. »Auch Saddam hat gesagt, das Wichtigste sind eure Familien. Also war es gut, nach Hause zu gehen.« Stimmengewirr der Brüder, Neffen, Cousins. Manche im Wohnzimmer meinen, die Soldaten seien gar nicht desertiert. Sie hätten, jawohl, gegen Saddam protestiert. Abu Musch stimmt zu. »Wenn sie Saddam noch geliebt hätten«, sagt er, »wäre der Krieg niemals so schnell zu Ende gegangen, niemals. Dann würden wir immer noch kämpfen, monatelang.«

Am 17. aber steht Abu Musch allein auf weiter Flur. Er sieht sich um. Einen Dienstwagen hat er nicht mehr. Sein Fahrer ist mit dem Auto schon zwei Tage zuvor getürmt, alle anderen Fahrzeuge, bis auf eines, sind fortgefahren oder von Raketen zerschlagen. Nur der Ambulanzwagen bleibt noch. Der Schlüssel steckt. Jetzt gibt Abu Musch auf, auch er, Saddams letzter Mann.

Setzt sich ans Lenkrad.

Fährt heim.

»So war es«, sagt er.

* *Name von der Redaktion geändert*

Matthias Geyer

Matthias Geyer, geboren 1962 in Aachen. Nach einem Volontariat beim Kölner EXPRESS ging er 1997 zur WELT AM SONNTAG, dann zum SPIEGEL. 1993 zog er von Hamburg wieder ins Rheinland und wurde dort Sportchef beim KÖLNER STADT-ANZEIGER. 1997 kehrte er zum SPIEGEL zurück, für den er als Reporter in Berlin arbeitet.

Alexander Smoltczyk

Alexander Smoltczyk wurde 1958 in Berlin geboren. Er studierte Volkswirtschaft in Berlin und Montpellier. 1987 wurde er Redakteur und später Frankreich-Korrespondent der TAGESZEITUNG. Er verfasste Reportagen für GEO, VOGUE und ZEITmagazin. 1992 wurde Alexander Smoltczyk Reporter bei der WOCHENPOST in Berlin. Seit 1997 arbeitet er für den SPIEGEL.

Die Dosenrepublik

Operation Dosenpfand – Seit Jahren liefern sich Politik, Wirtschaft und Lobbygruppen einen Krieg um die Getränkebüchse – und schufen eine Reform, die keiner wollte

von Matthias Geyer und Alexander Smoltczyk
DER SPIEGEL
4. August 2003
Foto: Pressefoto Peters

Protestaktion von Dosengegnern in Berlin vor dem Bundesrat (im Juni 2001): Einige Milliarden Getränkedosen, 82 Millionen Pfandsammler und ein vollkommen verbeultes Gesetz

Irgendwann wird sie einbrechen, wird diesen Druck nicht mehr aushalten, es wird ein hässliches Geräusch geben, so, als würde man jemandem das Genick brechen, aber noch steht sie da und glänzt gülden, noch lebt sie, eine Halbliter-Getränkedose aus Weißblech.

Sie ist 52 Millimeter breit, 168 Millimeter hoch, 27,3 Gramm schwer. Auf ihrem Bauch steht »Holsten«, der Name einer Hamburger Brauerei. Aber es ist kein Bier in dieser Dose. Es geht jetzt nur um sie. Es geht um die Frage: Schafft sie 800 Newton?

Sie ist in einen Kraftgenerator geklemmt worden, zwei Platten so groß wie Dessertteller pressen auf sie, eine von oben, die andere von unten, und langsam, ganz langsam wird der Druck erhöht.

Drei Männer und eine Frau haben sich in einem Halbkreis um den Kraftgenerator gestellt, es sind Herr Heske, Herr Noll, Herr Dr. Sommer und Frau Köppe. Sie beobachten und schweigen. Es gibt eine digitale Anzeige, auf der man den Druck ablesen kann. Er ist jetzt bei 800 Newton. 800 Newton sind die Schallgrenze. 800 Newton muss eine Halbliter-Weißblechdose nach den deutschen Vorschriften aushalten. Heske, Noll, Dr. Sommer und Frau Köppe sind zuversichtlich. Sie wissen, was diese Dose kann. Dieses Dose ist ihr Geschöpf.

Heske und Noll sind Diplomingenieure, Dr. Sommer ist Physiker, Frau Köppe Metallkundlerin. Sie arbeiten in einem Gebäude, das mit Stahl verkleidet ist und von außen aussieht wie eine Weltraumstation. Das Gebäude steht im Bonner Stadtteil Auerberg, 80 Wissenschaftler sind hier damit beschäftigt, Bördelwinkel, Aufreißkraft oder Bodenstandfestigkeit zu prüfen. Sie fangen morgens um acht an, sie tragen Codekarten bei sich, um die Türen zu öffnen, und wenn sie abends um 18 Uhr nach Hause gehen, kommen sie an einem Bild von Albert Einstein vorbei.

Sie arbeiten an der perfekten Dose.

Das »Forschungs- und Entwicklungszentrum« in Bonn-Auerberg gehört der Firma »Ball Packaging Europe«. Zwölf Milliarden Getränkedosen hat Ball

BUNDESRAT

Packaging letztes Jahr in Europa hergestellt. Zwölf Milliarden Dosen bedeuten einen Umsatz von einer Milliarde Euro. Das Forschungs- und Entwicklungszentrum hat ein Budget von rund 20 Millionen Euro. Es geht hier nicht um irgendwas.

Der Druck liegt jetzt bei 1200 Bar. Die Holsten-Dose zittert noch nicht einmal, sie steht da wie ein Olympiasieger im Gewichtheben.

Herr Heske ist der zuständige Mann für die Produktion. Er lächelt still. Heske hat 1993 bei Ball Packaging, damals noch »Schmalbach-Lubeca«, angefangen, da war die Wand einer Dose noch 0,26 Millimeter dick. Jetzt sind es 0,205 Millimeter. Heske macht keine Karriere mit wachsenden Dienstjahren, sondern mit dünner werdenden Getränkedosenwänden. Es hat schon Tests mit 0,18 Millimetern geben. Vielleicht wäre das die Rettung.

Sein Labor, sein Unternehmen, die ganze Industrie, für die er arbeitet, steht im Moment in einem Kraftgenerator, so wie diese eine Holsten-Dose hier, und niemand weiß, wie lange man dem Druck noch standhalten kann. Von oben drückt Jürgen Trittin, der Bundesumweltminister, und von unten drückt die Lobby der Mehrwegflasche. Sie haben große Kraft.

Seit Anfang des Jahres muss man in Deutschland 25 Cent Pfand für eine Dose bezahlen, weil sie »ökologisch nicht vorteilhaft« ist, wie es im Bundesumweltamt heißt. 25 Cent sind ein Stigma. Seit es das 25-Cent-Pfand gibt, bricht der Dosenmarkt ein. Das Dosenwerk von Ball Packaging hat seit Anfang des Jahres Kurzarbeit angemeldet und 80 mittelständischen Zulieferern gekündigt. Heske, Noll, Dr. Sommer und Frau Köppe forschen an einer Todgeweihten. Aber sie machen weiter.

Die digitale Anzeige steht auf 1600 Newton. Dann gibt es einen kleinen Knall, und die Holsten-Dose faltet sich in der Mitte zusammen. »Sechzehnhundert. Weltklasse«, sagt Heske.

Dr. Sommer wirft die Dose in den Mülleimer, dann laufen sie auseinander, erleichtert und mit sich selbst im Reinen, wie man es von Ingenieuren der Nasa kennt, wenn sie gerade eine Rakete erfolgreich ins All geschossen haben.

Es war Gottfried Krueger, ein Deutscher, dessen Brauerei 1933 in Amerika zum ersten Mal erfolgreich Bier in eine Dose füllte. Diese Dose wog 100 Gramm. Im Vergleich zur Dose von heute hat eine Entwicklung stattgefunden wie vom Affen zum Menschen. Warum soll es nicht ein Deutscher sein, der die erste Ökodose erfindet? Hauchdünn, umweltfreundlich, pfandfrei?

»Wir sind noch nicht am Ende«, sagt Heske.

Als in der Uno über Krieg und Frieden gestritten wurde, stritt Deutschland über das Dosenpfand. Als in den Supermärkten der USA gelbe Schleifen in den Schaufenstern hingen, zum Gedenken an die Soldaten, stapelten sich hinter Deutschlands Registrierkassen Plastiksäcke mit triefenden Flaschen und klebrigen Dosen. Als an der galizischen Küste die Strände weiter unter dem Öl verstarben, überlegte die Bundesregierung, ob auch Molkeanteile von 49 Prozent im Drink zur Bepfandung führen müssten.

Die gegenwärtig praktizierte Pfandverordnung ist jedem ein Rätsel, der nicht in diesem Lande lebt. Ein Gesetz, das Millionen Bürger in Müllsammler und Dosenhorter verwandelt, aber von der überwiegenden Mehrzahl der Bürger gutgeheißen wird – wenn auch nicht verstanden.

Ein Gesetz, das seinerzeit von einem CDU-Umweltminister beschlossen wurde, von der späteren CDU-Vorsitzenden umgeschrieben – und von Angela Merkel heute als »grenzenloser Schwachsinn« bezeichnet wird.

Jürgen Trittin sagt, er exekutiere nur, was seine konservativen Vorgänger beschlossen hätten. Und der Kanzler sagt – im Kreis mit Wirtschaftsführern –, er halte das Dosenpfand für einen Auswuchs von Ökobürokratie.

Eine Verordnung, die irgendwann einmal auch in der guten Absicht erlassen wurde, die Bierdosen von den Waldwegen wegzubekommen, ist offenbar zu

Pfandlogik

Beispiele für verwirrende Pfandregelung **nach Trittins Vereinfachungsnovelle**

einem Monstrum geworden, für das keiner mehr die Verantwortung übernehmen will.

In Dänemark hat es wenige Monate gedauert, ein Pfand auf Dosen einzuführen. In Deutschland wird seit zwölf Jahren diskutiert und dekretiert, geblufft, gepokert und gelogen. Wie will sich ein Land erneuern, das sich an einer Dose festbeißt? Wie soll ein Gemeinwesen in Gesundheits-, Steuer-, Rentenreform zur Vernunft finden, wenn Getränkeindustrie und Politik die Bürger seit Monaten zu Pfandbonarchivaren und Abfallkutschern macht?

Die Geschichte des Dosenpfands ist die Geschichte vom Versagen eines Systems, in dem die Macht so verteilt ist, dass am Ende niemand mehr etwas entscheiden kann. Es ist die gleiche Geschichte wie bei der missglückten Einführung der Lkw-Maut: die Geschichte des Versagens von Deutschlands Eliten, in Wirtschaft, Verbänden und Politik.

Etwa zwei Kilometer Luftlinie vom Dosenlabor Bonn-Auerberg entfernt sitzt Ministerialrat Thomas Rummler, Leiter des Referats WA II 3, in einer der 560 Bürowaben des Bundesumweltministeriums und verändert die Welt.

Rummler ist ein grau gelockter Rheinländer Anfang 50. Seit 20 Jahren fährt er jeden Urlaubssommer in die Bretagne, stets an denselben Ort. Andere mögen es genießen, im Land der »Evian«- und »Volvic«-Einwegplastikflaschen unbeschwert herummüllen zu können. Rummler nicht. Er bringt aus Frankreich seit 20 Sommern die Gewissheit mit: »Unser Weg ist der Richtige.«

Rummlers Referat WA II 3 ist für »Produktverantwortung, Vermeidung und Verwertung von Produktabfällen« zuständig. Er ist Deutschlands Mister Dosenpfand. Auf seinem Schreibtisch entstehen die entscheidenden Referentenentwürfe, Vorlagen, Protokolle und Gesetzesentwürfe zum Thema. Rummler ist Mitverfasser eines 176-seitigen Kommentars zum Verpackungsverordnungsrecht. Die Bibel der Dosenlobbys und der Dosenfeinde.

Seit 13 Jahren formuliert Rummler das Recht der Dose, und mit jedem Satz, den er von seinem Schreibtisch weiterreichte an die jeweiligen Minister – gleich ob sie Töpfer, Merkel, Trittin hießen –, ist es enger geworden für die deutsche Dose.

Die Forscher in Bonn-Auerberg fürchten den Ministerialrat. Kein anderer kennt die juristischen Feinheiten im Dosenrecht so gut wie er. Und wenn §3 (2) VerpackV bestimmt: »Getränkeverpackungen sind geschlossene oder überwiegend geschlossene Verpackungen für flüssige Lebensmittel, die zum Verzehr als Getränke bestimmt sind, ausgenommen Joghurt und Kefir« – dann freut eine so klare oder überwiegend klare Definition den MinR Dr. Rummler im Raum 3/684 des Bundesumweltministeriums.

»Die Regelung will Umgehungstatbestände verhindern«, sagt er. Er ist ein sympathischer Mensch mit glatter Stirn. »Man könnte sonst geöffnete Dosen verkaufen und sich weigern, Pfand zu erheben.« Rummler spricht anders, als er aussieht. Vor ihm steht eine Mehrwegflasche Deutscher Brunnen, in der langsam kleine Blasen emporsteigen.

Es ist ruhig in seinem Büro. Nichts zu spüren von dem Sturm, der durch das Land gegangen ist in diesem Jahr, als Deutschland unters Pfand kam. Den Umsatzrückgängen bis zu 50 Prozent bei den Einwegbrauereien. Dem Pfandflaschenmangel in weiten Teilen des Landes, den verzweifelten Appellen der Getränkeabfüller an die Kunden, doch ihre leeren Flaschen zurückzubringen.

Nichts ist zu hören von der Verzweiflung am Bahnhofskiosk: »Wo soll ich mit der Dose hin? Aber ich komme doch nie wieder nach Limburg an der Lahn!«

Weit weg sind jene Szenen aus dem Kölner Karneval, als kaum Dosen auf den Straßen lagen, aber die Jecken mit Schnittverletzungen abtransportiert wurden und sich die Pferde an den Hufen verletzten, weil alles voller Scherben war.

Die Menschen werfen jetzt keine Bierdosen mehr weg, sondern Bierflaschen. Weil die 17 Cent weniger Pfand kosten. Oder sie trinken nur noch Apfelsaft aus dem Karton, weil es schwieriger scheint, ein Dosenpfand einzulösen, als seine Lohnsteuererklärung abzugeben.

Wo bislang beim Aufreißen einer Dose im Wesentlichen nur »Pschschtt-tokk« gedacht wurde, da muss jetzt bedacht werden, dass es »Pfandbonsysteme« gibt, »Insellösungen« und »Auslistungen«. Und »Pfandschlupf«. Und »Folien-Standbodenbeutel«.

»Nein, nein, ich denke«, sagt Thomas Rummler im Raum 3/684 des Bundesumweltministeriums, »ich denke, die Irritationen sind gar nicht so groß.« Sobald der Handel endlich seine Pfandautomaten aufgestellt habe, werde die Lage sich beruhigen, da ist er ganz sicher.

Vielleicht wird auch in diesem Büro manchmal geträumt. Der Traum von einer Welt, in der Kinder und Obdachlose all die Dosen aufsammeln, die sich auf Reitwegen und in Straßengräben finden, und sie, um sich ein Zubrot zu verdienen, in kluge und allwissende und allgegenwärtige Automaten werfen.

So wäre es schön.

Etwas verloren steht er da, ein großer Mann mit einem starken Bauch, und langsam wandern seine Augen nach oben, es sind traurige Augen.
»Ach, meine Döschen«, sagt er.
Andreas Rost ist Vorstandsvorsitzender bei der Holsten-Brauerei. »Holsten knallt am dollsten«, sagt man in Hamburg. Das war mal komisch gemeint.
Rost guckt auf einen »Tall-Pack«, eine Palette mit 2700 Getränkedosen. Die Paletten stehen in einer Produktionshalle, sie sind bis unter die Decke gestapelt, man könnte sie alle mit Bier befüllen, das wäre kein Problem. Nebenan gibt es drei Abfüllanlagen, Hochleistungsgeräte, von denen jedes 90 000 Dosen pro Stunde verarbeiten könnte.
Könnte. Wenn es einen Bedarf gäbe. Im Moment läuft nur eine Anlage. Die anderen stehen still. Es gibt keinen Bedarf mehr an Turbodosenabfüllstationen. Viereinhalb Millionen Euro kostet so ein Gerät. »Die verkauf ich nach Russland«, sagt Rost. »In Russland boomt die Dose.«
Rost arbeitet seit 1975 im Brauereigeschäft. Es ging immer aufwärts. Bis Ende letzten Jahres war Holsten die größte Brauereigruppe Deutschlands. Dann kam das Dosenpfand.
»Es sind Verwerfungen, wie es sie seit dem Zweiten Weltkrieg nicht mehr gegeben hat«, sagt Rost. Er sitzt in seinem Arbeitszimmer, er hat hier alle Zahlen archiviert. Seit Anfang des Jahres ist die Einwegproduktion um 70 Prozent zurückgegangen. Hochgerechnet aufs Jahr sind das 1,2 Millionen Hektoliter weniger.
1,2 Millionen Hektoliter macht rund 300 Millionen Dosen. Man könnte ganze Fußballfelder damit pflastern. Eine Katastrophe. 150 Stellen sind schon weg, in den ersten fünf Monaten des Jahres. Rost schaut aus dem Fenster, er sieht die Weite des Werksgeländes. Da parken Lkw, die eigentlich fahren müssten. »So was wie das da – einfach weg«, sagt er. Wegen 25 Cent Dosenpfand.
Und Andreas Rost erzählt von Weihnachten 1990. Wie er auf dem Werksgelände stand und seinen Lkw hinterhersah, die vom Hof fuhren, bis unters Dach mit Dosen beladen. Sie fuhren nach Dresden. Die Mauer war gefallen, und der Osten wollte vom Westen keine Weihnachtspakete mehr mit Jakobs-Bohnenkaffee und Bellinda-Feinstrumpfhosen. Der Osten wollte Dosenbier.
»Man musste die Menschen in den neuen Ländern erst mal versorgen«, sagt Rost. Holsten baute eine Luftbrücke aus Bier. Holsten ließ die DDR nicht allein. Holsten baute den Osten auf Halbliter-Dosen auf.
Früher mussten die Menschen der DDR jede Flasche, die sie kauften, zurückbringen. Jetzt gab es die Freiheit, auch die Freiheit, aus Dosen zu trinken, und die Freiheit, Dosen wegzuschmeißen. Holsten kaufte neue Abfüllanlagen, die Umsätze explodierten. Es ging gut bis 1994, als der Osten auf einmal nur noch Ost-Produkte wollte. Um die Kapazitäten auszulasten, belieferte Holsten jetzt nicht mehr die Zone, sondern füllte für Aldi ab.
Dose war Kult. Dose hieß Schnelligkeit, Flexibilität, Leichtigkeit, Billigpreise. Europas Märkte wurden geöffnet, seine Menschen waren jetzt mehr unterwegs, sie aßen unterwegs, sie tranken unterwegs, sie telefonierten beim Gehen.
Was für Ron Sommer das Handy war, war für Andreas Rost die Dose. Er dachte: Der mobile Mensch steckt keine Münzen mehr in Telefonzellen, und er läuft auch nicht in Supermärkte, um seine Flaschen loszuwerden. Die Menschen wollten die Dose, der Handel wollte die Dose, Holsten wollte die Dose. Nur die Umweltschützer wollten sie nicht.
»Aber jetzt sag ich Ihnen mal was«, sagt er. Wenn man einen Lkw voll lädt und über die Autobahn schickt, dann passen da 100 Hektoliter Bier rein, wenn man es in Mehrwegflaschen abpackt. In Einwegdosen gefüllt, passen 200 Hektoliter. Das heißt: Die Dose hält die Luft sauber.
Rost sieht zufrieden aus am Ende dieser Rechnung. Wenig gegen zu sagen. Allenfalls, dass das, was er Döschen nennt, immer in der Landschaft liegt. »Okay. Aber warum machen wir nichts dagegen? Wenn Sie in Singapur eine Zigarette wegwerfen,

kommen die Aufpasser, und dann zahlen Sie. 50 Euro pro Dose – meinetwegen. Aber man bräuchte Aufpasser. Warum haben wir die nicht?« Man könnte eine Abgabe von sechs Cent pro Dose erheben und davon die Müllaufpasser bezahlen. »Wäre auch etwas gegen die Arbeitslosigkeit«, sagt Rost.
Er hätte niemals geglaubt, dass sich Umweltschützer gegen das Gesetz der Marktwirtschaft durchsetzen würden. Auf einem Sideboard in seinem Büro steht eine Sammlung Bierflaschen, alle aus Glas, alle Mehrweg. Früher standen auch Dosen hier. Er hat sie weggeschmissen. »Gehen Sie mal davon aus, dass die Dose in Deutschland weitgehend tot ist«, sagt Andreas Rost.

Under-Secretary-General Dr. Klaus Töpfer ist heute Morgen in Nairobi aufgebrochen, er hat nachmittags in London mit einer Ministerin konferiert und wird morgen über Frankfurt weiter nach Australien fliegen, um dort in New South Wales die Jack-Beagle-Vorlesung über »Konsum im Wandel« zu halten.
Seit Töpfer Chef des Unep, des Entwicklungsprogramms der Uno ist, reist er nur mit Handgepäck. Ein Koffer, einmal falsch verladen, würde ihn bei diesem Reisetempo nie wieder einholen.
Jetzt sitzt Töpfer in der Lobby eines Bonner Hotels, gleich gegenüber vom Bundesumweltministerium, wo im Raum 3/684 an der jüngsten Novelle gearbeitet wird. »Thomas Rummler ist ein Phänomen«, sagt Töpfer. »Der hat damals für mich schon die Dose gemacht. Grüßen Sie ihn.«
Dann erzählt Deutschlands erster Umweltminister, wie alles angefangen hatte. Wie sie damals, 1988, den Großangriff von Coca-Cola mit 1,5-Liter-Plastikflaschen durch eine erste Pfandverordnung zurückgeschlagen hätten. Wie sie zum ersten Mal »Produktverantwortung« in ein Gesetz geschrieben hätten, jenen Gedanken, dass bereits der Hersteller sich um die Entsorgung sorgen müsse.
Wie sie die Revolution gemacht hätten, damals, unter Helmut Kohl.
Töpfer spricht vom Johannesburger Umweltgipfel, wo sie zum ersten Mal die Produktverantwortung in einen Implementierungsplan aufnehmen können. »Wir haben jetzt auch eine freiwillige Rücknahme bei Handys durchgesetzt, weltweit. Das hat in Deutschland begonnen.« Mit der Dose. Klaus Töpfer ist Weltpolitiker. Aber das Thema begleitet ihn, treuer als sein Koffer.
In der Lobby steht ein Fernseher. Auf dem Schirm läuft lautlos ein Beitrag, in dem es um Flaschen und Dosen geht. Töpfer hält sich aus der deutschen Pfanddebatte heraus. In Nairobi würde man von der deutschen Verwirrung wenig mitbekommen. Aber: »Es hat mir einen Stich versetzt, als neulich ein Landesminister erklärte, er würde doch nur umsetzen, was der Töpfer erlassen habe.«
Dabei sei seine Pfandverordnung nur als Drohung gedacht gewesen. Beschlossen, um nie Wirklichkeit zu werden: »Sie sollte das Schwert an der Wand sein. Wie bei der Inquisition im Mittelalter: Das bloße Vorzeigen der glühenden Folterzangen führt zum Geständnis des Delinquenten.«
Auch seien es andere Zeiten gewesen. Damals war Deutschland ein Land ohne gelbe Tonnen und ohne Duales System. Aber voller Müll. Und die Discountläden gefüllt mit Dosenbier zum Dumpingpreis. Die Mehrwegquote sank, und die kleinen Brauer in Bayern schauten auf ihre Pfandkästenberge und wurden unruhig.
So rief im Frühjahr 1991 Klaus Töpfer eine achtköpfige Kreativgruppe in sein Besprechungszimmer: »Wir müssen etwas tun.« Auf dem Tisch stand Mineralwasser und ab 18 Uhr Pfälzer Weißwein. Die Runde sollte klein gehalten werden, um die Lobbys nicht zu alarmieren. Das Umweltministerium war neu und seine Mitarbeiter engagiert. Sie spürten den Rückenwind der Geschichte. Umweltschutz war das Thema. So dauerte es nicht lange, bis der Urtext einer Allgemeinen Verpackungsverordnung fertig war.
Der Text schrieb den Herstellern in 14 Paragrafen vor, wie sie ihren Müll auch wieder einzusammeln hätten. Für die Getränkeindustrie waren die Paragrafen

7 und 9 vorgesehen: »Wir haben die Getränkeverpackung auch aus Gründen des Umweltbewusstseins besonders herausgestellt«, erinnert sich Töpfers damaliger Staatssekretär Clemens Stroetmann. »Die Dose war sichtbar, die Dose war Alltag. Der Umweltschutz spielte sich nicht hinter geschlossenen Fabriktoren ab.«

Die Dose war das Menetekel. Mit dem Bild einer rostigen Cola-Dose im Wald würden die Deutschen zu ökologischen Großtaten bewegt werden können.

Dabei ging es bei der Verordnung keineswegs um Müll in der Landschaft, sondern um Mittelstand in der Krise. Das Dosenpfand sollte die Kleinbrauer vor Leuten wie Andreas Rost und seinen Holsten-Lkw schützen. Die Paragrafen drohten der Getränkeindustrie mit Pflichtpfand, falls der Mehrweganteil *»im jeweiligen Einzugsgebiet«* bei Bier, Wasser, Sprudelgetränken, bei Saft und Wein *(»ausgenommen Perl-, Schaum-, Wermut- und Dessertweine«)* unter 72 Prozent sinke. Das war der von Töpfers Beamten für 1991 festgestellte Durchschnittswert. Eine Zahl, die das Leben der Deutschen verändern würde. Zwölf Jahre später.

Der Plan war gut. Das Pfand sollte hoch genug sein, um einen Anreiz fürs Sammeln zu bieten. Für 50 Pfennig würde man sich schon mal bücken. Der Dosenhersteller würde das Pfand vom Abfüller kassieren. Der würde es an den Großhändler weiterreichen. Der wiederum an den Supermarkt oder Kiosk, bis zum Konsumenten. Und umgekehrt würde die Dose wieder bis zum Hersteller zurückgereicht. Ein Pfänderspiel, bei dem es eigentlich keinen Verlierer geben dürfte.

Es würde in einer Welt funktionieren, in der es keinen Dosenschmuggel aus pfandfreien Nachbarländern, keine Habgier, Missgunst, Trickserеien gäbe, keine Verbände, Länderminister und Ausführungsbestimmungen. In einer Welt, wo die Akteure über unbegrenzte Ressourcen an Zeit, Geld und Vernunft verfügten.

Der Bundesrat stimmte in seiner Mehrheit zu – nachdem Thomas Rummler über 100 Änderungsanträge notiert und berücksichtigt hatte. Es war eine der längsten Sitzungen des Bundesrats in seiner Geschichte. Am 20. Juni 1991 erschien Töpfers Verpackungsverordnung im Bundesgesetzblatt, unterschrieben von Helmut Kohl. Niedersachsens Umweltminister hatte gegen die Verordnung gestimmt. Seine Name war: Jürgen Trittin.

Aber das Pfand war durch. Und seine Erfinder plagte insgeheim nur noch eine Furcht: dass ihre Idee eines Tages angewendet werden, dass ihr Geschöpf in die wirkliche Welt hinaustreten könnte. Es war die Angst des Dr. Frankenstein.

Doktor Uwe Rantzsch steht vor einem Fließband, auf dem Lücken klaffen. Hin und wieder zieht ein Teil aus Metall an ihm vorbei, ein geleerter Whiskas-Napf, ein paar Kronkorken, ein alter Fleischwolf.

Nur eben keine Dosen.

»Sie müssen wissen: Ich liebe die Dose. Aber es gibt ja keine mehr.« Seit es das Dosenpfand gibt, ist Platz auf dem Fließband. Weniger Dosen bedeutet für Uwe Rantzsch: weniger Geld.

Rantzsch ist Geschäftsführer der Firma »Sero« in Leipzig. Er betreibt die modernste Mülltrennungsanlage, die das Land hat. Sie trennt besser als jeder Privathaushalt.

Es gibt hier Gebindeöffner, Trommelsiebe, Windsichter und vor allem Ballistikseparatoren. Ballistikseparatoren erkennen die Unterschiede zwischen einem Margarinetopf und einem Joghurtbecher. Sie können einen Margarinetopf, der gerade nicht gebraucht wird, mit Pressluft vom Förderband schießen. Am Ende ist alles in »Fraktionen« getrennt, wie es in der Sprache der Abfallentsorger heißt, so sortenrein, dass man es fast wieder bei Tengelmann ins Regal stellen könnte.

Nirgendwo auf der Welt sieht Müll so aus wie bei Sero. Sero macht den perfekten Müll.

Hauptkunde der Anlage ist das »Duale System Deutschland« (DSD), jenes Unternehmen, das seit 1992 den wertvollen Müll einsammelt, den Müll, den man wiederverwerten kann, den Müll, der den

Grünen Punkt bekommt; Pappe, Plaste, Glas, Blech. Die Produzenten solcher Sachen zahlen dem DSD Geld dafür, dass sie dieser Eliteflotte der Verpackungsindustrie angehören. Der Grüne Punkt ist der Mercedes-Stern des deutschen Mülls.
Uwe Rantzschs Problem: Es gibt zu wenig deutschen Müll. Bis zum Silvester-Tag des vergangenen Jahres hatte jede Getränkedose einen Grünen Punkt; dann kam das neue Jahr, und der Grüne Punkt verschwand. Sein Nachfolger wurde das Dosenpfand. Das DSD entsorgt seitdem bundesweit 650 000 Tonnen Abfall weniger im Jahr. Sero in Leipzig wird dieses Jahr 760 000 Euro weniger einnehmen.
Seit man keine Dosen mehr in gelbe Tonnen werfen kann, ist das System ärmer geworden. Die Dosenhändler und Supermärkte brauchen keine Lizenzgebühren mehr zu bezahlen. Aber die Maschine von Doktor Rantzsch läuft weiter, mit oder ohne Dosen.
Die Dosen waren einfach so mitgelaufen, vollautomatisch. Der Magnetabscheider hatte sie vom Band gesaugt, dann wurden sie gepresst und ins Stahlwerk zum Einschmelzen geschafft. Es funktionierte eigentlich ganz gut.
Die Deutschen haben sich an das Duale System gewöhnt wie ans Zähneputzen. In keinem anderen Land wird so sortenrein getrennt, werden »Fehlwürfe« von Kaffeefiltern in die Grünglastonne so gnadenlos vom Hausmeister geahndet wie in Deutschland.
»Es gab ein funktionierendes System, das viel Geld gekostet hat. Das Duale System. Das haben wir durch ein Chaos ersetzt, das noch mehr Geld kostet«, sagt Rantzsch. Aber ein deutsches Gesetz ist deutsches Gesetz. Und 72 Prozent sind 72 Prozent. Uwe Rantzsch sieht seinem Pfeifenrauch hinterher. Er hat kleine Mülltonnen in verschiedenen Farben auf seinem Schreibtisch stehen. Er sagt: »Der Transrapid wird jetzt in China gebaut, aber wir haben ein tolles Dosenpfand. Da stelle ich mir die Frage der Verhältnismäßigkeit.«
Rantzsch redet vom »Pfandschlupf«. Man war davon ausgegangen, dass die allermeisten Deutschen ihre Dosen zurückbringen würden; niemand hatte geglaubt, dass sie ihr Geld freiwillig wegschmeißen würden.
Aber sie tun es. Werfen ihre Pfanddosen weg, weil sie nicht wissen, wohin damit. Das Geld, 25 Cent pro Dose oder PET-Einwegflasche, verbleibt im Handel. Bis zum Oktober dieses Jahres sollen es 400 Millionen Euro sein.
400 Millionen Euro Pfandschlupf, 400 Millionen in den Kassen der Supermärkte, weil die Bierdosen nicht zurückgebracht werden. Rantzsch fragt sich, wo diese Dosen alle landen. Vielleicht im Hausmüll, vielleicht in öffentlichen Papierkörben, vielleicht im Wald? In seiner vollautomatisierten Mülltrennungsanlage jedenfalls nicht.

Sie sitzt im Dienstwagen, der sie in ihren Wahlkreis nach Rügen bringt, ihr Kopf ist voll mit den Problemen einer CDU-Chefin des Sommers 2003. Roland Koch hat den Machtkampf eröffnet, auch Friedrich Merz macht Ärger.
Aber Angela Merkel redet über das Dosenpfand. Das Thema lässt sie nicht los. Vor kurzem im Bundestag hat sie das, was das Dosenpfand in Deutschland zurzeit anrichtet, als »grenzenlosen Schwachsinn« bezeichnet. Und alle lachten. Nicht über das Dosenpfand, sondern über sie.
Merkel war 1994 Bundesumweltministerin im Kabinett von Helmut Kohl geworden, und sie nahm dieses Amt sehr ernst. Sie sah, dass sich die Gesellschaft seit 1991 verändert hatte, sie glaubte, dass man Töpfers Verordnung weiterentwickeln müsse, sie wollte nicht, dass einmal gefasste Beschlüsse der Politik das Leben von Gesellschaften über Jahrzehnte bestimmen. Angela Merkel ist in der DDR groß geworden.
»Ich habe damals versucht, eine revolutionäre Neuerung einzuführen, worauf ich auch heute noch stolz bin: Ich wollte, dass man nach und nach Einwegverpackungen zu Mehrwegverpackungen erklärt, wenn sie ökologisch genauso gut abschneiden«, sagt sie. Denn Milchkartons zum Wegwerfen sind ökologisch besser als Milchpfandflaschen.

Merkel wollte mit ihrer Politik irgendwann so weit sein, dass Deutschland nicht mehr nach Getränkesorten seinen Müll sortiert, sondern nach der Art von Verpackungen. Aber sie fand keine politische Mehrheit dafür.

Angela Merkel sagt: »Ich habe diese Verordnung geerbt, und ich habe keine Mehrheit gefunden, das Erbe sachgerecht weiterzuentwickeln.« Sie sei an SPD und Grünen gescheitert, die »wollten am liebsten Pfand auf alle Verpackungen«, sagt sie, »und Unterstützung bekamen sie von Ländern wie Bayern und Baden-Württemberg, die ihre kleinen Brauereien unterstützen wollten. Dabei ging es mehr um Mittelstandspolitik«.

Wahrscheinlich hat das, was dann geschah, sehr viel mit Angela Merkels Aufwachsen in der DDR zu tun. DDR-Bürger mussten auf jedes Glas, das sie kauften, Pfand zahlen, also brachten sie auch jedes Glas zurück. Merkel musste damals sogar klebrige Ketchup-Flaschen zurückbringen. Sie wollte so etwas nie mehr erleben.

Aber die Mehrwegquote sank weiter. Merkel musste handeln. Getränkequoten werden in Deutschland überprüft wie Einschaltquoten und Frauenquoten. Für die Getränke ist die »Gesellschaft für Verpackungsmarktforschung« in Wiesbaden zuständig. Töpfers »72 Prozent« war die Quote für alle Getränke. Merkels Idee war, dass man nur für solche Getränke Pfand bezahlen sollte, die ihre eigene Quote von 1991 unterschritten hatten. Sie glaubte, dass es eine faire Lösung für die Industrie sei.

Ihr Ministerium schrieb die Novelle der Verpackungsverordnung. Um die Einzelheiten kümmerte sich das Referat WA II 3, das Referat von Ministerialrat Thomas Rummler. Rummler saß noch immer in dem Büro, das er unter Klaus Töpfer bezogen hatte, es lag in der Bonner Ahrstraße. Am 21. August 1998 trat die Novelle in Kraft. Rummler hatte die entscheidenden Worte in § 9 untergebracht. Pfandpflicht, hieß es da, bestehe für solche Getränke, *»für die der im Jahr 1991 festgelegte Mehrweganteil unterschritten ist«*.

Es sind nur zehn Worte. Aber es sind zehn Worte, die für die deutsche Wirklichkeit im Jahr 2003 verantwortlich sind: Apfelschorle kostet Pfand, Apfelsaft nicht. Eistee mit Kohlensäure kostet Pfand, Eistee ohne Kohlensäure nicht. Cola in Dosen kostet Pfand, Whisky-Cola in Dosen nicht.

Angela Merkels Auto schnurrt auf Rügen zu. Wahrscheinlich hat sie das, was in Deutschland mit dem Pfand passiert ist, so nie gewollt. Ihr Handy klingelt. Sie muss sich jetzt um andere Sachen kümmern.

An den Wänden des Ministeriums für Umwelt, Naturschutz und Reaktorsicherheit am Berliner Alexanderplatz hängen gerahmte Fotos, sie zeigen saubere Landschaften, gesunde Bäume, satte Wiesen. Wer die Zentrale anruft und in der Warteschleife landet, wird vom Tonband in eine Welt entführt ohne Dosenlabore, Holsten und Mehrwegquoten. Es ist eine Welt ohne Zank und Streit. Man hört das Zwitschern von Vögeln, manchmal hämmert ein Specht.

Der Tisch in Zimmer 4204 ist aus dem Holz der Elsbeere gefertigt, auf ihm stehen kleine Mehrwegflaschen mit Apfel-Mango-Saft, man bekommt sie nur in Bio-Läden. Der Tisch gehört Jürgen Trittin.

Er trägt einen grauen, dreiteiligen Anzug, sein Gesicht ist glatt rasiert, er sitzt zurückgelehnt in einem Stuhl, manchmal lächelt er still in sich hinein, er ist ein Mann, der mit sich zufrieden ist.

Einmal steht er auf, geht an sein Regal, »hier ist sie«, sagt er, er holt eine kleine, weiße Rosenthal-Vase heraus, sie hat die Form einer Getränkedose. Trittin hält die Vase in die Luft, wie ein Jäger den Hasen.

Jürgen Trittin erzählt Geschichten von Kühen aus Bayern, die plötzlich gestorben waren; man habe sie obduziert, sagt Trittin, und in den Mägen seien klein gehäckselte Dosen gefunden worden. »Da haben die Bauern Heu gemacht, sind mit ihrem Mähdrescher über die Dosen gefahren und haben sie klein gehauen, und die Kühe haben das gefressen.«

Er stellt die Dose zurück ins Regal. »Den Status ›ökologisch vorteilhaft‹ wird die Dose nicht bekommen, das ist bar jeder Realität«, sagt er. Da können die in Bonn-Auerberg forschen, solange sie wollen. Nicht, solange er Bundesumweltminister ist.

Als er 1998 in das Amt kam, hat Jürgen Trittin zunächst den Atomausstieg betrieben. Als er damit fertig war, nahm er sich das Dosenpfand vor. Das war schon schwieriger.

Trittin rief die Leute aus der Wirtschaft und den Industrieverbänden an seinen Tisch aus Elsbeeren-Holz, er organisierte »Dosengipfel«, er stritt, er verhandelte, er setzte Fristen. Er traf auf Wirtschaftseliten, »die mit der Erfahrung auftraten, dass die Politik für ihre Manöver erpressbar ist«, sagt er. »Sie haben sich als Marktmacht im real existierenden Kapitalismus verstanden und dachten, die Regierung tanzt nach ihrer Pfeife.«

Das Dosenpfand war auch eine Chance für Trittin. Er konnte daran zeigen, dass in Deutschland eine andere Politik gemacht wird, jetzt, wo er Minister ist. Dass es in Deutschland den Primat der Politik gibt.

Als Jürgen Trittin noch ein junger Mann war, studierte er in Göttingen Sozialwissenschaften. Er war Sprecher des Studentenparlaments und Mitglied im »Kommunistischen Bund«. Er glaubte, den Kapitalismus verstanden zu haben. Er war davon überzeugt, dass Politik immer verliert, wenn sie sich mit dem Kapital anlegt.

Jetzt hat er das, woran er einmal geglaubt hat, widerlegt. Er ist klüger als damals, auch stärker.

Jürgen Trittin hat gewonnen. Er und seine Neun-Prozent-Partei. »Die Leute haben gesehen: Die Grünen sind diejenigen in der Regierung, die sich nicht einfach beiseite drängen lassen von Unternehmen, die viel Geld haben«, sagt der Minister. Die Grünen haben die letzten Wahlen auch wegen des Dosenpfands gewonnen.

»Das Symbolhafte an dieser Geschichte ist, dass in diesem Lande ökonomisch relevante und mächtige Gruppierungen immer noch glauben, sie könnten sich dem entziehen, was politische Rahmensetzung ist. Letztendlich funktioniert Gesellschaft aber nicht nur aus dem Markt. Zur Gesellschaft gehört auch, dass Gesetze und Verordnungen für alle gelten, auch für die Großen. Sie setzen einen Rahmen für den Markt.« Wenn er über das Dosenpfand redet, hört sich Jürgen Trittin an wie Otto Schily.

So wie sich Schily später in das Zuwanderungsgesetz verbiss, so machte sich Trittin an die Verpackungsverordnung seiner beiden Vorgänger. Er wusste, dass die 72-Prozent-Quote, jene Marke, bei der Töpfers Sprengsatz scharf gemacht werden müsste, unterschritten war. Er musste handeln. Und er wollte handeln.

Für einen kurzen Moment in der zwölfjährigen Dosenpfandgeschichte schien beim Dosengipfel am 13. Juni 2000 alles gut zu werden. Ministerium, Getränkegroßhändler und Dosenhersteller waren sich einig darin, dass eine Abgabe auf Einwegdosen das Mehrwegsystem besser stützen würde als ein Pfand, aber weniger umständlich und billiger sei. 25 Cent auf jede Bierdose, und der Markt würde den Rest schon regeln.

Doch das bloße Wort »Abgabe« ließ den Vertreter des BDI aufspringen: »Auf gar keinen Fall«, man sei grundsätzlich gegen jede weiteren Abgaben.

Damit war der Konsens gescheitert. Durch den ideologischen Starrsinn des Industrieverbands.

Also würde bepfandet werden. Trittin rief seine Fachleute zusammen. Die von Merkel weitergereichte Verordnung sollte übersichtlicher werden: Pfand nur noch auf ökologisch schädliche Verpackungen wie Bierdosen und PET-Einwegflaschen. Auf Mehrwegflaschen, Schlauchbeutel und Tetrapacks nicht. Damit war schon Angela Merkel gescheitert.

Am 23. April 2001 lag die Novelle dem Kabinett vor. Sie war im Referat WA II 3 geschrieben worden. Thomas Rummler arbeitete noch immer in Bonn, er war inzwischen von der Ahrstraße in die Bernkasteler Straße gezogen, ansonsten war seine Welt die alte geblieben. Er fuhr noch immer in die Bretagne und war froh, wenn er in ein Deutschland zurückkam, das sauber war.

Das, was so anders, so einfach und so übersichtlich werden sollte, klang in der einwandfreien Formulierung von MinR Thomas Rummler so: *»Die Befreiung nach Absatz 1 sowie §6 Abs. 3 gelten nicht für Verpackungen von Bier, Mineralwasser (einschl. Quellwässer, Tafelwässer und Heilwässer), Erfrischungsgetränken mit Kohlensäure und Fruchtsäften (einschl. Fruchtnektare, Gemüsesäfte und andere Getränke ohne Kohlensäure; ausgenommen diätische Lebensmittel), die keine ökologisch vorteilhaften Getränkeverpackungen sind.«*

Am 13. Juli 2001 ging die Verordnung in den Bundesrat. Dessen damaliger Präsident Kurt Beck rief den Tagesordnungspunkt 72 auf, »Zweite Verordnung zur Veränderung der Verpackungsverordnung«. Dann meldete sich Wolfgang Clement zu Wort, zu der Zeit Ministerpräsident von Nordrhein-Westfalen.

Er sagte: »Ich spreche im Interesse eines Landes, das Sitz bedeutender, ja der größten deutschen Handelsunternehmen, gleichzeitig Standort von Unternehmen der großen Aluminium- und Weißblechindustrie ist.« Clement redete lange, und irgendwann sagt er: »Ich befürchte, dass es sich dann für die Dose entscheiden wird.«

Und gegen Trittins Novelle. Nun galt wieder das, was 1998 von Angela Merkel erfunden wurde. Pfand auf Eistee mit Kohlensäure, kein Pfand auf Eistee ohne Kohlensäure. Es war eine Verordnung, die bisher nur auf Papier bestand. Niemand hatte sich getraut, Merkels Verordnung Wirklichkeit werden zu lassen. Aber Jürgen Trittin ist ein Minister von vatikanischer Konsequenz.

»Ich bin nur Töpfers Testamentsvollstrecker«, sagt er bei einem Kamingespräch der Landesumweltminister. »Ich exekutiere nur.« Und er sah wieder vergnügt aus.

Trittin war entschlossen, Töpfers Gesetz in die Welt zu setzen. Die Mehrwegquoten aller deutschen Getränke für 1997 und 1998 waren seit Frühjahr 2000 veröffentlicht, und sie lagen unter den 72 Prozent. Jetzt musste nur noch nachgemessen und das Ergebnis im »Bundesanzeiger« veröffentlicht werden. Dann wäre Töpfers Geschöpf, Merkels Fortzüchtung, Trittins ungeliebtes Monstrum freigesetzt.

Aber es war ein langer Weg, bis eine seit langem festgestellte Getränkequote im »Bundesanzeiger« veröffentlicht werden konnte. Zumal, wenn es um die Belange von Metro, Aldi, Rewe geht, also um sehr viel Geld. Zumal, wenn es eine Lobby betrifft, die genauso entschlossen ist wie der Bundesumweltminister. Zumal in einem Land, das über erstklassige Wirtschaftsanwälte verfügt.

Am 7. Juli 2000 saßen die drei Herren der Getränke- und Verpackungsindustrie im Besprechungszimmer des Stuttgarter Rechtsprofessors Klaus-Peter Dolde. Vor ihnen stand »Teinacher Stilles Mineralwasser« in der PET-Flasche, Mehrweg. Der Verwaltungsrechtler Dolde hat schon für Biblis und andere Großprojekte gestritten. Jetzt ging es darum, eine Notiz im »Bundesanzeiger« zu verhindern.

Dolde sah darin kein Problem. »Die Ermittlung der Mehrwegquote ist nirgendwo geregelt«, sagt er. In absoluten Zahlen werde heute deutlich mehr in Mehrwegflaschen abgefüllt als 1991. Nur der relative Anteil sei gefallen, vor allem weil Milch kaum mehr in Flaschen, sondern in Kartons gekauft werde.

Und wenn das Pfand tatsächlich erhoben würde, die Ladenbesitzer für teures Geld ihre Automaten installiert hätten, könnte die Mehrwegquote wieder über die 72 Prozent steigen. Dann müsste die Pfandpflicht laut Verordnung wieder entfallen. Das wäre doch absurd. Der Fall schien klar.

Im Namen von Karlsberg, DAB, Bitburger, Aldi, Rewe, Plus und anderen klagte Dolde vor dem Verwaltungsgericht Berlin gegen die Bekanntgabe der Nacherhebung im »Bundesanzeiger«.

Der Richter wies die Klage aus formalen Gründen zurück. Die Ritter der Dose zogen weiter, eine Ebene höher, vors Oberverwaltungsgericht Berlin. Dort erreichten sie einen Aufschub der Bekanntgabe, so lange, bis auch die Richter sich in die Problematik des Standbodenbeutels und der Ausnahmesituation von *»Perl-, Schaum- und Wermutwein«* eingearbeitet hätten.

Am 20. Februar 2002 war es so weit. In einem 58-seitigen Urteil wurde die Klage abgelehnt: Es könne, so

die Richter, »jedenfalls nicht ausgeschlossen werden, dass die Quotenregelung des § 9 Abs. 2 VerpackV nach wie vor die ihr zugeschriebene Stabilisierungsfunktion erfüllen kann«.
Stabilisierung der Mehrwegindustrie. Nicht Stabilisierung des deutschen Landschaftsbilds. Die Bierdose lag zwar immer noch auf dem Waldweg, war den Akteuren jedoch längst außer Sicht geraten.
Es wurde eng für die Dosenlobby. Als einziger Ausweg blieb Karlsruhe. 1994 hatte das Bundesverfassungsgericht eine Beschwerde des Rewe-Chefjustiziars Gert Meier gegen das Dosenpfand abgelehnt. Meier war damals der Auffassung, das Sammeln von Milchbechern und Dosen im Laden sei »Ekel erregend« und somit mit der Menschenwürde der Beschäftigten nicht zu vereinbaren. Die Klage wurde als verfrüht abgewiesen, »mangels gegenwärtiger Betroffenheit«.
Jetzt war die Betroffenheit mehr als gegenwärtig. Dolde legt im Namen von Heemann Mineralbrunnen Beiseförth und anderen Besser-Wässern Verfassungsbeschwerde gegen die Veröffentlichung ein. Im Juni 2002 lehnt Karlsruhe ab.
Die explosiven Zahlen »71,33 v. H.« und »70,13 v. H.« durften im »Bundesanzeiger« erscheinen. Das geschah am 2. Juli 2002. Damit war die Verordnung in Kraft. Dolde schickte in letzter Sekunde noch einen Schriftsatz nach Berlin, bei dem allein die Klägerliste 1000 Seiten umfasste, die vermutlich größte Klage der bundesrepublikanischen Rechtsgeschichte – doch ohne aufschiebende Wirkung.
Die Bombe tickte. Nichts und niemand konnte sie mehr entschärfen.
Außer einer neuen Regierung. Karlsberg, DAB, Bitburger, Aldi, Rewe und andere hofften jetzt auf Edmund Stoiber.
Es ist nicht Hass, was – nur wenige Straßen von Doldes Stuttgarter Kanzlei entfernt – Rechtsanwalt Clemens Weidemann empfindet, wenn er auf den Bundesumweltminister angesprochen wird. Auch nicht Verachtung. Obwohl er Jürgen Trittin selbstverständlich für einen interventionsverliebten Altkommunisten hält. Er versteht nur nicht, wie das geschehen konnte.
Weidemann ist seit 20 Jahren im Abfall- und Verpackungsrecht tätig. In den letzten Jahren hat er gut die Hälfte seiner Arbeitszeit für den Kampf gegen Trittin verwendet. Er ist einen anderen Weg als Dolde gegangen und hat gegen die Länder geklagt. Die Länder sind für den Vollzug der Verordnung zuständig.
Er ist ein kräftiger, gut frisierter Mann. Ein Kämpfer. Weidemann hat vor gut zwei Dutzend Verwaltungsgerichten Klage gegen das erhoben, was er »Zwangspfand« nennt. Er hat in Karlsruhe geklagt, in Leipzig, in Berlin. Hat in Düsseldorf den einzigen Sieg im Dosenkrieg errungen, bevor er wenige Wochen später in Berlin wieder kassiert wurde. Hat Sprungrevisionen beantragt, Schriftsätze formuliert, Fachaufsätze geschrieben.
Am 16. Januar 2003 hat das Bundesverwaltungsgericht in einer formalen Entscheidung erklärt, Weidemann hätte gegen den Bund klagen müssen. Eine Sachentscheidung steht weiter aus. Jetzt wirkt der Anwalt müde. Er hat diesen Schlag noch nicht verdaut. Warum das Ganze? Warum eine Milliarde Euro investieren in Automaten, warum die Dosenindustrie in den Bankrott treiben, nur um eine Verordnung aus einer anderen Zeit zu exekutieren, als es noch keine gelben Tonnen gab?
»Wir haben«, sagt er schließlich, »ein Vermittlungsproblem. Die besten Argumente nutzen nichts, wenn 70 Prozent der Wähler vom Gegenteil überzeugt sind.« Aber so sei dieses Land: »Wenn in Deutschland die Silben ›Öko‹ vor etwas gesetzt werden, dann ist das nicht mehr zu hinterfragen.« Der Deutsche sei eben obrigkeitshörig.
Und die Verbände hätten zu früh aufgegeben. Nach der Entscheidung des Oberverwaltungsgerichts sind sie nach und nach eingeknickt. Der Handel denkt erst mal an den nächsten Kassentag. Der ist kein Kämpfer. Trittin ist es gelungen, einen Keil zwischen die Großhändler und die Dosenindustrie zu schlagen. »Wähler sind eben auch Käufer«, sagt Weide-

mann. »Verständlicherweise war auch die Angst vor dem Vollzug und vor den Bußgeldern groß. Und die Angst vor Resch.«
Der Name fällt, als müsste man ihn kennen.

Eigentlich wollte Jürgen Resch am Wochenende in England sein. Er hatte eine Einladung von Prince Charles. Resch sollte auf einem Landgut wohnen, er sollte an einer Gesprächsrunde mit Prince Charles zum Thema »Nachhaltigkeit« teilnehmen und ansonsten das Leben genießen.
Aber dann kamen Anrufe. Sie klangen nicht gut. Seine Zuträger raunten, das bundeseinheitliche Rücknahmesystem für Einweggebinde sei neuen Gefahren ausgesetzt. Ein »Großangriff« sei geplant. Jürgen Resch beschloss, dass er in Deutschland gebraucht werde. Er sagte Prince Charles ab.
Jetzt sitzt er im Restaurant des Berliner Hotels »Maritim Pro Arte« und telefoniert. »Großangriff«, murmelt Resch in sein Telefon, »man weiß noch nichts Genaues.« Er kommt nicht zur Ruhe.
Resch ist Geschäftsführer der Deutschen Umwelthilfe. Er kämpft für das Dosenpfand, als ginge es um sein eigenes Leben. Resch ist ein groß gewachsener Schwabe in Blue Jeans. Er hat Roland Demleitner mitgebracht, einen eher kleinen Mann aus Bayern, der einen Anzug trägt. Demleitner ist Geschäftsführer beim Bundesverband mittelständischer Privatbrauereien, ein Lobbyist der Mehrwegindustrie.
»Der Herr Demleitner weiß auch alles«, sagt Resch. Demleitner nickt.
Resch und Demleitner haben nicht die Macht von Aldi oder Coca-Cola, aber sie sind stärker. Sie sind gegen Industriegiganten zu Felde gezogen, sie haben sie gehetzt, getriezt und manchmal aus der Fassung gebracht, weil sie immer das letzte Argument hatten. Ihr Argument ist das Gesetz. Die Verordnung. Die Quoten. Rummlers Paragrafen. »Man kann das ja alles nachlesen«, sagt Jürgen Resch oft.
Vielleicht war der 5. Dezember des letzten Jahres der schönste Tag, den Resch in seinem Mühen erlebt hat, besser als ein Essen mit Prince Charles jedenfalls. Er saß im Konferenzraum 4134 des Ministeriums von Jürgen Trittin, 28 schwarze Ledersessel standen um einen Tisch herum, der Minister war da, sein Staatssekretär, Vertreter aus dem Kanzleramt, dem Wirtschaftsministerium, dem Handel, der Getränkeindustrie. Und er, Jürgen Resch von der kleinen Deutschen Umwelthilfe. Man traf sich zum »Dosengipfel«.
Es waren nur noch ein paar Tage bis zum Jahreswechsel, ab dem 1. Januar sollte Deutschland unter Pfand stehen, aber die Situation war unübersichtlich geworden. Es gab noch die Ankündigung des Handels, das Dosenpfand vorerst zu boykottieren. Es gebe keine Rechtssicherheit, man wisse nicht, ob das Gesetz Bestand haben werde. Es lief auf einen Eklat hinaus.
Jürgen Resch hörte sich die Argumente seiner Gegner an. Er wusste, was er zu tun hatte. Irgendwann meldete er sich zu Wort und sagte: Es gibt geltendes Recht. Wenn der Handel gegen dieses Recht verstößt, werden wir Testkäufe durchführen. Wir werden in die Geschäfte ziehen und prüfen, ob sie das Gesetz einhalten. Es werden Tausende Geschäfte sein. Wir werden Anzeigen erstatten. Es wird teuer werden. Es drohen Strafgelder von 250000 Euro. Wir werden Medien mitbringen.
Resch erzählt diese Geschichte mit Zufriedenheit, sein Freund Demleitner nickt dazu, während er auf seinem Teller einen Fisch zerlegt. Dann sagt Resch: »Und wissen Sie, was dann passiert ist? Dann ist der Mann von Aldi ausgerastet. Der hat gesagt: ›Wenn Aldi von Wettbewerbern angezeigt wird, gibt es Krieg!‹«
Nicht mal von Aldi hat sich Jürgen Resch einschüchtern lassen. Am nächsten Tag schrieb er einen Brief, in dem er ausgesuchten Supermärkten seine Testkäufe ankündigte. Er verschickte ihn 4130-mal. Er sagt, er habe damit den Pfandboykott »totgetreten«.
Jürgen Resch kämpft den Kampf eines deutschen Ralph Nader, er ist in der Nahrungsindustrie schon jetzt so berüchtigt wie der amerikanische Verbrau-

cheranwalt, der sich mit allem anlegte, was groß war, mit Volkswagen, Microsoft, mit Ronald Reagan. Nader wurde Präsidentschaftskandidat. Resch ist immerhin der König des Dosenpfands. Er ist besser als seine Gegner. Man kann ihm ein Gutachten vorlegen, das der TÜV im Auftrag der deutschen Verpackungsindustrie erstellt hat – und Resch winkt ab. In dem Gutachten steht, dass Getränkedosen nur einen Anteil von 0,8 Prozent an dem sichtbaren Müll haben, der in deutschen Landen liegt. Resch kennt dieses Gutachten natürlich. Als er es in die Finger bekam, beauftragte er das Witzenhausen-Institut mit einem Gegengutachten. Darin stand, dass bei Gutachten des TÜV unsauber gearbeitet worden ist. Resch sagt, Witzenhausen sei absolut seriös, »das bestätigt Ihnen jeder«. Roland Demleitner nickt.
Man kann ihm auch ein Gutachten des Baseler Prognos-Instituts vorlegen, und Resch schüttelt schon mit dem Kopf, bevor man daraus vorgelesen hat. Das Prognos-Institut hat Forschungen im Auftrag des Umweltbundesamtes betrieben und kam danach zu dem Schluss, Pflichtpfand auf Einwegverpackungen sei »ökologisch ohne Belang und ökonomisch eine Fehlleitung von Ressourcen«.
Resch schüttelt noch immer den Kopf. Bewertungen, sagt er, darf nur das Bundesumweltamt selbst vornehmen, nicht irgendwelche Institute.
Auf dem Tisch liegt ein grünes Buch, 29,2 Zentimeter hoch, 20,6 Zentimeter breit, 17 Millimeter dick, es hat 239 Seiten, ohne Anhang. »Ökobilanz für Getränkeverpackungen II/Phase 2« steht vorn auf dem Buch. Das Umweltbundesamt hat es herausgegeben, und damit ist es amtlich. Es liegt auf dem Tisch, grün und schwer, endgültig wie die Gesetzestafeln Mose.
Es sagt Nein zur Dose. Zu viel CO_2-Ausstoß, zu viel Wasserverbrauch, zu viel Bodenbelastung.
Und die Dosenforscher, die Trauer des Holsten-Chefs, die Kurzarbeit bei Ball Packaging? Dafür gibt es eine Mitteilung des Getränkegroßhändlerverbands: 10 500 Leute seien im ersten Halbjahr eingestellt worden, allein 1500 bei Demleitners Privatbrauern. Ist das nichts?
Wenn man Jürgen Resch fragt, ob er das, was Millionen Bundesbürger beim Einkaufen erleben, gut findet, diese überforderten Verkäuferinnen, diese klebrigen Säcke, dann schaut er erst einmal hinüber zu Roland Demleitner. Demleitner nickt nicht mehr. Er trinkt hastig aus seinem Glas »Radeberger«. Dann sagt Resch: »Aber das ist doch nur eine Übergangslösung.«

Es ist ein anderes Land geworden, dieses Deutschland unterm Pfand. Eine Frau, sie ist Filialleiterin bei Plus, erzählt, dass sie jeden Morgen einen Schock bekommt, wenn sie zur Arbeit kommt. In ihrem Laden lagern leere Bierdosen, es riecht wie in einer Kneipe. Ein Mann steht bei Real vor einer Kasse, er stellt zehn leere Bierdosen auf das Band und einen Kassenbon. Auf dem Bon steht, dass er neulich bei Real 20 Bierdosen gekauft hat. Die Kassiererin notiert auf dem Zettel, dass der Mann noch ein Guthaben auf zehn Bierdosen hat. Der Mann steckt seinen Bon wieder ein.
Die Firma Tengelmann hatte ihren Kunden sechs Monate lang Pfandgutscheine mitgegeben, die sie »Token« nannte. »Hast du die Token, Schatz?«, fragte ein Mann, der mit seiner Frau bei Tengelmann einkaufen ging. Zum geregelten Leben brauchte der Bundesbürger nun Personalausweis, Führerschein und Token.
Seit Mitte Juni sind Tengelmanns Token verschwunden. Das Unternehmen hat alle Einweggetränke aus dem Regal genommen. »Red Bull« zum Beispiel gibt es jetzt bei Tengelmann einfach nicht, so wie es im DDR-Laden keine Südfrüchte gab.
Tengelmanns Gesandter bei den Dosengipfeln im Umweltministerium war Peter Zühlsdorff. Ein gelernter Kaufmann, der in diverse Konzernaufsichtsräte aufgestiegen ist und einen gepflegten Dreitagebart trägt. Als Jürgen Trittin ihn bei einem der Dosentreffen als »Verweigerer« ansprach, antwortete Zühlsdorff: »Aber mit Steinen geschmissen habe ich

nie. Sie sind doch fundamentalistischer als der Chomeini.«
Dieser Ton, sagt Zühlsdorff, sei allerdings die Ausnahme gewesen.
Nachdem die Wahl verloren und das Pflichtpfand damit unausweichlich war, reiste auch Zühlsdorff kurz vor Weihnachten noch einmal nach Berlin. »Die Juristerei war gelaufen. Jetzt musste die Kuh vom Eis«, sagt Zühlsdorff.
Der Handel stand vor dem Problem, die zu erwartenden Pfand- und Verpackungsflüsse irgendwie zu kanalisieren. Es ging um bis zu sechs Milliarden Euro Pfand pro Jahr. Die umständlichste Lösung: Jeder bringt seine leere Dose dorthin zurück, wo er sie gekauft hat. Eine absurde Vorstellung, darin waren sich die Versammelten einig. Was sie nicht daran hinderte, genau dies dem Land für eine Übergangszeit zuzumuten.
Im Gespräch war eine Art Internet-gestütztes Zentralregister für Dosen, das jede der sieben Milliarden Getränkedosen in Deutschland verorten können müsste. Ähnlich lückenlos wie Atommüllfässer.
Ein »Exekutivausschuss Pfandsystem«, in dem neben Zühlsdorff auch Metro und Rewe saßen, schlug vor, das Duale System, in dem alle drei Firmen auch Aktionäre sind, mit dem Auseinanderfummeln zu betrauen. Das Kartellamt lehnte ab. Zühlsdorff legte nieder.
Es übernahm der Bundesverband der deutschen Ernährungsindustrie (BVE). Dessen Vorsitzender Peter Traumann durfte jetzt das Rücknahmesystem ausarbeiten. Es musste perfekt sein. So perfekt wie die Lkw-Maut; eben nicht einfach nur Vignetten. Die Großdiscounter fingen währenddessen an, ihre Regale leer zu räumen: »Die Automaten bedeuten für uns«, sagt Peter Zühlsdorff von Tengelmann, »100 Millionen Euro Investition. Wir sind Kaufleute und haben gerechnet. Es ist wirtschaftlicher, auf Einweggetränke ganz zu verzichten.«
Ende März diesen Jahres – die USA waren gerade im Irak einmarschiert – traf der Systemfindungsausschuss seine Entscheidung: Gegen das »Balken-Scanner-Verfahren«, mit der die Bundesdruckerei Dosen fälschungssicher machen wollte. Und für die »Farbumschlags«- oder »Direktdruck«-Dosenautomatenphilosophie.
Doch bevor die Ingenieure sich an die Arbeit machen konnten, kam ein Brief aus Brüssel: Die EU-Kommissare Frits Bolkestein und Margot Wallström mahnten im Namen der ausländischen Dosenabfüller an, endlich das allgemeine Rücknahmesystem einzuführen, »schon vor dem 1. Oktober«; und ganz egal, ob mit Balken-Scanner oder nicht. Außerdem bemängelten sie die »erhebliche Rechtsunsicherheit« der Verpackungsverordnung.
Zumindest Letzteres war dem Groß- und Einzelhandel aus der Seele gesprochen. Traumann von der Lenkungsgruppe ergriff die Vorlage und teilte den Automatenbauern mit, sie könnten die Arbeit bis auf weiteres einstellen.
Damit gab es zwar eine gültige Verordnung, ein Ultimatum und einen entschlossenen Minister. Doch jeder war auf sich selbst gestellt. In Deutschland, dem Heimatland des Regelwerks, kehrte die Anarchie ein: Jeder durfte machen, was er wollte. Es begann das Durchwursteln.

Jürgen Trittin steht vor einem Kühlregal, zwischen »Radeburger Knackern« und Spaghetti der Marke »Schneller Teller«. Er trägt einen grauen Anzug. Er sieht immer noch glücklich aus.
Gleich wird der Bundesumweltminister den ersten Automaten einweihen, der bepfandete Einweggebinde zurücknehmen kann. Der Automat steht in einer Filiale der Supermarktkette Netto in Berlin-Pankow. Es ist 10.30 Uhr an einem Montagmorgen. Viele Fotografen sind da, auch Fernsehteams drehen diesen Moment. Es sieht so aus, als sei nun alles gut.
Neben Trittin steht ein Netto-Mitarbeiter in einem Hundekostüm. Es ist nach dem Aussehen eines schwarzen Yorkshire-Terriers geschneidert worden, dem Wappentier von Netto. Der Mann in dem Hundekostüm übergibt dem Minister eine gelbe

Tragetasche, in der leere PET-Flaschen liegen. Dann gehen sie ein paar Schritte nach rechts, Trittin, die Fotografen und der Hund.
Der Automat steht etwas verloren in einer Ecke, aber er strahlt marineblau. Er heißt »Rhepro« und kommt von der Firma »Prokent« aus Thüringen. Das Vorgängermodell hat vor einigen Jahren den Thüringer Designpreis gewonnen.
Trittin zieht eine Flasche aus der Tragetasche und schiebt sie in ein Loch. Langsam zieht der Rhepro das zwangsbepfandete Einweggebinde in sein Innerstes, es ist ungefähr so, als wenn ein Patient in einen Computertomografen einfährt.
Drinnen rollt die Flasche um ihre eigene Achse, in 0,5 Sekunden wird sie von Scannern auf Pfand untersucht, ein mechanischer Arm fährt aus und wischt sie vom Band, die Flasche landet in einem silberfarbenen Container, es knirscht und knackt, die Flasche wird aufgeschlitzt und platt gedrückt, dann ist es wieder ruhig.
Alles könnte so einfach sein wie das hier. Überall in Deutschland könnten marineblaue Rhepro stehen, in den vielen tausend Supermärkten, Tankstellen, Kiosken, Kantinen, Kaufhäusern, überall da, wo man etwas zu trinken kaufen kann.
Aber so ist es nicht. Ein Rhepro mit Crasher und kleinen Extras kostet um die 30000 Euro, so viel wie ein Kleinbus, zu viel für den deutschen Handel. Sagt der Handel. Dieser Automat wird kein einheitliches Rücknahmesystem über Deutschland bringen. Er steht jetzt in 10 von 193 Netto-Filialen, mehr nicht. Er ist nur eine kleine Insellösung in der großen Landschaft der anderen Inseln.
Die Firma Lekkerland-Tobaccoland, die hauptsächlich Tankstellen und Kioske beliefert, hat vor kurzem behauptet, sie habe ein flächendeckendes System erfunden. Es arbeitet mit einem Pfandlogo auf Dosen und Flaschen, sie werden in Plastiksäcke gestopft, mit Barcodes beklebt und in Zählzentren gefahren. Dort wird jede Dose gezählt, bewertet, auf Pfandlogo und EAN-Code geprüft, werden Pfandgutschriften und -belastungen errechnet und verbucht. Alles sei sehr einfach, sagt Lekkerland-Tobaccoland. Jeder Händler könne sich daran beteiligen. Überall ist Lekkerland.
Noch ist allerdings nicht einmal klar, ob jede Tankstelle mit kodierten Plastiksäcken arbeiten möchte. Vielleicht wird Lekkerland eines Tages eine große Insel geschaffen haben, vielleicht. Aber es wird wohl eine Insel bleiben, eine von vielen Inseln in einem wiedervereinigten Land.
Jürgen Trittin drückt auf einen grünen Knopf und zieht den Pfandbon aus dem Schlitz. 2,25 Euro. Der Rhepro hat alle Flaschen geschluckt. »Die Inseln werden zu Kontinenten zusammenwachsen«, sagt Trittin. Dann geht er schnell davon.
Er weiß, was es bedeutet, wenn ein Kontinent zusammenwächst. Jürgen Trittin hat die deutsche Industrie besiegt, aber jetzt steht die Europäische Union vor ihm. Größer als Holsten-Pilsener. Vielleicht wird Trittin am Ende an einem Holländer mit weißen Haaren scheitern.
Frits Bolkestein ist EU-Kommissar für die Belange des Binnenmarktes. Er passt darauf auf, dass niemand aus der Reihe tritt, seine Freizeit verbringt er als Vorsitzender eines Bach-Orchesters in Amsterdam. Bolkestein möchte ein Vertragsverletzungsverfahren gegen Deutschland einleiten, weil ein Land, das mit Pfandbons und Insellösungen hantiert, gegen europäisches Recht verstößt. Es gibt Klagen ausländischer Sprudelabfüller, die ihre Flaschen nicht mehr in deutsche Regale bekommen. Inzwischen ist die Angelegenheit auf die höchste Ebene gewandert – EU-Kommissionspräsident Romano Prodi hat Gerhard Schröder einen Brief geschrieben, in dem er den Kanzler darum bittet, sein Land vom Pfand zu befreien. So lange jedenfalls, bis es ein geregeltes Rücknahmesystem gibt.
Gerhard Schröder schrieb, es gebe keinen Grund zur Aufregung, weil das Rücknahmesystem kommen werde, »in wenigen Wochen«. Es sind die Reflexe eines Schuldners, der seine Miete nicht mehr bezahlen kann.
Mit Deutschland und der Dose ist es wie mit Deutschland und der Welt. Die anderen ziehen davon, und

Deutschland schraubt an seinen maroden Systemen. Am Bildungssystem, am Arbeitsmarkt, am Steuersystem. Und am Rücknahmesystem.
Die Deutschen sammeln währenddessen weiter ratlos ihre Dosen. Sie murren, aber wüten nicht. Sie glauben immer noch, die ganze Unbill müsse doch zu irgendetwas gut sein, und wenn sie sonntags durch ihre Wälder laufen, glauben sie, da lägen jetzt weniger Dosen herum. Und vielleicht stimmt das ja auch. Vielleicht wird nach dem 1. Oktober, dem Ende der endlos scheinenden Übergangszeit, alles besser werden. Vielleicht.

Kürzlich stand ein Herr mit einem großen Karton im Büro des bayerischen Umweltministers. In der Kiste lagen Bier- und Erdnussdosen, Sportgetränke, Weichspüler- und Schnapsflaschen, »Capri Sonne« im Standbodenbeutel, Nescafé, »Smirnoff Ice« und Cola-Mix – alles bunt durcheinander und unbestimmbar wie der Korb eines Pilzesammlers. Der Herr war von der bayerischen Ernährungswirtschaft, und er hatte nur eine einzige Frage: »Was ist davon in Zukunft pfandpflichtig?«
Für Pfandbestimmungsfragen gibt es im bayerischen Ministerium den Sachbearbeiter Helmut Hetz. Doch auch der erbat Bedenkzeit: »Ich muss erst die genauen Produktbeschreibungen studieren. Den exakten Molkeanteil, die Alkoholprozente, die Schnaps- und Joghurtproportion.«
Bayerns Umweltminister Werner Schnappauf sitzt im Landtagsrestaurant im Maximilianeum und isst Leberkäse, während er die Geschichte erzählt. Er sieht kein bisschen bayerisch aus. Eher wie sein Ministerpräsident.
Schnappaufs Heimat Oberfranken hat die größte Brauereidichte der Welt. Die bayerischen Brauer wollten das Pfand mehr als jeder andere. Jetzt haben sie es. Schnappauf wollte es nicht: »Wenn wirklich eines Tages Automaten aufgestellt sein sollten, könnte das dem Mehrwegsystem sogar schaden. Weil der Kunde dann kein schlechtes Gewissen mehr beim Dosenkauf hat.«
Von Schnappauf wird maßgeblich abhängen, wie der Bundesrat am 26. September abstimmt, wenn Jürgen Trittin die Novelle der Verpackungsordnung vorlegt. Es ist Trittins zweiter Versuch.
Auf die Mehrwegquote wird verzichtet, sofern 80 Prozent der Getränke »ökologisch vorteilhaft« verpackt sind. Anstatt zwischen Getränkesorten soll nun zwischen Verpackungsarten unterschieden werden. »Vorteilhafte« Verpackungen wie Milchbeutel und Saftkartons werden vom Pfand befreit, die anderen nicht.
Und wer entscheidet über die Vorteilshaftigkeit? »Wenn es nach dem Trittin geht«, Schnappauf betont den Namen auf der ersten Silbe, »sollen drei Verfassungsorgane, nämlich Kabinett, Bundestag und Bundesrat, sich in der Zukunft mit der Frage befassen, wie ökologisch ein neuer Joghurtbecher oder eine Superdose ist«, sagt Schnappauf. »Das ist doch Wahnsinn.«
Dann zieht er aus der Aktentasche seines Referenten eine schwarze, popgrün bedruckte Dose hervor, auf der »Get One!« steht, ein ökologisches Unding, mit Plastikdeckel und Plastikspieß. »Hier«, sagt Schnappauf, »da ist kein Pfand drauf. Weil's eine Gurke ist.« »Get One!« ist eine Spreewaldgurke.
Nachdem Rummlers Text durch die Instanzen gereicht war, hatte sich die Rationalität der Novelle bereits stark gemildert. So werden Fun-Drinks bepfandet, Whisky-Colas nicht, sofern der Alkoholgehalt über 15 Prozent liegt, »Müller Drink Vitamin«-Saft ist bepfandet, »Müllermilch Erdbeer« dagegen nicht – und Gurken sowieso nicht, weil man sie nicht trinken kann.
»Es bleibt kompliziert«, sagt der Minister und müsste jetzt eigentlich noch etwas hinzufügen. Es ist ein schöner Tag, und eine Besuchergruppe im Landtag hat eine Blaskapelle mitgebracht. Wozu jetzt erzählen, dass die kuriose Ausnahmeregelung für Milch auf Druck Bayerns zu Stande gekommen ist. »Müller Milch« kommt aus Bayern.
Manchmal trifft Schnappauf in München seinen Vorvorgänger Peter Gauweiler. Der ist heute ein-

facher Abgeordneter, und alles, was ihn damals bewegte, ist weit weg. Gauweiler liebt es, über ein Land herzuziehen, das sich hingebungsvoll mit dem eigenen Müll beschäftigt, während die Beschäftigung ins Ausland abwandert. Dann erzählt Gauweiler von früher und sagt: »Wir wollten nicht zu sehr nach oben oder nach vorn schauen. Wir hatten einen Kanzler mit Strickjacke und ›Romika‹-Sandalen, und von diesem Kanzler ging aus: Die Deutschen sind endlich kreuzbrav geworden. Die Einzigen, die hier noch Krieg führen, sind die Grünen. Und die Grünen haben gesagt: Okay, führen wir den Krieg eben an der Mülltonne.«

Schnappauf muss zurück ins Plenum. »Es ist eine traurige Geschichte«, sagt er. Die Verbände hätten versagt, weil sie zu hoch gepokert und sich nicht abgesprochen hätten. Das System der Erarbeitung politischer Lösungen habe auch versagt. »Wenn Brüssel nicht noch alles über den Haufen wirft, dann ist das Pfand irreversibel. Solch ein gigantischer Aufwand an Zeit und Geld. Wissen Sie eigentlich, wie hoch der Anteil der Getränkeverpackungen am deutschen Müll ist? Anderthalb Prozent.«

Der Minister erhebt sich, um in den Landtag zu eilen. Zurück auf dem Tisch bleibt die Dose mit der unbepfandeten Erlebnisgurke »Get One!«. Es ist ein kleiner Zylinder aus Weißblech.

Eigentlich nur eine Dose.

Nur eine Dose.

VOM GUTEN PLAN ZUR SCHLECHTEN PRAXIS

Es begann mit einem Ärgernis: der rostigen Bierdose in der Landschaft. Inzwischen ist das Dosenpfand selbst zum Ärgernis für Millionen Haushalte geworden, zum Alptraum für die Angestellten im Supermarkt und zur Lachnummer im Ausland.

Sieben Monate nach Pfandbeginn gibt es immer noch kein bundesweites, einheitliches Rücknahmesystem. Der Handel hat die Arbeit daran bis auf weiteres abgebrochen. Die Kunden müssen sich mit regional höchst unterschiedlichen »Insellösungen« arrangieren.

Sieben Monate nach der Pfandreform ist die Republik zu einem Land der Ratlosen geworden, in dem die Bürger mit ihren Leerguttüten, Tokens und Pfandbons von Laden zu Laden irren, um nur ja nichts falsch zu machen.

Die geltende Verordnung ist verwirrend, in ihren ökologischen Effekten unergründlich. Offensichtlich ist nur ihr Effekt auf die Wirtschaft: Kurzarbeit bei den Dosenherstellern und Mehrarbeit an den Registrierkassen.

Was vor Jahren in der guten Absicht beschlossen wurde, die Spazierwege sauberer und das Mehrwegsystem stabiler zu machen, droht an den deutschen Verhältnissen zu scheitern.

Es ist wie immer: Eine gute Idee wird verbogen durch den Widerstand der Verbände und zur Unkenntlichkeit entstellt durch die Sonderinteressen der Landesfürsten. Den Rest erledigen der Regulierungseifer der Beamten und die Klagewut der Anwälte. Und zu guter Letzt kommt ein Brief aus Brüssel, und alles beginnt von vorn.

Es ist wie bei der Lastwagen-Maut und ganz ähnlich wie bei der Gesundheitsreform. Die Dose ist kein Einzelfall. Sie liegt überall herum.

Die Dose steht für Deutschland.

IM NAMEN DER DOSE Chronik der deutschen Verpackungs-Unordnung

1988: Umweltminister Klaus Töpfer (CDU) belegt Plastik-Cola-Flaschen mit Pfand.

1991: Töpfer erlässt die »Verpackungsverordnung«: Falls der Mehrweganteil bei Getränken in zwei aufeinander folgenden Jahren unter 72 Prozent sinkt, kommt es automatisch zur Pfandpflicht.

1992: Das Duale System nimmt die Arbeit auf: Dosen kommen in die gelbe Tonne.
1997: Die Mehrwegquote sinkt auf 71,33 Prozent.
1998: Die Mehrwegquote sinkt auf 70,13 Prozent, durch vermehrten Kauf von Dosenbier, Milch im Tetrapak und Plastikflaschen. Umweltministerin Angela Merkel (CDU) beschließt Novelle: Von nun an wird nach Getränkearten bepfandet.
Juni 2000: Bundesverband der Deutschen Industrie verhindert Kompromisslösung einer Dosenabgabe. Mehrwegquote sinkt in diesem Jahr auf 65,81 Prozent.
Juli 2001: Umweltminister Jürgen Trittin (Grüne) legt eine neue Verpackungsverordnung vor. Sie scheitert im Bundesrat, unter anderem an den Voten der SPD-Ministerpräsidenten von Nordrhein-Westfalen und Rheinland-Pfalz.
20. Februar 2002: Oberverwaltungsgericht Berlin erlaubt Veröffentlichung der Quoten im »Bundesanzeiger«. Klagewelle von Getränkeherstellern und Händlern.
2. Juli 2002: Trittin veröffentlicht die Mehrwegquoten für 1997 und 1998. Das Pflichtpfand ist damit definitiv. Sammelklagen des Handels.
3. September 2002: Verwaltungsgericht Düsseldorf stoppt das Pfand.
20. Dezember 2002: Handel verspricht bundesweites Rücknahmesystem bis zum 1. Oktober 2003.
1. Januar 2003: Das Pflichtpfand tritt in Kraft. Bundesverwaltungsgericht annulliert wenig später Düsseldorfer Entscheidung.
Juni 2003: EU äußert Bedenken. Der Einzelhandel bricht Aufbau eines einheitlichen Rücknahmesystems ab.
Juli 2003: Kabinett und Bundestag beschließen Novellierung der Verpackungsverordnung: Pfand nur noch auf ökologisch schädliche Verpackungen, egal welchen Inhalts. EU-Ratspräsident Romano Prodi kritisiert Insellösungen.
26. September 2003: Bundesrat wird über Novelle entscheiden.

Horand Knaup

Horand Knaup, Jahrgang 1959, Studium der Politischen Wissenschaft und Geographie. Von 1987 bis 1995 Korrespondent und Reporter. 1995 bis 1998 Politischer Korrespondent in Bonn, danach Wechsel ins Büro des SPIEGEL, seit 1999 in Berlin. Buchveröffentlichungen: Scientology – der Griff nach Macht und Geld (Hrsg.), 1992; Hilfe, die Helfer kommen, 1996

Hartmut Palmer

Hartmut Palmer, geboren 1941. Studium der Germanistik und Geschichte, seit 1968 feste Mitarbeit in der Lokalredaktion der BONNER RUNDSCHAU, 1969 Lokalredakteur und seit 1970 Parlamentskorrespondent des KÖLNER STADT-ANZEIGER, 1975 Bonner Korrespondent der SÜDDEUTSCHEN ZEITUNG, 1983–1989 beim SPIEGEL in Bonn, dann DDR-Korrespondent in Ost-Berlin, seitdem politischer Reporter in Bonn und Berlin.

Gerd Rosenkranz

Gerd Rosenkranz, geboren 1950, kam Anfang der achtziger Jahre über ein Studium der Kommunikationswissenschaften zum Journalismus. Seit 1988 Redakteur für Ökologie und Wirtschaft bei der TAZ, dort mehrere Jahre auch zuständig für die Berichterstattung über den deutschen Terrorismus. Seit 1992 freier Journalist für SPIEGEL, ZEIT, TAZ, SÜDDEUTSCHE ZEITUNG, FRANKFURTER RUNDSCHAU. 1999 Wechsel zum SPIEGEL, Ressort Wissenschaft und Technik, später Ressort deutsche Politik im Hauptstadtbüro Berlin.

Schröders Spiel

Nach 100 Tagen wissen die Deutschen nicht, was die Regierung mit dieser Republik vorhat. Ein Programm ist kaum zu erkennen, nur ein Regierungsstil: mal vor, mal zurück. Eine Riege von alten Bekannten führt das Land, verschwippt und verschworen, seit sie vor drei Jahrzehnten aufgebrochen sind, die Republik umzustürzen – inzwischen verbinden sie vor allem die Rituale der Macht.

von Matthias Geyer, Horand Knaup, Hartmut Palmer und Gerd Rosenkranz
DER SPIEGEL
3. Februar 2003

Der ovale Tisch, der im Großen Kabinettssaal des Bundeskanzleramts steht, ist neun Meter lang und 3,35 Meter breit, seine Platte ist vier Zentimeter dick und aus rotem Buchenholz. 18 Sessel umstellen den Tisch, sie sind mit schwarzem Leder bezogen und haben hohe Lehnen. An jedem Platz: eine silberfarbene Kaffeekanne und eine schwarze Schale, in der ein gespitzter Bleistift liegt.

Es ist ein Mittwochmorgen im Januar, kurz nach halb zehn, in Berlin tagt das Kabinett. Deutschland wird regiert.

Gerhard Schröders Platz ist genau in der Mitte, da, wo der Tisch am breitesten ist. Er blättert in Papieren. Schräg gegenüber sitzt Otto Schily. Er hat auch Papiere dabei. Joschka Fischer sitzt neben Schröder. Fischer und Schröder gucken sich an. Ein Dialog ohne Worte. Es geht darum, wer zuerst reden soll. Auf der Tagesordnung stehen große Dinge. Das Europa der Zukunft. Es gibt nur zwei in diesem Saal, die über solche Sachen sprechen dürfen. Schröder oder Fischer.

Schröder nickt kurz und sagt: »Joschka, mach du das.«

Joschka Fischer hält einen Vortrag. Er spricht darüber, was der deutsche Bundeskanzler mit dem französischen Präsidenten über das kommende Europa ausgehandelt hat. »Doppelspitze« »Kommissionspräsident«, »Ratspräsident«, »Schröder-Chirac-Papier«. Wie Fischer eben redet.

Als er fertig ist, fällt sein Körper in den Sessel zurück, Fischer liegt jetzt mehr, als dass er sitzt. Er hat die Arme vor dem Bauch gekreuzt, er guckt durch seine Brille hindurch ins Unendliche, seine Mundwinkel sind nach unten gebogen. Fischer sieht aus, als gäbe es nichts mehr zu sagen.

Er weiß, was jetzt passiert, alle an diesem Tisch wissen das. Otto Schily bittet ums Wort. Schily bittet immer ums Wort, wenn Fischer geredet hat.

Der Bundesminister des Inneren sagt kühl: »Ich danke dem Herrn Außenminister für seine sehr ausführliche und kompetente Berichterstattung.« Schily macht eine Pause. Die Pause heißt: aber. »Aber«, sagt Schily, »bei aller Freude über die vom Herrn Bundeskanzler erzielte Übereinkunft möchte ich doch darauf hinweisen, dass es gut wäre, etwas früher konsultiert zu werden.« Er sage das in seiner Eigenschaft »als Verfassungsminister«. Es sei ihm wichtig, darauf hinzuweisen, sagt Schily.

Fischer guckt ins Unendliche. Schröder blättert in seinen Papieren.

Außen am Tisch sitzt die Familienministerin Renate Schmidt. Sie beugt sich nach links, zum Verteidigungsminister Peter Struck, und sagt in sein Ohr: »Wenn es nicht so nette Männer gäbe wie dich, dann würde ich jetzt nur noch sagen: Männer.«

Renate Schmidt ist neu im Kabinett. Als sie zum ersten Mal in dieser Runde saß, verstand sie nicht, warum sich Menschen, die sich seit 30 Jahren kennen, mit »Sie« anreden und mit »Herr Minister«.

Ulla Schmidt ist schon seit zwei Jahren Gesundheitsministerin, sie hat die Spielregeln einmal so erklärt: »Es ist immer das Gleiche: Zuerst redet der Kanzler, dann kommt der Außenminister. Und dann meldet sich ›Mister Staat‹, pinkelt den Außenminister an und richtet noch eine Ergebenheitsadresse an den Kanzler.«

Jetzt weiß Renate Schmidt, wie Deutschland regiert wird.

100 Tage ist die wieder gewählte Koalition im Amt, und noch nie ist eine deutsche Regierung während der ersten 100 Tage so tief gefallen. Sie machte eine Politik, die kein Wähler verstand. Es ging mal um die Vermögensteuer und mal um die Zinssteuer, es ging mal mit den Gewerkschaften und mal gegen sie. Es ging mal gegen Reiche und mal gegen Arme, es ging mal um linke Politik und mal um rechte Politik. Diese Politik lasse kein System erkennen, meinen die Kommentatoren. Aber das stimmt nicht. Gerhard Schröder hatte immer sein eigenes System. Er hat mal einen Satz gesagt, der dieses System gut beschreibt: »Die Frage, ob ein prinzipieller Beschluss in jeder konkreten Situation durchgehalten werden kann, muss differenziert betrachtet werden.«

Die einzige Konstante im System Schröder ist der Richtungswechsel, und das einzige Ziel heißt: oben bleiben.

Die Wirtin

Wahrscheinlich hat alles bei Heike Stollenwerk angefangen. Sie ist eine große Frau mit einem eckigen Gesicht, sie raucht Roth-Händle ohne Filter und trinkt Weißwein, auch schon mal am Nachmittag. Sie sitzt an einem Tisch im »Zwiebelfisch«, sie geht gern in diese Gaststätte am Berliner Savignyplatz, weil der »Zwiebelfisch« eine Geschichte hat. Die Kneipe war ein kleines Sammelbecken der linken Protestbewegung, damals zum Ende der sechziger Jahre, und Heike Stollenwerk zapfte hinter dem Tresen.

Weil Berlin eingemauert war und die Protestler bald in die Institutionen marschierten, zog Heike Stollenwerk mit ihrem Mann nach Bonn. Sie eröffneten eine Kneipe, in der noch einmal etwas beginnen sollte. Sie nannten sie »Provinz«.

Die »Provinz« war klein und eng, aber sie hatte eine gute Lage. Gegenüber war das Kanzleramt. Gegenüber herrschte Helmut Kohl. Man hatte ihn immer im Blick von hier aus.

Heike Stollenwerk erzählt von einem Tag im September 1983. »Irgendwann am Abend ging die Tür auf, und Gerhard Schröder kam rein. Er brachte neue Gäste mit, es waren junge Abgeordnete von den Grünen. Sie gingen hinter ihm her. Joschka Fischer, Hubert Kleinert, Otto Schily.«

Seit diesem Abend kamen sie immer wieder.

Politisiert worden waren sie in einer Zeit, als Walter Ulbricht in Ost-Berlin Militärparaden abnahm und Rudi Dutschke in West-Berlin den Ku'damm rauf- und runterlief. Sie hatten die gleichen Träume – make love, not war; raus aus der Nato; Bildung statt Bomben; Ami, go home; enteignet Springer; stoppt die Notstandsgesetze; nieder mit dem Polizeistaat. Und sie hatten die gleichen Feindbilder – den Schah von Persien, CIA, BND, Nixon, Strauß, Kiesinger. Und später Schmidt.

Als Kanzler wollte Helmut Schmidt US- Raketen nach Mitteleuropa holen und die Atomenergie ausbauen. Über die 68er sagte Schmidt einmal: »Sie bestreiten alles, nur nicht ihren Lebensunterhalt.«

Dann wurde Helmut Kohl Kanzler, und sie hatten ein neues Feindbild. Kohl wollte Adenauers Republik zurück, ein Land mit einem großen Jägerzaun drum herum, mit Troddeln an der Wohnzimmerlampe und richtigen »Familljen« am Esstisch.

Es war die Zeit, in der die Grünen mit der Politik anfingen. Otto Schily und Joschka Fischer gehörten zu ihnen. Sie wollten eine andere Republik. Es gab junge Sozialdemokraten, die dasselbe wollten. Gerhard Schröder, Heidemarie Wieczorek-Zeul, Renate Schmidt, Hans Eichel.

Sie wussten nicht genau, wie die Republik, die sie wollten, aussehen sollte. Aber sie wollten sie gestalten. In der »Provinz« entwarfen sie das neue Deutschland.

Auch Heide Simonis war da, die Frau, die heute Ministerpräsidentin in Schleswig-Holstein ist. Sie war damals Bundestagsabgeordnete der SPD. Sie hatte nicht viel zu tun mit den neuen Männern, sie beobachtete sie nur. »Jeder hatte seinen Platz, und keiner pinkelte dem anderen ins Revier. Sie ließen schon damals keinen Zweifel daran, dass sie gottgesandt waren«, sagt Simonis. Manchmal kam auch Doris Köpf in die »Provinz«, sie war Redakteurin bei der »Bild«-Zeitung.

Joschka Fischer thronte schon damals zurückgelehnt an seinem Tisch und guckte ins Unendliche. Er saß in der Kneipe, wie er heute im Großen Kabinettssaal sitzt, aber er steckte noch nicht in dreiteiligen Anzügen. »Ich hatte selten das Bedürfnis, mit ihm zu reden, weil er eh alles besser wusste«, sagt Simonis.

Otto Schily trug schon damals gebügelte Oberhemden und Krawatte. Er sagte zu allen »Sie«, er beschwerte sich, dass die Küche schon um elf Uhr abends geschlossen wurde, er wollte kein Bier trinken, er wollte Rotwein aus der Toskana. »Er erzählte den anderen immer, was sie wieder falsch gemacht haben«, sagt Simonis.

Gerhard Schröder war schon damals ein geselliger Mensch. Er mochte das Bier, und einmal, als er zu viel hinuntergekippt hatte, ging er raus, über die Straße zum Kanzleramt, griff an die Gitterstäbe des Zauns, rüttelte daran und schrie: »Ich will da rein.«

Der SPD-Abgeordnete Claus Grobecker aus Bremen kam auch oft in die »Provinz«. Er war ein bekannter Gewerkschafter. Eines Abends nahm er einen Bierdeckel und malte einen Pfeil darauf, der von links unten nach rechts oben zeigte. Grobecker sagte: »Das wird euer Weg sein: links unten einsteigen, rechts oben ankommen.«

Schily kam aus einer großbürgerlichen Familie, er war Rechtsanwalt, er hatte in den siebziger Jahren die Terroristin Gudrun Ensslin verteidigt, er war schon jemand. Fischer hatte in den siebziger Jahren Frankfurter Häuser besetzt und auf der Straße gegen den Staat gekämpft. Sein Vater war Metzger. Schröders Mutter war Putzfrau. Schröder hatte das Abitur auf dem zweiten Bildungsweg gemacht und dann Jura studiert.

Als sie in Heike Stollenwerks Kneipe zusammenkamen, arbeitete sich Schröder gerade in der SPD nach vorn, Schily stand an der Spitze der grünen Fraktion, und Fischer war bei den Grünen Parlamentarischer Geschäftsführer. Fischer war Schilys Knecht.

Aber Fischer war brillant. Fischer konnte reden. »Mit Verlaub, Herr Präsident, Sie sind ein Arschloch«, sagte er zum damaligen Bundestagsvizepräsidenten Richard Stücklen. »Eine unglaubliche Alkoholikerversammlung, die teilweise ganz ordinär nach Schnaps stinkt«, sagte er über den Deutschen Bundestag.

Schröder empfand wie Fischer, aber er konnte es nicht so schön ausdrücken. Eines Nachts saßen Gerhard Schröder und Joschka Fischer an einem Tisch in der »Provinz« und entwarfen auf Bierdeckeln das Kabinett der Zukunft. Auf den Bierdeckeln war Schröder Bundeskanzler, Fischer war Außenminister und Schily war Justizminister. Aber gegenüber saß Kohl im Kanzleramt und schlug Wurzeln.

Fischer ging nach Hessen, er wurde Umweltminister der ersten rot-grünen Koalition und ließ sich in weißen Turnschuhen vereidigen. Schily kam nicht weiter bei den Grünen. Deshalb ging er 1989 zur SPD. Schröder zog nach Niedersachsen, er wollte Ministerpräsident werden. Vorher reiste er nach Kuba und ließ sich von Fidel Castro erklären, wie man Wahlen gewinnt. Zum Abschied schenkte ihm Castro eine Kiste mit Cohiba-Zigarren.

Die drei Männer aus der »Provinz« und ihre Mitstreiter mussten lange warten; sie kamen schließlich in Bonn an die Macht, weil die Deutschen Kohl nicht mehr wollten. Als sie endlich gewählt waren, schrieben sie über ihren Koalitionsvertrag: »Aufbruch und Erneuerung – Deutschlands Weg ins 21. Jahrhundert«. Sie senkten die Steuern, kappten die Neuverschuldung, sie beschlossen den Atomausstieg, sie änderten das Staatsbürgerschaftsrecht, sie erlaubten die Homo-Ehe. Es gab viele kleine gesellschaftliche Reformen, aber keine große Reform der Gesellschaft. Was Kohl liegen gelassen hatte, ließen sie auch liegen. Sie wollten ja wieder gewählt werden. Der Arbeitsmarkt war kaputt, das Bildungssystem war kaputt, das Gesundheitssystem war kaputt.

Sie wären deshalb vier Jahre später beinahe abgewählt worden. Sie durften bleiben, weil die Ost- und Norddeutschen Stoiber nicht wollten.

Jetzt steht über ihrem Koalitionsvertrag: »Erneuerung – Gerechtigkeit – Nachhaltigkeit«. Die Probleme des Landes sind inzwischen so groß, dass sie nur in einer anderen Republik gelöst werden können: Der Sozialstaat muss abgebaut werden. Aber: Das Gegenteil, den Sozialstaat ausbauen, wollten diejenigen, die in den Sechzigern aufbrachen, die Republik zu verändern.

Heike Stollenwerks Kneipe ist inzwischen abgerissen. Die Wirtin ist arbeitslos, sie wohnt jetzt in Berlin. Manchmal sieht sie ihre Kundschaft von damals im Fernsehen. »Die Typen sind genauso wie damals«, sagt sie, »nur mutloser.«

Die Posten

»Hat einer was dagegen, wenn ich rauche? Muss er nur sagen, ich hör sofort auf.« Zwischen den Zähnen von Gerhard Schröder klemmt eine Cohiba-Zigarre. Er nimmt sie nicht aus dem Mund, wenn er spricht. Oktober 2002, der letzte Tag der rot-grünen Koalitionsverhandlungen in der Berliner SPD-Zentrale. In den Tagen vorher war es um die »Sachthemen« gegangen, und wenn es klemmte, warfen sich Schröder und Fischer kleine Zettelchen über den Tisch. Sie saßen sich immer gegenüber.

Jetzt geht es um die Posten.

Es geht um Posten in der Wirklichkeit, nicht um Posten auf Bierdeckeln.

»Komm, Joschka, lass uns mal hochgehen«, sagt Schröder.

Sie verziehen sich ins Büro des SPD-Vorsitzenden im sechsten Stock. Sie reden eine Dreiviertelstunde lang. Unten saugt Kerstin Müller an Zigaretten. Müller war Fraktionschefin der Grünen, aber sie will jetzt mehr, sie will Staatsministerin im Auswärtigen Amt werden. Auch Rezzo Schlauch muss versorgt werden, der andere Fraktionschef der Grünen. Vielleicht Staatssekretär im Wirtschaftsministerium? Jürgen Trittin wirkt etwas angestrengt. Die Zuständigkeiten seines Umweltressorts sind noch nicht geklärt.

Dann kommen Schröder und Fischer zurück. Schröder bleibt mit seinen Leuten im großen Verhandlungszimmer, Fischer geht mit den Grünen in den Besprechungsraum, der im SPD-Haus für den Koalitionspartner reserviert ist.

Irgendwann steht Schröder vor dem Zimmer der Grünen. Es hakt. »Ich muss Joschka noch mal sprechen«, sagt er. Sie gehen in ein kleines Büro, das gerade frei ist. Jetzt reden sie noch mal. Es geht um die allerletzten Posten.

Jeder Posten ist wichtig. In einer parlamentarischen Demokratie geht es nicht nur darum, Mehrheiten zu bekommen, sondern auch darum, Mehrheiten zu behalten. Man braucht Leute, die einem folgen. Man braucht Fraktionsdisziplin. Gerhard Schröder musste während der Afghanistan-Krise im Herbst 2001 die Vertrauensfrage stellen, weil die Fraktionsdisziplin aufgeweicht war. Man braucht die richtigen Leute auf den richtigen Posten, damit so was nicht noch

mal passiert. Schröder und Fischer sprechen lange miteinander.
Dann kommen sie raus. Sie sehen aus wie Frank Bsirske und Otto Schily nach einer durchverhandelten Tarifnacht.
Sie nicken ihren Leuten zu. Die Regierung steht.

Der Aufsteiger

Immer wenn das Parlament der Bundesrepublik Deutschland über wichtige Anträge abstimmen muss, tutet im Bundestag eine Sirene. Das klingt so, als wäre gerade irgendwo ein Feuer ausgebrochen. Die Abgeordneten laufen dann aus der Lobby und den Snackbars in den Plenarsaal und gucken engagiert.
Jürgen Trittin sitzt in der Bundestags-Cafeteria und kaut auf einem Croissant, während es tutet. Er ist ganz ruhig. Er beobachtet die Abgeordneten über einen Monitor, der in der Cafeteria hängt. Wer wirklich wichtig ist, muss nicht als Erster zur Abstimmung laufen. Trittin ist Umweltminister, und damit ist er wichtig.
Je näher die Bundestagswahl kam, desto wichtiger wurde er. Je tiefer die Werte für Rot-Grün sanken, desto toller fand Schröder seinen Umweltminister. Er band das, wofür Trittin steht, wie eine Schleife um seine Reden: Atomausstieg, Dosenpfand, Umweltschutz. Im Wahlkampf entdeckte der Kanzler so etwas wie eine rot-grüne Kultur. Ein gemeinsames Projekt.
Viele sagen, Schröder habe die Wahl gewonnen, weil er die rot-grüne Großstadtkultur gegen Stoibers semibayerische Gemütlichkeitswelt ausspielte.
Kulturwahlkampf? Jürgen Trittin grinst ein bisschen. »Es war auch Kulturwahlkampf, Kampf um die kulturelle Hegemonie. Und von Hegemonie versteht der Kanzler was.«
Rot-grünes Projekt? Trittin hat von dem Tag an nicht mehr daran geglaubt, als Oskar Lafontaine 1999 aus dem Finanzministerium floh. »Es ist rationaler, von Koalitionen zwischen Konkurrenten zum gemeinsamen Vorteil zu sprechen, als die leichte Rede vom rot-grünen Projekt zu pflegen«, sagt er.
Als Schröder 1986 zum ersten Mal Ministerpräsident in Niedersachsen werden will, ist Trittin Fraktionschef der Grünen in Hannover. Schröder spricht von einer »rotgrünen Option«. Er schreckt damit Johannes Rau auf, der die SPD als Kanzlerkandidat ein halbes Jahr später bei der Bundestagswahl zu einer eigenen Mehrheit führen will. Rau schickt seine beiden Berater Bodo Hombach und Wolfgang Clement nach Hannover. Sie sollen Schröder die rot-grünen Phantasien austreiben.
Hillu Schröder, damals noch Schröders Ehefrau, hat das, was dann passiert, in ihrem Buch »Auf eigenen Füßen« so aufgeschrieben:
»Hombach, Clement und Gerd nahmen sich drei Liegestühle und zogen sich auf die Terrasse zurück. Gerd sagte nicht viel. Als die beiden gegangen waren, sagte Gerd mit zerknirschtem Gesicht: ›Ich kann hier nicht gegen Rau Wahlkampf machen.‹«
Ein paar Wochen danach sagt Gerhard Schröder in einem Interview mit Radio Luxemburg: »Ich glaube nicht, dass die Grünen bündnisfähig sind.«
Drei Jahre später, 1989, sitzen Gerhard Schröder und Jürgen Trittin häufig in der Gaststätte »Plümecke« zusammen, von der es heißt, sie mache die beste Currywurst in Hannover. Sie entwerfen eine Strategie, mit der sie zusammen die Landtagswahl im nächsten Jahr gewinnen wollen. Die Strategie geht so: Die SPD rückt in die Mitte, um auf dem Land Stimmen einzusammeln, die Grünen bleiben links, um in den Städten zu gewinnen.
Trittin sagt: »Ich habe damals gelernt: Manchmal koaliert man einfacher mit rechten als mit linken Sozialdemokraten.« Trittin war immer ein Anhänger von Oskar Lafontaine, bis er mit Gerhard Schröder in Niedersachsen gewann. Er wurde Minister für Bundes- und Europaangelegenheiten. Er war ein Grüner, aber er stimmte für die Teststrecke von Mercedes und für die Vertiefung der Ems.
Unter Schröder lernte Trittin, dass man Programme

opfern muss, um nach oben zu kommen und oben zu bleiben.

Der Schuldner

In Klaus Uwe Benneters Büro gibt es Klaus Uwe Benneter gleich zweimal. Einmal in echt und einmal in Pappe, lebensgroß. Es sieht so aus, als sei Klaus Uwe Benneter wichtig.
Der Mann ist Schröders Freund.
Vor einem Vierteljahrhundert war Benneter, der heute einen dreiteiligen Anzug mit Nadelstreifen trägt, Chef bei den Jusos. Er spielte eine merkwürdige Rolle. Es hieß, er sei ein Kommunist, der die SPD unterwandern wolle. Man nannte ihn »Benni Bürgerschreck«.
Benneter war nie Kommunist. Er redete als Bundesvorsitzender der Jungsozialisten nur, als wäre er einer. Er flog aus der Partei und wurde dadurch, wie er heute sagt, »über Nacht weltberühmt«. Sein Nachfolger als Juso-Chef war Gerhard Schröder.
Als Juso-Chef wird Schröder zum Bundeskanzler Helmut Schmidt vorgelassen. Als er in Schmidts Arbeitszimmer kommt, brüllt der Kanzler gerade in den Telefonhörer. Dann legt er auf. »Dass man diesen Arschlöchern immer die Welt erklären muss!«, sagt Schmidt danach und erzählt, dass er eben mit Leonid Breschnew telefoniert habe. Vor Breschnew habe er übrigens Jimmy Carter am Apparat gehabt, sagt Schmidt. Mit Carter sei es genauso gewesen wie mit Breschnew.
Gerhard Schröder ist tief beeindruckt. Er berichtet seinen Kollegen Freimut Duve, Renate Schmidt und Michael Müller bei einer gemeinsamen Zugfahrt, was er im Kanzleramt erlebt hat. Müller ist heute stellvertretender Fraktionschef der SPD; er glaubt, dass diese Geschichte erklärt, warum Helmut Schmidt für Schröder ein Vorbild ist.
Schröder durfte nur deshalb in Helmut Schmidts Arbeitszimmer, weil er auf den Posten gerutscht war, den Klaus Uwe Benneter verloren hatte. Er vergisst keine Menschen, die ihm mal behilflich waren. 1983 setzt er sich bei Willy Brandt für die Rückkehr seines Kumpels in die SPD ein.
Benneter hat danach eine stille Karriere in der SPD gemacht. Im Sommer vergangenen Jahres kämpfte er um einen Platz im Bundestag. Und wieder war Gerhard Schröder zu Diensten. Er kam während des Wahlkampfs zu Besuch, man setzte sich in einem Schrebergarten zusammen, es waren auch Pressefotografen dabei. Sogar Doris, die Ehefrau des Kanzlers, war im Einsatz, sie las in Benneters Berliner Wahlkreis aus ihrem Buch »Der Kanzler wohnt im Swimmingpool« Geschichten vor. Benneter bekam seinen Platz im Bundestag.
Jetzt zahlt er zurück, jetzt muss er Schröder helfen. Benneter ist Vorsitzender im Lügenausschuss geworden, den die Union im Bundestag durchgesetzt hat. Es geht um falsche Versprechungen und falsche Zahlen, es geht um Schröders Ansehen – »Benni Bürgerschreck« muss es jetzt richten.

Der Kronprinz

Joschka Fischer macht während der Koalitionsverhandlungen einen Scherz. Der Außenminister fragt den Finanzminister: »Sag mal, Hans, willst du deine Steuerprüfer eigentlich auch auf die Flohmärkte schicken?«
Fischer sorgt für Heiterkeit in der rotgrünen Runde, nur Hans Eichel lacht nicht mit. Sein Kopf zuckt, er sagt: »Natürlich mach ich das. Was glaubt ihr, wie viel da umgesetzt wird?«
Sie reden gerade über das Thema »Umsatzsteuer bei Privatgeschäften«. Hans Eichel hat das in seine »Giftliste« geschrieben; in seiner »Giftliste« stehen lauter solche Sachen; überall will der Finanzminister die Vergünstigungen streichen.
Eichels »Giftliste« nervt auch den Bundeskanzler. »Hans, nun hör doch mal auf damit«, sagt Gerhard Schröder.
Hans Eichel war mal der Star in Schröders Kabinett. Das war zu einer Zeit, in der es vor allem darauf ankam, Geld zu sparen. Eichel war der Kronprinz, aus-

erkoren, die SPD in eine Große Koalition zu führen. Jetzt ist er nur noch der Spar-Hansel.

Schröders neuer Star hat viele Qualitäten. Wolfgang Clement war vor 20 Jahren auch gelegentlich Gast in der Bonner Kneipe »Provinz«. Schröder imponierte, dass Clement ein Glas Bier schneller austrinken kann als andere ein Glas Schnaps. Das liegt daran, dass Clement nicht schlucken muss, wenn er trinkt. Clement kann das Zäpfchen in seinem Rachen nach oben klappen und die Flüssigkeit einfach laufen lassen.

Wolfgang Clement kann Sachen, die sonst eigentlich keiner kann.

Er soll den Arbeitsmarkt sanieren.

Es geht um 4,2 Millionen Menschen ohne Job. Die Deutschen haben Schröder gewählt, weil sie glaubten, dass er das in den Griff kriegen würde. Wer die Macht hat, muss alles in den Griff kriegen. Die Arbeitslosigkeit, das Gesundheitssystem, das Bildungssystem. Man kann das alles gar nicht in den Griff kriegen. Man kann nur so tun, als könnte man es, andernfalls verliert man die Macht. Ein halbes Jahr vor der Wahl hat Schröder so getan, als könnte er den Arbeitsmarkt reparieren. Er erfand die Kommission von Peter Hartz. Hartz sagte erstaunliche Dinge, etwa, dass man die Arbeitslosigkeit bis 2005 halbieren könne.

Zwei Wochen nach der Wahl erfand Schröder den Superminister Wolfgang Clement, der das Konzept von Peter Hartz in die Wirklichkeit transportieren sollte. Clement sagte Dinge, die unwirklich klangen, etwa, dass er daran glaube, in Deutschland bis 2010 Vollbeschäftigung zu bekommen.

Schröders Minister merken an kleinen Gesten, wen der Kanzler gerade besonders braucht. »Die meisten grüßt er nur flüchtig vor der Sitzung, Clement haut er auf die Schulter«, sagt ein Minister.

Aber es ist gefährlich, neben Gerhard Schröder zu groß zu werden. Der Kanzler hat seinen neuen Star schon vorsichtig zurechtgerückt. »Pass auf«, sagte er zu Clement, »sonst mache ich dich noch zu meinem Kronprinzen.«

Die Rote

Wenn Heidemarie Wieczorek-Zeul an ihrem Schreibtisch im 10. Stock sitzt und aus dem Fenster guckt, kann sie ein paar Reste der Nazi-Zeit sehen. Vor dem Ministerium für wirtschaftliche Zusammenarbeit und Entwicklung liegt ein Trümmergrundstück, das mit Büschen und Bäumen überwuchert ist. Hier stand früher Adolf Hitlers Reichssicherheitshauptamt, heute ist es die Gedenkstätte »Topografie des Terrors«.

Es ist Zufall, dass die Ministerin Wieczorek-Zeul hier ihren Dienstsitz hat. Aber es passt zu ihrer politischen Biografie.

Sie ist eine von den 68ern, die wegen der verdrängten Nazi-Geschichte in Konflikt mit der Kriegsgeneration geraten und so in die Politik gekommen waren. Sie wurde aus Protest »links«, sie war in den siebziger Jahren Juso-Chefin und wurde »die rote Heidi« genannt. Jetzt ist sie Ministerin, die rote Heidi ist oben, aber aufsässig wirken inzwischen nur noch ihre fanatisch kolorierten Haare.

»Ich bin eine kontinuierliche Person«, sagt sie. Heidemarie Wieczorek-Zeul hat Gerhard Schröder nie getraut.

Er war ein linker Sponti, als er bei den Jusos anfing. Dann schloss er einen Pakt mit Benneters autoritären »Stamokaps«, plötzlich war der Sponti Schröder an der Seite der »Kommunisten«. Wieczorek-Zeul nannte es »ein perverses Bündnis«. Sie gehörte, wie Rudolf Scharping, zu den »Reformsozialisten«, die auch »links« waren, aber der SPD näher als die anderen Jusos. So bunt ging es mal zu bei den Sozialdemokraten.

Reformsozialisten und Stamokaps stritten sich um die Frage, wie man den kapitalistischen Staat verändern könne. Durch Reformen, sagten die Reformsozialisten. Durch Revolution, sagten die Stamokaps. Schröder sagte mal dies und mal das. Schröder hatte mit Theorien nichts zu schaffen.

»Für Inhalte war er nie zuständig, aber er kapierte schnell, was nützt und was schadet«, sagt Johano

Strasser, der damals für die Reformsozialisten Papiere schrieb. Strasser sah aus wie Paul Breitner und redete wie Marx und Feuerbach.
Es ging aber gar nicht so sehr um Theorien, es ging vor allem darum, wer die Mehrheit hat: Schröder oder Scharping, Wieczorek-Zeul oder Schröder, Scharping oder Wieczorek-Zeul. Die Duelle fingen in der Sandkiste an, bei den Jusos, und wurden später auf den Parteitagen der SPD zu Ende gefochten.
1993 kandidierten Schröder, Scharping und Wieczorek-Zeul um den Parteivorsitz in der SPD. Die Rechten waren für Scharping, die Linken waren gespalten. Sie wählten entweder Schröder oder Wieczorek-Zeul – deshalb gewann Scharping. Schröder glaubte, dass Wieczorek-Zeul nur deshalb antrat, um ihn zu verhindern.
Heute sitzt sie jeden Mittwoch morgen um halb zehn im Großen Kabinettssaal, zwei Plätze neben Schröder. Er hat sie zur Ministerin gemacht, weil er sie brauchte, für den linken Rand und für die Kirchen. Auch Manfred Stolpe wurde so Minister – er wurde für den Osten gebraucht.
»Die rote Heidi« unterliegt jetzt der Kabinettsdisziplin, sie macht keinen Ärger mehr. Wenn sie doch mal im Bundessicherheitsrat gegen Rüstungsexporte stimmt, rollt Gerhard Schröder die Augen zur Decke. So was hält er aus.
Vor kurzem ist Heidemarie Wieczorek-Zeul 60 Jahre alt geworden. Gerhard Schröder schenkte ihr im Kabinett einen Strauß mit rosa Rosen. Und sagte zu ihr: »Na, Heidi, hättste auch nich gedacht, wa?«

Der Schrei

Der Name Heide Simonis hat nie auf einer Kabinettsliste gestanden, die Gerhard Schröder entworfen hat. Nicht mal auf denen, die in der Kneipe »Provinz« auf Bierdeckel geschrieben wurden. Sie war Stammgast in diesem Lokal, aber keine von den Frauen, die den Männern zuhörten. Sie hatte ihre eigenen Bierdeckel.
Jetzt ist sie seit fast zehn Jahren Ministerpräsidentin in Schleswig-Holstein.
Es ist acht Uhr an einem Freitagmorgen im Dezember, als Heide Simonis in die Berliner Landesvertretung ihres Bundeslandes kommt. Nachher muss sie in den Bundesrat, dort stimmen die Landesregierungen über das Hartz-Konzept ab.
Sie hat wenig geschlafen, sie hatte keine gute Nacht. Der vergangene Abend wirkte noch nach. Gerhard Schröder hatte sich da mit den Ministerpräsidenten der SPD getroffen. Schröder wollte sie auf Linie bringen, sie sollten zustimmen, alle.
Heide Simonis sagte, dass sie sich enthalten werde. Sie fand es nicht richtig, was die Bundesregierung aus dem Hartz-Konzept gemacht hatte. Sie fand, dass die Regierung dieses Konzept verwässert habe. Dass sie zu viel Rücksicht auf die Traditionalisten in der Partei und den Gewerkschaften genommen habe. Dass Politik nicht immer nur darin bestehen dürfe, zwischen unterschiedlichen Interessen zu moderieren. Dass es manchmal harte Entscheidungen geben müsse, nicht immer nur runde Tische.
Schröder schrie sie an. Simonis musste den Raum verlassen. Sie ertrug das nicht.

Der Kamerad

Peter Struck steht neben Gerhard Schröder im Berliner Schloss Bellevue. Sie beobachten, wie Johannes Rau dem Verteidigungsminister Rudolf Scharping die Entlassungsurkunde überreicht. Rau hält eine freundliche Abschiedsrede. Am Ende der Rede läuft Scharping mit seiner Entlassungsurkunde unter dem Arm auf Gerhard Schröder zu und streckt den anderen Arm nach vorn. Schröder hält seine Hand hin, drückt zu und guckt zur Seite. Dann flieht er.
Scharping war mit seiner Geliebten und der »Bunten« auf Mallorca baden gegangen, aber Schröder musste zu ihm halten: »Den kann ich doch gar nicht entlassen. Dann würde sich seine Freundin von ihm trennen.« Dann ging Rudolf Scharping mit dem Ein-

flüsterer Moritz Hunzinger beim Herrenausstatter einkaufen. Und Deutschland brauchte einen neuen Verteidigungsminister. »Peter, du musst das jetzt machen«, sagte Schröder zu Peter Struck.
Peter Struck hat sich nie richtig gegen Gerhard Schröder gewehrt. Bevor Schröder Ministerpräsident in Niedersachsen wurde, stellte er Struck einen Posten als Finanzminister in Aussicht. Schröder sagte Struck, er werde ihn anrufen. Er rief nicht an. Struck wurde Fraktionsgeschäftsführer – Schröder nannte ihn »den Vertreter des organisierten Mittelmaßes«. Irgendwann in dieser Zeit traf Schröder Strucks Ehefrau Brigitte, und die sagte ihm: »Wir sind auf dich nicht angewiesen. Für den Peter gehe ich notfalls putzen.« Seitdem hat Schröder Respekt vor Frau Struck.
Jetzt ist ihr Mann Verteidigungsminister. Am 20. Juli des vorigen Jahres wird er in sein Amt eingeführt. In Berlin findet das öffentliche Gelöbnis von Rekruten statt. Struck schreitet die Reihen ab, und Schröder schreitet an seiner Seite. Struck findet sich bedeutend. »Guck mal«, sagt er leise zum Bundeskanzler, »alles meine Jungs.«
»Ja«, antwortet der Bundeskanzler, »aber nur in Friedenszeiten.«
Gerhard Schröder war der erste deutsche Regierungschef nach dem Zweiten Weltkrieg, der deutsche Soldaten in den Kampf gegen einen souveränen Staat schickte. Als er 1998 gewählt war, flog er mit Joschka Fischer zum Antrittsbesuch bei Bill Clinton, und als sie zurückkamen, stand fest, dass sich Deutschland am Krieg gegen die Bundesrepublik Jugoslawien beteiligen würde. Es gab Widerstände gegen diese neue Außenpolitik – aber es war am Anfang einer Legislaturperiode. Es gab noch viel Zeit bis zur nächsten Wahl.
Vier Jahre später will George W. Bush in den Irak einmarschieren, und in Deutschland gibt es schlechte Umfragen für die SPD. Gerhard Schröder ist jetzt gegen Krieg und trifft die Mehrheitsmeinung im Land. Natürlich ist auch Verteidigungsminister Peter Struck gegen Krieg. Er trägt das in seinen Reden auf den Marktplätzen vor und bekommt, wie er überrascht erzählt, zum ersten Mal in seinem Leben stehenden Applaus.
Im Kabinett berichtet Struck von einer Reise in die USA. Er sagt, dass er sich mit Donald Rumsfeld getroffen habe. Es sei ein gutes Treffen gewesen.
Dann spricht Joschka Fischer. Fischer sagt, er habe vor Strucks Reise mit Colin Powell geredet. Wahrscheinlich sei das hilfreich gewesen für Struck.
Otto Schily meldet sich. Schily sagt, dass auch er jetzt wieder gut mit den Amerikanern könne. Eben erst habe er wieder Kontakt gehabt, mit dem CIA-Direktor.
Struck nickt. Dann sagt er noch, dass er sich beim Bundeskanzler bedanken möchte, weil der mit George W. Bush telefoniert habe. Das Telefonat habe bestimmt dazu beigetragen, dass seine Reise in die USA gelungen war.
So wird regiert in Deutschland.

Das Frühstück

An jedem ersten Mittwoch eines Monats lässt die Kultur-Staatsministerin Christina Weiss in ihrem Büro einen Frühstückstisch für sieben Personen decken. Es sind nur Frauen, die zu ihr kommen. Renate Schmidt, die Familienministerin. Edelgard Bulmahn, die Bildungsministerin. Brigitte Zypries, die Justizministerin. Heidemarie Wieczorek-Zeul, die Entwicklungshilfeministerin. Renate Künast, die Landwirtschaftsministerin. Und Ulla Schmidt, die Gesundheitsministerin.
Die Frauen nennen diese Runde »das Weiberfrühstück«. Es findet bei Christina Weiss statt, weil ihr Büro im Bundeskanzleramt ist. Ganz nah an der Macht. Es liegt im achten Stock, man muss von hier aus nur in den Fahrstuhl steigen und zwei Etagen runterfahren, dann ist man im Großen Kabinettssaal. Sie treffen sich am frühen Morgen, vor der Kabinettssitzung mit Gerhard Schröder. Es geht darum, sich gegenseitig Mut zu machen.
Es ist nicht einfach, Ministerin unter Gerhard Schröder zu sein. Seine Kabinettssitzungen dauern manch-

mal nur eine halbe Stunde, und die ist oft schon rum, wenn erst der Kanzler, dann der Außenminister und dann der Innenminister gesprochen haben.
Seit der Pisa-Studie ist Edelgard Bulmahn eine wichtige Ministerin geworden. Es gibt viel zu sagen zum Thema Bildung – und genau davor fürchtet sich der Kanzler. Wenn Edelgard Bulmahn den Finger in die Luft hebt, weil sie etwas sagen möchte, kommt es vor, dass Gerhard Schröder seinen Körper zur Seite dreht, damit es so aussieht, als würde er den Finger nicht sehen. Aber Edelgard Bulmahn gibt niemals auf, und Schröder sagt schließlich: »Edelgard – aber bitte ganz kurz.«
Von denen, die bei Christina Weiss zum Frühstück kommen, ist Heidemarie Wieczorek-Zeul die Frau mit der größten Erfahrung. »Wenn du wirklich was erreichen willst«, sagt sie, »dann musst du Doris anrufen.«
Als in Mosambik die Menschen ertranken, war die Ministerin für Entwicklungshilfe betroffen. Sie rief bei Doris an und sagte, sie finde, Deutschland müsse ein paar Hubschrauber nach Mosambik schicken.
Im Kabinett fand Schröder das dann auch.

Der Designer

Es ist nicht Joschka Fischers Aufgabe, den Menschen zu erklären, wie Deutschland funktionieren muss. Fischer ist Außenminister, und für das große Ganze des Landes ist der Bundeskanzler zuständig.
Aber der Außenminister liebt es, sich auch seine Gedanken zu machen darüber, wie das große Ganze aussehen muss. Und was man tun muss, um in dem großen Ganzen auch noch Wahlen zu gewinnen.
Das Ergebnis solcher Überlegungen nennt er dann »Grand Design«. Er erklärt mit großer Leidenschaft, dass in einem »Grand Design« alles mit allem zusammenhängt: die Weltwirtschaft und die Konjunktur, die demografische Entwicklung und die Rente, die Deutsche Einheit und Europa.
Fischer kann sein »Grand Design« in druckreifen Sätzen formulieren, und er formuliert es ständig. Beim Joggen, beim Kaffeetrinken, vor dem Essen, nach dem Essen. Manchmal spricht er auch mit Gerhard Schröder darüber. Aber immer nur dann, wenn kein anderer zuhört. Fischer erteilt keine öffentlichen Ratschläge mehr. So sehr er früher die Hierarchien bekämpft hat, so sehr hat er jetzt begriffen, dass er Hierarchien respektieren muss. Er spielt keine Spiele, die er nicht gewinnen kann. Er respektiert Schröder nicht als Schröder, er respektiert Schröder als Kanzler.
Als Schröder im Wahlkampf den Begriff vom »deutschen Weg« benutzte, saß Fischer in seinem Büro, hielt die Hände vor das Gesicht und sagte: »Es ist so furchtbar.« Öffentlich sagte er erst mal gar nichts zum »deutschen Weg«. Später sagt er einem britischen Reporter: »Forget it.«
Bevor Gerhard Schröder Bundeskanzler wurde, war das Leben leichter für Joschka Fischer. Er durfte über Schröder sagen, was er über ihn dachte. 1997 dachte er so über Schröder: »Wenn die Mehrheit es morgen erfordert, dass er sich zu Kaiser Wilhelm stilisiert, würde er sich einen wunderbaren Zwirbelbart zulegen. Und wenn es notwendig wäre, als bayerischer König Ludwig II. ins Kanzleramt zu kommen, würde er im Starnberger See schwimmen und einen Schwan küssen.«
Im selben Jahr unterhielten sie sich miteinander darüber, was passieren würde, wenn sie an die Macht kämen. Schröder sagte: »Dein Programm ist mit niemandem in der SPD zu machen, noch nicht mal mit unseren Linksaußen.« Fischer antwortete: »Hochwohlgeboren scheint es nicht mehr gewohnt zu sein, dass es andere Meinungen gibt.« Schröder: »In einer rot-grünen Konstellation muss klar sein: Der Größere ist der Koch, der Kleinere ist Kellner.«
Es ist jetzt klar. Seit Gerhard Schröder Bundeskanzler ist, hat Joschka Fischer aufgehört, sich an ihm abzuarbeiten. Um glücklich zu sein, braucht Fischer allerdings immer Menschen, die meinen, sie wären größer als er – damit er ihnen zeigen kann, wie klein sie eigentlich sind.
Ein Segen für ihn, dass es Otto Schily gibt.

Es gibt Tage, an denen rot-grüne Konferenzen aus irgendwelchen Gründen im Auswärtigen Amt stattfinden müssen. Solche Tage sind Joschka Fischers schönste Tage.
Es ist halb zehn an einem Dienstagmorgen, als im Konferenzraum von Joschka Fischers Ministerium eine solche Zusammenkunft im Gang ist. Fischer ist noch nicht da, er hat nebenan in seinem Arbeitszimmer zu tun. Schily sitzt auf Fischers Stuhl. Irgendwann kommt Fischer doch noch. Er stellt sich neben Schily und sagt: »Das ist mein Stuhl.« Schily rührt sich nicht.
Fischer sagt: »Ich habe es nicht gern, wenn sich jemand in meinem Haus auf meinen Platz setzt.«
Jetzt erst merkt Schily, dass es Fischer ernst ist. Er guckt von seinem Papier auf. Er ist beleidigt. Er sagt: »Ich kann ja gleich wieder gehen.« Fischer antwortet: »Ich habe nichts dagegen.«
Joschka Fischer hält Freundschaften im Politikbetrieb für schädlich. Über Schily sagt er aber: »Der ist mein Freund.« Zu Fischers und Schilys Freundschaft gehört auch, dass sie mal Rivalen waren. Und sind.
Es ist kurz nach zehn an einem Mittwochmorgen, als Gerhard Schröder die Kabinettssitzung schließen will. Da kommt Otto Schily durch die Tür. Er hat sich verspätet. Schröder sagt: »Ich freue mich, dass es auch dem Herrn Innenminister noch gelungen ist, unsere Kabinettssitzung pünktlich zu ihrem Ende zu erreichen.«
Schily steht mitten im Raum. Er mag keine Späße, die auf seine Kosten gehen. Schily wird in dieser Runde eigentlich nie laut, aber diesmal kann er nicht anders. »Es ist doch nicht das Privileg des Bundesaußenministers, zu spät zu kommen!«
Während der Koalitionsverhandlungen im Oktober ist auf Schilys Ausbrüche Verlass. »Er schreit unter äußerster körperlicher Anstrengung und läuft dabei hochrot an. Es ist einfach nur peinlich bei so einem Mann in diesem Alter«, sagt einer, der dabei war. Schily ist jetzt 70 Jahre, der Bundeskanzler bat ihn, als Innenminister weiterzumachen. Schily muss eigentlich keinem mehr beweisen, dass er eine große Nummer ist. Aber er kann nicht anders.
Wenn es um Schilys Themen geht, sagt Gerhard Schröder vorher zu den anderen: »Behandelt den Otto bitte pfleglich.« Denn bei Schilys Themen wird erkennbar, wie schnell die kulturellen Gemeinsamkeiten von Rot und Grün an Grenzen stoßen.
Während der Gespräche zwischen Sozialdemokraten und Grünen geht es auch um die Frage, ob Deutschland den Besitz von Haschisch in kleinen Mengen legalisieren soll.
Schily schüttelt den Kopf. »Suchtgefährdung«, murmelt er.
Rezzo Schlauch von den Grünen meint, einem Familienvater, der samstags eine Kiste Bier ins Auto packt, um für die Woche versorgt zu sein, werde auch nicht gleich der Führerschein abgenommen, weil er schleichend suchtgefährdet sei.
Schilys Stimme schwillt langsam an. »Vorsicht vor Einstiegsdrogen! Das landet immer beim Heroin«, sagt er. Es gibt Sozialdemokraten, die sehen das genauso. Schlauch ruft schließlich: »Nehmt doch endlich mal zur Kenntnis, dass Haschisch nicht gespritzt wird.«
Schröder rollt die Augen zur Decke und sagt dann: »Komm, Otto, lass mal.«
Joschka Fischer lauert noch.
Dann wird das Thema »Graffiti-Sprüher« besprochen. Schily will, dass die Schmiererei in Zukunft härter bestraft wird. Die Grünen gucken sich stumm in die Augen.
Dann redet Fritz Kuhn für seine Partei. Kuhn hatte mal eine Professur an einer Hochschule für Gestaltung. Er sagt, an dieser Hochschule habe es viele begabte Graffiti-Künstler gegeben. »Wir haben die Wahl auf dem kulturellen Ticket gewonnen. Wir sollten uns nicht zum Spottobjekt sämtlicher Off-Künstler machen.«
Jetzt brüllte Schily. »Das ist doch krank!«
Das ist der Moment, auf den Joschka Fischer gewartet

hat. Er drückt seine Sessellehne etwas nach hinten, er lächelt verhalten und sagt: »Ach, lasst mal gut sein mit den Graffiti. Es reicht doch, wenn ab und zu die Bullen kommen und mal einen mitnehmen.«

Der Aussteiger

Hubert Kleinert gehörte einmal dazu. Als er 1983 für die Grünen in den Bundestag zog, trug er rote Hosen und hatte lange Haare. Er war damals so etwas wie der strategische Kopf der Grünen. Kleinert war Fischers Freund, zusammen tranken sie in Heike Stollenwerks »Provinz«, er respektierte Otto Schily und kannte Gerhard Schröder.

Kleinerts Freundschaft zu Joschka Fischer ist vergangen. Kleinert macht keine Politik mehr. Er ist im Café »Einstein«, um zu frühstücken. Ein paar hundert Meter weiter sitzt Fischer auf der Regierungsbank, der Bundestag debattiert die Haushaltslage, es geht um rot-grüne Löcher, die man stopfen muss.

Kleinert sagt: »1990 hätte Rot-Grün als Generationenprojekt gepasst. Heute ist es nur noch eine Mehrheitskoalition.« 1990 war die Katastrophe von Tschernobyl erst vier Jahre alt, in der Bundesrepublik Deutschland war die Forderung nach einer ökologischen Erneuerung mehrheitsfähig geworden, aber 1990 wählte auch der Osten. Der Osten wollte keinen Umweltschutz. Der Osten wollte einen VW Golf. Der Osten wollte Kohl.

Jetzt geht es um den Umbau des Sozialstaats, und Kleinert sagt, die gesellschaftliche Wirklichkeit habe mit dem, »was in den achtziger Jahren an Plänen und Visionen herumschwirrte«, nichts mehr zu tun. Es gebe kein Generationenprojekt mehr. Es gebe nur noch Minister, die einer Generation angehören.

Und diese Minister seien so geworden wie ihre Väter, sagt Kleinert. Sie halten gestanzte Reden wie die Väter, sie lassen sich Doktorhüte aufsetzen wie die Väter. »Sie sehen leider so aus, als ob sie nichts mehr ernst nähmen – außer sich selbst und ihre Karrieren«, sagt Kleinert.

Wenn Kleinert heute auf die Regierungsbank guckt, geht ihm Max Weber durch den Kopf und dessen Erkenntnis, die Grundtorheit des Politikers sei der Kult um die Macht. »Der reine Machtpolitiker ist als solcher zwar stark, tatsächlich aber wirkt er ins Leere und Sinnlose. Die Anbetung der Macht als solche nennt Weber die verderblichste Verzerrung der Politik überhaupt«, sagt der Ex-Politiker Kleinert.

Der Schöpfer

Freitagabend, Joschka Fischer ist irgendwo in der Welt mit dem Flugzeug unterwegs. Otto Schily sitzt in seinem Büro in der 12. Etage des Bundesinnenministeriums. Schily steckt eine Zigarre der Marke 1492 in Brand, sie kostet im Laden 6,40 Euro pro Stück. Wahrscheinlich hat er sie nicht selbst gekauft. Er weiß nicht, was Zigarren kosten. Als er es erfährt, sagt er: »Passt eigentlich nicht in die Zeit, 6 Euro 40 einfach zu verbrennen.« Er guckt etwas verwundert seinem Qualm hinterher.

Aber darum geht es nicht. Es geht um Schilys Verhältnis zu Joschka Fischer.

»Ach ja«, sagt Schily und rutscht tief in seinen Sessel. Ist schon viel drüber geschrieben worden, sagt er. Muss man alles nicht so ernst nehmen. Schily möchte den Eindruck machen, als würde ihn das Thema langweilen.

Fischer, Fischer. Schily guckt an die Wand. Weiß eigentlich jemand, wie das anfing mit Fischer? Mit ihm fing es an, mit Schily, sagt Schily.

»Damals rief mich mein Freund Rupert von Plottnitz an und sagte: Achte mal auf den. Guck dir den mal an.« So war das.

Natürlich hätte er selbst damals der erste grüne Minister werden können in Hessen, sagt Schily. Fischer sei zu ihm gekommen und habe gesagt: Mach du das doch. Aber er habe nicht gewollt. Er habe es langweilig gefunden, Landesminister zu sein, sagt er.

Schily sitzt wieder gerade in seinem Stuhl. Er spricht jetzt immer schneller.

Er hat damals eine lange Unterhaltung mit dem hessischen Ministerpräsidenten Holger Börner geführt. »Börner wollte wissen, ob dieser Fischer Minister werden kann oder nicht. Ich habe ihm erklärt, dass Fischer Vertrauen verdient. Börner war schließlich überzeugt. Damals hab ich die Hebamme gespielt.« Er hätte auch sagen können: Fischer wäre nichts ohne mich. Eigentlich habe ich ihn erschaffen. Aber so etwas sagt Schily nicht.

Die rot-grüne Koalition – war auch er. »Ich habe immer gesagt: Die SPD ist der geborene Koalitionspartner der Grünen.« Fischer habe das nicht gleich kapiert, »er ist erst später auf die Richtung eingeschwenkt«, sagt Schily, nur so, falls das jemand nicht weiß.

»Otto, kneif mich, ich glaub es nicht«, raunte Joschka Fischer, als er am 27. Oktober 1998 vereidigt wurde. Fischer war jetzt Minister, Schily war Minister und Schröder Kanzler. Das Bierdeckel-Kabinett.

Fischer sah das Flugzeug, mit dem er von jetzt an in die Welt fliegen würde, und sagte: »Das ist jetzt alles meins.«

Schily hat nicht so viel, Schily ist weniger als Fischer. Vom Protokoll her, sagt Schily, stimme das vielleicht. Vom Protokoll her kommt erst der Kanzler, dann der Vizekanzler, dann der Innenminister. »Aber vom Protokoll hängt das Gewicht nicht ab.«

Schily bläst die Reste seiner 1492 in die Luft und kratzt sich am Bauch.

Der Unterschied

Gerhard Schröder läuft durch sein Büro, das so groß ist wie ein kleines Einfamilienhaus. Er muss bis ganz ans Ende, weil da der Humidor steht. Er kommt mit einer Cohiba zurück, 25,90 Euro das Stück, im Laden. Wahrscheinlich muss auch Gerhard Schröder nicht in den Laden, um sich eine Cohiba zu kaufen.

Der Bundeskanzler fällt in ein Sofa, die Vorzimmerdame bringt einen Aschenbecher aus Zinn und eine Streichholzschachtel. »Ich nehm noch'n Espresso«, sagt Schröder.

Das Gespräch mit SPIEGEL-Journalisten geht um die Anfänge von Rot und Grün. Schröder erinnert sich nur noch dunkel an die Geschichten aus der Bonner Kneipe, die gegenüber von Kohls Kanzleramt lag. Es sind Geschichten von gestern, er hat viele vergessen. Sie sind nicht mehr wichtig, wichtig ist: Gerds Thekenmannschaft regiert das Land.

Wenn man ihn fragt, was übrig geblieben sei von damals, ein gemeinsames Projekt oder nur die Mitstreiter, sagt er erst mal: »Also, dieses Wir-Gefühl von damals, das gibt es im Kabinett immer noch.«

Dann klingelt das Telefon. Kofi Annan will den Bundeskanzler sprechen. Man muss sein Büro verlassen, wenn Kofi Annan in der Leitung ist, und wenn man zurückkommt, denkt Gerhard Schröder in großen Linien.

Er sagt: »Also, es wird ja immer verlangt, dass man Visionen hat. Ich sage: Wir müssen lernen, dass wir viel verändern müssen, um es zu erhalten. Es geht darum, das Gesellschaftsmodell des Sozialstaats unter völlig veränderten Bedingungen aufrecht zu erhalten. Das ist das rot-grüne Projekt. Ist das keine Vision?«

Es könnte auch eine Vision von Edmund Stoiber sein. Schröder sagt: »Aber die anderen wollen es nicht und können es nicht.«

Es ist wieder wie damals.

Damals fragte Heike Stollenwerk, die Wirtin aus der »Provinz«, ihren Stammgast Gerhard Schröder, was eigentlich der Unterschied sei zwischen der CDU und der SPD.

Schröder antwortete: »Wir sind einfach die Netteren.«

Ralf Hoppe

Ralf Hoppe, 44 Jahre alt, geboren in Teheran, aufgewachsen in Wolfsburg. Studierte Volkswirtschaft und Politik, wäre lieber Kinderarzt, Meeresbiologe oder Künstler geworden, wurde aber Volontär bei der BRAUNSCHWEIGER ZEITUNG. Ging dann zum STERN, zum SONNTAGSBLATT und zur ZEIT, war Ressortleiter beim KÖLNER STADTANZEIGER und ist heute Redakteur beim SPIEGEL. Daneben verfasste er Dokumentarfilme, ein Kinderbuch und Krimi-Drehbücher fürs Fernsehen. Ausgezeichnet mit dem Theodor-Wolff- und dem Christopherus-Preis. Hoppe ist verheiratet und hat zwei Söhne.

Das gierige Gehirn

Sie sind geistig behindert, aber sie können zwölfstellige Zahlen multiplizieren, perfekt zeichnen oder 30 Sprachen sprechen. »Inselbegabte« nennen Forscher solche Menschen und wollen das Geheimnis ihrer Genialität ergründen – damit Normalbegabte klüger werden.

von Ralf Hoppe
DER SPIEGEL
22. September 2003
Foto: Cinetext

Schauspieler Hoffman in »Rain Man« (mit Tom Cruise): Gesten und Ticks abgeschaut

Kim Peek: keine Freunde, keine Kinder, keine Frau, er hatte noch nie Sex in seinem Leben, er weiß gar nicht, was das ist. Er ist 51 Jahre alt. Seine Waden sind dürr wie zwei Stöcke, an einen Führerschein war nie zu denken, sein Vater kutschiert ihn. Kims Hände sind weich, weiß und eiskalt. Er würde in jedem Swimmingpool ertrinken, er könnte keinen Koffer tragen, niemals ein Spiegelei braten. Aber er ist glücklich. Er hat etwas, das alles aufwiegt, mehr wert ist als Sex oder Geld oder etwa Liebe.

Kim Peek hat Antworten.

In der Lobby des Marriott-Hotels von Salt Lake City gibt es einen offenen Kamin, riesengroß, marmorgetäfelt. Morgens um acht werden die Gasflammen angeknipst und züngeln bis Mitternacht akkurat um die Holzscheitimitate. Vor dem Kamin stehen cremefarbene Sessel, und darin sitzen jetzt Kim Peek und sein Vater Francis, ein weißhaariger Herr, mittlerweile 74, mit freundlichem, dabei stets besorgtem Gesicht. Der Kellner bringt zuckerlosen Saft und treibt sogar salzarme Cracker für Kim auf; aber der will weder essen noch trinken, er stöhnt.

Stülpt die Unterlippe vor, ein Speichelfaden hängt daran, er merkt es nicht. Immer wieder versucht er, sich aus seinem Sessel hochzudrücken, immer wieder sackt er zurück, sein Vater redet beschwichtigend auf ihn ein, Kim verschränkt die Hände vor dem Kinn, er wiegt den Oberkörper, schnauft. Vor, zurück, vor, zurück.

»Baaaaah – aaaah …« Er stöhnt jetzt sehr laut und starrt ins Feuer.

Der Kellner schaut besorgt herüber.

»Fragen Sie ihn irgendwas«, sagt Francis Peek, der Vater, »das beruhigt ihn – zum Beispiel nach dem Wochentag, an dem Sie geboren sind.«

»Kim, ich bin am 26. Dezember 1959 geboren …«

»Samstag«, sagt er, »danke schön, dein Vater, Vater, Vater, Kinder, deine Kinder?« Er blinzelt durch seine schwere Hornbrille, seine Augen sind klein und rötlich entzündet.

»Er will noch mehr Geburtsdaten«, sagt Francis Peek.

Er betrachtet seinen Sohn, besorgt, zärtlich, stolz.
»Okay, Kim, mein Vater wurde im Jahr 1923 geboren, am 16. Juni …«
»Ein Samstag, danke schön.«
»… und mein älterer Sohn am 13. Februar 1996 …«
»Dienstag«, sagt Kim Peek, »und wenn er in Rente geht, 13. Februar 2061, wird es ein Sonntag sein.« Die Antworten kommen schnell, anscheinend mühelos – und sie stimmen.
»Kim, wie viel ist 4397 mal 8915?«
»Baaaah – aaah – ich rechne nicht gern«, er schnauft, »vielen Dank, drei, neun, eins, doppel-neun, zwei, doppel-fünf, aber uuuuh – ich rechne nicht gern.«
Der Kellner ist leise näher getreten; er wird heute Abend was zu erzählen haben.
39 199 255: Kim Peek hat dieses Ergebnis nicht ausgerechnet, sondern *hervorgeholt*, so als sähe er es. Seine taschenrechnerhafte Fähigkeit, vor allem in der Kalender-Kalkulation, umfasst einen Zeitraum von etwa 4000 Jahren, sie ist unzählige Male getestet und verglichen worden; Kim vertut sich praktisch nie, und er ist viel schneller als ein Mathematiker.
»Erzählen Sie ihm, wo Sie leben«, sagt Francis Peek.
»Kim, ich komme aus Hamburg, das liegt im Norden von Deutschland …«
»Danke schön, Hamburg: Mitglied der Hanse, 1510 Reichsstadt, 1558 Börsengründung, 1678 die erste Oper, 1871 Beitritt zum Deutschen Reich, 17 Jahre später zum Zollverein, aber vorher, 1842, ein Feuer, nicht so wie hier …« Er deutet zum Kamin.
»Sondern ein schreck-, schreck-, schreckliches Feuer, es brach aus am 5. Mai 1842 …«
Seine Stimme wird schrill, das Stöhnen setzt wieder ein.
»Welcher Wochentag war das, Kim?« Sein Vater unterbricht ihn.
»5. Mai 1842, Donnerstag, danke schön.«
Kim Peek ist plötzlich ganz ruhig. »Schöne Flammen hier«, sagt er, »bewegen sich regelmäßig, es ist ein, ein, ein …«
»Ein Muster?«
»Danke schön.«
Er schaut in die Flammen, seine Augen zucken, aber er sieht glücklich aus.
»Kim, wie rechnest du diese Kalenderdaten aus – wie machst du das?«
Er schweigt. Scheint gar nicht zugehört zu haben. Sein Vater antwortet: »Niemand kann das erklären, er am wenigsten – für ihn ist es wahrscheinlich seltsam, dass wir diese Fähigkeit nicht haben. Er speichert Informationen aus etwa 14 Gebieten, neben Kalenderrechnen kennt er auch Geschichtsdaten, Busverbindungen, das Straßennetz in den USA und Kanada, die Telefonvorwahlen, Postleitzahlen, aber er braucht dringend Output, er will gefragt werden …«
»Kim, ich fliege morgen nach Boston …«
»Ah, gut, morgen, Donnerstag.«
Seine Stimme klingt monoton.
»Genau. Von dort fahre ich in einen Ort namens Lovell, bei Fryeburg im Bundesstaat Maine …«
Er unterbricht, schnarrt: »Lovell, von Boston, Logan Airport, die Route 128 nach Norden, bis zur Route 95 nach New Hampshire, vielen Dank, Route 16, 113, die Orte heißen Conway, Fryeburg, Lovell, Vorwahl 207, P-P-Postleitzahl 04051, vielen Dank.«
Francis Peek lächelt. »Sie können alles nachprüfen, es wird stimmen. Er kann auch Baseball-Ergebnisse, etwa 40 Jahre zurück, oder Geografie, afrikanische Städte …«
Der Kellner steht jetzt direkt neben uns, er starrt Kim Peek an wie den menschlichen Routenplaner, wie ein Wunder.
»Sie nennen ihn Kimputer«, sagt Francis Peek genüsslich, »er liest einfach alles, liest bis zu zehn Stunden am Tag. Und sein Gehirn ist ein Lagerhaus. Aber ein sortiertes: Er hat Zugang zu allem, es strengt ihn nicht im Geringsten an.«
Kim starrt in das Kaminfeuer, Francis Peek streichelt die Hand seines Sohns.
»Stimmt's Kim, du gibst gern Antworten?«
»Morgen ist Donnerstag«, sagt Kim, seine Stimme ist leiernd, »i-i-ich liebe Fragen, ich liebe Antworten, vielen Dank.«

Dr. Darold Treffert hat eine Menge Freunde, vier wohl geratene Kinder und eine charmante Frau. Sie heißt Dorothy, sie spielt konzertreif Klavier und erfüllt das Haus am See von morgens bis abends mit Polonaisen von Chopin und mit Brahms-Sonaten. Nichts fehlt Darold Treffert zu seinem Lebensglück, fast nichts. Außer einer Antwort. Einer Antwort, Kim Peek betreffend – zum Beispiel.

Treffert ist 67 Jahre alt; bis vor kurzem war er Chef der psychiatrischen Abteilung am St.-Agnes-Hospital in dem Städtchen Fond du Lac, im Bundesstaat Wisconsin, dreieinhalb Flugstunden von Salt Lake City und Kim Peek entfernt. Er ist groß, schlank und immer noch sportlich, und in seinem Arbeitszimmer hängt eine goldene Plakette, die ihn als einen von hundert »Best Doctors in America« ausweist. Aber es gibt Tage, da sitzt er in seinem Arbeitszimmer, oben im Musikzimmer bearbeitet Dorothy den schwarzen Steinway-Flügel, und er blickt hinaus auf den kleinen Wasserfall auf seinem Grundstück und grübelt, ob er noch ein Buch schreiben sollte – über die Kim Peeks dieser Welt. Behinderte mit einer Inselbegabung, so genannte Savants: Sie sind das Thema seines Lebens.

Früher sagte man unfreundlich »idiots savants«, also »wissende Idioten«: Leute, die keine Straße überqueren können, aber 26 Sprachen sprechen; die einen Zeichentrickfilm wie »Das Dschungelbuch« nie im Leben kapieren könnten, aber für einen Zeitraum von etwa 40000 Jahren den Wochentag errechnen können. Schaltjahre inbegriffen. Menschen, die Mühe haben, ihren Namen zu krakeln, aber das British Museum in allen Details nachzeichnen können.

Treffert hat sie fast 40 Jahre lang studiert, behandelt, gefilmt. Er weiß, dass das Savant-Syndrom oft mit Autismus einhergeht, dass es Männer sechsmal so häufig wie Frauen trifft, dass es nicht mehr als schätzungsweise 100 Savants gibt.

Die Kim Peeks dieser Welt – Treffert findet sie immer noch wunderbar, sie sind so arglos, schutzlos, so weltentrückt und talentiert.

»Savants«, sagt er leise, »zeigen uns die Empfindsamkeit des Gehirns und seine Schönheit.«

Aber wie? Wie zum Beispiel speichert Kim Peek seine unzähligen Antworten, die ihn so glücklich machen? »Das ist die 65-Millionen-Dollar-Frage«, sagt Treffert und blickt aus dem Fenster.

Auch Kim Peeks Biografie hat Treffert minutiös dokumentiert, vor allem die beiden großen Tage in Kims Leben: sein Coming-out und den »Dustin-Tag«, wie Kim sagt, die Begegnung mit Dustin Hoffman.

Sein Coming-out ereignet sich Weihnachten 1962. Bis dahin haben Francis Peek, der erfolgreich eine Werbeagentur in Salt Lake City betreibt, und seine Frau sich damit abgefunden, dass ihr erstes von drei Kindern so alptraumhaft behindert ist.

Kims Kopf ist seit der Geburt um ein Drittel größer als bei normalen Kindern, die Nackenmuskeln können das Gewicht nicht halten, er scheint ständig Schmerzen zu haben und schreit als Säugling, bis er nur noch krächzen kann. Beim Laufen und Sprechen liegt er um Jahre zurück, dafür hat er sonderbare Gewohnheiten wie Papierschnipsel sortieren, und dabei darf man ihn nicht stören, sonst wird er hysterisch.

Am Weihnachtsabend 1962, Tanten und Onkel sind da, Kims Geschwister sagen artig Verslein her, da tritt plötzlich Kim vor. Ohne Warnung rezitiert er die Weihnachtsgeschichte, Lukas, Kapitel 2, von Kaiser Augustus bis zu den Hirten – und zwar wortgetreu. »Er hatte den Text in der Kirche gehört und abgespeichert«, sagt Francis Peek. »Als ob er uns sagen wollte, hey, Leute, bitte unterschätzt mich nicht.«

Das tun sie nicht. Seine Eltern fördern ihn, versorgen ihn mit Fakten. Bis heute hat Kim etwa 7600 Sachbücher gelesen – Romane sind für ihn völlig unverständlich –, dazu Fahrpläne, Adress- und Telefonbücher, das Allermeiste hat er sich gemerkt, es entspricht dem Inhalt von etwa 190 Umzugskartons voller Bücher. Nebenbei hat er 17 große Kladden gefüllt mit seiner pedantischen, linksgestellten Bleistift-Schrift: Amerikaner, quer durchs Land, mit denselben drei Endziffern ihrer Telefonnummer.

Kims Gehirn giert nach Arbeit. Und es war wohl nur eine Frage der Zeit, bis Hollywood ihn entdeckte.

Kim ist 33, als er dem Drehbuchautor Barry Morrow über den Weg läuft, auf einer Tagung der »National Association for Retarded Citizens«, des amerikanischen Behindertenverbandes. Morrow hat schon eine TV-Serie über einen Behinderten geschrieben, aber so etwas wie Kim hat er noch nie erlebt. Was für ein Mensch! Und welch ein Stoff! Zwei Jahre später liegt das Drehbuch vor, Arbeitstitel: »Rain Man«. Sechs Monate darauf fliegen Francis und Kim Peek erster Klasse nach Los Angeles, zu einer Verabredung mit Dustin Hoffman.

Für die beiden ist es eine Reise ins Märchenreich; für Dustin Hoffman ist es Arbeit. An Kim studiert er Gesten, Ticks, er fühlt sich ein in das Dasein eines Savant. »Bei der Filmpremiere«, sagt Francis Peek, »dachte ich, dass Dustin meinen Sohn besser begriffen hat als ich.«

Am Ende bedankt sich der Oscar-Gewinner mit einer charmanten Wendung: »I may be the star«, sagt er zu Kim, »but you are the heavens.« Übersetzt heißt das: Ich bin vielleicht der Stern, aber du bist der Himmel.

Als Schauspieler das Denken und Fühlen eines Savant abzubilden ist eine brillante Leistung. Nur eins ist womöglich noch schwieriger: einen Savant zu *verstehen*. In sein Gehirn zu blicken.

Hirnforscher kennen zwar die Regionen des Hirns und können sie kartografieren; Kortex, Thalamus, Amygdala, Substantia nigra und so weiter. Sie können auch Wüstenmäuse konditionieren oder in Computern neuronale Netze designen, die das Lernverhalten eines Gehirns simulieren. Aber das System als Ganzes bleibt ihnen ein Rätsel. »Uns fehlt das big picture«, sagt Treffert, »trotz 15 Jahren angestrengter Forschung.«

Was man immerhin weiß: dass dieses graue, wattige Organ, durchschnittlich 1300 Gramm schwer, seit 30 000 Jahren fast unverändert, durchsetzt mit chemischen und elektrischen Synapsen, abgefüllt mit Neuromodulatoren wie Dopamin, Serotonin, Acetylcholin und Noradrenalin – dass das Gehirn demokratisch organisiert ist. Wobei es wahrscheinlich eher umgekehrt ist: Demokratie und Staatenbildung als soziale Umsetzung von Hirnstrukturen.

Jedenfalls funktioniert das Gehirn wie ein idealer Staat, mit Checks und Balances, Exekutive und Aufsichtsgremien. Bewusstes Denken ist ein exekutiver Vorgang, mit Planung, Vorbereitung, Kontrolle. Zum Beispiel das Aufstellen einer Einkaufsliste fürs Wochenende: Tee, Brot, Käse.

Dieser Prozess findet vor allem auf der Großhirnrinde statt, vorwiegend auf dem präfrontalen Kortex, in Stirnhöhe. Der Vorgang umfasst Einzelvorgänge wie den prüfenden Blick in den Kühlschrank, den Check-up im Erinnerungsspeicher, wie viel Brot man übers Wochenende brauchen wird; dieser banale Denkvorgang ist in Wahrheit eine große Vernetzungsleistung. Und er ist zudem gefährlich: Denn die Nervenzellen, einmal erregt, haben die Neigung, immer weiterzufunken, sie wollen andere Nervenzellen erregen – wollen sich synaptisch verzweigen, Assoziationen bilden, kaskadenweise.

Man notiert »Tee« und denkt: Was braucht man sonst noch? Vielleicht ein neues Teeservice? Und eine dazu passende Vase, aber in eine Vase gehören Blumen, apropos Blumen, der Garten sieht trübe aus, ein neuer Rasenmäher wäre nicht schlecht, oder kann man den alten reparieren, wo bekommt man eigentlich Zündkerzen für Rasenmäher ...? Und so würde, ohne Bremse, das Gehirn immer weiter rattern. »Epileptisch«, sagt der Tübinger Neurobiologe Niels Birbaumer, »der Cortex cerebri will denken, denken, bis er auseinander kracht, bis er explodiert – also muss er kontrolliert werden.«

Diese Denkhemmung läuft über Substanzen, die von Arealen wie Thalamus, Striatum und Nucleus niger ausgeschüttet und über das Basalgangliensystem geleitet werden, wo nochmals sortiert, selektiert, kontrolliert wird. Ein gesundes Gehirn hält sich eine Art Magazinverwalter: Was man benötigt, wird ins Ausgabefach gelegt; mehr nicht. Die Savants hingegen, vermutet man, kennen weder Ausgabefach noch Magazinverwalter, sie leben ständig im Lagerhaus ihrer Erinnerung, umgeben von ihren Schätzen. Zahlen, mathematische Strukturen, Bilder. So lebt Kim Peek – oder auch Stephen Wiltshire.

An einem warmen, sonnigen August-Tag 2001 steigen zwei BBC-Reporter und ein junger Schwarzer mit einer Basecap in einen Hubschrauber. Sie planen ein Experiment: eine Sightseeing-Tour über London.

Die Versuchsperson ist der junge Mann mit der Basecap, Stephen Wiltshire, 29 Jahre alt, geistig zurückgeblieben. Sein Job: aus dem Fenster gucken. Der Hubschrauber steigt auf, knattert über die Innenstadt. Wiltshire sitzt links am Fenster, noch nie hat er London von oben gesehen, aber er kennt die Sehenswürdigkeiten: Da hinten, zählt er mit leiernder Stimme auf, ist die St. Paul's Cathedral, die Themse, die Tower Bridge und so weiter. Sekündlich etwas Neues, ständig wechselt die Perspektive.

Anschließend verfrachtet man Wiltshire auf eine Wiese. Dort steht unter Obstbäumen ein kleiner Klapptisch. Wiltshire kriegt ein großes Blatt Papier, einen Bleistift, einen Filzstift.

Und in den folgenden drei Stunden zeichnet er – ohne ersichtliche Mühe – ein exaktes Luftbild von London. Er beginnt rechts oben und arbeitet sich von der hinteren Horizontlinie nach vorn, schon das ist ungewöhnlich, mit hypnotischem Gleichmut kritzelt die Filzstiftspitze übers Papier, quietschend fügt sich Detail an Detail, Fenster, Türme, Simse, Streben.

Er zeichnet nicht, er druckt das Bild aus.

Der Ausschnitt umfasst eine Fläche von etwa zehn Quadratkilometern mit zwölf Sehenswürdigkeiten, etwa 200 weiteren Gebäuden, alles am richtigen Platz, in der korrekten Perspektive.

Wie bei jedem Menschen waren auch bei Stephen Wiltshire die wahrgenommenen Bilder im Hinterkopf gespeichert, und zwar im visuellen Kortex, einem Rinden-Areal von etwa drei Quadratzentimetern, mit drei bis vier Milliarden Zellen. Während des Hubschrauberflugs sind von der Netzhaut zahllose Einzelbilder dorthin gesendet worden, Stephen Wiltshires Gehirn hat diese Eindrücke mit seinen Gedächtnisaufzeichnungen von London verglichen und mit Hilfe des Hippocampus-Areals zu einem räumlichen Gesamtbild zusammengesetzt. Was Stephen Wiltshire von Normalsterblichen unterscheidet, ist der frappierende Zugriff auf sein Gedächtnis. Er *sieht* dauerhaft, was er gespeichert hat.

Dieser Gedächtniszugang ist nur die Folge, der Nebeneffekt, einer bei jedem Savant unterschiedlichen Behinderung; nicht zu verwechseln mit der Krankheit selbst. Ein Savant-Gehirn kann die unterschiedlichsten Leistungen erbringen: Geschichtsdaten, Verkehrsanbindungen und Kalenderrechnen wie bei Kim Peek, visuelle wie Wiltshire – oder auch sprachliche wie bei Christopher Taylor.

Taylor ist 40 Jahre alt, er lebt in einer beschützten Wohngruppe in einer Kleinstadt im Nordosten Englands. Hier arbeitet er gern im Garten, und freitags setzt er seine graue Lieblings-Pudelmütze auf und marschiert in den Pub, auf ein kleines Guinness, höchstens zwei. Der Pub ist 200 Meter von seinem Wohnheim entfernt, ohne Begleitung würde er sich wahrscheinlich verlaufen, jedenfalls ängstigen. Aber er spricht, liest, schreibt Dänisch, Holländisch, Finnisch, Französisch, Deutsch, Griechisch, Hindi, Italienisch. Außerdem Norwegisch, Polnisch, Portugiesisch, Russisch, Spanisch, Schwedisch, Türkisch und etwas Walisisch. Er freut sich über Besucher, vor allem, wenn sie ihm eine griechische Tageszeitung mitbringen oder ein polnisches Taschenbuch oder den aktuellen SPIEGEL, dann begrüßt er die Besucher mit röhrendem Jubel: »Wörter, Wörter, gebt mir Wörter!«

Woher nehmen die Savants ihre Fähigkeit? Die Frage ist nahe liegend und trotzdem falsch. Hirnforscher fragen anders herum: Warum können wir Normalsterblichen *nicht*, was Savants können?

Schließlich ist der Gedächtnisaufbau bei allen Menschen derselbe, angelegt in der Großhirnrinde, die etwa 100 Milliarden Nervenzellen umfasst, sodass deren Ausleger, die synaptischen Dornen, auf schätzungsweise eine Trillion Kombinationen kommen: eine Eins mit 18 Nullen, ein organischer Mega-Store.

Hier hat alles Platz, was wir erleben: Jeder Tag, jede Szene, jedes Bild, von der Kindheit bis heute, ist gespeichert – die Bilder sind nur nicht abrufbar, sie sind so dicht komprimiert, dass sie unzugänglich bleiben. Das macht Sinn. Um unwichtige von wichtigen – also überlebenstauglichen – Informationen zu trennen, hat das Gehirn im Laufe seiner Evolution vor allem drei Methoden entwickelt.

Wiederholung, Verknüpfung und – vor allem – emotionale Bedeutung: So funktioniert die Markierung wichtiger Bits. Kein Mensch würde sich den Namen seines Flugkapitäns merken, der ihn von Frankfurt nach New York befördert. Doch würde dieser Pilot unterwegs eine dramatische Notlandung hinlegen müssen, auf einem Eisberg, verknüpft mit den Sensationen einer nächtlichen Bergung, würde das Passagiergehirn Tausende von Zellkernen aktivieren, Proteine produzieren, und jedes Mal, wenn man die Geschichte erzählte, würde der Name des Flugkapitäns aufgerufen, das Gehirn würde die Verbindung verstärken, noch im Altersheim könnte man mit der Story Eindruck machen.

Emotionale Bedeutung ist eine clevere Strategie. Die Filterung von Gedächtnis-Bits gewährleistet Auswahl und damit Präzision, trotz ungeheurer Kapazitäten.

Andererseits macht dieser Mechanismus das Lernen mühevoll. Könnte man diesen Filter manipulieren, nach Bedarf dimmen, könnte jeder Normalsterbliche womöglich im Handumdrehen Französisch lernen, mühelos Chopin klimpern, vielleicht ein kreatives Potenzial freilegen.

Zu schade, dass es nicht geht.

Es kann gehen, sagen Wissenschaftler.

Ein normaler Arbeitstag im Leben des Physikprofessors Allan Snyder sieht so aus: gemütlich ausschlafen, dann 1200 Meter Brustschwimmen, und nach dem Frühstück wird gearbeitet bis drei Uhr nachts. Snyder, preisgekrönt und einer der originellsten Forscher Australiens und Direktor des »Centre for the Mind« in Sydney, interessiert sich für praktisch alles auf dieser Welt. Für hoch komplexe Lichtwellenmodelle, Thema seiner Habilitation, ebenso wie für Mode und Imitationsverhalten. Am meisten aber, seit nunmehr 16 Jahren: für Savants.

Snyder ist ein schlanker, temperamentvoller Mann von Mitte fünfzig. Mit Vorliebe trägt er eine schwarze Kappe, die ihm seine Freundin auf dem Pariser Gare de l'Est geschenkt hat; er ist ein bisschen kauzig, ziemlich fröhlich und, wie sein Mentor, der Neurologe und Bestsellerautor Oliver Sacks, betont, »absolut brillant«.

Allan Snyder ist der Mann, der die Genie-Formel sucht.

Seine Vision: dass wir, die Normalsterblichen, von den retardierten Genies lernen sollen. »Savants zeigen uns«, sagt Snyder, »wer wir wirklich sind – wer wir sein könnten.« Snyders These deckt sich in weiten Teilen mit dem, was auch weltweit renommierte Verhaltensphysiologen und Neurobiologen wie Gerhard Roth oder Manfred Spitzer inzwischen über das Gehirn des Menschen wissen: Die Strategie, sich nur an bedeutende Ereignisse zu erinnern, verhindert den Zugriff auf den vollen Datensatz, auf das, was der Mensch *eigentlich* weiß.

Snyders Problem ist nur: Wie kann man diese Filter und Hemmungsmechanismen reduzieren, ohne die chemisch-elektrische Balance des Hirns zu gefährden? Wer will schon Walisisch sprechen, wenn er dafür Gefahr läuft, behindert zu sein? »Dieses Problem«, sagt Snyder, »werden wir lösen.«

Vor kurzem haben Snyder und sein Sechs-Mann-Team aus Neurophysiologen, Bio-Ingenieuren und Ärzten ein aufwendiges Forschungsprojekt hierzu beendet. Sie haben ein Jahr lang im Keller der University of Sydney einige hundert Probanden mit »Transkranialer Magnetstimulation« (TMS) behandelt, einer seit einigen Jahren gebräuchlichen Diagnose- und Forschungsmethode, die bestimmte Hirnregionen stimuliert und andere verlangsamt.

Snyders Ziel: bestimmte neuroelektrische Muster zu unterdrücken und dafür andere freizusetzen – und dabei wurden die geistigen Fähigkeiten getestet. Zum Beispiel mussten die Versuchspersonen Katzen und andere Tiere zeichnen, mussten Primzahlen erkennen, Lesetests absolvieren. »Ihre Kreativität«, berichtet Snyder, »stieg um 40 Prozent, die Versuchspersonen unter TMS-Einfluss dachten weniger vernunftgesteuert, weniger konzeptuell und in festen Bahnen. Sie hatten besseren Zugriff auf ihre unbewussten Reservoirs.«

Er zögert, sagt dann: »Sie waren für einen Moment wie Savants.« Und Oliver Sacks, der sich auch selbst unter Snyders Obhut den Stimulationshelm aufsetzte, formuliert es so: »Das Ganze könnte auf eine Sensation hinauslaufen.«

Snyder träumt von einer Denk-Kappe, mit der kreatives Potenzial und Lernvorgänge verbessert werden. »Klingt nach Science-Fiction«, gibt er zu, »aber wer hätte sich vor 30 Jahren etwas wie das Internet vorstellen können? Außerdem, wenn man etwas Neues macht, sagen alle: unmöglich. Wenn man zeigt, dass es möglich ist, heißt es: ist doch nicht bewiesen. Wenn man es beweist, heißt es: ist alles nichts Neues.« Er lacht, er blättert in seinen Testergebnissen, die demnächst veröffentlicht werden sollen, er hat gute Laune.

Noch gibt es keine Snydersche Denk-Kappe zu kaufen, noch fehlt den Hirnforschern das Big Picture vom Gehirn, und noch sitzt Darold Treffert, der Savant-Forscher aus Wisconsin, in seinem behaglichen Arbeitszimmer in Fond du Lac, schaut auf das Wäldchen und den kleinen Wasserfall auf seinem Grundstück, während er eine CD in den Händen hält.

Er hat die CD neulich zugeschickt bekommen, von der Mutter eines Savant, eines kleinen Jungen, der Klavier spielt. Treffert kennt viele Klavier-Savants, sie können Tausende von Stücken auswendig vortragen, aber fast alle spielen hölzern, mechanisch, ausdruckslos. Was Klavierspiel angeht, ist Treffert von seiner Frau Dorothy verwöhnt; er hegt also keine hohen Erwartungen, als er die CD einlegt. Doch dann hält er den Atem an.

Und denkt: wow.

Aufgeregt holt er seine Frau: »Dorothy, das musst du dir anhören.« Es ist ein Jazz-Trio: Piano, begleitet von Bass und Schlagzeug. Die rechte Hand perlt über die Tastatur, dazwischen prächtige, auftrumpfende Akkordfolgen, und dann wieder improvisiert der Pianist zart und transparent, wie in Trance.

Die beiden hören zu. »Das ist gut«, sagt Dorothy nach einer Weile. »Nicht nur gut, es ist – phantastisch. Wer ist das?«

»Ein Savant«, sagt Treffert.

»Das glaube ich nicht«, sagt sie.

»Na ja, es ist eigentlich nur ein kleiner Junge«, sagt Treffert, »elf Jahre alt.«

Und so beschließt Darold Treffert, vielleicht doch noch ein Buch zu schreiben: ein Buch über den kleinen, knochigen, bebrillten Jungen Matt Savage, der das absolute Gehör hat, mit sechs Jahren Klavier spielen lernte und schon mit neun so farbig und leuchtend komponiert und improvisiert, dass Dave Brubeck und Chick Corea ihn zum Jahrhunderttalent erklären.

Vielleicht findet Treffert hier die Antwort, die er sucht.

Er hört die CD, wo er kann, vor dem Frühstück und abends im Auto. Er hört zu und sieht so zufrieden aus, als hätte er die Antwort schon gefunden.

Thomas Hüetlin

Thomas Hüetlin, geboren 1961 in Sigmaringen, besuchte die Münchener Journalistenschule und schrieb für ELASTE und TEMPO. Seit 1991 ist Hüetlin Redakteur beim SPIEGEL, von 1998 bis 2002 als Korrespondent in New York. 1997 war er dritter Egon Erwin Kisch-Preisträger.

Die Brücke von Varvarin

Sind im Krieg Zivilisten wehrlose Opfer? Eine serbische Mutter verklagt in Bonn die Bundesrepublik Deutschland, weil ihre Tochter 1999 bei einem gezielten Nato-Luftangriff ums Leben kam. Bis heute haben die Militärs den Vorfall nicht erklärt.

von Thomas Hüetlin
DER SPIEGEL
2. Juni 2003

Es war der 24. März 1999, als Deutschland zum ersten Mal seit 54 Jahren wieder in einen Krieg zog. Es war der Tag, an dem Harald Kampfmeyer seine Mission begriff.

Kampfmeyer sagte zu seiner Frau Cornelia: »Setz dich vor den Fernseher, nimm die Zeitungen und mache eine Liste aller Bombardements der Nato-Verbrecher.« Cornelia ist Chemikerin, sie hatte kurz vorher ihren Job verloren.

An einem Samstag in diesem Frühjahr, vier Jahre danach, sitzen die Kampfmeyers in einer Drei-Zimmer-Mietwohnung in Berlin-Müggelheim und wirken sehr aufgekratzt. So wie zwei Schüler, die ihre Zeugnisse verbrennen und dem Direktor die Reifen aufschneiden.

Das mag am Kaffee liegen, den Frau Kampfmeyer serviert und den Herr Kampfmeyer verschüttet. Oder an den Tausenden Euro aus ihrem Vermögen, die die Kampfmeyersche Mission bis jetzt verschlungen hat.

Aber wahrscheinlicher für die große Aufregung der beiden ist ein anderer Grund: Sie haben Klage eingereicht gegen die Bundesrepublik Deutschland – vor einer Zivilkammer des Landgerichts Bonn. Sie fordern 3,5 Millionen Euro Schadensersatz. Der Vorwurf, der in dem demnächst beginnenden Prozess verhandelt wird: Deutschland habe sich am 30. Mai 1999 an einem Kriegsverbrechen beteiligt, als Nato-Bomber eine Brücke in Serbien angriffen, 10 Zivilisten töteten und über 30 weitere zum Teil schwer verletzten.

Eine kleine Brücke, in der Nähe eines kleinen Ortes namens Varvarin. Das nächste militärische Ziel, eine Kaserne, lag 22 Kilometer weit weg; der Kosovo ist rund 65 Kilometer entfernt – ein paar Stunden mit einem kleinen Auto auf miesen Straßen.

Schon vor Beginn des Krieges war es den Kampfmeyers klar gewesen, dass es zu einem solchen Zwischenfall kommen würde, zu einer Katastrophe, die ein Dorf wie Varvarin auch in zwei Generationen noch erschüttern wird und den Rest der Welt aber nur zwei Minuten lang interessiert.

Während die Kampfmeyers damals Tag für Tag die Bomberflüge auswerteten, haben sie ein Desaster erwartet. Sie glaubten, dass die Nato Unschuldige in großer Zahl umbringen würde. Das Gemetzel war ihre Chance. Eine Chance, das zu tun, von dem Harald Kampfmeyer, 52, heute sagt, es sei »größer als alles, was wir bislang in unserem Leben unternommen haben, und größer als alles, was wir noch unternehmen werden«.

Die Nato ist kein Gegner, mit dem man es mal eben aufnimmt, und so dauerte es bis zum Januar 2001, ehe Herbert Kampfmeyer sich in Belgrad in ein Taxi setzte und es 180 Kilometer südlich in Varvarin halten ließ. Er traf Menschen dort, denen Beine zerfetzt und Finger abgerissen worden waren. Er traf Opfer, denen Bombensplitter so dicht neben der Wirbelsäule steckten, dass es ebenso gefährlich ist, das Schrapnell operativ zu entfernen wie mit ihm weiterzuleben.

Und er traf Vesna Milenković, 38. Sie war die Frau des Bürgermeisters, und sie wirkte auch 20 Monate nach dem Angriff noch so, als wäre sie gerade aus den Bombentrümmern gekrochen. Ihre Tochter Sanja, von Splittern durchbohrt, war an jenem 30. Mai auf dem Weg ins Krankenhaus gestorben.

Sanja ist 15 Jahre alt geworden, sie hatte hellbraune Augen und dunkelblonde Haare. Sie war die zweitbeste Mathematikerin ihres Jahrgangs in ihrem Land, seit einem halben Jahr besuchte sie das mathematische Elite-Internat von Belgrad. Sanja – sie war die Sehnsucht auf Zukunft, in einem Dorf, in dem es Paprika und Tomaten gibt, aber keine Hoffnung auf ein besseres Morgen.

Ihre Mutter Vesna Milenković wurde halb irre vor Trauer. Den Rest hätten beinahe die Telefonate besorgt, die sie dann mit offiziellen Stellen führte.

Anrufe, die immer die gleichen Fragen wiederholten: Warum diese kleine Brücke? Warum das kleine Varvarin? Warum die kleine Sanja? Warum vier Raketen auf diese ländliche Idylle mittags um eins? An einem Sonntag, dem Fest der Dreifaltigkeit, als das Thermometer 32 Grad zeigte und die Mädchen die Haare hochgesteckt hatten, für den Kirchgang und für den Flirt auf dem Wochenmarkt hinterher?

Die einzige Antwort, die sie bekommen hat, sind die wenigen Zeilen, die das Public Information Office der Supreme Headquarters Allied Powers in Europe (Shape) schon am Tag des Angriffs veröffentlichte: »Heute haben Nato-Flugzeuge einen koordinierten Angriff gegen die Autobahnbrücke von Varvarin geflogen. Diese war eine Hauptkommunikationslinie und ein vorgesehenes, legitimes Ziel. Vier Flugzeuge griffen zwischen 1101 und 1106 Zulu Time an und verwendeten dabei präzisionsgelenkte Waffen, die alle ihre vorgesehenen Ziele erfolgreich trafen. Die Nato ist nicht in der Lage, serbische Berichte über Opfer zu bestätigen, zielt aber niemals absichtlich auf Zivilisten.«

Diese Zeilen klingen militärisch kalt und arrogant, und vor allem sind sie im einzig nachprüfbaren Punkt falsch: Es gibt keine »Autobahn«, die nach Varvarin führt, und es gab nie eine »Autobahnbrücke«. Das »designierte« Ziel, das die Bomber »erfolgreich« trafen, hatte eine Breite von 4,50 Metern und eine Tragfähigkeit von acht Tonnen. Die »Autobahnbrücke« war so schmal, dass Autos sie nur einspurig überqueren durften. Hätten mehrere Militärlaster versucht, die Eisenkonstruktion aus dem Jahr 1924 zu benutzen, wäre sie zusammengebrochen.

Es waren solche Dinge, die Vesna Milenković auch noch das Gefühl gaben, verhöhnt zu werden – bis dann im Januar 2001 Harald Kampfmeyer, der Mann mit dem Musterschülergesicht aus Berlin, zu ihr nach Varvarin kam und sagte, er wolle helfen, und er brauche dazu nur ihre Zustimmung und die der anderen Opfer.

Seitdem ist die Trauer ein wenig gewichen. Jetzt kämpft sie um Aufklärung, warum ihre einzige Tochter zusammen mit neun anderen Menschen sterben musste an jenem Feiertag im Mai. Damals fühlte sie sich, »als ob kaltes Wasser durch meine Adern fließt«. Sie nahm einen Job im 180 Kilometer entfernten Belgrad an, stand jeden Morgen um 4.30 Uhr auf, fuhr jeden Tag insgesamt fünf Stunden im Autobus –

nur um nicht erdrückt zu werden in ihrem eigenen Wohnzimmer in Donji Katun, einem kleinen Weiler vor Varvarin. Die Geschwüre in ihrem Magen wuchsen trotzdem. Sie war allein, ihre Tochter war auch ihre beste Freundin gewesen.

Varvarin ist kein guter Ort, um traurig zu sein. Auf den staubigen Straßen rattert nur ab und zu ein Traktor. In den wenigen Kneipen sitzen alte Männer, die sich alte Geschichten erzählen. Fragt man sie, woher der Name Varvarin kommt, erzählen sie die mittelalterliche Legende von einer Frau, die das Dorf an die Türken verraten habe. Zur Strafe sei diese Hexe dann von den Bewohnern des Dorfes gekocht worden. Varvarin heiße »dort, wo die Frau gekocht wurde«.

Dort, wo die Frau gekocht wurde. Es ist nicht unbedingt so, dass Vesna Milenković gern in Varvarin lebte. Als Kind nahmen sie die Eltern für ein paar Jahre mit ins bayerische Ingolstadt, schickten sie später aber zurück. Dann: frühe Heirat, ein Sohn, eine Tochter und ein Mann, der wollte, dass sie Paprika und Käse verkauft auf dem Markt. Sie studierte nachts. Jura. Erkämpfte sich einen Job bei einer Firma für Holzbearbeitung. Als die erste Geschäftsreise nach Deutschland anstand, sagte ihr Mann, sie könne, wenn sie fahre, gleich dort bleiben. Sanja sollte es besser haben. Der Tochter traute sie all das zu, was ihr selbst versagt bleiben würde: eine große Karriere, Belgrad, Freiheit. Manchmal, erzählt sie, sei sie mit der Tochter in die Hauptstadt gefahren, zusammen hätten sie dort im vornehmsten Hotel, im »Hyatt«, einen Orangensaft getrunken. Sanja sollte den Wohlstand kosten.

Die Tochter war von Zahlen besessen, die Mutter musste nicht drängeln. Das Kind rätselte oft nächtelang über mathematischen Problemen, aber ihre Begeisterung endete schnell, wenn es um Hausarbeit ging. Abtrocknen war ihr zuwider. »Wie willst du dieses Problem denn lösen, wenn du später allein lebst?«, fragte die Mutter. »Mama, bei mir wird alles vollautomatisch laufen«, antwortete die Tochter, »alles auf Knopfdruck.«

Varvarin, dort, wo die Frau gekocht wurde, schien bereits hinter ihnen zu liegen. Besuchte nicht Sanja seit einem halben Jahr das mathematische Elite-Gymnasium in Belgrad? War sie nicht schon ein Großstadtmädchen?

Im Frühjahr 1999 begann der Krieg. In Belgrad heulten jetzt jede Nacht die Sirenen, Bomben explodierten. Sanja, so hatten es sich Mutter und Tochter überlegt, sollte nach Hause kommen – aufs Land, in Sicherheit.

Einige Tage später traf Sanjas beste Freundin, Marina Jovanović, ein, auch sie hatte es in Belgrad nicht mehr ausgehalten. Zusammen genossen die beiden den Frühling in der Provinz. Die Flugzeuge zogen weit oben am Himmel dahin, die Nato schien Varvarin vergessen zu haben. Der Tod stürzte dauernd aus dem Himmel über Belgrad und dem Kosovo, aber in Varvarin war er nur ein Summen in der Dunkelheit, nicht mehr. »Es war wie in den Ferien«, sagt Marina Jovanović heute.

Sie interessierten sich nicht für Politik. Oder für Milošević. Oder für Großserbien. Für sie war es nur Gezeter, was täglich aus den staatlichen Radio- und Fernsehprogrammen dröhnte. Leonardo DiCaprio war wichtig. Oder das tägliche Aerobic. Und ihre Bäuche. Straff sollten sie sein – wie gespannte Bettlaken. 150 Sit-ups schaffte Marina, dann verließ sie meist die Lust, aber Sanja war nicht zu stoppen. »Los«, sagte sie dann, »noch mal 150.«

Manchmal lagen sie im Gras und überlegten, ob sie nicht nach Griechenland durchbrennen sollen. Orangen ernten. Nie mehr das Wort Krieg hören. Zwei reiche Jungs heiraten. Und sie beschlossen: Wenn eine von beiden heiratet, dann muss sie in einem Hotel mit hohen Decken feiern – damit die andere dort auf dem Tisch tanzen kann. Hotels, die es in Varvarin nicht gibt. Nur in Belgrad. Oder in Beverly Hills.

Amerika hieß ihre größte Sehnsucht. Und daran änderten die Bomben auch nichts, die die Amerikaner nun auf das Land der beiden Mädchen warfen.

Am 30. Mai, einem Sonntag, wurde in Varvarin das

ewige Leben gefeiert – das Fest der Heiligen Dreifaltigkeit. In der Vorstellung der serbisch-orthodoxen Kirche, vereinigen sich Gott und sein Sohn mit dem Heiligen Geist, und der Himmel, die Erde und die Menschen werden mit einem göttlichen weißen Licht erfüllt. Ein hoher Feiertag. Ein Tag, an dem Familien zusammenkommen bis spät in die Nacht.

Vesna Milenković hatte Spanferkel besorgt, 30 Gäste erwartete sie. Sanja wollte vorher mit ihren Freundinnen in die Kirche nach Varvarin, danach auf den großen Wochenmarkt, eine Art Basar, wo es Fleisch, Obst und Gemüse gibt, aber auch die schicken Güter des reichen Westens, gefälscht irgendwo im Osten, Lippenstifte aus Bulgarien für 3 Euro, Texas aus der Türkei für 15 Euro. Sie meinen Jeans, wenn sie Texas sagen in der serbischen Provinz.

Die Mädchen hatten sich fein gemacht. Sanja trug eine weiße Hose, ein rosa Hemd, weiße Sportschuhe. Die Freundin Marina eine rote Levi's, ein blaues T-Shirt, weiße Sandalen, auf dem Rücken einen schwarz-weißen Wollrucksack für die Einkäufe. Die Mädchen sollten Toilettenpapier, Haarspangen, Zahnbürsten und ein Teesieb besorgen. Und sie hatten es eilig. Sie wollten nicht zu spät zur Kirche kommen. Als sie um 8.30 Uhr pünktlich aufbrachen, wurden sie von Marijana Stojanović begleitet, einer weiteren Freundin.

»Passt auf wegen der Flugzeuge. Man weiß nie«, sagte Sanjas Mutter, als sie das Haus verließen, hinein in jenen Frühlingstag, der nach Rosmarin und frischem Gras roch.

»Siehst du die Bombe?«, sagte Sanja lachend und deutete auf den blauen Himmel. »Sie wird genau auf uns fallen.« Es war so ein Scherz, mit dem man versucht, den Krieg aus seinem Leben zu verbannen.

Das Singen in der Kirche, die Jungs und das Erdbeer-Softeis auf dem Markt hatten die Laune der Mädchen weiter gesteigert, und als sie gegen ein Uhr mittags das Dröhnen des Marktes hinter sich ließen, hatten sie die erste Hälfte eines Tages verbracht, von dem sie glaubten, es sei ein perfekter Sonntag. Sie gingen auf die Brücke zu. Sanja sagte zu Marina: »Dein Rucksack hängt nur über einer Schulter. Nimm ihn auf beide, sonst verlierst du ihn, wenn wir rennen müssen.«

Sekunden später waren sie auf der Brücke, und Marina erinnert sich an ein Geräusch, das klang, als würde eine Flex versuchen, sich durch eine riesige Eisenplatte zu fressen. »Ein fürchterlicher Einschlag schleuderte uns durch die Luft«, sagt sie. »Ich hörte die Schreie meiner Freundinnen. Es herrschte eine entsetzliche Hitze. Ich fühlte mich, als ob ich verglühe und in der Luft schwebe.«

Ein Angler, der am Ufer stand, namens Radomir Stojanović, wird später sagen, es seien zwei Kampfflugzeuge gewesen, die zwei etwa zwei Meter lange Flugkörper abfeuerten. Die Raketen trafen die Brücke genau über dem Mittelpfeiler. Die Explosion durchtrennte die Eisenstreben, ließ den mittleren Teil der Brücke ins schmutzig-grüne Wasser der Morava krachen.

Die Brücke hat sich in einen steilen Abhang verwandelt. Oben kauert Marina, in der Mitte Marijana Stojanović, unten, fast im Wasser, Sanja. Auf der anderen Seite des Brückenpfeilers versinken zwei Menschen mit ihrem roten Auto in den Fluten. Es sind der Schweißer Ratobor Simonović und seine Mutter Ruzica.

Als Marina aus einer kurzen Ohnmacht erwacht, erschrickt sie wegen ihrer blutenden Hand, dann sieht sie ihr rechtes Bein. Der zerschmetterte Unterschenkel scheint nur noch durch Haut mit dem Körper verbunden. Die Luft riecht wie in einer Schweißerwerkstatt.

»Wir leben«, ruft Marijana von unten.

»Wir träumen«, sagt Marina von oben. »Es ist nicht möglich, dass man einen solchen Angriff überlebt. Und wenn wir tatsächlich noch leben, dann werden die Flugzeuge wiederkommen.«

»Nein, das war's«, sagt Marijana. Sie hat Angst, nach unten zu rutschen und zu ertrinken. Sie kann nicht schwimmen.

Marina starrt ihr kaputtes Bein an. Sie hat Angst, dass man ihr Bein amputieren wird – falls sie überleben sollte. In diesem Augenblick sieht sie Flugzeuge »so groß wie Autos«. Zwei weitere Raketen werden abgefeuert. Explosionen. Hitze. Rauch.

Die Raketen treffen die halb versunkenen Brückenteile auf der Seite von Varvarin. Es sterben sieben Menschen, die den Mädchen vom Wochenmarkt her zu Hilfe geeilt waren. Zwölf weitere werden zum Teil schwer verletzt. Die Explosionen sind so gewaltig, dass ein zimmergroßes Brückenteil gut hundert Meter weit in den Friedhof jenseits der Kirche geschleudert wird.

Sanja rutscht nach der zweiten Explosion nach unten. Sie liegt nun mit dem Kopf im Wasser, gibt kein Lebenszeichen mehr von sich. Nur ihre Brust hebt und senkt sich regelmäßig. Marina kriecht hinunter, um Sanjas Kopf über Wasser zu halten. Sie stützt sich auf die Ellbogen, weil sie ihre Beine nicht mehr benutzen kann. Marina ist verzweifelt. Ihre beste Freundin hat keine klaffenden Wunden, aber sie hat ihr Bewusstsein verloren. Marina und Marijana rufen Sanjas Namen, dann »Upomoć«, das serbische Wort für Hilfe.

Marina holt eine Wasserflasche aus ihrem Rucksack und tupft das leblose Gesicht ihrer Freundin ab. Sie glaubt, dass ihr Sanja jetzt zulächelt. Marina ruft: »Ich werde dich retten.«

»Wie willst du das schaffen?«, sagt Marijana. »Dein Bein ist kaputt.«

Sanjas Mutter steht beim ersten Angriff der Flugzeuge in der Küche ihres Hauses, das höchstens vier Kilometer entfernt ist. Der Knall ist so laut, dass die Scheiben klirren. Sie rennt in den Garten.

»War das eine Bombe auf Kruševać?«, fragt ihr Mann.

»Nein, das war die Brücke«, sagt die Mutter. »Geh ins Haus und probier mal das Telefon. Wenn die Leitung tot ist, gibt es die Brücke nicht mehr.«

Sanjas Mutter rast im Auto zur Unglücksstelle. Ein paar Leute aus Varvarin kommen ihr entgegen.

»Haben Sie die Mädchen gesehen?«

»Nein, fahren Sie nicht zur Brücke. Dort wurde gebombt.«

Die Brücke liegt im Wasser wie mit einem Messer abgeschnitten. Es herrscht Stille. Die Mutter versucht, durch das reißende Wasser zu ihrem Kind zu gelangen. Sie ertrinkt fast. »Zwei Hände«, sagt sie später, hätten sie herausgezogen. Dann ist alles wie in einem Film. In Zeitlupe. Ohne Ton.

Sanja wird auf ein Brett gelegt und in den Krankenwagen getragen. Vesna Milenković fährt mit. Sanjas Augen bewegen sich, aber sie ist ohne Bewusstsein. Sie liegt auf der Brust und atmet schwer. Die Mutter schreit den Arzt an: »Doktor, tun Sie was! Drehen Sie sie um, sie bekommt keine Luft mehr. Ich verliere das Kind vor meinen Augen.«

Der Arzt lässt die nächste Ambulanz ansteuern. Sanja bekommt eine Spritze. Die Mutter muss in ein anderes Auto steigen. Sie fahren ins Kreiskrankenhaus nach Kruševać.

Dort sieht die Mutter, wie ein Arzt aus dem Zimmer kommt und seine Handschuhe abstreift. »Ich muss zu meiner Tochter«, ruft sie. Sanja ist tot.

Die Eltern nehmen das Kind mit nach Hause, waschen es in der Badewanne, bahren es auf dem Esstisch auf und bestatten es am nächsten Tag in einem weißen Sarg. Die beiden Freundinnen überleben. Marijana mit 20 Bombensplittern im Körper, Marina mit 52, einen weiteren Splitter, etwa ein Kilogramm schwer, findet man in ihrem Rucksack. Außer den Toten und den Narben gehört das Schrapnell zu dem wenigen Konkreten, was blieb von jenem Mittag, als der Tod auf Varvarin fiel.

Für die Opfer ist der Angriff auf ihr kleines Dorf bis heute ein Mysterium – schrecklich, dunkel, ungeklärt. Die Nato tut nichts, um Licht in den Vorfall zu bringen.

Bis heute sagt niemand, warum die Brücke als militärisches Ziel herhalten musste. Es sagt niemand, warum die Angreifer zweimal kamen. Es sagt niemand, welcher Nation die Flugzeuge angehörten.

Nur Michael Kämmerer, damals zuständig für die deutsche Presse im Supreme Headquarters der Allied Powers in Europe, hat sich bisher zu dem Vorfall geäußert. Der »Zeit« sagte er, dass es sich bei der Brücke um ein so genanntes Sekundärziel gehandelt habe. Ein Ziel also, welches sich Piloten suchen,

wenn ihr eigentliches Ziel bereits zerstört ist oder wegen schlechter Sicht oder anderer Gründe nicht angreifbar ist – ein Ausweichziel.
Was überhaupt ein Ziel in der »Operation Allied Force« sein durfte, darüber besteht immer weniger Klarheit. Offiziell heißt es bis heute, die Ziele seien mit allen Nato-Partnern abgestimmt worden, und Ziele, bei denen ein Nato-Partner sein Veto eingelegt habe, seien von der Liste gestrichen worden. Inoffiziell hält man es für möglich, dass der Nato-Rat einem Angriff auf die Brücke von Varvarin nicht zustimmen musste.
Die Amerikaner, hat der damalige französische Außenminister Hubert Védrine in einem Interview mit der BBC gesagt, hätten gelegentlich getan, was sie wollten. »Sie haben dabei eigene Gelder eingesetzt, und die Entscheidungen kamen, wie die Kommandos, direkt aus den USA. Den europäischen Verbündeten waren diese zusätzlichen Einsätze nicht bekannt.«
Darüber hinaus herrschen im Cockpit einer F-16 ohnehin eigene Gesetze. »Sie zielen auf das Secondary Target, weil sie nicht das ganze Flugbenzin und Adrenalin für nichts verschwenden wollen«, sagt Andrew Brookes, 30 Jahre lang Pilot bei der Royal Air Force und heute Analytiker beim International Institute for Strategic Studies in London. »Wenn die Piloten die Bomben wieder mit zurück nach Hause bringen, wird der Kommandeur sie als Feiglinge beschimpfen.«
Der Erfolgsdruck ist hoch, die Möglichkeit, sich über ein Ziel aus 5000 Meter Höhe Gewissheit zu verschaffen, gering. »Dort oben ist man auf einen Mini-Bildschirm angewiesen, während man mit 400 bis 500 Knoten sehr schnell dahinfliegt«, sagt Brookes. »Es ist unmöglich zu erkennen, ob da unten Spezialeinheiten auf dem Weg zu einer ethnischen Säuberung oder ein paar Zivilisten auf dem Weg in die Kirche sind.« Vielleicht hätten die Piloten einfach die falsche Brücke getroffen.
War also das Desaster von Varvarin ein Versehen, ein Fehlwurf? War es ein Kollateralschaden oder ein Kriegsverbrechen? Auf jeden Fall beschloss die Nato nach dem 30. Mai 1999, Brücken nicht mehr zu bombardieren, sofern in deren Umgebung mit Zivilisten gerechnet werden musste.
Man kann diese Änderung der Strategie als ein Schuldeingeständnis interpretieren. Geholfen hat sie den Opfern von Varvarin wenig. Bis heute bleibt ihnen bei ihrer Suche nach Aufklärung und Gerechtigkeit nur jene Notiz in einem Report von Amnesty International, die anzweifelt, ob die Brücke ein »legitimes militärisches« Ziel war, und die darüber hinaus den Zeitpunkt des Angriffs scharf kritisiert. »Wieso konnte die Nato Angriffe zur Mittagszeit, wenn das Risiko, Zivilisten zu treffen, besonders hoch ist, nicht vermeiden?«
Die Strategie der Nato im Krieg hieß: aus großer Höhe Bomben abwerfen, Hauptsache, die Piloten sind sicher. Die Strategie der Nato nach dem Krieg scheint ebenso auf einseitige, absolute Sicherheit ausgerichtet: Schweigen, Achselzucken, warten, bis Gras über die Sache und die Toten wächst.
Das ist eine moralisch fragwürdige, aber bewährte Strategie. Vor allem ist es eine Strategie, die nicht mit Menschen rechnet wie Vesna Milenković, die keine Ruhe geben wird, bis sie erfährt, warum ihr Kind sterben musste.
Es war eine Art letzter Auftrag, den ihr die Tochter erteilt hat. So erträgt Vesna Milenković auch die Rückschläge, die sie immer wieder erleben muss. Zum Beispiel die Klageerwiderung durch die Anwälte der Bundesregierung: In kühlen Worten bedauern die Juristen, dass es zu Zivilopfern gekommen ist, in ebenso kühlen Worten verlangen sie, die Klage abzuweisen und die Kosten des Verfahrens den Klägerinnen und Klägern aufzuerlegen.
Die Bundesregierung beruft sich darauf, dass die 14 »Tornados«, mit denen sich Deutschland an der »Operation Allied Force« beteiligte, ausschließlich zur Aufklärung und zur Zerstörung der gegnerischen Luftabwehr genutzt worden seien. Außerdem behauptet sie, dass deutsche Flugzeuge auch nicht mittelbar an der Zerstörung der Brücke von Varvarin

beteiligt gewesen seien. »Fest steht«, schreiben die Anwälte, »dass an diesem Tag überhaupt keine Militärflugzeuge der Bundesrepublik Deutschland im Raum Varvarin zum Einsatz kamen.«
Eine Reaktion ebenso vorhersehbar wie unpräzise. Denn das Auskundschaften der Ziele erfolgte selten am Tag der Bombardierung, sondern lange vorher. »Das ist wie bei einem Banküberfall«, sagt Hans Wallow, ehemaliger SPD-Bundestagsabgeordneter, Autor und Unterstützer der Klage. »Einer macht die Pläne, einer steht Schmiere, und einer räumt den Tresor aus.«
Außerdem habe die Nato bei ihrem Angriff auf die Zivilisten von Varvarin gegen das Genfer Zusatzprotokoll über den Schutz der Opfer internationaler bewaffneter Konflikte verstoßen. Die Bundesrepublik müsse demnach haften, da sie als Mitglied der Nato an militärischen Aktionen teilgenommen und mit den anderen Mitgliedern den fraglichen Luftangriff beschlossen habe.
Aber auch diese Argumentation ist anfechtbar: Gilt doch das Genfer Zusatzprotokoll nur, wenn es sich um eindeutig nichtmilitärische Ziele handelt, was nach Ansicht von Völkerrechtsexperten im Fall der Brücke von Varvarin nicht eindeutig zu klären sein wird. Außerdem haben die USA, Frankreich und die Türkei das Genfer Zusatzprotokoll nie unterschrieben.
Es ist dieses Versteckspiel hinter Paragrafen, das Vesna Milenković als einziges Mittel geblieben ist, um herauszufinden, warum ihre Tochter sterben musste. Die braunen Haare streng zurückgekämmt, angetan mit einem makellosen blauen Hosenanzug, versucht die Mutter einem Konflikt Haltung entgegenzusetzen, der als militärische Auseinandersetzung begann und jetzt als juristische fortgesetzt wird.
»Es tut weh«, sagt Milenković, »Anwälte werden dafür bezahlt, die Unschuld ihrer Mandanten zu erklären. Ich weiß, wie das geht. Schließlich habe ich selbst Jura studiert. Dabei müssten doch alle wissen, dass das, was an jenem Tag geschah, falsch war. Es gibt nur niemand zu.«
Nur einmal wurde bisher Schadensersatz für die Opfer der »Operation Allied Forces« gezahlt: als Entschädigung für die Raketen der USA, die irrtümlich in der chinesischen Botschaft in Belgrad einschlugen – 54 Millionen Mark. Ohne Paragrafen, Klageschriften, Gerichtsverfahren. Für China gibt es Respekt, aber nicht für eine Mutter irgendwo in Serbien, deren Name nicht für die Geschichtsbücher und Weltkarten der Sieger taugt.
Es ist eine riesige Lücke im Völkerrecht, eine moralische Kluft, die geschlossen werden müsste – der Prozess in Bonn ist der Anfang, Klageschriften aus den Kriegen in Afghanistan und Irak werden vorbereitet. Wenn Kriege wieder in unsere Zivilisation eindringen, dann sollte auch die Zivilisation eindringen in den Krieg. »Es muss eine Völkerrechtsordnung her, in der auch Individuen eine Chance zur Rechtsdurchsetzung bekommen und nicht nur Staaten«, sagt Horst Fischer, Professor für Internationales Humanitäres Völkerrecht an der Universität Leiden.
Die Aussichten, das Desaster von Varvarin vor deutschen Gerichten aufklären zu können, sind gering. Aber das scheint Harald Kampfmeyer, den Mann mit dem Musterschülergesicht und Initiator der Klage, nicht zu betrüben. Strahlend steht er in Socken in seinem Wohnzimmer in Berlin-Müggelheim und schwärmt von seinem Kampf für Gerechtigkeit. Der Höhepunkt seines Lebens.
Kampfmeyer, früher Berufsoffizier bei der NVA, heute Manager bei einem Mineralölkonzern, ist besessen. Besessen davon, dass die DDR der bessere deutsche Staat war, die Bundesrepublik nur ein »Jurassic Park für Altfaschisten« ist. Er ist besessen davon, dass der Kampf der Serben gerecht war und der Einsatz der Amerikaner nur eine weitere Etappe auf deren Weg »zu einer neuen Weltordnung«.
Für Kampfmeyer ist klar, was am 30. Mai 1999 auf der Brücke von Varvarin geschah. Die Amerikaner verübten ein Kriegsverbrechen, und die Deutschen halfen ihnen dabei.
Fragt man Kampfmeyer, warum er das Desaster von Varvarin ausgerechnet vor ein deutsches Zivilgericht

bringen will, antwortet er: »Weil ich finde, jeder Bürger ist verantwortlich für seinen Staat, und in den USA wären die Anwälte noch teurer gewesen.« Der Prozess ist seine Waffe, den verlorenen Krieg in Serbien doch noch zu gewinnen.

Für Vesna Milenković ist der Prozess eine Waffe im Kampf um Wiedergutmachung, um Gerechtigkeit.

Seit dem Januar 2001 kennen sich Milenković und Kampfmeyer, sie sind befreundet, sie brauchen sich, auch wenn sie eigentlich etwas völlig Unterschiedliches wollen.

»Diese Klageverfahren sind der Beginn, dass anderen Opfern Gerechtigkeit widerfahren kann«, sagt Vesna Milenković und beteuert gleich hinterher, dass es ihr Leid tue, Deutschland verklagen zu müssen. Deutschland, ihr Lieblingsland. So pazifistisch wie fast keines im Westen.

Dort sieht sie nun ihre letzte Chance, Gerechtigkeit zu finden für ihre tote Tochter. Und das heißt herauszufinden, warum Sanja sterben musste an jenem blauen Festtag im Mai, als die Luft nach Rosmarin roch und der Krieg weit weg war. So weit weg, dass die Mutter das Wichtigste in ihrem Leben, die Tochter, aus dem Haus ließ.

»Es ist nicht der Schadensersatz, um den es geht«, sagt Vesna Milenković, und ihre Stimme ist jetzt weich und frei von Ärger. »Das Geld ist das Letzte. Ich will endlich, dass einer sagt, es war falsch, Ihr Kind zu töten.«

Steffi Kammerer

Steffi Kammerer, 34, aufgewachsen in Bad Honnef am Rhein, studierte Gesellschafts- und Wirtschaftskommunikation, Geschichte und Filmwissenschaft in Berlin und Mobile, Alabama. Absolventin der Evangelischen Journalistenschule. 1998 Hörfunkredakteurin beim WDR in Köln, dann dreieinhalb Jahre Redakteurin im Berliner Büro der SÜDDEUTSCHEN ZEITUNG. 2002 Arthur F. Burns-Stipendiatin bei der DALLAS MORNING NEWS in Texas und beim NEW YORK MAGAZINE. Seither freie Journalistin in New York und Los Angeles, vor allem für den STERN. Ausgezeichnet mit dem Stegmann-Preis der Journalistenschulen, dem Dietrich-Oppenberg-Medienpreis und dem Deutschen Sozialpreis.

»Die ›Columbia‹ ist sicher gelandet«

Als die sieben Astronauten diese Meldung gut gelaunt an die Nasa durchgaben, hatten sie gerade einen Berg in Wyoming erklommen – zur Vorbereitung einer Weltraum-Mission, die sie nicht überleben sollten. Am 1. Februar 2003 explodierte ihre Raumfähre »Columbia« nach 16 Tagen im All kurz vor der Landung über Texas. Wie war es dazu gekommen? Wer hat versagt? Wer hat geschwiegen? Hätte die Katastrophe verhindert werden können?

von Steffi Kammerer
stern
3. Juli 2003
Foto: NASA TV/AP

Die Crew an Bord der »Columbia« bei einer Pressekonferenz am 20. Januar. Von links: David Brown, 46, Ilan Ramon, 48, Rick Husband, 45, Kalpana Chawla, 41, William McCool, 41, Michael Anderson, 43, Laurel Clark, 41

Einmal haben sie den Satz ausgesprochen. Im Chor schrien sie ihn durchs Handy ins Kontrollzentrum nach Houston: »Die ›Columbia‹ ist sicher gelandet.«

Das war im Sommer 2001 in Wyoming, als die sieben den Gipfel des Wind-River-Berges erreicht hatten. Für zwei Wochen waren sie zum Überlebenstraining hergekommen. Es war Ricks Idee gewesen, er ist ihr Kommandant. Und ein Familienmensch.

Das Team sollte alles voneinander wissen, Stärken und Schwächen kennen. Es darf keine Überraschungen geben im All, oben im engen Bauch des Raumschiffs. Die anderen hatten es ein bisschen übertrieben gefunden, dafür in die Wildnis zu fahren. Aber nun war es schön hier. Der freie Blick. Sie saßen eine Weile da, erschöpft und zufrieden. Dann fing Rick an zu singen. Er ist Bariton im Kirchenchor: »Amazing Grace«. Einer nach dem anderen stimmte ein.

Und Rick hatte Recht. In den Bergen haben sie wirklich Dinge erfahren, die sie voneinander noch nicht wussten: Ilan kocht den besten Kaffee, das hat er von den Beduinen in Israel gelernt. Dave weiß nicht mal, wie man Spaghetti hinkriegt. Aber dafür kann er perfekt jonglieren. Er könnte auch auf einem Einrad fahren oder auf dem Seil tanzen. Er hat mal beim Zirkus gearbeitet. Und Laurel kennt wirklich von jeder Blume den Namen, auch den lateinischen. Willie könnte sofort als Animateur anfangen: Kommt, wir schaffen das, hat er die anderen angefeuert, wenn die schlappmachten. »Wer zuerst oben ist.«

Abends saßen sie um die Feuerstelle. KC erzählte von Indien. Da ist sie aufgewachsen. In einem kleinen Ort nördlich von Neu-Delhi. Eigentlich heißt sie Kalpana Chawla, aber das kann in Houston niemand richtig aussprechen, deshalb KC. Als sie vor 20 Jahren ein Stipendium für die USA bekam, wollten die Eltern sie erst nicht gehen lassen. Lehrerin hätte sie werden sollen oder Ärztin. Als Raumfahrtingenieurin findest du nie einen Mann, hatten sie gesagt. Doch den traf sie gleich an ihrem ersten Tag an der Universität von Texas in Arlington. Sie spricht noch immer mit starkem indischem Akzent.

Wenn es ganz dunkel war, bestimmten sie Sterne und Galaxien. Dave zeigte ihnen einen der Jupitermonde. Tallyho, rief Rick mit seiner tiefen Stimme, wann immer ein Satellit vorbeiflog. In Amarillo, Texas, wo er herkommt, gibt es nicht viel zu sehen außer einem weiten, riesigen Himmel. Rick war vier, als er beschloss, Astronaut zu werden. Michael fünf. Sein Vater war bei der Air Force, die halbe Kindheit verbrachte er neben der Startbahn. Wenn er den Rasen mähte, trug er eine Schutzbrille. Als Pilot müsste er perfekt sehen können.
Manchmal sagten sie eine Stunde lang nichts. Sie konnten gut zusammen schweigen. Dave blieb am längsten wach. Wenn die anderen schon schliefen, saß er noch lange mit dem Fernglas da.

DAS WARTEN. Nur Rick, Michael und KC waren schon einmal im All, für die anderen wird es das erste Mal. Der Start wird ständig verschoben, es gibt immer neue technische Probleme. In dieser Zeit werden aus den Kollegen Freunde – eine große Familie mit zwölf Kindern. Sie wohnen nah beisammen, in Clear Lake, Houston, gleich bei der Nasa. Die Straßen heißen Apollo, Gemini, Saturn. Auf dem Spielplatz vor der Bücherei steht ein fünf Meter hoher Mini-Shuttle als Klettergerüst.

Dann endlich, im Sommer 2002, gibt es ein Datum. Mission STS 107, bei der es um physikalische und medizinische Experimente geht, soll am 16. Januar starten. Auf der Weihnachtsfeier der Nasa tragen die sieben Papierkronen. Wer sich ihrem Tisch nähert, dem stempeln sie das »Columbia«-Logo auf die Stirn.

Und dann stirbt Laurel fast bei einem Flugzeugabsturz. Nicht nur sie, sondern auch Jon, ihr Ehemann, und Iain, ihr achtjähriger Sohn. Jon, ein erfahrener Pilot, sitzt am Steuer seiner kleinen Privatmaschine. Plötzlich fallen alle Instrumente aus, 200 Meter über der Erde. Sie sind auf dem Weg zu Laurels Eltern nach Albuquerque, New Mexico, drei Tage vor Heiligabend. Die kleine Maschine fällt einfach vom Himmel. Jon denkt, das ist das Ende. Unten angekommen, in den Trümmern, merkt er, dass er noch lebt. Und Laurel lebt auch und Iain auch. Kein Kratzer. »Los, rennt«, ruft Jon. Er hat Angst vor einer Explosion. Aber das Wrack liegt einfach nur da in der Staubwüste von Westtexas. Sie laufen in den nächsten Ort und mieten einen Wagen. Dann feiern sie Weihnachten bei den Eltern. Ich musste überleben, sagt Laurel: Sonst hätte die »Columbia« nicht starten können.

EINE WOCHE VOR DEM START. Die Quarantäne beginnt. Um zu verhindern, dass einer aus der Crew krank wird, darf nur noch zu ihnen, wer vom Arzt untersucht wurde. Kinder werden gar nicht mehr durchgelassen. Eigentlich. Aber Jon schafft es, Iain an einem Nachmittag zu seiner Mutter zu schmuggeln. Der Junge hatte seit Monaten gebettelt, dass Laurel nicht fliegt. Nicht weil er ihr Fortsein fürchtet, das ist er gewohnt. Sie war oft zum Training weg gewesen, in Sibirien, in Japan, in Deutschland. Es ging nicht um die 16 Tage. Er hatte einfach ein komisches Gefühl. Jon ließ Laurel und Iain für eine Stunde allein.

Natürlich hatte er selbst oft über das Risiko nachgedacht. Jon Clark arbeitet auch bei der Nasa, als Flugarzt. Und er ist viel zu sehr Wissenschaftler, um nicht immer alle Möglichkeiten zu bedenken. Und eine Reise in einer Rakete ist nun einmal gefährlich, es reicht, von einem Meteoriten oder einem Stück Raumfahrtschrott getroffen zu werden. Aber auf 112 Flügen ist bisher nur eine Crew gestorben. Das waren auch sieben, 1986 an Bord der »Challenger«. Seither ist alles gut gegangen. Und Jon ist Abenteurer, genau wie Laurel. Und seine Frau hat einen Lieblingsspruch: Ein Schiff gehört aufs Meer und nicht in den Hafen.

Einige Tage später kommt Lynne, Laurels jüngere Schwester aus Kansas City. Sie arbeitet dort bei der Stadtverwaltung. Iain fragt Lynne, ob sie nicht für seine Mom fliegen kann. Er hat sie schon so oft gefragt, und auch seine anderen Tanten und Onkel. Lynne streichelt ihm den Kopf und sagt, es werde bestimmt alles gut gehen.

NOCH 50 STUNDEN. Wie vor jedem Shuttle-Flug gibt es im Strandhaus der Nasa eine große Abschiedsparty. KCs Eltern sind aus Indien angereist, aus Israel ist Ilans Bruder gekommen. Die Eltern von Michael sind aus Spokane hergeflogen, Willies Eltern aus Las Vegas. Endlich lernen sich auch die Familien kennen, sie haben so viel voneinander gehört. Nasa-Busse fahren die 50 Gäste zum Strandhaus. Die Crew steht vor der Tür und wartet. Michael, Dave und Willie sehen noch ein bisschen verschlafen aus. Sie sind gerade erst aufgestanden. Seit Beginn der Quarantäne schlafen sie in zwei Schichten, so wie bald im All. Die drei sind das blaue Team, die anderen vier bilden das rote. In jeder Gruppe ist ein Arzt, Laurel bei den roten, Dave bei den blauen, für alle Fälle.

Rick hält eine kurze Rede. Er sagt, wie glücklich er sei, ihr Kommandant sein zu dürfen. Dann gibt es ein Barbecue. Das Raumschiff kann man von der Terrasse aus sehen. Es ist angestrahlt in der Nacht. Hinter den Dünen rauscht der Atlantik. Lani, die Frau von Willie, hat für alle bunte Blumenketten geflochten, sie tragen sie um den Hals, Hunderte Fotos werden gemacht. Für das rote Team wäre eigentlich schon

Schlafenszeit, aber auf die paar Minuten kommt es heute nicht an. Das blaue Team, dem Michael angehört, frühstückt. Michael isst Eier und Toast. Irgendwann bringt er seine Eltern zum Bus. Er trägt ein Jeanshemd und helle Hosen. »I love you, Mom«, sagt er, und sie drückt ihn an sich. »Ich dich auch. Nun mach deine Arbeit und komm zurück.« Michael nickt und sagt: »Mach ich.« Er winkt und lächelt.

Wenige Monate zuvor hat er sich einen neuen blauen Porsche gekauft. Warum er nicht damit warte, bis er aus dem All zurück sei, schließlich habe er noch gar nichts geleistet, hatte ihn Roz, die Sekretärin der Crew, aufgezogen. »Wer weiß, was passiert«, hatte Michael geantwortet. »Also fang ich mit dem Genießen doch lieber gleich an.« Roz hatte gelacht. Typisch Michael, immer für alles gerüstet.

Die Ehepartner haben noch einen weiteren Abend mit der Crew. Den wirklich letzten Abend. Sie trinken Wein, den Ilans Bruder aus Israel mitgebracht hat.

Dave hatte Ann eingeladen, seine Ex-Freundin. Vier Jahre waren sie ein Paar. Sie sind gemeinsam durch den Grand Canyon gewandert, waren tauchen, haben eine Nacht auf einem Flugzeugträger im Pazifik verbracht. Sie wollte ihn heiraten. Dave wollte sich nicht festlegen. Im September haben sie sich getrennt.

Ann ist Ingenieurin, seit 16 Jahren betreut sie die »Columbia«. Sie spricht fast zärtlich von der Maschine, so vertraut ist sie ihr. Wie ein naher Mensch. »Sie ist störrisch. Und sie macht auf dem Boden so viele Probleme, wie es nur geht«, sagt sie. »Aber wenn es endlich losgeht, wartet sie keine Sekunde zu lang.« Zwei Jahre ist Ann nach Kalifornien gependelt, dort war die »Columbia« zur Inspektion. Es gab vieles auszubessern. Sie ist das älteste Raumschiff der Nasa. Dies wird ihr 28. Flug.

Jon Clark hat nicht das Gefühl von großem Abschied. Aber eine komische Sache ist passiert. Eine Freundin hat ihm für Laurel ein Gedicht mitgegeben. Es heißt: »Ein Engel fällt zur Erde«. Laurel liest es und stutzt. »Was meinst du, was das bedeutet?«, fragt sie ihren Mann. Jon zuckt die Schultern. »Ich hoffe, es heißt nicht, was ich denke.« Dann nimmt er sie in den Arm und wünscht ihr eine gute Reise. Sie sieht glücklich aus. Er freut sich für sie.

Lani und Willie stehlen sich für ein paar Minuten an den Strand. Sie machen ein letztes Bild davon, wie sie sich küssen. Mit Selbstauslöser. Lani stammt aus Guam, einer kleinen Insel im Westpazifik. Da ist Willie zwei Jahre zur Schule gegangen, er ist Soldatenkind, sein Vater war dort stationiert. Als sie sich das erste Mal sahen, waren beide 15 und zu schüchtern, um etwas zu sagen. Ein Freund vermittelte schließlich. Ein Jahr später, 1977, zog Willie wieder fort, sein Vater war nach Lubbock, Texas, versetzt worden. Zum Abschied schenkte er Lani ein Foto. Es zeigt die beiden beim Abschlussball. Willie trägt ein Hawaiihemd und braune Schlaghosen, Lani ein Kleid, das mit Federn geschmückt ist. Hinten auf das Foto schrieb er: »Wäre ich älter, würde ich fragen, ob du meine Frau wirst.« Viele Jahre später hat er sie gesucht. 1986 heirateten sie. Sie haben drei Söhne.

DONNERSTAG, 16. JANUAR. Um sechs Uhr früh wird die Crew von einem Kamerateam der Nasa am Frühstückstisch gefilmt, vor ihnen eine Schale mit Äpfeln. Sie tragen grüne T-Shirts und halten die Daumen hoch. Erst einen, dann zwei. Sie lachen. Später zeigt die Kamera, wie ihnen die schweren orangefarbenen Raumanzüge angezogen werden und die Helme. Groß im Bild Willie, der Pilot, kurz vor seinem ersten Flug ins All. Dann gehen sie los und winken. Sie nehmen den Aufzug von der dritten Etage ins Erdgeschoss. Ein silberner »Astro-Bus« bringt sie zu ihrem Raumschiff. Es ist 7.35 Uhr. Rick klettert als Erster in das schmale Cockpit, legt sich auf den Rücken. Es ist eng, ein Nasa-Mitarbeiter hilft ihm beim Anschnallen. Der Zweite ist Ilan, er geht ins Unterdeck. Willie klettert neben Rick, dann steigt Michael ein. Sie beginnen mit dem Soundcheck, überprüfen die Instrumente im Cockpit. Alles bestens.

Ann, Daves Ex-Freundin, ist als Ingenieurin für die 26 000 Hitzekacheln zuständig, die das Raumschiff umhüllen. Seit sechs Uhr früh sitzt sie vor einem Monitor und überwacht, dass keine der Kacheln bei der Startvorbereitung beschädigt wird. Vor allem beim Schließen der Tür darf nichts passieren. Die Kacheln sind hoch empfindlich, ihre Außenhaut ist dünn wie eine Eierschale, darunter ist Luft. Sie sind lebenswichtig. Sie schützen den Shuttle vor der brutalen Hitze beim Wiedereintritt in die Erdatmosphäre. Vor 30 Jahren, als man sich das System ausgedacht hat, hielt man es nicht für ideal. Als die »Columbia« 1981, nach ihrem ersten Flug, mit schweren Schäden am Hitzeschild wiederkam, war die Sorge groß. Aber ein besserer Schutz gegen die höllische Reibungshitze fiel niemandem ein. Also gewöhnte man sich daran, die Kacheln zu inspizieren, zu reparieren, zu ersetzen. Das dauert Monate nach jedem Flug. Rund 170 Leute sind damit beschäftigt. Jetzt jedenfalls sieht alles perfekt aus. Ann schaltet ihren Computer ab und geht hinaus, um den Start zu sehen.

Der Launch-Direktor sagt: »Alle guten Dinge kommen zu Menschen, die warten. Viel Glück für dich und deine Crew.« Rick bedankt sich. »We are ready to go.«

Laurels Schwester Lynne ist schon seit fünf Uhr vor der Besuchertribüne. Sie hatte Angst, einen schlechten Platz zu bekommen. Und schlafen konnte sie sowieso nicht mehr. Lynne fand es in der Schule manchmal anstrengend, die Schwester von Laurel zu sein, die immer alles mit Eins machte. Jetzt ist sie nur noch stolz. Ihre große Schwester fliegt ins All.

Geplant war Laurels Astronautenkarriere nicht. Aber eigentlich war auch die Navy nicht geplant. Da hat sie angeheuert, weil sie Medizin studieren wollte. Und bei acht Geschwistern gab es dafür kein Geld. Bald verarztete sie Soldaten auf schottischen Unterseebooten. Und nun zu den Sternen.

Lynne hatte geglaubt, sie hätte keine Angst. Nicht wirklich. Aber jetzt ist sie so aufgeregt, dass sie kaum schlucken kann. Die Rakete ist sechs Kilometer entfernt. Selbst auf die Entfernung sieht sie riesig aus. Die Triebwerke haben so viel Kraft, dass sie 2000 Tonnen in die Höhe stemmen können.

Auch die Geschwister von Michael Anderson sind gekommen. Sie sitzen neben den Eltern, alle drei Töchter und deren Ehemänner. Als Michael 1999 mit der »Endeavour« ins All flog, waren fast 50 Andersons gekommen, aber das war ja auch das erste Mal.

Lynne starrt auf die Digitaluhr neben der amerikanischen Flagge. Noch zwei Minuten, noch 20 Sekunden, noch 15, noch zwei. Und dann nur noch Krach, ein ohrenbetäubendes Knattern. In dem weißen Ding jagt Laurel in die Luft. 10.39 Uhr, auf die Sekunde wie geplant. Der Boden vibriert, eine riesige Wolke aus Qualm bleibt zurück. Lynnes Herz rast. Und sie ertappt sich, wie sie ständig auf die Uhr sieht. Dann, nach 73 Sekunden, wirft sie jubelnd die Hände in die Luft. Es ist geschafft. Nach 73 Sekunden war die »Challenger« explodiert. Und nun, nichts als blauer Himmel und diese feste Säule aus Feuer und Dampf. Pure Energie. Ihr laufen Tränen über das Gesicht vor Erleichterung.

Ein paar Meter weiter hält Jon Clark seinen Sohn Iain fest. Der heult und heult und kann sich gar nicht beruhigen. Jon wird es langsam zu bunt. »Das ist doch cool«, sagt er. »Nun guck doch, da oben fliegt deine Mom.« Aber Iain will nichts hören. Sein Gesicht ist so verschwollen, dass man auch zehn Minuten später kein Foto von ihm machen kann. Er sagt kein Wort. Ein paar Meter weiter weint noch ein Kind. Die Tochter von Ilan und Rona Ramon. Was los sei, fragt Rona. »Ich habe meinen Vater verloren«, sagt das Mädchen. Die Erwachsenen schauen in den Himmel, das Raumschiff wird immer kleiner.

DEN ISOLIERSCHAUM, der 81,7 Sekunden nach dem Start vom Außentank abgefallen ist, sehen sie aus der Entfernung nicht. Ingenieure werden ihn erst am nächsten Tag entdecken, bei der Routine-Auswertung des Startvideos. Es waren mehrere Stücke, die sich gelöst hatten. Eins davon traf das Raumschiff. Es prallte gegen die Vorderkante des linken Flügels. Ein Stück, so groß wie ein Koffer. Es wog 1,2 Kilogramm und hatte eine Geschwindigkeit von rund 1000 Kilometern in der Stunde. Da wird Hartschaum zum Geschoss.

Bei der Nasa hatte man sich daran gewöhnt, dass Isolierschaum vom Außentank abfiel. Es geschah bei jedem Flug. Meistens waren es nur kleine Stücke, nicht einmal handgroß. Nie war etwas passiert. Auch im Nasa-Hauptquartier in Washington wusste man davon. Bereits bei einem »Columbia«-Flug im November 1997 war ein großes Stück der Tankisolierung abgebrochen und gegen das Raumschiff geprallt. Es mussten viele Hitzekacheln ausgewechselt werden. Im Oktober 2002, beim Flug der Raumfähre »Atlantis«, hatte sich wieder ein großes Stück gelöst. Es wurde nicht als »Anomalie« klassifiziert, sondern als »innerhalb der Familie«. Das ist der merkwürdige Begriff, den die Nasa verwendet, wenn das Risiko akzeptabel ist. Der Schaden wurde nach der Rückkehr repariert. Danach versicherte die Behörde sogar schriftlich, dass diese Vorfälle »kein Risiko für die Flugsicherheit« darstellen.

Das Raumfahrtprogramm der Nasa war oft kritisiert worden in den vergangenen Jahren. Es werde zu viel gespart und zu wenig modernisiert, hieß es. Mehrfach musste die Flotte wegen Haarrissen und anderer Sicherheitsrisiken stillgelegt werden. Im Juli 1999 trat beim Start der »Columbia« so viel Wasserstoff aus einer Leitung, dass sich beinahe die Motoren abgestellt hätten. Die Nasa wäre gezwungen gewesen, erstmals eine Notlandung zu versuchen. Kurz darauf entdeckte man gefährliche Kabelschäden. Zuletzt fand man winzige Risse in Treibstoffleitungen der »Discovery«, die zur monatelangen Stilllegung der ganzen Flotte führten.

Im April 2002 sagte Richard Bloomberg, der Vorsitzende des Komitees zur Untersuchung von Missständen bei der Nasa, vor dem US-Repräsentantenhaus: »Ich war noch nie besorgter um die Sicherheit des Space Shuttles als jetzt.« Im August schrieb der pensionierte Nasa-Ingenieur Don Nelson einen Brief an Präsident Bush. Er warnte vor einem »weiteren katastrophalen Shuttle-Unfall«.

Nelson informierte das Weiße Haus über 3500 Kabeldefekte, die bei einer Routineuntersuchung gefunden worden waren, und über marode Wasserstoffleitungen. Vor allem fehlten Rettungseinrichtungen, um die Crew im Notfall in Sicherheit zu bringen, warnte er. Er bat den Präsidenten, das Raumfahrtprogramm bis auf weiteres zu stoppen. »Sonst werden wir mit Schrecken und Scham zusehen, wie unsere Astronauten den sicheren Tod finden.« Der Brief erreichte den Präsidenten nicht. Die Antwort kam von John Marburger, seinem wissenschaftlichen Berater: Es sei unangebracht für den Präsidenten, sich einzuschalten – oder gar bis auf weiteres Starts von Raumfähren zu unterbinden. Die Nasa habe erklärt, Sicherheitsmaßnahmen hätten bereits höchste Priorität.

Den Zuschauern in Cape Canaveral versichert der Mann am Lautsprecher: »Eine Minute 26 Sekunden sind sie schon geflogen, alles sieht gut aus an Bord der ›Columbia‹, ein makelloser Start.«

IM RAUMSCHIFF wird die Crew hin- und hergeschüttelt, als säße sie auf Presslufthämmern. Michael Anderson betet. Start und Landung machen ihm Angst. »Es ist doch so, dass man versucht, eine Explosion zu kontrollieren«, hatte er vor dem Start gesagt. Er ist Physiker. »Es gibt so viel, was danebengehen kann. Wir versuchen, nicht daran zu denken. Aber da ist immer die Ungewissheit.«

Weil es gefährlich ist, sind es die Besten, die ins All geschickt werden. Das Auswahlverfahren der Nasa ist streng. Rick, der hoch dekorierte Air-Force-Soldat, wurde erst im vierten Anlauf genommen. Jeder von ihnen hat rund 2000 Mitbewerber hinter sich gelassen. Tausende Stunden haben sie trainiert. Notfallszenarien, Reaktionsfähigkeit, Stressresistenz.

Nach 8,5 Minuten sind sie oben. Es ist geschafft. Schwerelosigkeit.

Kein Gewicht mehr, von einer Sekunde auf die andere. Bei KC und Laurel fliegen die Haare.

Sie schnallen sich ab. Dave beginnt, seinen Sitz abzumontieren. Den braucht er erst zur Landung wieder. Jeder Handgriff ist in einem Zeitplan festgelegt, auf die Minute. Laptops aufbauen, Video-Equipment installieren, Schränke einräumen. Um 13.09 Uhr schweben Laurel und Ilan den Tunnel entlang, der die kleine Crewkabine mit dem Labor verbindet. Sie beginnen, die 80 Experimente aufzubauen, Eiweiße und Prostatakrebszellen auszupacken. Ilan bereitet sein großes Experiment zur Erderwärmung vor. Jeden Tag wird er dafür Staub über Israel und dem Mittelmeer analysieren. Laurel wird die Veränderungen der Knochendichte im All untersuchen. Um 14.39 Uhr geht das blaue Team ins Bett. Sechs Stunden später sind die anderen mit Schlafen dran. Sie teilen sich dieselben Kojen.

FREITAG, 17. JANUAR, 5.39 Uhr. Das rote Team wird von Kinderstimmen wach. »America, the beautiful« singt der Texas Elementary Honor Choir, dem auch Ricks Tochter Laura angehört. Es ist eine alte Nasa-Tradition, dass die Familien der Astronauten die Weckmusik aussuchen. Die Crew ist fröhlich an diesem ersten Tag im All, auch ihrem kleinen Zoo geht es gut. Sie haben eine Ameisenkolonie aus New York dabei, Bienen aus Liechtenstein, Spinnen aus Australien und Seidenraupenlarven aus China. Es sind Experimente von Schülern; sie wollen wissen, wie sich die Tiere in der Schwerelosigkeit verhalten.
Lani McCool findet in ihrem Haus in Houston einen Abschiedsbrief. »Der Liebe meines Lebens« hat Willie auf den Umschlag geschrieben. In den kommenden Tagen wird sie auch Fotos finden, die er für sie versteckt hat. 16 Bilder für 16 Tage. Er hilft ihr per E-Mail: Schau in der Cornflakes-Schale, hinter dem Aquarium, im Bücherregal. Es sind Fotos, die einen Willie zeigen, den auch die Crew nicht kennt. Mit schwarzer Fransenperücke; nackt im Zion National Park, mit weißen Flügeln auf dem Rücken; mit Fünftagebart und Python um den Hals. Die meisten Bilder sind harmlose Schnappschüsse. Willie, der seinem Sohn im Garten die Haare schneidet, den Kindern aus »Der Herr der Ringe« vorliest, beim Tagebuchschreiben.
Bei der Video-Analyse in Florida entdecken Experten das Stück Isolierschaum, das den linken Flügel der »Columbia« getroffen hat. Sie untersuchen Bild für Bild, immer wieder, prüfen Dutzende Filmrollen, mit Pfeilen markieren sie mögliche Einschlagstellen. So ein großes Stück ist noch nie auf ein Raumschiff geprallt. Ist es Schaum, ist es Eis oder beides? Niemand weiß das. Ein Team des Vertragspartners Boeing wird sofort mit der Untersuchung beauftragt. Es verwendet dafür ein Simulationsprogramm mit dem bezeichnenden Namen »Crater«. Es ist 30 Jahre alt.
Der Nasa-Ingenieur Don McCormack schreibt den ersten seiner täglichen Berichte in ein Logbuch: »Die Mission STS 107 verläuft nach Plan, und alle Subsysteme funktionieren zufriedenstellend.«

SAMSTAG, 18. JANUAR. Willie hat nicht gut geschlafen. In der Nacht zuvor auch nicht. Noch hat er sich nicht daran gewöhnt, im Schweben zu schlafen. Ihm wird schwindelig. Aber nun dröhnt Pink Floyd durchs Raumschiff, es wird ein guter Tag. Wie jeden Morgen sammeln sie Urin und Spucke ein. Zum Blutabnehmen ketten sie sich an. Sie wollen kein Risiko eingehen. Es ist etwas schummrig an Bord, es hilft, dass sie in Houston das Einführen der Nadeln mit Sonnenbrillen geübt haben.
Ilan hatte sich vorgenommen, heute sein eigenes Experiment durchzuführen. Wie man den Sabbat im All einhält. Er hatte sogar seinen Rabbi gefragt, wie er das machen soll, schließlich erleben sie bei ihrer rasenden Fahrt fast stündlich einen Sonnenuntergang. Der Rabbi riet ihm, er solle sich an die irdische Zeit halten. Aber der Sabbat muss warten bis nächste Woche. Es gibt viel zu viel zu tun. CNN und CBS sind zugeschaltet. Ilan, KC, Rick und Laurel geben ihre erste Pressekonferenz. Sie sitzen nebeneinander, winken. Das Mikrofon fliegt immer wieder weg. Was er beim Flug über Israel gedacht habe, wollen die Reporter wissen. Ilan hat keine Lust, den Nahen

Osten zu kommentieren. Das musste er vor dem Abflug schon ständig tun. Er sagt, er habe nicht viel sehen können. »Zu viele Wolken.«

SONNTAG, 19. JANUAR. Sie sind über Mittelamerika. Willie steht vor dem Spiegel und rasiert sich, Michael gleitet aus seiner Schlafröhre. Sie ist kaum breiter als sein Körper, mit Schaumstoff gepolstert. Dave filmt ihn und liefert den Kommentar gleich mit: »Das Schöne an der Schwerelosigkeit ist, du kannst in deinen Klamotten schlafen und sie werden nicht knittrig.« An Michaels Bein hängen Messinstrumente, auch der Schlaf wird wissenschaftlich ausgewertet.

Das Unterdeck ist so etwas wie das Wohnzimmer des Raumschiffs. Hier sind die Schränke mit den getrockneten Essensrationen, ihre Toilette, die vier Kojen. Und hier steht das Trimm-Rad, auf dem sie täglich strampeln und ihre Atmung messen. Die Ergebnisse sollen helfen, Herz-Lungen-Maschinen zu verbessern. Auf dem Rad sitzt Willie und schneidet Grimassen. Laurel lacht. Sie hat mal gesagt, er sei ein Zehnjähriger im Körper eines Achtjährigen. Ilan schwebt über ihm und gibt Daten in seinen Laptop ein. Später wirft ihm Laurel ein Röhrchen mit Blut zu, es schwebt langsam in seine Hand. Unten Ägypten, das Rote Meer, die Sinai-Halbinsel, rechts Jordanien, darunter Saudi-Arabien.

Michael Andersons Eltern Barbara und Bobbie sind zurück in ihrem Haus in Spokane. Ständig klingelt das Telefon. Leute rufen an und sagen, sie hätten ja keine Ahnung gehabt, dass Michael Astronaut ist, nun sehen sie ihn im Fernsehen. Ach, sagen die Andersons, das sei doch nicht so wichtig. Auch ihren Sohn haben sie zur Zurückhaltung erzogen. Bobbie Anderson ist als Schwarzer in Mississippi aufgewachsen. Er hat Michael eingetrichtert, dass er alles schaffen kann, aber doppelt gut sein muss. Dass er sich nie einschüchtern lassen soll. Amerika biete ihm alle Möglichkeiten. Dass er sich bei der Nasa beworben hatte, erfuhren die Eltern erst, als er angenommen war. Seine blecherne Lunchbox mit Captain Kirk steht noch heute im Küchenschrank der Mutter.

MONTAG, 20. JANUAR. In Florida hört Ann, die Ex-Freundin von Dave, von dem Vorfall beim Start. »O Gott«, denkt sie. So ein großes Stück. Sie weiß am besten, was das bedeuten kann. Mit Dave darf sie nicht darüber sprechen. Alles, was die Arbeit betrifft, muss vorher durchs Kontrollzentrum. Wenn sie doch nur den Roboterarm dabeihätten, dann könnte man wenigstens schauen, wie groß der Schaden ist. Er ist beweglich und an der Spitze mit einer Kamera ausgerüstet. Bei dieser Mission haben sie ihn zu Hause gelassen. Sie brauchen den Platz für die vielen Experimente. Die »Columbia« ist eh schon leicht überladen.

Jon Clark sitzt an seinem Schreibtisch bei der Nasa in Houston. Um ihn herum summt und piept es, sein Büro ist voll gestellt mit Monitoren und Technik. Das einzig Bunte in diesem Raum sind die zwei Dutzend Bilder von Laurel an seiner Wand. Mit kurzen und mit langen Haaren, im Ballkleid, beim Zelten. Und im rosa Nachthemd mit dem neugeborenen Iain im Krankenhaus. Jon hat Laurel heute Morgen mit Dudelsackmusik wecken lassen. Als sie in Schottland stationiert war, hat er sie gefragt, ob sie ihn heiraten würde, das war kurz bevor er in den ersten Golfkrieg zog. Ein Jahr vorher hatten sie sich kennen gelernt, 1989 beim Tauchtraining der Marine in Florida. Laurel war eine der wenigen Frauen im Kurs – und sie schwamm schneller als die Männer. Das hat ihn beeindruckt.

Nasa-Ingenieur Don McCormack schreibt ins Logbuch: »Die Mission STS 107 verläuft nach Plan, und alle Subsysteme an Bord funktionieren zufriedenstellend (...) Bezüglich des Einschlags am linken Flügel haben Spezialisten die Filmanalyse beendet. Sie verglichen, wie der Flügel vor und nach dem Aufprall aussah, um Hinweise auf den Schaden zu bekommen. Die Auflösung des Filmes reicht nicht, um einzelne Kacheln zu erkennen. Die Tatsache, dass die Helligkeit in der unteren Flügeloberfläche überall gleich ist, lässt jedoch vermuten, dass es keinen größeren Schaden gibt.«

DIENSTAG, 21. JANUAR. Das rote Team bekommt einen Anruf aus Israel von Ministerpräsident Ariel Sharon. Ilan ist der erste Israeli im All. Er war schon weit über 40, als er erfuhr, dass er dazu ausersehen wurde. In seinem Land ist er bekannt, seit er 1981 als junger Pilot den Atomreaktor von Saddam Hussein bombardierte. Es war das Jahr, in dem die »Columbia« auf ihren Jungfernflug ging. Ilan hält eine winzige Torah-Rolle in die Kamera. Die hat ihm ein 71-jähriger Atmosphärenphysiker mitgegeben, der sie als Kind im Lager Bergen-Belsen von einem Rabbi geschenkt bekam. Ilans Mutter und Großmutter haben Auschwitz überlebt.
Mittags legt Boeing in Houston eine erste Powerpoint-Analyse vor. Rund zehn Ingenieure sind bei diesem Treffen. Sie entscheiden, dass sie Satellitenfotos brauchen. Der Ingenieur Rodney Rocha schreibt seinem Chef: »Ohne bessere Bilder zu haben, wird es sehr schwierig, mit der Analyse zu beginnen. Das mögliche Spektrum könnte zwischen akzeptierbar, nicht akzeptierbar und furchtbar liegen, und es gibt keinen Weg, die Unsicherheit zu reduzieren.« Den nächsten Satz markiert er fett: »Können wir um fremde Hilfe bitten – betteln?« Einige der Oldtimer erinnerten sich, »dass wir solche Hilfe in den frühen Achtzigern bekommen haben, wenn wir Sorgen wegen fehlender Kacheln hatten«.
Im Kontrollzentrum in Houston sieht sich Leroy Cain das Video vom Start an. Er ist der Flugdirektor der Mission. Er wird in zehn Tagen für die Landung verantwortlich sein. Was er sieht, erscheint ihm »nicht als großes Problem«. Er denkt nur, es ist etwas, »das wir uns anschauen müssen«. Er kennt die Crew gut, Rick schon seit zehn Jahren. Seine beiden Töchter gehen mit den Kindern von Rick und Michael zur Schule.

MITTWOCH, 22. JANUAR. Es ist heiß im Raumschiff. Im Labor ist die Kühlung ausgefallen. Sonst ist alles in Ordnung. Eine Rosenknospe ist aufgegangen. Die Spinnen der australischen Schüler beginnen, Netze zu spinnen. Laurel telefoniert mit ihrer Familie. Jon flachst, Iain trinke jetzt immer Bier, und in die Schule gehe er auch nicht mehr. Am Abend schreibt Laurel eine schnelle E-Mail an alle Freunde: »Noch drei Minuten bis zur Schlafenszeit. Ich wünschte, ich hätte mehr Zeit, euch zu schreiben. Ich kann es nicht abwarten, bald alles Erlebte mich euch zu teilen. (…) Der Blick aus dem Fenster ist unbeschreiblich. Ich wünschte nur, ich hätte mehr Zeit zu schauen und Fotos zu machen. Das Essen ist klasse, und den langen Tunnel zum Labor runterzuschweben ist ein Riesenspaß. Jetzt bin ich aber wirklich spät dran und muss noch meine Zähne putzen! Alles Liebe und Küsse für alle, Laurel.«
Ingenieur Rodney Rocha erfährt von seinem Chef, das vorgesetzte Mission Operation Team habe entschieden, man brauche keine zusätzlichen Fotos. Rocha schreibt eine E-Mail, die er als Entwurf in seinem Computer speichert. »Nach meiner bescheidenen Meinung ist es eine falsche (und nahezu unverantwortliche) Entscheidung, keine zusätzlichen Fotos von außen anzufordern. Ich muss noch einmal betonen, dass bedeutender Schaden an der kritischen Stelle große Gefahren darstellt. Für das Team der Ingenieure wird es sogar mit zusätzlichen Bildern schwierig sein, zu einer verlässlichen Antwort zu kommen. Ohne die Bilder garantieren wir jedoch, dass eine Schadensanalyse unmöglich ist. Erinnert ihr euch an die Nasa-Poster, die überall hängen: Wenn etwas nicht sicher ist, sagt es? So ernst ist die Lage.« Rocha schickt diese Mail nie ab.

DONNERSTAG, 23. JANUAR. Halbzeit. Eine Woche ist seit dem Start vergangen. Das Kontrollzentrum weckt die Crew mit »Burning down the fire«. Sie sollen heute untersuchen, wie sich Flammen in der Schwerelosigkeit verhalten. Michael nimmt den Anruf entgegen. »Ein toller Tag«, sagt er, »es gibt nichts, worüber wir uns Sorgen machen müssen.« Dave macht einen dreifachen Salto.

Bei der Nasa in Houston versammeln sich um sieben Uhr drei Dutzend Ingenieure. Das Boeing-Team legt eine zweite Powerpoint-Präsentation vor. Die wenigsten Anwesenden sind mit dem veralteten Analysewerkzeug »Crater« vertraut. Sie wissen nicht, dass es kaum mehr ist als ein schlichtes Tabellenprogramm. Dass es reicht, um Mini-Schäden zu berechnen, aber nicht, um die Wirkung eines 50-Zentimeter-Brockens vorauszusagen.

Die geschätzte Größe war in den Computer eingegeben worden, und »Crater« lieferte ein Ergebnis: Es wird Schaden an den Kacheln geben, auch »signifikanten Schaden«, aber keine Katastrophe. Im schlimmsten Fall würden eine oder mehrere Kacheln stark beschädigt oder herausgeschlagen. Ein komplettes Durchbrennen der Aluminiumhaut des Shuttles sei nicht zu erwarten. Man müsse mit längerer Reparatur am Boden rechnen, aber die sichere Rückkehr sei garantiert.

Die Männer von Boeing belegen ihre Argumentation mit den Ergebnissen früherer Flüge, bei denen auch Hartschaum von der Rampe des Tanks abgefallen war. Sie weisen allerdings darauf hin, wie wichtig die Frage des Einschlagwinkels sei: »Eine kleine Veränderung im Energie-Input könnte den Schaden deutlich erhöhen.« Obwohl niemand sicher sein kann, ob es sich bei dem Stück wirklich nur um Hartschaum handelt oder um ein Gemisch aus Schaum und Eis, wurde die Variable Eis nicht berechnet.

Auch um die Kohlefaser-Formteile, die die Vorderkante der Tragfläche bilden, so genannte RCC-Paneele, macht sich Boeing keine großen Sorgen. Sie würden höchstens oberflächlich beschädigt, heißt es. Die RCC-Paneele sehen auf den ersten Blick recht robust aus. Auf den zweiten sind in jedem kleine Löcher und Risse. Woher die kommen, ist nicht klar, vielleicht ist es ein Altersproblem. Sobald zu viele Löcher da sind, werden sie repariert. Bei der »Columbia« sind bisher rund 20 Paneele und ebenso viele Dichtungen auf der linken Seite instand gesetzt worden. In der Powerpoint-Präsentation ist hiervon nicht die Rede.

Zur Beruhigung erfahren die Ingenieure noch, in der Vergangenheit seien die Voraussagen des Programms akkurat gewesen. Mehr noch, es habe immer zu viel Schaden hochgerechnet. Es sei ein »konservatives« Programm.

Auf dem Abschlussbild steht: »Eine sichere Rückkehr ist selbst bei signifikantem Kachelschaden zu erwarten.«

Vielleicht wollten die versammelten Ingenieure das auch glauben. Wer wollte der Crew sagen, dass ihr Shuttle vielleicht den Heimweg nicht überstehen würde? Den Familien erklären, dass man das Beste hoffe? Notmaßnahmen wären gefährlich gewesen. Es war kein Werkzeug zur Reparatur der Kacheln oder der RCC-Paneele an Bord. Die Internationale Raumstation war unerreichbar in einem anderen Orbit.

11.01 Uhr. Ein Nasa-Mitarbeiter schreibt dem zuständigen Air-Force-Kommando, man brauche sich nicht um Satellitenfotos der »Columbia« zu bemühen. In den vergangenen Tagen hatte es mehrere Bitten von Ingenieuren gegeben, solche Fotos anzufertigen. Das wiederum hatte die Nasa-Führung erfahren, und nachdem es nie eine offizielle Anfrage des Flugdirektors gegeben hatte, wurde das Unternehmen gestoppt. Man bedanke sich für die »enthusiastische Bereitschaft«, hieß es in dem Schreiben. Man möge die kurzfristige Stornierung entschuldigen. »Ich kann Ihnen versichern, dass der Shuttle noch gestern Nachmittag in exzellenter Verfassung war.« Beim nächsten Mal müsse man sichergehen, dass solche Anfragen durch die »richtigen Kanäle gehen«.

Nun wird auch die Crew über den Vorfall beim Start informiert. Flugdirektor Leroy Cain schickt eine E-Mail an Kommandant Rick Husband, betont darin aber, es gebe keinen Grund zur Sorge. Nasa-Ingenieur Don McCormack schreibt ins Logbuch: »Die Mission STS 107 verläuft nach Plan, und alle Subsysteme des Raumschiffs funktionieren zufriedenstellend.«

FREITAG, 24. JANUAR. Lani, die Frau des Piloten Willie McCool, hat vor dem Fernseher geschlafen, wie in jeder Nacht, seit er weg ist. Es beruhigt sie, seine

Stimme zu hören. Im Nasa-Kanal wird alles live übertragen, was an Bord geschieht. Willie trägt zwei Eheringe. Seinen am Ringfinger, ihren am kleinen Finger.

SAMSTAG, 25. JANUAR. Das Raumschiff fliegt über Hiroshima. Später Nordindien, den Ganges entlang, Delhi. Die Heimat von Kalpana Chawla, genannt KC. Das blaue Team gibt seinen Tipp fürs Superbowl-Spiel ab. Willie votiert für Oakland, Dave Brown, einer der beiden Ärzte an Bord, ist für Tampa: »Weil wir in Florida gestartet sind und so viele Leute so hart für uns gearbeitet haben.« Ein Reporter will wissen, wie Willie zum drohenden Krieg steht. »Ich bete, dass es keinen gibt«, sagt er. Dave putzt sich die Zähne und schwebt in seine Schlafröhre. Die Medizinerin Laurel Clark studiert Krebszellen. Ilan Ramon, der erste Israeli im All, ist wieder nicht zum Sabbat gekommen.

SONNTAG, 26. JANUAR, 2 Uhr. Jon Clark hat heute Nacht die Medizinerschicht im Kontrollzentrum in Houston. Das soll eigentlich nicht sein, weil seine Frau Laurel im Raumschiff ist. Aber den Nachtdienst am Wochenende wollte kein anderer. Im Kontrollzentrum muss immer ein Arzt sein. Gerade in den ersten Tagen im All passiert es oft, dass Astronauten unter Übelkeit oder Schwindel leiden. Aber inzwischen haben sie sich akklimatisiert, es gibt nicht viel zu tun. Nur Laurel hat ein Hämatom, vom vielen Blutabnehmen, das zu ihren Experimenten gehört. Jon blättert im Logbuch und entdeckt die Notizen über das Stück Schaum, das beim Start gegen den Flügel der »Columbia« geprallt ist. Verdammt, das ist groß, denkt er. Ob Laurel das weiß? Bestimmt nicht, überlegt er. »Sie hätte es mir erzählt.«

Er grübelt kurz, ob er ihr sagen soll, was er entdeckt hat. »Aber dann habe ich mir überlegt, was meine Rolle ist. Und ich bin als Crewarzt hier. Es ist wichtig, sich an die Regeln zu halten. Genau wegen solcher Sachen wollen sie ja nicht, dass Ehepartner im Kontrollzentrum arbeiten.« Die Experten wüssten schon, was sie tun. Und was soll er Laurel beunruhigen? Zumal ihm auch nichts einfällt, was sie im Zweifelsfall tun könnten. Das Kohlendioxid, das sie ausatmen, muss neutralisiert werden. Und dafür haben sie nur eine bestimmte Menge Lithiumhydroxid an Bord. Nie könnten alle sieben überleben, bis ein zweiter Shuttle oben wäre.

Das alles schießt ihm durch den Kopf. Dann beschließt er, es zu vergessen. Um 12 Uhr geht er nach Hause. Später besucht er mit seinem Sohn Iain das Aquarium. Der Junge ist immer noch bockig, weil Laurel trotz seiner Ängste ins All geflogen ist.

19.45 Uhr. Nasa-Ingenieur Rodney Rocha, der ursprünglich gesagt hatte, man könne ohne Satellitenfotos den Schaden nicht beurteilen, verschickt eine Abschlussanalyse. Darin steht: »Obwohl eine Schädigung des Hitzeschildes und der Türstruktur wahrscheinlich ist, ist die Sicherheit des Fluges (Wiedereintritt und Landung) nicht gefährdet.«

MONTAG, 27. JANUAR. Das Kontrollzentrum schickt das Ergebnis des gestrigen Superbowl-Spiels ins Raumschiff: Oakland 21 Punkte, Tampa Bay 48.

Ein Thermik-Spezialist hat Rochas Analyse gelesen. Der Ort des Aufpralls müsse noch genauer bestimmt werden, schreibt er: »Sonst entsteht ein falsches Gefühl von Sicherheit.« Er leitet seine Mail an ein Dutzend Ingenieure weiter. Einer der Empfänger ist Carlisle Campbell, Spezialist für Landungen. Er ruft Bob Daugherty im Langley Research Center der Nasa in Virginia an. Sie arbeiten schon seit über 20 Jahren zusammen, sind Freunde. Ob Bob vom Vorfall beim Start gehört habe. Nein. Campbell erzählt, offiziell heiße es, es gebe kein Problem. Aber viele Leute malten sich eine Landung mit zwei platten Reifen aus. Ob man das simulieren könne, fragt Campbell. Er sagt auch, das Management habe eine solche Simulation nicht befürwortet. Er schickt seinem Freund das Video vom Start und zwei Powerpoint-Analysen des Vertragspartners Boeing.

»WOW!!!«, schreibt Daugherty, nachdem er das Video gesehen hat. »Ich schätze, da sind wohl einige

Leute ganz schön nervös!« Campbell antwortet: »Deshalb müssen sie alle Fakten möglichst früh bekommen. Vor allem müsste man sich den Schaden mit einem Satelliten ansehen. Und selbst dann können wir das tatsächliche Ausmaß vielleicht nicht erkennen.«

Die Boeing-Analyse wird dem Mission Management präsentiert. Nasa-Ingenieur Don McCormack betont noch einmal, ein Durchbrennen des Flügels sei nicht zu erwarten, die Sicherheit des Fluges sei nicht gefährdet. Das Mission Management stimmt zu. An der Konferenz nehmen rund 100 Leute teil, aus allen Nasa-Zentren sind sie per Telefon- und Videoleitung zugeschaltet. Rund 25 von ihnen dürfen ihr Votum abgeben. Es gibt keine Gegenstimme.

Das rote Team telefoniert mit Don Pettit in der Internationalen Raumstation. Ilan sagt: »Ich wünschte, ich könnte auch länger bleiben. Küsse von All zu All.« Kommandant Rick Husband überbringt eine Botschaft von Willie, der leider während des Rendezvous schlafen müsse. Willie spielt nämlich mit Don Pettit seit Monaten übers Internet Schach. »Und er sagt, er habe dir vor Ewigkeiten E2 nach E4 geschickt und warte auf deinen Zug.« Pettit sagt, er werde das gleich erledigen. »Und denkt daran, sicher zu fliegen.«

Später schreibt Rick noch eine E-Mail an einen Freund in Wyoming: »Ich bin so stolz auf meine Crew, ich könnte platzen.«

DIENSTAG, 28. JANUAR, der Jahrestag des »Challenger«-Disasters. Um 10.39 Uhr versammeln sich Nasa-Mitarbeiter im ganzen Land zu einer Gedenkminute. Auch im All haben sie die Toten nicht vergessen. Rick sagt: »Sie brachten das höchste Opfer. Ihre Hingabe hat uns alle inspiriert und die Menschen auf der ganzen Welt motiviert, anderen zu dienen.«

Bob Daugherty fragt seinen Freund Carlisle Campbell: »Hat noch jemand was wegen des Kachelschadens unternommen, oder drücken jetzt alle die Daumen und hoffen das Beste?« Der antwortet: »Ich habe nichts Neues gehört.«

Don McCormack schreibt ins Logbuch: »Die Mission STS-107 verläuft nach Plan, und alle Subsysteme funktionieren zufriedenstellend (...) Was den Vorfall beim Start angeht, nimmt man an, dass es sich um Schaum vom Außentank handelt. Eine Analyse wurde durchgeführt, um den möglichen Schaden zu bestimmen. Die Analyse legt die Möglichkeit eines großflächigen Kachelschadens nahe. Eine Beschädigung der RCC-Paneele sollte nur oberflächlich sein und die Mission nicht beeinträchtigen.«

MITTWOCH, 29. JANUAR. Die Crew bereitet die große Abschlusspressekonferenz vor. Laurel hat ihr rotes T-Shirt an der Wand mit Gurten festgeschnallt, besser bekommt sie es nicht glatt. Sie haben die amerikanische und die israelische Flagge gespannt. Davor hocken sie nun, vorn das rote Team, hinten die drei Blauen. Ilan sagt: »Israel sieht so friedlich und ruhig aus von hier oben.« Was er von Sharons Sieg halte? »Mal gewinnen die einen, mal die anderen.« Rick und KC grinsen, er ist ein guter Diplomat.

Das Thema Satelliten-Fotos ist nach Washington vorgedrungen. William Readdy, zweiter Mann im Nasa-Hauptquartier, empfängt »einen Vertreter von einem anderen Dienst«, wie er nach dem Treffen notiert. Es geht um das Angebot eines Nachrichtendienstes, einen Satelliten umzudrehen, um Aufnahmen des Raumschiffs zu machen. »Er erklärte, die Nasa müsse diese Unterstützung auf der Basis eines Notfalls oder hoher Priorität anfordern. (...) Ich erklärte ihm, das Mission Management sei zum Schluss gekommen, die Flugsicherheit sei nicht gefährdet, und deshalb bestehe kein Bedarf.« Readdy schreibt weiter, der Mann habe angeboten, man könne die Aufnahmen ja trotzdem machen, solange es den Dienst nicht von seinen eigentlichen Zielen abhalte. Er habe dem zugestimmt.

Da sich die Nation auf den Krieg vorbereitet, gibt es genug eigentliche Ziele für die Aufklärungssatelliten. Von der »Columbia« wird kein Bild gemacht.

DONNERSTAG, 30. JANUAR. John Lennon weckt die Crew mit »Imagine«. Das inspiriert Willie zu einer kleinen Ansprache: »Wir beten, dass die Menschen es schaffen, in Frieden zu leben und die Welt ohne Grenzen zu betrachten, so wie wir sie von hier oben sehen.« Ilan übersetzt auf Hebräisch. Unter ihnen der Mount Everest, Nepal, Vietnam, das Great-Barrier-Reef.

17.23 Uhr. Nasa-Mann Bob Daugherty schickt eine Mail mit sieben Horrorszenarien an David Lechner in Houston, einen Ingenieur aus dem Mission Operation Team. Er betont, dass er ihm nicht »offiziell« schreibe, dass es sich um Worst-Case-Überlegungen handle. »Ich glaube nicht, dass die Dinge so schlimm sind, wie ich sie beschreibe.« Aber es sei »unverantwortlich«, nicht auf alles vorbereitet zu sein. Er erwähnt den möglichen Verlust der Fahrwerkklappe, der eine fatale Erhitzung im Innern des Shuttles mit sich brächte. Weitere Möglichkeiten seien der Flug mit nur einem ausgefahrenen Fahrwerk, eine Notlandung mit platten Reifen oder ganz ohne Fahrwerk (»kein guter Tag«).

20.53 Uhr. Iain Clark schickt eine E-Mail an seine Mutter Laurel. Der Achtjährige braucht eine Stunde für den kurzen Text, aber er will ihn unbedingt selbst tippen. Er schreibt: »Ich vermisse dich, Mom. Ich will mit dir in meiner Burg kuscheln. Komm schnell nach Hause, oder noch schneller, wenn es geht. Ich vermisse dich Millionen und Millionen Mal. Mehr als alle Sterne des Universums. Ich vermisse dich so sehr, dass ich gestern Nacht geweint habe.« Er schickt ihr ein Foto, das Jon eben von ihm gemacht hat. Wie er nach dem Baden auf dem Boden sitzt, die Haare nass. Und er schickt Fotos von seinem Hund Addie und dem Hamster Tim.

FREITAG, 31. JANUAR, 7.49 Uhr. Daughertys Boss leitet dessen letzte Mail an seinen Vorgesetzten weiter. Er schreibt dazu: »Bob Daugherty ist der umsichtige Ingenieur, den die Nasa braucht. Ich hoffe nur, dass die Leute in Houston zuhören.« Der Empfänger nimmt die Mail ernst und schickt sie an seinen Chef Del Freeman. Er fragt, ob der das Nasa-Hauptquartier informieren wolle. Das tut Freeman nicht. Auch Jeff Kling, Flugkontrolleur in Houston, bekommt Daughertys Horrorszenarien. Er schickt sie an ein Dutzend Kollegen und schreibt seine eigenen Gedanken dazu. Er wird morgen während der Landung im Kontrollzentrum sitzen. »Falls also heißes Plasma durch den Fahrwerkschacht kommen sollte, würde der Reifendruck steigen«, überlegt er. Falls das Fahrwerk nicht mehr ausfahre, würde er einen Notausstieg vorschlagen – »vorausgesetzt, der Flügel brennt nicht weg, bevor wir die Crew rausholen können. Irgendwelche Kommentare?«, fragt er.

Es ist 9.38 Uhr. In ziemlich genau 24 Stunden soll die »Columbia« über die Landebahn in Cape Canaveral rollen.

Laurel antwortet ihrem Sohn: »Deine Mail zu lesen war das Schönste an diesem Tag. Tolle Bilder! Ich bin froh, dass auch Addie und der kleine Tim ihren Weg ins All gefunden haben. Und es tut mir leid, dass du so traurig warst, Iain. Ich habe geweint, als ich daran dachte. Ich kann es auch nicht abwarten, mit dir zu kuscheln. Die Schwerelosigkeit macht Spaß! Ich kann es nicht abwarten, euch beide in etwa 24 Stunden zu sehen. Wir räumen schon alles zusammen. Und dann werden wir noch mal über die Landung sprechen und alles üben. Alles Liebe, sei Millionen Mal umarmt und geküsst, Mom.«

Flugdirektor Leroy Cain sagt auf einer Pressekonferenz, der Vorfall mit dem Isolierschaum sei kein Grund zur Besorgnis. »Wir haben uns das genau angeschaut und haben keinerlei Bedenken. Deshalb haben wir auch nichts an der Flugbahn verändert. Es wird ein Standardanflug werden.« Er hat wirklich keine Sorge. Er hat auch nicht viel darüber nachgedacht in den letzten zwei Wochen. Vielleicht ein paar Minuten am Tag. Die Experten haben gesagt, es gibt kein Risiko, und er vertraut ihnen.

12.17 Uhr. David Lechner vom Mission Operation Team antwortet dem Ingenieur Bob Daugherty und bedankt sich für die »offenen Worte«. Man diskutiere weiter die möglichen Szenarien. »Wie alle hoffen auch wir, dass die Analyse korrekt ist und die ganz Diskussion müßig.« Später ruft er noch einmal an. Sie hätten jetzt Maßnahmen für alle möglichen Notfälle durchgespielt, sie könnten das Mission Management dann beraten, falls es Probleme gebe.

Am späten Nachmittag schalten sich Bob Daugherty, Carlisle Campbell und zwei weitere Ingenieure zu einer letzten Telefonkonferenz zusammen. Campbell sagt, vor wenigen Stunden habe jemand eine Analyse abgeschlossen, eine Landung mit zwei platten Reifen sei überlebbar. Am Ende stimmen alle überein, dass es sich um eine reine »Was wäre wenn«-Diskussion handle und mit einer sicheren Landung am Morgen zu rechnen sei.

Weder Flugdirektor Leroy Cain noch das Mission Management, noch die Nasa-Führungsspitze in Washington wissen von den E-Mails und Gesprächen der Ingenieure. Auch die Crew ahnt davon nichts. Die Sorgen sind irgendwo in der Hierarchie stecken geblieben. Hätten sie Daten und Zahlen gehabt, hätten sie Alarm geschrien, auch an den Vorgesetzten vorbei. Aber sie haben keine Zahlen. Nur ein komisches Gefühl. Doch das haben sie sich jetzt ausgeredet.

Die Nasa-Ingenieurin Ann Micklos, zuständig für die Wartung der Hitzekacheln am Raumschiff, schläft schon, als in der Nacht die letzte E-Mail von Dave ankommt: »Schweben ist großartig«, schreibt der Mann, den sie einst heiraten wollte. »Ich bewege mich inzwischen viel langsamer. Das Problem ist, dass wir ständig Dinge verlieren. Ich bin dafür ja schon auf der Erde anfällig, aber hier ist es noch viel schlimmer, weil ich ja nun auch alles Mögliche an den Wänden oder der Decke ablegen kann (...) Meine Crew ist wie meine Familie. Es wird hart, sie zu verlassen nach diesen zweieinhalb Jahren (...) Mich hat ein Brief sehr bewegt, den Ilan von einem Holocaust-Überlebenden mitgebracht hat. Er sprach über seine siebenjährige Tochter, die nicht überlebt hat. Dass solche Dinge auf einem so wunderschönen Planeten passieren können! Umso mehr möchte ich nun jedes bisschen der Erde genießen. Sie ist ein wunderbarer Planet. Dave«.

SAMSTAG, 1. FEBRUAR, 1.35 Uhr. Lynne, Laurels Schwester, liegt in Cape Canaveral im Hotelbett. Sie will gerade den Fernseher ausmachen, da hört sie den Dudelsackmarsch. Das muss die Weckmusik fürs rote Team sein. »Scotland the Brave« gehört zu Laurels Lieblingsliedern. Lynne summt die Melodie mit, ihre Schwester oben im All kennt den Text auswendig:

»Hark where the night is falling
Hear! hear the pipes are calling
loudly and proudly calling
down thro' the glen.«

»Guten Morgen, Houston«, ruft Laurel. »Wir machen uns fertig für unseren großen Tag. Ich freu mich, nach Hause zu kommen.« Das blaue Team ist bereits seit dem Nachmittag wach. Willie hat die Antenne abmontiert. Dave und sein Kollege Michael Anderson haben schon fast alle Experimente verstaut. Um 5.35 Uhr schließen sie die Tür zum Labor ab.

Im Kontrollzentrum in Houston ist Flugdirektor Leroy Cain seit ein Uhr früh an seinem Platz. Er geht seine Checkliste durch. Alles sieht gut aus. Um ihn herum sitzt sein Team, rund 20 Leute, in den Nebenräumen noch einige Dutzend Spezialisten. Rechts neben Cain sitzt Charles Hobaugh, ein erfahrener Astronaut, der während der Landung mit der Crew spricht. Seine ruhige Stimme ist das Einzige, was die sieben in den kommenden Stunden hören werden. Er hat auch beim Start hier gesessen. »Ich hoffe, es lohnt sich für euch«, hatte er da gesagt. Es gibt Missionen, da spricht auch der Flugdirektor mit der Crew. Aber das war dieses Mal nicht nötig, sagt Cain.

Ann Micklos ist nervös. Um 5.30 Uhr hat sie das Haus verlassen, jetzt, um 7.45 Uhr, steht sie mit sechs Kollegen am Nordende der Landebahn. Dass es katastrophal werden könnte, glaubt sie nicht. Dass es schlimm wird wie nie, das weiß sie. Alle in ihrem Team wissen das. Deshalb ist auch eine Kollegin mehr mitgekommen als üblich, um den Schaden zu dokumentieren.

An Bord ist alles verstaut. Die sieben zwängen sich in ihre Druckanzüge. Nun müssen sie noch ihre Stühle wieder installieren. Dann beginnt die Reise zurück ins vertraute Leben. Vorn links sitzt Rick, neben ihm Willie, hinter Rick KC, rechts von ihr Laurel. Die anderen drei sind im fensterlosen Unterdeck.

Kent Rominger, der Chef des Astronautencorps, fliegt mit seiner Gulfstream über Cape Canaveral. Er überprüft die Landebedingungen und die Winde. Vorhin hatte es Nebel gegeben, aber der hat sich verzogen. Von ihm aus kann die »Columbia« landen. Er wird nun eine Stunde in der Luft kreisen und dann den Shuttle zum Boden begleiten. Er freut sich, Rick zu sehen. 1999 sind sie gemeinsam ins All geflogen, damals war Rick Pilot und er der Kommandant. Danach hat er sich dafür eingesetzt, dass Rick seine eigene Crew bekommt. Normalerweise geschieht das erst beim dritten oder vierten Flug. Aber Rick ist ein Spitzenpilot. Der Himmel ist strahlend blau. Auch bei Flugdirektor Leroy Cain auf dem Bildschirm sieht alles perfekt aus. Er gibt das Okay zur Landung.

UM 8.15 UHR zündet Rick über dem Indischen Ozean die Bremsraketen. Das Manöver dauert zwei Minuten, 38 Sekunden. Danach gibt es keinen Weg zurück. In 26 Minuten wird das Raumschiff in die Erdatmosphäre eindringen. Um 9.16 Uhr soll es auf der Landebahn aufsetzen. In einer Stunde und einer Minute.

Mit einer Geschwindigkeit von 28000 Stundenkilometern gleitet die »Columbia« vom Vakuum des Weltraums in die dichteren Luftschichten über der Erde. Immer mehr Moleküle stellen sich ihr entgegen. Der Luftwiderstand macht sich als Reibungshitze am Rumpf des Schiffes bemerkbar. Es entstehen Temperaturen bis zu 1600 Grad Celsius. Ohne die Kacheln würde das Raumschiff verglühen wie ein Meteorit. Durchs Fenster kann man die gleißenden Plasmablitze sehen. Die Crew spürt, wie die Schwerkraft, die nach dem Start so abrupt weg war, nun ganz langsam wiederkommt. Es fühlt sich an wie Blei.

8.50 Uhr. Die »Columbia« nähert sich der kalifornischen Küste. Jeff Kling, der Ingenieur, der gestern noch um »Kommentare« gebeten hatte, studiert im Kontrollzentrum die Zahlenreihen auf seinem Bildschirm. Er soll die mechanischen Systeme im Shuttle überprüfen. Alles scheint in Ordnung. Dann zeigt sein Computer einen Temperaturanstieg im linken Flügel.

8.53 Uhr. Das Raumschiff fliegt über die Stadt Gualala hinweg, nördlich von San Francisco. Während die »Columbia« auf Sacramento zufliegt, entdeckt ein Beobachter das erste Teil, das von ihr abfällt. Kurz danach ein zweites und ein drittes. Im Kontrollzentrum ahnt man davon nichts.

»Ich habe gerade vier Temperatursensoren auf der linken Seite verloren«, sagt Jeff Kling. Flugdirektor Leroy Cain fragt: »Hast du sie alle zur gleichen Zeit verloren?« – »Nein«, antwortet Kling. »Im Abstand von vier oder fünf Sekunden.« Cain klingt jetzt beunruhigt. »Keine Gemeinsamkeit«, murmelt er. Zwar sind bisher nur Temperaturfühler defekt, aber der Gedanke an eine Katastrophe kommt ihm sofort. Er denkt an das Stück Schaum. Das ist auch auf der linken Seite eingeschlagen. Gibt es doch eine Verbindung? Haben sie sich geirrt? Dann verdrängt er den Gedanken. Auch das haben sie trainiert.

Sie alle tragen Kopfhörer. Cain hört simultan Informationen auf 15 verschiedenen Kanälen, das ist er gewohnt. Vor ihm steht eine kleine US-Fahne, wie auf fast allen Pulten. Eine eigentümliche Stille ist in dem hohen, fensterlosen Raum. Neonlicht flackert an der Decke. Leroy Cain sitzt da und überlegt. Auf dem Schirm vorn kriecht der Shuttle auf der grellgrün gezeichneten Flugbahn weiter, ganz stetig.

In Ivins, Utah, fällt wieder ein Stück vom Raumschiff ab – auch davon weiß man im Kontrollzentrum nichts. Um 8.57 Uhr fragt Cain: »Sonst sieht alles normal aus?« – »Ja«, anwortet Jeff Kling.

Audrey und Barry McCool, die Eltern des Piloten, stehen in Las Vegas vor ihrem Haus und sehen die dünne, weiße Spur, die das Raumschiff am Himmel hinterlässt. Der Vater ruft ganz laut: »Da kommt Willie, Willie kommt nach Hause!«

Auf dem Landeplatz in Cape Canaveral zeigt die Uhr mit dem Countdown noch 20 Minuten. Jon Clark steht mit einem Kumpel aus der Navy da, einen Becher Kaffee in der Hand. Sie reden von früher. Er wollte fast nicht kommen, Landungen sind nicht wirklich spannend. Aber das hätte ihm Laurel sicher übel genommen. Und jetzt ist er froh. Die Stimmung ist ausgelassen und der Himmel so blau. Und er ist verdammt stolz, nur würde er das nie sagen. Iain spielt 30 Meter entfernt mit den Kindern von Rick. Laurels Schwester Lynne steht ein paar Meter weiter vorn.

8.58 Uhr. Jeff Kling meldet einen Druckverlust beider linker Reifen. Diese Meldung erscheint als Warnung auch auf dem Kontrollbildschirm der »Columbia«. Es ist der erste Hinweis für die Crew, dass etwas nicht stimmt. Was unten im Kontrollzentrum gesprochen wird, hören sie nicht.

8.59 Uhr. » ›Columbia‹, Houston.« Charles Hobaugh unterbricht das beim Landeanflug übliche Schweigen. Er fragt, ob sie die Luftdruckmeldung gesehen haben. In 62 Kilometer Höhe sagt Rick: »Roger, uh, buh.« Dann bricht der Kontakt ab.

Stille. Die noch nicht geflogene Strecke ist grün. Die »Columbia« ist über Dallas, unerreichbar nah. Leroy Cain knetet seine Faust. Er reibt seine Lippen mit den Zeigefingern, immer wieder, vor und zurück.

JON CLARK STEHT IN FLORIDA neben dem Lautsprecher, der live aus dem Kontrollzentrum überträgt. Er weiß, eine Landung mit geplatztem Reifen ist nicht lustig, schon gar nicht bei so einem schweren Schiff. »Ich habe sofort überlegt, was ist die Strategie.« Also Fallschirmlandung. Das schafft Laurel locker, sie ist schon Dutzende Male gesprungen. Allerdings, sie ist eine der Letzten, die rauskommt. Sie muss ja erst runter zum Unterdeck. Um ihn herum sind noch immer alle ausgelassen. Die meisten hier sind Laien. Nur JP Harrison, der Mann von KC, schaut auch besorgt. Er ist Fluglehrer. Beide Männer sagen nichts.

9.00 Uhr. Wir haben auch Messleitungen zum Bugfahrwerk verloren, sagt Kling. Leroy Cain guckt nach oben, dann auf seinen Monitor. Dann zu Charles Hobaugh. Auf den Bildschirmen im Kontrollzentrum friert die Bewegung ein. Hobaugh sagt ganz ruhig: » ›Columbia‹, Houston com check.« Nichts. Nur die vielen Computer und die Klimaanlage surren.

9.02 Uhr. Nasa-Sprecher James Hartsfield sagt in perfekter Ruhe: »14 Minuten bis zur Landung der ›Columbia‹ im Kennedy Space Center. Flugkontrolleure bemühen sich weiter, die Verbindung mit dem Raumschiff wieder aufzunehmen.«

9.03 Uhr. Charles Hobaugh: » ›Columbia‹, Houston, com check.«

In Spokane im Bundesstaat Washington schaut Michael Andersons Mutter Barbara im Schlafzimmer fern, ihr Mann Bobbie ist hinuntergegangen in die Küche, da steht der größere Fernseher. Das Foto von Michael hängt dahinter an der Wand. Sie rennt hinunter. »Hast du das gehört? Was soll das heißen, sie haben den Kontakt verloren, es sind doch nur ein paar Minuten bis zur Landung.« Bobbie sagt, es passiere schon mal, dass sie den Kontakt verlieren. Seine Frau setzt sich neben ihn.

9.04 Uhr. Charles Hobaugh versucht es auf einer anderen Frequenz: » ›Columbia‹, Houston, UHF com check.«

9.05 Uhr. Flugdirektor Leroy Cain reibt wieder seine Lippen. Durch die Fensterscheibe sieht man in den Nebenraum. Männer in Anzügen, die ihre Köpfe in den Händen vergraben. Nasa-Sprecher Hartsfield spricht schon etwas unsicherer in sein Mikrofon: »Zehneinhalb Minuten bis zur erwarteten Landung der ›Columbia‹.«

9.07 Uhr. Charles Hobaugh: » ›Columbia‹, Houston, UHF com check.«

Für die Astronauten ist »Houston« Chiffre für alles. Geborgenheit, Zukunft, Vertrauen. Die Nasa ist ihre Familie. Und Leroy Cain und seine Ingenieure sind dafür ausgebildet, das Unmögliche zu schaffen. Hier in diesem Kontrollzentrum wurde damals die

Besatzung der »Apollo 13« gerettet. »Failure is not an option«, auf dieses Erbe sind sie stolz. Und nun sitzen sie da und können nichts tun. Die Bildschirme sind festgefroren, die Leitung ist still.

9.10 Uhr. Nasa-Sprecher Hartsfield: »Hier ist das Kontrollzentrum in Houston. Flugkontrolle sucht weiterhin Kursdaten der ›Columbia‹.«

Es ist gespenstisch still. Dann steht Cain auf, jemand vom Mission Management flüstert ihm zu, es gebe Augenzeugenberichte, das Shuttle sei zerbrochen. Auf Fernsehbildern sei deutlich zu sehen, wie der Schweif in mehrere Teile zerfalle.

Cain steht für einige Sekunden wie erstarrt. Dann streckt er den Rücken durch und sagt: »Schließt die Türen.« Das heißt, niemand darf mehr rein oder raus, erst müssen alle Daten gesichert werden. Nun stehen alle. Cain sieht die TV-Bilder nun selbst auf seinem Bildschirm. Er hält die Hand vor den Mund. Um 9.14 Uhr sagt er ganz ruhig: »Wir müssen mit dem Katastrophenplan beginnen. Flugkontrolleur-Handbuch Seite 2.8-5.« Die Männer tragen zerknitterte, durchgeschwitzte Hemden. Hobaugh telefoniert. Leroy Cain legt die Hände vor die Augen.

LYNNE, LAURELS SCHWESTER, schaut in Florida auf die Digitaluhr neben der Fahne. Gleich. Noch drei Minuten, noch zwei. Ganz steil käme das Shuttle aus der Luft, sechsmal steiler als ein normales Flugzeug. Später will sie mit Laurel an den Strand gehen und sich alles erzählen lassen. Müsste jetzt nicht dieser Knall kommen? Sobald das überschallschnelle Raumschiff naht, soll es einen Knall geben. Zwei Minuten vor der Landung, hatte Jon ihr gesagt. Aber jetzt sind es nur noch 50 Sekunden, und sie hört nichts. 39 Sekunden. Zehn Sekunden. Irgendwas stimmt nicht. Sie schaut zu Jon, dessen Gesicht ist wie Stein. Tapfer fragt sie einen Nasa-Mann neben sich: »Ist das normal, haben die manchmal Verspätung?« Nein, sagt der. Das ist nicht normal. Dann die Ziffer Null. Jetzt fängt die Uhr an, wieder aufwärts zu zählen.

Jon wird zu einem Wagen gebracht. Irgendjemand hat Iain beim Spielen eingefangen. Evelyn, die Frau von Rick, sitzt im selben Auto. Niemand sagt ein Wort. Die Fahrt dauert lange, Jon registriert nur, dass sie zu dem Gebäude fahren, in dem die Crew Unterricht hatte, wenn sie in Florida waren. Es ist 16 Kilometer entfernt. Nach einer Ewigkeit fragt Evelyn: »Was ist denn eigentlich los?« Der Mann hinter dem Steuer sagt: »Warten wir, bis wir dort sind.« Lani, die Frau von Willie McCool, ist im Wagen dahinter. Ihr Sohn ruft sie auf dem Handy an. Er hat im Fernsehen gesehen, was Lani ahnt.

Ann Micklos steht noch immer am Rand der Landebahn. Sie wird über Walkie-Talkie informiert. Sie ruft Daves Eltern in Virginia an. Ein Wagen holt sie und ihre Kollegen ab. Sie werden zum Hangar gefahren, in den eigentlich die »Columbia« rollen sollte. Dort sind schon etwa 100 Leute, die die Landung vorbereitet haben. Als Ann sie alle weinen sieht, geht sie nach vorn. Sie sagt: »Guten Tag, ich war vier Jahre lang die Freundin von Dave Brown. Und Dave hat mir gesagt, falls irgendetwas danebengeht, soll ich denjenigen finden, der verantwortlich ist, und ihm sagen, es sei alles in Ordnung. Ich soll sagen, er starb bei dem, was er liebte.«

9.20 Uhr. Leroy Cain sagt, alle Nasa-Stellen müssten sofort informiert werden. Man möge sämtliche Daten sichern, bittet er ruhig. Professionell. Nur aus der Nähe sieht man, dass ihm Tränen über die Wangen laufen. Er fragt, ob die Suchtrupps in Dallas bereits informiert seien.

Jon und Iain und die andern werden in das Unterrichtszimmer der Crew gebracht. Der Tisch ist ein großes Oval. Überall liegen die Sachen der sieben. Fotos, die sie unterschreiben wollten. Bücher. Sie setzen sich. Warten. Lani, Evelyn, Rona. All die Kinder. Links neben Jon ist Iain. Vielleicht sind es nur zehn Minuten, vielleicht eine halbe Stunde. Jon weiß es nicht.

Dann endlich kommt Bob Cabana, ein Nasa-Manager. Er weint. Es gebe keine Hoffnung. Wimmern und Schluchzen ergreift den Raum, alle fallen sich in die Arme. Heulklumpen, denkt Jon und ist froh, so von einem Klumpen zum nächsten taumeln zu können.

Die Kinder dazwischen. Irgendwann geht er hinaus, über den Flur. In ein Büro. Macht den Fernseher an. Und sieht die Trümmer. Später geht er und sucht Iain. Der ist mit den andern Kindern spielen gegangen.
Lynne ist nicht im Klassenzimmer. Hier wurden nur die Ehepartner hingefahren. Sie wollte mit Jon sprechen, aber alles ging so schnell. Im Gewühl entdeckt sie Kirstie, die Schwester von Willie McCool. Zu ihr rennt sie hin. Sie umarmen sich. Später laufen sie gemeinsam zum Parkplatz. Die Flagge hängt auf halbmast.

AM NACHMITTAG tritt bleich und verstört Ron Dittemore vor die Presse, der Chef des Shuttle-Programms. »Heute war ein wunderbarer Tag, um in Florida zu landen. Wir hatten jeden Grund zur Annahme, dass es ein Landetag wie jeder andere sein würde«, sagt er. »Wir hatten keine Anzeichen für irgendeine Gefährdung des Raumschiffs.« Dittemore kommt aus Spokane, Washington. Er ist auf derselben Air Force Base aufgewachsen wie Michael Anderson. Er hat am selben Zaun gestanden und den Flugzeugen zugesehen. Wie Michael hat auch Dittemore dort seine Frau kennen gelernt, auch seine Eltern leben noch in Spokane. »Wir sind am Boden zerstört«, sagt er. »Wir haben sieben Familienmitglieder verloren.« Und dass er am Ende für alles verantwortlich sei, sagt er auch. Und dann erklärt er, dass es keine Rettung gegeben habe. Deshalb hätten auch Fotos nichts geholfen. »Es gab nichts, was wir hätten tun können.«

6. FEBRUAR. In Palestine, Texas, wird eine verkohlte Videocassette gefunden. Es gelingt Technikern, die ersten 13 Minuten des Bandes wiederzugewinnen. Das Video endet um 8.48 Uhr, drei Minuten nach Eintritt in die Erdatmosphäre. Willie blättert in einem Technikbuch. Rick hat eine Wasserflasche in der Hand. KC sagt, ich nehm sie lieber nach hinten, das ist sicherer. Willie hält Rick den Daumen hoch. Alles okay. Willie zieht seine Handschuhe an. Prüft seinen Druckanzug. Er hat schöne, schmale Hände. Der Handschuh von Rick macht sich selbstständig, schwebt auf Willie zu. Rick fängt ihn wieder ein. Alle Bewegungen sind langsam. Willie studiert seine Instrumente. Laurel schneidet Grimassen. Draußen ist es dunkel, man sieht die Blitze. Rick sagt: »Das könnte Plasma sein. Wir sehen es auch durch die Frontscheibe.« Dann sagt er: »Achtet darauf, den Druck eurer Anzüge zu prüfen. Und schließt eure Visiere.« Dann schaut er wieder hinaus. »Toll«, sagt Willie. »Ganz hell, orange und gelb. Das ist wirklich unglaublich. Es wird echt ziemlich hell da draußen.« Rick erwidert: »Ja, da will man nicht draußen sein.« KC: »Wollten wir vorher auch nicht.« Sie lachen. Willie hält einen Handspiegel hoch, durch ihn betrachtet er Laurel hinter sich. Dann grinst er.
Laurel hält die Kamera, man sieht den Rücken von Willie, dann eine Computertastatur. Das Videobild löst sich auf in ein Raster aus Grautönen. Dann Schwarz. Das Tape endet fünf Minuten vor der Küste Kaliforniens. Fünf Minuten bevor man im Kontrollzentrum die erste Unregelmäßigkeit entdeckt. Elf Minuten vor dem Ende der Funkverbindung.

10. MÄRZ. Was von Laurel Clark in den Wäldern von Osttexas gefunden wurde, wird an ihrem 42. Geburtstag beerdigt. Der silberne Sarg mit der US-Fahne wird von einer Kutsche gezogen. Acht Marineinfanteristen heben ihn ins Grab. Laurel liegt auf dem Heldenfriedhof in Arlington, links von ihr Dave, rechts Michael. Jon fällt es noch immer schwer, seinem Jungen zu erklären, warum er nicht auf ihn gehört hat. Aber er bedauert es nicht. Er hat viel darüber nachgedacht in den letzten Wochen. Er würde sie wieder gehen lassen. »Es war es wert«, sagt er. »Es war ein Leben wert. Es war sieben Leben wert.«

Die Untersuchungskommission geht davon aus, dass es tatsächlich das Stück Isolierschaum war, das der »Columbia« zum Verhängnis wurde. Anders als ursprünglich vermutet, wurden aber nicht die Hitzekacheln

beschädigt, sondern eins der RCC-Paneele. In Paneel Nummer acht sei ein Loch entstanden. Es war nicht sehr groß, sonst wäre die »Columbia« viel früher auseinander gebrochen. Durch das Loch drang immer mehr Plasma in den Flügel, das sich durch die Aluminiumhaut des Raumschiffs fraß.
In einer Studie war die Nasa Ende April zum Ergebnis gekommen: Nichts hätte die »Columbia« retten können. Verantwortlich für diese Studie war Leroy Cain, der Flugdirektor der Mission.
Der unabhängige Ausschuss, der den Absturz untersucht, hat diesen Bericht nicht kommentiert. Dessen Vorsitzender, Admiral Harold Gehman, sagte nur, es hätte sicher Möglichkeiten für Rettungsversuche gegeben, hätte man nur nach ihnen gesucht.
Die Kommission wird in den kommenden Wochen ihren Abschlussbericht veröffentlichen.
Auch dass Ron Dittemore, der Programm-Manager aus Spokane, die Nasa verlassen hat, kommentierte Gehman nicht. Bei der Untersuchung gehe es nicht nur um einzelne Namen und einzelne Ursachen. Es gehe um das ganze »Klima innerhalb der Führung« und darum, eine Sicherheitskultur zu verändern, die wiederkehrende Probleme nicht korrigiere. Etwa die Hälfte des Reports werde sich mit Fragen des Managements beschäftigen. Vergangene Woche wurden drei führende Nasa-Mitarbeiter ihrer Posten enthoben.

Manfred Karremann

Manfred Karremann, Jahrgang 1961, studierte Sozialpädagogik und arbeitet seit 1988 als Journalist. In zahlreichen Beiträgen für Fernsehsender und Magazine (vor allem STERN) bearbeitete er Themen wie Massentierhaltung, Tiertransporte und -versuche. 1998 Gründung des Vereins »Animal Network e. V. – Tierschutz ohne Grenzen«. Anfang der 90er Jahre beschäftigte er sich intensiv mit Kinderpornografie – aus dieser Zeit stammen erste Kontakte zu Pädophilen. Unter Legende baute er diese Beziehungen aus und nutzte sie für seine Großrecherche »Unter Kinderschändern«. Die Ergebnisse veröffentlichte Karremann Ende vorigen Jahres im ZDF und in einem Zweiteiler für den STERN.
Zahlreiche Auszeichnungen: u. a. die »Goldene Kamera« (1997), den Slowakischen Umweltfilmpreis (2002). und den »CNN World Report Contributor's Award Finalist« (1997).

Unter KINDERSCHÄNDERN

Sie lauern auf Spielplätzen, in Schwimmbädern und Sportanlagen: Männer auf der Suche nach Kindern. *stern*-Mitarbeiter Manfred Karremann tauchte über ein Jahr in DIE GEHEIME WELT DER PÄDOPHILEN ein. In einer zweiteiligen Serie beschreibt er, wie geschickt die Täter an ihre kleinen Opfer kommen und sich das Vertrauen von Müttern erschleichen

von Manfred Karremann
stern
30. Oktober 2003

Er sprach das Mädchen auf der Straße an, am hellichten Tag. »Wat haste denn da für'n schmutziges Kleidchen an, da wird die Mama aber schimpfen!« Und lächelte beruhigend: »Komm, das waschen wir schnell aus bei mir.« Das verunsicherte Kind, vielleicht fünf Jahre alt, hatte das Fahrrad an die Hauswand gelehnt und war mitgegangen. Ins hellbraun gekachelte Badezimmer einer Zweizimmerwohnung. Dort zog der Mann dem Mädchen, das vor Verlegenheit kein Wort herausbrachte, das Kleid aus.

Bis ins Detail erzählt mir Kurt W.*, wie der Videofilm entstanden ist, den er mir gerade vorführt. Sein Badezimmer, das mit den hellbraunen Kacheln, habe ich inzwischen auch schon gesehen, weil dort die Toilette ist. Neben der Badewanne, in der er immer kleine Mädchen duscht.

Seit Stunden sitzen wir vor dem Monitor seines Computers. Er auf einem abgewetzten, grauen Bürostuhl, ich daneben, in einem roten Plüschsessel. Es ist düster in seinem »Arbeitszimmer«. Neben dem Monitor leuchtet nur noch eine Tischlampe. Die Jalousien sind heruntergelassen. Damit kein neugieriger Nachbar ins Fenster schauen kann, während W. mir seine Kinderpornos vorführt, die er mir zum Kauf anbietet. Darunter viele Originale, die er selbst aufgenommen hat.

Immer wieder gerät er ins Schwärmen, muss kichern, wenn er die Bilder sieht, die er und seine Kumpels aufgenommen haben. Besonders bei den Videos mit dem Badezimmer-Trick. »Hier«, sagt er, »der hat ganz kleine Kinder von der Straße geholt und gesagt: Du hast dir in die Hose gepinkelt, dann wäscht er die und trocknet sie ab.« Kurt W. weiß offenbar, wie die Filme entstanden sind, die er vertreibt. »Oder hier«, sagt er schmunzelnd, »damit ihr Rock beim Waschen nicht nass wird, haben wir den hochgebunden, immer ein Stückchen höher.«

Kurt W. schaut von seinem Monitor auf und zwinkert mir zu. Er ist davon überzeugt, dass ich einer wie er bin: ein Kinderschänder. Dieses Wort ist unter seinesgleichen natürlich tabu. Man bezeichnet sich

als »Pädo«. Eine Abkürzung von »pädophil«, was wörtlich so viel bedeutet wie: kinderlieb.
Er weiß nicht, dass ich veröffentlichen will, was er da erzählt – über die Tricks, mit denen er und seine Kumpel an Kinder herankommen, und was sie dann mit ihnen machen, über die Herstellung und Verbreitung von Kinderpornos, die unter Eingeweihten »Kipos« heißen. Denn ich gelte inzwischen als »geprüft« in der Szene der Kinderschänder. »Geprüft« heißt: vertrauenswürdig, »einer von uns«.

*

Seit Jahren habe ich in dieser Szene immer mal wieder recherchiert. In den 90ern hatte ich erste Kontakte zu zwei oder drei Pädophilen geknüpft, die ich mit der Zeit ausbaute. Habe mich diesen Männern »anvertraut«, mich als Pädo ausgegeben, der auf Mädchen wie auf Jungen steht. Sagte ihnen, dass ich häufig beruflich unterwegs sei. Was mir immer mehr Kontakte einbrachte in vielen deutschen Städten.
Vor gut einem Jahr bin ich – für den *stern* und das ZDF – völlig eingetaucht in die Szene, fuhr mit meinem Wohnmobil quer durch die Republik, habe mich immer wieder mit einzelnen Pädos verabredet. Mit so genannten »Edelpädos«, Träumern, die ihre Neigung nur in der Fantasie ausleben, mit Männern, die langjährige »Mini-Ehen« mit Kindern unterhalten; aber auch mit Triebtätern, die keine Rücksichten mehr nehmen auf Kinderseelen und Kinderkörper. Immerhin soll es 60000 Pädos in Deutschland geben. Ich bin zu Gruppen-Treffs gegangen, habe »Freundschaften« geschlossen und durfte sogar fotografieren, ohne gleich Argwohn zu erregen.
Ich wollte nicht von außen berichten, sondern von innen. Wollte wissen, wie Pädophile und Kinderschänder denken, wie sie vorgehen, was sie anstellen mit ihren kleinen Opfern und wie sie untereinander kommunizieren. Wollte klären, weshalb Eltern so arglos ihren Nachwuchs erwachsenen Männern überlassen, die sich als Betreuer oder Nachhilfelehrer ausgeben.
Nur wenn Eltern aufgeklärt sind über die Maschen und Methoden dieser Menschen, können sie ihre Kinder vor ihnen schützen. Denn die Gefahr, die von Pädophilen ausgeht, lauert oft dort, wo Eltern sie am wenigsten vermuten.

*

Es wird ein langer Abend in der Krefelder Wohnung. Kurt W., 55 Jahre alt, zeigt mir stundenlang seine Filme und erzählt ohne Pause. Besonders lange von »seiner« kleinen Natalie, die immer am Wochenende bei ihm übernachten durfte: »Die kam immer freitagabends und ist sonntags wieder weggegangen.« Das ist durchaus üblich, wenn Pädophile Mütter und Väter erst einmal geschickt eingewickelt haben.
Auf dem Monitor sehe ich ein kleines Mädchen mit langen braunen Haaren, fünf oder sechs Jahre alt, schätze ich. Zunächst in einer harmlosen Szene: Das Kind malt ein Bild mit Wachsfarben, an dem runden weißen Blechtisch draußen auf dem Balkon. Es lacht in die Videokamera und winkt. Seine Mutter hat das Kind Kurt W. anvertraut, erst stundenweise am Nachmittag, dann immer öfter auch übers Wochenende. Denn Kurt W. ist Erzieher. »Die ist also in guten Händen, hat die Mama gemeint.«

KURT W. LACHT MECKERND, während er auf den Bildschirm schaut. Da macht er sich gerade über das Mädchen her. »Ach ja, meine Natalie«, seufzt Kurt W., »da war sie noch klein, hatte Heimweh gehabt, dann habe ich die Mutter angerufen, habe gefragt, was ich machen soll, sie weint. Dann sagte die Mutter zu ihr: Du dumme Kuh, du wolltest da schlafen, jetzt bleibst du auch da.«
Kurt W. ist mehrfach vorbestraft. 1980 verurteilt zu 27 Monaten Haft wegen fortgesetzten sexuellen Missbrauchs von Kindern, dann zu fünf Jahren wegen Kindesmissbrauchs und Verbreitung pornografischer Schriften, zuletzt zu siebeneinhalb und noch einmal zu zwei Jahren. Inzwischen ist er wieder frei. »Staatliche Unterbrechungen« nennt man das in der Pädo-Szene. Aus seiner ersten »staatlichen

Unterbrechung« war er mit der Auflage entlassen worden, »den Kontakt mit unter Vierzehnjährigen zu meiden«.

Daran hat er sich natürlich nicht gehalten. Er hat weiter Kinder missbraucht, Kinder, die er in seiner Wohnung als Erzieher und Nachhilfelehrer betreute. Während ihn ahnungslose Eltern dafür auch noch bezahlten, nahm er auf, was er mit seinen »Schützlingen« anstellte, und verkaufte die Videos für viel Geld.

FILME, AUF DENEN MINUTENLANG Geschlechtsteile von kleinen Mädchen zu sehen sind, herangezoomt mit einer Videokamera. Kunden, denen das nicht reicht, hat Kurt W. auch anderes zu bieten: Japanische Sado-Videos etwa, in denen fünf-, sechsjährige Mädchen vergewaltigt werden. »Die hast du mit Originalton dabei.«

Derlei »Material« aber hat Kurt W. noch nie aufgenommen – zu groß wäre die Gefahr, dass ein Kind zu Hause redet. Als »erfahrener Fachmann« weiß er, wie man Kinderpornos dreht und dabei sicherstellt, dass die Kleinen daheim schweigen.

»Spielerisch« müsse man das angehen, sagt er. Den Kindern das Gefühl geben, dass sie selbst schuld daran seien oder zumindest mitschuldig, weil sie das freiwillig mitgemacht hätten. Dann halten sie den Mund. Aus Scham. Mit den beiden Mädchen aus der Nachbarschaft, etwa fünf und acht Jahre alt, die bei Kurt W. mehrmals die Woche für einige Stunden am Nachmittag »betreut« wurden, hat das prima geklappt: erst die Hausaufgaben, dann ein bisschen malen, ein paar Computerspiele – und schließlich Pornos schauen. Im Schlafzimmer. In der Pädo-Szene ein alter, aber umso bewährterer Trick: Kurt W. schlägt den Kindern vor, das doch einfach mal nachzuspielen. Die Kleinen finden das erst mal komisch, kichern verlegen. Und machen dann mit.

Wie »spielerisch« er das angeht, zeigt er mir in einem Film. Da weist er die beiden Mädchen an, sich auf sein schwarzes Doppelbett zu legen. »Jetzt loslegen, Purzelbäume schlagen«, kommandiert er. Doch dabei bleibt es nicht: »Jetzt mal die Schlüpfer ausziehen, eh die da zerreißen.« Die Mädchen gehorchen, versuchen, für den »Onkel Schmusekurt« Szenen aus dem Porno nachzuspielen, den der ihnen zuvor gezeigt hat. Bis es einem der Mädchen zu viel wird: »Jetzt mag ich nicht mehr«, sagt es und dreht sich zur Seite.

Hier hat Kurt W. die Aufnahmen sofort abgebrochen. Aus Erfahrung weiß er, dass es riskant wird, wenn er in diesem Stadium die Kinder zu sehr drängen würde. »Das sagt ihr aber nicht der Mama, oder?«, fragt er. »Nein«, sagt eines der Mädchen, »wir würden sicher Haue kriegen, wenn die erfährt, was wir gemacht haben.«

Szenen mit drei- und vierjährigen Kindern flimmern über den Monitor. W. lacht, zeigt auf den Bildschirm: »Mein Kumpel, der hat die, die ich auf dem Bild im Arm hatte, die kleine Dreieinhalbjährige, mit dem Stock entjungfert.« Weil dessen Penis zu groß war. »Nach zwei, drei Tagen, als es nicht mehr geblutet hat« – er zeigt auf den Monitor – »da hat er sie gefickt.« Ob das denn die Mutter nicht gemerkt hat, frage ich. Nein, sagt er. Kurt W. ist amüsiert: »Die konnte noch nicht sprechen, das war ein Paradies.« Warum das Kind mit dreieinhalb noch nicht sprechen konnte, weiß er nicht – ist ihm auch egal.

KURT W. HAT ALS ERZIEHER oft an Kinderfreizeiten teilgenommen. Einmal habe ihn eine Kollegin zur Seite genommen. »Die hat gesagt: Sie geben den Kindern zu viel Liebe, ziehen Sie sich ein bisschen zurück.« W. las Gutenachtgeschichten vor: »Dann lagen die Mädchen bei mir im Zelt, und der Pfarrer meinte: Ach, der Herr W. ist wieder umworben von den ganzen Damen.« Kurt W. kriegt sich kaum mehr ein vor Lachen über den arglosen Priester.

*

Das Geschäft mit der Kinderpornografie boomt vor allem in den Tauschbörsen des Internet. Nach Erkenntnissen von »Innocence in Danger«, einer internationalen Organisation gegen Kindesmissbrauch, waren 2001 etwa 70000 Internetseiten mit pädophil-kriminellen Inhalten im Netz, 2002 waren es bereits 182000. Rund 4500 Chat-Rooms, in denen mit kinderpornografischen Fotos und Filmen gehandelt wird, seien bekannt. Laut Interpol wurden damit bislang weltweit 17 Milliarden Euro umgesetzt.

ZUM BISLANG GRÖSSTEN SCHLAG gegen die Verbreitung von Kinderpornografie holte die deutsche Polizei erst vor ein paar Wochen aus. Ende September durchsuchten insgesamt 1500 Beamte in allen 16 Bundesländern 502 Privatwohnungen und Geschäftsräume. Beschlagnahmt wurden 745 Computer, 35500 CDs, 8300 Disketten und 5800 Videos. 530 Bundesbürger stehen seitdem im Verdacht, kinderpornografische Schriften und Bilder aus dem Internet besessen und in zahlreichen Fällen selbst verbreitet zu haben. Das jüngste Opfer war vier Monate alt.

Pädophile gibt es in allen Gesellschaftsschichten. In der deutschen Pädo-Szene habe ich Sozialhilfeempfänger und Mathematiker kennen gelernt, Lehrer und Ärzte, Erzieher und Sporttrainer. Nicht zufällig ist sicher der hohe Anteil an Berufen, die mit Kindern zu tun haben.

Die Vorlieben der Pädophilen – Frauen sind überaus selten in der Szene – reichen vom Mädchen, das fünf oder sechs ist (in Ausnahmefällen Neunjährige), bis hin zu Jungs, die sechs, neun oder auch mal zwölf, dreizehn Jahre alt sind. In der Regel allerdings endet eine pädo-sexuelle Beziehung, wenn der oder die Kleine »hormonell verseucht« (Szene-Jargon) ist. Das heißt: wenn erste Anzeichen der Pubertät, etwa eine Behaarung, sichtbar werden.

Wer so gestrickt ist, gilt bei Fachleuten als »kernpädophil«, in der Szene als normal. Denn nur die Schwulen machen in der Regel Kompromisse nach oben hin – »Girllover« oder Kernpädophile nie.

*

Konrad aus Berlin ist so ein hundertprozentiger »Pädo«. Sonntagmorgen, ein Flohmarkt im Berliner Bezirk Neukölln. Er begleitet einen Freund auf der Jagd nach kleinen Kurden-Jungs. Einen hat er sich schon ausgeguckt. »Aber«, sagt er achselzuckend, »der hat schon wieder so Flaum hier an der Oberlippe, da stell ich mir vor, dass der in der Hose wahrscheinlich auch schon sehr weit entwickelt ist – damit kann ich dann nichts mehr anfangen.« Kurzum: behaart, zu alt.

Pädophile haben keinerlei Interesse an erwachsenen Frauen oder Männern. Konrad bringt es auf den Punkt: »Da können im Schwimmbad noch so tolle Mädchen oder Frauen vorbeilaufen, die würdigst du mit keinem Blick, aber sobald da so ein Knabe auftaucht ... « Konrad ist »Boylover« und beschreibt seinen »Typ« so: »Ein schlanker, toller Junge, eine tolle Beule in der Hose, ganz aufregend. Die Figur, die ich bevorzuge: lange, schöne Schenkel, schlank, nicht dünn, und einen süßen Knackarsch.«

Es gilt als normal in Pädo-Kreisen, dass »Girllover«, also Männer, die sexuell ausnahmslos an Mädchen interessiert sind, sich in der Regel jüngere Kinder aussuchen als die so genannten BLs, die »Boylover«. Die werben Jungs oft erst mit sieben oder acht Jahren an – und behalten sie mitunter auch bis zum elften oder zwölften Lebensjahr, mithin bis zur Pubertät.

PÄDO-KRIMINELLEN, die Kleinstkinder bevorzugen, »ist das Geschlecht zunächst egal – diese Täter scheinen an einem bestimmten Alter interessiert zu sein, nicht an einem bestimmten Geschlecht«, sagt Richard Karl Mörbel, Leitender Kriminaldirektor im Bundeskriminalamt.

Erst kürzlich konnte ein 19-jähriger Mann verhaftet werden, der aus Osteuropa stammt und in der Kinderbetreuung des Studentenwerkes an einer süddeutschen Uni arbeitete. »Die Kollegen vom FBI hatten uns auf kinderpornografisches Material aufmerksam gemacht, das sich in Deutschland befinden müsse«, berichtet Mörbel, »unsere Nachforschungen haben ergeben, dass dieses Material über einen Rechner an einer süddeutschen Uni eingespielt wurde.« Jetzt sitzt der Kinderbetreuer in U-Haft und wird wegen Verbreitung kinderpornografischen Materials in 32 Fällen angeklagt. Der Mann arbeitete zuvor in einem Waisenhaus und wollte demnächst nach Holland in ein Kinderheim. »Er hat eingeräumt«, sagt Mörbel, »sexuelle Gefühle empfunden zu haben beim Anfassen und Wickeln von Babys.« Die Zahl solcher Täter steigt. »Man könnte das etwas sarkastisch als einen Trend zum Wickeltisch bezeichnen.«

»BABYLOVER« TRIFFT MAN selten in der Pädo-Szene, sie halten sich meist bedeckt. Ausnahmen bestätigen die Regel: Axel B. hat lange Zeit die Berliner »Selbsthilfegruppe« besucht, sagt, er könne sich stundenlang »Videos mit ein- bis fünfjährigen kleinen Würmern anschauen«. Bekennende »Babylover« werden zwar misstrauisch beäugt, aber akzeptiert in den örtlichen Gruppen. Ein Berliner sagt: »Wer im Glashaus sitzt, sollte nicht mit Steinen schmeißen – also jedem das Seine.«

*

Monatlicher Treff der Gruppe München in Schwabing. Ein Vorstellungsritual wie bei den Anonymen Alkoholikern. »Boylover« Norbert sagt: »Ich bin der Norbert, ich streichle gern Buben am nackten Oberkörper, so zwischen acht und 18.« Gelächter im Raum. Norbert ist neu hier. Neu ist offenbar auch »Girllover« Roland, ein stiller, grauhaariger Mittvierziger: »Ich bin der Roland und stehe auf Mädchen, nach unten keine Grenzen.« Insider wissen damit, dass für Roland auch sehr kleine Mädchen in Betracht kommen. Die meisten der 15 Männer hier sind kurz angebunden. »Uli, Mädchen.« Oder: »Berthold, Jungs.« Das sind die, die nicht zum ersten Mal hier sind.

Einige davon haben bereits »staatliche Unterbrechungen« hinter sich. Keiner will diese Erfahrung noch einmal machen. Walter ist 60 und sagt: »Das ist die Hölle.« Wer als Kinderschänder im Knast sitzt, wagt sich kaum aus seiner Zelle. Kinderschänder sind für die anderen Knackis »Abschaum«, der jederzeit mit brutaler Gewalt rechnen muss.

Weil polizeiliche Zugriffe gefürchtet sind, spricht man auf dem Treff stets in der dritten Person, wenn von sexuellen Erlebnissen oder »Anekdoten« berichtet wird. »Es könnte ja immer mal sein, dass da ein Spitzel ist«, sagt Thorsten, um die 30, der auf Jungs steht.

Nur nach dem Treffen redet man offen miteinander, beim Italiener nebenan. Oder bei den geheimen Treffen, zu denen nur »geprüfte« Pädos zugelassen werden. Die Kriterien für eine Zulassung sind zuvor schon diskutiert worden: »Das entscheiden drei Leute mit Menschenkenntnis, und die bestätigen der Gruppe: Ja, der ist sauber.« Man will sich in Ruhe austauschen in den so genannten Selbsthilfegruppen. Über das, was das Leben eines Pädophilen nun mal bestimmt: Einsamkeit und Depression, Umgang mit Polizei und Justiz, Erfahrungen und Probleme, die die Beziehung zu Kindern betreffen.

Um »Selbsthilfe« im Sinne der Anonymen Alkoholiker geht es in den Städtegruppen nicht, weil hier Pädophilie nicht als Krankheit gilt. Es geht darum, »dass wir zusammenrücken, uns gegenseitig stärken, denn Leute mit unserer Veranlagung sind nur dann stark, wenn wir viele Leute kennen, die genau gleich denken«. In den Gruppen tauscht man Tipps aus, wie man möglichst unbehelligt von Polizei und Justiz leben kann.

Jürgen Lemke, Psychotherapeut in der Berliner Einrichtung »Kind im Zentrum«, hat sich intensiv mit den gruppendynamischen Prozessen beschäftigt. Er betreut Täter, die ihm die Justizvollzugsanstalten zur Therapie schicken: »Die Leute verständigen und bestätigen sich in diesen so genannten Selbsthilfegruppen. Das ist, als würden Sie Füchse, die im Gänsestall jagen, irgendwo zusammenbringen, damit sie ihre Erfahrungen austauschen, wie sie die Gänse am besten jagen und greifen.«

Bundesweit organisiert sind die meisten Pädo-Selbsthilfegruppen, die es in fast jeder größeren deutschen Stadt gibt, unter dem Dach der »Arbeitsgemeinschaft Humane Sexualität (AHS)« mit Sitz im hessischen Gießen. Die »AG Pädo« in der AHS will mehr Verständnis für die Pädophilen in der Gesellschaft wecken und kämpft gleichzeitig für die Straffreiheit sexueller Beziehungen zwischen Erwachsenen und

Kindern – wenn die damit »einverstanden« sind. Gefordert wird nicht das Recht, Kinder zu missbrauchen, sondern das Recht der Kinder auf sexuelle Selbstbestimmung.

DIE »AG PÄDO« in der AHS trifft sich zweimal im Jahr, in der Regel in Jugendherbergen. Zum Beispiel, im April dieses Jahres, in der Jugendherberge Mainz. Dort habe ich auch Lukas kennen gelernt. Der wohnt, wie die anderen Teilnehmer auch, übers Wochenende in der Jugendherberge. Ich begleite ihn auf einem Spaziergang über den Spielplatz neben der Herberge, im Volkspark Mainz. Lukas ist Österreicher, Mitte 30. Oberhalb des halblangen und viel zu weiten blauen Parkas wuchert ein schwarzer Bart über Kinn und Hals.
Lukas scheint ständig zu grinsen, wenn er kleine Mädchen beobachtet oder ihnen quer über den Spielplatz nachläuft. Er ist ein »Girllover«. Vor den Schaukeln versucht er, kleinen Mädchen zwischen die Beine zu schauen. Er fixiert ein etwa sieben oder acht Jahre altes Kind. Wieder grinst er. »Die sieht aus wie meine Perserin, die hab ich kennen gelernt, als sie acht war.« Und bedauert: »Jetzt ist sie aber schon elf.« Zu alt.
Wir stehen vor dem bunten Bummelzug, der eine Runde durch den Volkspark gezuckelt ist und jetzt angehalten hat. Lukas glotzt ein kleines schwarzhaariges Mädchen fasziniert an. Ihren türkischen Eltern scheint das nicht aufzufallen. Ein Glück, dass sie nicht wissen, was Lukas laut vor sich hinträumt: »So ein drei- oder vierjähriges Mäderl mal nicht nur auf den Mund zu küssen, sondern mal ein bisschen zu stimulieren, die Klitoris berühren, in so einen kleinen Schlitz hinein ... Wenn's dich dann so anschaut, von oben – so süß, so schön.«
Er hat sich, wie schon zweimal zuvor an diesem Nachmittag, in Erregung geredet. »Bei mir wächst da schon wieder was, jetzt spannt mir wieder die Hose, ich muss das erst mal abarbeiten«, sagt er, grinst dabei wieder und läuft schnurstracks zur Toilette im Café am Volkspark.

In der Jugendherberge tagt die »AG Pädo« in zwei Gruppen. Berät, wie man in einer spießigen Gesellschaft seine Ansprüche durchsetzen kann. Denn, so heißt es in der Szene-Zeitschrift »Der Knüpfer« frei nach Rosa von Praunheim: »Nicht der Pädo ist pervers, sondern die Gesellschaft, in der er lebt.« »Wir Pädos«, meint ein Tagungsteilnehmer ernsthaft, »werden inzwischen verfolgt wie damals die Hexen oder die Juden.«
Abends dann ein gemütliches Beisammensein in der Bar der Jugendherberge. Die Gespräche werden privater. Thomas, ein schüchterner Mann um die 40, kommt aus Berlin. Er stellt in geselliger Runde die Frage, ob der achteinhalbjährige Junge, den er daheim betreut, wohl tatsächlich den Sex mit ihm will oder ihm vielleicht nur einen Gefallen damit tut. »Aber«, so sein Fazit, »ist ja auch letzten Endes egal.« Die Runde lacht mal kurz und laut auf. Dass Thomas das Alter des Jungen mit »achteinhalb« angibt, ist kein Zufall: Unter Pädos ist ein Kind nicht einfach fünf, acht oder elf. Hier zählt jedes halbe Jahr. Ich verabrede mich mit Thomas in Berlin.

In der Hauptstadt betreut Thomas den kleinen Sohn einer Studentin. Die Mutter hatte in der Homo-Rubrik »Gleich & Gleich« eines Stadtmagazins inseriert. Dass sie einen schwulen Mann sucht, der sich ab und zu um ihren Jungen kümmert. Thomas weiß, warum: »Weil sie selber keinen sucht, den sie heiraten will, sondern nur einen für die Betreuung.« Thomas schmunzelt: »Einfacher geht's, glaube ich, nicht. Ich dachte, ich seh nicht richtig: Ist das ein Scherz? Eine neue Fangmethode?« Die Kleinanzeige hätte ja auch eine Falle sein können. Dass sie sich ausgerechnet einen Pädophilen für den kleinen Dani ins Haus geholt hat, ahnt die Mutter nicht. »Natürlich weiß sie nichts davon«, sagt Thomas, »aber wir sind inzwischen eng befreundet.« Getreu dem Pädo-Grundsatz: »Nicht mit der Mutter – aber auch nicht ohne die Mutter.«
Thomas betreut den Kleinen, wenn die Mama mittags an der Fachhochschule paukt.

Wir sind am Hackeschen Markt verabredet, wo er den Jungen gerade vom Bahnhof abholt. Dani hat kurze dunkle Haare und plaudert gleich mit mir. Thomas soll Dani nach Hause bringen, ich begleite die beiden. Thomas trägt den bunten Schulranzen, fragt das Kind, was es heute erlebt habe. Er kann gut mit Kindern umgehen, denke ich. So wie die meisten »Boylover«. Sie maßregeln Kinder höchst selten, lassen sie gewähren, bauen Vertrauen auf.

Für viele Pädophile ist es nicht nur lästige Pflicht, sich die manchmal großen Sorgen eines kleinen Mannes anzuhören und darauf einzugehen. Eben deshalb werden sie oft zu einem wirklichen Freund des Kindes. Wäre da nicht die andere Seite der Medaille. Weil der gute Freund so nett ist, nimmt das Kind sexuelle Übergriffe in Kauf – auch um die Zuwendung des Erwachsenen nicht zu verlieren. Thomas hält das für absurd: »Bei uns ist alles einvernehmlich. Der Junge will dabei nicht angesprochen werden, er genießt das«, behauptet er.

Manchmal massiere er den Jungen auch nur, sagt Thomas, zum Sex komme es nicht immer. Der benutzt nicht mal ein Kondom, schießt es mir durch den Kopf. Thomas hatte nämlich erzählt, er sei HIV-positiv.

OB ER DENN KEINE ANGST HABE, den Kleinen mit Aids anzustecken, frage ich. »Nö«, sagt Thomas, »das überträgt sich nicht so leicht. Ich steh sowieso nicht auf Geschlechtsverkehr, und er muss auch nicht meinen Schwanz in den Mund nehmen, nur ich bei ihm.« Das glaubt die Mutter, die wir gewarnt haben, bis heute nicht. Ein Phänomen, das es häufig gibt.

Thomas sehe ich einige Tage später wieder: beim zweiwöchentlichen Pädo-Mittwochstreff in Berlin-Mitte. Als ich in die Eckkneipe komme, die am Telefon als Treff vereinbart worden ist, sitzen zwei Männer am Tisch. Sie stellen Fragen, dazwischen wird geplaudert. Einer sagt: »Irgendwann wirst du schon alle kennen lernen, bleib an der Mittwochsgruppe dran. Die ist abgeschirmt, da wirst du nur über einen Bekannten eingeführt, damit man sich da keinen Kripobeamten reinsetzt. In die Gruppe kommen nur Geprüfte.«

Neun Männer sind heute da, alle zwischen 20 und 60 Jahren. Die meisten hier stehen auf Jungs, nur ein »Girllover« ist darunter. Reihum erzählt jeder, wie es ihm geht. Gerald, ein schrulliger Mann um die 40, gesteht, dass er einsam sei, an Depressionen leide. Fast nahtlos geht das Thema über auf »Stricher«-Preise, Orte, Modalitäten. Doch das tröstet Gerald nicht – er will keinen Sex ohne Liebe.

Deshalb beneidet er Konrad, der »eine richtige Beziehung« hat. Konrad, ein kleiner Mann mit gekrümmter Nase, Mitte 50, ist stolz auf »seinen« Kleinen, wie er ihn nennt. Er erzählt vom letzten Wochenende mit dem inzwischen zehneinhalbjährigen Julius. Seit beinahe drei Jahren seien sie zusammen.

Nach dem offiziellen Teil geht es in einer anderen Kneipe weiter. Nicht alle sind dabei. Ich setze mich neben Konrad. Der schwärmt von »seinem« Julius, mit dem er seit über zwei Jahren meistens die Wochenenden bei ihm in der kleinen Wohnung verbringt. »Das ist so eine Art Mini-Ehe, was wir da haben«, erklärt Konrad. Wie er den Jungen kennen gelernt habe, will ich wissen.

Konrad erzählt. Wie er Julius auf einem Spielplatz getroffen hat, der eigentlich das »Revier« eines anderen Pädos war. Wie Julius dann weggeblieben ist und er Tag für Tag die ganze Gegend abgeklappert hat auf der Suche nach dem Jungen. Wie er ihm dann irgendwann doch noch in die Arme gelaufen ist, wie sie zusammen baden gegangen sind und auf der Go-Kart-Bahn waren und er ihn abends immer brav am Spielplatz abgeliefert hat.

Und dann hatte ihm Julius gesagt, dass er mit seiner Mutter gesprochen habe. »Die hat mich gleich für den nächsten Tag zu sich bestellt.« Konrad, der einen gewaltigen Bammel vor dieser Begegnung hatte, tischte der Frau die Legende vom eigenen Sohn auf, den er tatsächlich gar nicht hat. »Ich hab ihr erzählt, ich hätte eine gescheiterte Beziehung hinter mir und mein Kind schon lange nicht mehr gesehen, und der

Julius erinnere mich so an meinen Sohn. Die hat das sofort verstanden.«
Konrad erzählt, ohne Pause. »Die muss sich schon gefragt haben: Was soll denn einer in dem Alter von so einem Kleinen wollen? Aber die hat ja auch ihren eigenen Lebenswandel, immer irgendwelche Liebhaber aus irgendwelchen Kneipen. Einmal, als ich mit dem Julius unterwegs war, hat sie bei mir angerufen und gesagt, ihr Freund schlage in der Wohnung alles zusammen, ob ich die Möglichkeit hätte, den Julius in dieser Nacht bei mir zu behalten.« Konrad grinst über das ganze Gesicht: »Ich hatte ein Riesenglück, die hat mir den Jungen regelrecht ins Bett gepackt.« Fortan durfte Julius bei Konrad auch immer übers Wochenende bleiben.
Konrad wird nachdenklich: »Eigentlich kann man sich nur aus so einem Milieu einen Jungen so einfach holen, wo nicht nachgefragt wird. Was hat der Kleine da zu Hause, was soll er da schon?«
Julius kommt aus einer zerrütteten Familie in der Betonsiedlung Berlin-Marzahn. Die Mutter trinkt wohl zu viel, sagt Konrad. Dann ist Julius froh, wenn er dem Geschrei zu Hause entfliehen kann. Zum Glück gibt es Konrad, der immer auf ihn wartet. Der meckert nicht. Holt ihn freitags von der Schule ab und hört sich seine Sorgen an – für die sich sonst offenbar niemand interessiert. Konrad unternimmt immer so tolle Sachen mit ihm, behandelt ihn wie einen Erwachsenen.
Ausnahmsweise darf ich Konrad einen Tag lang mit »seinem« Kleinen begleiten, denn Konrad ist ausgesprochen eifersüchtig. Mittags warten wir an der Grundschule Berlin-Marzahn. Konrad ist schon aufgeregt, er freut sich, den Jungen zu sehen. Als Julius in den gemieteten Mercedes steigt, umarmt ihn Konrad erst mal. Ich sitze hinten. Julius muss noch zu Hause vorbei, seine Schultasche abliefern und ein paar Klamotten holen.
Mit dem Aufzug fahren wir hoch in den 13. Stock des Plattenbaus, in dem Julius die Woche über lebt. Die Wohnung ist bieder eingerichtet, ein deutscher Schlager dudelt aus einer Stereoanlage. Julius' Mutter ist geschieden, arbeitslos und hat drei hungrige Mäuler zu stopfen – Julius, seinen älteren Bruder und die ältere Schwester.

DIE MUTTER FREUT SICH, Konrad zu sehen. Ein guter Freund der Familie. Umarmung, »Hallo, Konrad«, »Hallo, Monika«, Küsschen auf die Wange. Nach einer kurzen Plauderei verabschieden wir uns. Konrad sagt: »Tschüs, bis Sonntag dann.« Julius drückt seiner Mutter einen Kuss auf die Wange.
Wir essen bei McDonald's, fahren zur Go-Kart-Bahn und dann zu einem ehemaligen Flugplatzgelände, wo der Junge ans Steuer darf. Mit 100 rast Julius im Leih-Mercedes über den Platz, auf dem Schoß von Konrad, der das sichtlich genießt. Ich sitze wieder hinten. Konrad dreht sich um und grinst mich an. Abends fahren die beiden heim, zu Konrad in die Wohnung in Berlin-Charlottenburg.
Dort bin ich ein paar Tage später. Auf einem selbst gebastelten Längenmaß im Flur liest Konrad Julius' Wachstum ab, seit der Junge acht Jahre alt ist. »Mein Großer, der wird älter, damit muss ich mich abfinden.« In der Wohnung gibt es nur ein Schlafzimmer – eine kleine Kammer, in der Matratzen liegen.
»Ich habe schon bald im Auftrag der Mama ein Zäpfchen stecken müssen«, erzählt mir Konrad. »Ich habe feuchte Hosen gehabt, ohne dass ich da viel tun musste. Nun brauchte ich da aber irgendwann diese Triebabfuhr. Da lag er abends im Bettchen und hat geschlafen. Dann habe ich getestet, so mit Streicheln. Und irgendwann habe ich dann meinen Blödsinn gemacht und habe den armen Jungen befleckt, ohne dass er was gemerkt hat. Das war schlimm, aber geil.«
Irgendwann hat ihm das nicht mehr gereicht. »Ich hab dann doch mal in der Dusche zugeschnappt, so: happ!« Konrad macht mit dem Mund eine Bewegung wie ein Fisch, der nach Luft schnappt. Beim gelegentlichen »Happ!« blieb es – bis jetzt. »Ich wollt mir ja gern mal von Anfang bis Ende einen rubbeln lassen, das hat er ja noch nie gemacht.« Konrad sagt: »Und irgendwann wird er genagelt, aber da gebe ich noch ein Jährchen zu.«

Auf seinem Wohnzimmertisch, mitten im Zimmer, steht der PC. Wenn Julius nicht da ist, geht Konrad online. In speziellen Chat-Rooms ist er Tag und Nacht mit Gleichgesinnten verbunden. Im »Jungs-Forum« zum Beispiel werden Probleme mit Kindern oder der Polizei diskutiert und, wo es geht, sexuelle Erlebnisse beschrieben.

»Wenn die Pädophilen sich im Netz austauschen, müssen sie damit rechnen, dass immer auch Beamte des BKA vor dem Monitor sitzen,« sagt Richard Karl Mörbel, Leitender Kriminaldirektor im Bundeskriminalamt. »Wir kommen denen über kurz oder lang auf die Spur, wenn die im Internet ihren Gesinnungsgenossen von ihren Taten erzählen oder Kinderpornografie über das Web hin- und herschicken.«

Jeder Pädophile hat einen Nickname, den er auch im Internet benutzt, damit ihn die Lauscher der Polizei nicht identifizieren können.

Dass solche Nicknames, »Kater Drollig« oder »Grünbärchen«, für die Polizei ein Problem sein sollen, bestreitet BKA-Fahnder Mörbel: »BKA-Beamte lesen mit, wenn in den Pädo-Foren gechattet wird. Die meisten Nicknames können wir zuordnen.« Der Arbeitsbereich Internet beim BKA sei inzwischen personell stark aufgestockt worden.

Ich will von Konrad wissen, was er von der sexuellen Selbstbestimmung von Kindern hält. Er ist ehrlich: »Wer weiß schon, was in so einer kleinen Birne vorgeht? Inwieweit kann denn ein Kind damit einverstanden sein? Das reden wir uns hier schön, weil das Kind nicht unbedingt nein gesagt hat. Hat es denn wirklich unbedingt ja gesagt? Ich glaube, wir Pädos sehen das so, wie wir es gerne sehen wollen.«

Im Juni dieses Jahres ist Konrad verhaftet worden, als er ein paar Freunde in der Leipziger Straße in Berlin besuchen wollte. Die hatten allerdings gerade wieder einmal kleine Jungs in der Wohnung und waren schon länger von Beamten des Landeskriminalamtes Berlin observiert worden. Konrad ist mitten in den Zugriff hineingelaufen. Vor dem Haus packten zwei Zivilbeamte den Frührentner unter den Armen und legten ihm Handschellen an.

Schon am nächsten Tag war Konrad wieder frei. Die LKA-Beamten haben Julius einvernommen und die Mutter befragt Eine Art Missverständnis, hat Konrad ihr gesagt. Er habe dem Jungen nur den Bauch massiert und sei »halt mal dagegen gekommen«. Deshalb konnte sich Konrad mit ihr arrangieren. Hat inzwischen mit ihr und dem Kleinen einen Ausflug nach Hamburg gemacht. »Für den Stress hat Muttern ein neues Kleid gekriegt, und jetzt ist alles wieder okay«, freut sich Konrad. In ein paar Wochen soll der Prozess gegen ihn und die anderen Männer beginnen.

*

EINIGE DER MÄNNER die im Juni in der Leipziger Straße festgenommen wurden, hatte ich schon im Frühjahr kennen gelernt. Der Kontaktmann, der für mich bürgte, war Konrad. Konrad hatte mir erzählt, dass die Männer zu einem von drei Berliner Pädophilen-Zirkeln gehören und Kindersexpartys veranstalten, »die machen da so Flaschendrehen und StripPoker«. Richtige Mini-Orgien spielten sich da ab. Ihm selbst sei das allerdings zu heiß, »da sind dann mehrere Jungs, alles Plappermäuler, das kann ganz schnell kippen«.

An einem Sonntagabend besuchen wir Zac in seiner Wohnung. Zac ist gut einsachtzig groß und hat seine kurzen Haare blond gefärbt. Auch Sascha und Stefan sind da. Als ich mit Konrad eintreffe, sehen sie sich gerade Fotos auf dem PC an – Kinder auf dem Rummelplatz, Eindrücke vom Wochenende. »Zac ist clever«, hatte mir Konrad gesagt, »sobald der einen Jungen kennen gelernt hat, hat der auch den Kontakt zu den Eltern gesucht. Die Eltern waren nach den Gesprächen mit Zac überzeugt, dass er die Kinder tatsächlich unterrichtet.«

Zac, der »Boylover«, der so schlau mit Eltern umgehen kann, verrät mir seine »Alien-Masche«: »Ich habe den Jungs aufgetischt, dass ich ein Außerirdischer bin, und um die Menschheit zu retten, brauche ich halt einen Jungen und ein Mädchen. Bei dem Mädchen war es sowieso klar, bei dem Jungen musste ich gucken, ob es echt ist, könnte ja auch

abfallen, wa?« Ich verstehe nicht, worauf er hinaus will.
Zac simuliert ein Kontaktgespräch: »Was, du bist ein Junge? Das glaube ich dir nicht! Sagt der Junge: Doch, ich bin ein Junge. Darauf ich: Das musst du aber beweisen! Darauf der Junge: Ja, guck doch mal, ich habe ganz kurze Haare! Nee, sag ich, die hast du gerade abgeschnitten!« Schließlich, erzählt Zac, muss das Geschlecht überprüft werden. Er demonstriert, wie der Junge die Hose auszieht. »Darauf sag ich: Der ist doch nicht echt, hey, das muss ich noch mal prüfen! Das funktioniert immer.« Die Runde amüsiert sich köstlich.
Die Tricks der Pädophilen, mit Kindern in Kontakt zu kommen, sind vielfältig und auf die Jahreszeit abgestimmt. Der Sommer ist ideal. Meist ziehen dann mehrere Männer gemeinsam los, in Schwimmbäder oder an die Ufer der Seen im Berliner Umland. »Erst mal muss man in so einem Bad die ganzen Leute da abchecken«, sagt Konrad, »die Familien, da muss man wissen, wer zu wem gehört. Dann tut's der alte Getränke-Trick: Kommen Jungs vorbei, mache ich die Kühlbox auf und hole kalte Colas raus. Ich frage, wer eine Flasche haben will, weil ich keinen Bock habe, das alles wieder mit nach Hause zu schleppen.« Daneben hat jeder Pädophile seine Standardausrüstung dabei: eine Tasche Spielsachen, Tischtennis- und Federballschläger, Bocciakugeln oder Frisbee-Scheiben.
In Zacs Wohnung komme ich mit Sascha ins Gespräch. Er ist Informatiker, Anfang 40. Ein schüchterner Mann von schmaler Statur. Er war lange in der Pädophilen-Organisation »Krumme 13« aktiv, die mehr Rechte für Pädophile fordert. Sascha hat in einem Plattenbau an der Leipziger Straße eine Zweizimmerwohnung.
Es ist die Wohnung, die im Juni dieses Jahres von der Polizei gestürmt worden ist. Bevor das LKA anrückte, war ich dort.
Als ich die Klingel drücke, meldet sich über die Sprechanlage eine müde Kinderstimme: »Hallo.« Ich sage, dass ich zu Sascha will.
Die müde Stimme gehört Felix, den ich oben treffe. Felix ist ein zerbrechlich wirkender blonder Junge von 13 Jahren. Er ist der »Kleine« von Floh, einem Informatiker, der aus Wien stammt. Als Felix jünger war, war er der BF, der »Boyfriend«, von Erwin, einem Englischlehrer, dem ich ebenfalls schon begegnet bin. Der hat ihn an Floh abgegeben.
Die Wohnung ist spärlich eingerichtet. Ein Hamsterkäfig steht im schmalen Flur, unter den Garderobenhaken. Die kleine Küche ist einfach eingerichtet – Herd, Kühlschrank, Spüle, Tisch, zwei Stühle. Die zwei Zimmer der Wohnung sind mit Matratzen ausgelegt. Abgesehen von einem kleinen Couchtisch und zwei Sesseln die einzigen Möbel im Apartment. Und natürlich stehen mehrere PCs in jedem Zimmer, neben den Matratzen.
Felix sitzt auf dem Schoß von Floh, der offenbar Marihuana raucht. Auch die Kids dürfen ab und zu ein paar Züge nehmen. Fünf Jungs sind an diesem Wochenende zu Gast. Toni, neun Jahre alt, Leon und Kevin, beide elf, und Sandro und Felix, bereits 13. Toni ist ein hübscher Junge, so, wie ein »Boylover« sich das wünscht: schlank, lange Beine, samtige Haut und schöne Augen. »Toni ist das Nesthäkchen hier«, sagt Informatiker Sascha. Die Kinder kommen schon seit über einem Jahr in die Wohnung der Pädophilen.

HIER DÜRFEN SIE ALLES. Bis zwei Uhr nachts aufbleiben und am Computer spielen, rauchen, ein bisschen Alkohol trinken, fluchen. Wenn sie nicht hier sind, sind sie mit den Männern im Kino oder im Schwimmbad. Dafür sollen sie mit ihnen »kuscheln«. Leon zeigt mir im Flur kurz ein Kondom, ehe er es in die Toilette wirft. »Ist meins«, sagt er.
Weitere Pädophile treffen in der Wohnung ein. Darunter auch Zac, der dicke Blonde mit der Alien-Masche. Er gibt mir seine Visitenkarte, wegen der Telefonnummer. Die Karte für Erwachsene. Für Kinder hat er andere: lustige gelbe Kärtchen, mit einem Teddybärchen und bunten Herzchen drauf. Darunter der Spruch: »Hängt zu Haus der Degen schief –

ich mal schnell den Zac anrief – Telefon …« Die Karten verteilt er an die Jungs, die er anspricht. Zac ist natürlich nicht sein richtiger Name, sondern sein Nickname.
Delikte an Kindern sind schwer zu beweisen, weil die meistens freiwillig in die Wohnungen der Pädophilen kommen. Wie die Jungs in der Leipziger Straße. Sie sind unten von den Männern am Fußballplatz angesprochen worden: »Wenn es euch langweilig ist, kommt doch einfach mal hoch in die Wohnung, da gibt's PC-Spiele.« Das war vor gut einem Jahr.
An einem Freitag im Juni stürmt die Polizei die Wohnung. Vier Männer und fünf Jungs sind da, als ein Spezialeinsatzkommando die Tür eintritt. Zac wird die Nase eingeschlagen. Zeitgleich durchsucht die Polizei mehrere andere Wohnungen – fast überall wird man fündig.
Nachdem die Männer aus der Leipziger Straße in den Polizeibus verfrachtet sind, führen Zivilbeamte auch die Kinder zu den Polizeiautos. Sie müssen mit aufs Revier, sollen gegen die Pädophilen aussagen. Die Eltern werden angerufen, warten aber erst einmal auf einer Bank im Landeskriminalamt – stundenlang.
Denn die Kinder schweigen eisern. Zunächst. Bis die Mutter einem der Jungs verspricht, sie werde nicht verhaftet, wenn er rede. Erst packt er aus, dann die anderen. Vorher haben sie einen Polizisten gefragt: »Wie lange bleiben die drin?« Worauf der versichert: »Für sehr lange.« Kevin ist beruhigt: »Bis dahin bin ich selber groß genug, um mich zu wehren, wenn sie mir was tun wollen.«
Am nächsten Tag sind zwei der Verdächtigen bereits wieder frei. Konrad, der vor dem Haus an der Leipziger Straße mitverhaftet wurde, und Zac, der jetzt ein Pflaster über der gebrochenen Nase trägt. Es bestehe weder Flucht- noch Verdunkelungsgefahr.
Nachts klingelt plötzlich mein Handy. Der Leiter der Berliner Pädophilen-Gruppe meldet sich. »Wir sitzen hier gerade in größerer Runde zusammen und reden über die Sache, die da passiert ist. Wir haben da einen Verdacht, und es wäre gut, wenn du kommst.« Ich fahre zur angegebenen Adresse nach Berlin-Kreuzberg. Und habe Angst. Die suchen den Spitzel, der sie verpfiffen hat. Ich kann den Verdacht schließlich ausräumen.
Auch bei einem Treffen in einer Kneipe an der Kurfürstenstraße am nächsten Tag werde ich noch einmal in die Zange genommen. Weil ich neu war im Kreis um Sascha. Auch ein Pädophilen-Funktionär aus Hamburg ruft an – fragt, ob er etwas für mich tun könne. Längst läuft die »Spitzelsuche« bundesweit über das Internet.
Die Kinder haben Angst. Weil sie geredet haben und die Täter wieder frei sind. »Kevin schläft nur noch bei uns im Bett und wacht jeden Morgen schweißgebadet auf«, sagt mir später seine Mutter. Sie ist verbittert. »Das hätte ich nie vermutet, dass da so was läuft«, sagt sie mit verweinten Augen. »Neben der ganzen Wut, dem Hass und der Trauer mache ich mir Vorwürfe, weil ich das nicht gemerkt habe.«
»Das uns so was passiert«, sagt auch die Mutter von Leon, »konnte ich mir nicht vorstellen. Da waren doch immer mehrere Jungs in der Wohnung. Und den Leon habe ich auch immer wieder mal gefragt: Was macht ihr eigentlich da? Dass das Kinderschänder sind – die hätte ich mir ganz anders vorgestellt.«

*

HANS-JÜRGEN AUS MÜNCHEN, ein knapp 60-jähriger Lateinlehrer, steht auf ältere Jungs, so ab elf, lieber noch zwölf. Mit ganz Kleinen hat er nichts am Hut. Er ist vor ein paar Monaten in erster Instanz verurteilt worden – zu zweieinhalb Jahren Haft ohne Bewährung wegen schweren sexuellen Missbrauchs. Obwohl er nicht vorbestraft war. In seiner Wohnung hatte er einem Elfjährigen aus dem Haus hinten in die Hose gefasst – der ist weinend zur Mutter einen Stock tiefer gelaufen, die ihn angezeigt hat.
Nach dem Prozess haben ihm Nachbarn mit einer Eisenstange drohend ans Küchenfenster geschlagen. Jeder im Wohnblock wusste schon, dass hier ein »Kinderschänder« wohnt. Hans-Jürgen ist schließlich um-

gezogen. Er hat Berufung eingelegt, die Verhandlung wird irgendwann im nächsten Jahr sein. Bis dahin bleibt er auf freiem Fuß, weil er einen festen Wohnsitz hat und keine Verdunkelungsgefahr besteht.

Mit Hans-Jürgen war ich im Sommer im Münchner Westbad. »Da hab ich schon schöne Erlebnisse gehabt, vor allem in der Dusche«, sagt er, »und wenn nichts läuft, gibt's auf jeden Fall was fürs Auge.« Das Westbad ist »in« bei den Pädophilen, ebenso wie das Nordbad, das Aqualand in Köln oder das SEZ in Berlin.

Hans-Jürgen entdeckt an diesem Samstagnachmittag sechs andere »Kollegen« im Schwimmbad. »Klein-Mädchen-Waldi«, wie er unter Insidern genannt wird, fällt sogar mir auf, weil er stundenlang mit kleinen Mädchen Ball spielt, im Nichtschwimmerbecken.

Später taucht Waldi auch in der Familiensauna auf, um nackte kleine Mädchen anzustarren. Weil Kinder, Jungs wie Mädchen, meist am Samstag in die Familiensauna gehen, sind dann auch die Pädophilen vor Ort. »Kinder dürfen die Sauna nur in Begleitung Erwachsener betreten«, steht an der Tür. Umgekehrt wäre es besser. Auch Hans-Jürgen und sein Kumpel Alwin sitzen in der Sauna, schauen nach »Zwergerln«, wie in Bayern kleine Jungs genannt werden. »Hast das Zwergerl in der Sauna g'sehn? Das hat mich die ganze Zeit angelacht, ich musst mir grad ein Handtuch umlegen«, sagt Hans-Jürgen schmunzelnd.

Auch draußen im Freibad machen sie Jagd. Hans-Jürgen hat in seiner blauen Sporttasche Tischtennisschläger und Frisbee-Scheiben. Als wir an der Tischtennisplatte stehen, schaut ein Junge zu. »Der ist ohne die Eltern da«, raunt mir Hans-Jürgen zu. »Willst mitspielen?«, ruft er dem Jungen zu. Der nickt freudig.

Natürlich muss Hans-Jürgen dem Jungen zwischendurch mal zeigen, wie man beim Schmettern den Tischtennisschläger hält. Und fasst ihm von hinten um die Hüften. Später versucht Hans-Jürgen sich mit ihm zu verabreden. Ein Muster, wie ich es kenne aus der Szene: ein Kontakt, irgendwann eine scheinbar zufällige Berührung am Po. Um zu sehen, wie das »Zwergerl« reagiert.

*

MIT DEM INTERNET ist die Szene der Pädos regelrecht explodiert. Von einem »Quantensprung, einer anderen Dimension« spricht Günther Ilsen, Fahnder bei der Ermittlungskommission Kindesmissbrauch (EK KIM) des Landeskriminalamtes Düsseldorf. »Viele, die eine pädophile Neigung bislang unterdrückt haben, haben durch das Internet festgestellt: Aha, da gibt es ja noch viele andere, die so denken wie ich, und sogar Gruppen, in denen man sich trifft.«

Guntram aus Köln ist ein typisches Beispiel für einen solchen »Schläfer«. »Ich war 25 Jahre verheiratet, hab sogar selber Jungs«, erzählt er mir beim Treff der Kölner Pädo-Gruppe in der Pizzeria »Quo Vadis«. Guntram steht auf ganz kleine Mädchen, so um die vier oder fünf Jahre alt. »Da war mal so ein bisschen was mit meiner Nichte, klar, aber insgesamt hab ich die Neigung doch verdrängt. Als ich im Internet gesehen habe, Mensch, da gibt das ja noch viele andere, die so sind wie du, und die treffen sich auch, habe ich mich von meiner Frau getrennt.«

Bis vor kurzem, so Guntram, habe er eine sehr nette Beziehung zu Melanie gehabt, die sei fünfeinhalb. »Das ist Liebe, meine erste richtige, tiefe Liebe«, sagt er. Sogar mit Puppen haben er und Melanie im Kinderzimmer gespielt, und sie durfte auch schon mal bei ihm in der Wohnung bleiben. »Der Vater ist ein Kumpel von mir.« Guntram hatte sich gefreut, Melanies Einschulung mitzuerleben. Jetzt hat ihm aber ihre Mutter jeden Kontakt untersagt. »Die muss auf meine Beiträge im Pädo-Forum gestoßen sein«, vermutet er.

Herbst 2003. Alle Mütter und Väter sind verständigt oder gewarnt worden, gegen viele Männer laufen Ermittlungsverfahren. Mein Handy, das ich nur für diese Recherchen benutzt habe, ist abgeschaltet. Aus. Endlich.

REDAKTIONELLE BETREUUNG: WERNER MATHES

** Namen von Tätern und Opfern geändert*

Christoph Kucklick

Christoph Kucklick, 1963 geboren, Absolvent der Hamburger Journalistenschule, Studium der Soziologie und Politikwissenschaft in Hamburg und Washington, D.C., lange Jahre freier Autor, seit 1999 Redakteur bei GEO.

Leben in R-10

Weltweit wohnen eine Milliarde Menschen in Slums. Wir Wohlhabende vermuten dort die fernsten Ränder der Zivilisation; Zonen der Angst, Gewalt und Anarchie. Doch die Wirklichkeit sieht anders aus. Viele Slums sind hochgradig organisiert und überraschend friedlich, eher Heimat als Horror. In R-10, benannt nach der Road No.10 im Norden der philippinischen Hauptstadt Manila, leben 30 000, vielleicht 40 000 Menschen auf allerengstem Raum. Nach welchen Regeln, mit welchem Mut, das zeigt sich besonders, wenn die Taifune kommen

von Christoph Kucklick
GEO
1. September 2003
Foto: Peter Ginter

Sieben Quadratmeter Wohnlichkeit unter der Fahrbahn der Navotas-Brücke: Ronald und Margelyn Luzloso mit vier ihrer fünf Kinder, Romar, Ronalyn, Ronald Jr. und Romilyn (v. li.)

»DER REGEN BRINGT ALLES, was ich hasse«, sagt Alicia Esteban und kratzt sich die schorfigen Unterarme. Er bringt Allergien und Infektionen, Ratten und Mücken, Arbeitslosigkeit, Schulden und Streit. Und er bringt die Erinnerungen. Die vor allem.

Als würde es helfen, hängt Alicia die grünen Polyestervorhänge ab, ehe sie sich mit Feuchtigkeit vollsaugen und zu stinken beginnen. Sie stäubt Pestizidwolken in jede Hausecke; sie verkeilt die Steine, die das Haus notdürftig zum Blechdach hin abdichten; und mit »Mr. Proper«, den sie allen anderen Putzmitteln vorzieht, schrubbt die 37-Jährige den Zementboden, poliert die Anrichte mit den Trophäen und sogar die Schale mit dem Plastikobst.

Aber gegen Mittag drückt doch das schwarze Wasser in das Schlafzimmer, ein öliger Sud voll Ratten- und Menschenkot, und am Abend steht das Wasser bereits knöchelhoch. Da sackt Alicia auf die schmale Plastikbank, die ihr als Sofa dient, und aus ihren Augen rinnen Tränen.

Sie kann nicht gewinnen. Seit zehn Jahren nicht. Damals baute der Polizist – alle hier nennen ihn nur »den Polizisten« – sein zweistöckiges Haus genau auf die Drainage des Viertels, wie einen Pfropfen. Seither läuft das Wasser nicht mehr ab, und während der Regenzeit müssen ein paar tausend Familien in der Kloake leben. Sie haben sich beschwert beim Bürgermeister und bei den Polizeichefs; erfolglos, der Polizist erfreut sich guter Verbindungen. Einige beschafften eine Pistole, aber das hätte zu viel Ärger gegeben. So verstummten sie. Und messen seither ihre Ohnmacht auch am Wasserstand.

Alicia aber wurde noch härter geprüft. Vor zwei Jahren prügelte ausgerechnet der Sohn des Polizisten auf ihren einzigen Sohn Aram ein. Aram stürzte, und sein Schädel barst auf dem frisch gegossenen Beton des Basketballfeldes. Der Erstgeborene war die Hoffnung seiner Familie, ein strahlender 14-Jähriger, der so zuversichtlich von den Bildern auf der Anrichte herunterblickt. Klassenbester war er und mit 1,77 Meter groß für sein Alter, ein exzellenter Basketballspieler, das ist viel wert hier. Er starb noch auf dem Spielfeld. Alicia trug ihn zu Grabe, und der Polizist versteckte seinen Sohn auf einem Boot, alle wussten, wo er war, nur die Polizei fand ihn natürlich nicht. Wieder holte jemand die Pistole hervor, wieder entschieden Alicia und ihr Ehemann Eddie dagegen: »Die Gerechtigkeit überlassen wir Gott.« Aber in die Kirche, sagt Alicia, geht sie immer seltener. Und erst recht nicht bei Regen.

Aber dies ist mehr als Regen. Dies ist eine Belagerung. Zehn Tage lang hängt der Taifun »Chedeng« als graue Faust über Manila und schleudert Wasser herab, das auf den Slum von R-10 stürzt wie ein Fluch.

Unter der Wucht des Regens ersterben alle Gespräche. Man kann nicht gegen ihn anbrüllen, wenn Tausende von Blechdächern ihn ins Brachiale verstärken. Aus den wenigen Auffangrinnen schießt er hinab wie aus Druckleitungen, jede Berührung damit schmerzt. In den kaum schulterbreiten Gängen des Viertels steht der Regen, zerstäubt unter den Einschlägen der Tropfen, als kalter Schleier und weht in die Häuser, in die Seelen. Alle frieren und fluchen. Nur draußen rutschen kreischende Kinder in Reißbächen die Straßen entlang.

Der Sturm taucht R-10 in eine Aura des Katastrophalen, die dem Viertel sonst fehlt, obwohl man hier alle möglichen Katastrophen vermuten könnte. Denn R-10 ist hoch verdichtete Armut, ein Konzentrat der Not: Der Block ist kaum 700 Meter lang und 100 Meter breit, und darin wohnen 30 000, vielleicht 40 000 Menschen, niemand hat sie gezählt. Das Viertel gehört zum Distrikt North Bay Boulevard South, in dem ein Slum an den anderen grenzt, eines der am dichtest besiedelten Gebiete der Erde.

Die meisten leben illegal in R-10, sie sind *squatters*, Landbesetzer. Die ersten ließen sich vor 30 Jahren nieder, stellten Palmblatthütten auf, aus denen Bretterbuden und manchmal sogar Steinhäuser wurden.

Doch es rückten immer mehr Landflüchtige aus den Provinzen nach und zwängten sich in die Lücken, schachtelten ihre Häuser in- und übereinander, zimmerten aus Reissäcken, Holzresten und Blechfetzen aberwitzige, mehrstöckige Verschläge, bis R-10 zu einem beklemmenden Dickicht verwachsen war, mit dunklen Kriechgängen und schwarzen, feuchten Winkeln, mit Tuberkulose und Dengue-Fieber, aber auch mit Schneisen aus Spielplätzen und Klettergerüsten für die unzähligen Kinder, mit einer Schule, mit Bars, Restaurants und Geschäften. Bis R-10 also ein Modell jenes Lebens war, das allein in Manila vier der zwölf Millionen Einwohner und weltweit schätzungsweise eine Milliarde Menschen führen, die in den Statistiken als *urban poor*, als städtische Arme, geführt werden.

In der Imagination der Wohlhabenden liegen Slums am fernsten Rand der Zivilisation. Dort lodern Angst, Gewalt und Anarchie, dort bricht die Wolfsnatur des Menschen durch: jeder gegen jeden. Wer würde schon, wenn er nicht müsste, da hineingehen? Doch wer die Schwelle überschreitet, den umfängt eine ganz andere Wirklichkeit.

Auch Slums sind geordnete soziale Welten, hochgradig organisiert sogar, weil sonst niemand bleiben würde bei all der Not. Es findet sich Armut in R-10, aber selten Elend, es findet sich Kampf, aber überraschend wenig Gewalt.

Es leben Akademiker hier, die ihre Häuser am Morgen im Business-Anzug Richtung Büro verlassen; Lehrer, die gegen alle Widrigkeiten in der einzigen Schule unterrichten; junge Mütter, die ehrenamtlich einen Kinderhort betreiben. Es gibt feste soziale Regeln, es gibt Politik und Nachbarschaftshilfe und tausend Wege zu überleben.

Am Südrand des Viertels zieht ein hagerer Bauer auf einer ehemaligen Müllkippe blassgrünen Koriander, den er an chinesische Restaurants verkauft. Im Westen führt die R-10 vorbei, die Road No. 10, an ihr liegen Hafen und Fischfabriken, in denen die meisten arbeiten, wenn sie denn Arbeit finden. Im Norden, an der Lapu-Lapu-Straße, warten die Vulkaniseure und die Mopedmechaniker in ihren ölschwarzen Werkstatthöhlen, und im Osten grenzt der große Markt an mit den winzigen Büdchen. Dort steht auch das einzige klimatisierte Geschäft von R-10, eine Drogerie, an deren kühle Schaufensterscheibe sich nach der Eröffnung die Kinder drückten. Und sogar während des Taifuns pulst eine unfassbare Energie durch das Viertel. In den Fluten springen uns stets Dutzende Kinder hinterher, wie Wolken aus Geschrei und Übermut. Aus ihren überschwemmten Hütten strecken uns die Leute Biergläser entgegen und laden zum Essen ein, von dem sie nicht wüssten, wo sie es auftischen sollten, und sie lachen auch noch im tosenden Lärm des Regens, lachen, als wäre ihr Leben eine besondere Freude. Dann kämpfen sie wieder gegen die Flut.

Am schlimmsten erwischt es Alma Bayunan. Sie ist arm sogar nach den hiesigen Maßstäben, arbeitslos, nur ein bisschen Witwenrente hält sie und ihre Familie am Leben. Wie bei jedem Sturm ist das schwarze Wasser über die Bettkante gestiegen. Alma schnürt ihre Matratze und hievt sie auf den höchsten Punkt im Raum, das Plastikschränkchen mit den fünf Schubladen, ihr einziges Möbelstück.

Die Nacht werden sie wieder im Hocken auf dem Bettrost verbringen müssen, die Füße im Wasser, und sie werden schlottern vor Kälte – Alma und ihre beiden Kinder, vier und 13 Jahre alt, und ihr 63-jähriger Vater, der nachts nie umkippt und in das Wasser fällt wie die anderen, weil ihm ein Leben ohne festes Schuhwerk breite, dreieckige Füße beschert hat. Sie zeigen auf seine Füße und lachen.

Am nächsten Morgen schlagen sie das schmutzige Moskitonetz zur Seite und erheben sich mit knackenden Gelenken. Im Wasser vor dem Bett treibt eine tote Ratte mit aufgeblähtem Bauch, beiläufig schiebt Alma sie mit bloßem Fuß Richtung Ausgang.

Das Frühstück holt die 34-Jährige im Imbiss. Sie watet zur nächsten *eatery*, von denen es auffällig viele gibt im Slum. »Hier ist das Essen billiger als auf dem Markt«, sagt Alma. Ich verstehe nicht: Wie kann es in einem Imbiss preiswerter sein als auf dem Markt? Sie lässt vier Plastikbeutel abfüllen mit Fisch und Kokosmilch, dazu Reis. Das kostet 25 Pesos, einen halben Euro. Dafür, wende ich ein, erhielte sie auf dem Markt fast zwei Kilo Reis.

Aber dann hätte sie weder Zutaten noch Fisch, weder Kokosmilch noch Spiritus für den Kocher, antwortet Alma. Um all das zu kaufen, bräuchte sie mehr als 100 Pesos, die sie niemals auf einen Schlag ausgeben könnte, sie hat ja kaum das Zehnfache davon im Monat. Also trägt sie ihr Geld in winzigen Portionen zu den *eateries*, auch wenn sich das zu immensen Beträgen summiert. »Aber in diesem Moment ist es billiger«, sagt sie, »und andere Momente gibt es für uns nicht.«

NUR DRAUSSEN AN DER BRÜCKE freuen sie sich über den Regen. Er rettet sie. Am Tag vor dem Taifun standen Soldaten mit Sturmgewehren am Geländer, um die Brückenbewohner zu verjagen. Die schrien und wehrten sich und ließen sich nicht einschüchtern. Dann kam der Regen, und sie wussten: Das war ihre Gnadenfrist. Denn bei Regen, so ein philippinisches Gesetz, dürfen illegale Landbesetzer nicht vertrieben werden.

Dabei besetzen Ronald Luzloso und die anderen gar kein Land. Sondern Luft. Ein paar Quadratmeter Himmel. Wie Nester hängen ihre Wohnungen zwischen den Betonstreben der Brücke, kaum einen Meter über dem müllgesättigten Navotas-Fluss: ein Labyrinth aus winzigen Räumen, in denen auch Kinder nicht aufrecht stehen können, ein Netz aus Küchen, Schlafstuben und Waschplätzen, das sich unter der Betonfahrbahn entlangzieht, als wäre es angeklebt. Weshalb die 24 Familien in R-10 auch *bat people* heißen, Fledermausmenschen.

Einer von ihnen hatte irgendwann den Einfall, Holzstämme so in die Hohlräume der Brücke zu verkeilen, dass sie darauf ihr Leben einrichten konnten. Es ist der beste Platz der Stadt, sagt Ronald und klopft von unten gegen die halbmeterdicke Betonfahrbahn, die unter dem Gewicht eines Sattelschleppers vibriert: »Die sicherste Decke Manilas: Kein Regen dringt durch, es ist stets kühl unter ihr, und einbrechen kann auch niemand.«

Man erreicht Ronalds Wohnung vom Ufer des verseuchten Flusses, tastet sich über ein paar morsche Bretter, springt auf das Bambusfloß, von dem die Ratten in alle Richtungen flüchten, balanciert die wacklige Rampe hinauf zum Betonpfeiler und zwängt sich durch das Eingangsloch, das kaum größer ist als eine aufgeschlagene Zeitung. Dann die erste Tür rechts.

Sie haben es sich so gemütlich wie möglich gemacht, Ronald und seine Frau Margelyn und die fünf Kinder. Ein Schlafpodest, einige Teller und Töpfe, ein Gaskocher, ein Ventilator – Slum-Standard auf sieben Quadratmetern. Und auch Fernsehgerät und CD-Player gehören inzwischen dazu, irgendwie können sich das alle leisten.

Am Ende der mit Plastikfolie bezogenen Schlaffläche hat Margelyn zwei Puppen und eine Madonnen-Statue vor die Betonwand gestellt, ihr ganzer Stolz, und sie hat um die Figuren eine Lichterkette geschlungen, die Tag und Nacht blinkt; Strom kostet ja nichts, sie zapfen ihn illegal ab.

Sie haben ihre Wohnung nicht ausgeräumt wie viele andere hier in Erwartung der *demolition*, der Vertreibung. Sie wollten es ihrem ältesten Sohn Romar nicht zumuten, nicht nach den beiden Operationen, die zwei fingerdicke Narben auf einem Fuß hinterlassen haben und einen geschwollenen, entzündeten Spann. Der Fuß ist bedrohlich entzündet, dunkel und blutig, und alle zwei Tage sticht Margelyn mit einer Nähnadel hinein, dem einzigen Hilfsmittel, bis der Eiter herausspritzt.

Wo noch einmal Geld für Antibiotika herkommen soll, das wissen sie nicht. Die ungeheure Summe von 300 Euro haben sie bereits für die Operationen zusammengepumpt von Nachbarn und Verwandten. »Jetzt geht einfach nichts mehr«, sagt Ronald tonlos. Es war eine Kette von Verhängnissen. Erst fand der 35-Jährige weniger Arbeit als sonst auf dem Fischmarkt, auf dem er nachts Blechbottiche voller Sardinen schleppt, also ging Margelyn wieder zur Arbeit, obwohl eine heimtückische Krankheit sie während der letzten Schwangerschaft so geschwächt hatte, dass alle ihre Zähne weggefault waren und sie doch eigentlich Ruhe brauchte. Ronald führt seither den Haushalt, er kocht, er wäscht, er betreut die Kinder,

»alle Frauen wollen ihn mir wegnehmen«, sagt Margelyn und lacht hinter vorgehaltener Hand.

Die 32-Jährige begann also wieder jede Nacht auf den Markt zu gehen, um Gemüse für Restaurants zu schnippeln mit einer halbierten Rasierklinge. Sie beginnt um acht Uhr abends, arbeitet zehn Stunden und verdient 50 Pesos, einen Euro. Und es ist verblüffend, mit welcher Ruhe sie über den Markt wandert, um billiges Gemüse zu finden, mit welch gleichmütiger Ausdauer sie es zerteilt – sich niemals verausgaben, auch nicht in Zeiten der Krise, das ist das oberste Gebot hier. Denn die Kraft muss reichen ein Leben lang, ohne Urlaub, ohne Pause.

In den langen Nächten begleitete Romar seine Mutter, um zwischen rangierenden Lastwagen heruntergefallenes Obst aufzulesen und es zu verkaufen. Bis ein Jeep über den Fuß des 11-Jährigen rollte, einige Knochen zerbrach und etliche aus ihren Verankerungen drückte. Margelyn hält sich die Hand vor die Augen: Wie sich Romar in jener Nacht mit dem zerstörten Fuß zu ihr schleppte...

Dann kamen auch noch die Soldaten mit den Gewehren, und das war sogar für die Verhältnisse in R-10 sehr viel Unglück auf einmal. Doch man merkt es Ronald und seiner Familie nicht an, auch jetzt nicht, da Romar vor Schmerzen verstummt und sie kein Geld für ein Abendessen haben und die Soldaten morgen oder irgendwann wiederkehren werden. Die Familie liegt auf dem Podest vor den Puppen, Margelyn entlaust die Haare ihrer Töchter, und Ronald schiebt eine CD in den Karaoke-Spieler: »The Greatest Hits of Tom Jones«.

Er dreht den Hall und das künstliche Tremolo auf, greift das Mikro ganz oben, so wie er es einmal in einem Video von Mick Jagger gesehen hat, und dann singt er los, so laut er kann: »Green, Green Grass of Home«, sein Lieblingslied. Nie wurde es mit größerem Verlangen gesungen; mit geschlossenen Augen presst Ronald die Zeilen heraus, die über den Bildschirm wandern: »Then I look around me, at four grey walls that surround me. And I realize that I was only dreaming.«

Irgendwann fallen lauthals die Kinder ein, und schließlich singt sogar die zahnlose Margelyn mit weit geöffnetem Mund, der Chor der Fledermausmenschen, und es ist kaum zu ertragen, welch schmerzhaftes Glück die Familie für einen Moment umhüllt, während ein Windstoß den Gestank des Flusses über das Bett weht.

Am nächsten Morgen versammelt Ronald die anderen *bat people* und erklärt ihnen seinen Plan. Der Regen wird bereits schwächer, sie müssen handeln und von der Siedlungsbehörde Ersatzland verlangen. Er hat sich schlau gemacht bei den Marxisten eines Nachbarschaftsvereins, die ihm die Rechtslage erläutert haben: Die Regierung ist verpflichtet, ihnen Land zu geben draußen in der Provinz, aber wer nicht darum kämpft, wird geprellt.

So geht es vielen *squatters*. Jeden Tag werden Hunderte von illegalen Landbesetzern vertrieben aus der urbanen Endlosigkeit Manilas, weil ihre Hütten einer neuen Straße im Wege stehen oder einem Neubau oder, wie im Falle der Fledermausmenschen, der Säuberung des Navotas-Flusses.

Ronald hat bereits einen Termin vereinbart bei der Siedlungsbehörde. »Es ist Zeit, dass wir uns wehren«, ruft er, »nur gemeinsam können wir unsere Rechte durchsetzen«, und er streckt die Hand vor den Mund, als hielte er darin ein Mikrofon.

SICH WEHREN, sich zusammenschließen – das ist der Schlüssel zum Überleben. Wie die meisten Slums ist R-10 bestens organisiert, viele Bewohner engagieren sich in Ehrenämtern. Nachts patrouillieren Freiwillige als Wachen durch die dunklen Gänge und kontrollieren die Ausgangssperre für die Minderjährigen, Jugendliche organisieren die Basketball-Liga, Frauen kümmern sich um die Gesundheitsversorgung, mit erstaunlichem Erfolg: Alle Kinder im Slum sind geimpft, Kranke werden im staatlichen Health Center kostenlos untersucht. Und es lernen auch alle Lesen und Schreiben, nicht wenige Jugendliche besuchen die High School.

Jeweils ein paar Hundert Familien, so ist es üblich, schließen sich zu Nachbarschaftsvereinen zusammen. Besonders aktiv ist Buklod Diwa, die »Organisation des Einen Gedankens« am südlichen Rand des Slums. Ihr gewählter Präsident ist Eddie Esteban, Alicias Ehemann.

Der 47-jährige ehemalige Wachmann hat einiges erreicht. Er konnte das Geld auftreiben für ein Klettergerüst und auch für das Basketballfeld, auf dem sein Sohn starb. Seither meidet er den Platz, aber einmal im Jahr muss er ihn betreten, als Organisator der Slum-Fiesta im Januar, wenn dort die Tanzgruppen auftreten und die Kinderchöre singen. Sein nächstes Ziel: eine kleine Halle auf dem letzten unbebauten Flecken Land.

Dass er sich überhaupt Hoffnungen machen darf, vom Bürgermeister Geld für die Halle zu erhalten, verdankt er seinem politischen Geschick: Bei der letzten Bezirkswahl konnte Eddie die Stimmen der Mitglieder seiner Organisation geschlossen an den siegreichen Kandidaten verkaufen. Ein sinnvolles Geschäft, für alle Beteiligten.

Es vollzieht sich in bestechender Transparenz, die Tarife stehen fest. Bei der Bezirkswahl kostet jede Stimme umgerechnet fünf Euro, bei der Wahl zum Bürgermeister von Manila rund acht und bei der Wahl zum philippinischen Präsidenten 14 Euro. Natürlich holen sich die siegreichen Kandidaten das Geld hinterher aus der Staatskasse zurück: Bei jedem Bauprojekt landen zehn bis 20 Prozent des Budgets auf den Konten der Politiker.

Korrupt sind sie alle, sagt Eddie, aber der Korrupte, den man gewählt hat, ist einem wenigstens ein bisschen Hilfe schuldig. Nur deswegen hat er seine Nachbarn vom *uniform voting* überzeugen können, von der Einheitswahl: »Wenn wir Armen unsere Stimmen aufteilen, haben wir überhaupt keinen Einfluss mehr.«

Korruption verpflichtet. Damit passt sie perfekt ins soziale Gefüge. Alles im Slum beruht auf *utang na loob*, gegenseitiger Solidarität – oder Schuld. Der Unterschied zwischen beiden ist nicht immer klar. Wer hilft, dem muss geholfen werden, auch nach Jahren, das ist das Prinzip.

Und es wird viel geholfen. Nachbarn schenken einander warme Mahlzeiten, Verwandte schießen zinslos Geld vor, ältere Geschwister finanzieren die Schulausbildung der jüngeren, Vermieter stunden Rückstände, was extrem wichtig ist: Die meisten leben zur Untermiete bei jenen, die als erste den Platz besetzt hatten.

Nichts entspricht hier dem darwinistischen Kampf ums Überleben. Egoisten stehen im Notfall allein. Die gegenseitige Abhängigkeit wird nicht nur hingenommen, sie wird nach Kräften gefördert, und sei es durch so etwas scheinbar Nebensächliches wie *kumpare*, den Kult um die Patenschaften.

Jeder Erwachsene hat mindestens zehn, meist 20 Patenkinder, die Wohlhabenderen haben auch mehr als hundert, denen sie in Notlagen beistehen und etwa zum Geburtstag Kleinigkeiten zustecken – und so ein Netz von Zuwendung knüpfen, das sogar im Slum gelungene Geburtstagsfeiern erlaubt.

Armut heißt, wenig Geld zu besitzen. Das ist so banal, dass es leicht fällt zu vergessen, was dieser Mangel vor allem bedeutet: tragische Entscheidungen jeden Tag. Kauft Ronald Antibiotika, hat seine Familie zu wenig zu essen und er kann den Kindern keine Schulhefte kaufen. Kauft er die Hefte, verliert sein Sohn womöglich seinen Fuß. Spart Alma auf eine höhere Türschwelle, hungern ihre Kinder. Spart sie nicht, leben sie im Wasser.

Wo es fehlt, kann Geld das Leben nicht glätten. Auch nicht vor Gericht. Bei uns stellt Schadensersatz Gerechtigkeit her. Aber wenn niemand den Schaden ersetzen kann?

ELIZARDO YAP hat Danni Baplitad das Gesicht zerschlagen, das rechte Auge ist zugeschwollen, die Stirn blutig. Der Schläger wollte von seinem Opfer Geld borgen, was dieses ablehnte und dafür Prügel kassierte. Die beiden Männer sitzen, umgeben von Schaulustigen und Kindern, im Büro des *tanod*, des ehrenamtlichen Ordnungshüters, der sich um solche

Fälle kümmert. Ein solcher Fall heißt: zu gravierend, um die Tat zu ignorieren, zu geringfügig, um sie der Polizei zu melden und den Täter ins Gefängnis zu stecken. Oder ihn gar zu strafen mit einem *bug-sbog sarado*, einer Massenkeilerei, bei der ein paar Männer den Kriminellen zusammenschlagen. Das tun sie nicht zur Abschreckung, sondern weil viele Täter sich bei der Polizei freikaufen, und da ist es gut zu wissen, dass sie vorher wenigstens verprügelt wurden.

Es wird gestohlen, geraubt, gedealt und auch gemordet in R-10, aber doch so selten, dass niemand die Kriminalität als ernstes Problem erwähnt. Dazu trägt die robuste Selbstjustiz des *bug-bog sarado* bei, aber vor allem fehlt eine Kultur der Gewalt, wie sie etwa die brasilianischen Favelas beherrscht. Ein Mann, der schlägt, wird nicht bewundert, sondern bedauert. Aggression ist Gesichtsverlust, die schlimmste Form der Erniedrigung. So schaffen es mehr als 30 000 Menschen auf engstem Raum, einen erstaunlichen Frieden zu wahren.

Nur zwischen Elizardo Yap und Danni Baplitad ist er zerbrochen. Den Täter trifft die ganze Wut des Anklägers. Es ist eine archaische Verhandlung in dem winzigen Büro des Ordnungshüters, das Opfer schreit Zeter und Mordio: Körperlich entstellt sei er und seelisch tief gekränkt. Außerdem habe er neun Tage nicht arbeiten können als Krankenpfleger im Hospital – kurz: Er verlange Schmerzensgeld und Verdienstausfall.

Der Angeklagte, ein wortkarger, sehniger Aushilfsfahrer, trägt ein abgerissenes Hemd und eine löchrige Hose. Er hat bereits gestanden, viel mehr ist nicht zu sagen. Natürlich würde er Schadensersatz leisten, aber womit denn: »No money.« Der *tanod* wiegt den Kopf. Er kennt den Fahrer und weiß, dass er nicht lügt: no money.

Es sind diese Momente, die der Ordnungshüter fürchtet. Wenn das Schweigen einsetzt und alle auf ihn warten, damit er die Gerechtigkeit herbeiredet. Dann muss er lospoltern und dem Schläger eine Strafpredigt halten, eine lange, bebende Drohung: »Noch einmal, und du landest im Knast. Und du weißt, was dir dort blüht. Oder sollen wir dich in die Mangel nehmen?« Das ist der einfache Teil.

Schwierig ist das Opfer. Eine halbe Stunde lang redet der *tanod* auf Danni ein, fleht ihn an, dem Täter zu vergeben. »Es bleibt dir keine andere Wahl, sei ein guter Mensch, verzeih ihm!« Immer wieder wallen die Tränen auf, es fällt so schwer, den Stolz zu schlucken. Bis Danni endlich seinem Peiniger die Hand reicht und zornig aus dem Büro stapft.

»Das ist das einzig Gute an der Armut«, sagt der *tanod*. »Manchmal zwingt sie uns, besser zu sein, als wir es eigentlich sind.«

NO MONEY – der Refrain des Slums. Alles ist vom Mangel beherrscht. Die Moral und auch die Hoffnung. Wenn er Geld hat, sagt Jervin, wird er sich Östrogen-Pillen kaufen, damit sein Busen wieder wächst. Er fasst mit beiden Händen an seine kleinen Brüste und sagt: »Für Japan brauche ich größere.« Japan. Oder Taiwan. Oder Kanada. Chiffren der Träume. Auswandern wollen fast alle, aber für Jervin Galvez, der sich Joane nennt, stehen die Chancen nicht schlecht.

Er ist der schönste Schwule im Viertel, ein zierlicher Junge mit weichen, selbstbewussten Bewegungen; und ein exzellenter Tänzer. Der Manager einer Showtruppe wollte ihn bereits nach Tokyo fliegen, aber Joanes Mutter war dagegen. Erst als er 21 Jahre alt wurde, gab sie ihren Widerstand auf. Jetzt wartet er auf ein neues Angebot.

Es sei kein Problem, im Slum als *gay* zu leben, sagt Joane. Niemand stört sich an seinen knappen Höschen und seinem Lidschatten. Er ist sogar Mitglied in einer Jugendbande, und alljährlich begeistert er beim »Miss Gay«-Wettbewerb des Slums seine Nachbarn im Paillettenbikini.

Toleranz ist Sache der Armen hier. In der philippinischen Mittelschicht würde kein Mann sein *coming out* wagen. Aber im Slum irritiert die Abweichung von der Norm nicht – es erfüllt sie ja ohnehin niemand. Kaum eine Mutter kann nur Hausfrau sein, auch wenn sie das wünschte; kaum ein Mann ernährt als Alleinverdiener seine Familie; etliche Frauen arbeiten im Ausland und lassen ihre Männer zurück, damit sie den Haushalt führen und die Kinder betreuen – Rollentausch ist ganz normal.

Alle basteln ihr Leben zusammen aus Jobsplittern und Zufällen, daraus ist eine Kultur der Nachsicht entstanden. Wie könnten etwa Alicia und Eddie, seit dem Tod ihres Sohnes arbeitslos, sich beklagen, dass sie von ihrem Neffen ausgehalten werden, der sein Geld als Go-Go-Tänzer in einer Sexbar verdient. Natürlich wünschte Alicia, er fände etwas Respektableres, zumal er bald eine angehende Lehrerin heiratet. Aber nein, »wählerisch können wir nicht sein«.

Auch Joane hat keine Wahl. So oder so nicht. Man hatte ihm einen Job versprochen, gestern Nacht hat er ihn wieder verloren. Das ist eine Katastrophe. Aber zu arbeiten ist auch nicht viel besser.

Joane sollte in einer Fischfabrik sechs Monate lang Sardinen zerhacken – sechs Tage in der Woche, 13 bis 15 Stunden täglich, natürlich im Stehen und im Akkord. Dabei eine einzige Pause von einer Viertelstunde am Tag. Es hätte Joane knapp 200 Pesos täglich eingebracht, vier Euro, weniger als den gesetzlich vorgeschriebenen Mindestlohn, und wahrscheinlich hätten die Aufseher wie immer Lohn abgezogen wegen Lappalien, wegen eines kleines Plausches oder eines verrutschten Haarhäubchens.

Und dennoch: Arbeit! Geld! Joane hätte die Miete zahlen können für sein fünf Quadratmeter großes Zimmer, immerhin 700 Pesos im Monat. Er hätte seiner Mutter Geld schicken können und vor allem: Östrogen-Pillen kaufen. Doch als er vor der Fabrik stand, sagte man ihm wie den anderen Arbeitern, sie sollten in ein paar Monaten erneut anfragen. Dann fiel das Werkstor ins Schloss.

Jetzt wartet er wieder. Auf irgendetwas. Auf einen Aushilfsjob, auf jemanden, der einen Drink spendiert. Gelegentlich probt er mit seiner Tanztruppe, die keinen Namen hat, weil sie eh nie gebucht wird. Er schminkt die Jungs, das muss sein, und dann tanzen sie auf der Müllhalde vor Alicias Haus, ihre Schritte haben sie auf MTV abgeschaut. Danach lungern sie wieder herum, tagelang.

Manchmal scheint es, als sei der Kampf gegen die Langeweile härter als der Kampf ums Überleben. Und als sei dies die härteste Strafe im Slum: die Leere, die Ereignislosigkeit, ohne Job, ohne Geld.

Dagegen singen sie an. Oder sehen fern. Oder spielen.

Die Basketballfelder sind vom frühesten Licht bis in den späten Abend besetzt, und scheint der Mond hell genug, auch nachts. In jeder Hütte stehen Fernsehgerät und Videorecorder, Zeitvertreibmaschinen und Verhütungsmittel in einem. »Ohne Fernsehen hätten wir dreimal so viele Kinder«, ruft eine Frau, nur halb im Spaß.

Rund um die Uhr laufen Seifenopern aus Mexiko, Brasilien, China. Am populärsten derzeit ist »Meteor Garden« aus Taiwan, die Liebeswirren von vier reichen Jugendlichen in Taipeh. Jeden Nachmittag um 17.30 Uhr sind die Gänge im Slum wie ausgestorben.

Wichtiger noch ist das Glücksspiel, auch wenn es offiziell verboten ist. Aber in jedem Haus, jeder Bar spielen sie, Männer wie Frauen. Sie spielen Bingo, Scrabble, Mahjongg, sie kennen mehr als ein Dutzend Kartenspiele, und außerdem lassen die Männer ihre Hähne gegeneinander kämpfen.

Eine kleine Industrie lebt davon. Hausfrauen verdienen sich ein Zubrot durch eine Art Untergrund-Lotto, Kinder bieten Wetten auf die Basketball-Liga an, die Polizei kassiert bei illegalen Hahnenkämpfen ab. Sogar die Toten spielen mit. Vor den aufgebahrten Leichnamen in den Beerdigungszelten zocken die Spieler nächtelang. Für jedes Spiel gehen ein paar Pesos in die Begräbniskasse, und so liegen die Toten zuweilen monatelang, einbalsamiert und unter einer luftdichten Glasplatte, da, um ihre eigene Beerdigung zu finanzieren.

Dabei scheint es nicht einmal ums Geld zu gehen: Niemand wird reich, kaum jemand verarmt bei den Spielen. Das Geld verlässt den Slum nicht, es zirkuliert nur als Rohstoff für das flüchtigste Gefühl: neues

Spiel, neue Chance. Darum geht es, nicht um ein Glück, an das niemand glaubt. Sondern um diesen Funken einer Chance – für Menschen, die sonst keine haben.

RONALD LUZLOSO WÜRDE widersprechen. Wenigstens diesmal. Gemeinsam mit Jaime, der seit 20 Jahren in der Brücke lebt und hier seine drei Kinder großgezogen hat, war er in der Siedlungsbehörde und hat die Zusage für Ersatzland bekommen, weit draußen in der Provinz Pampanga: Jede Familie erhält 92 Quadratmeter Land, für das sie 35 Jahre lang jeweils 14 Euro im Monat abzahlen muss.
Die meisten Fledermausfamilien haben bereits unterschrieben auf einem zerknitterten Blatt Papier, 22 ungelenke Unterschriften. Gesehen hat die neue Heimat noch niemand, »aber es wird schon okay sein dort«, sagt Ronald. »Hauptsache, wir werden nie wieder vertrieben.«
Es war höchste Zeit. Der Regen ist verebbt, eine harte Sonne sticht hervor. Es ist schwül und stickig, und das Atmen fällt schwer: die andere Seite der Regenzeit, wenn die Mücken brüten und die Tuberkulose grassiert. Noch tagelang steht das schwarze Wasser zwischen den Häusern. Unter Almas Bett geht es nur millimeterweise zurück, sie wohnt am tiefsten Punkt des Slums. Doch zumindest kann sie wieder die Matratze ausbreiten, klamm und stockig.
Mit sinkendem Wasser kehren die fliegenden Händler nach R-10 zurück mit ihren winzigen Päckchen. Sie verkaufen einzelne Zigaretten oder Deo-Pulver in fünf Gramm-Beutelchen, das Sortiment der Armut. Es kommen auch Missionare wie jene beiden Mormonen, kaum 20 Jahre alt, die in gestärkten, weißen Hemden aus Salt Lake City geschickt worden sind, um die Lehre ihres Gründers Joseph Smith zu verbreiten. »Joe«, fragt ein überraschter Filipino, »Joe wer?«
Und es streifen wieder die *bumbays* durch die Gassen, die meist verachteten und doch wichtigsten Zulieferer des Viertels: die Geldverleiher. Sie wissen, dass die Leute jetzt *cash* benötigen, um die Wasserschäden zu reparieren und sich gegen die kommenden Taifune zu wappnen. Während eines Sturmes brechen die Einkommen weg, weil die Fabriken schließen oder Bauarbeiten brachliegen und die Fischer nicht hinausfahren: Regenzeit ist Schuldenzeit.
In der Ilang-Ilang-Gasse kassiert Gurjeet Malhi ab, ein freundlicher Hüne mit Schmerbauch und Baseballkappe, die das bärtige Gesicht verschattet. Er hat gute Kunden hier, die schon seit Jahren bei ihm Geld leihen. Gurjeet macht jeden Tag seine Runde, doch entspannt ist er nie. Nervös suchen seine Augen die enge Gasse ab, seine Hand umklammert die Peso-Scheine in der Tasche. Er hat Angst vor Überfällen, vor Beschimpfungen, vor einem vagen Unmut, der ihn stets verfolgt.
Es ist paradox: Niemand hat einen schlechteren Ruf als die *bumbays*, niemand ist wichtiger für den Slum. Denn die meist indischen *money lenders* – ihr Name leitet sich von Bombay ab – sind die Einzigen, die hier Kredite vergeben. Die Banken verleihen keinen Peso, die Beträge sind ihnen zu niedrig, und der Verwaltungsaufwand ist zu hoch. Auch der Staat gibt nichts.
Nur die *bumbays* bringen Geld ins Viertel für ein paar Investitionen, und das lassen sie sich bezahlen, daher rührt der Unmut. Sie leihen *five-six*: Wer 500 Peso borgt, muss 600 Peso zurückzahlen – in welchem Zeitraum, das ist Verhandlungssache. Ein Zinssatz von 20 Prozent. »Das ist eine Menge«, gibt Gurjeet zu, »aber andererseits: Wir haben keinerlei Sicherheiten.«
Die Geldverleiher handeln illegal, genau wie ihre Kunden. Es gibt keine Verträge. Wenn ein Schuldner nicht mehr zahlt, kann der *bumbay* nichts machen. Aber womöglich seine Schlägertruppe schicken? Gurjeet lacht: »Die haben wir nicht. Und wenn wir sie hätten, würden wir einen Krieg auslösen. Die gegen uns, Filipinos gegen Inder – das können wir nicht gewinnen.«
Weil sie keine Druckmittel haben, sind die *bumbays* geduldig. Und weil die Kunden keine anderen Geldquellen haben, bemühen sie sich, die Raten zu zahlen;

sonst erhalten sie nie wieder einen Kredit. Nur weil beide Parteien schwach sind, gelingt der Handel. Und eigentlich funktioniert das ganze Leben in R-10 wie das Geldgeschäft: Alles ist illegal, es gibt keine Sicherheiten – und nur aus der allseitigen Schwäche entsteht so etwas wie ein Halt.

»OHNE DIE BUMBAYS hätten wir es nie geschafft«, sagt Coronacion Escarlan. Fast im Alleingang hat die 65-Jährige ihre neun Kinder großgezogen, nachdem ihr Mann vor zwanzig Jahren gestorben war. Von den Geldverleihern erhielt die kräftige Frau das Kapital für den kleinen *Sari-Sari-Shop*, den Krämerladen, der die Familie aus der Armut gehoben hat. Alle Kinder konnten zur Universität gehen, fünf von ihnen schafften sogar den Abschluss, erzählt Coronacion mit einigem Stolz, als Ingenieur, Kriminologe, Kunsthistoriker oder Politologin.
Es finden sich nur wenige solcher Aufsteiger-Familien, aber sie beweisen, dass es Wege gibt, die aus dem Slum führen. Am weitesten hat es Coronacions drittjüngste Tochter gebracht, und womöglich liegt es an ihrem Namen, scherzt sie: Fe Kalayaan, das bedeutet »Glaube« und »Freiheit«. Sie hat als Assistentin des philippinischen Landwirtschaftsministers gearbeitet und forscht heute in einem Politikinstitut. Jeden Morgen verlässt sie ihr Haus im gedeckten Kostüm und mit glänzenden Pumps, und niemand würde es wagen, sie für eine Slumbewohnerin zu halten.
Und sie ist es auch nicht mehr, zumindest nicht im rechtlichen Sinne, dafür hat sie selbst gesorgt. Jahrelang hat sie ihre Expertise und ihre Verbindungen eingesetzt, damit der Osten von R-10 legalisiert wird, und vor zwei Jahren war es soweit: Die philippinische Präsidentin schenkte per Dekret rund 2000 Familien das Land, das sie vor einer Generation besetzt hatten, eine Fläche von genau 20 754 Quadratmetern. Fe Kalayaan hat Tränen in den Augen, als sie davon erzählt: »Meine Familie war endlich angekommen.«
Sie war wie alle hier stets von der Vertreibung bedroht, jederzeit hätte man sie in die Provinz verbannen können, so wie die Fledermausmenschen. Aber jetzt sind sie vollwertige Bürger, Herren auf dem eigenen Land. »Es war ein ungeheurer Triumph«, sagt Fe, auch wenn sie für den Kampf ihr Privatleben geopfert hat und mit 31 Jahren noch immer Single ist, die älteste unverheiratete Frau im Viertel. Noch einmal steigen Tränen auf. Deshalb auch wohnt sie weiterhin im Slum: Draußen allein zu leben ohne Mann, das wäre undenkbar.
Es wird Abend, und der Strom fällt aus in R-10. Die Hochzeit in der Nachbarstraße erlahmt zu einem trägen Gelage, da die Musik nicht mehr spielt. Die Menschen sitzen vor ihren Häusern und unterhalten sich im Schein der Kerzen. Viele werden vor ihren Türen übernachten, ohne Ventilatoren wird es in den Häusern zu stickig. Es ist eine zauberhafte Nacht, so friedlich und ruhig, weil endlich die Fernseher und Karaoke-Maschinen schweigen, und weil der Slum im Dunkeln wirkt wie ein ganz normaler Ort.
Als kleines Kind, erzählt Fe, konnte sie von ihrer Straße aus die Abfallberge des Smoky Mountain sehen, jener berühmten Müllkippe, auf der Tausende von vermummten Menschen lebten und die zum Symbol für Manilas Elend geworden ist. Heute ist sie mit Erde bedeckt. Aber damals loderten in der Nacht die Schwelbrände und Müllfeuer, und für Fe war es, als sei die Kippe ein riesiger Diamant, »der funkelnde Diamant der Armen«.
Fe will eine Dokumentation anlegen über die gewaltige Entwicklung ihrer Heimat am North Bay Boulevard South – vom Müllberg zur Legalität; sie will Fotos sammeln und Zeitzeugen befragen. Den Titel des Projekts, sagt sie in die Dunkelheit, habe sie bereits gefunden: Boulevard der Träume.

Dirk Kurbjuweit

Dirk Kurbjuweit, 41, besuchte die Kölner Journalistenschule. Studium der Volkswirtschaft. Von 1990–1999 Redakteur der ZEIT in den Ressorts Wirtschaft, Dossier und Politik. 1998 und 2002 (gemeinsam mit Dietmar Hawranek) mit dem 1. Egon Erwin Kisch-Preis ausgezeichnet. Kurbjuweit ist stellvertr. Büroleiter beim SPIEGEL in Berlin. Er verfasste mehrere Romane und veröffentlichte 2003 »Unser effizientes Leben – Die Diktatur der Ökonomie«.

Weltmacht Nike

Der Sportartikelhersteller Nike spaltet die Jugend der Welt: Für die einen ist er eine Traumfabrik, die vorgibt, was schön ist und cool. Für die anderen ist er ein Imperium des Bösen, das ausbeutet und unterdrückt. Die einen sehen in Nike das gute Amerika, die anderen das schlechte.

von Dirk Kurbjuweit
DER SPIEGEL
30. Juni 2003

Als der Amerikaner John Hoke einmal so richtig müde war, hatte er seine beste Idee für eine Schuhsohle. Es war morgens, und Hoke tastete verschlafen nach dem Wecker, der, wie immer, viel zu früh surrte, und dabei stieß er ihn vom Nachttisch. Es krachte, dann war Stille. Hoke richtete sich auf und betrachtete die elektronischen Bauteile, die verstreut auf dem Boden lagen. Sein müder Blick erkannte ein Muster, das ihm gefiel. Hoke ist Chefdesigner für Schuhe bei Nike und arbeitete gerade an einem Trainingsschuh. So kommt es, dass die Sohle des »Crosstrainers 2000 Shox XTR« ein Muster hat, das den Innereien eines Weckers ähnelt.

Wenn die Thailänderin Ee in den vergangenen drei Jahren so richtig müde war, hatte sie Angst vor ihrem eigenen Gähnen. Müde wurde sie gegen ein Uhr morgens, wenn sie bereits 17 Stunden Kinderkleidung für Nike genäht hatte. Ihre Augen brannten, und sie musste gähnen – aber sie durfte nicht gähnen. Erwischte sie der Vorarbeiter, kostete das 500 Baht Strafe, umgerechnet zehn Euro, viel Geld für Ee. Der Vorarbeiter wollte, dass in dieser Fabrik alles den Anschein hatte, als wäre es ganz normal und gut erträglich, wenn jemand 17 Stunden arbeitet. Niemand sollte müde wirken. Also unterdrückte sie ihr Gähnen und nähte weiter.

Das sind zwei Geschichten über die Müdigkeit aus dem Weltreich von Nike. Es umfasst mehr als 50 Länder und rund 500 000 Menschen. Die einen leben in der Arbeitswelt des 21. Jahrhunderts und dürfen gern müde sein, solange die Müdigkeit für gute Ideen sorgt. Die anderen leben in der Arbeitswelt des 19. Jahrhunderts und dürfen nicht einmal müde wirken, weil das sonst so aussähe, als würden sie ausgebeutet.

Weil Nike so ist, beschäftigt und spaltet es die Jugend der Welt wie keine andere Marke. Für die einen ist Nike eine Traumfabrik, die ihre Vorstellungen von Schönheit und Coolness fast so prägt wie Hollywood. Für die anderen besteht Nike vor allem aus Horrorfabriken, die ihre Vorstellungen von der Verwerflichkeit der Globalisierung prägen wie nichts anderes.

Für sie ist die amerikanische Firma in der Wirtschaft das, was ihrer Meinung nach George W. Bush in der Politik ist: ein Eroberer, der auf dem Weg zur Weltherrschaft auch brutale Mittel nicht scheut. Folgerichtig wurde im Internet zum Boykott von Nike aufgerufen, als Bush den Irak angreifen ließ.

Die einen, für die Nike das Imperium des Guten ist, trafen sich zum Beispiel Mitte Mai in der »Arena« in Berlin zum »Face off«. Es war eine Show, bei der jeder seine »Moves« zeigen konnte, seine besten Bewegungen. Es lief Rap-Musik, und Markus Kavka von MTV war da, und Berlins Jugendliche tänzelten und spitzelten und köpfelten fröhlich mit bunten Bällen von Nike, als wären sie an der Copacabana geboren oder in der South Bronx. Und jeder war ein kleiner Ronaldinho und ein kleiner Michael Jordan, und jeder war ein kleiner Held aus der Traumfabrik von Nike.

Die anderen, für die Nike das Imperium des Bösen ist, trafen sich zum Beispiel im Januar in Davos. Es schneite, und über die weißen Straßen huschten schwarze Limousinen in auffallend großer Zahl. Es tagte das Weltwirtschaftsforum, der Weltgipfel der Unternehmer und Politiker. In der Niederländischen Asthmaklinik in Davos trafen sich zur selben Zeit Globalisierungsgegner zum Gegengipfel. Einen Vormittag lang wurde nur über Nike geredet.

Eine verschleierte Arbeiterin aus Indonesien erzählte, wie sie ausgebeutet werde, und im Publikum saßen junge Leute, die zornig zuhörten. Sie trugen Wollpullover oder Batikhemden, einer hatte ein durchgestrichenes Hakenkreuz auf der Jeans. Es waren nicht viele, ein Dutzend vielleicht, aber das lag daran, dass die Schweizer Polizei junge Leute, die nach Protest aussahen, nicht den Berg hinaufließ.

Aus Wut, dass sie nicht durchgekommen waren, lieferten sich rund tausend junge Leute nach ihrer Rückkehr in Bern eine mehrstündige Prügelei mit der Polizei, schlugen Schaufenster ein und zertrümmerten Autos. Solche Schlachten gibt es häufig, wenn sich Politiker und Manager treffen, zuletzt beim EU-Gipfel in Thessaloniki. Sie haben viel mit den mutmaßlichen Horrorfabriken von Nike zu tun.

Wie macht Nike das? Wie kann eine Firma die Jugend so beschäftigen und so spalten? Eine mögliche Antwort darauf gibt Naomi Klein, die Königin der Globalisierungskritiker, in ihrem Weltbestseller »No Logo!«. Nike wird dort im Register rund 40mal erwähnt, mit Abstand am häufigsten.

Für Klein sind die einen Jugendlichen verblendet durch eine »äußerst aggressive Markenpolitik«, also die Gaukeleien von Werbung und PR. Die anderen haben Recht, weil sie das wahre Wesen von Nike durchschauen. Dazu gehöre vor allem die Rolle des Ausbeuters von Arbeitnehmern auf der südlichen Erdhälfte. Klein sieht die modernen Unternehmen in einem Wettlauf, den gewinnt, wer »die wenigsten Arbeitskräfte beschäftigt und nicht die besten Produkte, sondern die mächtigsten Images produziert«.

Ob das stimmt oder nicht, jedenfalls hat Klein zu Recht Nike als ihr wichtigstes Beispiel ausgesucht. An keinem anderen Unternehmen lässt sich so gut erkennen, wie eine moderne Marke funktioniert.

DIE GLÜCKLICHEN

John Hoke, der seine Müdigkeit in eine Schuhsohle umwandelte, hat ein kleines Büro auf dem Campus von Nike in Beaverton, einem Ort nahe Portland (Oregon). Hier sitzt die Weltzentrale des Imperiums.

Für einen führenden Angestellten einer Firma, die vom Körperkult lebt, ist Hoke überraschend füllig. Er hat ein rundes Gesicht, einen hohen Haaransatz und guckt meist leicht zerstreut durch seine Brille. Er trägt Jeans und ein verwaschenes Hemd. Er sieht nicht aus wie der Chefdesigner für Schuhe einer Marke, die als cool gilt.

Während Hoke erzählt, von Thema zu Thema springend, kramt er ständig nach Schuhen in seinem überfüllten Büro, sagt zwei Sätze zu dem einen Schuh, den er gerade in der Hand hält, und sucht dabei mit den Augen schon nach dem nächsten.

Thanksgiving, sagt er, gab es zu Hause japanische Äpfel, die von einem Netz aus dickem, elastischem Kunststoff umhüllt waren. Er dachte sofort, dass man daraus einen Schuh machen müsse. Er zeigt den Schuh, den er dann entworfen hat, eine Sohle, darüber ein Netz aus dickem, elastischem Kunststoff.

John Hoke kann aus seinem ganzen Leben Schuhe machen. Das soll er auch. Die klassische Trennung von Arbeit und Freizeit gibt es bei Nike nicht. Die Firma will den ganzen Menschen, und er soll glücklich sein, weil er dann auf Dauer die besten Ideen hat. »Pursuit of Happiness«, die amerikanische Ur-Idee von der Jagd nach dem Glück, soll sich im Job erfüllen.

Deshalb darf ein Designer wie Hoke die schönsten Reisen machen und sich inspirieren lassen. Deshalb gibt es weltweit kaum einen angenehmeren Arbeitsplatz als die Weltzentrale von Nike in Beaverton. Sie liegt in einem schönen Park, Rasen, Schilf, in der Mitte ein See. Es gibt zwei Fußballplätze, eine Halle für Basketball, ein Schwimmbad, mehrere Gymnastik- und Krafträume, eine Kletterwand, ein Beachvolleyball-Feld. Sport während der Arbeitszeit ist erwünscht. Die meisten Mitarbeiter sind dünn, aber dick ist auch okay, Hauptsache glücklich.

Es waren Sportler, die das Unternehmen gegründet haben. 1962 begannen der Mittelstreckenläufer Philip Knight und der Leichtathletiktrainer Bill Bowerman, Sportschuhe in Japan zu produzieren. Die Entwürfe dafür machte Bowerman selbst. Legendär ist die Geschichte, dass er Sohlen im Waffeleisen seiner Frau buk. 1972 wurde aus Blue Ribbon Sports die Firma Nike, die, zunächst vom Konkurrenten Adidas belächelt, zum Weltmarktführer aufstieg und 2002 rund zehn Milliarden Dollar umgesetzt hat.

Hoke hat Bowerman, ein paar Jahre vor dessen Tod 1999, beim Umzug geholfen, musste die Schafe zusammentreiben und die Garage leer räumen. Beim Kaffeetrinken wurde ihm der Platz zugewiesen, an dem nur ein Keks lag. Alle anderen bekamen zwei Kekse. Bowerman war aufgefallen, wie unsportlich Nikes Chefdesigner aussieht.

Hoke erzählt diese Geschichte beseelt, ergriffen. Er ist geradezu dankbar dafür, vom Gründer für seine Fülligkeit verspottet worden zu sein. Jeder erzählt hier so von Bowerman. Bei zehn Interviews für diese Geschichte in Beaverton fiel siebenmal sein wichtigster Satz: »Wenn du einen Körper hast, bist du ein Athlet.«

Bowermans Waffeleisen ist Nikes Ur-Story. Sie wird erzählt mit der Inbrunst von Jüngern. Sie wird ergänzt durch tausend andere Geschichten, von Weckern und japanischen Äpfeln, von Sportstars und ihren größten Momenten, von ersten Schuhen und liebsten Trikots. Sie bündeln sich zu einer großen Überlieferung, einer mündlichen Nike-Bibel, die jeder in sich trägt und die allen ein erhabenes Gefühl gibt, bei Nike arbeiten zu dürfen. ›Es ist ein Traum, hier sein zu können«, sagt Hoke.

An die Fabriken im Weltreich von Nike erinnert in Beaverton nur eine Sirene, die täglich um 17 Uhr in der Designerhalle ertönt. Sie bleibt folgenlos, niemand geht nach Hause. Alle grinsen, jeden Tag aufs Neue, es ist ein Scherz, der auch der Erleichterung dient. Dies ist nicht die Arbeitswelt, in der Sirenen das Leben regeln.

In der Halle hat jeder Designer einen Verschlag, den er sich häuslich eingerichtet hat. Viele Spielzeugautos, viele Comic-Bilder, Godzilla-Figuren. Es ist ein Hort der guten Laune. Die Designer sind kindische, genialische Freaks, deren Mission coole Schuhe sind. Sie sind die Sonnenseite von Nike, das gute Amerika.

Etwas ernster, erwachsener wirken die Kollegen, die für die Funktion der Schuhe zuständig sind, zum Beispiel Mario LaFortune, der Leiter des Forschungslabors, ein Frankokanadier, der einen Schnurrbart trägt und einen Strickpullover, mit dem er an jedem Türsteher der Welt scheitern würde.

Das Problem für LaFortune ist, dass der Schuh längst erfunden wurde. Er kann nur an minimalen Veränderungen tüfteln, seine Arbeit ist die Veredelung des

Banalen: ein bisschen mehr Schonung für den Fuß, ein bisschen weniger Gewicht.
LaFortunes großer Stolz ist der »Mercurial Vapor«, ein Fußballschuh, der nur 196 Gramm wiegt, sich trägt wie eine Socke und Stürmern beim Antritt den entscheidenden Vorteil bringen soll.
Als Deutschland im WM-Finale 2002 gegen Brasilien spielte, saß LaFortune vor dem Fernseher und sah chromglänzende Mercurial Vapors an Ronaldos Füßen. Er sah in der 67. Minute, wie Oliver Kahn einen Schuss abprallen ließ und Ronaldo vor den deutschen Verteidigern am Ball war. Eins zu null für Brasilien, für Nike.
Auf die Frage, was er in diesem Moment empfunden habe, will LaFortune, der ein eloquenter, charmanter Mann ist, etwas sagen, aber er kann nicht. Sein Mund steht offen, in einer Hand hält er einen Mercurial Vapor, und er holt japsend Luft für Worte, die er nicht findet. So steht er ein paar Sekunden da, wie ein Denkmal für das große Glück.
Es sind jene Momente, die ihn belohnen für seine Arbeit. Ein gutes Einkommen gilt bei Leuten wie Hoke oder LaFortune als Selbstverständlichkeit. »Einen winzigen Anteil an Ronaldos Toren zu haben ist ein großartiges Gefühl«, seufzt LaFortune, nachdem er seine Sprache wiedergefunden hat.
Es ist ein stark französisch geprägtes Englisch, das er spricht. Man hört es hier auch mit Schweizer, australischem oder deutschem Akzent. Globalisierung auf dieser Stufe des Produktionsprozesses heißt: Nike versammelt eine Auswahl der Besten aus aller Welt in Beaverton und macht sie glücklich. In die Skizzen und Prototypen, an denen Hoke und LaFortune arbeiten, fließt vor allem ein gutes Lebensgefühl, der Produktionsfaktor Glück. Dann kommen die Fabriken.

DIE GENÜGSAMEN

Der Mann mit der Ballonmütze, auf der Hammer und Sichel prangen, redet lange und eindringlich. Rund hundert Männer und Frauen sitzen im Halbkreis um ihn herum. Sie lauschen, dann singen sie. Alle stehen auf, heben eine Hand, ballen sie zur Faust. »Wir sind keine Sklaven, Widerstand, Widerstand.«
Sie leben seit ein paar Wochen in einem Camp vor dem Arbeitsministerium in Bangkok. Schlafsäcke, ein Fernseher, Plastikwannen mit Geschirr und Essen. An einer Leine hängt zwischen Wäsche eine Maske mit dem Gesicht eines Monsters. Darauf ist auch der »Swoosh«, das Markenzeichen von Nike.
Die Menschen, die hier protestieren, haben für die Bed & Bath Prestige Co. Ltd. in einem Vorort von Bangkok gearbeitet. Dort wurde Kleidung genäht, für Nike, Adidas oder Reebok, bis sich der Besitzer der Fabrik davongemacht hat. Die Arbeiter kämpfen für die Abfindung, die ihnen gesetzlich zusteht.
Nike muss diese Abfindung nicht zahlen, denn Nike ist nicht der Arbeitgeber dieser Leute. Ein modernes Modeunternehmen besitzt keine Fabriken, sondern lässt Fremdfirmen für sich fertigen. Naomi Klein nennt das »die Flucht aus der Arbeitgeberrolle«.
Es sind vor allem junge Frauen, die für Nike im Süden arbeiten, Frauen wie Ee und Seng, die vor dem Ministerium für Arbeit protestieren. Ee ist 25 und war Näherin bei Bed & Bath. Seng ist 32 und war Aufseherin.
Sie sind kleine, zarte Frauen, und weil sie gern lachen und kichern, wirken sie auf den ersten Blick wie Mädchen, die fröhlich und gedankenlos dahinleben. Tatsächlich gibt es bei ihnen eine hohe Bereitwilligkeit, das Leben schön zu finden, auch wenn es hart und anstrengend ist. Aber es gibt Grenzen.
Beide erzählen, dass sie fast jeden Tag 15 bis 18 Stunden gearbeitet haben. Wenn ein Liefertermin drängte, hätten sie rund um die Uhr arbeiten müssen – und danach sofort die nächste Schicht.
Auch bei Bed & Bath gab es keine Trennung zwischen Arbeit und Freizeit. Viel arbeiten, wenig schlafen, keine Freizeit, das war das Leben von Seng und Ee. Sie hatten 13 Urlaubstage im Jahr. Sie sind die wahren Athleten im Weltreich von Nike.
Damit sie nicht müde würden, erzählt Seng, habe der Vorarbeiter die Fröhlichkeitsdroge Amphetamin in

einer Flüssigkeit aufgelöst. Das hätten sie trinken müssen. So hatten sie auch bei Nacht gute Laune, danach allerdings schwere Depressionen, sobald die Wirkung der Droge nachließ. Amphetamine haben einen hohen Suchtfaktor.

Seng und Ee haben Überstunden gebraucht, weil sie nur so auf ein Monatsgehalt von 11 000 Baht kommen konnten, umgerechnet 230 Euro. Geld ist extrem wichtig in ihrem Leben, weil es nie reicht. Sie müssen jeden Monat 3000 Baht an ihre Eltern in den Heimatdörfern schicken. Es geht ums Überleben, nicht um Belohnungen.

Seng holt eine Kette, an der eine blassgelbe Karte mit einem Swoosh hängt. Diese Kette mussten sie während der Arbeit um den Hals tragen. Auf der Karte stehen Verhaltensregeln, die sich jemand von Nike ausgedacht hat. Die Arbeiterinnen sollten nicht Wasser aus demselben Glas trinken, wegen der Bakterien. Die beiden Frauen lachen.

Manchmal, sagen sie, sei ein Kontrolleur von Nike gekommen und habe gefragt, wie viele Überstunden sie machen müssten. Nie mehr als zwei am Tag, versicherten sie treuherzig. Zuvor war der Vorarbeiter bei ihnen gewesen und hatte gesagt, dass die Wahrheit 5000 Baht Strafgeld koste.

Als sie hören, dass es bei Nike in Beaverton ein Schwimmbad gibt und die Mitarbeiter während der Arbeitszeit Volleyball spielen, lächeln sie erst ungläubig, und dann sind sie eine Weile still. Sie sitzen auf dem Boden im Schneidersitz, Seng dreht die Kette mit der Karte um ihren Daumen. Zwei Nähmaschinen surren, die Protestierenden verdienen sich ein bisschen Geld, indem sie T-Shirts mit dem Logo »Dignity is not for sale« fertigen. Würde ist nicht verkäuflich. Es ist heiß, der Himmel hellblau.

»Das ist nicht fair«, sagt schließlich Seng. »Wir fühlen uns dumm dabei«, sagt Ee. »Warum können die uns nichts abgeben?« Der Grund ist, dass Nike sie nicht als ganze Menschen braucht, nicht ihr Lebensgefühl und schon gar nicht ihr Glück. Pursuit of Happiness ist nicht erforderlich. Nike braucht eigentlich nur ihre Hände und ihre Augen, weil die zum Nähen besser und billiger sind als Roboter.

Beide Frauen sind bereit, noch einmal die Bed-&-Bath-Fabrik zu besuchen. Sie liegt in einem Vorort von Bangkok an einem kleinen Kanal. Die Fabrik ist ziemlich schmuck, weiße Fassade, blau verspiegelte Fenster. In der Halle stehen verlassen die Nähmaschinen, auf einer Stange hängen hellblaue Kindertrikots von Nike. Draußen stehen drei Getränkeautomaten mit Pepsi.

Seng steht eine Weile still davor, dann sagt sie einen Satz, der ziemlich überraschend kommt: »Eigentlich war es die perfekte Fabrik.« Vergessen ist der Schmerz der Überstunden, bei einer Flasche Pepsi unter einem Sonnendach erzählen die beiden Frauen, dass sie doch glücklich waren. Sie hatten Arbeit, sie konnten mit den Kolleginnen plaudern, mittags zogen sie sich ein kaltes Getränk aus dem Automaten. Ein bisschen weniger Überstunden, und alles wäre für sie in Ordnung gewesen.

Ihre Idee vom Glück ist eine andere als in Beaverton. Auf die Frage, wovon sie träume, sagt Ee: »Viel arbeiten, viel sparen, dann zurück ins Dorf.« Insofern war Bed & Bath ihre Traumfabrik. Sie protestieren nicht gegen Überstunden und Arbeitsbedingungen, sondern für ihre Abfindung. (Inzwischen hat die thailändische Regierung jedem Arbeiter eine Entschädigung bezahlt, und das Camp wurde aufgelöst.)

Ihre Genügsamkeit ist ihre Chance. Knight und Bowerman haben ihre ersten Schuhe in Japan fertigen lassen, weil die Löhne dort in den sechziger Jahren sehr niedrig waren. Jetzt ist Japan eines der reichsten Länder der Welt.

Ist Nike also ein Segen für Thailand? Nein und ja, findet Junya Yimprasert, die Gründerin der »Thai Labour Campaign«, die sich um die Rechte von Arbeitnehmern kümmert. »Die Arbeiterinnen verzehren ihr Leben, indem sie ihr Geld verdienen«, sagt sie. Die Erleichterung, einen Job zu haben, öffne das Tor für die Ausbeutung. Zwar seien die direkten Ausbeuter die thailändischen Fabrikbesitzer, aber Nike profitiere davon. Und Nike setze sie ständig unter Druck, die Preise niedrig zu halten. In China, würde gesagt, könne man noch billiger produzieren. »Die Kontrolleure«, sagt Junya, »waren immer froh, wenn sie keine Probleme gesehen haben.« Warum seien sie zum Beispiel nie um zwei Uhr morgens gekommen, wenn alle müde waren oder aufgekratzt von den Amphetaminen?

Es geht ihr nicht um die westliche Idee vom Glück. Sie hat nichts gegen den 10-Stunden-Tag, die 60-Stunden-Woche. Es geht ihr um 16-Stunden-Schichten, um Amphetamine, um Strafgeld für Gähnen. Die Grenze ist das, was nach universellen Maßstäben unmenschlich ist in den Fabriken. Es geht um Fairness, nicht um Gleichheit.

Junya will nicht, dass Nike verschwindet aus Thailand. Sie will mehr Nike. Sie will, dass Nike nicht nur 20 Prozent der Produktion einer Fabrik abnimmt, sondern 80 Prozent. Je höher der Anteil, desto mehr Einfluss, desto mehr Verantwortung. Sie will, dass es für Nike unmöglich ist, nicht richtig hinzugucken, dass der Produktionsfaktor Genügsamkeit im Rahmen der Globalisierung zwar genutzt, aber nicht ausgenutzt wird.

Weil Seng und Ee und ihre Kolleginnen im Süden so genügsam sind, kostet die Fabrikation eines Schuhs nach einer Modellrechnung von Nike nur 6 Dollar. Im Laden wird er für 80 Dollar verkauft. Das schafft Spielraum für die teuren Imagekampagnen, die aus Schuhen und Hemden eine Lebenshaltung machen.

DIE AGGRESSIVEN

Am 12. Mai 1998 hielt Philip Knight, Gründer und auch heute noch Chef von Nike, eine Rede vor dem National Press Club in Washington. Er stellte sich scherzhaft als »der große Satan« vor und versprach, dass Nike die Arbeitsbedingungen in den Fabriken verbessern werde.

Die Bewegung der Globalisierungsgegner kam damals gerade in Schwung und hatte sich Nike als eines der Hauptziele ausgesucht. Angeprangert wurden Kinderarbeit, exzessive Überstunden, sexuelle Belästigung von Arbeiterinnen, giftige Klebstoffe in den Schuhfabriken, Gewalt gegen Gewerkschafter. Nike war in Gefahr, sein Image als fröhlicher Sport- und Lifestyleausrüster zu verlieren.

Unter diesem Eindruck warb Knight 1997 einen Mann namens Vada Manager von Levi Strauss ab. Manager hatte zuvor für Bill Clinton Wahlkämpfe organisiert. In Beaverton sollte er von einem so genannten War-Room aus eine Imageschlacht führen, durchaus robust. »Newsweek« berichtete, Nike habe Spitzel an den Universitäten eingesetzt, um rechtzeitig über geplante Protestaktionen informiert zu sein. Die wurden dann mit massivem Polizeieinsatz unterbunden.

Vada Manager ist Afroamerikaner, hat einen kurz geschorenen Vollbart und trägt einen grauen Anzug. Er spricht mit tiefer, kraftvoller Stimme, und man sagt ihm nach, dass er in Talkshows sehr gut rüberkomme. Er sitzt im »Boston Deli«, einer Bar auf dem Campus in Beaverton. An den Wänden hängen Fotos von Sportlern, die sich in warmen Worten bei Philip Knight bedanken, Michael Jordan, Katrin Krabbe.

Er kann sehr schöne Sätze sagen, die einen angenehm an Bill Clinton erinnern. »Wir müssen mehr zuhören als selbst reden«, sagt er zum Beispiel. Er räumt sofort ein, dass es früher Probleme in den Fabriken gegeben habe. Das ist dann die Plattform, von der aus er die Verbesserungen aufzählen kann: Kinderarbeit abgeschafft, die giftigen Kleber ersetzt, Verhaltensregeln aufgestellt, regelmäßige Kontrollen eingeführt. »Wir sind in den letzten Jahren ein besseres Unternehmen geworden«, sagt Manager.

Aber was ist mit Seng und Ee, den ewig langen Schichten, dem Amphetamin und dem Strafgeld für Gähnen? Manager sagt, dass es für das Amphetamin keine Beweise gebe. Er zitiert eine Umfrage, nach der Nikes Mitarbeiter in Thailand zum allergrößten Teil zufrieden seien. Es könne schon sein, dass Arbeiter zum Lügen angehalten würden. »Es ist unmöglich, jeden Tag hinter jedem Fabrikbesitzer zu stehen«, sagt Manager.

Dann wird das Gespräch unterbrochen, weil im Boston Deli jemand tuschelt, »da ist die Nummer zwei«, und gemeint ist ein älterer Herr, der damals als Zweiter von Bowerman und Knight eingestellt wurde.

Sofort beginnt ein großes Hallo und Händeschütteln, und dann ist man schnell bei den alten Geschichten, und irgendwann sagt jemand, dass ein Athlet ist, wer einen Körper hat, und Michael Jordan lächelt von der Wand dazu, und man ist mal wieder eine große, glückliche Familie, zu der Ee und Seng leider nicht gehören. Bangkok ist weit weg von Beaverton.

Die Bed-&-Bath-Factory war für Nike nur im Auftrag eines anderen Subunternehmens tätig und hatte selbst Subunternehmen, die irgendwo im Dschungel Kleidung genäht haben, und niemand weiß, wie es in diesen Fabriken zuging. Niemand will es wirklich wissen. Es ist Wunsch der Firma, nicht die ganze Kontrolle zu haben, die ganze Verantwortung. So was kostet Geld.

Es ist billiger, einen Vada Manager zu beschäftigen, der für ein bisschen Kontrolle sorgt und in den Talkshows das Image aufpoliert. Denn das ist das wichtigste Kapital von Nike.

Während Manager die schlechten Storys verhindern soll, ist es die Aufgabe von Joe Pollard, die guten Storys zu erzählen. Sie ist Australierin, blond, robust, Direktorin für globales Markenmanagement. Ein Gespräch mit ihr ist etwas völlig anderes als mit John Hoke oder Mario LaFortune. Sie ist nicht Freak, nicht Tüftler. Pollard ist Erobererin und knallhart. Sie redet schnell, ihre Sprache ist direkt. Sie sieht überall Fronten, an denen sie kämpfen muss: Kinderfront, Jugendfront.

Joe Pollard arbeitet an der Globalisierung der Träume. Sie soll dafür sorgen, dass in allen Ländern Pursuit of Happiness als Jagd nach der Fitness, der Schönheit und der Lässigkeit verstanden wird. So will sie Kunden für Nike erobern.

Sie ist immer auf der Suche nach der »großartigen Story«, einer Werbebotschaft, die den Swoosh mit einem Image auffüllt. Nur so kann aus einem Schuh ein Traum werden. Die besten Storys lieferte bislang der Basketballgott Michael Jordan, Nikes wichtigster Werbepartner. Doch der ist nun endgültig in den Ruhestand gegangen. Zwar hat Nike gerade einen Werbevertrag über 90 Millionen Dollar mit dem 18-jährigen LeBron James abgeschlossen. Es ist jedoch offen, ob er ein neuer Michael Jordan werden kann.

Zudem tut man sich schwer mit der von Stardesignern veredelten Sportmode, wie sie von Puma und Adidas erfolgreich vermarktet wird. Nikes Wurzeln sitzen sehr tief im Leistungssport.

Die neue Story heißt deshalb Fußball, wo bislang Adidas den Markt beherrscht. Das Problem ist, dass Fußball nicht das Image hat, mit dem Nike seinen Swoosh auffüllen möchte, nicht cool genug. Eroberer wie Joe Pollard werden auch damit fertig. Passt das Spiel nicht zum Image der Firma, muss sich eben das Spiel ändern.

Im vorigen Frühjahr trafen sich Freizeitkicker unter dem Berliner Reichstagsgelände in einer U-Bahn-Station im Rohbau und spielten Fußball. Aber es war nicht Fußball, wie man ihn kennt. Der Ball sah aus wie eine silberne Kanonenkugel, das Spielfeld umzäunten hohe Gitter, und die Netze der kleinen Tore waren aus Ketten. Ölfässer, gelbes Licht, Popmusik-Gewummer aus riesigen Lautsprechern. Auf Leinwänden liefen Videos, die Weltstars wie Luis Figo oder Roberto Carlos in einem ähnlichen Käfig zeigten. Schnelles, aggressives Spiel, eine Schlacht um den Ball.

Da wollten die Freizeitkicker nicht nachstehen und rannten durch den Käfig wie eine Mischung aus Figo, Robbie Williams und römischem Gladiator. Sie waren cool, sie waren fiebrig, sie waren große Fußballspieler, deren lahmste Schüsse wie Kanonendonner klangen, sobald der Ball gegen das Gitter prallte. Sie berauschten sich an einer munteren Schlacht aus der Traumfabrik von Nike.

Das sind die Momente des Erfolgs für Leute wie Joe Pollard: Menschen verwandeln, verzaubern und dann einen kleinen Swoosh an die Träume pappen.

Die Verdichtung auf eine Käfigschlacht ist der Versuch, Fußball so aussehen zu lassen wie Basketball, schneller, mehr Höhepunkte. Nike arbeitet daran, das wichtigste Spiel aus dem alten Europa zu amerikanisieren. Wie so oft mit der Zustimmung der Amerikanisierten. Fußball kommt auch Europäern häufig ziemlich lahm vor.
Nikes Veränderungswille macht sogar vor dem Menschen selbst nicht halt. Gerade ist man dabei, die »posthumane Rasse« zu erfinden, wie die Zeitschrift »Wired« schreibt. Es begann damit, dass ein führender Manager beim Boston-Marathon 2001 im vorderen Feld zu seinem Verdruss vor allem Afrikaner sah. Afrikaner sind keine gute Story für Nike. Niemand im Norden kann sich ihre Namen merken, niemand findet, dass irgendwas an Kenia oder Äthiopien cool sein kann. Aber Laufschuhe sind der wichtigste Markt für Nike.
Die Firma mietete ein Haus in Portland, dichtete die Fenster ab, stopfte Hightech hinein und nahm ein halbes Dutzend Läufer unter Vertrag. Sie leben nun in idealen Bedingungen für Athleten: Im Haus atmen sie Höhenluft, trainieren können sie draußen auf Meereshöhe. Für sie liegen Berggipfel und Talsohle in der biologischen Wirkung nur einen Schritt auseinander.
Einer der Läufer verbesserte seine Zeit über 10000 Meter innerhalb eines halben Jahres um 30 Sekunden. Ob das fair ist gegenüber den Afrikanern, fragt sich niemand bei Nike. Hauptsache, für den Swoosh fällt eine gute Story ab. Nicht nur Naomi Klein findet, dass Nike eine »aggressive Markenpolitik« betreibt.
Damit ist versammelt, was man für eine Weltmarke braucht: ein paar hundert Kreative, die so glücklich sind wie John Hoke, ein paar hunderttausend Arbeiter, die so genügsam sind wie Ee, und ein paar Dutzend Leute, die so aggressiv sind wie Joe Pollard.
Im Prinzip funktionieren alle Marken der Sport- und Lifestylebranche so. Amerikanisch ist an Nike, dass man sich größer zu denken traut, konsequenter. Deshalb hat man auch die meisten Gegner.

DER FREIWILLIGE

Tim Connors Kopf ist kahl, bis auf ein paar dünne Härchen, er trägt Jeans und Pullover, dazu Turnschuhe, aber nicht von Nike. Er sitzt auf dem Podium in der Niederländischen Asthmaklinik in Davos, wo sich Globalisierungsgegner zum Thema Nike versammelt haben.
Seine Hände sind auf dem Tisch gefaltet, er hält den kahlen Kopf schief, sein Blick ist meist nach unten gerichtet. Es sieht aus, als würde er beten. Neben ihm auf dem Podium steht ein Schild mit dem Namen »Phil Knight«. Der Stuhl dahinter ist leer.
Der Chef von Nike soll in Davos weilen, um das Weltwirtschaftsforum zu besuchen. Jemand hat ihn draußen im Schnee gesehen. »Vielleicht kommt er ja noch«, sagt Connor.
Er ist in Sydney aufgewachsen, Sohn eines engagierten Christen und einer Menschenrechtsaktivistin. Connor erzählt unter dem Logo »NikeWatch« Geschichten, die von der Ausbeutung handeln. Dafür hat er unzählige Interviews mit Arbeitern in Thailand und Indonesien gemacht. Das alles verbreitet er im Internet.
Er findet nicht, dass Naomi Klein Recht hat. »No Logo« würde er nicht fordern. Sollen die Leute ruhig Markenkleidung tragen, wenn es Spaß macht, warum nicht? Er ist froh, dass es den Swoosh gibt. Denn das Markenimage ist nicht nur die größte Stärke von Nike, sondern auch »die verwundbarste Stelle«, sagt er. Da jeder das Logo mit Storys füllen kann, tut dies auch Connor, als freiwilliger, als unerwünschter Mitarbeiter.
Im Prinzip macht er die gleiche Arbeit wie seine Landsfrau Joe Pollard, mit umgekehrtem Vorzeichen. Sie packt die schönen Storys in den Swoosh, er die hässlichen. Man soll auch an das verbotene Gähnen denken, wenn man an Nike denkt.
Connor hat nichts gegen Globalisierung. Er will Fairness und Symmetrie. Gerade die Traumfabrik Nike, die durch ihre Marketingstrategie die Idee vom Glück weltweit gleichschalten wolle, dürfe nicht

seine Mitarbeiter im Norden und Süden krass unterschiedlich behandeln.
Die Zuhörer in Davos fragen Connor, ob man Nike boykottieren solle. Nein, sagt er, das würde den Arbeitern im Süden ihre Jobs rauben. Er empfiehlt Protest-E-Mails nach Beaverton zu schicken. Sie fragen, ob Nike schlimmer sei als andere Firmen. Nein, sagt er, aber die Firma sei Marktführer, und wenn man etwas bei Nike erreichen könne, müssten die anderen folgen. Die Zuhörer fragen, ob Nike lernfähig sei. Ja, sagt er, einiges habe sich in den letzten Jahren verbessert, aber längst nicht genug.
Seine Stimme ist leise. Er redet ruhig, kein Eifer, kein Hass. Draußen schneit es immer heftiger, Philip Knight kommt nicht mehr. Wenn es Vada Manager ernst war mit seinem Satz, Nike wolle zuhören, dann hat sein Chef gerade eine ziemlich gute Gelegenheit verpasst.

Reiner Luyken

Reiner Luyken, geboren 1951 am Starnberger See, 1969 Abitur am Humanistischen Gymnasium München-Pasing. Danach Cembalo-Lehre und Jobs als Orgelbauer, Zimmerer, Fernlastfahrer. 1978 Umzug nach Schottland, bis 1984 als Lachsfischer tätig. 1982 erste Veröffentlichung in der ZEIT, bis 1992 freier Reporter für DIE ZEIT, GEO, MERIAN etc. Seit 1993 Auslandskorrespondent der ZEIT.
Preise: Stipendium der Michael-Jürgen-Leisler-Kiep-Stiftung 1984, Reportagepreis der IG Metall 1986, Beste Wirtschaftsreportage 1989, Deutsch-Britischer Journalistenpreis 1995, Theodor-Wolff-Preis 1996

Der Entzauberte

Tony Blair, einst Lichtgestalt der britischen Politik, steckt in seiner schwersten Krise. Wegen des Irak-Kriegs gingen die Bürger gegen ihn auf die Straße, jetzt nennen sie ihn Lügner. Unterwegs mit einem ratlosen Premier

von Reiner Luyken
DIE ZEIT
31. Juli 2003

Welch überwältigende Ehrerbietung! Fast alle Senatoren, der ganze Kongress sowie das Kabinett der Vereinigten Staaten mit Vizepräsident, Außenminister und Verteidigungsminister sind versammelt. 448 Menschen im Plenum, 623 auf den Rängen. Das Establishment des mächtigsten Staates der Welt. Dazu 116 Journalisten.

Sie stehen, sie klatschen, sie jubeln, als Tony Blair Einzug hält. Drängen vor, ihm die Hand zu schütteln. Und sie sehen dieses berühmte Tony-Blair-Strahlen – die Zähne entblößt, das Kinn vorgereckt. Dann steht Blair am Rednerpult, seine Hände zit-tern. Hat er Lampenfieber? Als er zu sprechen anhebt, klingt seine Stimme dünn, fast zerbrechlich. Er krampft die zitternden Finger zusammen, doch schon nach dem zweiten Satz ist das hingebungsvolle Publikum wieder applaudierend auf den Beinen.

»Der 11. September«, führt er im Stile eines Shakespeareschen Versmaßes aus, »war kein vereinzelter Akt / sondern ein tragischer Prolog / Irak – ein zweiter Akt / und viele Schlachten werden folgen / vor dem Ende.«

Schauspieler war Tony Blair schon als Teenager mit Leidenschaft. Mit 14 Jahren spielte er den Mark Antonius in Shakespeares *Julius Caesar*. Den größten Erfolg seiner Schulzeit errang er als 18-Jähriger in der Hauptrolle von R. C. Sherriffs *Journey's End*, einem surrealen Drama über den Ersten Weltkrieg – einem Antikriegsstück. In einem Pathos, das an Winston Churchill erinnert, fährt der britische Premier fort: »Noch nie gab es eine Zeit, in der amerikanische Macht so notwendig war; in der sie so falsch verstanden worden ist und in der das Studium der Vergangenheit uns mit so wenig Lehren für die Gegenwart versieht.«

Als drittem Briten nach Churchill und Margaret Thatcher verleiht der US-Kongress Blair die Gold Medal of the Congress, die höchste amerikanische Auszeichnung für Zivilisten. Als vierter Premierminister nach Churchill, Thatcher und Attlee (den er am 2. August als den Labour-Premier mit der längsten Amtszeit überrunden wird) spricht er auf einer gemeinsamen Sitzung von Kongress und Senat. Er beschwört die »Flamme der Freiheit«, die »universalen Werte des menschlichen Geistes« und deklamiert emphatisch, dass die Geschichte »es uns nicht nachgesehen hätte, wenn wir angesichts der Bedrohung zurückgewichen wären. Daran glaube ich mit jeder Faser meines Instinkts und meiner Überzeugung.«

Neunzehn Mal erhebt sich das Publikum und klatscht ihm zu. Bravorufe und begeisterte Pfiffe hallen durch den ehrwürdigen Saal. Fast jedes Mal geht der Anstoß für die Ovationen von der rechten Seite des Hauses aus, von den Republikanern. Blair empfängt den Beifall wie ein Matador nach besonders gelungenen Drehungen. Selbstbewusst und überlegen bringt er das Publikum, das ihn anfangs einzuschüchtern schien, mit sparsamen Kopfbewegungen zur Ruhe. Um die neue und tödliche Gefahr zu beschwören, die »aus den Schatten und der Dunkelheit in jenen Teilen der Welt getreten ist, die nicht im Licht der Freiheit stehen«.

Seine Hände formen die Sätze nach, als ließen Gedanken sich in Gesten fassen. Den Schluss seiner Darbietung bringt er ganz leise vor, wie ein in Trance geratener Prediger: »Wenn unser Sinn recht ist und unser Mut fest, wird die Welt mit uns sein.«

Tony Blair macht die Welt zu seiner Bühne. Einen »gigantischen Egotrip« nennt die *Times* Blairs Reise, die ihn von Washington weiter nach Tokyo, Seoul, Peking, Shanghai und Hongkong führt. Als wolle der Premier sich draußen in der Welt jener Wärme und Zuneigung versichern, die er zu Hause längst eingebüßt hat.

Die gecharterte Boeing 777 der British Airways mit Blair und seiner Entourage an Bord fliegt gerade irgendwo über Alaska auf dem Weg von Washington nach Tokyo. Es ist mitten in der Nacht, die meisten Mitarbeiter des Stabs und die mitreisenden Journalisten schlummern unter ihren Flugdecken, als Blairs diensthabender Adjutant benachrichtigt wird. Es ist halb zehn Uhr morgens britischer Zeit.

Schon als Schüler hatte er Anhänger, die ihn nachahmten

David Kelly, ein ehemaliger Waffeninspekteur der UN und Experte im Verteidigungsministerium für biologische und chemische Waffen, ist verschwunden. Zwei Stunden später findet die Polizei Kellys Leiche. Selbstmord. Kurz zuvor war bekannt geworden, dass der Experte Kontaktmann des BBC-Journalisten Andrew Gilligan war, der Blair und dessen Kommunikationsdirektor Alistair Campbell beschuldigt hatte, Geheimdienst-Informationen zur Rechtfertigung des Irak-Kriegs maßlos aufgebauscht zu haben. Hat sich Kelly deswegen das Leben genommen?

Krisenstimmung breitet sich an Bord aus, fast eine Endzeitstimmung. Der Premierminister führt hektische Telefonate mit Verteidigungsminister Geoff Hoon, mit seinem Jugendfreund Charles Faulkner, den er unlängst zum Lordkanzler und Minister für Verfassungsangelegenheiten befördert hat. Und zweimal mit dem höchsten Beamten im Verteidigungsministerium, Sir Kevin Tebbit. Hinten im Flugzeug geben die Journalisten ein Vermögen an den in die Sitze eingebauten Satellitentelefonen aus.

Ein derber und gut gelaunter Haufen ist diese berüchtigte Meute englischer Politikkorrespondenten, deren höchste Ambition darin besteht, Minister und Regierungen abzuschießen. Jetzt haben sie den Premierminister im Visier. Solange er der Darling der Medien war, die Lichtgestalt einer neuen Politikergeneration, konnten sie sich seiner kaum erwehren. Die ganze Zeit tanzte dieser erfrischende Tony Blair bei Auslandsreisen hinten im Flugzeug an, für vertrauliche Tête-à-têtes, für Hintergrundgespräche, für Interviews. Jetzt lässt er sich nicht blicken. Schon auf der Andrews Air Force Base hatte er die Meute keines Blickes gewürdigt; den amerikanischen TV-Crews winkte er jovial zu. Als Frau Blair oben auf der Treppe auch für britische Kameras posieren wollte, zog Tony sie unwirsch ins Flugzeug.

Beim Landeanflug auf Tokyo erscheint in letzter Minute ein Regierungssprecher, ein blasser Beamter mit transpirierender Glatze, und gibt eine offizielle Erklärung ab, der Premier habe eine unabhängige, richterliche Untersuchung aller Umstände des Todes angeordnet. Das Flugzeug schaukelt wild, eine Stewardess drängt den Mann gerade noch in einen Sitz, bevor die Räder auf der Landebahn aufsetzen.

In Tokyo ist es kurz vor Mitternacht, und in London kommen die Morgenzeitungen mit Schlagzeilen wie *Downing Street unter Verdacht* heraus. Die wildesten Verschwörungstheorien greifen um sich. Am Morgen hält der Premier in Tokyo einen Vortrag über die segensreichen Wirkungen der Globalisierung für den Weltfrieden und über den Euro. Am Nachmittag trifft Blair an einem zwei Autostunden südwestlich von Tokyo gelegenen Bergsee seinen japanischen Amtskollegen Junichiro Koizumi. Am Abend schlägt die Stunde der Meute. Eine Pressekonferenz der beiden Regierungschefs. Blair sieht wie von einer schweren Krankheit befallen aus.

»Premierminister«, legt dann der erste englische Reporter los: »übernehmen Sie im Namen der Regierung die Verantwortung für David Kellys Tod?« Blair antwortet, er sei zutiefst betroffen von der Tragödie, die sich ereignet habe. Seine Stimme bricht, seine Augen werden feucht.

»Mister Blair«, setzt ein zweiter nach, »haben Sie Blut an den Händen? Werden Sie Ihr Amt niederlegen?« Blair steht wie erstarrt, sagt nichts, blickt zu Koizumi hinüber. Ein Augenblick wie eine Ewigkeit. Dann fasst sich Koizumi, führt seinen britischen Kollegen aus dem Raum. Die Korrespondentin des *Daily Express* meint, der Premier habe wieder einmal blendend gespielt: »Er zieht diese Nummer jedes Mal ab, wenn er in Schwierigkeiten gerät. Wir glauben ihm kein Wort mehr.«

Wenn es gespielt war, dann war es großartige Schauspielerei: die Vorstellung eines Darstellers, der völlig in seiner Rolle aufgeht. Donald Macintyre, politischer Korrespondent des *Independent*, glaubt, Blair habe die Gabe, sich selbst derart von Gefühlen zu überzeugen, dass sie eine subjektive Wirklichkeit annehmen. Er muss die Bestürzung nicht spielen: Er empfindet sie, weil er an sie glaubt. Es ist ein Akt der Selbstsuggestion, den jeder große Schauspieler vollführt.

Der Physiklehrer David Kennedy erinnert sich, dass Tony in seinen Schülertagen nicht nur ein begabter Mime sondern auch ein egoistischer Junge gewesen sei. Kennedy unterrichtet immer noch in dem elitären Internat in Edinburgh, das der junge Tony besuchte. Der, sagt Kennedy, habe sich gern als Sprachrohr unzufriedener Mitschüler profiliert – seine Wirkung auf die Kommilitonen immer im Blick. Tony, so Kennedy, habe sich einen Anhang herangezüchtet, der seine Eigenarten und Manierismen bis ins Detail nachgeahmt habe.

Abgesehen von einer provokativ zur Schau getragenen Abneigung gegen das CCF, das schuleigene Jugendmilitär, richtete sich Blairs Rebellion gegen Äußerlichkeiten, vor allem gegen die vorgeschriebene Haarlänge. Eine Büste des Romanciers Sir Walter Scott in der Eingangshalle sollte als Maßstab gelten. Blair schummelte, fettete seine Locken mit Butter ein und steckte sie unter den Hemdkragen. Der Direktor der Schule, ein altmodisch-calvinistischer Zuchtmeister, brachte den widerspenstigen Jungen daraufhin höchstpersönlich zum Friseur.

Blair sei zwar kein hoch begabter Schüler gewesen, heißt es über ihn, aber ehrgeizig und strebsam, immer einer der besten. Ebenso im Paramecium, einem den fähigsten Schülern vorbehaltenen Debattierclub. Der Musiklehrer Michael Lester-Cribb, der den Club leitete, mochte den aufmüpfigen Jungen, wenn der auch eine Eigenheit gehabt habe, die vielleicht eine Schwäche sei: »Er wollte immer populär sein.« Internatslehrer Robert Philp behielt Blair als »Oberskeptiker« im Gedächtnis, dessen kritische Beiträge »eher destruktiv als konstruktiv« gewesen seien. »Er neigte dazu, Mitschüler herabzusetzen, was ihm aufgrund seiner Intelligenz nicht schwer fiel.«

Sein Inneres, seine Gefühle, gab Blair offenbar nie preis. Er verbarg sich immer hinter einer undurchdringlichen Fassade. Auch bei persönlichen Enttäu-

schungen, etwa als er, was bei seiner intellektuellen Fähigkeit eigentlich selbstverständlich gewesen wäre, nicht zum Präfekten seines Internatshauses ernannt wurde. Wenig später stellte Blair der ganzen Schule seine Begabung unter Beweis, andere Menschen für sich einzunehmen: Er eroberte die Zuneigung des ersten Mädchens in dem bis dahin reinen Jungeninternat.
Vor vier Jahren pries Blair im Vorwort zu einem Buch, das Philps über die Schule verfasste, deren »liberale Werte, Aufgeschlossenheit und das dort herrschende Pflichtbewusstsein«. Wenig später bekam Philps Post aus Chequers, der Wochenendresidenz der Premierminister. Blair notierte in einem mit ebenmäßiger Handschrift abgefassten Brief, eigentlich müsse er gerade die Rede der Queen zur Parlamentseröffnung aufsetzen, aber er habe stattdessen das Buch zur Hand genommen. Da sei ihm wieder bewusst geworden, wie ihn die Schule und die Menschen, die er dort traf, geprägt hätten. Er schloss mit der altschottischen, unter guten Bekannten gebräuchlichen Grußformel: »*Yours aye, Tony.*«

Blair ist inzwischen fast so unpopulär wie einst John Major

Am Morgen nach der zermürbenden Pressekonferenz am japanischen Bergsee gewährt Blair dem mitreisenden Korrespondenten der Sky TV ein Interview. Die letzte Frage lautet: »Haben Sie das Bedürfnis, weiterzumachen?« Er antwortet: »Ganz sicher.« Als die Blairs wenig später ins Flugzeug steigen, sieht der Premierminister schon sehr viel besser aus. Er trägt seinen geliebten Freizeitlook, helle Jeans und ein offenes blaues Hemd.
Nächste Station ist Korea. Eine fünfstündige Blitzvisite. Bei dem einstündigen Treffen mit Präsident Roh Moo Hyun geht es vor allem um die nordkoreanische Atomwaffendrohung. Als Roh bei der anschließenden Pressekonferenz im Garten seiner Residenz Blairs »Führungsqualitäten« preist, die ihm Bewunderung in der ganzen Welt eingetragen hätten, lächelt der Premier. Es ist das tapfere Lächeln eines Kranken auf dem Weg der Besserung. Kellys Witwe hat eine Erklärung abgegeben, in der sie alle Beteiligten ersucht, eindringlich über die Geschehnisse nachzudenken, aber sie nannte keine Namen. Das Schlimmste ist überstanden.
Daheim in England zieht der Unmut dennoch weite Kreise. Tony Blair ist abgestürzt und fast so unpopulär wie seinerzeit John Major. 63 Prozent der Leser des *New Statesman*, des Zentralorgans des sozialistisch gesinnten Kleinbürgertums, antworten auf die Frage, ob er ein Lügner sei, mit »Ja«. Die Verdrossenheit über Cool Britannias gestrauchelter Lichtgestalt macht sich nicht nur am Irak-Krieg und Kellys Tod fest. 80 Prozent der Briten sind der Meinung, die Gesundheitsversorgung sei so katastrophal wie eh und je. Blair kontert mit Statistiken, die bewiesen, dass der National Health Service (NHS) sich bedeutend verbessert habe. Aber niemand will den Statistiken glauben. Die meisten öffentlichen Dienste sind in den siebziger Jahren stecken geblieben und seither nicht modernisiert worden. Pendler quetschen sich täglich in Londoner Nahverkehrs- und U-Bahn-Züge unter Bedingungen, die, wenn es um Vierbeiner ginge, gegen das Tierschutzgesetz verstießen. Ist ein Intercity-Zug eine halbe Stunde überfällig, wird das in Lautsprecherdurchsagen »leicht verspätet« genannt. Keine Frage, die Briten sind sehr viel wohlhabender als früher. Aber die Einkommensunterschiede zwischen Arm und Reich, die sich unter John Major zu verringern begannen, sind heute größer als selbst unter Margaret Thatcher. Das obere Fünftel der Bevölkerung verdient 46 Prozent aller Einkommen, das untere Fünftel muss sich mit 6 Prozent begnügen. Blair, der Erfolgsverwöhnte, leidet unter Liebesentzug.
Hört David Hopper, Generalsekretär der Bergarbeitergewerkschaft NUM im nordenglischen Bezirk Durham, zu dem Blairs Wahlkreis Sedgefield gehört, den Namen des Regierungschefs, fragt er: »Haben Sie ein Gewehr?« Um gleich nachzuschieben: »Ich erschieß den *fucking twat.*« Was frei übersetzt in etwa »verfluchter Wichser« heißt.

Nach Hoppers Meinung geht es Blair nur um persönliche Macht. Prinzipien habe der Mann nicht. »Er hat Starallüren wie David Beckham. Beckham ist ja auch nicht gerade der größte Fußballer der Welt. Aber dem nehmen das viele noch ab. Blair glaubt niemand mehr ein Wort. Anfangs schien er halbwegs glaubwürdig. Aber jetzt hat die Partei die Schnauze voll von ihm.«

Charles Kennedy, einer der Gegner des Irak-Kriegs und Führer der Liberaldemokraten, der drittgrößten Partei des Landes, führt Blairs Probleme auf dessen Beraterstab zurück: zynische Karrieristen, die Wahlen gewinnen könnten, »kaum aber die richtigen Leute, um eine ethische Komponente bei der Umsetzung von Macht in Politik einzubringen«. Deshalb, so Kennedy, lege sich auf Blair »dieser Hauch von Unmoral«.

Für Blair, sagt Kennedy, sei »Politik ein Mittel zum Ziel. Das Ziel ist ihm wichtiger als der Weg. Er hat keine Bedenken, alle, ganz gleich, was ihr Hintergrund ist, dafür einzuspannen.« Doch niemand weiß so genau, was dieses Ziel ist. Niemand kann die Bücher, die Essays und Abhandlungen zählen, die über den so genannten Dritten Weg verfasst wurden. Kennedy glaubt, dass die berühmte Ideologie nie mehr als ein akademisch-politischer Kunstgriff gewesen sei, um Schröder, Clinton und Blair zusammenzubinden. Heute habe sie jede Bedeutung verloren. Mit theoretischem Überbau, sei er noch so originell, so scheint es, ist das komplizierte Alltagsgeschäft kaum in den Griff zu bekommen.

Jeden Abend liest er in der Bibel, die neben seinem Bett liegt

Dennoch verficht Blair seine Ideen geradezu mit jugendlicher Unbefangenheit, mit einer Begeisterung, die an Leichtsinn grenzt. Diese auf den ersten Blick sympathische Eigenheit ist zugleich seine große Schwäche. Er lacht zwar laut auf über die Unterstellung, dass er von missionarischem Eifer getrieben sei und immer genau zu wissen glaube, wo es langgeht. Natürlich habe auch er seine Bedenken und Zweifel. Ist er aber einmal von einer Idee überzeugt, setzt er sie mit Verve in die Tat um, ohne sie zu Ende zu denken. Beispiele gibt es zur Genüge. So ist er noch immer davon überzeugt, dass die Vergangenheit der Feind der Zukunft sei. Immer wieder erleidet er damit Schiffbruch. Beispiel Europa: Vor sechs Jahren proklamierte Blair ein neues Verhältnis Großbritanniens zur EU. Heute ist er dort angekommen, wo John Major war – halb drinnen und halb draußen. Beispiel Oberhaus: Er vertrieb den Erbadel aus dem House of Lords, sechs Jahre später weiß immer noch niemand, wie die zweite Kammer zukünftig aussehen soll. Werden ihre Mitglieder gewählt oder ernannt? Die Regierung ist tief gespalten.

Beispiel Lordkanzler: Kürzlich schaffte der Premierminister das 700 Jahre alte Amt des in einer Person vereinten ersten Staatsbeamten, Sprechers des Oberhauses, Vorsitzenden des obersten Gerichts und Justizministers ab. Er wollte ein »moderneres« System einführen. Es scheiterte daran, dass die Reform gegen die Geschäftsordnung des Oberhauses verstieß. Jetzt gibt es wieder einen Lordkanzler.

Die Zahl der Blair-Fans hat sich mittlerweile stark verringert. Zwei, die bestimmt bis zuletzt zu ihm halten werden, sind Peter Brookes und John Burton. Sie gehören zu den *famous five*, die inzwischen in die Blair-Mythologie eingegangen sind. Im Jahr 1983 verhalfen die fünf ihm, einem bis dahin auch in der Partei weitgehend unbekannten Industrieanwalt, zu seinem Sitz im Unterhaus. Zweieinhalb Jahre lang hatte er einen freien Wahlkreis gesucht und herausgefunden, dass der Ortsverband Trimdon noch keinen Kandidaten für die Kreisversammlung der Partei aufgestellt hatte. Dass Labour den Wahlkreis gewinnen würde, stand fest. Einzige Hürde war die parteiinterne Auslese. Blair hatte den Ortsvereinsvorsitzenden Burton angerufen; der hatte erwidert, er solle einfach mal vorbeikommen. Die fünf schauten im Fernsehen gerade das Europapokalendspiel Aberdeen gegen Real Madrid an, als der junge Mann mit dem hier fremd wirkenden Tonfall aufkreuzte. Er wollte Erziehung und Europa zu Wahlkampfthemen machen. Er sprach von ethischem Sozialismus anstatt von Klassenkampf. Erziehung in Ethik sei hier bis heute, wie Burton es ausdrückt, »ein etwas zu kompliziertes Thema«. Trotzdem nominierten sie ihn. »Er hatte«, sagt Burton, »dieses bestimmte Etwas, dieses Charisma. Ich dachte mir, der hat das Zeug dazu, Minister zu werden.«

Ganz knapp, mit 42 Ja- bei 41 Gegenstimmen, brachten sie ihren Mann bei der von traditionellen Funktionären dominierten Kreisverbandssitzung auf die Liste für die Endauswahl. Die gewann er als »Kandidat der schweigenden Mehrheit« gegen die Parteilinke.

Burton und Brookes reden nur von »Tony«. Wenn der alle fünf oder sechs Wochen in seinen Wahlkreis kommt, gehen sie oft gemeinsam im Dun Cow Hotel zum Essen. Die beiden reden bis heute nur in höchsten Tönen von ihm. Umsichtig sei er, rücksichtsvoll, aufmerksam, gewinnend und zugleich scharfsinnig. »Er hat die Wertvorstellungen, den Glauben und die Vision, die Welt zu führen«, sagt Brookes. »Niemand fand nach Dianas Tod die richtigen Worte. Nur Tony. Der fühlte spontan, was ihr Tod bedeutete. Auch nach dem 11. September war Tony der Einzige, der sofort die Tragweite des Ereignisses begriff. Und er verstand es, sie in Worte zu fassen. Bush brachte das nicht fertig. Niemand sonst. Das hebt Tony heraus.«

Brookes bekommt wässrige Augen, Burton schwärmt. »Man kann sich das nur schwer vorstellen: Hier ist ein Mann, der in einer Reihe mit Attlee, Churchill und Gladstone steht, und wir sagen, hey, Tony, gehen wir ein Bier trinken. Aber so ist er. Ein durch und durch netter Kerl. Keine Spur Überheblichkeit. Man kann ihn auf den Arm nehmen und mit ihm Witze machen, auch schon mal ein bisschen unanständige Witze.« Während des Wahlkampfes 2001 riet Burton Tony, nicht immer übers ganze Gesicht zu strahlen, das wirke übertrieben. Tony antwortete, so sei er nun einmal. »Ja, so ist er wirklich«, sagt Burton. Er sehe immer nur das Beste in anderen Menschen. Lasse ihn jemand hängen, sei er zwar zutiefst enttäuscht, verliere aber nicht den Glauben an den anderen. Kurzum, ein Heiliger.

Sein Drang zum Gottesdienst sei so stark, dass er einmal im ganzen Wahlkreis herumtelefonierte, bis er eine Andacht in einem Altersheim ausfindig machte. Da nahm er spontan teil. Seine Frau Cherie und die Kinder sind Katholiken, Tony ist Anglikaner, aber er definiert sich als »ökumenischen Christen«. Jeden Abend, heißt es, lese er vor dem Einschlafen in der Bibel, die neben seinem Bett liegt.

Tony und Cheries Privathaus steht in der ehemaligen Bergarbeitersiedlung Trimdon Colliery. Es trägt den Namen Myrobella, wie ein spanischer Bungalow, sieht aber nach solidem Mittelstand aus. Vielleicht wohnte hier einmal der Manager der örtlichen Grube. Es steht neben der Gemeindewiese und ist von Alarmanlagen, Absperrgittern und Kameras umgeben.

Spiegelt das spießige Interieur seines Heims den wahren Blair?

Drinnen haben die Blairs sich ein Ambiente geschaffen, das wohlsituierter Spießigkeit gleicht. Porzellanfiguren auf dem Kaminsims, ausladende Gardinen, viktorianische Bilder von der Hirschjagd in Schottland, ein alter Druck mit einer Ansicht von Venedig, antike Möbel. In der Küche ein Aga-Herd, das urbritische Symbol gehobener Bürgerlichkeit. Spiegelt dieses Interieur den wahren Tony Blair wieder? Kommentatoren sind sich seiner Ideologie so ungewiss wie des Mannes selbst. Jede Charakterisierung scheint an ihm abzugleiten. Der Neuropsychologe Paul Broks versuchte kürzlich, Blairs Persönlichkeit aus seiner Physiognomie zu ergründen. Die Struktur seines Gesichts, schrieb er, sei ein »Meisterwerk pragmatischen Kompromisses. Gut, aber nicht beunruhigend gut aussehend. Männlich mit einer Spur Weiblichkeit. Ausgereift, aber nicht erschlaffend. Establishment, aber nicht aristokratisch. Eindrucksvoll in Aktion: die Präzision der Muskulatur, des Lippenspiels, der Brauen, des mal durchdringenden und mal versunkenen Blickes.«

Die *Financial Times* schrieb einmal, Blair glaube, er könne jeden Menschen durch schiere Überzeugungskraft beeinflussen. Tatsächlich übt er seinen Einfluss weniger durch Überzeugungskraft als durch persönliche Zuwendung aus. Das, was er heute sagt und denkt, hat sehr wenig mit dem zu tun, was er vor sechs, zwölf oder zwanzig Jahren propagierte. Das Wort »Sozialismus« kommt überhaupt nicht mehr vor, dafür die Vorstellung einer durch Rechte und Pflichten definierten Zivilgesellschaft und der Begriff der sozialen Gerechtigkeit. Christdemokratische Werte. Blair ist sich sicher, dass wir heute in einer neuen Weltordnung leben, die noch kaum jemand begriffen hat.

Genauer gesagt: Er hat sich selbst davon überzeugt. Die Begabung, völlig in einer Rolle aufzugehen, schlägt sich auch auf intellektueller Ebene nieder. Er ist mit eindimensionaler Intensität von der Richtigkeit seines Skripts durchdrungen. Globalisierung, wechselseitige Abhängigkeit und die technologische Fähigkeit zur gegenseitigen Vernichtung mittels Atomwaffen sind nach Blairs Auffassung der Grund, dass Kriege zwischen Nationalstaaten der Vergangenheit angehören. An ihre Stelle ist die Bedrohung durch Massenvernichtungswaffen in Händen von Terroristen und Schurkenstaaten getreten; eine Gefahr, für die es keine Muster und keine Lehren aus der Vergangenheit gibt. Es sei an der Zeit, sagt der Premier, alle Geschichtsbücher zu zerreißen.

Er teilt die Welt radikal in Licht und Schatten

In der Ferne, nach dem Sieg über den Terrorismus und der Durchsetzung innenpolitischer Reformen, sieht Blair die Umrisse einer goldenen Ära, einer neuen Weltordnung, in der fast alle Konflikte friedlich gelöst werden; in der Militäreinsätze, wenn überhaupt, nur noch als eine Art Polizeiaktion zur Durchsetzung von Recht und Gerechtigkeit vorkommen. Ein »neues Jerusalem«, wie es ein Choral des 19. Jahrhunderts versprach, ein Meisterwerk viktorianischen Edelsinns, das die Schüler seines Internats mit Hingabe aus vollen Kehlen sangen.

Sein innerer Kompass ist eine merkwürdige Kombination aus Geschichtsfeindlichkeit und Idealismus einer vergangenen Epoche. Auch die Philosophen, von denen Blair sagt, sie hätten ihn am tiefsten beeinflusst – Kant, Kierkegaard und der Schotte John MacMurray – entstammen der christlich-idealistischen Tradition des 18. und 19. Jahrhunderts. Blair bekennt sich dazu, ein Idealist zu sein, aber er besteht darauf, dass sein Idealismus auf rationaler Analyse basiere. Dennoch hat er manichäische Züge, Züge einer radikalen Einteilung der Welt in Licht und Schatten, verbunden mit einem starken Erlösungsglauben. Nicht umsonst veräppelt ihn das satirische Magazin *Private Eye* in jeder Ausgabe als modisch progressiven Pastor.

Auf seiner Reise um die Welt kommt Blair kaum zur Ruhe, allein Peking ist ein Refugium für den von den Medien gehetzten Mann. Statt einer Pressekonferenz veranstaltet die Führungsspitze einen Staatsempfang mit Salutschüssen, Nationalhymnen und Truppenaufmarsch im Stechschritt vor der großen Halle des Volkes

Am nächsten Tag stellt sich der Premier in der eleganten Cafeteria der Eliteuniversität Tsinghua eine dreiviertel Stunde lang Fragen der Studenten. Eine junge Chinesin sagt: »Früher war er immer mein Idol.« Jetzt tun die Studenten, was die Journalisten nicht dürfen. Die 21-jährige Lu Unan wirft Blair an den Kopf: »Wenn wir an Großbritannien denken, denken wir nur noch an den Irak und den tragischen Tod Doktor Kellys.« Und sie will wissen: »Wie fühlen Sie sich zu diesem Zeitpunkt Ihrer politischen Karriere? Bereuen Sie Ihre Entscheidung für den Krieg?« Die Frage nach seinen Gefühlen beantwortet er nicht. Was die Entscheidung für den Krieg angeht, sagt er, »bin ich überzeugt, dass es die richtige Entscheidung für mein Land und für die restliche Welt war. Daran halte ich fest.« Die Studentin beschwert sich hinterher, Blair habe ihre Fragen nicht wirklich beantwortet.

Als die Blairs die Treppe zur Boeing 777 für den Flug nach Shanghai hinaufsteigen, sieht Tony wieder ganz selbstgewiss und frohgemut aus. Die Journalisten stacheln den Kollegen, der sich neulich nach Blut an seinen Händen erkundigt hatte, an, hinüberzurufen, ob er denn den Tod Kellys schon vergessen habe. Doch das geht auch diesem abgekochten Reporter zu weit.

Dann endlich, auf dem Flug von Shanghai nach Hongkong, stellt sich der Premier der Meute. Völlig unerwartet, ohne Vorankündigung. Die Stewardessen haben gerade die Mahlzeiten ausgeteilt. Tony hat sie überrumpelt. Alle klettern über ihre Klapptische, holen Blöcke und Tonbandgeräte hervor. Kein Moment bleibt, um Angriffspläne zu schmieden und Taktiken abzusprechen. Tony Blair, der Schauspieler, ist wieder in eine andere Rolle geschlüpft. Jetzt ist er Machtmensch. Sein Gesicht hat eine erneute Transformation durchgemacht: scharfe Linien, keine Spur von Ausgezehrtheit, kein Lächeln. Die Haut ist straff. Er wirkt hart, fast unerbittlich.

Harald Martenstein

Harald Martenstein, geboren 1953 in Mainz, studierte Geschichte, Ethnologie und Romanistik. Er war Redakteur der STUTTGARTER ZEITUNG und Ressortleiter Kultur bei der Münchner ABENDZEITUNG. Seit 1988 arbeitet er als Kulturredakteur und Reporter für den Berliner TAGESSPIEGEL. Martenstein schreibt Kolumnen für DIE ZEIT, außerdem arbeitet er seit vielen Jahren für GEO. Er ist Autor mehrerer Bücher.

Siegfrieds Erbin

Ein deutscher Mythos, der edelste Intellektuellenverlag: Suhrkamp. An seiner Spitze steht jetzt eine Frau, die Witwe Unseld. Wer ist sie, was hat sie vor? Ein Nebel von Gerüchten umgibt Ulla Berkéwicz. Eine Forschungsreise in drei Akten.

von Harald Martenstein
DER TAGESSPIEGEL
6. Dezember 2003
Foto: Sven Paustian/Agentur Focus

Erster Teil. Siegfried.

Der Suhrkamp-Verlag hat sechs Pressedamen. Da ruft man einfach an. »Guten Tag. Sie haben ja jetzt eine neue Geschäftsführerin, die Frau Berkéwicz. Da dachte ich …« Die Pressedame: »Frau Berkéwicz redet zurzeit mit niemandem.« Ihr Ton klingt, als hätte man im Weißen Haus angerufen und mit arabischem Akzent George W. Bush verlangt. »Wissen Sie, ich soll ein Porträt ihres Verlages schreiben. Mit wem könnte ich mich denn da unterhalten?« »Sie dürfen, wenn Sie möchten, schriftliches Informationsmaterial abholen.« Ich denke: Das ist wieder genau wie damals, als ich diese Geschichte über Scientology machen musste. Ich sage: »Danke, das hilft mir sicher sehr.« »Kommen Sie nächste Woche, Mittwoch, 14 Uhr.« Ich denke: Um mir ein paar Prospekte in die Hand zu drücken, brauchen sie eine Woche Vorlauf. Das ist ja ein extrem schräger Laden.

Suhrkamp. Ein deutscher Mythos. Der edelste Intellektuellenverlag. Viele sagen, dass Suhrkamp niemals Pleite gehen kann, völlig egal, wer den Verlag führt. Sie haben einfach zu viele Klassiker im Programm. Brecht, Frisch, Enzensberger, Bloch, das wird immer gelesen. Obwohl Alles vergeht.

Dem Verleger Siegfried Unseld bin ich mal auf seinem berühmten Kritikerempfang vorgestellt worden. Ich hatte mich aus Neugierde eingeschlichen, mit Hilfe der Behauptung, ich sei der neue Lebensgefährte einer Freundin Unselds. Unseld drückte fest meine Hand und sagte: »Ah! Es freut mich wirklich ganz besonders, dass Sie kommen konnten, mein Lieber.« Er hatte keine Ahnung, wer das ist, aber er war eben so. Peter Handke hat mal beschrieben, wie Unseld reagierte, wenn ein berühmter Autor, zum Beispiel Handke, ihm ein Manuskript geschickt hatte. Er rief an. Er sagte eine Minute lang nichts. Man hörte durchs Telefon nur den schweren Atem von Unseld. Eine Minute lang. Und dann die Worte: »Ein Meisterwerk!« Anschließend legte er auf. Die meisten Autoren mochten diesen Stil.

DIE WILL WAS: Ulla Berkéwicz ist die neue Geschäftsführerin des Suhrkamp-Verlags.

Also wurde Suhrkamp der Meisterwerkverlag mit den superberühmten Autoren, er hatte sie fast alle, außer Günter Grass. Unseld konnte zum Mittagessen mit Autoren mühelos eine Flasche Wein und hinterher Cognac trinken, das steht in seiner Biografie. Dann wurde Unseld alt, heiratete eine junge Geliebte, verstieß den Sohn, konstruierte eine komplizierte Nachfolgeregelung, die zu beschreiben 100 Seiten kostet, starb, und die junge Witwe setzte sich in den postmortalen Diadochenkämpfen als neue Verlagsherrscherin durch. Im Grunde ist das die Story. Sie entspricht natürlich dem Klischee von der zielstrebigen jungen Witwe und ist geeignet, die Witwenfeindlichkeit in unserer Gesellschaft zu schüren. In einem Artikel der »Welt« wird zum Beispiel ziemlich unverblümt suggeriert, dass sie sich hochgeschlafen habe. Natürlich. Die alte Machofantasie – erfolgreiche Frauen schlafen sich halt hoch. Aber wenn so was erscheint, erfolgt heute sofort ein Echo in Form von frauensolidarischen Artikeln, sogar in der »FAZ«, die für ihren Feminismus nicht berühmt ist.

Aber was ist die Wahrheit? Ulla Schmidt aus Gießen, in der Jugend offenbar verhaltensunauffällig, hat sich irgendwann, laut Literaturlexikon, in Berkéwicz umbenannt. Ihre Oma hieß nämlich Berkowitz. Ulla Schmidt hat »ihre jüdischen Wurzeln entdeckt«, heißt es in den Biografien, was immer das konkret bedeuten mag, sie wurde Schauspielerin und war zeitweise die Ehefrau eines berühmten Regisseurs. Später hat sie mythenschwere Bücher verfasst. In einer Kritik stand, dass sie schreibt wie »ein überheiztes russisches Zimmer, in dem man sich auf einem Diwan hin- und herwälzt, bemüht, die allzu schweren Speisen zu verdauen«. Geheiratet haben sie und Unseld an Goethes Geburtstag, genau zur Geburtsstunde. Martin Walser war Trauzeuge. Vor der Braut stand ein kleiner siebenarmiger Leuchter, ein jüdisches Symbol, damit keiner die alte Ulla Schmidt mit der neuen Ulla Berkéwicz verwechselt.

Anruf beim alten Kritiker. »Der Unseld und die Autorinnen ... Aber der Verlag, wissen Sie, der Verlag ist schon vor seinem Tod im Niedergang gewesen. Ulla ... eine schöne Frau. Warum soll sie den Verlag nicht weiterführen? Die will was. Und ihre okkulten Neigungen ... Man kann ein bisschen verrückt sein und trotzdem eine gute Verlegerin, oder? Ach, das Ganze wäre so eine tolle Filmstory für den Dietl. Lesen Sie Walser. Und zitieren Sie mich um Gottes willen nicht!«

Er hat natürlich Recht. Im Grunde wird fast alle große Kunst von exzentrischen Charakteren hergestellt. Ich lese Walser, »Tod eines Kritikers«. Eigentlich handelt das Buch mehr von Ulla Berkéwicz als von Marcel Reich-Ranicki, möchte man meinen. Walser beschreibt sie als Autorin von Büchern wie »Traumstein« oder »Quarzherz«, an der Borderline zwischen Genie und Wahnsinn, und schöner als die schönste Sünde. Am Ende des Buches ist Unseld tot, der damals noch lebte, und das Alter Ego von Martin Walser, also der Charakter, den fast alle Kritiker für sein Alter Ego hielten, liebt Ulla hingebungsvoll unter einem Hexenstern. Die Indizien deuten stark darauf hin, dass er scharf ist auf sie. Solche Trauzeugen hat man gerne!

Wenn man mit Leuten über Suhrkamp redet, hat man immer wieder das Gefühl: Sie haben Angst. Man möchte andauernd rufen: Es ist doch nur ein Verlag, um Himmels willen!

Anruf beim jungen Kritiker: »Suhrkamp, das ist wie eine Sekte. Schau dir den Verlag von innen an, dann weißt du alles. Sie hat übrigens, als Unseld krank war, ukrainische Hexen einfliegen lassen.« Komisch: schon wieder werden Ukrainerinnen in der deutschen Kulturszene aktiv! »Woher weißt du denn das mit den Hexen?« »Hör dich um. Jeder erzählt das. Sie lässt sich auch in Heilschlaf versetzen. Wochenlang. Aber zitier mich bloß nicht.« Angeblich, laut »Spiegel«, steht sie während Konferenzen auf und berät sich mit dem toten Unseld. Was der wohl sagt?

Unseld, Suhrkamp, da denkt man immer: links, rationalistisch, 68er. Eigentlich hat das nie ganz gestimmt. Das Ganze hatte auch immer mit deutscher Innerlichkeit und mit Romantik und Pathos zu tun. Unselds Lieblingsautor war Hermann Hesse.

Folge niemandem, sei du selbst. Das ist Hesse. Der Verlag war und ist eine Art Kirche des guten Buches. Der Dichter als Seher, Dichtung als göttliche Stimme. Die Edition Suhrkamp in den Farben des Sonnenspektrums. Insofern passt alles zusammen. Zum 50. Jubiläum, im Juli 2000, haben sie 13 lebende Dichter an einem Abendmahltisch 13 tote Dichter lesen lassen. In der Paulskirche haben sie den toten Siegfried mit einer Autorenprozession gefeiert, Ulla hatte sich weiß geschminkt wie ein Gespenst. Ein Tagebuchtext Siegfrieds wurde gelesen, aus dem jeder Bezug zum verstoßenen Sohn Joachim gelöscht worden war. Joachim. Der Ketzer. Wie die Wiedertäufer in der mittelalterlichen Kirche oder die Trotzkisten bei Stalin.

Bei der Beerdigung ließ Ulla sogar den Kanzler warten. Als alle saßen, zog sie in die Kirche ein, umringt von ihrer Sippe, langsam, gemessen, schöner denn je im Schmerz. Viele dachten an die Nibelungen.

Zweiter Teil. Joachim.

Dass sein Vater schwer krank ist, krank auf den Tod, hat Joachim Unseld zufällig von Hans Magnus Enzensberger erfahren. Er durfte ihn erst ganz zum Schluss sehen, als er mit einer einstweiligen Verfügung drohte. Siegfried stand unter starken Medikamenten und bekam nicht mehr viel mit. Ein paar Jahre zuvor hatten sie versucht, sich zu versöhnen, unter Zuhilfenahme zweier Sekundanten, Tilman Moser für den Vater, Horst Eberhard Richter für den Sohn. Das brachte nicht viel.

Joachim, Jahrgang 1953, arbeitet in einem Hinterhaus. 1994 hat er die »Frankfurter Verlagsanstalt« gekauft. Ein Chef, zwei Angestellte, ein Volontär. Ein erfolgreicher kleiner Verlag, mit einem Riecher für Talent. Allein von Zoë Jennys »Blütenstaubzimmer« haben sie 110000 Exemplare verkauft. Joachim ist ein Sohn, von dem jeder Vater träumt, begabt, klug, gut aussehend, mit ähnlichen Interessen und Talenten wie der Alte. Er schaut beim Reden aus dem Fenster. Ja, er wirkt bitter. An der Wand hängt als Bild riesig die erste Seite von Kafkas »Schloss«. Über Kafka hat er promoviert. Marxismus und Psychoanalyse haben ihn geprägt. Der entscheidende Streit mit dem Vater fand am 23.10.1990 statt und dauerte drei Stunden. Das Datum weiß er auswendig. Er war bis zu diesem Tag gleichberechtigter Verleger des Suhrkamp-Verlages. Danach ein Niemand. Es gab zwei Anlässe für den Streit. Erstens hatte der Vater eine Buchreihe des Sohnes ohne Rücksprache gekippt. Zweitens soll Joachim Ulla am Telefon angeschrien haben. Das war zwei Monate nach der Hochzeit. Joachim sagt: »Ich war bei Suhrkamp für ihre Betreuung zuständig.«

»Ich bin enterbt«, sagt Joachim außerdem. Er beschreibt die komplizierte, fast möchte man sagen: kafkaeske Konstruktion, die verhindern soll, dass er sein Pflichtteil bekommt. Zu Lebzeiten hat ihm Siegfried 20 Prozent von Suhrkamp geschenkt, das immerhin kann ihm keiner nehmen, oder? »Nein, nicht geschenkt«, sagt Joachim. »Übertragen.« Dass Ulla ihr ganzes Vermögen in den Verlag gesteckt habe, wie sie in einem »Spiegel«-Interview sagt, bezweifelt er.

Die Ehe der Unselds dauerte rund 40 Jahre. Die Scheidung von der Mutter habe der Vater billig bekommen, weil er versprochen habe, dass der Sohn sowieso den Verlag kriegt. Wenn man später den Vater an dieses Versprechen erinnerte, habe er immer gefragt: »Und? Hast du's schriftlich?«

Die Mutter bekam Leukämie und starb, wenige Jahre nach der Scheidung. Joachim hat tatsächlich etwas schriftlich, zeigt einen Brief, den ihm Siegfried vor dem Streit geschrieben hat. Ein schöner Brief. »Die Nachfolge durch dich, eine tiefe Genugtuung … unsere gemeinsame Zukunft … Dein Vater, Dein Siegfried.« Juristisch hat so ein Brief nicht viel zu bedeuten. Joachim lacht grimmig. Er ist vorsichtig. Er dürfe nichts Falsches sagen. Das betont er mehrfach.

Joachim mag es auch nicht, wenn das Gespräch psychologisch wird. Er hat zwei Kinder. Die Kinder haben ihren Großvater ein einziges Mal gesehen.

Aber sie wussten nicht, wer der fremde Mann war, der da für einen kurzen Besuch am Tisch saß. Sein Sohn, sagt Joachim, ähnele wirklich sehr seinem Vater.

Dritter Teil. Ulla.

Jetzt müsste ich natürlich unbedingt mit Ulla Berkéwicz reden. Stattdessen meldet sich im Büro die Pressedame. Aus der Übergabe des Informationsmaterials werde leider nichts. Sie sei durch eine Konferenz verhindert. Macht nichts. Vielleicht ein bisschen später oder früher? Nein. Ende der nächsten Woche ginge es. Vielleicht.

Ich fahre nach Frankfurt. Frankfurt am Main mit den Hochhäusern. Ich denke: »Vielleicht ist in der ganzen Geschichte das Schlüsselwort. Vielleicht sind es gar nicht die Nibelungen, vielleicht ist es Dallas.« Im Zug lese ich das neueste Werk von Ulla Berkéwicz, »Vielleicht werden wir ja verrückt«, in dem sie die Oberflächlichkeit von Harald Schmidt geißelt, außerdem lese ich die Schriften des größten Hellsehers aller Zeiten, Nostradamus. Vielleicht hat Nostradamus ja auch etwas über den Suhrkamp-Verlag gesagt.

Und tatsächlich. Bezogen auf das Jahr 2004 heißt es: »Vierzig Jahre wird man keinen Regenbogen sehen, vierzig Jahre lang nur kraftlose Tage. Hunger, Pestilenz. Das Reich der Verwirrung.« Der Regenbogen – damit kann eigentlich nur die Edition Suhrkamp mit ihren Regenbogenfarben gemeint sein. Reich der Verwirrung. Pestilenz. Das klingt aber gar nicht gut.

Dann lese ich im Nostradamus das Horoskop von Ulla Berkéwicz. Sie ist Skorpion, geboren am 5.11. 1951. Das heißt: leidenschaftlich, stolz, aber auch manchmal tyrannisch. Im Horoskop steht: »Skorpione sind immer interessante Charaktere.«

Das Verlagshaus sieht von außen wie ein Postamt aus den 70er Jahren aus, ein Eindruck, der durch eine große Papierwaage im Fenster noch verstärkt wird. Man sieht Aktenordner, Zimmerpflanzen, und noch mal Aktenordner. Ein Mann mit Frank-Zappa-Bart und langen Haaren schaut traurig nach draußen. Am Empfang wartet eine ältere Dame. Ich sage: »Ich bin Deutschlehrer und hätte gern Material über den Suhrkamp-Verlag.« Die ältere Dame an der Pforte ist sehr freundlich und schleppt Berge von Prospekten herbei. Dann öffnet sich eine Tür, und Ulla Berkéwicz steht vor mir. Offenbar möchte sie zum Mittagessen. Offenbar gibt es sie wirklich.

Graue Jacke, schwarze Hose, schwarze Umhängetasche. Ich glaube nicht, dass sie sich im Pass jünger gemacht hat, das ist nämlich auch so ein Gerücht. Sie sieht wirklich gut aus, aber wirkt abgesehen davon auf den ersten Blick ganz normal. In ihrer Begleitung sind ein Mann mit weißer Arzthose, Brille und Glatze, ein bisschen rundlich, und eine kleine Dunkle mit hellem Mantel.

Jetzt würde man ihr als Fernsehreporter natürlich das Mikrofon unters Kinn halten und knallharte Fragen stellen. »Was sind ihre Pläne? Wie oft pendeln sie? Was genau meint Nostradamus mit Reich der Verwirrung?« Ich kann das nicht. Ich bin zu schüchtern für so was.

Ulla Berkéwicz schaut mir lang in die Augen, und dann geht sie mit ihren Begleitern davon. Ich folge unauffällig. Es war nicht geplant. Nur eine Eingebung. Sie gehen um drei, vier Ecken und steuern ein italienisches Restaurant an. Es heißt »Machiavelli«, ausgerechnet, wie der berühmteste Theoretiker der Macht. Der Mann bleibt draußen und telefoniert mit dem Handy. »Können Sie das Wunder möglich machen? Hören Sie, jetzt kommt's. Unser Partner heißt ….« Nein, ich kann das nicht ausplaudern. Es wäre irgendwie unethisch, oder? Ich meine, die wollen mir nicht mal den Verlagsprospekt geben, und jetzt kenne ich plötzlich ihre Geheimpläne. Das ist mir beinahe unangenehm.

Anschließend gehe ich auf den Verlagsparkplatz, ich weiß auch nicht warum. Es dämmert. Ich schleiche mich vorsichtig an, und schaue durchs Fenster. Da, die Konferenz. Sie haben einen quadratischen Tisch, und genau die gleichen Regale wie in der Villa. Sie sitzen da und reden. Die Deckenlampen sind hässlich. Rechts lauter Autorenfotos. Es fängt an zu nieseln. Ich lege den Kopf an die Scheibe und höre ihren Stimmen zu. Es war unjournalistisch, aber ein gutes Gefühl. Hermann Hesse hätte es genauso gemacht. Folge niemandem, sei du selbst.

Christine Meffert

Christine Meffert, geboren 1969 in Frankfurt am Main, aufgewachsen in Berlin. Studierte Gesellschafts- und Wirtschaftskommunikation an der Hochschule der Künste und Germanistik an der Freien Universität Berlin. 1998 Volontariat bei der MÄRKISCHEN ALLGEMEINEN in Potsdam, danach Pauschalistin bei den Berliner Seiten der FRANKFURTER ALLGEMEINEN ZEITUNG. Seit Februar 2003 Redakteurin der »Seite Drei« beim TAGESSPIEGEL.

Wieso kam ihr Liebster nie zurück?

Er hat sie einfach sitzen lassen, dachten viele. Jetzt, 54 Jahre später, haben sie ihn gefunden – im ewigen Eis

von Christine Meffert
DER TAGESSPIEGEL
26. Oktober 2003
Fotos: privat

Am Viltragen Kees in den Hohen Tauern, auf 2430 Meter Seehöhe, hat der Gletscher Adolf Wonisch, oder besser das, was übrig war von ihm, im Sommer 2003 freigegeben. Er ließ Aloisia zurück und die gemeinsame Tochter Lieselotte.

A Schlampe bist. Hat ihr einmal eine Bäuerin gesagt und sie am Arm festgehalten mitten auf der Straße. »Drei Kinder von drei Männern.« Da hat die Aloisia sich losgerissen, ist weiter ohne ein Wort. Nie wieder hat sie ein Wort übrig gehabt für diese Frau.

Jetzt liegen alle drei Männer in einem Grab. Und das Seltsame ist, der erste, der Adolf, mit dem alles anfing, der die Schande über sie gebracht hat, der ist als Letzter dazugekommen. Die Aloisia hat sich schon ein bisschen Sorgen gemacht, ob sie selbst dann noch hineinpasst ins Grab, aber der Bestatter, der hat die Männer ein wenig tiefer gelegt, so dass das kein Problem sein wird, wenn sie einmal stirbt

Vor 54 Jahren ist er aufgestiegen zur St. Pöltener Hütte, der Adolf. Am 10. August 1949. Hat sie zurückgelassen mit einer Tochter, gerade mal sechs Wochen war die alt, die Lieselotte. Es ist gleich ein Suchtrupp los damals, die Hirten haben geholfen, zwei Tage lang haben sie Berge und Täler durchkämmt Aber der Zweifel war schon da, bevor der Suchtrupp wieder zurück war ohne den Adolf. Und diesen Zweifel, den ist die Aloisia nie wieder losgeworden, die ganzen 54 Jahre nicht. Es gab Zeiten, da wuchs er sich aus zu einer großen Angst vor der ganzen Welt. Dann wieder gab es Jahre, da gewann sie die Oberhand und hielt ihn klein. Aber völlig verschwunden ist er nie, bis zu jenem Tag vor ein paar Wochen.

Im Ort, da gab es damals schon viele, die zweifelten nicht, die wussten es ganz genau. Der hat ihr ein Kind gemacht, aber geheiratet hat er sie nicht, und jetzt ist er auf und davon, hat die ledige Mutter sitzen lassen mit dem kleinen Mädchen. So geht das. Ist vielleicht nach Italien gegangen, ein neues Leben anfangen, oder nach Deutschland. Mit dem Lehrerseminar war er fast fertig, da hätte er bestimmt was gefunden. Oder er ist gleich nach Amerika. Da sind viele hin aus Osttirol, diesem armen, abgelegenen, vergessenen Winkel der Alpen.

Der Felbertauerntunnel und mit ihm die große Verbindungsstraße nach Norden wurden erst 1968 gebaut. Heute braucht man von Deutschland nur

noch ein paar Stunden nach Osttirol. München, Kufstein, Kitzbühel, dann passiert man den Tunnel und ist da – an der Südseite des Alpenhauptkamms. Man fährt an Matrei vorbei, wo Adolf Wonisch damals aufgestiegen ist, und dann noch eine halbe Stunde weiter nach Lienz, wo die Dolomiten beginnen und Aloisia Persterer lebt.

Man kann dem Himmel in den Bergen sehr nah sein. Es darf nur nicht einer dieser Tage sein, an denen alle Farbe aus der Welt gewichen ist. Wenn die Wolken ganz tief hängen und der Schnee alles fahl macht. Dann sind die Alpen ein todtrauriger Ort. Als hätte der liebe Gott die Sonne ausgeschaltet und wäre gegangen für immer. Vielleicht haben sie deshalb überall Marterl aufgestellt, diese Holzkästen mit dem Gekreuzigten oder der Maria drin. Damit die Menschen die da oben im Himmel nicht vergessen an solchen Tagen. Aloisia hat Gott nicht vergessen, trotz allem.

Schneeweiß im August

Sie ist eine zarte Person. Ihr Gesicht hat sie aus der Jugend behalten, am Grundsätzlichen hat sich nichts geändert. Ein feines Gesicht, mit gerader Nase und hoher Stirn. Ein Gesicht ohne Ablagerungen,

nur müde, sehr müde. Die Stimme ein wenig rau von den Zigaretten. Aloisias Welt ist jetzt an ihrem Küchentisch. Das Haus verlässt sie kaum noch. Über der Stoffdecke auf dem Tisch liegt eine aus Spitze und darüber dann noch eine aus Klarsichtfolie, zum Schutz. Aloisia bevorzugt die Marke »Dames«. Die Zigaretten hat sie aus der Schachtel in ein Lederetui umgefüllt. Ihre Tochter Astrid, die von dem dritten Mann, raucht »Memphis« aus der Schachtel. Ebenfalls auf der Kücheneckbank sitzen: Karin, elf Jahre alt, und Georg, acht. Aloisia sortiert Fruchtgummis für die beiden Enkel, damit es keinen Streit gibt. Bananen, Kirschen, Erdbeeren.

Sie hat nie wieder etwas von Adolf gehört. 54 Jahre nicht – so alt ist ihre Tochter jetzt. Sie hat nichts von ihm gehört bis zu diesem heißen Sommer des Jahres 2003. Zu heiß für Aloisia mit ihren 73 Jahren und ihrem Zucker, der sie immer wieder in unerträgliche Zustände bringt. Zweimal ist sie schon gestürzt. Jetzt läuft sie an der Krücke. Zu heiß auch für die Gletscher, die seit Jahrzehnten zurückgehen, aber in diesem Jahr noch mehr als sonst. Zwei bis drei Meter sind sie heuer abgetaut, sagt der Alpin-Gendarm Franz Riepler. Deshalb kommt jetzt alles zum Vorschein, Flugzeugtanks aus dem Zweiten Weltkrieg und Waffen oder eben auch eine Gewissheit, die mit einem Schlag ein halbes Jahrhundert Zweifel auslöscht – als hätte einer mit einem Ruck die Nebeldecke von den Bergen weggezogen.

Es war am Geburtstag von Georg, ihrem Enkel. Sehr heiß war es, sie haben gefeiert. Wieder war es August, wie damals, als Adolf verschwand. Da rief der Alpin-Gendarm, der Franz Riepler, an, aber Aloisia war nicht in der Lage, mit ihm zu sprechen, das musste ihre Tochter machen. Aloisia hat angefangen zu zittern, schneeweiß ist sie geworden, und kein Wort mehr hat sie gesprochen den ganzen Tag. Sie hätten den Adolf gefunden, hieß es. Oben am Viltragen Kees habe der Gletscher ihn freigegeben, auf 2430 Meter Seehöhe, und ein Bergsteiger aus Salzburg, der eigentlich nach einem abgestürzten Flieger aus dem Zweiten Weltkrieg suchte, der hat ihn entdeckt.

»Meine größte Angst ist immer gewesen, dass er aus dem Eis außer kimmt und so jung ist wie damals, und ich muss ihn identifizieren und steh diesem toten blonden Jüngling gegenüber als uralte Frau mit weißem Haar.« Sie kann nicht erklären, warum ihr dieses Bild solche Furcht eingejagt hat. Vielleicht, weil es das Sinnbild eines verpassten Lebens ist. Das Bild zweier Menschen, die sich eine kurze Zeit nah waren und sich dann wieder verloren haben. Aber vielleicht war das doch gar nicht ihre größte Angst. Vielleicht war ihre allergrößte Angst, dass er niemals aus dem Berg kommt, weil er woanders ein anderes Leben lebt, mit anderen Kindern und einer anderen Frau.

An diesem Tag also, im August des Jahres 2003, als Georg Geburtstag hatte und es so heiß war und der Anruf vom Alpin-Gendarm kam, der Anruf, auf den sie 54 Jahre gewartet hatte, da ist ihr alles wieder durch den Kopf geschossen. Wie das damals war, als sie 18 war und er 17, als sie sich kennen gelernt haben. Und all die Jahre, die er dann nicht mehr da war und doch immer in ihrem Kopf, an die hat sie auch wieder denken müssen.

Als sie sich zum ersten Mal sahen, hat er seine Bergschuhe getragen. Die sind ihr gleich ins Auge gestochen. Die Schuhe, dann erst der Rest. Obwohl er fesch war, der Adolf Wonisch. Mit dem Kind der Schwester war Aloisia damals spazieren. Sie ist immer gern zum Bahnhof gegangen, schauen, wer ankommt, wer wegfährt. Angekommen ist der Dolfi, wie sie ihn heute noch zärtlich nennt, er kam zum Bergsteigen nach Lienz, und das Kind habe sich immer wieder nach ihm umgeschaut, bis er es ansprach. Und dann hat er gefragt: »Ist das Ihr Kind?«

Aloisia hat in der Küche Kerzen angezündet, obwohl es erst Mittag ist. Für die Toten. Zehn Meter vor ihrem Küchenfenster laufen Bahngleise entlang. Aloisias dritter und letzter Mann war Eisenbahner und hat mit seiner Familie irgendwann das Häuschen mitten auf dem Gelände des Lienzer Bahnhofs bezogen. Aloisia schaut schon lang nicht mehr, wer ankommt am Bahnhof oder wegfährt.

Beim zweiten Mal sind sie dann ins Kino Wanner gegangen, das gibt es auch nicht mehr, das haben sie abgerissen. Einen Bergfilm haben sie sich angeschaut, sie kann sich nicht so recht daran erinnern. Berge haben sie nie sonderlich interessiert. Seit sie als Kind bei einer Wallfahrt nach Maria Lugan fast abgestürzt wäre, ist sie nicht mehr hoch. Skifahren hat sie auch nie gelernt. Aloisia wollte immer ans Meer. Einmal ist sie mit der Schule an der Ostsee gewesen, »im 41er Jahr«, wie sie sagt, als wäre es gestern gewesen. Kinderlandverschickung. Danach ist sie nie wieder aus den Alpen hinausgekommen, höchstens mal die paar Kilometer nach Italien rüber. Aber damit ist es auch vorbei, seit man in Osttirol billiger einkaufen kann. Jetzt kommen die Italiener hierher.

Die »Osttiroler Zeitung« bringt den Armutsbericht des Bundeslandes. Wie überall sind es die allein erziehenden Mütter, die am schlechtesten dastehen. Astrid, Aloisias dritte Tochter, muss heute Schulbücher kaufen für die Kinder. Sie zieht die drei allein groß. Der Junge lernt schwer. Es fällt das Wort Legastheniker. Die Großmutter hilft, wo sie kann. Harte Zeiten – kennt sie nicht anders.

Aloisia Persterer, ehemals Egartner, wurde am 17. Juni 1930 in Lienz geboren. Ihr Vater war Herrenschneidermeister, arbeitete aber, weil man da eine Rente bekam, in der Pfannenfabrik. Das Ehepaar Egartner lebte mit seinen sechs Kindern in der Kreuzgasse in einem Zimmer mit Küche.

Wenn Aloisia von ihrer Familie erzählt, dann ist der Tod allgegenwärtig. Zwei Brüder sind im Krieg geblieben, eine Schwester starb mit 24 Jahren an TBC. Und dann »s' Mutterle«. So nennt die 73 Jahre alte Aloisia ihre Mutter heute noch. Und sich selbst Loisi, wenn sie von damals spricht. Als die Loisi also 16 Jahre alt ist stellt man bei der Mutter Brustkrebs fest. Fortan übernimmt das Mädchen alle Pflichten im Haushalt. Während ihre Freundinnen spazieren gehen, versorgt sie den Vater, pflegt die Mutter.

Auch zum Tanz wollte der Vater Aloisia nie lassen. »Da kommt sie mir noch mit einem ledigen Kind heim«, hat er immer gesagt. Aber s' Mutterle half: »Vom Tanzen kriegt sie ka Kind«, sagte sie immer. Der Vater war ein strenger, verschlossener Mann. Die Aloisia erinnert sich nicht daran, dass er der Mutter je einen Kuss gab. Nur manchmal hat er an ihrem Ohrring gespielt, ihn zwischen Daumen und Zeigefinger hin und her gedreht. Und wenn sie zur Kirche sind und die Mutter vorneweg gegangen ist, hat er manchmal gesagt: »Schau, was für fesche Füaß dei Mutter hat.«

Und dann ist die Loisi doch mit einem Kind heimgekommen, nicht vom Tanzen, sondern vom Dolfi, und die Mutter hat ihr nicht mehr helfen können, die war nämlich tot.

»Er hätte das Lehrerseminar aufgegeben und wär arbeiten gegangen für mich und das Kind«, sagt Aloisia. Aber das habe sie nicht gewollt. Mit Leib und Seele sei er Lehrer gewesen, das wollte sie ihm nicht zerstören. So ist sie beim Vater geblieben. Wenn er fertig gewesen wäre mit seiner Ausbildung, dann hätte er sie schon noch geheiratet.

Aber dann ist er wieder in die Berge. »Der Dolfi liebte das Berggehen so sehr«, sagt Aloisia, die sich nicht für Berge interessiert, voll Verständnis. Er hätte sich nicht davon abhalten lassen, von der Aloisia nicht und von der Unwetterwarnung auch nicht. An jenem Tag, an dem sie ihn zum letzten Mal sah, wollte er zum Großvenediger, wollte von der St. Pöltener Hütte zur Prager Hütte aufsteigen – ein tüchtiger Marsch, aber bei gutem Wetter nicht gefährlich. Doch es gab kein gutes Wetter. Oben sollte es schneien, keine Sicht und schon 50 Zentimeter Neuschnee, eine trügerische weiße Decke über den Spalten.

Denen, die oben sind im Berg an solchen lichtlosen Tagen – weil sie das Unwetter nicht kommen sehen oder nicht sehen wollen –, denen hilft keiner mehr. Zehn, zwölf Tote holt der Alpin-Gendarm Franz Riepler im Jahr aus den Bergen heraus. Vom Großvenediger oder vom Großglockner, dem höchsten Berg Österreichs. Mit seinen Leuten klettert er hinunter auf den blau leuchtenden Grund der Gletscherspalten. Franz Riepler musste sich angewöhnen, die Leichen als »Sache« zu betrachten, sonst würde er das nicht aushalten. Aber bei Kindern und bei Leuten, die er kennt, versagt seine Strategie.

Irgendwie hat sie halt weitergemacht, nachdem der Adolf verschwunden war. Seine Mutter hat ihr geholfen und die Lieselotte zu sich genommen. Aloisia musste schließlich arbeiten gehen, wo sollte sie da hin mit dem kleinen Kind? Im Ort gab es Gerede, ins Gesicht hat ihr kaum einer was gesagt, aber wie die Leute geschaut haben. Adolfs Mutter hat ihr einen Verlobungsring geschenkt, damit sie akzeptiert wird von den Leuten. Sie hat die Zeichen gesetzt, die ihr Sohn hätte setzen sollen, hat sich an seiner Stelle bekannt zu Aloisia und dem Kind – ein bisschen Metall hat dafür schon gereicht. Aber selbst Adolfs Mutter hat daran gezweifelt, dass er wirklich abgestürzt ist.

Aloisia hat anderen Leuten den Haushalt geführt, sie hat im Bahnhofskiosk gearbeitet und in der Strumpffabrik. Arbeit hat es immer gegeben, sagt sie. Dann hat sie Leo kennen gelernt, mit 21. Leo schnitt den englischen Besatzern die Haare, und Aloisia hat in der Kaserne gekocht. Zuerst wollte sie Leo nicht, aber der hat nicht lockergelassen, obwohl sie das Kind hatte und den schlechten Ruf. 1954 haben sie geheiratet und ein Friseurgeschäft in Heiligenblut, einem Nachbarort, aufgemacht.

Zwei Jahre später, im Dezember 56, kam Aloisias zweite Tochter zur Welt, wie die erste an einem Donnerstag. Und acht Wochen später, im Februar 57, in der Faschingszeit, hatte Leo einen Autounfall. Er saß auf dem Beifahrersitz, der Fahrer, der die Kurve zu schnell nahm, lebt heute noch. 320 Schilling Unfallrente hat Aloisia für sich und das Kind bekommen im Monat – etwa 25 Euro. Für das erste gar nichts, denn da war die Vaterschaft ja nicht erwiesen.

Der schlimme Donnerstag

Auch Astrid, Aloisias dritte Tochter, ist an einem Donnerstag zur Welt gekommen. Da hat die Aloisia nach der Geburt zwei Monate nur geweint. Bei so einem Leben kann man schon anfangen, an schlechte Omen zu glauben. Ihr dritter und letzter Mann, Georg Persterer, war zehn Jahre jünger als sie. Als er sie kennen lernte, war er 19, sie war 29 und hatte zwei Kinder von zwei Männern, die beide tot waren.

Die erste Liebe vergisst man nie. Das ist auch so ein Satz. »Ich hab mich wieder verliebt, ja, aber das war anders«, sagt Aloisia Persterer. Wie wäre das Leben mit Adolf Wonisch gewesen? Wo wäre sie heute, was wäre anders, besser gewesen? Aloisia wehrt ab. Das stellt sie sich nicht vor. Das habe sie nie versucht. Das Leben ist so, wie es ist. Man hat nur eines.

Jetzt liegen alle drei in einem Grab, Adolf, Leo und Georg, oben am Hang auf dem hübschen Friedhof der Stadt Lienz. Der Georg ist vor acht Jahren gestorben, eines so genannten natürlichen Todes.

Aloisia hat lange überlegt, wo der Adolf hinsoll. Und dann hat sie entschieden, dass er in das Grab kommt, wo schon ihre anderen Männer liegen. Vor ein paar Wochen war Beerdigung. Aufzuklären gab es nichts, denn bei Adolfs Leiche fand man auch seinen Alpenvereinsausweis. Der Alpin-Gendarm musste nur in seiner Chronik nachschauen, wo alle Abgängigen des vergangenen Jahrhunderts verzeichnet sind.

Ihr Albtraum hat sich nicht erfüllt. Jung hat er nicht mehr ausgeschaut der Adolf, als er da aus dem Berg herausgekommen ist. Er war nicht einmal mehr ganz, einzeln sind seine Knochen, seine Bergschuhe, seine Uhr und sein Kamm aus dem Gletscher geapert. Es waren auch zwei Ringe bei seinen Sachen. Ein kleinerer und ein größerer. Die Eheringe für Adolf und Aloisia.

Alexander Osang

Alexander Osang, geboren 1962 in Berlin. Nach dem Studium in Leipzig wurde er Reporter, dann Chefreporter der BERLINER ZEITUNG, für die er auch heute noch als Kolumnist arbeitet. Seit September 1999 ist er beim SPIEGEL, für den er zur Zeit aus New York berichtet.

Osang erhielt 1995 den Theodor-Wolff-Preis sowie 1993, 1999 und 2001 den Egon Erwin Kisch-Preis. Buchveröffentlichungen: u.a. »Hannelore auf Kaffeefahrt« (1998); »die nachrichten« (2000); »Lunkebergs Fest« (2003)

Die Jessica-Lynch-Show

Wenige Wochen nach dem Ende des Irak-Krieges beginnen die ersten Legenden des Feldzuges zu zerfallen. Die spektakulärste Story, die filmreife Geschichte von der heldenhaften Rettung der jungen Soldatin aus irakischer Gefangenschaft, erweist sich als Inszenierung.

von Alexander Osang
DER SPIEGEL
7. Juni 2003
Fotos: AP

Soldatin Lynch
Erste Heldin des Krieges

Dr. Anmar Udai steht vor Jessicas letztem Bett wie vor einem Altar. Es ist eine ovale Wanne mit vier Beinen und einer kompliziert aussehenden elektronischen Steuerung. Die Wanne ist mit feinem weißem Sand gefüllt. Spezialsand, sagt Udai. Es ist das einzige Bett dieser Art in der Klinik, leider funktioniert es jetzt nicht mehr. Wenn man jemanden auf so ein Bett legt, beginnt der Sand unterm Kunststofflaken zu tanzen. Es ist, als schwömme man, sagt Udai und lächelt. Sie haben Jessica an ihrem letzten Tag in das Zimmer mit dem Spezialbett verlegt, weil ihr Rücken wund geworden war, sagt er. Und dort haben sie die amerikanischen Spezialeinheiten dann auch mitten in der Nacht rausgeholt. Die Männer mit den Nachtsichtgeräten, die durch das Krankenhaus sprangen wie durch einen Film. Sie haben einfach das Kunststofflaken aus dem Bett geschnitten und Jessica damit herausgehoben. Das Bett ist jetzt natürlich nutzlos, aber das konnten die Soldaten ja nicht wissen. Das Zimmer steht seit dem 2. April leer. Anmar Udai lässt den weißen Spezialsand durch seine Finger rieseln. Er versucht, sich angemessen zu verhalten. Er ist erst 26 Jahre alt, er hat wenig geschlafen in den vergangenen Wochen. Er hat einen Diktator verloren und weiß nicht, was als Nächstes kommt. Aber er hat auch seinen Stolz.

»Wir haben Jessica gut behandelt«, sagt Udai.

Er erwähnt den Orangensaft, den sie ihr gebracht haben, die Cracker und den eingeschweißten Käse. Sie hat ja nur Sachen gegessen, die man in ihrer Gegenwart öffnete. Sie haben versucht, ihr die Angst zu nehmen, sie seien doch Ärzte, sagt er. Sie haben ihr nicht von ihren toten Kameraden erzählt, die sie draußen auf dem Fußballplatz beerdigen mussten, weil die Leichenschränke wegen des Stromausfalls abtauten. Man konnte die Gräber aus dem Fenster des kleinen Zimmers sehen. Sie hat immer in einem Einzelzimmer gelegen, obwohl draußen Menschen auf den Fluren starben, sagt Udai.

Er weiß nicht, was Jessica Lynch später erzählte. Er hat gehört, sie habe ihre Befreier mit den Worten

LYNCH
U.S.ARMY

»Ich bin auch ein Soldat« begrüßt. Das kann Udai nicht bestätigen. Zu diesem Zeitpunkt hockte er mit seinem Kollegen im Röntgensaal im Erdgeschoss. Sie hatten sich die weißen Kittel übergezogen, um nicht versehentlich erschossen zu werden.
Udai und seine Kollegen aus dem Stadtkrankenhaus von Nassirija sind für zehn Tage in die ganz große Politik geraten wie in ein mächtiges Getriebe.
Am 23. März, irgendwann vor Sonnenaufgang, ging die kleine Kolonne der 507. Instandsetzungskompanie irgendwo im Marschland zwischen Euphrat und Tigris verloren. Die Autobahnen im Südirak sind unbeschildert, sie fließen endlos durch die Wüste, ab und zu gibt es eine Abzweigung, schon am Tage verirrt man sich auf den breiten, leeren Straßen wie in einem Traum. Die zehn Versorgungsfahrzeuge rollten Richtung Norden. Sie bogen einmal falsch ab und landeten in der Stadt Nassirija, an der sie eigentlich vorbeifahren sollten. Da war ein Fluss, wo eigentlich kein Fluss angekündigt war. Als sie umdrehten, wurden sie beschossen. Noch bevor die Sonne aufging, waren zwei amerikanische Soldaten tot, acht vermisst und fünf gefangen genommen. Eine der Vermissten war Jessica Lynch, eine 19-jährige Soldatin aus Palestine (West Virginia).
Es war Sonntag, der Krieg war vier Tage alt. Die Bilder der amerikanischen Kriegsgefangenen gingen um die Welt. Nassirija geriet in die Schlagzeilen. Eine kleine Stadt am Wegesrand, die überraschend, beinahe zufällig, in den Mittelpunkt der Schlacht rückte.
Zwei Monate später steht Hauptmann Raymond Simons, Kompanieführer der U. S. Army, immer noch ratlos vor der großen Luftbildaufnahme von Nassirija. Seine Hände beschreiben Kreise über den engen Straßen der 250000-Einwohner-Stadt.
»Sie sind hier reingefahren, dann über den Euphrat in die Stadt, da sind sie ein bisschen hin und her kutschiert und über den Euphrat wieder raus, da ist es dann passiert. Oder sie haben es gleich an der ersten Brücke gemerkt, sind umgekehrt und bumm«, sagt er. Die Soldaten seiner Kompanie fahren seit ein paar Tagen Streife mit der lokalen Polizei in Nassirija. Die irakischen Polizisten haben ihm die Stelle gezeigt, an der es passierte.
Man sieht ein paar Einschusslöcher in den Betonplatten. Der Zaun gehört zu einer Reifenfabrik, es gibt Schlitze zwischen den Platten, und hinter den Schlitzen sieht man ein paar verrumpelte Baracken und rostige Baufahrzeuge. Der Boden ist aufgewühlt. An eine der Betonplatten hat jemand einen Gedenkspruch gemalt.
»507. Maintenance. Wir werden nie vergessen.«
Man muss ganz dicht herangehen, um ihn lesen zu können. Und auch dann fragt man sich, was dieser Schwur bedeutet.
Was wird nie vergessen werden?
Am Vormittag des 23. März, als die Rettungskräfte eintrafen, fanden sie nur noch ein paar brennende amerikanische Militärfahrzeuge. Selbst die Toten waren verschwunden.
Aus Armeekreisen hieß es später, Jessica Lynch habe sich mutig verteidigt, geschossen, bis ihr die Munition ausging. Es hieß auch, dass sie von feindlichen Kugeln getroffen worden sei. Das zog man zurück, nachdem Jessica Lynch im Militärkrankenhaus in Deutschland untersucht worden war. Es hieß nun, einige Wunden hätten auch von Schüssen herrühren können. Jessica Lynch kann wenig dazu sagen, es heißt, sie kann sich an den Überfall nicht erinnern. Sie habe Erinnerungslücken. Sie hatte eine Wunde am Kopf. Von einem Fall oder einem Schlag, wer weiß.
Als die Gefangene Stunden später im städtischen Krankenhaus von Nassirija eingeliefert wurde, war sie noch nicht bei Bewusstsein, sagt Dr. Harith al-Hussuna. Vier bewaffnete Männer brachten sie in die Notaufnahme. Hussuna hat sie untersucht.
»Sie hatte keine Schusswunden«, sagt er schnell. »Sie hatte Knochenbrüche in Armen und Beinen, und sie hatte eine oberflächliche Wunde auf dem Schädel. Aber keine Schusswunden.«
Hussuna sitzt mit einem Kollegen an einem schmalen Schreibtisch in der Notaufnahme der Klinik. Er hat Dienst. Auf der Schreibtischplatte liegt ein Klein-

U. S.-Army-Sprecher Brooks in Katar (vor Lynch-Video): »Ein paar mutige Männer haben ihr Leben aufs Spiel gesetzt«

kind, das gleich eine Spritze bekommt. Hinter ihnen hängt das Bild von einem Eisberg an der Wand, überall im Krankenhaus hängen Landschaftsbilder aus kühlen Gegenden der Welt, Bilder mit viel Wasser, dichten Laubbäumen und Hirschen. So muss das Paradies aussehen.

Warteraum und Behandlungszimmer sind nicht voneinander zu trennen. Die Patienten hocken in den Gängen. Einige sind so schwach, dass sie sich nicht mehr gegen die Fliegen wehren. Es ist heiß. Das Kind auf der Schreibtischplatte krümmt sich, als es die Spritze bekommt, dann trägt seine schwarz verhüllte Mutter es raus ins Licht. Der nächste Patient hat sich mit seiner Kalaschnikow den rechten Zeigefinger durchschossen. Hussuna bringt ihn in einen kleinen Operationsraum.

In der Ecke reinigt ein Mann gerade den Abfluss mit einem großen schwarzen Lappen, den er um einen Stock gewickelt hat. Er stößt den Stock in den Abfluss, schwarze Brühe gießt sich über die Fliesen.

Der Junge sieht blass aus, der Freund, der ihn brachte, wedelt mit einem Röntgenbild die Fliegen von seinem Gesicht. Hussuna stellt keine Fragen, er sieht sich die Wunde an. Er überlegt, ob er den Finger abnimmt, entscheidet sich aber erst mal dagegen. Er warte noch einen Tag, sagt er.

»Ich lebe draußen in den Sümpfen. Brauche die Waffe, um mich zu verteidigen«, sagt der Junge wütend. Hussuna nickt. Er ist 25 Jahre alt.

Wie Udai gehört Hussuna zu den zehn jungen Medizinern, die im Ärztehaus neben der Klinik wohnen. Sie sind eigentlich noch in der Ausbildung, aber das zählte im Krieg natürlich nicht. Viele der älteren Doktoren und die Mehrzahl der Krankenschwestern erschienen nicht mehr in der Klinik, als der Kampf um Nassirija begann. Sie blieben bei ihren Familien.

Manche sagten, sie fürchteten, dass ihr Krankenhaus ein Ziel der amerikanischen Bomben werden könnte. Einen Tag nachdem Jessica Lynch hier abgegeben wurde, erschienen der Bürgermeister und der Sicherheitschef von Nassirija zusammen mit ihren nächsten Untergebenen und Bodyguards im Krankenhaus. Sie bezogen das Ärztehaus, ohne zu fragen, die zehn jungen Ärzte schliefen nun im Krankenhaus auf der Erde. Sie schliefen sowieso kaum. 4000 Verletzte wurden in 14 Tagen des Krieges im städtischen Krankenhaus versorgt. Die Fußböden waren blutig. Man sah kaum irakische Truppen in der Stadt, die Fedajin schossen aus Häusern, die Amerikaner schossen zurück. Es gab fast ausschließlich zivile Opfer in Nassirija. Nach zwei Tagen hörten sie auf, die Eingänge ins Ärztebuch einzutragen. Sie schrieben nur noch die Todeszertifikate aus. Am Ende waren es tausend.

Sie brachten Jessica Lynch auf ein Einzelzimmer im zweiten Stock, wo normalerweise die Herz-Kreislauf-Patienten lagen. Es ist eins von vier Einzelzimmern, über die die Klinik verfügt. Ein kleiner, stiller Raum, die Fenster sind mit rotem Tuch verhängt. Vier Männer mit Maschinengewehren bezogen vor der Tür Stellung. Am Ende war es nur noch einer, und der ging am Morgen, bevor die Amerikaner das Krankenhaus stürmten.

Hussuna steht im ersten Zimmer seiner berühmtesten Patientin, in dem jetzt eine alte Frau in einem schwarzen Gewand liegt. Hussuna bemerkt sie nicht. Er ist mit in die Geschichte gerutscht. Die BBC hat ihn neulich interviewt, sein Foto war im »Guardian«. Vielleicht spürt er eine Art Verantwortung. Die roten Vorhänge bewegen sich leicht im heißen Wind.

»Ich habe Jessica Orangensaft gebracht«, sagt Hussuna.

Er zündet sich eine Zigarette an und hört in der kommenden Stunde nicht mehr auf zu rauchen. Er versucht die Dinge zu glätten, einzuordnen. Er ahnt die historische Situation. Hussuna erzählt zuerst vom Aufstand gegen Saddam Hussein 1991, der in Nassirija begann. Saddam Hussein habe sich bitter an der Stadt gerächt. Fast alle Familien hätten Männer verloren. Dann berichtet er, wie sie versucht hätten, Jessica Lynch nach ein paar Tagen zu den Amerikanern zu bringen, die die Stadt fast vollständig eingenommen hatten. Am Morgen des letzten Tages seien auch der Bürgermeister, der Sicherheitschef und all ihre Bodyguards aus dem Krankenhaus verschwunden. Ein Krankenwagenfahrer namens Sabah sei bereits mit Jessica unterwegs zu den Marines gewesen. Aber als er auf den Kontrollpunkt zugefahren sei, hätten die amerikanischen Soldaten Warnschüsse abgegeben, da sei der Mann wieder umgekehrt. In der folgenden Nacht seien dann die Amerikaner gekommen und hätten Jessica geholt.

»Ich habe mich gut mit ihr verstanden. Ich war ja der Erste, der sie untersuchte. Ich habe die Sicherheitskräfte aus dem Raum geschickt, schließlich bin ich Arzt. Sie war ja eine Frau und Ausländerin«, sagt Hussuna, drückt die Zigarette aus und zündet sich sofort eine neue an. »Ich glaube, sie hat mir vertraut. Einmal hat sie sogar gesagt, ich solle sie in Amerika besuchen. Aber ich weiß nicht, wie ernst das gemeint war.«

Er würde gern in Amerika studieren, sagt er. In Atlanta.

Warum Atlanta?

Er zuckt mit den Schultern und lacht.

In der Nacht zum 2. April stürmten die Amerikaner das Krankenhaus. Es heißt, sie haben den Tipp von einem irakischen Anwalt namens Mohammed Odeh al-Rahajif bekommen, der mit einer Krankenschwester des Hospitals verheiratet sei. Spezialhubschrauber der Air Force brachten Navy Seals und Army Ranger zum Krankenhaus. Brigadegeneral Vincent Brooks sagte später, die Einheiten seien vom Krankenhausgelände aus beschossen worden, sie hätten zurückgeschossen. Im Haus selbst habe es aber keinen Widerstand gegeben. Innerhalb von Minuten brachte das Spezialkommando Jessica Lynch in einen Helikopter und flog sie in ein Militärkrankenhaus. Zum ersten Mal seit dem 2. Weltkrieg war ein amerikanischer Kriegsgefangener aus den Händen des Feindes befreit worden. Die gesamte Aktion ist gefilmt worden. »Ein paar mutige Männer haben ihr Leben aufs Spiel gesetzt, um das möglich zu machen«, sagte der Brigadegeneral. Um fünf Uhr nachmittags Washington-Zeit informierte Verteidigungsminister Donald Rumsfeld seinen Präsidenten über die gelungene Rettungsaktion.

»That's great«, sagte George W. Bush.

Kurz darauf trat der Verteidigungsminister im Pentagon vor die Presse, um die erste richtig gute Nachricht seit Tagen zu überbringen.

Die einzigen beiden Filme, die Donald Rumsfeld in den letzten acht Jahren gesehen hat, sind »Saving Private Ryan« und »Black Hawk Down«. Diese Geschichte klang wie eine Mischung aus beiden.

»Guten Tag«, sagte Donald Rumsfeld zu den Journalisten in Washington. »Wir sind dankbar für die exzellente und mutige Rettung von Sergeant, äh, Entschuldigung, Private Jessica Lynch, die von irakischen Kräften festgehalten wurde in einem Gebäude, das sie Krankenhaus nannten.«

Jessica Lynch wurde zur ersten Heldin des Krieges. Sie war eine gute Nachricht. Sie wurde das Covergirl des »People«-Magazins. Ein Mädchen aus West Virginia verdrängte die Hochzeiten von Liv Tyler und Russell Crowe in die Randspalte.

»Ihre unglaubliche Geschichte« war die Schlagzeile.

In ihrem Heimatort Palestine gab es eine Parade. Der Gouverneur von West Virginia schlug vor, einen Jessica-Lynch-Tag auszurufen. Universitäten aus dem ganzen Land boten ihr eine kostenlose Ausbildung als Lehrerin an. Eine riesige Lawine rollte, an ihren Rändern rollten kleine Geschichten mit wie die des »New York Times«-Reporters Jason Blair, der wenig später als Fälscher aufflog. Blair tat nur so, als wäre er zum Elternhaus von Jessica Lynch nach Palestine (West Virginia) gefahren, in Wirklichkeit schrieb er die Geschichte von zu Hause aus Brooklyn. Das ging zunächst gut. Die Tabakfelder, die hohe Arbeitslosigkeit und dann der Name des Ortes, aus dem Jessica Lynch stammt. »Palestine«. Das klang sowieso schon alles wie ausgedacht. An ihrer Schule hatte sie auch noch einen Sympathie-Wettbewerb gewonnen, die Geschichte schrieb sich von allein. NBC plant einen Film über das Schicksal von Jessica Lynch. Wenig später bot auch der Reporter Blair die Filmrechte an seinem Leben an. Mohammed Odeh al-Rahajif, der irakische Tippgeber aus Nassirija, wurde mit seiner Familie nach Washington geflogen und unterschrieb einen Vorschussvertrag für ein Buch bei HarperCollins für 500000 Dollar.

»Mister Rahajif soll spüren, dass wir Amerikaner sehr dankbar sind für seinen Mut und seine Leidenschaft«, sagte Tom Ridge, Chef der amerikanischen Homeland Security, der sich offenbar schon für den Iraker verantwortlich fühlte.

Dr. Hussuna kennt keinen Anwalt, der mit einer Krankenschwester seines Hospitals verheiratet gewesen ist. Und er halte es für unwahrscheinlich, dass er so bedeutend war, wie er tat.

»Am Tag, als die Amerikaner kamen, wusste doch die ganze Stadt, dass Jessica in unserem Krankenhaus ist. Es war gar nicht mehr geheim zu halten. Es ist doch kein Zufall, dass der Bürgermeister und die ganzen Sicherheitsleute unser Krankenhaus genau pünktlich verließen. Als die amerikanischen Soldaten unser Hospital stürmten, war hier kein einziger bewaffneter Mann mehr im Haus«, sagt Hussuna.

Eine Stunde nachdem die Amerikaner weg waren, erschienen die ersten Diebe. Sie versuchten die vier Geländewagen aufzubrechen, die die geflüchteten irakischen Militärs vor dem Krankenhaus zurückgelassen hatten. Die Ordnung begann sich aufzulösen.

»Sie haben uns angegriffen, wir haben regelrecht mit ihnen gekämpft«, sagt der Stellvertretende Krankenhausdirektor Dr. Chudeir Hasbar. Er rennt raus auf den Hof, wo noch die Reste eines Pajero-Trucks stehen. Die Räder fehlen bereits. Dann rennt er wieder zurück ins Hospital. Er kramt in einem Aktenschrank und kommt mit einem Stoß Blätter zurück.

»Sie wollen doch sicher was über Jessica Lynch wissen, was? Ich zeig Ihnen mal was. Das sind ein paar der Todesurkunden, die wir ausgestellt haben. Die hier ist für 18 Mitglieder einer einzigen Familie, die durch eine amerikanische Bombe getötet wurden. Und das sind Urkunden von Kindern. Ich lese nur die Geburtsdaten vor. 1997, 2000, 1997, 1992, 1997, 1993, 1999, 1992, 1997.«

Er blättert immer mehr Todesurkunden der Kinder auf den Tisch, wie Karten.

»Und Sie wollen immer nur etwas über Jessica wissen. Wissen Sie, wir haben sie gut behandelt, aber ihr Schicksal steht doch in keinem Verhältnis zu dem, was mit unseren Leuten passiert ist. In den zehn Tagen, die sie bei uns war, sind über 1000 Bürger Nassirijas getötet worden. Die sind wirklich gestorben. Diese ganze Jessica-Befreiung war doch eine einzige Show. Die amerikanischen Soldaten wussten, dass kein einziger bewaffneter Mann mehr im Haus war. Der Dolmetscher der Einheit hat sich unmittelbar vor dem Angriff danach erkundigt. Trotzdem sind die hier eingefallen wie die Krieger mit ihren Helikoptern und Maschinenpistolen. Die haben mit Platzpatronen um sich geschossen. Sie haben einen Film gedreht. Es sollte echt aussehen.«

Chudeir Hasbar läuft durch das Krankenhaus, in dem er seit 14 Jahren arbeitet, er zeigt die Türen, die die Soldaten eintraten, die Fenster, die sie einschlugen, die Geräte, die sie umwarfen. Er hatte sich mit seiner Frau, die auch Ärztin im Krankenhaus ist, und seinen beiden Kindern im Operationssaal versteckt, sagt er. »Wir mussten uns auf den Boden knien, wurden untersucht, und dann durften wir für viereinhalb Stunden den Raum nicht verlassen. Immerhin haben sie uns nicht gefesselt wie einige meiner Kollegen«, sagt Hasbar. »Man müsste sie verklagen.«

Hasbar läuft durch die verstopften Krankenzimmer, in einem liegt ein Junge, der Bluter ist, er hat nur einen kleinen Splitter abbekommen, aber der kostete ihn sein Bein. Sie können hier nichts mehr für ihn tun. Der Junge schaut den wütenden Arzt an. Aber der rennt weiter, raus, in die Stadt. Er zeigt einen zerbombten Supermarkt, das zerstörte Kino, eine kaputte Schule und das kleine örtliche Krankenhaus, das ebenfalls von einer Bombe zerstört wurde. Dann holt er Luft.

»Wissen Sie, ich bin froh, dass Saddam Hussein endlich weg ist, ich habe keine Freiheiten, kein Auto, kein Telefon, keinen Pass, kein Geld, und ich freue mich auch, dass es Jessica Lynch wieder gut geht«, sagt er. Vielleicht tut ihm das Mädchen Leid. Sie hat ja eigentlich nicht mehr getan als still gelegen. Wie Schneewittchen. Er erwähnt noch den Orangensaft, den sie Jessica Lynch besorgten.

In den letzten Tagen druckten einige wenige amerikanische Tageszeitungen leise Zweifel an der Rettungsaktion von Jessica Lynch. Ein Kolumnist der »Los Angeles Times« beschuldigte das US-Militär und die Medien, die Rettungsaktion von Jessica Lynch schamlos aufgeblasen zu haben. Daraufhin schrieb Donald Rumsfelds Sprecherin Victoria Clarke einen Brief an die »Los Angeles Times«.

»Die offiziellen Sprecher in Katar und Washington haben die Ereignisse akkurat wiedergegeben. Dem zu widersprechen ist eine schwerwiegende Beleidigung der tapferen Männer und Frauen, die an der Aktion beteiligt waren.«

Es klingt wie ein Durchhaltebefehl.

Fast zehn Tage blieb die verwundete amerikanische Soldatin in dem Krankenhaus am Rande der Stadt. Für diesen Zeitraum gibt es keine amerikanischen Zeugen. Nur die Mediziner des Städtischen Krankenhauses. Etwa 20 Ärzte, eine Schwester und sechs Pfleger. Man kann mit ihnen reden, man muss ihnen nicht glauben, aber ihre Geschichten ähneln sich. Es sind keine Heldengeschichten.

Dr. Ali Abd al-Sajjid war in jenen zehn Tagen der Direktor des Krankenhauses. Er hatte über das Schicksal einer amerikanischen Kriegsgefangenen zu wachen, und eines Nachts fuhr ein Lastwagen der Fedajin vor, der elf Leichen auf der Pritsche hatte. Sie legten sie einfach draußen ab und fuhren weg. Sajjid hat entschieden, die toten Amerikaner zu bestatten, weil die Kühlschränke nicht mehr funktionierten. Als die Marines das Krankenhaus stürmten, bot er an, sie zu Jessica Lynchs Zimmer zu führen.

»Ich bin der Direktor«, rief er. »Ich habe einen Generalschlüssel.«

Anschließend brachte er sie zu den Gräbern auf dem Fußballplatz. Er wurde stundenlang verhört. Er beschrieb die Verletzungen der getöteten amerikanischen Soldaten. Einige seien in den Kopf geschossen worden, manche seien gefesselt gewesen. Er suchte Kontakt zum amerikanischen Militärhospital, weil er hoffte, man könne künftig zusammenarbeiten.

Eine Woche nach dem Krieg wurde er vom Gesundheitsrat des Bezirkes Nassirija als Direktor abgesetzt. Das Komitee ist jetzt mehr unter religiösem Einfluss als früher unter dem politischen Einfluss der Baath-Partei, sagt Sajjid.

»Wissen Sie, ich bin nicht religiös. Ich trinke gern mal ein Bier. Damit bin ich jetzt wohl nicht mehr tragbar. Es gab auch Vorwürfe, ich hätte zu eng mit den Amerikanern zusammengearbeitet, andere sagten, ich hätte das Krankenhaus schließen müssen, als der Bürgermeister und seine Leute kamen. Aber wissen Sie, ich bin doch Arzt, ich war der Leiter dieses Krankenhauses.«

Er arbeitet jetzt in einer kleinen dermatologischen Praxis im Hinterhof einer Geschäftsstraße. Er sitzt in einem winzigen Zimmer zwischen lauter ekligen Bildern von Hautkrankheiten. Es ist schwer, ihn zu finden. Wahrscheinlich ist Sajjid der Mann aus dem Krankenhaus, der die Geschichte der zehn Tage im Leben der Jessica Lynch am besten kennt. Aber er scheint kein Interesse zu haben, sie zu erzählen. Sein Wartezimmer ist voller Menschen. Es gibt Sinnvolleres zu tun, als einen Mythos zu bekämpfen.

Und wahrscheinlich ist es sowieso schon zu spät.

Die U. S. Marines, die in Nassirija kämpften, sind bereits auf den Schiffen zurück nach Amerika. Sie wurden durch eine Reservisteneinheit des Marine Corps abgelöst. Major Ralph Dengler ist der Kommandeur. Ein freundlicher Patentanwalt aus der Bronx, der zwei Tage nach der Rettung Jessica Lynchs in die Stadt kam.

»Ich lese erst jetzt in den Zeitungen, was damals alles passiert ist«, sagt er. Gerade sind die Magazine von April eingetroffen. Noch fällt kein Schatten auf die Heldin. Dengler schaut zufrieden auf die Straße vor seinem Checkpoint. Er sagt, dass Nassirija eine der sichersten Städte im Irak sei. Seine Jungs haben gestern Fußball gegen eine einheimische Mannschaft gespielt. Die Marines haben 4:0 verloren. »Unser Sport ist ja doch eher Baseball und Football«, sagt Dengler und schaut zu den zwei Gestalten in langen weißen Gewändern, die sich aus dem Staub der Straße lösen und langsam auf ihn zulaufen.

Der Wachposten hebt leicht das Gewehr.

Es sind zwei ältere Herren, einer hat einen Zettel in der Hand. In kippligen Buchstaben steht da auf Englisch, dass ein Onkel krank in einem nahen Dorf liege. Er bitte um Hilfe. Major Dengler nimmt den Zettel und liest ihn durch. Die Männer schauen ihn erwartungsvoll an. Irgendwann schaut der Major auf.

»Sie müssen dort hinübergehen, da ist ein Krankenhaus«, sagt er. Er zeigt auf einen sechsstöckigen, grauen Betonklotz, der sich 1000 Meter von hier hinter einem Sandfußballplatz erhebt.

»Das ist ein schlechtes Krankenhaus«, sagt einer der Männer.

»Oh nein, das ist ein supermodernes Krankenhaus«, sagt der Major, macht eine kleine Pause und fügt dann hinzu. »Für die Gegend.«

Die Männer warten, unschlüssig.

»Das ist das Jessica-Lynch-Hospital«, sagt Dengler.

Annette Ramelsberger

Annette Ramelsberger, 1960 in Vilshofen, Niederbayern, geboren. Deutsche Journalistenschule in München, Politikstudium. Danach bei der Nachrichtenagentur AP in Frankfurt. Seit 1988 DDR-Korrespondentin für AP in Ost-Berlin – gerade rechtzeitig, um das Ende der DDR mitzuerleben und am 9. November auf der Mauer am Brandenburger Tor zu stehen. Von 1991 bis 1993 bei der BERLINER ZEITUNG als landespolitische Redakteurin. Von 1993 bis 1997 beim SPIEGEL in München, seitdem bei der SÜDDEUTSCHEN ZEITUNG als politische Reporterin. 1999: Theodor-Wolff-Preis

Potzlow und der grausame Mord an einem Jugendlichen: »Der wird nicht mehr. Den müssen wir jetzt umbringen.«

Im Niemandsland der Wahrheit

Auch ein Jahr nach dem Geschehen reagieren viele in dem uckermärkischen Dorf mit Hilflosigkeit und Verweigerung auf die Hintergründe der Tat

von Annette Ramelsberger
Süddeutsche Zeitung
11. Juli 2003

Potzlow, im Juli – Die Mohnfelder blühen so schön in Potzlow. Der Oberuckersee liegt wie hingegossen zwischen den sanften Hügeln der Uckermark, vor dem alten Herrenhaus rauschen die Linden und von gegenüber, aus den Fenstern eines niedrigen Feldsteinhauses, leuchten die blütenweißen Spitzengardinen. Keine 100 Meter sind es vom Herrenhaus zu diesen Gardinen. Kein Zaun, keine Mauer, nur 100 Meter Wiese. Freier Blick.

Hätte sie etwas spüren müssen? Hätte sie etwas verhindern können? Hätte sie ahnen müssen, dass hinter diesen Gardinen etwas passiert? Unter den Linden, vor dem Herrenhaus, das jetzt ein Jugendclub ist, sitzt Petra Freiberg und zermartert sich den Kopf. Denn hinter diesen Gardinen, an der Rückseite des Feldsteinhauses, liegt eine Veranda. Und auf dieser Veranda begann das Martyrium des Schülers Marinus Schöberl. Ein Martyrium, das zu einem grausamen Mord führte, einem Mord, der die Republik aufschreckte, das Dorf, in dem er geschah, aber nicht.

Ein stiller, schlaksiger Junge

Petra Freiberg hat das Opfer gekannt, ein stiller, schlaksiger Junge, der weite Hosen trug und sich die Haare blond färbte, so wie viele in seinem Alter. Marinus war einer, der Unsinn machte, so wie sie es alle machen, mit 16, 17 Jahren. Einer, der mit den Freunden auf den Rädern durchs Dorf flitzte und »Kräuter« trank, so nennen sie hier in der Uckermark die kleinen Fläschchen Kräuterschnaps. Und der leicht ins Stottern geriet, wenn er aufgeregt war. Petra Freiberg kannte auch die Mörder, zumindest einen von ihnen gut. Wochenlang hat sich der 17 Jahre alte Marcel im letzten Sommer bei ihr im Jugendclub aufgehalten, hat mit den anderen Späße gemacht, mit ihnen Hiphop gehört. Und hat nichts gesagt.

Es war ein heißer Tag, dieser 12. Juli 2002. Die Jugendbetreuerin Petra Freiberg hatte mit ein paar Jugendlichen eine Nachtwanderung gemacht. Zur gleichen Zeit zogen andere junge Leute durchs Dorf und landeten nach Mitternacht an jenem Feldsteinhaus jenseits der Wiese, wo Monika Spiering wohnt. Dort klingelten sie die Leute aus dem Bett, stellten einen Kasten Bier hin und Schnaps. Marinus war dabei, Marcel und sein älterer Bruder Marco, 23. Und Sebastian, ein Freund Marcels. Dann setzten sie sich auf die Veranda. Einen Fernseher gab es nicht. Aber wie um das fehlende Fernsehprogramm zu ersetzen, starteten sie nun selbst ein Programm: Es begann damit, ihren Kumpel Marinus zu schlagen. Dann flößten sie ihm Schnaps ein, bis er sich erbrach. Dann schleppten sie ihn hinaus auf die Terrasse, wo er hilflos liegen blieb. Dann urinierten sie auf den Jungen, dann schlugen sie ihn, bis er zugab, »ein Jude« zu sein, obwohl er doch gar keiner war. Und dann luden sie den zerschlagenen, stinkenden, taumelnden Jungen auf ein Rad und fuhren ihn zu den verlassenen Schweineställen der ehemaligen Landwirtschaftlichen Produktionsgenossenschaft (LPG) am Rande des Dorfes. Und dort brachten sie ihr Abendprogramm dann zu Ende.

Was in den Schweineställen geschah, wird seit zwei Monaten vor dem Landgericht Neuruppin verhandelt. Gleichzeitig eröffnet dieser Prozess einen Einblick in die Wirklichkeit eines Dorfes, so banal und ungeheuerlich, dass es scheint, als blättere hier die Tünche der Zivilisation. Dieser Eindruck wird stärker, je mehr Zeugen auftreten. Zeugen wie Monika Spiering, hinter deren Gardinen, auf deren Terrasse alles begann. 42 Jahre ist Monika Spiering alt, mager, mit dünnen, aschblonden Haaren, arbeitslos. Sie, ihr Lebensgefährte und ihr Bruder wohnen in dem Feldsteinhaus mit den Spitzengardinen, meist ohne Strom. Der war auch an jenem 12. Juli abgedreht.

Innere Angelegenheiten

Der Polizei hat sie fast aufgekratzt geschildert, wo Marinus geschlagen wurde, wo er zusammengebrochen ist, wo er später lag. Über diese Aussage gibt es einen Video-Mitschnitt. Jetzt will sie nichts mehr sagen, denn die Staatsanwaltschaft hat ihr einen Strafbefehl geschickt – acht Monate Haft auf Bewährung, wegen unterlassener Hilfeleistung. Denn Spiering hat nichts getan, um dem Jungen zu helfen. Außer man wertet ihren Satz als Hilfe: »Gib doch zu, dass du ein Jude bist, dann hören die auf.« Selbstverständlich hat Frau Spiering den Strafbefehl abgelehnt. »Ich habe mir nichts vorzuwerfen«, sagt sie und schleudert der Richterin hin: »Zum 12. Juli sage ich gar nichts – alles Weitere über meine Anwältin.«

Richterin Ria Becher fragt trotzdem, zum Beispiel nach dem Alkoholkonsum vor der Tat. Klar habe sie mitgetrunken, schnappt Spiering. »Ist doch nicht verboten!« Einen Kasten Bier habe es gegeben. Und? Was ist das schon? »An einem Kasten ist ja nicht viel dran.« Frau Spiering hat diesen empörten Unterton in der Stimme, den viele im Ort haben, wenn man sie auf den Mord an Marinus Schöberl anspricht. Entrüstung darüber, dass sich hier Leute in ihre inneren Angelegenheiten einmischen. Es ist ein Ton, den man wieder erkennt – bei ganz anderen Menschen als Frau Spiering.

Ein normales Dorf, normale Menschen. »Eine Menge guter Sachen« gebe es hier, sagt Ortsbürgermeister Johannes Weber: die Feuerwehr, den Angel- und den Brieftaubenverein, die Fußballmannschaft. Woanders ziehen die Leute weg, hier ziehen sie hin. Fast 600 Einwohner hat Potzlow. Mehr als vor der Wende. Ist das nichts?

Es ist vieles ganz normal in Potzlow. Und manches nicht. Dass seit Jahren ein Judenstern an die Mauer am Friedhof gesprüht ist, darunter ein Neonazi-Symbol. Keinen störte es. Dass ein junger Mann von der Feuerwehr Blankenburg im Ort vorbeischaut, in kurzen Hosen, auf der Wade hat er SS-Runen tätowiert. Keiner sagt was. Dass Jugendliche sich vor den Augen ihrer Eltern mit Bier zuschütten. Keiner tut was. Und wenn jemand etwas tut, empfinden das die Eltern als Angriff, als Einmischung in ihre Angelegenheiten.

Es ist hier vieles normal, was anderswo als Problem betrachtet würde. Marcel, der damals 17 Jahre alte Junge, der nun vor Gericht als Hauptangeklagter gilt, war häufig betrunken. So oft, dass es gar nicht mehr auffiel. »Ganz normal« sei das gewesen, sagen die jungen Zeugen. »Ganz normal« habe Marcel auch erzählt, dass er einen umgebracht habe. »Ganz normal« ist offenbar alles, was den jungen Leuten widerfährt. Eine Zeugin, 22 Jahre alt, Beruf: »arbeitslos«, erzählt, wie sie mit Schwester und Freunden vor dem Videogerät saß und sich immer wieder den Film *American History X* angesehen habe – einen Film, in dem ein Rechtsradikaler einen Schwarzen zwingt, in eine Bordsteinkante zu beißen und dann auf seinen Kopf springt, dass der Schädel knackt. »Wir haben alle gelacht«, berichtet die Zeugin. »Jetzt kommt er, jetzt kommt er«, hätten sie sich auf die Szene mit dem Bordsteinkick heiß gemacht. Sie haben gelacht. »Haben Sie das lustig gefunden?«, fragt der psychologische Sachverständige Alexander Böhle. Er bekommt keine Antwort.

Hört man den Zeugen im Gericht von Neuruppin zu, erscheint es, als wenn viele dieser Menschen noch nicht einmal wüssten, was gut ist und was böse. Dass sie von Regeln allenfalls mal gehört haben, aber sie für nebensächlich halten. Für nicht zutreffend auf ihr eigenes Leben. Und dass es offenbar niemanden gibt, der ihnen Werte vermittelt. In jener Nacht an den Schweineställen gab es keine Regeln, keine Werte und keine Würde. Die drei jungen Männer schleppten ihr Opfer in den Schweinestall. Jetzt, wo er zugegeben hatte, dass er »Jude« sei, hatten sie ihn als Untermenschen markiert, der kein Recht auf menschliche Behandlung mehr hatte. Sie stießen ihn in eine mit Jauche gefüllte Grube – »um zu sehen, ob er untergeht«, sagt die Staatsanwältin. Dann drückten sie ihn in die Knie und ließen ihn in einen Betontrog beißen. Spätestens in diesem Moment muss dem Opfer klar gewesen sein, was ihm bevorstand: Denn auch Marinus hatte den Film gesehen. So wie fast alle.

Marcel springt mit seinen Springerstiefeln auf Marinus' Kopf. Der sinkt zur Seite, das Gesicht ist völlig entstellt. Dann, so die Staatsanwältin, habe Marcels älterer Bruder Marco gesagt: »Der wird nicht mehr. Den können wir keinem Arzt mehr vorstellen. Den müssen wir jetzt umbringen.« Sie suchen einen Stein, Marcel zermalmt den Kopf des Jungen mit zwei heftigen Hieben. Dann, so berichtete Marcel in der polizeilichen Vernehmung, habe Marco dem Toten den Puls gefühlt. »Er meinte dann, dass er hin wäre.« So steht es im Protokoll. Zu dritt verscharren sie ihr Opfer in der Jauchegrube.

In den Wochen danach geschehen seltsame Dinge. Der Rucksack von Marinus wird gefleddert, aber keinen kümmert's. Marcel berichtet einem Schulkameraden, er habe »einen Assi«, einen Asozialen, umgebracht. In der Kneipe saßen sie da zusammen, »Marcel war lustig drauf«, berichtet der Schüler. »Ganz normal hat er das erzählt, wie man unter Kumpels erzählt.« Die Reaktion? Offenbar keine. Auch zwei Elektriker-Lehrlingen auf seiner Berufsförderschule erzählt Marcel, dass er jemanden umgebracht habe. Gegrinst habe er dabei, sagt einer der beiden. Schon morgens um acht Uhr habe er damit herumgeprahlt, sagt der andere. Reaktionen? Offenbar keine. Im Herbst führt Marcel die Freundin seines Bruders und ein paar Kumpels zur Jauchegrube. Und die ist auch noch stolz auf die Tat.

Nicole, 17 Jahre alt, Kaugummi im Mund, Hände in den Schlabberhosen, schlendert ins Gericht, direkt aus der Haft. Sie ist das, was man eine Skinbraut nennt, eine überzeugte Rechtsradikale. Sie hat einen der Jungs aus dem Dorf bedroht, es werde ihm genauso ergehen wie Marinus, wenn er der Polizei etwas sage. Bei der Polizei machte sie anfangs sogar den Versuch, sich als Mittäterin auszugeben. Und erzählte dort, was sie von Marcel erfahren hatte. »Ein richtig guter Kick« sei die Tat gewesen, vor allem wie das Opfer »dann so dalag«. Und wie Marcel auf der Stelle herumgetrampelt sei, an der die Leiche lag. »Das kann ja nur der Scheiß-Schädel sein«, habe er gerufen, sagte Nicole der Polizei.

Eine ganze Reihe von Menschen haben gewusst, dass ein Mord geschehen war. Oder es zumindest geahnt. Aber keiner hat reagiert. Obwohl die Eltern von Marinus überall im Dorf herumfragten, wo ihr Sohn geblieben sei. Auch bei Frau Spiering. Auch bei den Tätern. Vermutlich wäre der Mord nie bekannt geworden, wenn Marcel im Herbst nicht mit ein paar Leuten gewettet hätte: Er wisse, wo Marinus liege. Erst da sind sie mit ihm zur Grube und haben den Leichnam ausgegraben. Und erst da erfuhr Petra Freiberg, dass der Junge, der Marinus ermordet hatte, wochenlang bei ihr im Haus verkehrte.

Vielleicht ist es die Nähe zu Opfer und Tätern, die Frau Freiberg empfindlicher macht als die anderen. Vielleicht will sie deswegen so beharrlich wissen, warum so etwas passieren konnte, ob es wieder passieren kann, was sie dagegen tun kann. Was das Dorf dagegen tun kann. Und vielleicht will sie auch deswegen nichts mehr übersehen.

Deswegen ist ihr die Sache mit der Bude da hinterm Jugendclub so wichtig. Eine Hütte, weiß getüncht, darin stehen ein paar alte, vergammelte Sofas. Davor ein Feuerplatz. Drumherum liegen Glassplitter, leere Bierflaschen. Hier treffen sie sich jetzt, nicht die Jugendlichen von Potzlow, aber doch einige. Weil man hier trinken kann, viel mehr als im Jugendclub bei Petra Freiberg. Weil man hier in Ruhe gelassen wird.

Der Bürgermeister verstummt. »Ich sehe da kein eigenständiges Problem der Gemeinde. Das betrifft doch die Erziehungsberechtigten«, sagt er knapp und dann am liebsten gar nichts mehr. Die Kinder des Dorfes saufen sich um den Verstand, doch es ist kein Problem der Gemeinde. Deswegen erfährt man von Bürgermeister Weber auch kein Wort darüber, dass es Zoff gab auf der Gemeinderatssitzung. Dass einige Eltern es sich sogar verbeten haben, dass das Alkoholproblem ihrer Kinder von anderen angesprochen wird. Seitdem wird auch über den Brief geschwiegen, den die Sozialarbeiter des Jugendhauses den Eltern geschrieben haben und in dem sie ein Treffen anregten. Den Elternabend wird es nicht geben. Jetzt nicht. Vermutlich nie.

Petra Freiberg ist laut geworden bei der Sitzung. Sie fühlt sich wie ein Feigenblatt, das dafür herhalten soll, die Blöße des Dorfes zu verdecken. 1997 ist sie geholt worden, damals hatten hier Rechtsradikale einen Sozialarbeiter ermordet, Jugendliche trauten sich nicht mehr durch das Dorf aus Angst, von Rechten angemacht zu werden. Freiberg hat die Szene befriedet, das Dorf wurde ruhig, das Symptom Rechtsradikalismus schwächer. Doch das eigentliche Problem blieb: die Entzivilisierung von Menschen am Rande der Gesellschaft.

Ausgerechnet der Verteidiger des Hauptangeklagten Marcel spricht den Punkt an. Volkmar Schöneburg, aufgewachsen in der DDR, PDS-Funktionär, ist unverdächtig, die Situation im Osten zu schwarz zu malen. Er sagt, in dem Dorf fehle einfach der »zivilisatorische Standard«. Man kümmere sich nicht umeinander. Es habe keinen belastet, den Rucksack, das Handy und das Fahrrad von Marinus zu finden. Keiner habe etwas getan. Schöneburg spricht aus, was sich schon während des ganzen Prozesses aufdrängt: »Die Werte, die wir für selbstverständlich halten, sind dort gar nicht vorhanden.«

Früher hatte die LPG die soziale Kontrolle und die soziale Verantwortung für den Großteil der Leute im Dorf. Was die LPG nicht schaffte, machte die Partei. Dann zerbrach alles, was die Menschen als Autorität anerkannten: der Betrieb, die Partei, der Staat. Und noch immer, 13 Jahre danach, fühlen sich offenbar manche so, als wenn sie in ein Niemandsland geschleudert worden wären, wo sich keiner um sie kümmert und sie sich ihre Regeln deshalb selber machen. Oder es eben bleiben lassen.

»Ich hätte aus Euren Kindern auch Nazis machen können und Ihr hättet es nicht gemerkt «, hat Freiberg den Eltern in Potzlow entgegengehalten. Die bekommen so erstaunlich wenig mit: Ein Vater kennt die Adresse der Freundin nicht, wo sein minderjähriger Sohn seit Monaten wohnt. Ein anderer weiß nicht, dass der Sohn mitten in der Nacht sturzbetrunken im Dorf herumläuft. Die Mutter eines der jungen Trinker hielt der Sozialarbeiterin vor: »Du hast es nicht geschafft, mein Kind zu erziehen.« Die Eltern der Täter Marcel und Marco kritisieren nun, der Jugendclub habe sich zu wenig um die Jugendlichen gekümmert.

»Die Leute halten sich eine Sozialarbeiterin wie einen Dienstleister – zuständig für die Erziehung und Ruhigstellung ihrer Jugendlichen«, sagt Jürgen Lorenz vom Mobilen Beratungsteam im Regierungsprogramm *Tolerantes Brandenburg*. Lorenz ist seit Monaten immer wieder im Dorf, doch er nimmt keine wirklichen Aktivitäten wahr, um den Mord an Marinus zu verarbeiten. »Das Dorf hat keinen Bezug zu seinen Jugendlichen«, sagt er. Und offenbar auch keinen zueinander. Es gibt kaum Treffen, und wenn, dann zum Trinken, die Mittelschicht macht ihr eigenes Ding, dann werden die Jalousien runtergelassen. Schweigen.

Immer diese Fragen

Es ist so unheimlich, weil einen das Gefühl beschleichen könnte, dass Petra Freiberg und ihre Kollegen so ziemlich die Einzigen sind, die sich fragen, ob etwas falsch gelaufen ist. Die anderen erscheinen lediglich genervt, dass sie immer noch gefragt werden. Dass immer noch Menschen im Dorf auftauchen, die nicht den See genießen wollen, sondern fragen, wie so etwas geschehen konnte. »Diese permanenten Fragen: Was ist passiert? Was haben Sie gemacht?«, sagt Johannes Weber, der Ortsbürgermeister, und man spürt bei jedem Wort, wie sehr er sich zusammenreißen muss, das Gespräch nicht abzubrechen. Er ist nie bei der Verhandlung in Neuruppin gewesen, auch nicht auf der Bürgerversammlung, als ein Polizeipsychologe erklärt hat, wie Jugendgewalt entsteht. Der Mann hat aber auch anderes zu tun. Führt einen Malerbetrieb, muss sehen, dass Aufträge reinkommen. »Sachen müssen auch mal zu Ende gehen«, sagt Weber. Er ist auch nie bei den Eltern von Marinus gewesen. Die wohnen im Dorf nebenan. Der Pfarrer war bei ihnen, auch Petra Freiberg, sonst niemand. »Absolutes Desinteresse« erfährt die Familie, sagt ihr Anwalt. Der Grabstein für Marinus wurde von Berlinern gespendet.

Hinten im Gerichtssaal sitzt Peter Feike. Er stammt nicht direkt aus Potzlow, aber er arbeitet dort, als Koordinator der Jugendarbeit. Er ist einer der ganz wenigen, die den Prozess gegen die Mörder von Marinus regelmäßig besuchen. Feike ist auch Bürgermeister, allerdings der Großgemeinde Oberuckersee, zu der Potzlow gehört.Und seit er das Alkoholproblem im Gemeinderat angesprochen hat, gibt es Zoff. Wie könne er so etwas nur in die Öffentlichkeit tragen?

Feike hat am Anfang auch abgewiegelt, was in Potzlow geschah. Hat gesagt, das komme in der Großstadt doch jeden Tag vor, damals im November, als die Leiche gefunden wurde. Seit er den Prozess verfolgt, hat er dazugelernt. Er weiß, dass die Tat von Potzlow außergewöhnlich war, erschreckend, unheimlich. Und will wie Freiberg jetzt nicht mehr wegschauen. »Man kann das doch nicht als Lappalie runtermachen, wenn sich die Jugendlichen ständig betrinken. Gerade nach dem, was geschehen ist, muss man doch sensibler reagieren«, sagt Feike. »Sonst kommt am Ende der Verdacht auf, es ist einem alles egal.«

Vermutlich ist es aber einfach so.

Petra Reski

Petra Reski, geboren 1958 in Unna, studierte Romanistik und Sozialwissenschaften in Trier, Münster und Paris. Sie ist Absolventin der Henri-Nannen-Schule und begann ihre journalistische Arbeit im Auslandsressort des STERN. Vor 13 Jahren zog sie nach Venedig, seither arbeitet sie als freie Autorin für GEO, DIE ZEIT, DAS MAGAZIN, für Rundfunk und Fernsehen. 2002 erhielt sie den Hansel-Mieth-Preis. Sie schrieb drei Sachbücher und drei Romane, zuletzt: »Meine Mutter und ich«.

EIN DORF IN POLEN:

Am Rande der Zeit

Srednia Wies liegt im südöstlichsten Zipfel Polens, am Fuß der Karpaten. Und wenn die Jungen nicht zum Arbeiten in den Westen zögen, verharrte der 1100-Seelen-Ort vielleicht auf ewig im Windschatten des Weltgeschehens ... Der finnische Fotograf Jukka Male porträtiert seit über 20 Jahren das Leben in diesem Dorf. Petra Reski erzählt eine Geschichte über den gemächlichen Schritt der Veränderung

von Petra Reski
GEO
1. April 2003
Foto: Jukka Male

Die Winter sind so sibirisch in Polens einsamsten Winkel. So kalt wie hier wird es sonst nirgends im Land.

Die Hochzeitsköchin rührt Buttercreme. Mit der Bohrmaschine. Breitbeinig und in kurzen Hosen sitzt sie auf der Bühne des Gemeindesaals von Srednia Wies und hält zwischen ihren Unterschenkeln einen roten Plastikeimer fest. Mit der Kraft einer Gewichtheberin führt sie die Maschine, deren aufgesetzter Quirl sonst dazu genutzt wird, Zement zu mischen, und verrührt Butter mit Vanillepudding. Ab und zu gießt sie 95-prozentigen Alkohol dazu. Ein Liter Alkohol auf 20 Pfund Buttercreme: Das ist das Rezept von Maria Bobola, der gefragtesten Hochzeitsköchin von ganz Südostpolen.

Sie hält ein Augenlid halb geschlossen, was ihr ein seltsam entrücktes Aussehen gibt. Als sei sie in höheren Sphären unterwegs, schwebend, fern von der Buttercreme, fern von all den Windbeuteln, Käsekuchen und pinkfarbenen Kokosmakronen, mit denen sie bereits eine Speisekammer und drei Kühlschränke gefüllt hat.

Fünf Tage lang wird sie in der Küche des Gemeindesaals von Srednia Wies Hefezöpfe flechten, Zuckerglasur verstreichen, saure Mehlschwitze kochen, Weißkohl und eine Menge Fleisch in den Bigos-Eintopf, das Nationalgericht, und Hühner in Geflügelsülze verwandeln. Für 140 Festgäste. Eine kleine Hochzeit, merkt sie an. Sie ist Besseres gewohnt. Bei der letzten Hochzeit hier im Dorf hat sie für 240 Gäste gekocht, zwei Schweine wurden geschlachtet und ein Kalb. Und vor kurzem hat sie bei einer Priesterweihe für 450 Gäste gekocht, das ist eine andere Herausforderung.

Für Srednia Wies ist das Fest eine ersehnte Abwechslung in einem Leben, das so gemächlich anmutet wie der schläfrig schaukelnde Gang der Kühe, die bei Sonnenaufgang auf die Weide und abends, bevor die Mücken beißen, zurück in den Stall geführt werden.

Das Fest ist ein kurzes Aufatmen in diesem ewigen Kreislauf aus Kühemelken, Hühnerfüttern, Entenschlachten und Grasmähen. Ein Kreislauf, der das Leben nur langsam verfliegen lässt in diesem südöstlichen Zipfel Polens zwischen Ukraine und Slowakei, wo ikonenbeladene Holzkirchen mit Zwiebeltürmen stehen und wo es nach dem Rauch von Köhlerhütten riecht.

Das Sibirien Polens, so nennt man die Gegend. Der Winter ist der einzige Moment, in dem sich Polen seines einsamen Landstrichs entsinnt. Wenn rekordverdächtige Tiefsttemperaturen für die Nachrichten gebraucht werden, dann findet man sie hier. Minusgrade sind ein Exportartikel. Und Saisonarbeiter für die deutsche Traubenernte.

Einst war hier Galizien, ein Land, in dem Juden, Polen, Deutsche und Ukrainer miteinander lebten. Das war das Land des Joseph Roth, des Schriftstellers, der seine Heimat ein Leben lang schamhaft verschwieg. Einst östlichste Provinz des Habsburger Reiches, demnächst Ostgrenze der Europäischen Union. Nach dem Ersten Weltkrieg wurde Galizien Teil des unabhängigen Polen. Von 1941 bis 1944 hielten es die Deutschen besetzt.

Auf den ersten Blick ist Srednia Wies diese wechselvolle Vergangenheit nicht anzusehen. Das Dorf schmiegt sich so unauffällig in die Landschaft zwischen den Fluss San, zwischen Buchenwälder, Weizenfelder und milde Hügel, dass man es mitsamt seinen 1110 Einwohnern übersehen könnte.

Die Landschaft gewinnt erst wenige Kilometer südöstlich etwas an Dramatik, wo die Hügel sich in scharfgeschnittene Bergrücken verwandeln: Dort beginnen die Karpaten, und dorthin allein zieht es die Touristen, die auf der Hauptstraße vorbeirasen, ohne einen Blick auf Srednia Wies zu verschwenden, das sich in der Mulde am Fluss versteckt.

Was Fremde vom Dorf sehen, ist lediglich sein einziges Geschäft, eine giftgrün vergitterte Bude, die nicht nur Haarbalsam, Pralinen und Fleischwurst, sondern vor allem Alkohol im Angebot hat. Und vielleicht bemerken sie im Vorbeifahren noch ein Schild, das die geräucherten Forellen preist, die in der Kneipe »Zur Eberesche« verkauft werden. Vielleicht.

Aber sie werden nicht ahnen, dass in dem verwaschen gelben Gemeindesaal von Srednia Wies vom Feuerwehrball bis zum Leichenschmaus alles gefeiert wird, was das Leben hergibt. Am Ende dieser Woche wird hier die Hochzeit von Marek Gnap und Agata Podgorska begangen – zwei Tage lang, unter Aufbietung von 70 Torten, 100 Litern Wodka, sieben Eimern Bigos – und einem Zehn-Gänge-Menü. Marek nennt die Zahlen so stolz, als seien sie sein Verdienst. Als ginge es bei seiner Hochzeit um einen Eintrag ins Guinness-Buch der Rekorde.

Die Zeit drängt, allein zwei Tage sind mit Kuchenbacken vergangen. Die Köchin und ihre sieben Gehilfinnen kratzen Teigreste aus Springformen und scheuern Bleche blank, die Schwiegermütter und Schwägerinnen des Brautpaares stapeln Mürbeteigplätzchen in der Vorratskammer, nur Marek lehnt an einem Kühlschrank und raucht.

Er ist klein und stämmig und trägt das weißblonde Haar so kurz geschoren, dass die Kopfhaut rosig durchschimmert. Außer mit seiner in sechs Monaten bevorstehenden Vaterschaft trägt er nicht viel zur Hochzeit bei. Er ist arbeitsloser Automechaniker, seine Braut geht noch zur Schule. An der Bushaltestelle hätten sie sich kennen gelernt, sagt Agata. Nein, in der Diskothek, sagt Marek.

Agata ist zart und mäusegesichtig und soll sich, in ihrem Zustand, auf keinen Fall anstrengen. Sie trägt ein graues T-Shirt, auf dem SEPULTURE!, Bestattung, steht, dazu passend hängen ihre Mundwinkel so tief, als würde in dieser Küche ihre Beerdigung vorbereitet. Mit nach vorn geschobenem Becken schlurft sie an den Kuchenblechen vorbei und steckt sich eine Kokosmakrone in den Mund.

Beide Elternpaare haben für die Hochzeit einen Kredit aufgenommen, den sie fünf Jahre lang abzahlen werden. Aber was tut man nicht alles für die Kinder! Die Schwiegermütter lachen, weil sie sich bei ihrer Unsere-Kinder-sollen-es-besser-haben-Rührung erwischt haben. Sie halten sich verschämt die Hand vor den Mund, entweder Hochzeit oder Jacketkronen, man kann nicht alles haben.

MAREK WURDE 1981 GEBOREN, in jenem Jahr, in dem General Jaruzelski das Kriegsrecht über Polen verhängte. Natürlich hätte ich noch gern mehr Kinder gehabt, sagt Mareks Mutter, aber wer setzt schon während des Kriegsrechts Kinder in die Welt? Sie hat so runde Arme, dass ihr schmales Armband in der Falte ihres Handgelenks verschwindet.

Wenn Mareks kleine, dicke Mutter vom Kriegsrecht erzählt, dann blickt ihr Sohn so gelangweilt in die Ferne, als erkläre sie ihm den Ausgang einer Seeschlacht aus dem Ersten Weltkrieg. Als der Ostblock zusammenbrach, lernte Marek gerade Fahrrad fahren. Sein Gesicht ist so glatt, wie es nur ein Gesicht sein kann, das sich noch nie fürchten musste. Den Alten von Srednia Wies jedoch ist Europas Geschichte in die Falten gekrochen. Die einen tragen den Kommunismus in den Mundwinkeln, die anderen Krieg und Vertreibung in den Wangenfurchen.

Erst kamen die Deutschen und verschleppten sie zur Zwangsarbeit. Und als die Polen in ihre Heimat zurückkehrten, kamen die polnischen Kommunisten und vertrieben sie: Um die ukrainischen Nationalisten zu bekämpfen, wurden ganze Dörfer an der Grenze zur Ukraine niedergebrannt und deren ukrainischstämmige Bewohner gezwungen, ihre seit Jahrhunderten angestammte ostpolnische Heimat zu verlassen und sich in Masuren, Schlesien und Pommern niederzulassen – in Orten, aus denen die Deutschen vertrieben worden waren.

Das Eigentum der vertriebenen Ukrainer wurde verstaatlicht. Während des Kommunismus war diese Vertreibung ein Tabu. Erst 1997 entschuldigte sich der polnische Präsident Aleksander Kwasniewski mit einer Versöhnungserklärung für diese »Aktion Weichsel« genannte Vertreibung.

Für Marek, den Bräutigam, ist die von den Alten beschworene Vergangenheit bereits zu Geschichte geronnen: früher. Wann waren die Deutschen noch mal da? Wer hat noch mal die Ukrainer vertrieben? Das Früher ist für ihn so weit weg, dass er manchmal schon den Kommunismus mit dem Krieg verwechselt. Mareks Mutter lächelt dann ihren Sohn an. Nie musste er um vier Uhr morgens aufstehen, um in der Nachbarstadt Lesko Schlange zu stehen – für Saftpressen, die ab acht Uhr verkauft wurden und

um fünf nach acht ausverkauft waren. Und das macht sie glücklich. Auch ohne Zähne.
Und jetzt erfüllt er auch noch ihren Traum von der großen Familie. Sohn und Schwiegertochter werden in ihrem Haus wohnen. Es sei doch zu erwarten gewesen, dass Agata schwanger würde, sagt die Mutter, sie seien bereits seit fünf Jahren zusammen.
Fünf Jahre! ruft die Hochzeitsköchin über die Mohnkuchenfüllung hinweg. Bei mir haben elf Tage gereicht, elf Tage! Und dann ging das so weiter, alle vier Jahre ein Kind, das letzte vor 15 Jahren, und jetzt bin ich alt, und die Plage hat ein Ende. Gott sei Dank!
Männer müssen in die richtige Bahn gelenkt werden, sagt Mareks Mutter bestimmt. Früh heiraten und früh Vater werden, das ist das Beste, sonst stehen sie den ganzen Tag vor dem Laden rum und versuchen, sich das Leben schön zu trinken. Aber jetzt wird Marek arbeiten gehen, weil er für seine Familie sorgen muss, sagt sie und blickt zu ihrem Sohn hinüber, der wie ein Möbelstück in der Küche steht.
Erst als seine Schwiegermutter ihn beauftragt, eine Plastikwanne von zu Hause zu holen, wird er etwas beweglich. Dann schiebt er sich erleichtert mit Agata aus der Küche, weg von den Ermahnungen seiner Mutter, und ruckelt mit seinem kleinen, roten Polski Fiat durch das Dorf.

AUF DER STRASSE begegnet Marek dem Nachbarn Jan Ros, aber der junge Mann schenkt dem Alten nicht mehr Aufmerksamkeit als einer kleinen Bodenwelle. Jan Ros ist ein hoch gewachsener Herr mit einem zerfurchten Wurzelholzgesicht. Er geht, als würden ihm seine Beine nicht gehören, sondern von unsichtbaren Fäden gezogen. Vorsichtig setzt er einen Fuß vor den anderen, sein Stock macht dazu kleine, metallische Geräusche. Manchmal schreit er auf Deutsch: Schneller! Schneller! oder: Halt! Stehen bleiben!, und lacht scheppernd. Sein Haar lodert schlohweiß. Seine Beine hat ihm ein SS-Mann zerschlagen.
Ich arbeite zu Berlin, sagt Ros und grinst. Wellpappe, sagt er. Berlin-Köpenick, sagt er.
Jan Ros war einer von den 40 Dorfbewohnern, die zur Zwangsarbeit nach Deutschland verschleppt wurden. Sein Nachbar Wladyslaw landete in einem Kupferbergwerk, Jan Ros arbeitete sechs Jahre lang in einer Wellpappen-Fabrik. Als er nach dem Krieg zurückkehrte, wurde er von den polnischen Kommunisten nach Westpommern vertrieben, weil sie befürchteten, dass sich die ukrainischstämmigen Polen auf die Seite der ukrainischen Unabhängigkeitskämpfer stellen könnten. Zehn Jahre später kehrte er wieder nach Srednia Wies zurück, da gehörte sein Hof schon längst einem Fremden.
In meiner Jugend habe ich meine Füße in die Kuhpisse gestellt, um sie mir zu wärmen, sagt Jan. Dann kam die Zwangsarbeit, dann die Vertreibung. Das war mein Leben.
Jeden Mittag geht er die Dorfstraße entlang, unterwegs zu seinem Sohn Stanislaw, der im unteren Teil des Dorfes wohnt, unweit des Flussufers. Sein zweiter Sohn lebt noch mit ihm zu Hause. Verheiratet ist der noch nicht, obwohl er schon fast 40 ist. Ja, wenn sich eine auf ihn draufgesetzt hätte, sagt Jan, dann hätte er wohl eine gefunden. Aber so nicht.
Um sich den Anblick dieses Sohnes zu ersparen, der ab Mittag mit zwei Baseballmützen übereinander auf dem Kopf am Wegesrand sitzt und so lange trinkt, bis er von der Holzbank ins Gras kippt, verbringt Jan Ros den Nachmittag auf dem Hof seines Sohnes Stanislaw, auf einem Holzstoß sitzend, den Katzen Steine nachwerfend und fluchend.
Der Staat hat den Menschen zum Säufer gemacht!, schreit Jan. Mit dem Arbeitslosengeld! Und früher, brüllt Jan, früher haben alle gearbeitet. Die Kinder, die Säufer und die Häftlinge, alle. Die Häftlinge haben Straßen gebaut! Uns Bauern ging es doch gut im Kommunismus! Schon mit vier Kühen galt man als spezialisierter Betrieb und bekam Unterstützung. Sogar die Düngemittel gab es auf Kredit! Und jetzt wird uns die EU verhungern lassen. Schon wenn das Dach vom Kuhstall aus Asbest ist, gilt die Milch als verseucht!
Wenn sie sich aufregen, und sie regen sich schnell auf, haben die Männer der Familie Ros ein so wildes

Glitzern in den Augen, als loderte in ihnen ein ewiges Höllenfeuer. Wir brauchen kein Business! Die Arbeiter und die Bauern wollen den Kommunismus zurück!, zetert sein Sohn Stanislaw, und seine Halsschlagader schwillt an. Genau wie sein Vater schlägt er mit Worten um sich. Jeder Satz ein Hieb. Dabei schwenkt er eine Motorsäge, als wäre sie aus Pappe. Der Hofhund verkriecht sich hinter dem Holzstoß. Einzig das Huhn bleibt von dem Geschrei unbeeindruckt und badet selbstvergessen im Staub.

Unermüdlich stapelt Stanislaw Holzscheite, montiert an der Motorsäge, schraubt am Mähdrescher. Sein Körper besteht nur aus Muskeln und Sehnen – und einem Gesicht, das keines mehr ist. Vor elf Jahren hatte er einen schweren Autounfall, ein Baumtransporter stieß frontal gegen sein Auto und schob ihm die Motorhaube ins Gesicht. Am nächsten Tag hätte Stanislaw heiraten sollen. Alle anderen fünf Mitfahrenden blieben unversehrt. Nur Stanislaw sieht seither aus, als hätte ihm ein Zyklop das Gesicht eingedrückt. Die Nase ist platt, die Stirn fliehend und vernarbt. Und sein rechtes Auge starrt zum Himmel, auf ewig Hilfe suchend.

Mehr ist nicht passiert, sagt er. Als sei sein Leben nur kurz verzögert worden. Zum Arbeiten braucht man kein schönes Gesicht. Drei Monate später heiratete er. Für die Unfall-Entschädigungssumme kaufte er einen Mähdrescher. Der Staatsforst, bei dem er damals angestellt war, zahlt ihm seither eine monatliche Rente von 350 Zloty, knapp 90 Euro.

Solidarnosc, das waren doch alles Kommunisten, die keiner mehr wollte, brüllt er, so laut, dass sogar das selbstvergessene Huhn in seinem Staubbad aufschreckt und flügelschlagend das Weite sucht.

Früher hingegen war jeden Dienstag Markttag in der Nachbarstadt Lesko. Früher konnte er sich selbst versorgen, die Überschüsse an staatliche und private Kunden verkaufen und nebenbei im Staatsforst arbeiten. Früher hätte er sein Land dem Staat anbieten oder seinen Kindern vermachen können, und er hätte dafür eine Rente bekommen. Heute drängt sich niemand mehr danach, sein Vieh zu kaufen, niemand will sein Getreide, niemand gibt ihm mehr billige Kredite. Der größte Unfall seines Lebens war für Stanislaw der Zusammenbruch des Sozialismus.

Seine Schwester fährt jedes Jahr zur Traubenernte nach Heilbronn, so wie fast ein Viertel aller Dorfbewohner als Saisonarbeiter in Deutschland arbeitet; die einen verlegen Fliesen, die anderen helfen auf Bauernhöfen. Aber allein die Reise und die Arbeitserlaubnis kosten 600 Zloty, 150 Euro, schimpft Stanislaw, was soll nur aus uns werden. Und während er sich festschimpft, über die Kommunisten, die keine mehr sein wollen, über das Geld, das nichts mehr wert ist, über die Juden und die Zigeuner in der Regierung in Warschau, ist sein Vater wieder in Berlin angekommen, bei der Wellpappe, in Köpenick, wo es eine Elsa gab, die zu ihm sagte: Johann, du bist ein schöner Mann, aber du bist Pole!

Sie arbeitete in derselben Fabrik, sagt Jan lächelnd und ist plötzlich wieder der schöne Mann, der sich mit Elsa am Alexanderplatz trifft und ihr Zigaretten und englische Schokolade kauft. Schweigend sortiert er seine Beine, die auch im Sitzen aussehen, als gehörten sie ihm nicht.

Wenn ich Geld gehabt hätte, sagt Jan, ich wäre noch mal nach Berlin gefahren. Auch heute noch.

AM NÄCHSTEN TAG riecht es in der Küche des Gemeindesaals wie an einem deutschen Sonntagvormittag vor 30 Jahren. Nach Hühnersuppe und Braten, nach frisch gehackter Petersilie und erzwungenem Kirchgang. Fleisch, Fleisch, Fleisch, sagt die Hochzeitsköchin. Die Leute essen zu viel davon! Erst Bœuf Stroganoff, dann die Hähnchenkeulen, Frikadellen, Geflügelsülze, Aufschnitt, Würste. Das kann doch nicht gesund sein!

Sie schüttelt den Kopf und schiebt sich mit dem Handrücken eine Haarsträhne aus dem Gesicht. Auf ihrer Oberlippe steht ein leichter Damenbart. Sie hätte gern etwas mehr Moderne eingebracht, mehr Gemüse, gefüllte Paprika vielleicht, aber nein, man will Fleisch. Es ist eine undankbare Arbeit. Mit einer Kreuzung aus Heugabel und Rechen rührt sie in einem Kochtopf, der so groß ist, dass ein kleines Schwein darin bequem Platz fände, wenn sich im Dorf nicht das mit dem Cholesterinspiegel rumgesprochen hätte. Die Fliesenleger und Erntearbeiter haben das Gerücht aus Deutschland mitgebracht und beim Wodkatrinken vor dem grün vergitterten Geschäft verbreitet.

Seither will niemand mehr in Srednia Wies Schwein essen. Jedenfalls nicht gebraten. Nur noch als Aufschnitt. Statt eines Schweins mussten etliche Hühner und drei Enten dran glauben. Maria, die Brautmutter übernahm es, die Hühner und Enten zu köpfen und danach so lange in eine Plastikschüssel zu drücken, bis kein Leben mehr in ihnen zuckte. Ihr Mann ist dafür zu zart besaitet. Beim letzten Schweineschlachten fing er an zu weinen.

Nun zerlegen die Schwägerinnen die gekochten Hühner. Die Schwester der Braut trägt ein Kapuzen-Sweatshirt, auf dem auf Deutsch steht: EINSAME ENTSCHEIDUNG, und spürt schweigend jedes Fitzelchen Fleisch an den Knöchelchen auf. Die Gehilfinnen der Köchin braten gefüllte Hähnchenbrüste in Friteusen, die groß sind wie Badewannen.

Marek und Agata sind auch wieder da, weil sie nicht wissen, wie sie die beiden letzten Tage bis zur Hochzeit verbringen sollen. Wieder stehen sie den Köchinnen im Weg und sind sich immer noch nicht darüber einig, ob sie sich an der Bushaltestelle kennen gelernt haben oder in der Diskothek. Die Hochzeitsköchin sagt: Wen interessiert das schon.

Über dem Fluss schweben Störche, ein Bauer wäscht seinen Traktor. Am Fluss stehen die Häuser so dicht beisammen, als müssten sie sich gegenseitig beschützen. Gegenüber vom Hof des wilden Stanislaw steht das Haus des Schmieds Rajchel, nicht weit davon entfernt das der Familie Lewicki, etwas weiter der Hof von Wladyslaw Chytla. Alle sind 1947 vertrieben worden. Alle sind zurückgekehrt.

Wladyslaw Chytla ist einer, den nachts immer noch die ukrainischen Partisanen holen. Oder die polnischen Soldaten. Oder die Deutschen. Und dann ist er wieder in der Schachtanlage der Kupfermine, als Schlepper und als Fördermann und muss Strafe zahlen, weil er sonntags in die Kirche geht. Die Angst hat ihn krank gemacht. Viermal ist er schon operiert worden, sagt seine Frau, am Herzen und an den Hämorrhoiden. Die Angst ist geblieben.

Wladyslaw ist ein Mann mit schmächtigen Schultern und riesigen Händen. Sein Hemd ist am Kragen abgeschabt, und das Jackett zu groß, wie ein Gehäuse, in dem er sich mitsamt seiner Zartheit verliert. Sein Hof ist ein Irrgarten, voll von verrosteten Mähdreschern, verrotteten Pflügen, Deichseln und Dreschtrommeln, auf denen Moos wächst. Die Hühner leben hier im Hühnerparadies, sie laufen, wohin sie wollen. Weil Wladyslaw Chytla Pferde liebt, stehen im Stall eine Stute und ihr Fohlen. Und zwei Kühe. Keine Schweine. Wegen des Cholesterins, sagt er.

Wladyslaw hat den Hof schon zu Lebzeiten seinen Kindern vermacht, aber die wollen gar nichts davon wissen. Seine Tochter lebt mit ihren Kindern in der Stadt, seine beiden Söhne arbeiten als Saisonarbeiter in Deutschland auf dem Bau. Ich fuhr früher zur Zwangsarbeit nach Deutschland, sagt er, und meine Söhne fahren freiwillig.

Er holt ein Papier hervor, das vom Anfassen bereits ganz brüchig geworden ist. Darin bestätigt die Bundesknappschaft, dass Herr Chytla, Wladyslaw, vom 2. April 1943 bis zum 10. April 1945 im Mansfelder Kupferbergbau in Niederröblingen gearbeitet hat. Er hält das Papier wie ein Heiligenbildchen in der Hand. Der deutsche Staat hat ihm für seine Zeit als Zwangsarbeiter 2000 Euro Entschädigung gezahlt. Das ist der kleine Sieg seines Lebens.

Die anderen Demütigungen, die nach dem Abzug der Deutschen begannen, blieben ungesühnt. Die Demütigungen durch die ukrainischen Partisanen, die nachts kamen und drohten, ihn aufzuhängen, weil sie ihn der Zusammenarbeit mit den polnischen Kommunisten verdächtigten. Die Demütigung durch die polnischen Soldaten, die tagsüber kamen und ihm vorwarfen, mit den ukrainischen Partisanen gemeinsame Sache zu machen. Die Demütigung, die Heimat verlassen zu müssen. 1947 wurde Wladyslaw Chytla nach Pommern vertrieben. Erst 20 Jahre später kam er wieder in sein Dorf zurück.

Wenn er mit seiner Frau auf der Bank vor dem Haus sitzt, sieht er aus wie ein alter Bussard, den jeder Flug ermüdet. Bis heute kann er sich nicht erklären, wie es zu dieser Explosion von Hass kommen konnte. Wir haben doch immer gut zusammengelebt, mit den Polen, über Jahrhunderte, sagt er kopfschüttelnd. Wir waren doch keine Ukrainer, sagt er. Wir waren doch nur griechisch-katholisch.

Ob der Glaube falsch war?, fragt sich Wladyslaw und blickt auf seine großen Hände. Die ukrainischstämmigen Bewohner von Srednia Wies gehörten zur griechisch-katholischen Kirche, die in Galizien verbreitet war und von Stalin bekämpft wurde. Gläubige und Kirchenbesitz wurden zwangsweise mit der orthodoxen Kirche vereint. Erst mit dem Ende des Sowjetregimes erhielt die griechisch-katholische Kirche ihre alten Rechte zurück, konnten die Gläubigen wieder ihre Religion ausüben.

Dabei haben wir mit den Polen doch sogar die Feste zusammengefeiert, sagt Wladyslaw ratlos.

Sein Nachbar Jan Ros habe seine Söhne katholisch taufen lassen, und oft seien sie sogar in die katholische Messe gegangen, weil kein griechisch-katholischer Priester da war. Wir waren griechisch-katholische Ruthenen, unser Dorf ist sogar von drei Ruthenen gegründet worden, von Jacko, Jurko und Iwanko, sagt Wladyslaw, und plötzlich wird in seiner heiseren Stimme das alte Galizien wieder lebendig. Es mag untergegangen sein wie Atlantis, mit seinen alten Völkern, mit seinen Namen. Hier am Fluss San, in Wladyslaws Chytlas Irrgarten, werden Ruthenen wie zu Habsburger Zeiten noch Ruthenen genannt und nicht Ukrainer.

Ich kenne einen hier im Dorf, der zu den ukrainischen Partisanen gehörte, flüstert Wladyslaw verschwörerisch. Er ist heute fast 90 Jahre alt. Er wurde von den Polen verhaftet. Später wurde er dennoch ein guter Bauer. Aber das schreiben Sie doch nicht?

NOCH EIN TAG bis zur Hochzeit. In der Küche gehen Hiebe nieder, dumpfe Schläge, Stöße. Die Hochzeitsköchin klopft Hähnchenschnitzel für die Geflügelrouladen. Zuvor hat sie 140 Kuchenpakete gepackt, für jeden Hochzeitsgast eines, das ihm am Ende der Feier überreicht wird.

Draußen vor der Tür zum Gemeindesaal liegt ein Berg Kartoffeln, um den sich die Schwägerinnen mit ihren Messern versammelt haben. Die EINSAME ENTSCHEIDUNG sticht den geschälten Kartoffeln die Augen aus. Daneben steht ein Ukrainer, auf einer Decke zu seinen Füßen hat er sein Angebot ausgebreitet. Besonders günstig sind die 60-teiligen Besteckkästen, die Schnellkochtöpfe und die pinkfarbenen Thermoskannen, *made in China*, und alle fragen sich, was nur aus den ukrainischen Sonderangeboten wird, wenn Polen in zwei Jahren als EU-Mitglied die Ostgrenze verteidigen muss.

Inzwischen wird der Gemeindesaal dekoriert. Ein kleiner Mann bläst so emsig Luftballons auf, dass ihm der Kopf rot anläuft, unzählige Gehilfinnen behängen den Tisch des Brautpaares mit bodenlangen, weißen Satinvolants, schmücken die Wand dahinter mit Herzen aus Styropor und der Schwarzen Madonna aus Tschenstochau und nageln einen blauweißen Stoff an die Wand, der aussieht wie ein verunglückter Theatervorhang. Und das Brautpaar steht so verloren in der Mitte des Saals, als hätte man es hier abgestellt wie zwei überzählige Stühle. Agata knackt geröstete Sonnenblumenkerne.

Eine der Dekorationsgehilfinnen ist Frau Lewicka, eine bärtige Dame mit feuerrotem Haar und Hang zu Großblumigem. Der Vorhang war ihre Idee, vom Theater versteht sie etwas, sie hat das Dorf nicht nur jahrelang mit Laienspielen beglückt, sondern auch dem Bischof von Przemysl in der Volkstracht der Ruthenen Gedichte vorgetragen. Ich bin so ein Teufel, sagt sie, und ihre Grübchen vertiefen sich, ich muss immer alle zum Lachen bringen! Ihr Mann ist der Regisseur des Laientheaters, er sucht immer nach lebensnahen Stoffen und möchte Rollen verteilen.

Eines musst du dir merken, sagt Frau Lewicka zu Agata: Der Kopf der Familie ist der Mann, aber der Hals, der ihn bewegt, das ist die Frau! Und deshalb nimmt Frau Lewicka ihrem Mann auch nicht übel, dass er sie immer alte Weiber habe spielen lassen, schon als junge Frau. Hat sie ihn nicht erst zu dem Genie gemacht, das er heute darstellt? Er sei sehr begabt, sagt sie, er male, er schnitze, er baue Geigen! Nur habe leider seit der Wende niemand mehr Interesse an seinem Theater. Alle hätten jetzt eine Satellitenschüssel an der Hauswand.

Quer durch den Saal spannen sich die ersten Girlanden aus Luftballons. Agata versucht auch einen aufzublasen, wird jedoch – in deinem Zustand! – von den beiden Schwiegermüttern daran gehindert. Es bleibt ihr nichts anderes übrig, als weiter Sonnenblumenkerne zu knacken und Marek zuzuhören, der beginnt, vom Meer zu schwärmen. Die Weite, sagt er, fehlt mir hier.

Seit er in Westpommern einmal das Meer gesehen hat, träumt er von der Unendlichkeit des Horizonts. Er will zur Marine. Den Militärdienst muss er jetzt hinter sich bringen, bei der Gelegenheit möchte er sich verpflichten. Und sogar seinen Heiratsantrag hat er mit Blick aufs Wasser gemacht. Zwar nicht auf das Meer, sondern auf den See von Solina, zehn Minuten vom Dorf entfernt. Dort hat Marek vor einem halben Jahr um Agatas Hand angehalten. Und dorthin wird auch ihre Hochzeitsreise führen: eine Runde im Ausflugsboot auf dem Stausee.

Das Meer. Agata hört Marek stumm zu und denkt daran, dass sie eigentlich lieber eine kleine Pension aufmachen würde, Ferien auf dem Bauernhof, das wäre was für die Touristen, die bislang das Dorf verschmähen und weiterrasen, schließlich macht sie eine Ausbildung zur Touristikexpertin, von der Buchführung bis zum Zusammenstellen der Menüs lernt sie alles. Aber davon sagt sie nichts, knackt Sonnenblumenkerne und denkt daran, dass sie noch mal das Brautkleid anprobieren muss, weil eine Naht nicht richtig sitzt.

Ach, das Meer, sagt die Hochzeitsköchin später. Das wird sich wieder legen.

DIE HEILIGE UND DIE PROFANE LIEBE in 13 000 Teilen. Tizian. So etwas gibt es nur in Italien, in Polen ist bei 6000 Teilen Schluss, sagt Marysia, die Wirtin der Schenke »Zur Eberesche«. Sie sitzt vor dem gepuzzelten Tizian, einsfünfzig mal dreifünfzig, sehr türkis-, sehr pinkfarben, besonders der Amor. Ihr Mann und ihr Sohn haben das Puzzle im Winter gelegt. Als der Schnee die Straße verwehte, dass man das Haus nicht verlassen konnte, verbrachten sie ihre Tage beim Zusammensetzen der Liebe.

Man braucht viel Geduld und Vorstellungskraft dafür, sagt Marysia mit bewunderndem Blick auf das Werk. Im Haus hängen *Die Nachtwache* von Rembrandt und *Der Frühling* von Botticelli, außerdem ein Palmenstrand aus 6000 Teilen.

Marysia ist eine schöne Frau mit bernsteinfarbenen Augen, hohen Wangenknochen, einer Zahnlücke zwischen den Schneidezähnen und einem Lächeln, das von Traurigkeit zeugt. Im Erdgeschoss und im Garten bewirtet sie die Gäste, im ersten Stock wohnt sie mit ihrer Familie. Die Fugen des Fundaments sind rosafarben ausgemalt, und der Garten sieht aus wie eine Pralinenschachtel.

Marysia hat aus ihm jede Spur ländlichen Lebens getilgt. Ihr Werk zeugt von einem so ausschließlichen Willen zur zweckfreien Schönheit, dass sich hier schon der alleinige Gedanke an Stangenbohnen, Johannisbeersträucher oder sonstige Nutzpflanzen verbietet. An einem kleinen Goldfischteich sitzt ein Angler aus Beton, darüber hängen unzählige Blumenampeln mit flammenden Herzen; mindestens 70 verschiedene Arten von Steingartengewächsen wachsen gehorsam und geordnet um den Teich, dorisch anmutende Betonsäulen begrenzen das Idyll. Die einzige, die sich Marysias Gestaltungswillen widersetzt, ist die Eberesche, die der Schenke ihren Namen gegeben hat und über einer hölzernen Madonna gebeugt verkümmert.

Sieben Jahre lang hat Marysias Mann in Deutschland

gearbeitet, auf dem Bau. Sieben Jahre lang hat sie nichts von ihm gehört. Marysia sagt es mit Verwunderung in der Stimme, so als spreche sie nicht von sich selbst. Dann kam er wieder zurück nach Srednia Wies und baute das Haus. Und dann war alles wieder gut.

Manchmal setzt sich Marysia auf die Holzbank, streckt unter dem Tisch ihre Füße aus in den abgestoßenen Pumps, an denen noch etwas Erde klebt, und trinkt ein Bier mit ihren Gästen. Aber nur, wenn die Männer nicht wieder von früher sprechen. Früher, im Krieg, früher, im Kommunismus. Auch meine Mutter redet immer nur von früher, sagt sie, ich kann es nicht mehr hören.

Marysia hält sich kein Schwein, sondern einen Neufundländer. Sie bewirtschaftet nicht ihr Land, sondern hat den Forellenteich angelegt. Sie füttert keine Hühner, sondern löst Kreuzworträtsel. Sie lächelt wissend. Nie wieder der Geruch von Mist und Tier. Sie ist auf dem richtigen Weg. Ihr Sohn Andrzej beweist es ihr: Er studiert Jura in Krakau an der berühmten Jagellonen-Universität, als Erster aus dem Dorf. Nur der Jüngere macht ihr etwas Sorgen, weil er als Bäcker arbeitslos ist. Immerhin fährt er jedes Jahr zur Kartoffel- und Zwiebelernte nach Deutschland. Mit ihrer Mutter, die immer noch im Früher lebt, spricht Marysia nicht mehr.

MARYSIAS MUTTER, die unten am Fluss wohnt und ihr das Land vererbt hat, versteht die Welt nicht mehr. Wie kann man auf die Idee kommen, statt eines Schweins einen Hund zu halten, der so viel frisst wie eine Christenseele? Wie kann man einen Forellenteich anlegen, der von den Nachbarjungen heimlich leer gefischt wird, wenn dort ein Kartoffelacker, Stangenbohnen und ein Schwein das Überleben sichern können? In ihrem Wohnzimmerschrank stehen Likörgläser, aufgedeckte Sammeltassen und Fotos von den fünf Kindern, unter denen sie ihre zwölf Hektar aufgeteilt hat. Marysias Foto fehlt.

Aus einer Blumenampel rankt künstlicher Efeu. Die Mutter heißt Aniela und hat die gleichen bernsteinfarbenen Augen, die gleiche Zahnlücke und das gleiche traurige Lächeln wie ihre Tochter. Ohne aufzuschauen, schwärmt sie von ihrem Enkel, der in Krakau Jura studiert und ein Puzzle aus 13 000 Teilen gelegt hat. Früher hat sie ihm jeden Monat 100 Zloty zugesteckt, jetzt nicht mehr, weil sie nicht versteht, warum ihre Tochter darauf beharrt, kein Vieh zu halten. Mit einer Schenke für ein paar Arbeitslose kann man doch kein Geld verdienen! Seither ist Schweigen zwischen Mutter und Tochter.

Aniela trägt Teller auf mit hart gekochten Eiern in Mayonnaise und Schüsseln mit Piroggen. Gleich wird ihr Mann aus der Schmiede unter dem Wohnzimmer zum Mittagessen hinaufkommen. Er lebt in einer schwarz glänzenden Höhle voller Zangen, Vorschlaghämmer, Feuerschaufeln, Schrauben, Sägen, Schleifscheiben, verrostet und verrußt, inmitten von Rauch, der tief unter der Decke hängt. Hier bearbeitet er Tag für Tag rot glühende Metallstücke auf dem Amboss, im Löschtrog dampft Wasser. Seine Hände sind so verschwielt, dass sie auch ins Feuer greifen können, ohne sich zu verbrennen.

Nur der Anstand rettet uns!, sagt Marysias Mutter und stellt schnell einen Teller auf ein Loch in der Wachstuchdecke. Anstand, Aufrichtigkeit, Höflichkeit. Das war die Leitlinie ihres Lebens, das hat sie ihren Kindern auf den Weg gegeben, daran hat sie immer festgehalten, auch wenn es ihr schwer fiel.

Als Kind ist sie einmal verloren gegangen. Wenn sie davon erzählt, weint sie noch heute. Es geschah während der »Aktion Weichsel«, auch sie sollte 1947 mit ihren Eltern deportiert werden, der Zug stand in der Mittagshitze, die Sonne schien auf das Metalldach, und Aniela lief kurz weg, um Blumen zu pflücken. Als sie zurückkehrte, war der Zug mit ihren Eltern verschwunden.

Anderthalb Jahre lang lebte sie bei einer polnischen Familie. Man nannte sie Aniela-die-sich-verlaufen-hat. Und weckte sie morgens um vier mit einem Schwall Wasser, damit sie nicht verpasste, die Kühe auf die Weide zu bringen.

Schließlich erkannte ein ehemaliger Nachbar sie und brachte sie heimlich zu ihren Eltern nach Westpommern.
Jetzt, wo du wieder da bist, habe ihre Mutter gesagt, kann ich ruhig sterben. Ein Jahr später war sie tot.
16 Jahre später kehrte Aniela noch einmal an den Hof der fremden Familie zurück. Sie erkannten einander sofort wieder. Sie erzählten sich ihr Leben und weinten. Der jüngste Sohn der Familie sei am Tage seiner Kommunion vom Blitz erschlagen worden – genau an der Stelle, wo Aniela-die-sich-verlaufen-hat immer die Kühe hüten musste.
So sind die Rechnungen ausgeglichen, sagt sie.
Dann putzt sie sich die Nase und räumt die Piroggen weg. Wieder mal hat ihr Mann vergessen, zum Mittagessen hochzukommen. Wie um sich selbst zu beweisen, dass das Leben heute ein anderes, aufgeklärtes, besseres sei, holt sie das Fotoalbum hervor und zeigt Aufnahmen vom letzten Erntedankfest in Srednia Wies, bei dem sie in ihrer ruthenischen Tracht zur Kirche ziehen durften.
Sie öffnet den Schrank und holt die Kostüme hervor, Jacken, die sie aus rotem und blauem Satin geschneidert hat, Samtwesten, die über und über mit Perlen und Pailletten bestickt sind. Sie hält das Foto daneben. In den glitzernden Kostümen sehen alle ein wenig aus wie traurige Clowns.

ENDLICH IST ES SO WEIT. Den schönsten Tag ihres Lebens hat Agata unter der Trockenhaube begonnen, und jetzt, da sie mit Marek vor dem Traualtar steht, sehen ihre Locken aus wie aus Ebenholz geschnitzt. Sie trägt ein Kleid mit tief angesetzter Taille und bewegt zwischen ihren Zähnen mahlend ein Kaugummi. Die Ehe ist eine Bergwanderung, sagt der junge Priester, und er muss wissen, wovon er spricht, denn er verbringt kaum eine Woche ohne Wanderung in den Karpaten. Und während er von Kletterhaken, Schluchten und vom Gehen am Seil spricht, zischt Agata Marek zu: Den kleineren Ring musst du nehmen!
Anschließend, auf dem Weg von der Kirche zum Gemeindesaal, begleitet das halbe Dorf das Brautpaar, hüpfend und Wodka trinkend im Takt einer Drei-Mann-Kapelle – Saxofon, Pauke, Akkordeon –, denn so verlangt es die Tradition. Der Weg wird erst freigegeben, wenn das Brautpaar einen Wodka getrunken und eine Flasche gestiftet hat.
Marysia, die Wirtin von der »Eberesche«, hat eine Sperre aufgebaut, Frau Lewicka, die sich zu dem Zweck als Wahrsagerin verkleidet hat, auch Jan Ros' lediger Sohn, wohl nicht ganz uneigennützig, wie sein Vater einräumt. Und Stanislaw schreit bei jedem Glas: Was für eine Schweinerei muss ich hier trinken?
Als die Hochzeitsgesellschaft endlich im Saal Platz nimmt, schimmern die Äderchen auf den Wangen der Männer bereits violett. Alle Verwandten sind da, angereist aus ganz Polen, aus Deutschland. Agatas Linie erkennt man an der über drei Generationen vererbten Knollennase, Mareks Linie an den Rundschädeln. Zwei alte Frauen sehen so aus, als wären sie mit allen verwandt, sitzen mit Kopftuch da und schweigen.
Alle sind erleichtert, als Agata und Marek endlich den Hochzeitswalzer tanzen, inmitten eines aus Blumensträußen gelegten Herzens. Marek scheitert beim Führen und tritt Agata auf den Saum. Jetzt kann das Fest richtig beginnen. Mareks Vater macht die Runde mit einem Korb voller Wodkaflaschen. Von allen beklatscht, kehren Marek und Agata an ihren Tisch zurück. Sie verstecken sich wieder hinter der dreistöckigen Hochzeitstorte, nippen aus den mit ihren Namen verzierten Hochzeitskelchen süßen Sekt, und der Hochzeitsvideokünstler macht kniend eine Aufnahme von ihnen. Als sie zu ihm in die Kamera blicken, sehen sie zum ersten Mal fast glücklich aus.
Neben ihnen am Hochzeitstisch sitzen die beiden Pfarrer von Srednia Wies, beide in schwarzer Soutane. Der Jüngere ist kaum älter als das Brautpaar und berichtet mit roten Wangen von seiner letzten Gipfelbesteigung, der Ältere faltet bereits die Arme über seinem Bauch.

Schon nach der Suppe fangen die Männer an zu schwitzen und knöpfen sich die Westen auf. Dann wird getanzt. Ein, zwei, Seit, ran. Die Männer drücken ihre Lippen auf die Handrücken der Frauen, nur Frau Lewicka wartet gar nicht erst darauf, aufgefordert zu werden und bittet ihre Tischnachbarin zum Foxtrott. Frau Lewicka möchte führen.

Marek und Agata brechen zu ihrer einstündigen Hochzeitsreise auf dem See von Solina auf, aber keiner bemerkt ihre Abwesenheit. Die Trauzeugin zeigt das Strumpfband, das sie sich auf ihren Oberschenkel hat tätowieren lassen, und die Männer entledigen sich schwitzend ihrer Krawatten und öffnen ihre Hemdkragen.

Der Sohn der Hochzeitsköchin hält genau wie seine Mutter ein Augenlid geschlossen. So entrückt, wie die Mutter kocht, serviert ihr Sohn. Irgendwo in der Ferne schwebend, weit weg vom Bœuf Stroganoff und der gefüllten Hähnchenbrust. Alle zwei Stunden ein neues Gericht.

Die Tische biegen sich unter der Last von Obstsäften, Limonaden und dreistöckigen Etageren, beladen mit Bananen, Weintrauben, Pfirsichen, Mürbeteigplätzchen, Schokokringeln, Melonenkörbchen mit Obstsalat – falls jemand zwischen den zehn Gängen noch Appetit verspüren sollte. Um Mitternacht kriecht den beiden alten Frauen mit den Kopftüchern der Rote-Bete-Saft des Borschtsch in die Falten um den Mund. Sie sprechen immer noch nicht.

Die Hochzeitsköchin sitzt in der Küche auf einem Hocker und hält sich den Kopf. Es ist drei Uhr morgens, alle Teller sind gespült, der Küchenboden ist gewischt, gerade hat ihr Sohn den letzten Gang serviert, Bigos. Für sie ist heute Schluss. Für das Reste-Essen morgen wird sie nicht mehr gebraucht. Langsam streift sie sich die gestärkte Spitzenschürze über den Kopf. Gut dass alles vorbei ist, sagt sie.

Christoph Reuter

Christoph Reuter, geboren 1968 in Ostfriesland, nach seinem Studium in Deutschland und Damaskus Redakteur bei kleinen und größeren Zeitungen, Autor für STERN, DIE ZEIT, GEO, MIDDLE EAST INTERNATIONAL. Buchveröffentlichungen: u.a. Selbstmordattentäter (2003). 1997 erhielt Christoph Reuter den Springer-Journalistenpreis. Als Reporter beim STERN zumeist zwischen Marokko und Pakistan unterwegs, seit 2003 vor allem im Irak. Wobei gar nicht die Kriege und Katastrophen das Faszinierende sind, sondern die Momente dazwischen, die leisen, kleinen Geschichten, die der Wirklichkeit ihren Umriss geben.

UNSER HASS IST GOTTES OBERSTES GEBOT

Ein paar hundert jüdische Siedler trotzen in HEBRON 150 000 Palästinensern. Ein Großaufgebot an Militärs muss das Häuflein sendungsbewusster Fanatiker schützen. Nirgendwo im Nahen Osten ist der schwelende Krieg unerträglicher als in der biblischen Stadt, die Juden und Muslimen heilig ist

von Christoph Reuter
stern
23. Oktober 2003
Foto: Jan Grarup

Ein Killer wird zum Idol
Jonathan, ein 20-jähriger Soldat, ist stolz darauf, das gleiche Sturmgewehr zu besitzen wie sein Vorbild Baruch Goldstein, der in einer Moschee 29 Araber erschoss: »Töte sie alle, möge Gott die Seinen auswählen«, steht auf dem Magazin. Ein Junge spielt neben ihm. Mit Uniformjacke und aufgemaltem Bart hat er sich als Kämpfer verkleidet.

KILL 'EM ALL
LET GOD SORT 'EM OUT

Singend ziehen sie durch die nächtliche Straße, Kinder an der Hand, Maschinenpistolen auf der Schulter. Heiter, laut, 70 Männer, Frauen, Kinder, bewacht von halb so vielen Soldaten, die still ins Dunkle spähen. Ein Mann mit Rastalocken und Gitarre läuft an der Spitze des Zuges, spielt und singt: »Wacht auf! Der Messias ist nah! Der Messias ist auf dem Weg!« Es ist Chanukka, und zur Feier des jüdischen Lichterfests haben sich die Frömmsten unter den Gläubigen von Hebron aufgemacht zum antiken Grabmal von Othniel Ben Kenaz, um in dessen unterirdischem Gewölbe zu beten.

Der Weg dorthin aber führt durch Feindesland, denn die Grabesgrotte liegt mitten im »anderen Hebron«, im arabischen Teil. Der ist wie ausgestorben, Fenster sind mit Brettern vernagelt, dunkel, still stehen die Häuser, lassen den Zug der Singenden noch lauter erscheinen. »Der Messias ist nah! Betet für den Messias!«, ruft der bärtige Gitarrenspieler. »Wie mit Moses durch das Rote Meer«, murmelt einer auf Englisch.

Nur gelegentlich schimmert das blaue Licht von Neonröhren aus Fensterhöhlen, noch seltener huscht schemenhaft eine Gestalt vorbei. Hinter den toten Fassaden leben Menschen. Überall auf den kilometerweit ansteigenden Hügeln leben Menschen. Doch von ihnen handelt dieser Text nicht. Denn das war die Abmachung – nur über die 500 jüdischen Bewohner Hebrons zu berichten und über die 6500 in der Siedlung Kiryat Arba am östlichen Rand der Stadt. Nicht über die anderen, die hier niemand beim Namen nennt. Man habe es satt, erklärte David Wilder, einer der Sprecher der Enklave von Hebron, mit Journalisten zu reden, die hinterher auch zu »den Arabern« gingen und dann schrieben, Hebrons jüdische Siedler seien rassistische Fanatiker.

So haben wir fast ein Jahr lang hier immer wieder Tage und Wochen verbracht. Sind zusammen mit den Studenten der Yeshiva-High-School, des religiösen Internats, nach Auschwitz gefahren, haben uns in verstreuten Hügelsiedlungen und in Jerusalem mit Gesprächspartnern getroffen, aber jenseits des Stacheldrahts waren wir nie – die hundert Meter sind wir nicht gegangen.

SO WAR ES VEREINBART, und wir haben uns daran gehalten. Wir wollten wissen, was diese Beseelten aus aller Welt nach Hebron treibt; warum selbst viele Israelis in ihren Augen Verräter am Judentum sind; worin der Sinn liegt, sich den Hass von 150 000 Nachbarn zuzuziehen und es zu genießen.

So mag dies eine unausgewogene Geschichte geworden sein. Aber dafür eine aus größerer Nähe. Nirgendwo sonst in Gaza und im Westjordanland ist der schwelende Krieg unerträglicher als in dieser biblischen Stadt, in der Juden die Machpelah, das Heiligtum des Patriarchen Abraham, und Muslime die Ibrahim-Moschee im selben Trutzbau aus herodischen Mauern nutzen, in der 500 jüdische Siedler ein Fünftel des Stadtgebiets besetzt halten, bewacht von mehr als 1000 Soldaten, umgeben von 150 000 arabischen Bewohnern. H2 bezeichnet den israelisch beherrschten Stadtteil, H1 den arabisch verwalteten. Aber auch in H2 leben Tausende Araber, teils Wand an Wand, Tür an Tür mit ihren Feinden. Ein Leben im Belagerungszustand, erzwungen von den einen, gesucht von den anderen.

Denn aus der jüdischen Gemeinde gehe keiner fort, erzählt stolz David Wilder, »im Gegenteil: Wir haben gar nicht so viele Häuser, wie Juden hierher nach Hause kommen wollen!« Nach Hause? »Ja, dieses Land ist uns von Gott versprochen! Wir kehren zurück, nach 2000 Jahren.«

Hebron 2 ist eine Festung, gesichert von Checkpoints, Stacheldraht, aber mitten darin: spielende Kinder. Mütter mit Buggys, Männer mit abweisendem Blick und den Schläfenlocken der Orthodoxen, die uns mustern, nicht grüßen, und ungerührt eine Reihe Häuser ausbauen, die vordem einen arabischen Markt beherbergten. Wen immer wir fragen, alle fühlen sich großartig hier, berufen. »In New Jersey war ich eine Fliege an der Wand«, sagt Wilder, »hier mache ich Geschichte!« Um den verwirrenden Grautönen des Lebens in New York, Florida, ja selbst in Jerusalem zu entkommen, scheint Hebron der perfekte Ort zu sein. Es gibt Schwarz, es gibt Weiß, Dasein allein ist Sinn genug, aus aller Welt kommen die Postkarten und Spenden der Bewunderer für die »Speerspitze im Herzen der Araber«, und am Ende wird der Messias kommen. Es steht alles geschrieben. Schon vor 100 Jahren konstatierte Rabbi Kook, spirituelles Idol der Siedler, dass jüdisches Leben allem anderen Leben überlegen sei, der Unterschied der Seelen größer als zwischen Mensch und Kuh.

»WIR MÜSSEN HIER SEIN«, erklärt Wilder eines Nachmittags einer Gruppe angereister Unterstützer. »Nur so können wir uns durchsetzen. Wenn wir hier sind, muss die Armee uns schützen!« Dieser Logik folgend entsteht in Tel Rumeida, der kleinsten Enklave aus Wohncontainern am westlichen Rand von Hebron 2, gerade ein mehrstöckiger Betonbau zum Schutz der Siedlung. »Und wenn der fertig ist, schaffen wir die Container weg und bauen da auch richtige Häuser!« Nebenan steht dann ja schon eines, insofern wird keine neue Siedlung errichtet, sondern eine bestehende nur erweitert. Und so fort – »bis Hebron frei ist von Arabern«, wie es einer der fremden Pilger unter seiner Schirmmütze mit dem breiten Klang der Hoffnung ausspricht.

In einem der Container wohnt seit 1989 Bracha Ben Yitzhak, die vor Tagen ihr elftes Kind zur Welt gebracht hat. Ihre Familie lebt davon, dass Brachas Mann handgeschriebene Bibeln herstellt, pro Jahr eine. Bracha ist erschöpft. Eigentlich gebe es auch nichts zu bereden. Es stehe doch alles geschrieben: Vor 3700 Jahren habe Abraham für 400 Silberschekel die Machpelah von den Hethitern erworben, »zum vollen Marktpreis«, wie ein Gemeindeprospekt erläutert. »Also spielt es für uns keine Rolle, wenn hier irgendwer in letzter Zeit gelebt hat«, sagt sie. » Das Land gehört uns. Das müssen die Araber doch einsehen.«

Tun sie nur nicht. Dabei ist doch alles versucht worden: ihre Häuser zu sprengen, ihre Olivenhaine und Weinberge zu verwüsten, sie einzusperren, Gefangene Lose ziehen zu lassen, welche Knochen ihnen anschließend gebrochen würden, sie zu erschießen, ihre Straßen zu unpassierbaren Wällen hochzubaggern und die ganze Stadt in ein Gefängnis zu verwandeln. Und trotzdem sind die anderen nicht gewichen. »Sie haben es einfach noch nicht begriffen«, sagt Bracha Ben Yitzhak im Tonfall der Nachsicht, fast entschuldigend, während sie ihrer Kinderschar knappe Anweisungen erteilt. Es sei alles ein großes Missverständnis. Dass zwar die anderen seit Jahrhunderten hier leben mögen, aber dennoch nichts zu suchen haben. Denn, wie gesagt, »Hebron wird wieder jüdisch sein! In der Zwischenzeit wollen die Araber uns alle umbringen. Dass wir hier leben, ist ein Wunder Gottes!«, bricht es aus ihr heraus, und einmal lächelt sie.

DOCH GOTT IN HEBRON ist ein anderer als der, den man sonst kennt. Kein gütiger Patriarch, dessen Wort für Versöhnung steht, für Vergebung, Verzicht und Nächstenliebe. Sondern ein hungriger Gott, der Land will, der Rache fordert und Vergeltung. Wann immer Araber einen Siedler umbringen, gilt sein Trauerzug nicht stillem Schmerz. »Elazar wusste, dass er umkommen würde«, sagte sein Bruder bei dessen Beerdigung im August vor der Machpelah, »aber er wollte kein Gerede und Geweine. Er wollte Gesang und Rache!« Ein 14-jähriges arabisches Mädchen wurde kurze Zeit später von den Trauernden erschossen, doch »wahre Rache ist eine neue Siedlung«. So steht es auf einem Transparent am Rande einer planierten Talsenke genau zwischen Kiryat Arba und Hebron. Hier, auf dem Pfad zwischen der Siedlung und dem Heiligtum, erschossen am Freitagabend, dem 15. November 2002, arabische Heckenschützen in einem mehrstündigen Gefecht zwölf israelische Sicherheitskräfte.

»Hebron Heroes« heißt die Brache seither, und sofort nach dem Anschlag standen Zelte, Wohncontainer, eine mobile Küche dort. Jedes Mal, wenn israelische Polizisten und Soldaten den illegalen Außenposten geräumt haben, tauchen Tage später die provisorischen Behausungen wieder auf. »Für jeden Juden,

den die Terroristen ermorden, bauen wir eine neue Siedlung – bis sie sich entweder benehmen oder weg sind«, deklamieren zwei Zwölfjährige. Fast immer, tags, abends, hängen Jugendliche in Grüppchen am Platz herum, werfen ab und zu ein paar Steine auf die letzten nicht geräumten Häuser der anderen, schüren Lagerfeuer, rauchen. Gottes Abenteuerspielplatz. »Ich kaufe nur bei Juden!«, trägt einer auf seinem T-Shirt. Zwei andere in orthodoxer Kleidung fotografieren sich gegenseitig mit einem von Soldaten geborgten Gewehr vor der Kulisse des arabischen Hebron. Sie besuchen, wie die meisten Jungen hier, die Yeshiva-High-School, wo hinter Sandsäcken und schusssicherem Glas jeden Morgen nach dem ersten Gebet um 6.35 Uhr Stunden der religiösen Unterweisung folgen. Nichts soll vergessen werden: woher sie kommen, was in den Prophezeiungen steht – und was ihnen angetan wurde.

JEDES JAHR fahren die beiden Abschlussklassen nach Auschwitz. Vorher schreiben sie Listen mit den Namen ihrer Verwandten, die dort vergast wurden. In der feuchten Kälte eines Frühlingstages stehen die Schüler in den Ruinen der Gaskammer, gehüllt in aufgeschnittene Säcke. Laut verlesen sie die Namen der Ermordeten, vom Band erklingt jüdische Folklore, und ein Rabbi predigt wider das Vergessen. Asher, einer der Jungen, schaut auf hinter seinen Brillengläsern: »Vorher wussten wir, dass sechs Millionen Juden starben. Aber jetzt, hier in Polen, haben wir es gefühlt. Jetzt habe ich verstanden, dass wir unser Land behalten müssen, denn wir sind nirgendwo sonst sicher.« Nun, sagt er, habe er aus der Geschichte gelernt: »Wir können den Palästinensern nicht ein Sandkorn überlassen!«
An einem sonnigen Tag haben die »Frauen in Grün«, eine der agilsten Unterstützergruppen der Siedler, zur Kundgebung nach »Hebron Heroes« geladen. Busladungen fähnchenschwingender Israelis und Ausländer erreichen am Morgen die Stätte, und von einem liebevoll dekorierten Podest aus spricht Nadia Matar, die Initiatorin, zur Menge: »Die Welt wartet auf uns, diese Dunkelheit zu besiegen, den Abschaum, das Böse. Das Welt-Arabertum muss geschlagen werden! Das Licht soll über die Finsternis triumphieren! Wie kann es sein, dass dieses Land, das uns doch versprochen wurde, wo Milch und Honig fließen würden, ein Land werden konnte, in dem so viele Juden leiden? 2000 Jahre lang haben wir gewartet, jetzt sind wir zurück! Aber wir erobern ja gar nicht mehr, die Rückkehr ist nicht vollständig, wir entschuldigen uns geradezu, hier zu sein, das ist das Problem! Dies ist unser klarer Appell an die Regierung: Stoppt das Blabla, die Zeit ist reif für Action! Schluss mit dem Gerede von der Gründung eines Palästinenser-Nazi-Staates!«

JUBEL, HOCHRUFE, APPLAUS, der so lange anhält, dass sich im Publikum die Ersten unterhalten. »Wenn die Araber sich benehmen wie Tiere, müssen sie weg!«, befindet eine ältere Dame im Kostüm. »Das sind doch Tiere«, sagt eine Frau mit Kinderwagen. »Nein, Tiere sind sie nicht«, widerspricht ihre Nachbarin, »wenn auch keine Menschen. So etwas dazwischen.«
Nadia Matar, mit Gespür für die richtige Stimmung, setzt nach: »Ich frage euch: Wir haben doch diese wundervolle Armee, aber was tut sie?« Missmutiges Raunen. »Wir haben doch diese wundervolle Luftwaffe, aber was tut sie? Wir brauchen Bombardements ganzer Stadtviertel! Wir wollen den totalen Krieg, so vernichtend, dass unsere Feinde wimmern und betteln darum, dass wir aufhören!«
Pause. Wieder Beifall. Eigentlich ist sie fertig, tritt aber noch einmal ans Mikrofon: »Ich wurde gebeten, einiges auf Hebräisch zu wiederholen.« Sie hatte, wie gewohnt, Englisch gesprochen. Denn mit Hebräisch kommt man nicht weit in Hebron und Kiryat Arba. Viele beherrschen es nur radebrechend. Die Beseelten sind nach Hause gekommen – aus allen Teilen der Welt. 40 Prozent sind Russen, daneben, vor allem in Hebron, Einwanderer aus New York, aus allen Teilen der USA. Dazu Menschen aus Südafrika, Europa und 45 Familien aus dem birmanisch-indischen

Grenzgebiet: Bnei Menashe, Angehörige eines der mythischen »verlorenen Stämme Israels«. Und dann sind da noch sechs Familien aus Peru, Nachfahren europäischer Juden, die vor einem Jahrhundert dem Kautschukboom an den Amazonas folgten.

Dies also sind die »Am hanivchar«, Gottes auserwähltes Volk. So kosmopolitisch die Gemeinde, so unterschiedlich sind ihre Charaktere: Da ist Alex Stern, tadschikischer Mathematiker, verantwortlich für die Arbeitsgenehmigungen der handverlesenen Arbeiter von drüben. »Wie kann ich gegen die Araber sein?«, fragt er, »wo ich doch sogar Arabisch spreche? Wir müssen denen Arbeit geben, zu essen, dann werden das auch keine Terroristen!« Auch wenn das nun zu Streit in der Gemeinde führt, viele ihm vorwerfen, er öffne den Killern Tor und Tür. »Aber was soll ich machen? Für einen Dollar in der Stunde arbeitet doch sonst niemand.«

DA IST ELITZUR, der den letzten Imbiss vor der Front betreibt, 50 Meter vor dem Checkpoint. Der mit seinem ellenlangen Bart zu Radioklängen von Jimi Hendrix zwischen den Stehtischen rappt, die besten Sandwiches von Kiryat Arba macht und ein ungemein liebenswürdiger Mensch ist. Dessen Tochter belustigt davon erzählt, wie ihr Vater vor 30 Jahren der heißeste Feger in den Discos gewesen sei, während er nun erst nach dem Brot, dann nach der roten Pfeffersauce und schließlich zu einer fettglänzenden Bibel greift: »Gott hat uns hierher geführt, weil es hier drinsteht, nicht, weil wir zu Partys gehen sollen.« Aber dann muss er selbst lachen, blättert, liest, »hier, in den Psalmen steht es, über den Traum, hier zu sein: ›Unsere Münder waren voll des Lachens, unsere Zungen sangen von Freude‹«, und mit einer Vierteldrehung greift er das fertige Sandwich, reicht es einem wartenden Soldaten.

Da ist Shmuel Mushnik, ein gemütlicher Ire, der Bilder malt, als wäre Vincent van Gogh hier gewesen: flammende Landschaften, ausladende Ölbäume. Nur keine Menschen. Der leidenschaftlich Bücher über den Zweiten Weltkrieg liest und die Offiziersränge der Wehrmacht auf Deutsch kennt. Der sagt: »Wir müssen tun, was zu tun ist. Diese Palästinenser, das ist doch eine Erfindung der Russen und der Nazis, die gibt es doch gar nicht, das sind Nomaden, Araber. Unser Kampf ist ein Krieg zwischen Zivilisationen!«

Es ist eine Welt aus Wille und Vorsehung, in der alle Wirklichkeit ihre ganz eigene Bedeutung erfährt. Etwas außerhalb, auf einer windgegerbten Hügelkuppe, steht Jochanan Shareth einem Außenposten der Siedler vor, sechs Wohncontainer, drei davon legal. Vor seiner Tür knurrt ein scharfer Deutscher Schäferhund, »besser als jede Waffe«, und überall duftet es nach Kräutern. »Es ist wichtig, dass wir dieses Land besetzen – schon aus ökologischen Gründen! Denn seit die Araber weg sind, kommen die Rehe zurück. Seit sie hier nicht mehr ihre Schafe weiden, blühen wieder wilde Veilchen, 13 Salbeiarten wachsen hier, viele davon nirgendwo sonst, das ist Weltrekord!« Mit Freunden betreibt er die Firma »Herbs of Eden«, sie extrahieren Öle und Essenzen aus ihren ökologisch angebauten Pflanzen. »Das Land nur zu besitzen reicht nicht. Wir müssen es auch durch den Boden erfahren, mit unseren Händen spüren!«

ES IST HERBST, gerade hat die Armee »Hebron Heroes« wieder geräumt. Eine Mädchengang fällt über unser Auto her. Sie zerkratzen den Lack und verbiegen das Nummernschild, bis die Soldaten sie zurückhalten. »Wartet nur, bald kommen wir wieder mit Wohnwagen!«, kündigt ein Mädchen mit Zöpfen und Zahnspange an.

Einer der älteren Aktivisten, der hierher kommt, wann immer er Zeit hat, ist Jonathan Stern: 20, freundliches, offenes Gesicht, das selbst dann nicht aggressiv wirkt, wenn er sein Galil-Sturmgewehr schultert und den Helm mit der Banderole »born to kill« aufsetzt. Sein Großvater überlebte Auschwitz, und obwohl er aus Krakau stammte, war Deutsch die Sprache, in der er lebte und 1946 seinen ersten Brief an die wenigen überlebenden Verwandten schrieb. Vor sechs Jahren zog Jonathan mit seiner Mutter von

New York nach Kiryat Arba. Nun müsse der Kreislauf des gegenseitigen Mordens ein Ende haben. Wie? »Wir müssen sie alle umbringen.« Und dann beginnt er zu erklären, ganz ruhig, nüchtern: »Transfer hat doch keinen Sinn, dann kommen sie wieder und sind nur besser trainierte Terroristen.«
Seine Stimme zittert nicht. Wie viele sollten denn umgebracht werden?
»Wie viele sind es denn? Dreieinhalb Millionen? Na, alle. Ich habe nicht so viele Kugeln, aber ich würde es unterstützen. Es ist notwendig. Die USA bringen Frauen und Kinder in Afghanistan und im Irak um, wie können sie uns da verurteilen? Versteh mich nicht falsch, ich bin kein Nazi. Es hat nichts per se mit der Rasse der Araber zu tun, allein damit, dass sie uns umbringen wollen.«
Aber was, wenn die anderen arabischen Staaten daraufhin Israel angreifen?
»Wir haben die jedes Mal geschlagen und werden sie immer schlagen, denn wir haben the jiddische kopp, wir sind den Arabern rassisch überlegen. Wer waren denn damals in Deutschland die meisten Rechtsanwälte, Ärzte? Juden. Wahrscheinlich wollte Hitler sie deshalb umbringen, weil er erkannt hat, welches die wirklich überlegene Rasse ist. Unser Problem liegt darin, dass Sharon zu schwach ist. Wir brauchen wahre Führer!«
Zu Purim 2003 in Hebron, dem Fest der wundersamen Errettung der Juden unter persischer Herrschaft, als auch die Yeshiva-Studenten sturztrunken, kostümiert und johlend durch die Straßen ziehen, trägt einer eine Sharon-Maske und darunter ein Schild: »Linker Verräter!« Ausgerechnet Sharon, dem Rest der Welt und selbst vielen Israelis Inbegriff eines Anführers, der seine Gegner eher umzubringen als mit ihnen zu verhandeln pflegt, zu schwach, zu weich?
Es war Purim 1994, als Dr. Baruch Goldstein am Morgen losging, sein Galil-Sturmgewehr geschultert, und, wie es einer seiner Freunde sagt, »tat, was getan werden musste«. Im Saal der Ibrahim-Moschee mähte er 29 Betende nieder, bis er von den Überlebenden erschlagen wurde. Auf sein pompöses Grab schrieben sie ihm: »Seine Hände waren rein, sein Herz war lauter.«
Purim ist das Fest der Rettung. Aber Purim bedeutet noch mehr: die vollkommene Wendung des Schicksals. Die Juden konnten den finsteren Statthalter des Königs der Perser und Meder nicht nur stoppen, sie ermorden zu lassen, es gelang den Todgeweihten sogar, das ihnen zugedachte Los gegen ihre Peiniger zu wenden.

DER SCHLIMMSTE ALBTRAUM jüdischer Geschichte, als Minderheit im Meer von Feinden zu leben, umzingelt von den anderen, im Ghetto – in Hebron ist er wieder Wirklichkeit, aber die steht Kopf. Es ist nicht die andersgläubige Mehrheit, die eine winzige jüdische Minderheit hinter Mauern pfercht und kontrolliert. Es ist das Ghetto, das die Stadt im Griff hat und drangsaliert. Als David Wilder eine Gruppe Unterstützer auf einen Basketballplatz mitten in Hebron 2 führt, zeigt er auf das Häusermeer dahinter. Von dort hätten die Araber schon mehrfach auf Kinder geschossen. Nun habe die Armee ihnen vorgeschlagen, zum Schutz eine Mauer zu bauen. »Aber wir wollen keine Mauern! Schließlich wollen wir nie wieder im Ghetto leben«, Beifall, »sollen doch die Araber Mauern um ihre Häuser bauen! Oder weggehen. Wir nicht! Nie wieder Ghetto!«

Sabine Rückert

Sabine Rückert, geboren 1961 in München. 1985 Magister der Zeitungswissenschaften, 1988–1990 Axel-Springer-Journalistenschule, anschließend Redaktion BILD-ZEITUNG. 1991 Nachrichtenredakteurin bei der TAZ, 1992–2001 Redakteurin im Dossier der ZEIT, seit 2001 Gerichts- und Kriminalreporterin der ZEIT.

Der Verdacht

Ein einziger Tag zerstört das Leben einer Familie im Saarland. Die achtjährige Lena werde vom Vater misshandelt, behauptet eine fremde Frau aus der Nachbarschaft. Die staatliche Maschinerie dreht durch: Den Eltern wird das Kind entrissen – und als der Verdacht zwei Jahre später zerfällt, will Lena nicht mehr heim

von Sabine Rückert
DIE ZEIT
18. Juni 2003

Eine Mutter, der ihr Kind abhanden kam, ist nicht zu trösten. Ihre Traurigkeit füllt das Haus. Ihr Kaffee schmeckt nach Kummer. Sie kann den Garten nicht betreten, ohne an das erinnert zu werden, was ihr angetan worden ist. Steigt sie in den ersten Stock, sieht sie das Zimmer ihrer kleinen Tochter: geräumig, sonnig, unverändert. Das bunt bezogene Bett, seit 22 Monaten verwaist. Puppen und Bären, erstarrt im Glasschrank. Staubwischen und Blumengießen, das ist alles.

Lena*, die Tochter, ist nicht tot. Auch nicht schwer krank oder vermisst. Sie lebt nur wenige Kilometer entfernt – und doch woanders. Fremde Leute kümmern sich jetzt um sie, kochen für sie, küssen sie zur guten Nacht. Einmal in der Woche darf die Mutter ihr Kind sehen, auf neutralem Boden, in einem trostlosen Spielzimmer. Da sitzen sich die beiden gegenüber, und immer ist ein Dritter anwesend. Gelegentlich werden aus den Mitschriften der Überwachungspersonen Berichte angefertigt betreffend »Familiensache Lena Müller«. Eine freundliche Atmosphäre, in der über alles gesprochen werden könnte, kann nicht aufkommen. Anfangs kam es noch zu Szenen der Leidenschaft zwischen Tochter und Mutter, tränenüberströmtem Aneinanderklammern, sehnsüchtigen Küssen. Inzwischen überwiegen die Verletzungen. »Eigentlich will ich gar nicht mit dir reden«, sagt das Kind jetzt. »Am liebsten wäre ich gar nicht mehr dein Kind.« Oder: »Ich hab dich nicht mehr lieb.«

Vor ein paar Monaten hatte sich Lena bei einem dieser »Besuchskontakte« geweigert, die Mutter überhaupt anzusprechen. Lena war in ein anderes Zimmer gerannt und hatte beharrlich geschwiegen. Deshalb ließ sich Beate Müller von ihrem Mann in die Notaufnahme einer psychotherapeutischen Klinik bringen, weil sie dachte, sie verkrafte das alles nicht mehr.

Die Monate nach dem Verlust ihres Kindes läuft die Mutter nur barfuß, auch im Winter. Sie habe Boden unter den Füßen spüren müssen, sagt sie. Nachts liegt sie wach und spricht mit dem Vater. Immer über

dasselbe: Lena. Wo ist sie? Wie geht's ihr? Beim Aufstehen ist Frau Müller schlecht. Warum haben sie mir mein Kind weggenommen? Was haben sie mit ihr angestellt?
Sie kann nichts tun, darum betätigt sie sich. Stricken wird zu ihrer Sucht. Es entstehen Pullover, Schals, Westen, schränkeweise. Stricken, grübeln, weinen. Warum dieses Elend? Was haben wir falsch gemacht? Womit habe ich diese Ablehnung, diese Demütigungen verdient? Mein Kind, wer hat diesen Keil zwischen uns getrieben?
Als Lena ihren Eltern weggenommen wird, vermerkt der zuständige Familienrichter: »Das Kind möchte zurück zu Mama und Papa. ... Lena hat spontan geäußert, es möchte auf jeden Fall zurück, es vermisse die Mutter und auch den Papa, auch der Bruder fehle ihr.« Nach fast zweijähriger Trennung von den Eltern sagt Lena demselben Richter am 15. April 2003: »Für mich ist meine Mama auch eigentlich nicht mehr meine Mama ... Ich kann nur sagen, ich will nicht zurück.«
Was der Familie Müller aus einem Städtchen bei Saarbrücken widerfuhr, ist der Albtraum jedes Vaters, jeder Mutter, jedes Kindes. Die vielen Akten ihres Verfahrens dokumentieren die Zerstörung einer Familie durch staatliche Stellen – das Drama von der Machtlosigkeit eines einzelnen Bürgers, der in die Mühlen von Gerichten und Behörden gerät und für den Rest seines Lebens beschädigt bleibt, auch wenn er sich nichts zuschulden kommen ließ. Hier zeigt sich, zu welcher Inhumanität Amtspersonen in der Lage sind, wenn sie zu viel Macht haben und ihr Handeln zu wenig kontrolliert wird. Hier zeigt sich aber auch, welches Unheil angerichtet wird, wenn Gutachter ihre Wissenschaft vernachlässigen und Richter sich auf solche Sachverständigen verlassen. Und es zeigt sich, was von Zwangsvorstellungen getriebene Menschen anderen antun können.

»Kindesentführung! Gebt mir mein Kind heraus«, schreit die Mutter

Ihren Anfang nimmt die Katastrophe am 30. August 2001, als das achtjährige Kind Lena Müller von der Grundschule nicht mehr nach Hause kommt. Eine Frau aus der Nachbarschaft, sie soll Frau X. heißen, deren Tochter Sonja mit Lena die gleiche Schule besucht, hat das Kind abgeholt und bei sich behalten. In ihrem Hause wartet schon eine engagierte Dame vom nächsten Kinderschutzzentrum. Die hatte in den Wochen zuvor bereits diskrete Befragungen des Kindes Lena im Hause X. durchgeführt – Lenas Eltern hat man im Glauben gelassen, ihre Tochter sei zum Spielen da –, dann hatte sie eine Mitarbeiterin des zuständigen Jugendamtes alarmiert. Die Frauen sprachen den Verdacht aus, Lena werde zu Hause misshandelt und missbraucht. Die Frau vom Kinderschutzzentrum und die vom Jugendamt beschließen nun, Lenas Mutter an jenem 30. August mit den Vorwürfen zu konfrontieren und das Kind nicht mehr nach Hause zu lassen, sollte die Mutter nicht einsichtig sein.
Der Mutter stellt sich diese Maßnahme der Aufdeckerinnen als ein Feuerwerk des Dilettantismus dar: Ihr Telefon klingelt, am anderen Ende ist eine Anruferin mit Bindestrichnamen, die sich als Beauftragte des Kinderschutzzentrums vorstellt. Anfangs meint die Mutter, die Fremde wolle um Spenden werben. Als ihre Gesprächspartnerin sie plötzlich zu überreden sucht, sie, die Mutter, solle als »Schutzengel an die Seite ihres Kindes« treten, glaubt sie an einen dummen Witz. Dann fängt die Anruferin von Misshandlung und Missbrauch an, und Frau Müller legt auf. »Solch einen Quatsch« will sie sich nicht anhören. Sie überlegt noch, ihr Kind von der Schule abzuholen, hält diese Reaktion jedoch für übertrieben.
Aber Lena kommt nicht heim. Dafür taucht die Kinderschützerin jetzt persönlich auf und schiebt einen Zettel unter der Tür durch, auf dem zu lesen ist, Lena sei zu Familie X. gebracht worden. Da begreift die

Mutter den Ernst der Lage. Sie radelt die kurze Strecke zur Nachbarin X. und gerät vor deren Haus vor Angst außer sich. »Kindesentführung! Gebt mir mein Kind heraus!«, schreit sie. Aber sie wagt nicht, die fremde Wohnung zu betreten und Lena an sich zu reißen. Als ihr Notruf wirkungslos bleibt, stellt sie Lenas großen Bruder als Wache auf und fährt zitternd heim, um mit ihrem Mann zu telefonieren, der als Offizier im Zentrum Innere Führung der Bundeswehr in Koblenz etwa 200 Kilometer entfernt stationiert ist. Der ruft sofort die Polizei und verständigt einen Rechtsanwalt.

Gebt mir mein Kind heraus! In wie vielen Nächten ist diese Szene vor dem inneren Auge der Beate Müller erschienen. Ich war zu brav! Ich hätte hineingehen sollen! Warum hat sie es nicht getan? »Ich hab nicht begriffen, was gespielt wird«, sagt Frau Müller heute. »Ich hab gedacht, jetzt kommt die Polizei und bringt die Kleine heim. Ich dachte: Alles wird gut, sobald sich auch nur ein anständiger Mensch dieser Sache annimmt.«

Nichts wird gut. Die Mitarbeiterin des Kinderschutzzentrums beschwichtigt die Polizeibeamten: Hier sei eine »Krisenintervention« im Gange. Es bedürfe einer »Klärungsphase«. Die Sozialpädagogin vom Jugendamt hält in ihren Berichten fest, wie sie das weinende Kind gegen seinen Willen »in Obhut« nahm und es bei Pflegeeltern unterbrachte. Später – als Lena dort Verhaltensauffälligkeiten zeigt und ein Vierjähriges zwingt, Papier zu essen – muss sie die Pflegefamilie wechseln und auch ein zweites Mal die Schule. Heute leidet Lena an krankhaften Ess-Brech-Attacken und schwerer Neurodermitis. Sie lebt immer noch in Pflege, obwohl ihre leiblichen Eltern durch die Tatsachen vollständig rehabilitiert sind.

Alles begann mit einer Aussage der kleinen Lena. Wie sie zustande kam, lässt sich heute nicht mehr zweifelsfrei rekonstruieren. Zu viele aufgeregte Laien haben das Kind inzwischen bearbeitet und beeinflusst. Wieder und wieder hat Lena die Geschichte erzählen müssen: Ihr Vater hole sie an Samstagen tief in der Nacht aus dem Bett und zerre sie barfuß die Treppe hinunter in den Garten. Dort, in einer Vertiefung, in der früher Orchideengewächshäuser standen, dem so genannten Loch, dresche der Vater mit einem Knüppel auf sie ein. Danach wandere sie allein nach oben ins Bett und schlafe weiter. Fünf Jahre gehe das schon so.

Lenas zweite Aussage erzählt von Missbrauch und kam, wie sich nachher herausstellte, erst später und auf Nachbohren zustande. Der Vater, sagt sie, berühre sie von hinten an der Hose im Schritt, wenn sie ihm abends beim Fernsehen ein Bier aus dem Kühlschrank bringe. Genaueres ist nicht herauszukriegen. Lena lässt sich auf Konkretisierungen nicht ein, die Kinderschützerinnen deuten das als Ausdruck der Scham. Ein Arzt wird nicht zurate gezogen. Die Nachbarin und die Frau vom Kinderschutzzentrum sind wohl auch so von der Wahrhaftigkeit der kindlichen Angaben überzeugt. Die Mitarbeiterin des Jugendamtes schreibt in ihrer Stellungnahme an das Amtsgericht: »Aus Sicht des Kreisjugendamtes sind die Angaben des Kindes Lena glaubwürdig.«

Wer sich durch die Unterlagen und Aussageprotokolle wühlt, dem drängen sich Zweifel auf. Die Familie Müller wohnt in einem Reihenhaus – warum hat keiner was gehört? Niemand hat an Lena je ein Hämatom, eine Beule oder einen Kratzer gesehen, auch der Hautarzt nicht, der sie kurz zuvor noch ganz untersucht hat. Als kerngesund, konzentriert, aufgeweckt, sozial kompetent und freundlich kennen die Lehrer das Mädchen. Lena hat gute Noten und ist beliebt. Ihr Elternhaus gilt als bürgerlich und intakt. Niemand ist bisher auf die Idee gekommen, dass sie ein grausam misshandeltes Kind sein könnte.

Die Polizei verhaftet den Vater nicht, kein Zeuge wird gehört

Der Frage, warum der Vater sein kleines Mädchen über Jahre so sadistisch gezüchtigt haben soll, wird nicht nachgegangen. Warum hat das Kind weder geweint noch geschrien, wie es selbst sagt? Stumm will es die Prügelorgien mit dem Knüppel ertragen haben und dann ins Bettchen zurückmarschiert sein, um seinen Schlaf fortzusetzen. Warum hat sich Lena ihrer geliebten Mama nicht anvertraut, die laut Akten damals ihr »ein und alles« war? Warum haben weder Mutter noch Bruder etwas von der nächtlichen Marter bemerkt, obwohl sie nebenan schliefen? Und konnte es ihnen entgehen, wenn der Vater die Tochter regelmäßig im Familienkreis beim Fernsehen belästigt?

Heute steht fest: Lenas Aussagen sind nicht wahr. Beate und Alexander Müller haben allein nachweisen müssen, dass sie unschuldig sind. Fast zwei Jahre hat das gedauert. Keine Behörde, kein Beamter hat ihnen dabei geholfen. Kein Richter, kein Staatsanwalt, kein Polizist, kein Jugendhelfer. Um ihr Kind zurückzubekommen, haben sie selbst nachgeforscht, Fachliteratur gewälzt, mit Experten korrespondiert und ohne Unterlass das Familiengericht beschäftigt. Der Offizier Alexander Müller hat sich versetzen lassen, um der Familie nahe zu sein. Etwa 50000 Euro hat das Paar in den Kampf gegen einen Vorwurf investiert, für den es keinen Beweis gibt: Sie haben Anwälte und Gutachter bezahlt, und sie haben eine Detektei beauftragt, um das Rätsel von Lenas Aussage zu lüften. Am Ende haben die Müllers erreicht, dass das Gericht die Heimkehr des Kindes Lena angeordnet hat – aber wie sollen sie es fertig bringen, dass ihr Kind sie wieder liebt? Dass es wieder mit Eltern leben will, die abzulehnen es gelernt hat?

Im September 2001 nimmt die Staatsanwaltschaft Saarbrücken die Ermittlungen gegen Alexander Müller auf – mit unübersehbarer Zurückhaltung. Erkennen die Strafverfolgungsbehörden von Anfang an, dass die Beschuldigungen des Kindes nicht plausibel sind? Kein Kriminalbeamter taucht bei den Müllers auf, um den Vater zu verhaften oder auch nur zu verhören. Niemand inspiziert die Vertiefung im Garten, kein Zeuge wird vernommen. Man wartet vorerst ab, dass der Familienrichter etwas herausbekommt.

Vor dem geben die Müllers an, sie hätten keinerlei Erklärung für Lenas Aussagen. Diese müssten dem Kind von Fremden eingeflüstert worden sein. Der Familienrichter ordnet deshalb die aussagepsychologische Begutachtung der kindlichen Zeugin an. Er beauftragt den Rechtspsychologen Michael A., der in Lenas Heimatort als psychologischer Gutachter in Familiensachen eine Art Monopolstellung hat, mit der Klärung der Frage: »Ist Lenas Aussage glaubhaft?« Das Gericht bittet um rasche Erledigung des Auftrags und entzieht den Eltern das so genannte Aufenthaltsbestimmungsrecht über ihr Kind. Gleichzeitig ergeht die Anordnung, das Kind dürfe sich zweimal pro Woche anderthalb Stunden lang mit seiner Mutter treffen, damit sich keine Entfremdung einstelle.

Doch es kommt anders. Weder erledigt der Psychologe seine Arbeit zügig, noch sorgt das Jugendamt dafür, dass Mutter und Kind sich regelmäßig begegnen. Im Gegenteil: Die Sachbearbeiterin des Jugendamtes beginnt die Eltern zu schikanieren. Ist sie schon von der Schuld der Eltern überzeugt? »Frau Müller zeigt bisher keine Ansätze, die Angaben des Kindes zu überdenken oder sich damit auseinanderzusetzen«, schreibt die Frau an das Familiengericht. Und sie findet tausend Gründe, um den Willen des Gerichts zu missachten und das Kind *nicht* zu den Besuchsterminen in die dafür bestimmten Räume der Caritas zu bringen. Für die Eltern ist sie fünf Wochen lang telefonisch nicht erreichbar und ruft auch nicht zurück. In dieser endlos scheinenden Zeit kann Beate Müller ihre Tochter nicht in die Arme nehmen. Vor Verzweiflung glaubt sie den Verstand zu verlieren. Der Rechtsanwalt der Müllers äußert schriftlich den Verdacht, dass »pflichtwidrig versucht« werde, »den Umgang der Antragsteller mit ihrer Tochter zu verhindern«. Daraufhin wird der Mutter mitgeteilt, Lena habe es »mittlerweile mit so vielen Personen zu tun«, dass es nach Ansicht des Jugendamtes nicht »im Sinne des Kindes« sein könne, wenn es die Mutter so oft sehe. Derart feindselig verhält sich das Amt, dass das Gericht den wöchentlichen Besuchskontakt zwischen Lena und ihrer Mutter mit einem weiteren Beschluss durchsetzen muss.

Am 26. Oktober 2001 erheben die Eltern Müller beim Landrat des Landkreises Dienstaufsichtsbeschwerde

gegen die für sie zuständige Sachbearbeiterin des Jugendamtes: Das Handeln der Frau vom Amt sei von Willkür bestimmt, sie versuche, die Besuchskontakte zu hintertreiben. Drei Monate braucht es, bis der Landrat antwortet. Der Not der Eltern begegnet er mit Worthülsen: In solchen Situationen komme es eben »zu unterschiedlichen Interpretationen und Einschätzungen«, und »von Seiten der Verwaltung sei ein gesetzeskonformes Verfahren sichergestellt«.
Schützenhilfe im Feldzug gegen die Eltern erhält das Jugendamt auch von der Rechtsanwältin Ursula T. Als bestellte Verfahrenspflegerin ist sie dem Wohl des Kindes verpflichtet. Obwohl zu ihren Aufgaben auch der Kontakt zu den Eltern gehört, sucht die Anwältin nicht das Gespräch, sondern fängt Streit mit den Müllers an. Nicht ein einziges Mal lässt sie sich bei ihnen blicken, nie ruft sie an. Lieber verfasst Frau T. aggressive Schriftsätze, in denen sie Lenas Eltern »unempathisches Verhalten« und »keinerlei Einsichtsfähigkeit« vorwirft. Der Mutter kreidet die Anwältin an, dass sie Lenas Aussagen nicht glaubt, und als ceterum censeo fordert sie das Gericht auf, die »Besuchskontakte« zwischen Mutter und Kind einzuschränken.

»Jeder Richter hätte das Gutachten in der Luft zerrissen«

Von einem derartigen Umspringen mit Eltern – und gar mit solchen, deren Schuld nicht feststeht – ist im Kinder- und Jugendhilfegesetz nichts zu lesen. Vielmehr verlangt der Gesetzgeber, dass die Familien zusammengehalten werden. Das Jugendamt soll dafür sorgen. Im Fall der Müllers geschieht das Gegenteil davon. Sie werden ausgegrenzt und hintergangen, ihre Rechte werden missachtet: Vor der Auswahl der Pflegefamilie werden sie nicht angehört. Ohne Wissen der Eltern besorgt das Jugendamt für Lena einen zweiten Ausweis, damit die Pflegeeltern mit dem Kind gegen den Willen der leiblichen Eltern verreisen können: Die Pflegefamilie fährt mit Lena nach Tschechien. Um durchzusetzen, dass ihre Tochter auf ein örtliches Gymnasium geht, muss das Ehepaar sogar das Saarländische Oberlandesgericht anrufen. Welchen Arzt und welche Schule das Kind besucht – was die Eltern berechtigterweise auch wünschen, es wird von den Betreuern ihrer Tochter fast immer zunichte gemacht oder torpediert. Von Anfang an werden Beate und Alexander Müller behandelt, als hätten sie ihre Elternschaft verwirkt. Diesem Treiben gebietet der Familienrichter keinen Einhalt.
Ein halbes Jahr braucht der Rechtspsychologe Michael A. für sein Gutachten. Dann kommt er zum Ergebnis, »dass die Aussagen von Lena Müller als glaubhaft insgesamt zu beurteilen sind«. Trotz der langen Entstehungszeit genügt das Gutachten jedoch nicht einmal wissenschaftlichen Mindeststandards. So kommt die gesetzlich vorgeschriebene Belehrung des Kindes über sein Zeugnisverweigerungsrecht an keiner Stelle vor. Auch verlangt der Bundesgerichtshof vom Sachverständigen, dass er dem Gericht »transparent und nachvollziehbar« macht, auf welchem Weg er zu seinen Ergebnissen gekommen ist. Das bedeutet eine vollständige und akribische Dokumentation aller Befragungen des Kindes. Von den neun Explorationen, die A. mit Lena durchführte, hat der Psychologe aber nur *eine*, die siebte, für das Gericht dokumentiert. Hier findet sich folgender Wortwechsel:
A.: *Also Du hast das, was Du jetzt gesagt hast, das stimmt, das entspricht der Wahrheit?*
Lena: *Ja.*
A.: *Da ist nichts gelogen und nichts erfunden?*
Lena: *Ja.*
A.: *Und es ist auch nicht so, wie Du sagst, dass Dir das jemand in den Mund gelegt hat und gesagt hat, jetzt sag das mal.*
Lena: *Ja.*
A.: *Ganz ehrlich, ganz wirklich.*
Lena: *Ja.*

Unter anderem diese Sequenz wird von den nachfolgenden Gutachtern als Beweis für die Naivität und Hilflosigkeit des Sachverständigen gewertet. Erwar-

tete er im Ernst, dass Lena, die – wie sie selbst berichtet – seit Monaten ermahnt wird, bei der (belastenden) »Wahrheit« zu bleiben, am Ende der siebten Befragung plötzlich sagt: Entschuldigung, ich hab mir alles ausgedacht!? Gegenüber einem Fragesteller, der sie kaum zu Wort kommen lässt?
Lenas Eltern wird ihr guter Wille, dem Psychologen Rede und Antwort zu stehen, zum Verhängnis. A. stellt Spekulationen zur »Motivationslage« des Vaters an: Der »agiere die Folgen eines Missverhältnisses zum eigenen eher despotischen Vater« aus. Zur Person der Mutter erwägt er Folgendes: »Frau Müller leugnet die Realität der Aussagen ihrer Tochter.« Den Grund für dieses »Unverständnis« vermutet er in einer »massiven Abhängigkeit bis Hörigkeit von ihrem Ehemann« sowie »Eigenerfahrungen mit Missbrauch, die möglicherweise durch das Verhalten des Kindes reaktualisiert wurden«. Die Müllers sind fassungslos. Wie konnte A. diese Behauptungen aus ihren Gesprächen herauslesen?
Das »Gutachten« veranlasst die Staatsanwaltschaft Saarbrücken nicht zum Eingreifen. Offensichtlich erkennen die Strafverfolger die gravierenden Mängel in der Expertise des Psychologen. Auf die Frage der *ZEIT*, warum der Kindesvater jetzt nicht festgenommen und vor Gericht gestellt worden sei, antwortet die Staatsanwältin: »Herr A. entspricht in seinem Gutachten nicht den wissenschaftlichen Anforderungen des Bundesgerichtshofs. Auf der Basis einer solchen Arbeit können wir niemanden anklagen. Jeder Richter hätte das Gutachten in der Luft zerrissen.«
Nicht so der zuständige Familienrichter. Er hält weiter an A. fest. Warum? Er hätte nur in die Gerichtsbibliothek gehen müssen, um die entsprechende Entscheidung des Bundesgerichtshofs aus dem Jahre 1999 nachzuschlagen. Jugendamt und Verfahrenspflegerin beantragen – beflügelt vom Werk des Herrn A. – beim Gericht, den Müllers endlich das elterliche Sorgerecht zu entziehen und für Lena einen Vormund einzusetzen.
Vater Müller kapituliert nicht. Er entwirft einen Schlachtplan, die zweite Etage seines Hauses wird zum Hauptquartier. Von hier aus feuert er Beschwerdebriefe ab, bombardiert seine Anwälte mit Einfällen, telefoniert und korrespondiert mit Sachverständigen. Hier verschlingt er die einschlägige Fachliteratur und durchkämmt das Internet nach Menschen, die ihm helfen könnten. Schließlich stößt er auf den emeritierten Professor Udo Undeutsch, den Doyen der Aussagepsychologie. Alexander Müller reist zu ihm nach Köln und unterzieht sich bei einer Mitarbeiterin des Professors einer »physiopsychologischen Untersuchung unter Verwendung eines Polygraphen«. Das heißt: Er lässt sich an den Lügendetektor anschließen. Müller ist sich darüber im Klaren, dass die Ergebnisse eines Polygrafentests zwar von amerikanischen Gerichten anerkannt werden, aber vom deutschen Bundesgerichtshof als »völlig ungeeignete Beweismittel« eingestuft worden sind und dass es ihm darum nicht viel nützen wird, wenn die Maschine ihn für unschuldig hält. Immerhin ergibt die Auswertung der Tests, die Antworten des Alexander Müller seien »wahrheitsgemäß«.
Der Bundesgerichtshof hält nichts vom Polygrafen, dafür aber umso mehr von den Realitätskriterien zur gerichtsfesten wissenschaftlichen Aussageanalyse, deren Begründer Professor Undeutsch ist. Er gilt als eine der Kapazitäten auf dem Gebiet der Aussagepsychologie. Die Müllers legen ihm deshalb im Frühling 2002 das Gutachten des Psychologen A. vor und bitten ihn um ein Votum. Das Urteil des Professors fällt vernichtend aus: »Nichts wert« sei das Gutachten. A. habe einen Kunstfehler nach dem anderen begangen. In seiner 150-seitigen Methodenkritischen Überprüfung der Expertise schreibt Undeutsch, A. begehe »den katastrophalsten Fehler, den ein Gutachter machen kann: das, was erst noch zu beweisen ist, macht er zur Grundlage seiner Erklärungen«.
Die eifrigen Helferinnen vom Kinderschutzzentrum und vom Jugendamt hätten sich schon »unprofessionell und pflichtwidrig« genug benommen, sagt Undeutsch im Gespräch. Er zieht aus den Akten den Schluss, das Kind sei auf »infame Weise indoktri-

niert« und Lenas »Aussage zementiert« worden. Die vermeintlich wohltätige Nachbarin, Frau X., hält er jedoch für den Spiritus Rector der ganzen kindlichen Falschaussage. Sie sei, sagt der Professor, »der böse Geist in dieser Sache«.

Zu einem ähnlichen Ergebnis kommt noch jemand. Es ist ein Herr von der Firma U.S.D. Detektive, der im Auftrag der Müllers unterwegs ist, die Quelle der kindlichen Aussage zu finden. Der Detektiv nähert sich der Nachbarin X. telefonisch. Er nennt sich Herr Heinrich und gibt vor, er hege einen Misshandlungsverdacht bei einem Nachbarskind und suche Rat. Bei Frau X. rennt er offene Türen ein. Über viele Seiten hat er dokumentiert, was ihm die Nachbarin in abgerissenen Sätzen und mit sich überschlagender Stimme am Telefon anvertraut hat.

Aufgeregt berichtet Frau X. dem Anrufer, sie selbst sei die misshandelte und missbrauchte Tochter eines Offiziers, der Missbrauch sei ihr aber erst vor gar nicht langer Zeit während einer Psychotherapie klar geworden. Sie vermute besonders in der Bundeswehr eine »irre« Dunkelziffer solcher Straftaten. Wegen ihrer eigenen Biografie habe sie Lena auch gleich eingeladen, als ihre Tochter Sonja aus der Schule die Geschichte mitgebracht habe, dass das Kind misshandelt würde. Lena sei »absolut vertrauensselig« gewesen. Sie selbst habe die Kleine »monatelang« in zahlreichen »Geheimsitzungen« vernommen, mit ihr »Geheimcodes ausgemacht« und nachts das Haus der Müllers »observiert«. Auch habe sie dem Mädchen – mit der Aufforderung: »Jetzt malen wir mal alle unseren Papa, wie wir ihn sehen« – Stifte gegeben, damit sie »psychologische Bilder« ihres Vaters anfertigen könne. Einmal habe sie ihr nur dunkle Stifte gegeben – dunkle Kinderbilder ließen auf Missbrauch schließen. Sie habe, sagt Frau X. dem getarnten Detektiv, mit Lena einschlägige Bücher studiert und obendrein Puppen und Teddys ins Spiel gebracht, an denen das Kind »seinen Kummer« (gemeint sind wohl Missbrauchshandlungen) zeigen sollte. Und sie habe Lena in Aussicht gestellt, ihre Eltern könnten sich ja »eventuell trennen«.

Dem besorgten Anrufer gibt Frau X. den Tipp, mit dem (erdachten) Nachbarskind einschlägige Filme anzusehen, um zu »sehen, wie sie reagiert«, und über die herausgefragten »Bruchstücke« Kurznotizen anzufertigen. Bei alldem, mahnt Frau X., sei aber Vorsicht geboten, denn: »Das Kind kann sich ja verplappern«, und dann komme man »in Teufels Küche«. Dazwischen spricht die Nachbarin herabsetzend über Lenas Mutter, die nach der Aufdeckung »so pervers« und »so abartig« reagiert habe – man müsse eben damit rechnen, »dass die Mutter eine Mitschuldige ist«, man könne ein Kind in eine »solche Hölle« nicht mehr zurücklassen. Allein sie, Frau X., sei über Monate »für dieses Kind da gewesen«.

»Alles richtig gemacht«, meint der Chef des Jugendamtes

Immer wieder lässt die Frau gegenüber dem Anrufer ihrem Hass auf das Militär freien Lauf: Soldatenkinder seien besonders in Gefahr, sagt sie, und »man müsste eine Selbsthilfegruppe für Soldatenkinder gründen«. Aber dieses Mal habe sie vor Lenas »Vater aus der Bundeswehr« nicht stramm gestanden, auch wenn sie ihr Leben lang stramm gestanden habe. So stark identifiziert sich die Nachbarin selbst mit der kleinen Lena, dass sie zugibt: »Das ist wie bei meinen Eltern. … Als das Kind erzählte, was zu Hause abläuft, da habe ich mich selbst gesehen. Ich hab so viel Traumatas, das wollte ich diesem Kind ersparen.«

Der Detektiv findet noch mehr heraus: Lenas Gutachter Michael A. bezieht seine E-Mails unter der Adresse jenes auf Missbrauchsproblematik spezialisierten Psychotherapeuten, Wilhelm B., in dessen Therapiesitzungen der Nachbarin X. ihre eigene Traumatisierung durch den Vater wieder einfiel. Die Müllers erinnern sich, dass A. vor dem Familienrichter »Fachgespräche« mit B. eingeräumt habe, in denen die Rolle der Frau X. bei Lenas Aussage erörtert worden sei. Als die *ZEIT* Michael A. nach seiner Beziehung zu Wilhelm B. fragt, wiegelt A. ab: Bei der gemeinsamen E-Mail-Adresse handele es sich bloß um einen »Fehler« des Verbandes der Rechts-

psychologen: »Ich habe mit B. beruflich nichts zu tun.«
Das kann nicht ganz stimmen: In einem Ratgeberbändchen des Michael A. von 1996 mit dem Titel *Liebe, Geld und Pleite. Was Frauen alles für Männer tun* taucht Wilhelm B. als »Fachmann« auf, der »weiß, wovon er spricht«. Dort gibt er in einem Interview allerhand Analysen und Tipps zum Besten. Außerdem bekommt man im Städtchen Flugblätter, von denen Michael A. und Wilhelm B. den Betrachter einträchtig anlächeln: Werbung für eine Firma, welche die beiden Therapeuten mitgegründet haben. Hier bieten sich A. und B. Geschäftsleuten als professionelle Konfliktmanager an. Als gemeinsame Adresse ist diesmal die Praxis des Diplompsychologen Michael A. angegeben.
Irgendwann muss auch dem Familienrichter klar geworden sein, dass von den Erkenntnissen seines Gutachters A. nicht viel zu halten ist, denn er gibt im September 2002 ein zweites aussagepsychologisches Gutachten in Auftrag. Jetzt wird die von der Staatsanwaltschaft Saarbrücken regelmäßig eingesetzte forensische Psychologin Milly Stanislawski mit der Untersuchung Lenas betraut.
Am 2. Oktober 2002 taucht Frau Stanislawski im Hause der Müllers auf, um zu schauen, ob die Behauptungen des Kindes Lena mit den Örtlichkeiten in Einklang zu bringen sind. Sie stellt fest, dass der Vater – hätte er seine Tochter nachts in den Garten schleppen wollen – drei knarrende Schiebe- und Terrassentüren hätte öffnen und schließen sowie einen lärmenden Rollladen hätte hochziehen müssen. Sie erfährt, dass die Familie Müller 1998 in das Haus gezogen ist und die Gewächshäuser im Garten erst 1999 abgebaut worden sind, dass also mindestens die Dauer der beschriebenen Misshandlungen – fünf Jahre – nicht richtig sein kann. Außerdem erfährt sie von Lenas Bruder, dass diese an den Wochenenden häufig bei ihm im Zimmer geschlafen habe, aus dem man sie nicht hätte geräuschlos herausholen können.
Frau Stanislawski untersucht Lena mit psychologischen Tests und diagnostiziert bei ihr eine »leichte Angststörung« und einen »erhöhten Depressionswert«. Dann führt sie zwei lange Explorationen mit dem Kind durch, die sie sorgfältig dokumentiert. Auch sonst entspricht ihre Untersuchung den wissenschaftlichen und gerichtlichen Qualitätsstandards. In den Befragungen schildert Lena erneut die Vorwürfe gegen den Vater, die Beschreibungen der Misshandlungen allerdings werden in mehreren Varianten vorgetragen, die voneinander abweichen, auch bleiben sie blass und unkonkret. Von einem Knüppel ist jetzt gar nicht mehr die Rede. Bei kritischen Nachfragen wie zum Beispiel, warum sie nicht »au geschrien« habe, wenn sie so stark geprügelt worden sei, gerät das sonst wortgewandte, selbstsichere Kind ins Stottern und verstummt. Auch hat Lena keine Erklärung dafür, warum sie all die Jahre nichts von Misshandlungen gesagt hat. Überdies kann das Kind an sich selbst nicht zeigen, wie sein Vater es unsittlich berührt haben soll.
Stattdessen erzählt Lena von ihrer Klassenkameradin Sonja, die sich sehr interessiere für »Kinder, die Probleme haben«. Und von deren Mutter, Frau X., die ihr gleich anvertraut habe, dass sie selbst auch von ihrem Vater misshandelt und missbraucht worden sei und die gegen Lenas Willen die Dame vom Kinderschutzbund mit hineingezogen habe. Der Sachbearbeiterin vom Jugendamt habe sie, Lena, ihre Geschichte dann gar nicht mehr selbst erzählen müssen, das hätten die Nachbarin und die Frau vom Kinderschutzbund übernommen. Sie, Lena selbst, habe nur noch ja sagen müssen.
Zur Frage der Glaubhaftigkeit stellt die Gutachterin Milly Stanislawski fest: Die belastenden Bekundungen des Kindes seien »aussagepsychologisch als nicht erlebnisbasiert zu werten«. Sie seien »mit einer sehr hohen Wahrscheinlichkeit Falschaussagen, die mittels suggestiver Aufdeckerarbeit bestätigt und verfestigt wurden«. Das Kind habe sich gegenüber einer Kameradin wohl interessant machen wollen und sei von deren Mutter suggestiv befragt und unter hohen Erwartungsdruck gesetzt worden. So sei ihr die Geschichte außer Kontrolle geraten, habe sich

verselbstständigt und eine Lawine ausgelöst. Dies sei auch der Grund dafür, warum das Kind die Aussage jetzt nicht mehr zurücknehmen könne. Das Kind habe, schreibt die Gutachterin, »einerseits die massive Angst vor einem unvorstellbaren Gesichtsverlust, nämlich vor einem Helferkreis von vielen wichtigen und wohlmeinenden Erwachsenen als Lügnerin dazustehen, andererseits die massive Angst vor der Konfrontation mit der Familie, insbesondere mit ihrem Vater«.

Die Gutachterin empfiehlt dem Gericht, dem Kind diese Konfrontation keinesfalls zu ersparen und es zu den Seinen zurückzuschicken. So rasch wie möglich. Das werde nicht leicht, denn »die Ursprungsfamilie wurde diskreditiert, Wurzeln des Kindes wurden abgeschnitten, und dem Kind wurde eine Omnipotenz zugeschrieben, die, wenn sie nicht unterbunden wird, zu einem Zusammenbruch führen wird«. Das Kind bedürfe deshalb professioneller therapeutischer Hilfe, es müsse »massive Schuld- und Schamgefühle« abbauen, andernfalls verfestige sich die bereits erkennbare »neurotische Fehlentwicklung« weiter.

Zur *ZEIT* sagt die Gutachterin, Lenas Verhängnis sei gewesen, dass ihr alle gedankenlos geglaubt hätten. Dadurch sei sie in diese ausweglose Lage geraten. »Lena ist intelligent, sie weiß, dass sie ein Nichts aufgeblasen und dadurch Institutionen bewegt hat.« Aber muss nicht die Familie krank sein, wenn ein Kind so etwas erzählt? »Nein«, entgegnet Frau Stanislawski, »vielleicht hatte Lena gerade eine Wut auf ihren Vater oder fühlte sich nicht genug beachtet. Aber: Das, was den Müllers widerfahren ist, hätte jeder Familie passieren können. Jeder«.

Nachdem das zweite Gutachten eingegangen ist, stellt die Staatsanwaltschaft Saarbrücken das Ermittlungsverfahren gegen Alexander Müller ein, und das Familiengericht beschließt die Rückführung des Kindes Lena. Das ist Mitte Januar 2003. Das Jugendamt wird damit betraut, die Heimkehr »vorzubereiten« – doch nichts wird merkbar. So viel Energie hat man in den Verdacht investiert – und jetzt soll man umkehren! Als die *ZEIT* das Jugendamt im März 2003 aufsucht, herrscht immer noch Stillstand. Die Sachbearbeiterin, eine untersetzte Endvierzigerin, sitzt in ihrem Dienstzimmer und zeigt, nach dem Kasus Lena gefragt, kommentarlos auf das Büro ihres Vorgesetzten. Der wirkt unangenehm berührt und holt den zuständigen Dezernenten des Landkreises dazu. Gemeinsam empört man sich dann über die hartnäckigen Eltern Müller und meint: »Wir lassen uns nicht unter Druck setzen«, und: »Wir haben alles richtig gemacht.« Erst als die betreffende Mitarbeiterin des Jugendamtes ein paar Tage später zur Sachverständigen Stanislawski sagt, sie glaube – allen Gutachten zum Trotz – unbeirrt weiter an Lenas Aussage, wird sie von dem Fall abgezogen.

Mit Videofilmen soll das Kind an den Vater gewöhnt werden

Vom Jugendamt ist es nur eine kurze Strecke zum Gericht. Auch der Familienrichter scheint wenig erbaut davon, dass eine Reporterin in seinem Büro auftaucht. »Das musste ja irgendwann kommen!«, meint er abwinkend. Der Mann ist freundlich, hinterlässt im Gespräch gleichwohl einen entschlusslosen Eindruck. Dass der Fall Lena ihm, wie er behauptet, »schlaflose Nächte« bereite, nimmt man ihm schwer ab. Ja, sagt der Richter, auch in seinem Beruf könne man »Fehler machen«. Gleich darauf beklagt er ausführlich die »mangelnde Kooperation« der Eltern Müller, die ihr Kind »mit der Brechstange« zurückwollten. Verübelt er ihnen, sich zur Wehr gesetzt zu haben? Die Erbarmungslosigkeit des Jugendamtes und die Gehässigkeit der von ihm selbst eingesetzten Verfahrenspflegerin beklagt er jedenfalls nicht. Der Richter setzt ein ratloses Gesicht auf: »Das Kind will nicht nach Hause, was soll ich machen?« Er zuckt hilflos die Achseln: »Was würden Sie machen?«

Vom Gericht sind es nur 15 Fußminuten hinüber zur Praxis des Psychologen Michael A. Der wirkt ein bisschen unausgeschlafen, aber keineswegs wie einer, der erschüttert ist. Zuerst weist er auf seine langjährige Bekanntschaft mit Lenas Familienrichter und seinen

»guten Austausch« mit diversen Richtern am Oberlandesgericht hin. Dann kommt er zur Sache: Eigentlich, sagt A., sei er »niemand, der strafrechtlich relevante Begutachtungen macht«. Hätte er geahnt, worauf es hinauslaufe, hätte er dem Richter gleich die in diesen Dingen weit erfahrenere Sachverständige Milly Stanislawski vorgeschlagen. »Was die herausgearbeitet hat, das wusste ich nicht. Ich bin kein Polizist.«

Lena, sagt A., sei in den Sitzungen mit ihm steif und fest bei ihrer Aussage geblieben, weshalb er sich »nichts anderes habe vorstellen können, als dass da was dahinter steckt«. Dann erklärt A. seine abseits der präzisen wissenschaftlichen Anforderungen des Strafrechts liegende Arbeitsweise: Er lege nicht nur Wert auf die Aussage eines Kindes, sondern auch auf den nonverbalen Anteil einer Exploration: »Was ich wahrnehme und spüre, beziehe ich in meine Bewertung mit ein.« Was er wahrnahm und spürte, hätte fast den Untergang einer Familie bedeutet. »Es kommt vor, dass man danebenliegt«, murmelt A., »damit müssen wir Gutachter leben.«

Auch die Nachbarin X. soll Gelegenheit erhalten, ihre Sicht der Dinge darzustellen. Es ist Mittagszeit. Ein übergewichtiges Mädchen etwa in Lenas Alter öffnet die Haustür im Bademantel. Dann eilt Frau X., ebenfalls im Bademantel, herbei. Sie hat jetzt gerade keine Zeit, stellt aber ein Interview in den Abendstunden in Aussicht. Dieses wird dann vom Ehemann kurz vorher telefonisch abgesagt.

So weit die Geschichte der Lena und ihrer Eltern. Bloß dass es darin den wenigsten nur um Lena und ihre Eltern gegangen zu sein scheint, obgleich doch alle das »Kindeswohl« inflationär im Munde führten. Wen kümmert in einem solchen Fall noch das Kind? Wem raubt es die Ruhe, dass es nur eines Verdachtes bedarf, um den bislang unbescholtenen Bürger seiner elementarsten Rechte zu berauben?

Immerhin hat sich in den vergangenen Wochen auf Geheiß des Gerichts ein Helferkreis zusammengetan, der unter Anleitung eines Kinderpsychiaters die Rückkehr der inzwischen Zehnjährigen vorbereiten soll. Eltern und Pflegeeltern gehören dazu, auch der neue Sachbearbeiter des Jugendamtes und die mittlerweile kleinlaute Verfahrenspflegerin. Ein Herr vom Kinderschutzbund des Saarlandes moderiert die Runde. Alexander Müller hat seiner Tochter den ersten Brief geschrieben. Sie schrieb ihm Schimpftiraden zurück, was er als gutes Zeichen wertet: »Lena kommuniziert wieder mit mir.« Videofilme hat man jetzt von ihm aufgenommen, die das Kind, das seinen Vater seit fast zwei Jahren nicht gesehen hat, sich dann anschauen kann. Mit enormem Aufwand und in zeitraubenden Prozessen soll nun repariert werden, was an einem einzigen Nachmittag zerschlagen worden ist.

** Aus Gründen des Persönlichkeitsschutzes wurden die Namen des betroffenen Kindes und seiner Eltern sowie die Namen der Nachbarin und ihrer Tochter geändert*

Christian Schüle

Christian Schüle, geboren 1970 in Friedrichshafen. Studium der Philosophie in München und Wien. Bis Oktober 2001 freier Autor für Zeitungen, Hörfunk und Magazine in München, seit 2001 Redakteur im Ressort Dossier der Wochenzeitung DIE ZEIT. Förderpreis des Internationalen Presseclubs München 1999 und Publizistikpreis der Glaxo-Smith-Kline-Stiftung 2002. Buchpublikation: Die Parlamentarismuskritik bei Carl Schmitt und Jürgen Habermas, 1998

Kleine Erkundung der russischen Seele

Über Elend und Hoffnung, Musik, Liebe, Suff, die Rückkehr zum Glauben und die Sehnsucht nach dem Zaren

von Christian Schüle
DIE ZEIT
9. Oktober 2003

Tanjuschka war aus St. Petersburg gekommen, perfekt geschminkt, mit zart modellierten Schläfenlöckchen. Sie trug existenzielles Schwarz, Hose mit Schlag, Bluse mit Spitzen, hochhackig die Schuhe. Vor der Abfahrt in die Provinz musste sie eine rauchen und dann noch eine. *Die Provinz*, man hörte die urbane Verachtung heraus. Als der japanischstämmige Minivan sich schließlich in Richtung Uralgebirge in Bewegung setzte, stand der Frühmorgenvollmond über dem Lenin-Monument am Platz der Revolution, und wir verließen Tscheljabinsk, das zu verlassen nie ein Fehler ist, um uns auf die Suche nach einem Mythos zu machen.
»Die was? Russische Seele?«
Im Lächeln des Fahrers fand der Spott seine Fortsetzung. Gewiss, die »russische Seele« ist ein Relikt des romantischen 19. Jahrhunderts, eine diffuse Vermutung, und vielleicht, nein sicher ist das mit der Seele mittlerweile sogar ein Klischee, und bestimmt ein sehr deutsches.
Im Kloster an der Petrowkastraße in Moskau, im Departement für religiöse Bildung und Katechismus des Patriarchats, hatte vor Tagen der schöne, junge und gescheite Prior Daniil diagnostiziert, die russische Seele sei krank, entstellt, heillos, das gebrochene Volk, die Russen, auf der Suche nach einer, nach ihrer Identität im globalen Kapitalismus, die Regierung habe das erkannt, habe erkannt, dass es nach dem Herztod der kommunistischen Utopie eine neue Idee geben müsse, das Volk zu einen, weswegen die Politiker und die Russen in die Vergangenheit stiegen, in die Tiefe der Geistigkeit, die nie verloren gegangen sei, denn wer die Vergangenheit nicht verstehe, habe keine Zukunft. So der Prior Daniil.
Natürlich kommt die Provinz schneller als gedacht, weil der Zufall eine Abzweigung mit sich bringt, die, sich zu einer Straße verschlankend, am See entlangführt, an einer mit Minarett versehenen Kirche vorbei, den schief steckenden Stromleitungspfählen folgend. »Von der russischen Seele«, sagt der Fahrer, biegt erneut ab und beginnt, wenig erfreut, ab sofort Schlaglöchern und Kratern auszuweichen, »ist nicht

mehr viel geblieben.« Wenn nicht mehr viel geblieben ist, muss etwas da gewesen sein, etwas, das nach der Umwertung fast aller Werte vielleicht allmählich zurückkehrt. »Auf dem Land wird nur noch gesoffen«, sagt der Fahrer, und Tanjuschka übersetzt engagiert, weil sie die weitere Fahrt über die Dörfer zu verhindern trachtet. Tanjuschka ist 23, studiert Ballett und Choreografie, kennt das Leben aus der Kunst und der Literatur und beschäftigt sich sehr mit der Frage, warum man mit Anfang 20 ohne Ehemann und Kinder als Jungfer verpönt und eine Frau über 25 in Russland eine Alte sei. Moskau, St. Petersburg, sagt Tanjuschka mit Gouvernantenstrenge, das Land mache Fortschritte. Natürlich tut es das, aber Russland beginnt dort, wo der Asphalt aufhört und sich mit hochhackigen Schuhen schlecht gehen lässt.

1. Bruce, Sascha, die Angst und das Nichts

In dem Moment, da irgendeiner der grundlos empörten Hähne kräht, ein leer laufender Hyundai die Stille zerreißt und Bruce auf die Straße rennt, tritt rein zufällig Fjodor Abitow in verdreckter, zerlöcherter Hose aus dem von Wellblech eingerahmten Vorgarten hervor und will wissen, wie es sein kann, dass es Fremde mit solchen Schuhen ins Dorf Priozernja verschlägt, das, wie alle anderen russischen Dörfer, zum Sterben verurteilt ist, so wie die Familien zum Sterben verurteilt sind, weil ein Leben, wie sie es hier führen, keinen Sinn macht. »Gestern ist im See ein Mensch ertrunken«, erzählt Fjodor ohne jede Vorsicht. »Die Taucher wollen 2000 Rubel, damit sie ihn rausholen.« Jetzt wartet das Dorf, bis die Leiche auftreibt. 2000 Rubel, 60 Euro. Ein Vermögen! »Ein Vermögen!«, bestätigt Tanjuschka, den Schuh vom Schlamm befreiend, und Fjodor nickt. Ein paar Sätze mehr, schnell wachsende Vertrautheit, und nach zehn Minuten weist seine Hand den Weg ins Haus, wo die kohlzupfende Ludmilla die Gast gewordenen Seelensucher begrüßt. Bruce, der Wirbelwind, pest durch die Küche, woraufhin die 13-jährige Anastasia mit kurzem Jeansrock, nacktem Bein und gelben Plateauschuhen verschlafen aus ihrem Zimmer schlurft.

»Was willst du einmal werden, Nastassja, sag es dem Mann …«

Das Mädchen dreht den Kopf und versteckt sich hinter der Mama, was nicht wirklich schwierig ist.

»Sie soll mal Jura studieren, aber sie will Ärztin werden …«

Die Mama lächelt zwei Goldzähne frei. Ein Satz, in dem die Worte Jura und Arzt vorkommen, macht sie stolz, weswegen sie ihn wiederholt, leiser. Nach einer kurzen Pause aber, ohne ihren schönen Satz zu genießen, spricht sie weiter, als gebe es keinen Stolz auf irgendwas, als gebe es keinen Grund für schöne Sätze. Wer kein Geld und keine Beziehungen habe, Ludmillas Lächeln friert ein, der komme zu gar nichts im heutigen Russland. »Wir nennen die Demokratie Scheißokratie«, sagt Fjodor. Keiner lacht oder lächelt. Der Kühlschrank hoppelt auf der Stelle. Ludmilla will ein Hühnchen schlachten. Heute ist zwar Samstag, aber für die Fremden will sie trotzdem ein Hühnchen schlachten. Hühnchen ist wie ein Weihnachtsessen. Ein-, zweimal im Jahr leistet man sich ein Hühnchen aus dem Stall. Seit zehn Jahren hat Fjodor kein Gehalt bekommen, man schreibt auf, was er kriegen soll, und bezahlt wird dann mit Brot, oder auch nicht, denn meistens gibt es kein Brot, nur einen guten Willen, aber welcher Wille ist schon gut, wenn jeder gegen jeden kämpft? Manchmal zimmert Fjodor oder fährt Metalle von hier nach dort oder ackert im Wald als Aushilfsförster, jeder macht das so, und die Abitows haben neuerdings drei Schweine und Kartoffeln, Karotten und Kohl, das sowieso. »Wir leben, um zu überleben«, sagt Fjodor. »Leben ist das nicht«, sagt Ludmilla. 80 Rubel Kindergeld erhalten sie vom Staat. 400 Rubel für fünf Kinder. 14 Euro im Monat. Neue Sandalen kosten 320 Rubel. Entweder Essen für alle oder Sandalen für eines der Kinder. »Ich kenne Nachbarn, die essen dasselbe wie ihre Hühner«, sagt Ludmilla. Kürzlich war Fjodor ganz ohne Arbeit, die Abitows dachten an den Tod. Doch plötzlich keimte Hoffnung, denn Ludmilla entdeckte in der Zeitung einen Fragebogen der Partei Einiges Russland. Froh war sie, denn Politiker wollen schließlich helfen, und da baten die Abitows um mehr Tiere. Da haben die von der Partei angerufen und gefragt, wozu?, und dann haben die von der Partei es vergessen.

Statt Hilfe kommt die Mafia, die Strukturen reichen bis nach Priozernja, ab und an fahren die großen Typen in den dunklen Autos vorbei, und sie erinnern Fjodor an die »schwarzen Raben«, die Wagen von Stalins Geheimpolizei, obwohl das eine andere Zeit war und doch auch wieder nicht, sie haben ja nur die Etiketten gewechselt, sagt Fjodor, früher stand Kommunismus drauf, heute Kapitalismus, und die Polizei, schiebt er nach, mache für Geld alles, die halten die Autos an, ein verdrecktes Nummerschild reicht, und dann kostet es bis zu 200 Dollar. Dollar? Ja, Dollar. »Schmiergeldkultur«, nennt Fjodor die kapitalistische Demokratie. »Verbrecher sind sie alle.«

Verbrecher. Verräter. Nie fällt sein Name direkt. Immer steht er im Hintergrund: der Präsident. Ludmilla: »Um heute in Russland überleben zu können, braucht man Beziehungen oder muss kriminell sein.« Die Abitows leben. Beziehungen haben sie keine. Russland ist eine Korruptionshölle. Betrug scheint zum Wert an sich geworden zu sein. Niemand tut was dagegen. Verräter. Verbrecher. Und Putin interessiere das einen Kehricht. Der lasse Anschläge organisieren und Theater stürmen, um es den Tschetschenen in die Schuhe zu schieben, nein, bescheidet Fjodor, kein Zweifel möglich, keine Verschwörungsfantasie.

Das Naturrecht ist zurückgekehrt. Das Recht des Stärkeren und Süchtigeren. Die Leute trinken tags und nachts. Man trinkt, was brennt. Wodka, reinen Alkohol, Eau de Cologne, Haut- und Gesichtsreinigungsessenzen, Nagellackentferner, 50:50 mit Wasser verdünnt, das ist billiger. Früher hat Ludmilla Wodka gebrannt, um die Familie zu ernähren, das war nicht erlaubt, aber sie bekam 15 Rubel pro Flasche. Dann bekam sie Bruce und musste sich nachts ausruhen, und jemand anders brannte Wodka und versorgte die Männer im Dorf. Tanjuschka muss eine rauchen, die Provinz setzt zu. Die Abitows schlafen auf ausgezogenen Liegesofas. Bettlaken hat niemand. Die Polster sind verratzt. Bruce hat ein Mickey-Mouse-Kopfkissen. Trostlosigkeit ist das Gefühl, dass nichts mehr kommt. Es kommt nichts mehr. Im Haus steht die Stille. Alle Uhren gehen falsch. Aber sie gehen. Bald wird es Abend. Der Hahn kräht. Draußen streunen ein paar apathische Hunde. Ladas und Wolgas und Nissans ruckeln durch die Schlaglöcher vor- und seitwärts, und Bruce rast mit dem Fahrrad auf und ab.

Wer in Priorzernja die russische Seele sucht, wird eine gedemütigte, verzweifelte, sehnsüchtige finden. Früher, da war Kommunismus, und das war ein Segen fürs einfache Volk. »Wir sind das einfache Volk«, sagt Fjodor. Früher gab es Wohnung, Schule, Studium. Alles umsonst. Da blühten Wissenschaft und Medizin. Da kannte man keine Drogen und wusste nichts von Mord auf Bestellung. Breschnjew ist der Held des einfachen Volkes, Gorbatschow der große Verbrecher. Nach der Perestroika sei alles niedergegangen. Wer einen kleinen Garten in die »Scheißokratie« retten konnte, durfte von Glück reden. Die anderen saufen. Vor der Volkskantine, die Straße runter, gegenüber der Betonruine mit schwarzen Grafittiherzen, sitzen Wladimir Iwanowitsch und drei seiner Kumpels in dunkelblauen und türkisfarbenen Trainingsanzügen. Das einfache Volk trägt gern Trainingsanzüge, Nike-Imitate. Wie alt Wladimir ist, weiß er nicht. Er ist zu besoffen, um die Frage zu verstehen. Die Kumpels sind 18 und 25 und lernen Metallarbeiter, ihre Kumpeline ist 16 und hat ein blaues Auge. Es ist zwölf Uhr, und Wladimirs Freunde sind genauso blau. Morgens sitzen sie auf der Bank an der Straße und saufen. Mittags, nachdem sie eine Krautsuppe gegessen haben, sitzen sie vor der alten Volkskantine und saufen. Abends sind sie »flanieren«, danach sitzen sie auf den Treppen des Supermarkts und saufen. Dann schlagen sie sich. Danach saufen sie. Im Dorf gibt es einen Club. Der Club ist zu. Die neue Musikanlage wurde gestohlen.

»Das Stehlen ist das größte Problem in Russland«, sagt ein athletischer Typ im Namen hoher Vernunft. Die anderen begrüßen ihn männlich. Eine Hand aus Stahl. Kurzer Blick. Wegsehen. Zupacken. Loslassen. Nicht mehr anblicken. »Russland ist unbesiegbar«, sagt er. Er sagt es nochmals. Kurzes Schweigen. »Wie alt schätzt du mich?« – »27.« – »Warum 27?« – »Du siehst reif aus.« – »Das Leben hat mich reif gemacht.« Eine Ziege meckert, Wolken huschen fort im Westwind, und ein Karren holpert vorbei, beladen mit einer bekopftuchten Babuschka, deren zahnloser Alter seitwärts auf dem Esel sitzt.

»Sascha«, sagt er, nickt kurz, steckt sich eine Kent von Tanjuschka an und raucht in James-Dean-Pose. Er trägt eine dunkelblaue Trainingshose und einen Hugo-Boss-Blouson. 21 ist er, und er hat gesehen, wie sie seinem Kameraden den Kopf abgeschlagen haben. 77 Elite-Fallschirmspringer sind nach Tschetschenien rein. Nach den sechs Pflichtmonaten kamen 27 zurück. Der Präsident hat ihm einen Orden verliehen. Putin ist okay. Sascha ist ein Held Russlands. Seine Coolness ist der Kokon einer zerbrochenen Seele. Jeden Tag die Angst, jede Nacht. Seinen 19. Geburtstag haben sie in Tschetschenien auf einem Hügel gefeiert, 2250 Meter. Sascha schwärmt von der schönen Natur, der Weite, dem Licht. Er saugt an der Kippe. »Entweder du bringst sie um, oder sie bringen dich um.« Mehr sagt er nicht. Er wirkt wie einer, der erzählen will und nicht kann. In manchen Momenten scheint es, als suche er Liebe. Seine Frau ist 17. Sie kannten sich zwei Tage, dann haben sie geheiratet. Sein Sohn ist zwei Monate alt. Gerade hat er seine Frau verlassen. Ihre furchtbare Eifersucht, obwohl er sich für schüchtern hält. Sascha arbeitet in Tscheljabinsk und bewacht ein Handelszentrum. Tscheljabinsk ist zweiter Sieger. Mehr Gewalt gibt es nur in Moskau. Viele Tschetschenienheimkehrer arbeiten im Security-Business. Sie können mit der Waffe umgehen. Der Krieg verlässt einen nicht mehr. Das Verhängnis der Bilder. Das Misstrauen. Das Zusammenzucken bei schnellen Bewegungen.
Sascha will ein totes Dorf zeigen, drei Kilometer entfernt. In diesem Dorf leben die, die untergegangen sind. Vor fünf Jahren wurde hier seine große Liebe erschossen. Leise fluchend kämpft der Fahrer den Minivan durch halb getrockneten Schlamm, und niemandem entgeht, dass Tanjuschkas Rücken schmerzt. Im Brackwasser machen Schwäne Männchen, und Gänse schnattern im Spalier. Das Dorf hat keinen Namen. Es heißt Dorf. Es ist totgesoffen. Früher war hier ein beliebter Club. Der Club ist abgebrannt. »Sind alle Deutschen Faschisten?«, fragt Sascha. Rauch zieht übers Land. »In der Provinz brennt es immer irgendwo«, bemerkt Tanjuschka kenntnisreich und zieht an der Kent. Da ist Olga. Sascha kennt sie. Olga nähert sich sehr vorsichtig. Drei Männer sitzen auf dem Traktor vorm Haus und rauchen. Ihr Vater, ihr Bruder, ihr Mann. Olga ist 19. Ihr Nasenbein ist blau und geschwollen, und am linken Auge blüht ein Bluterguss. Jede Frage bringt sie in Verlegenheit, deswegen hört man bald zu fragen auf. Olga antwortet leise, nein, ja, nein. Die Männer saufen, und dann schlagen sie ihre Frauen, um am nächsten Tag vor ihnen auf die Knie zu fallen und sie wieder zu schlagen, weil eine vergebende Frau zu stark wird. »Mir geht es gut«, sagt Olga. Und die anderen, was machen die? »Rumtreiben. Und saufen.«
Vor der Volkskantine von Priozernja steigt Sascha plötzlich aus dem Minivan, rasch geht das, ohne Sentimentalität, ohne ein Pathos des Abschieds. Wehmütig sieht Tanjuschka ihn an. Er nuschelt: »Vergesst uns nicht«, sagt »uns« und meint »mich«, dreht sich um und geht fort, ohne sich noch einmal umzuschauen.

Ohne Kinder hätten sich die Arbitows längst aufgehängt. Mit Kindern darben sie. Die Kinder sind ihr Schicksal. Sie sind ihrem Schicksal ergeben. Ludmilla blickt auf den Boden. Nah an den Tränen. »Wenn ich die Chance hätte, würde ich als Sklavin nach Deutschland gehen«, sagt sie. Die Erniedrigung des Menschen durch das Leben, das ist der Alltag auf dem sterbenden Dorf. Alles kaputtgesoffen. »Wir werden langsam zu Sklaven«, sagt Fjodor. »Nein, zu

Müll«, sagt die Nachbarin, deren Rente für nur ein Medikament reicht. »Entweder man säuft sich tot …« Oder?

Bruce soll einmal in Deutschland studieren. Träumen ist doch nichts Schlimmes, oder? »So leben wir«, sagt Fjodor, »… wenn man das Leben nennen kann«, sagt Ludmilla. Dann holt sie eine gerahmte Fließband-ikone. »Das ist unser Gott. Ohne unseren Gott könnte ich nicht weiterleben.« Der Glaube sei das Wichtigste, er sei das Fundament der russischen Seele, wenn das mit der Seele nicht nur ein Quatsch ist. »Man hat uns erzogen in der Überzeugung, es gebe keinen Gott. Jetzt dürfen wir wieder an ihn glauben.« Sie bittet um die Adresse der neuen Freunde, nimmt den Zettel mit der deutschen Adresse, sieht zu Bruce und seinem Schwert hinüber und holt zum Abschied aus der Tiefe eines Spanplattenverschlags zwei große Gläser mit eingelegten Früchten. Irgendwie ist es ein Tausch: eingelegte Früchte gegen Rührung. Ein Moment erhandelter menschlicher Wärme. Nah an den Tränen. In diesem Moment ist Wärme wichtiger als jeder Rubel, Wärme, die Hoffnung gibt, das Nichts irgendwann zu überwinden, dem Warten auf den Tod ein Schnäppchen zu schlagen, mit Bruce und mit Christus.

2. Tränen, Gott und Richard Wagner

An jenem Abend hält fast jede sichtbare junge Frau in Tscheljabinsk eine Dose oder eine Plastikflasche Bier in der Hand, und fast jeder junge Mann tut es prinzipiell, das ist normal, es ist doch Wochenende. Man wird die figurbetonte Stadt-Jeunesse mindestens um Chic bemüht nennen können. Die Mädchen tragen und zelebrieren eng anliegende Jeans, schwarze Kunstlederjacken, Miniröcke und beigefarbene Lederstiefel, schwarze Stilettos, bunte Blusen, Pferdeschwanz und Pony, und die Jungs, die gern durch die Zähne ausspucken, lieben ausrasierte Nacken, kahle Köpfe und glänzende Sportanzüge. Wer in den überfüllten Trambahnen sitzt, weicht allen Blicken aus, stiert durchs beschlagene Fenster oder auf den Rücken des Vordermanns, wenige lesen Zeitung, einer löst Kreuzworträtsel, keiner spricht oder lacht und auf den Straßen taxieren die Frauen kurz und erprobt vor allem ihresgleichen auf vermeintlich größere Attraktivität. Tanjuschkas metropolitane Erkenntnis ist jene, dass in der Provinz die Frauen in erster Linie an Sex interessiert seien, was, wie sie dann doch anfügt, in St. Petersburg ja nicht anders sei. Es bedarf nicht einmal des Regens, um Tscheljabinsk depressiv zu finden. Bunt sind allein die Lichter der Ampeln, die um alte Holzlaternen gegürtet sind, an denen auch die Stromkabel schaukeln. Tscheljabinsk ist das schönheitsfeindliche Zentrum der russischen Schwermetallindustrie. Im Krieg wurde hier der Großteil der sowjetischen Panzerproduktion geleistet, und natürlich gab es hier viele Helden der Arbeit, die Messingtafeln und Statuen sind pedantisch gepflegt.

Die Luft ist kalt, man schmeckt den abziehenden Smog des Tages. Am Ende wird Pater Alexander weinen, wenn er von der Schönheit der deutschen Musik spricht, am Ende einer Begegnung, die ihm die Hoffnung schenkt, dass der Westen den Osten nicht vergesse, dass Russland nicht verloren gehe, am Ende eines Privatissimums über Leid und Erlösung, Transzendenz und Tristesse. Zwei Stunden vorher hatte ein zweistimmiger Chor russisch-orthodoxe Gesänge intoniert und Väterchen Alexander die Freitagabendmesse in seiner Dreieinigkeitskirche mit dem Segen beendet. Frauen in Kopftüchern und Männer hatten sich am Altar vor der Ikone des Tages verneigt, schlanke Honigkerzen angezündet, die Ikone geküsst, sich vorm Kerzenständer verneigt, sich, den Kopf verbeugend, dreimal bekreuzigt, den Oberkörper gebeugt, die Taille befasst, sich dreimal bekreuzigt, hatten, in die Knie gehend, den Boden berührt und sich dreimal bekreuzigt. Und als eine junge Frau ihr Väterchen hatte gehen sehen, war sie zu ihm geeilt, hatte geknickst und ehrerbietig seine Hand geküsst, und da hatte man gesehen, dass sie einen Minirock trug und schwarze Lederstiefel. Demütig hatte sie sich schließlich vor der Ikone am Kirchenpfeiler verneigt, sich ebenso dreimal bekreuzigt, wie es weiter vorn jetzt ein Mann mit schwarzer Aktentasche tut, der den Ikonenschrein küsst, die Ikone hinter Glas, die Altar-Ikone, bevor er sich erneut verneigt am Bildnis der *Großfürstin Olga*, im Verein mit drei Babuschkas.

Von den Babuschkas sagt man, sie hätten zwei Möglichkeiten: Kommunismus oder Kirche. Ist das nun die Freiheit? Ist es Freiheit, dass die Dorfjugend, um überleben zu können, wählen kann zwischen Militär und Kloster? Das Kloster ist ihre Rettung. Ob sie glauben oder nicht. In zwölf Jahren haben sich die Priesterseminare verzehnfacht. Die Zahl der Gemeinden und Priester hat sich seit 1987 verdreifacht, und freudig spricht Pater Alexander von 90 Prozent der Jugendlichen, die ein positives Verhältnis zum russisch-orthodoxen Glauben hätten, und von 70 Prozent der Russen, die sich mittlerweile haben taufen lassen. Da wagt man zu vermuten, dass, wenn der Pater das dostojewskijsche Wort erlaube, die russische Seele untrennbar an den Glauben gebunden sei. »Die russische Seele ist der Glaube«, sagt Pater Alexander. Und die Seele sei krank, wie die Gesellschaft krank sei, irrlichternd, allein, doch der Glaube habe begonnen, sich selbst zu heilen. Der Pater hat große Zähne, einen langen weißen Vollbart, zum orthodoxen Priesterzopf gebundene grauweiße Haare und ein weiches, über alle diesseitigen Widrigkeiten erhabenes Lächeln. »Eine Studie hat kürzlich ans Licht gebracht, dass seit der Revolution im Jahre 1917 500 000 Priester umgebracht wurden.« Wie viele Gläubige umkamen, wissen nicht einmal die Forscher. Vor der Revolution gab es in Tscheljabinsk, das übersetzt »Teufelsgraben« heißt, zwei Klöster und 18 Kirchen. Als der Kommunismus fiel, gab es in der Stadt nur eine Kirche. Jetzt werden im ganzen Land Kirchen und Kapellen wiedererrichtet oder neu gebaut, in Tscheljabinsk bis heute acht. Während des Staatsatheismus waren in den nichtzerstörten Gotteshäusern Ställe, Duschräume oder Verwaltungsbüros untergebracht. Trotz all dem bleibt Väterchen Alexanders größte Sorge, dass die Russen den falschen Weg des westlichen Katholizismus übernähmen, die Institutionengläubigkeit, denn der wahre Glaube sei jener an die Vergöttlichung jedes Menschen, an die Selbstverantwortung vor Gott, was die Orthodoxie zu einer Lebensart, einer Weltanschauung macht. Die verhärteten Machtstrukturen der orthodoxen Kirche, ihre Bereicherungsmentalität, die Nähe zur gottgegebenen Monarchie, der keineswegs unbedeutende Rechtsradikalismus im niederen Klerus, trinkende Priester, die bislang erfolglose Suche nach einer die Selbstverwandlung Russlands begleitenden Sozialethik im womöglich unsozialen Kapitalismus kommt nicht zur Sprache, auch nicht der Reichtum der »Neuen Russen«, die Großstadtkälte, die Millionen Straßenkinder. Es steht zu vermuten, dass Pater Alexander all dies mit derselben tüchtigen Empörung verurteilen würde, wie er es bei jenen Leuten tut, die Kriege anzettelten, denn Kriege, sagt der Pater, ohne Urheber beim Namen zu nennen, gebe es wegen denen, die bei einer Tasse Tee am Tisch von Gott reden. Man meint die Anspielung zu verstehen und hat sogleich jene Fotos im Kopf, die den Präsidenten in inniger Umarmung mit dem Patriarchen Alexej II. zeigen.

An jenem Abend also kommen ohne Unterlass die Gläubigen in die Dreieinigkeitskirche, bringen von draußen die feuchte Kälte des Abendnebels mit, bekreuzigen sich mit verblüffender Inbrunst, während der Chor mystische Lieder probt und Pater Alexander, nach allerlei Gegenfragen, die würdevolle Schwere seines Amtes fallen lässt, die Hand des Gastes in der Schale seiner Hände verschwinden lässt und von Gedichten erzählt, die er geschrieben hat, Tausende wohl, Poesie der Hoffnung. Und er beginnt zu schwärmen, von Mozart und Händel und Bach, und er sagt: »Ich liebe Wagner.« Die Russen, sein Volk, sein Schmerz, die Russen liebten deutsche Musik, die romantische Stimmung und Verzückung, und manchmal sei Wagner nur im Stehen zu ertragen, weil er so herrlich deutsch sei, mit dieser Hingabe, dieser Leidenschaft, die kein bisschen weniger sei als das, was man mit der russischen Seele meine.

3. Schuld, Sühne und die Rückkehr des Zaren

Die Menschen gehen seit 1990 nicht etwa wieder in die Kirche, weil es auf einmal eine Lizenz zur Glaubensfreiheit gab, sondern weil sie sich nach der Selbstabschaffung des atheistischen Staates vor allem unsicher fühlten, weil alles aggressiver, schneller, unvorhersehbarer, unheimlicher, kurzum in jeder Hinsicht anarchischer wurde. Während sie in den vergangenen zwölf Jahren im dunklen Bauch der neuen Ideologie aus demokratischem Kapitalismus und ungefiltertem Nihilismus so etwas wie ein Licht, eine Orientierung suchten, fanden sie das orthodoxe Erbe und knüpften an die vorrevolutionäre Zeit und die Verschwisterung von Zaren- und Christentum an. Je mehr sie jetzt zur orthodoxen Weltanschauung zurückkehren, zu den Ritualen, der Beichte, der Hoffnung, dem Universalen, desto mehr scheint es, als kehrten sie auch zurück zur Verehrung des Zaren selbst, was keine Vermutung, vielmehr Fakt ist, den der feinsinnige Peter Straschnikow von der Regionalverwaltung der bis vor 13 Jahren geschlossenen Industrie- und Militärstadt Jekaterinburg gut und gern einen ganzen Abend, im Mindesten einige Stunden und das jedenfalls in aller Gemütlichkeit erörtern möchte.

Am trägen Fluss Iset thront, in güldner Pracht, ein weißer Neubau, der kein Bau allein ist, vielmehr eine Verheißung. Und am Treppenaufgang zum Vorplatz thront der wiederauferstandene Zar Nikolaus II. samt Familie in glanzvoller Bronze. Und in der imposanten »Kathedrale auf Blut« thront, aus handgeschnittenem Marmor, die größte Ikonostase Russlands über Weihrauch schwenkenden Messdienern, pferdeschwänzigen Jungpriestern und Gläubigen, die ergriffen sind und voller Demut. Titangedeckt die Kuppeln, das Haus aus Uralstein und Granit. Planungszeit zehn, Bauzeit zwei Jahre. 328 Millionen Rubel, Stiftungsgeld, Sponsorengeld, Gönnergeld. Vor dem Gebäude ein Gedenkstein mit Inschrift:

In der Nacht zum 17. Juli 1918 wurden hier der Zar Nikolaus II., Zarin Alexandra, der 14-jährige Nachfolger Alexej und die Großfürstinnen Olga, Tatjana, Maria, Anastasia und ihre treuen Diener ermordet. Sie lebten für Russland und für ihre Liebe zu Russland.

20 Meter seitwärts ein Stahlkreuz: *Steh dich, Russland, auf die Knie vor dem Zarenkreuz!*

Die Kathedrale auf Blut ist Russlands Stein gewordene Sühne, das monumentale Eingeständnis einer historischen Schuld in postsozialistischer Herrlichkeit. Das Blut ist das in diesen Boden gesickerte der Zarenfamilie: Just hier wurde der letzte Romanow samt Anhang von einem Bolschewistenkommando erschossen, bevor die zerstückelten Leichen 200 Kilometer südlich in einen Graben geworfen wurden, wo man die Reste vor Jahren exhumiert und an ebenjener Stelle, mitten im Wald, eine hölzerne Basilika errichtet hat, die hölzerne Abbitte sozusagen. Gesegnet wurde Jekaterinburgs Kathedrale auf Blut am 16. Juli dieses Jahres von den Mitgliedern des Heiligen Bischöflichen Synods, dessen Vollversammlung den Zaren Nikolaus II. auch heilig gesprochen hat. Den Segen des Volkes erhält das transzendente Mahnmal täglich.

Das kunst-, literatur- und gottvernarrte Russland sei immer ein geistiges Land gewesen, sagt Straschnikow, in dessen Büro der Deoroller »Fa for men« steht, ein Gitarrenkoffer und eine tragbare Hi-Fi-Anlage. Straschnikow, stellvertretender Kulturminister der 1,5-Millionen-Einwohner-Stadt Jekaterinburg und der Region Swerdlowsk, die größer ist als Frankreich und Deutschland zusammen, ist von ungemeiner Herzlichkeit, legt seinen Gästen den Arm ins Kreuz und zeigt am unvermuteten Besuch eine bis zur Euphorie gehende Freude. Zart seine manikürten Fingernägel reibend, in gewisser Dankbarkeit, so etwas sagen zu dürfen, erzählt er, dass das Volk wieder die Anfänge seiner Kultur suche und man, das Kulturministerium, in diese Suche investiere. Mit aufgestocktem Haushalt und nostalgischer Sehnsucht nach Verklärung knüpft man an die vorsowjetische Vergangenheit an, reflektiert die Irrungen und Wirrungen des kommunistischen Heilsversprechens und hat die eigene Stadt, das kommunistische Swerdlowsk, zum Zeichen des rückwärtsgewandten Aufbruchs wieder in Jekaterinburg umbenannt. Dokumente werden gesichtet, verehrbare Persönlichkeiten gesucht, heimischen Literaten, Sängern, Schauspielern Denkmäler gesetzt, Tanzabende organisiert, Kulturhäuser auf dem Land renoviert, Bibliotheken aufgefüllt, und während der bedeutungsvollen, von den höchsten Ämtern beider Seiten initiierten deutsch-russischen Kulturtage im kommenden Jahr wird mit dem einstigen vaterländischen Feind die kulturelle Versöhnung gesucht. »72 Jahre gottloser Kommunismus haben es nicht geschafft, unsere Seele zu zerstören«, sagt Peter Straschnikow, während er zwei Tafeln Luftschokolade bricht und der nur mehr schwach geschminkten Tanjuschka in vollendeter Manier einen Schwarztee einschenkt.

Spontan, weil man in neuen Zeiten nichts mehr plant, will er, da ihm die Frage nach der Seele für eine Ansicht zu groß erscheint, mit seinen Gästen ins Büro des Staatstheaterintendanten fahren, um bei einer weiteren Tasse Tee mit demselben und der 28-jährigen Philosophie studierenden Dramaturgin Natalja über Vergangenheit, Gegenwart und Zukunft nachzusinnen. Im Regal des Intendanten zeigt ein gerahmtes Foto Wladimir Putin im Judoeinsatz, handsigniert für den Freund. Dämmerlicht. Abendrot. Auf dem Tisch: Tee, Mokka, Kekse, Bonbons.

Straschnikow: »Die Bedeutung der Kathedrale auf Blut für ganz Russland ist immens und zeigt, dass unsere Geistigkeit wiederkehrt.«

Der Intendant: »In der Tat, es gibt eine Wiedergeburt der russischen Seele.«

Die Dramaturgin: »Wahrhaft russisch ist doch das Überzeugtsein von etwas, ganz und gar. Die Russen geben ihr Herz für etwas hin, einen Glauben, einen Menschen, eine Hoffnung.«

Der Intendant: »Das Heilige etwa, unter den Sowjets war das Heilige verschwunden, und ich finde es beglückend, dass sich die Jugend dem Heiligen jetzt wieder zuwendet.«

Die Dramaturgin: »Und dem Theater, denn Theater ist der stärkste Ausdruck der russischen Seele. Alle Aufführungen sind ausverkauft. Auch wenn sie kaum Geld haben, die Leute gehen ins Theater.«

Straschnikow: »Wir Russen leben eben immer im Traum, im Gestern und im Morgen, in der Erinnerung und in der Hoffnung.«

Am nächsten Morgen liegt der erste Reif auf den gezüchteten Jungtannen der Steppe, und Tanjuschka kommt zum ersten Mal ungeschminkt.

4. Fehlende Zähne, Stalin und Fitsijas Ängste

Ziegelschornsteinleichen, doppelreihige Überlandrohre, Fabrikruinen, rostrote Kesselanlagen, Kleingeschäftemacher in Tarnanzügen, pastellfarbene Schaschlikbuden, honiggelbe Weizenfelder, willkürliche Polizeikontrollen, Pilze verkaufende Babuschkas sowie hastig pickende Krähen am Straßenrand, die Traurigkeit des verlassenen Landes, ein überfahrener Falke, dann beginnt die Steppe, das Land der schlanken Birken, der Seen, der Einsamkeit. Und auf einmal ist man in Tschabakul. 300 Einwohner. Ein typisches Dorf. Eine einzige Beschwörung der Vergangenheit. Häuschen mit feinem Schnitzwerk aus tiefdunklem Holz, die Dächer geschuppt, geschindelt mit Wellblech, an- und aufgesteckt die selbst gebastelten TV-Antennen. In den Hofeingängen sitzen, knien, kauern dunkelhaarige, mandeläugige Männer mit Ohrenhüten aus schwarzem Leder, als versteckten sie sich vor dem Leben. Gruß- und blicklos ein Junge mit schwingender Axt im Tarnanzug, und dann lacht, in die Stille des Mittwochvormittags und im Hinterhof des Elternhauses Sulejmanow die Federn dreier wilder Enten rupfend, Fitsija den Passanten einen schönen Morgen zu. Die Enten hat ihr Mann frühmorgens geschossen. Da zieht sie doch vor Tanjuschkas Augen die Därme heraus und wirft das schleimige Gebaumel in eine verrostete Schubkarre, bevor der nun erregte Hund zum Schnüffeln kommt. »Wilde Enten sind fettig, schmecken aber gut.« Zucchini säumen den Boden und gerade ausgegrabene Kartoffeln, denn es ist Kartoffelernte. Hier ist Russland baschkirisch und tartarisch, die Männer und Frauen tragen muslimische Namen und kleiden ihre Wohnungen mit Teppichen aus, und jedes Dorf, oder jedes zweite, hat einen Mullah, und irgendwo gibt es immer eine Scheune, die sie Moschee nennen. »Stimmt es, dass es in Deutschland mehr Feier- als Arbeitstage gibt?«, fragt Fitsija, und jetzt, im Moment einer süßen Scham, zeigen sich zwei Zahnlücken ganz deutlich. Geld für neue Zähne hat sie nicht. Geblieben sind ein paar aus altem Metall. Ach, früher … Da habe man einfach hingehen können. Da bekam man die Zähne gemacht. Kostenlos! Jetzt kostet die Füllung 600 Rubel. »Bei uns sind fast alle Frauen ohne Zähne.« Fitsija war einmal die Sekretärin eines Direktors, sie ist 40, und Erik, ihr Mann, ist 40, und Farit, ihr Sohn, ist 16. Die zwei allzu lieben Wachhunde gähnen. Heute müsse man Angst haben in Russland, denn die Russen kommen, zum Angeln am See, der auch Tschabakul heißt. Die Russen seien böse, seit der Perestrojka, seit sich jeder, ohne die Gesetze des bürgerlich-freien Unternehmertums studiert zu haben, ans Geldverdienen machte. »Den Kommunismus«, sagt Fitsija, die lackierte Nägel hat, »den wünsche ich mir so sehr zurück.« Später wird ihr Vater Samsitdin sagen, Russland brauche jetzt einen Mann wie Stalin. Dann wird er seine Kartoffelnudelsuppe mit Lammfleischstückchen schlürfen und den Gästen Wodka nachschenken, und zu den Stalinschen Massenmorden, der Entmündigung und totalitaristischen Gängelung wird er sagen, das könne schon sein, davon habe er schon gehört, aber Russland brauche einen starken Mann, einen Mann wie Stalin, denn damals gab es keinen Diebstahl, keine Verbrechen. Bald sind Wahlen, Parlamentswahlen im Dezember, Präsidentschaftswahlen im März. »Wir gehen nicht wählen.« Warum nicht? »Warum denn?« Verbrecher Putin mache nur, was Verbrecher Jelzin befehle. Über Demokratie hat Fitsija noch nicht nachgedacht. »Ich weiß nicht«, sagt sie, »vielleicht wär's ja gut.«

»*Demokratie?*« Ein Mann mit so viel Tschechowschem Fatalismus wie Tsajnulla Hibatowitsch Dajanow, der hinzukommende Nachbar, kann einen Gouverneur wie diesen Tarassow nicht gut finden. Tarassow ist ein Dummkopf. Der lässt überall Fontänen bauen und die Leute verrecken. Welcher Partei gehört Tarassow an? Weiß er nicht. Egal. Wozu auch. »Ich wähle immer die Kommunisten«, sagt Tsajnulla, reißt, seine Metallzähne entblößend, die Augen unter der Riesenbrille auf, »mit den Kommunisten wurde ich geboren, mit den Kommunisten werde ich sterben.« Tsajnulla ist 73 und war als Ingenieur eine Art Star der regionalen Kolchose, ein paar Kilometer in Richtung Norden, heute verkommen, leer, trostlos. Über 2000 Milchkühe einst, 480 Rubel Gehalt, 2200 Rubel Rente, Nierenoperationen umsonst, Lungenoperation umsonst. »Früher war es so schön«, sagt Fitsija, »Gott hat Gorbatschow für alles bestraft, als er Raissa sterben ließ.« Zaijnulla nickt. »Gorbatschow und Jelzin haben uns unser Russland geklaut«, sagt er. Haben sie nicht Freiheit gebracht, Offenheit, das Angebot zur Selbstbestimmung? »Man hat Angst um sein Leben.« Angst, wovor genau? »Jeder in Russland hat heute Angst, krank zu werden. Wer krank ist, stirbt.« Egal. Gestern haben sie im Hof ein Schaf geschlachtet, da ist der abgetrennte Kopf. Sie legen ihn auf eine Bank, stecken den Gasbrenner an und verkohlen den Schafskopf, lustig lugt die weiße Zunge aus dem Maul hervor. Aus dem Kopf wird später Gulasch gemacht. Es stinkt nach verbranntem Fleisch.

Durchs Hoftor stapft, mit einer Tüte frischer Pilze, der muskelbepackte Erik, und gähnend kommt Farit aus dem Haus, er war bis halb fünf im »Steinhaus«, in der Disco im Nachbardorf. »Saufen die jungen Leute in Deutschland auch?« Er lacht und reibt sich die Augen. »Wenn du kein Geld hast, kannst du dich nur hinlegen und sterben. So sterben hier die Leute«, sagt Samsitdin und lädt zum Tee ins Haus, das sie, wie alle hier, vor 20 Jahren eigenhändig gebaut haben. Tanjuschka hat festes Schuhwerk an und trägt Weiß, ein Strickjäckchen. Laut lacht sie mit Fitsija. »Stimmt es«, und Fitsija ist durchaus verlegen, »dass die Deutschen ihren Asphalt mit Shampoo waschen?« Aus dem Ghettoblaster in der Schrankwand dröhnt baschkirische Folklore, Oma Fajma liebt baschkirische Tänze und Gesänge. Sie lacht und klopft mit den Fingern den Takt an ihren Stuhl. Das Volk hört Volksmusik. Die Jugend hört Volksmusik, sie hört russischen Pop und russischen Rock und zurzeit besonders »Shanson«, baritonreiche Songs ehemaliger Knastbrüder. Die Jugend steht auf Russland. Und wenn die Jugend fortwill, will sie nach Helsinki, nach Paris, vielleicht Spanien. Sie skateboarden. Sie tragen Baseballkappen. Tragen die Turnschuhe ungeschnürt. In die USA will keiner. Amerikanische Filme mögen sie nicht. Farit will keinen Cherokee oder so. Sein Traum ist ein deutsches Auto. Er ist in der Berufsschule, lernt Gabelstaplerfahrer und Transportmanager. Seit er zwölf ist, liebt er Mascha. »Die gefällt mir«, sagt Fitsija. »Ach, stimmt es, dass die Deutschen so viel Vorräte im Keller haben, dass sie nicht arbeiten müssen?«

Noch lachen alle, doch plötzlich wird es ernst. Die Familie Sulejmanow braucht Geld. Fitsija und Erik wollen Farit das Leben retten. Nächstes Jahr muss er zum Militär, und wenn er dort durch die notorische Schikane seelisch nicht zerstört wird, dann muss er womöglich nach Tschetschenien und kommt gar nicht zurück oder als Wrack und hängt sich auf wie viele andere. In den Dörfern sind die meisten Leute zu arm, um ihre Söhne freizukaufen, deshalb sterben die Söhne der Dörfer, und also sterben die Dörfer. Fitsijas Schwester habe das erzählt, mit dem Freikaufen, 10000 Rubel für den örtlichen Posten, 20000 für die Militärverwaltung in der Stadt. Insgesamt 900 Euro für Farits unversehrte Seele. Aus dem Kartoffelsack kriecht eine kleine Spinne. »Oh!«, schreit Fitsija. »Das heißt, es gibt Geld.«

Es dämmert und kühlt ab. Die Verabschiedung von den Sulejmanows ist eine einstündige Prozedur. Der Abschied ist metaphysisch. Hände gibt man nicht. Stattdessen schickt Erik einen Gruß an Honecker mit auf den Weg. Opa Samsitdin sieht zu Boden. Er kämpft mit den Tränen. Tanjuschka raucht nicht mehr. Die Schwalben fliegen tief. In Mittel- und Südsibirien soll es regnen. In die seelenlose Nacht hinein sagt Fahrer Sergej, die Zukunft der Erde hänge von Russland ab, das habe er gelesen, das schreibe er in seinen Gedichten.

5. Der Schamane, die Liebe und der Flussgeist

Ein Schamane hat kein Handy. Einen Schamanen kann man nicht einfach anrufen. Ein Schamane will gefunden werden. Man muss sich auf den Weg zu ihm machen. Er kann zu Hause sein. Vielleicht ist er auch in den Bergen. Vielleicht jagt er und kommt erst in zwei Monaten zurück. Vielleicht ist er auch da, lässt sich aber nicht sprechen. Niemand kann das sagen. Nichts ist sicher. Nur eines: In der Region um Jemal, den geistigen Mittelpunkt des Universums, wie man über sich sagt, gibt es wieder einen jungen Schamanen, zu dem die Menschen in Massen pilgern, weil er die Zukunft vorhersagen, heilende Kräfte haben, Blutungen, Kopfschmerzen, Augenleiden stillen, Prellungen, Risse, Brüche heilen und Seelen mit dem Geist des Seins verknüpfen soll.

Tausende Schamanen haben die Kommunisten getötet, den Kult, die Rituale verboten, die Sehnsüchte unterdrückt. 1937 war das Schamanentum fast ausgerottet. Der Stamm der Todosch-Fürsten hat überlebt, genetisch zumindest, um in jenem Schamanen am vielschichtigen Prozess der Wiederbeseelung Russlands mitzuwirken, wie all jene, die unter den Bolschewisten unterdrückt waren. Esoterische Zirkel sind entstanden, in jedem größeren Dorf; Sekten und Missionare ziehen übers Land; Jungkirchen werben im Fernsehen. Von einer jede Mode übersteigenden Buddhismuswelle wird gesprochen, monatlich entstehen neue buddhistische Zentren, alle vier Schulen, besonders im südsibirischen Altai, denn hier wird fernöstlich gedacht: Die Seele erkennt man nur im Leid. Im durchlittenen Leid, in der hoffnungslosen Hoffnung, verschmelzen Russentum und Buddhismus.

Die Straße hinauf, hinein in die Taiga. Birken, Bach und Brücken. Ein Voralpenidyll. Fröhliche Kälber am Hang, auf den Pfaden, in den Gärten. Hellgrüne

Wiesen, der süße Geruch gemähten Grases, Kürbisfelder, das kleine Glück des Käuzchenschreis und ein einsames Holzhaus. Er ist da. Nach Minuten bittet er zu sich. Der weiße Schamane aus dem Fürstentum der Todosch ist ein klein gewachsener Mann in rotem Pulli und blauer Reebok-Trainingshose, und er sitzt breitbeinig auf einem Klappstuhl, raucht und schweigt und streicht über seinen fransigen Schnurrbart, und dann zieht er die Fuchspfotenfellmütze auf. Sein Name ist Wassilij Jandikow.
»Worüber wollen Sie sprechen?«
»Über die Seele.«
»Die Leute sagen, ich könne heilen.«
»Und, können Sie?«
Er redet leise, sehr leise, meidet Augenkontakt. Nickt hinüber und zeigt aufs Gesicht des Felsens, da, in den Mund des Steins, dahinein stecke er sein Messer, bevor er mit der Klinge die Körper der Patienten berühre. »Es muss leuchten, hier oben, im Kopf.« Lieber will der Schamane jetzt über das Licht der Liebe reden, denn im Feuer des letzten Rituals hat er in die Seelen gesehen, und er hat eine Stimme gehört, die flüsterte, dass die Russen wieder zu lieben lernen müssten, nachdem die bolschewistische Propaganda das Licht unterdrückt habe und die Menschen entmenschlicht. Die Energie der Liebe soll fließen wie das Wasser des Katun. Das lehre er, und so heile er, denn Liebe und Hingabe, sagt der Schamane Wassilij, der nie ein Buch gelesen hat, das seien die Juwelen der russischen Seele.
Die Sonne senkt sich, und die Geister beginnen zu sprechen. Der Himmel brennt. Die Luft riecht nach kalter Asche. Irgendwo brennt es immer. Schamane Wassilij raucht seine vierte Kippe zu Ende. Jetzt muss er gehen, hoch in die Taiga, Pinienkerne sammeln. Und er geht.
Unten am magischen Katun ist es still. Tanjuschka steht am Ufer und meditiert. Es ist, als spräche die Stimme des Flusses zu ihr, und es scheint, als nehme sie den Klang des lebenden Wassers mit dorthin, wo man auf hochhackigen Schuhen geht und eine Schachtel Kent am Tag braucht, um den Fortschritt bewältigen zu können.

Tanja Stelzer

Tanja Stelzer, geboren 1970 in Kronberg/Taunus. Während des Politik-Studiums in Frankfurt am Main und Paris freie Mitarbeiterin bei der FAZ. Nach dem Besuch der Deutschen Journalistenschule in München schrieb sie für das Magazin der SÜDDEUTSCHEN ZEITUNG. Seit 1999 zuerst »Seite Drei«-Redakteurin, dann Autorin des TAGESSPIEGELS in Berlin.

Die Zumutung des Fleisches

Sie war 26, unter der Pythonjacke trug sie nichts, als sie in der Philosophievorlesung zu Adorno ans Pult lief. Es sollte ein Happening werden. Dann sah sie seine Augen – plötzlich war es ernst. Heute will keiner mehr etwas vom »Busenattentat« wissen. Suche hinter einer Mauer später Scham.

von Tanja Stelzer
DER TAGESSPIEGEL
6. Dezember 2003

Gäbe es das Foto nicht, die Sache wäre vielleicht längst vergessen. Das Schwarzweißbild vom 22. April 1969 zeigt einen alten Mann mit fliegendem weißen Haar und irritiertem Blick, vielleicht steckt auch Angst darin. Es ist der berühmte Philosoph Adorno, er steht im Hörsaal VI der Frankfurter Universität auf dem Podium. Der große Intellektuelle scheint nicht zu verstehen. Er ist umringt von drei Studentinnen. Zwei sind nur schemenhaft zu erkennen, die dritte sieht direkt in die Kamera: ein schönes, strahlendes Gesicht, langes blondes Haar. Der Grund für die Aufregung ist auf dem verwischten Bild nicht auszumachen: Die drei Frauen tragen blanke Brüste unter ihren Mänteln.

Immer diese alte Geschichte, sagt Alfred von Meysenbug, der die Szene festgehalten hat, die den seltsamen Namen Busenattentat erhielt. Er hat schon befürchtet, dass es wieder mal darum gehe, aber er werde nicht reden. Nicht einmal am Telefon. Er klingt genervt. Das Busenattentat sei doch völlig unbedeutend, ein läppisches Ereignis. In all den Artikeln zum 100. Adorno-Geburtstag sei darüber geschrieben worden, und immer wieder werde dieses Foto gedruckt, sein Foto, wie neulich im »Spiegel«, obwohl er das untersagt habe. Das Bild dürfe auf keinen Fall mehr verwendet werden. Er schickt Briefe hinterher, die das unter der Androhung bekräftigen, er werde bei Zuwiderhandlung mit allen juristischen Mitteln dagegen vorgehen.

So ging die Szene weiter, nachdem das verbotene Bild gemacht war: Als die halb nackten Frauen Blüten auf das Haupt des Professors rieseln ließen und versuchten, ihn zu umarmen, nahm der Philosoph seine Aktentasche, hielt sie sich schützend vors Gesicht und tippelte rückwärts aus dem Saal. Es war eines der Bilder, die haften blieben von Adorno: ein erniedrigter alter Mann. Und an den 68ern blieb ein schwerer Verdacht kleben. Sie hatten ihre Eltern der Demütigung angeklagt, und nun hatten sie selbst gedemütigt. Das Opfer war, ausgerechnet, ein Gelehrter jüdischer Abstammung, der vor den Nazis geflohen war.

Das Jahr des Busenattentats an der Frankfurter Universität: Die Studentenbewegung hatte sich radikalisiert, im Januar hatten Studenten Adornos Institut für Sozialforschung besetzt. Der Philosoph holte die Polizei; deswegen forderten ihn Studenten in der Vorlesung vom 22. April zur Selbstkritik auf. Gleich darauf traten die entblößten Frauen auf. Was sie wollten, weiß noch heute keiner so recht, auch nicht, wie sie ihre Vergangenheit heute sehen. Vielleicht kann die schöne Frau auf dem Foto das Rätsel lösen.

Aber die Zeitzeugen wollen die Identität der Busenattentäterinnen nicht preisgeben. Alfred von Meysenbug gehörte damals zur Lederjackenfraktion, einer Splittergruppe des Sozialistischen Deutschen Studentenbundes (SDS); ihr wird das Busenattentat zugeschrieben. In den 70er und 80er Jahren hat der Comiczeichner Meysenbug einige Cover für Udo-Lindenberg-Platten gestaltet, heute ist er Lindenbergs engster Berater. Er sagt: »Ich nenne keine Namen.« Der Satz kehrt wieder wie ein Mantra, wenn man in der damaligen Frankfurter Szene recherchiert.

Das große Schweigen

Eine Feministin der ersten Stunde, die Lektorin geworden ist, findet das Busenattentat »brutal«, »eine Schweinerei«. Sie kenne eine der Frauen, aber wenn sie den Namen verrate, sei sie enttarnt.

Eine andere, die dem Weiberrat des SDS angehörte und angeblich an der Planung der Aktion beteiligt gewesen sein soll, bestreitet das. Jedes weitere Gespräch lehnt sie kategorisch ab: »Über damals rede ich nicht mehr.«

Selbst der mediengewandte Günter Amendt, einst in der Clique um Alfred von Meysenbug, inzwischen Soziologe und beliebter Interviewpartner in Drogenfragen, will sich nicht zitieren lassen. Es müsse reichen, was er einmal geschrieben habe: Es gebe nur einen schwarzen Fleck in seiner Biografie – jenen 22. April 1969. Ein anderer Weggefährte von damals ist heute ein prominenter Kunstprofessor. Er gibt, ganz konspirativ, einen Tipp: Man müsse nach einer Frau suchen, die in den 80er Jahren in West-Berlin als Kuratorin gearbeitet habe.

Vielleicht ist das Busenattentat nicht mehr als eine Episode einer turbulenten Zeit. Doch irgendeine tiefere, offenbar unbequeme Wahrheit muss darin stecken. Ausgerechnet jene, die gegen das Verdrängen unliebsamer Erinnerungen protestiert hatten, scheinen einen Schwur geleistet zu haben: Die alte Geschichte ruhen zu lassen, sie zu vergessen, als könne man sie damit ungeschehen machen. Nur einer, der Filmer Gerd Conradt, Autor einer Dokumentation über den RAF-Terroristen Holger Meins, sieht keinen Grund, das Busenattentat aus der Erinnerung zu streichen. Es sei zugleich provokant und gewaltfrei gewesen – »so war 68 wunderbar«. Aber bei der Suche nach der schönen Frau kann auch er nicht helfen.

Ganz unverhofft taucht sie dann doch noch auf. Einem der alten Lederjackenjungs fällt ihr Vorname ein; einer anderen Weggefährtin lässt sich der Nachname abringen, dazu gibt sie den Hinweis: »Die redet sowieso nicht mit Ihnen.«

Aber Hannah Weitemeier redet doch. Eine Frau für den großen Auftritt ist sie noch immer. Sie schreitet durch den Vorgarten zum Gartentörchen, als laufe sie auf einem Catwalk, nur dass ihre Schritte ein wenig zu ausladend sind, fast ein bisschen machohaft. Ihre langen, schlanken Beine bringt sie in einer Hose mit leichtem Schlag zur Geltung. Darunter schauen die Spitzen eines Paars Cowboystiefel hervor, aber am liebsten, erzählt sie, noch bevor sie ins Haus bittet, spaziert sie auf High Heels über die sandigen Straßen und Bürgersteige des Orts. Hannah Weitemeier sagt, sie sei »stolz darauf«, dass sie sich hier integriert habe, dass die Nachbarn sie akzeptieren, den schrägen Vogel aus dem Westen.

Die schöne Hannah, 60 Jahre, inzwischen grau-, aber noch immer langhaarig, mit einem Gesicht, das gelebt hat, wohnt in einem kleinen Haus in Königs Wusterhausen. Es ist provisorisch hergerichtet: ein unverhofftes Erbe, das ihr und ihren Geschwistern nach dem Ende der DDR zufiel. Der Garten ist verwildert, die Äpfel faulen am Boden. Die Nachbarhäuser, verkleidet mit Holzpaneelen und Rauputz, atmen die östliche Variante jener Spießigkeit, gegen die sie damals als Studentin rebelliert hatte.

Sie ist Kunsthistorikerin geworden, betreut eine Sammlung von Werken der Künstlergruppe Zero, verfasst Aufsätze für Ausstellungskataloge. Hannah Weitemeier hat ein Buch über Yves Klein geschrieben. »Als ich sein ›Bleu‹ zum ersten Mal sah«, sagt sie, »hatte ich das Gefühl, mein Blut war blau.« Während des Gesprächs gibt es mehrere Momente wie diesen, in denen sie unerreichbar wirkt, wie in einer anderen Sphäre. Ihre leer gerauchten Zigarettenschachteln, Benson & Hedges im goldenen Päckchen, hat sie in einem Korb neben dem Kachelofen im Wohnzimmer gestapelt, man könnte denken: eine Installation. Auf einmal ist sie wieder ganz da. Sie wehrt ab: »Selbst Künstler sein, das kann ich nicht.« Adorno, ja, der sei ein wahrer Künstler gewesen, »er hat Himmel und Hölle verbunden«.

Sie gehörte nicht zur nahen Adorno-Gefolgschaft, war nie eine von denen, die ihn Teddy nannten, aber die Schlagworte der Frankfurter Schule gehen ihr noch immer gut über die Lippen. »Immanenz der Transzendenz« – wie sie das so vor sich hinsagt, wirkt es, als wolle sie noch einmal die gute alte Zeit schmecken. Sie erzählt von der sakralen Atmosphäre, die in Adornos Vorlesungen herrschte: Stille, man wartete, er tänzelte rein und sprach frei, mit dieser wunderbaren Stimme, die sie noch immer im Ohr hat. Die verschachtelten Sätze, denen man nicht immer folgen konnte, waren Musik, eine wunderbare Partitur. Wie in der Kirche war es und Adorno ihr Gott.

Sie waren zu dritt, erinnert sich Hannah Weitemeier. Eine der beiden anderen Frauen taucht nach weiteren Recherchen auf. Sie ist bereit, am Telefon zu reden, wenn das Gespräch anonym bleibt. Sie dürfe auf keinen Fall erkennbar sein, so sehr schäme sie sich noch heute, sagt die Frau. Auf dem Foto, das Alfred von Meysenbug gemacht hat, steht sie hinter dem Philosophen, kaum mehr als ein Schatten, und ein wenig schattenhaft klingt jetzt auch ihre Stimme.

»Das galt als schick«

In Frankfurt war sie gar nicht als Studentin eingeschrieben. Sie arbeitete im Kinderladen, schaute nur ab und zu mal beim SDS vorbei und hörte sich Adorno an, auch wenn sie bloß Bruchteile verstand – »das galt damals als schick«. Es war eine Zeit, in der »man sich zu Sachen hinreißen ließ«. So wie es Ehrensache war, an den Stäben des Café Laumer zu rütteln, weil sie da keine Langhaarigen reinließen, so habe sie auch sofort ja zur Adorno-Aktion gesagt, als ein Freund sie gefragt habe. Sie ist von zu Hause losgegangen, die nackten Brüste unter dem Mantel, und fand sich toll. Auf dem Podium dann habe die Sache »auf einmal so eine Ernsthaftigkeit« bekommen. »Da sah ich diese Augen. Ich bin sofort runtergeklettert.«

Wie also muss man das Busenattentat verstehen? War es vielleicht das erste Lebenszeichen des Feminismus, wollten die jungen Frauen neben den Machos der Lederjackenfraktion auch mal zu ihrem Recht kommen? Durch die Telefonleitung dringt ein müdes Lachen. »Feminismus? So viel Nachdenken war nicht drin.«

Die Frau ohne Namen wirkt ernsthaft zerknirscht. Das Busenattentat, findet sie, »beschmutzt das Bild von Adorno«. Wenn überhaupt, dann habe die Aktion nur einen Sinn gehabt, für sie persönlich: Sie kapierte, dass sie sich nicht gedankenlos mitreißen lassen durfte; es schwirrten ja eine Menge RAF-Leute in Frankfurt herum. »Ich merkte, ich mache was mit, was ich vielleicht gar nicht will.« Sie klingt, als sei sie froh, noch einmal davongekommen zu sein. Zum Glück, das schwingt in ihrer Stimme mit, hat man sie damals nicht gefragt, ob sie bei anderen Dingen mitmachen wollte.

Es ist kühl im Haus, Hannah Weitemeier wärmt sich mit Kaffee aus der Thermoskanne. Robert Gernhardt hatte die Brüste der Busenattentäterinnen noch drei Jahrzehnte später bedichtet mit den Worten »nackig, unbeschreiblich weiblich,/knackig, unbegreiflich leiblich,/lockend, drängend, wogend, prangend,/ einen ganzen Mann verlangend«. Hannah Weitemeiers berühmter Busen steckt jetzt unter einer lila Strickjacke. Damals, erzählt sie, trug sie eine Pythonjacke und nichts drunter, um den Hals und im Haar bunte Blumen. »Wir tanzten auf der Bühne, dazu spielte Musik, irgendwas Rockiges.«

Es sollte eine lustige Aktion werden, ein Happening. Sie war 26 und gerade mit einem Stipendium ein halbes Jahr in New York gewesen, hatte einen Abend in Andy Warhols verrückter Factory verbracht, ein anderer Deutscher hatte sie mitgenommen, und dann hatte Andy sie eingeladen, eine Skulptur zu schweißen. Jetzt wollten Hannah und ihre Freunde ein bisschen Andy Warhol nach Frankfurt bringen. Und außerdem, natürlich, wollten sie sich über Adornos Verhältnis zu den Frauen lustig machen. Adornos viele Liebesaffären waren bekannt, und »während der Vorlesung ließ er immer seine braunen Augen die erste Reihe entlangwandern, von einer blonden langhaarigen Studentin zur nächsten«. Obwohl blond und langhaarig, saß Hannah Weitemeier selbst nie in der ersten Reihe, sondern »etwas weiter hinten, am Rand«. Es sei ihr Freund Alfred von Meysenbug gewesen, Meyse, der gesagt habe, aus Adornos Schwäche für die Frauen »müssen wir 'n Spaß machen«.

Meyse habe sein Foto gemacht, wie oft damals; die Bilder dienten ihm als Vorlage für seine Comics. Nach zwei Minuten sei der Spuk vorbei gewesen. Nicht daran zu denken, dass die Geschichte mal dieses Ausmaß annehmen würde.

Die Frau mit der Schattenstimme will noch etwas fragen: Warum man diese Geschichte nach 34 Jahren ausgrabe? Habe das nicht etwas mit der gesellschaftlichen Situation heute zu tun, so wie man auf einmal über die Homosexualität von Thomas Mann schreibe? Liege es nicht an den blanken Brüsten, dass wir uns dafür interessieren?

Wir fragen zurück: Warum will man verhindern, dass ein Foto gedruckt wird, das ein Stück Zeitgeschichte ist? »Weil es nichts ist, worauf man stolz sein kann.«

Am 22. April 1969 waren noch mehr Frauen präpariert, sich vor Adorno zu entblößen, das sagen mehrere Zeitzeugen. Getraut haben sich aber nur drei. Die anderen blieben auf ihren Klappsitzen hocken, ließen ihre Jacken zu. An ihnen ist die Geschichte noch einmal vorübergegangen, nicht an Hannah Weitemeier und an der Frau ohne Namen. Es ist, als hätte der Geist der Zeit sie auf dieses Hörsaal-Podium gehievt, und nun kommen sie nicht mehr herunter. Ein »Zufall des Lebens« sei es, dass sie diese Rolle gespielt habe, sagt Hannah Weitemeier.

Sie lebte in einer Wohngemeinschaft mit Meyse in der Leerbachstraße, wo jedes Zimmer eine andere Farbe hatte, ihres war rot-weiß. Meyse sah ein bisschen aus wie Warhol, »bei ihm war immer was los«. Hannah Weitemeier beginnt zu erzählen vom WG-Leben. Ihr Exkurs hat auf den ersten Blick wenig mit dem Busenattentat zu tun; auf den zweiten Blick aber erklärt er, was mit Hannah Weitemeier geschah in jenem Jahr 1969. Die Wohngemeinschaft war ein Mikrokosmos, in dem eine neue Gesellschaft ausprobiert wurde. In einem Raum schliefen ein paar Jugendliche auf Matratzen. Es waren Schützlinge von Andreas Baader und Gudrun Ensslin. Nach ihrer ersten terroristischen Tat, der Brandstiftung im Frankfurter Kaufhaus Schneider im April 1968, waren Baader und Ensslin zu drei Jahren Haft verurteilt worden. Im Sommer 1969 warteten sie auf ihr Revisionsverfahren und durften das Gefängnis verlassen. Die Zeit nutzten sie für die so genannte Lehrlingsaktion: Sie befreiten Jugendliche aus streng geführten Fürsorgeheimen und quartierten sie in Frankfurter Wohngemeinschaften ein. Es war eine der Vorläuferaktionen der RAF: ein Schritt, der sich gegen staatliche Repression richtete, nicht wirklich gewaltsam, aber auch nicht mehr legal.

Meyse, Hannah und ihre Freunde kümmerten sich um die Jugendlichen, beschafften ihnen Ausbildungsplätze. Hannah Weitemeier kramt ein Bild aus einem Stapel, das ein bisschen wie ein altes Klassenfoto aussieht; Andreas Baader ist auch darauf. Einer der früheren Lehrlinge hat ihr vor kurzem die

Aufnahme als Postkarte geschickt und ihr Gesicht mit Kuli umkreist. Auf der Rückseite ein ungelenk geschriebener Gruß an die »liebe Hannah«.
»Meine Lehrlinge« sagt sie noch heute, fast zärtlich. Sie wollte die Jugendlichen in die Gesellschaft integrieren, Baader wollte sie für eine Revoluzzertruppe rekrutieren. Manche von ihnen bastelten sich Pistolen, irgendwann ging in der Wohngemeinschaft aus Versehen ein Schuss los. Für die Jungs war das ein Spiel, Andreas Baader »ihr Hero«. »Was für ein blutiger Ernst sich daraus entwickelte«, sagt Hannah Weitemeier, »konnte ich damals noch nicht absehen.« Jetzt, wo es um Baader geht, redet sie viel zu laut, als habe jemand am Lautstärkeregler gedreht. Einmal springt sie auf und macht Baader nach: wie er bei ihrer ersten Begegnung durch den Flur der Wohngemeinschaft rannte und randalierte, »der hatte eine Ausstrahlung wie ein Gangsterboss«. Gudrun Ensslin lief hinter ihm her, »wie ein schüchternes Reh«. Baader habe angefangen, sie, Hannah, zu beschimpfen, da habe sie sich mit ihm geprügelt. Noch immer wirkt sie aufgebracht, dann besinnt sie sich, entschuldigt sich. »Ich hasse den heute noch.«
Auf einmal ahnt man das Gewaltsame, Emotionale der Zeit, der gesellschaftliche Umbruch ist jetzt physisch zu spüren. Sie standen an der Schwelle zur Gewalt, und viele von ihnen hatten die Entscheidung zu treffen: Will ich weitergehen? Manchmal habe sie das Gefühl, ein Engel habe sie davor bewahrt, sagt Hannah Weitemeier.

Der Stein in der Hand

Sie hatte ihre Entscheidung am 4.November 1968 getroffen, in Berlin. Der SDS hatte zur Demonstration aufgerufen, als ein Prozess gegen Horst Mahler wegen seiner Beteiligung an den Anti-Springer-Ausschreitungen lief. Am Tegeler Weg rückte die Polizei mit Wasserwerfern an; Demonstranten warfen Steine. Hannah Weitemeier stand mittendrin und hatte Angst. Sie wollte raus aus dem Gewühl, da drückte ihr irgendjemand einen Stein in die Hand. »Ich habe diesen Stein angeguckt und wusste: Ich kann das nicht. Gewalt, das war nicht mein Ding.«
Auch der 22. April 1969 war einer jener Tage, an denen man sich entscheiden musste, wie weit man gehen wollte. Für Hannah Weitemeier war es der Tag, an dem sie zu weit gegangen ist. Dass Adorno, der von Hitler vertriebene Professor, der zurückgekehrte Emigrant, auch das Busenattentat als Gewaltakt begreifen konnte, vielleicht sogar musste, hat Hannah Weitemeier nicht geahnt. Ein wenig seltsam findet sie die Vorstellung noch heute: »Ein weiblicher Körper ist ja keine Waffe.« Bereut habe sie die Aktion trotzdem sofort, »wir fanden uns danach gar nicht so toll«.
Das Busenattentat sei keine politische Aktion gewesen, »ich war nicht so politisch«. Sie sagt das, als sei es eine mögliche Entschuldigung, aber vielleicht war das, im Gegenteil, gerade das Problem. Sie gibt zu: Viel zu naiv sei sie gewesen, über die Biografie ihres Professors habe sie nichts gewusst. Heute verstehe sie, »dass Angst etwas ganz anderes für ihn war, gerade wegen seiner Herkunft«. Und das passierte ausgerechnet ihr, deren Familie sich immer für Juden engagiert hatte. »Hier in diesem Haus«, sagt sie, »haben meine Eltern im Krieg Juden versteckt.«
Der Ausdruck, der sich nun in Hannah Weitemeiers Gesicht abzeichnet, ist wohl das, was der Soziologe und 68er-Experte Heinz Bude als »Erschrecken über die eigene Unbedarftheit« bezeichnet. Wie verwundbar Adorno war, lässt ein Zitat des Philosophen aus einem Brief an Marcuse ahnen: »Hier in Frankfurt«, schrieb Adorno, »wird das Wort Ordinarius gebraucht, um Menschen abzutun, oder, wie sie es so schön nennen, ›fertigzumachen‹, wie seinerzeit von den Nazis das Wort Jude.« Da habe Adorno »maßlos übertrieben«, sagt Bude. In dem, was sich am 22. April 1969 im Hörsaal VI abspielte, sieht er dennoch ein »Symbol für das schlechte Gewissen der 68er Generation«. Die Studenten, sagt er, hätten die Großvätergeneration als ihre Fürsprecher genommen, »eine Art von intellektuellem Missbrauch«. Adorno sprach über den Schuldkomplex der Davongekommenen.

Die Studenten, die seine Vorlesung zu Tausenden besuchten, »hatten das Gefühl: Er spricht über uns«: Als Kinder waren sie noch einmal vor dem Krieg davongekommen, nun begehrten sie gegen ihre Nazi-Eltern auf. Aber Adorno, sagt Bude, habe von einem ganz anderen Davongekommensein gesprochen; er habe immer auch als Holocaust-Überlebender geredet. Im Moment der Demütigung, vermutet Bude, hätten die Studenten »das Schicksal dieses Mannes gesehen«. Daher rühre das Schweigen der Beteiligten.

Vor dem Treffen hatte sich Hannah Weitemeier Bedenkzeit auserbeten. Es sei nicht einfach, sich zu outen, auch nach so langer Zeit nicht. Sie hatte sich vor allem wegen einer Legende gesorgt, lange widerlegt und trotzdem noch immer wirkungsvoll: Die barbusigen Studentinnen hätten Adorno sozusagen zu Tode erschreckt. Denn das blieb hängen: An jenem Tag waren im Hörsaal auch Flugblätter verteilt worden, auf denen stand »Adorno als Institution ist tot«. Drei Monate später starb der Philosoph wirklich, nach einem Ausflug auf 3000 Meter Höhe in der Nähe des Matterhorns. Heute sind sich die Biografen einig, dass Adornos schwaches Herz an seinem Tod schuld war, nicht das Ereignis im Hörsaal VI, dann noch eher eine unglückliche Liebe, die ihm das Leben schwer machte. Das beruhigte die Busenattentäterin.

Abschied von der Revolution

Als Adorno im August starb, waren Semesterferien. Sie habe das damals gar nicht mitbekommen, sagt Hannah Weitemeier. Sie sei wohl mit den Lehrlingen beschäftigt gewesen, habe im Kinderladen gearbeitet. Im Oktober lernte sie ihre große Liebe kennen. Sie ging nach Berlin, ließ Meyse und die Frankfurter Wohngemeinschaft zurück, all die revolutionäre Stimmung. Ein paar Mal war sie noch bei der Kommune 1 und der Kommune 2 zu Besuch. Doch mit den Matratzenlagern, mit der freien Liebe habe sich die Bewegung »unheimlich verflacht«, und ihr Leben »war da schon anderswo«. Mit ihrem Mann, mit dem sie bis 1982 verheiratet war, bekam sie zwei Kinder. Sie organisierte Ausstellungen, ihre Berliner Wohnung verwandelte sich zeitweise in einen künstlerischen Salon. Sie tauchte ab in die Welt der Kunst, in der sie noch heute lebt. Das Busenattentat verstaute sie irgendwo ganz hinten in ihrer Erinnerung.

Jetzt, am Ende des Gesprächs, steht sie »sprachlos vor dem Ausmaß, das diese Geschichte angenommen hat«. 68, für sie war das eine gute Zeit, »die freieste, die wir je hatten«. Aber es gab Momente, da kippte der Kampf für die Freiheit ins Unfreie. Die Gefahr eines Faschismus von links, von der die Rede war, sei ja kein Hirngespinst gewesen, sagt Hannah Weitemeier. Sie hat die Pistolen in der Wohngemeinschaft gesehen.

Und Adorno? 34 Jahre sind vergangen, eine Zeit, in der sie sich nicht viele Gedanken über das Busenattentat gemacht hat. Sie müsse sich für nichts in ihrem Leben verstecken, sagt sie, aber dann fügt sie noch einen Satz hinzu: »Wäre ich tot und würde Adorno begegnen, ich würde ihn bitten, dass er mir vergibt.« Ihrem Satz guckt sie hinterher, als müsste sie noch entscheiden, ob er so stehen bleiben kann oder ob er ein wenig zu pathetisch geraten ist.

Birgit Virnich

Birgit Virnich, geboren 1959, aufgewachsen im Ruhrgebiet und Südafrika. 1977–1979 Studium Internationale Politik in Toronto, Kanada, und von 1979–1981 Studium Journalismus und Film in Chicago. 1981–1983 Volontariat bei Deutsche Welle/WDR, anschließend bis 1985 Redakteurin Deutsche Welle Köln für das Nordamerika Programm. 1988 Abschluss Master of Science »Internationale Politik« an der London School of Economics L.S.E. Bis 1992 freie Journalistin in London. 1992–1994 Redakteurin beim ARD-Morgenmagazin, 1994–1996 bei MONITOR, 1996–1999 Erziehungsurlaub, 1999–2002 ARD-Morgenmagazin. Seit 2002 ARD-Korrepondentin in Nairobi, Kenia

Bartholomäus Grill

Bartholomäus Grill, geboren 1954 in Oberaudorf am Inn. Studium der Philosophie, Soziologie und Kunstgeschichte in Eichstätt und Regensburg. 1987 bis 1992 Politikredakteur bei der ZEIT, seit 1993 Afrika-Korrespondent für ZEIT und WELTWOCHE. Verheiratet, ein Sohn.

Krieg der Kinder

Sie werden zu Killermaschinen ausgebildet. In Afrika stehen nach Angaben der UN mindestens 120 000 Kinder im Dienst von Generälen und Warlords, für die sie Wegwerfmenschen sind

von Birgit Virnich und Bartholomäus Grill
DIE ZEIT
28. August 2003
Foto: Noel Quidu/Gamma/Studio X

Ein Kindersoldat der liberianischen Regierungstruppen während eines Gefechts mit vorrückenden Rebellenmilizen in Monrovia; sie nennen sich LURD, ein Akronym für »Liberianer, vereinigt für Versöhnung und Demokratie«

Es ist noch früh am Morgen in Monrovia. General Scarborough wirkt völlig verschlafen, seine Augen sind verklebt. »Sie sind Tiere!«, knurrt er und deutet auf die andere Seite der Brücke, die die Landzunge von Westpoint mit dem Festland verbindet. »Sie reißen ihren Gegnern die Herzen aus dem Leib und fressen sie.« Drüben, da lagert Black Diamond, die Chefin einer Rebellenmiliz. Sie wird am nächsten Tag sagen: »Das sind doch Bestien, diese kleinen Jungs! Sie vergewaltigen 10-jährige Mädchen und schmieren sich das Blut von Jungfrauen auf die Stirn.«

Wenn sich die Todfeinde auf der Mitte der Gabriel Tucker Bridge von Angesicht zu Angesicht begegnen würden, könnten sie in ihr eigenes Spiegelbild schauen. Hier das Lumpenmilitariat von Präsident Charles Taylor, das sich Regierungsarmee nennt, dort die verwahrlosten Horden der Rebellen, beide in der gleichen Kampfkluft, beide gleich grausam, beide gleich jung. Wenn sie in ihren Fantasieuniformen, wild um sich schießend, durch die Straßen rennen, mutet das an wie ein Karneval des Todes.

Manche dieser Kämpfer und Kämpferinnen haben gerade einmal das Schulalter erreicht. Sie führen einen Krieg der Kinder. Ihre Zerstörungswut hat Monrovia, die Hauptstadt von Liberia, in einen Vorhof der Hölle verwandelt. Daran hat auch die Unterzeichnung eines Friedensvertrages nichts ändern können. Anfang der Woche sollen Rebellen im Landesinnern wieder Massaker verübt haben, die Rede ist von 1000 Toten.

Saufgelage in der Nacht, der General ist verkatert

»Ich kommandiere 10000 Mann«, protzt Scarborough. Man nimmt ihm das genauso wenig ab wie die Angabe zu seinem Alter. 18 Jahre alt ist er nach eigenem Bekunden. Sein jungenhaftes Gesicht lässt eher an einen 15-Jährigen denken. Auch seinen richtigen Namen will er nicht verraten, Scarborough, das müsse genügen.

Der General ist noch ziemlich verkatert von dem Gelage in der vergangenen Nacht. Er trägt ein Stirnband, nagelneue Nike-Sneakers und ein weißes T-Shirt. An einer Kette um seinen Hals baumelt eine Damenarmbanduhr, die Goldbeschichtung ist stellenweise abgeblättert. Offenbar will Scarborough gerne aussehen wie ein martialischer Clan-Chef aus der New Yorker Bronx, aber er ist, wenn überhaupt, nur dessen billige afrikanische Kopie. Er schiebt eine abgegriffene Kassette in seinen Ghettoblaster, HipHop aus Amerika. Scarborough braucht das zur allmorgendlichen Dröhnung, ehe es wieder so weit ist und er in die nächste Schlacht zieht.

Seine Leute reichen ihm weiches Toastbrot und einen Flachmann mit selbst gebranntem Fusel aus Zuckerrohr. »Wir haben es denen so richtig gegeben. Immer und immer wieder. Jetzt sind die Rebellen abgezogen«, prahlt der General und zeigt wieder hinüber auf die kugeldurchsiebten Reklametafeln und die zerschossenen Straßenlaternen auf der anderen Brückenseite. Allmählich stimmen auch die anderen ein in den Lobgesang auf die eigenen Heldentaten. Sie seien verdammt gute, mutige Kämpfer, er und seine Boys. Manchmal nennt Scarborough sie auch Männer. Einige der Männer sind erst sechs Jahre alt.

Eine Rotte ist soeben vom ersten Beutezug zurückgekehrt. Die Bewohner der Wellblechhütten ringsum kennen das schon. Wenn die Kerle in der Morgendämmerung auftauchen, geben sie ihnen das letzte Hemd. Sonst sind sie tot. Erschossen mit den Kalaschnikows, die mit leuchtenden Neonfarben besprüht sind. Die Marodeure sind unberechenbar, bei der kleinsten Irritation drehen sie durch und ballern auf alles und jeden. Oft gehen sie auch aufeinander los, mit Rasierklingen oder abgeschlagenen Flaschenhälsen.

Die kleinen Soldaten haben ein Stadium der Verrohung erreicht, das sich ein europäischer Kinderpsychologe nicht vorstellen kann. Sie sind das Ergebnis eines archaisch anmutenden Bürgerkrieges. Es geht um die Macht in Liberia. Und um seine Diamanten. Andere Schätze hat dieser vollkommen verarmte Staat nicht zu bieten.

Aber was heißt hier Staat? Liberia hat schon vor Jahren aufgehört zu existieren. Wer in den Staatstrümmern kämpft, gegen wen es geht und aus welchem Grund, das wissen die Kombattanten meist nicht zu sagen. Sie reden wirres Zeug, wenn man sie danach fragt. »Wir sind eine Anti-Terror-Einheit«, erklärt einer der kleinen Terroristen gewichtig.

Einig sind sich Taylors Horden nur in einem: Die Teufel, das sind immer die anderen, die Feinde, die primitiven Waldmenschen. Sie rösten die Genitalien ihrer Gefangenen, erzählt man sich, und hängen sie als Amulette um ihren Hals. »Sie sind barbarisch, sie glauben an Voodoo-Zauber«, weiß Scarborough in abgehacktem Pidgin-Englisch zu berichten. Er und seine Gefolgsleute dagegen seien zivilisierte Menschen ganz und gar. Sie nennen sich stolz Americo-Liberianer, manchmal auch Congos.

Sie ziehen durch die Straßen, ausgehungert, verwirrt, wütend

Ihre Vorfahren sind freigelassene Sklaven aus Amerika gewesen, die an der Moskitoküste Afrikas im Jahre 1847 Liberia gegründet haben, die Republik der Freien. Sie errichteten eine Art schwarzer Apartheid und diskriminierten die einheimischen Völker. Ihre Herrenmenschen-Mentalität den »wilden Stämmen« gegenüber begründete die Wut, den Hass, der sie schließlich vernichten sollte – und das ganze Land dazu.

Die erwachsenen Offiziere in Präsident Taylors Armee haben meist eine abgeschlossene Laufbahn als Kindersoldaten hinter sich. Sie stießen vor rund 14 Jahren zu seiner Freischärlertruppe, die damals aus den Urwäldern kam, um Liberia von dem blutrünstigen Tyrannen Samuel Doe zu befreien. Als die berüchtigtste Einheit galt die »Small Boys' Unit«, Taylors Prätorianergarde. Damals gingen zum ersten Mal Berichte über mordende Kindersoldaten rund um die Welt. Und schon damals wurden sie als Monster, Vampire, Menschenfresser oder Killermaschinen beschrieben.

Im Laufe der Jahre ist die Armee der Kindersoldaten nach UN-Angaben allein in Afrika auf 120000 angewachsen, weltweit sollen in 36 Ländern rund 300 000 im Einsatz sein. Genaue Zahlen kennt niemand, denn viele der kleinen Soldaten wachsen während der langwierigen, bewaffneten Konflikte aus dem Kindesalter heraus. Und viele werden getötet, ohne dass jemand Notiz davon nimmt. Der Ugander Olara Otonnu, Sonderbeauftragter des UN-Generalsekretärs für Kinder in bewaffneten Konflikten, schätzt, dass zwischen 1990 und 2000 zwei Millionen Kindersoldaten gefallen sind. Sechs Millionen seien zu Invaliden geworden, zehn Millionen haben schwere seelische Schäden erlitten.

Liberias Präsident Charles Taylor, zugleich der Oberbefehlshaber, hat das Land am 11. August verlassen und befindet sich seitdem im sicheren Exil in Nigeria. Seine Soldateska und ihre Widersacher, die diversen Milizen unter dem Banner der Rebellen, aber werden in Liberia bleiben. Die einen sind vorerst in die Regenwälder und Mangrovensümpfe zurückgekehrt. Die anderen ziehen durch die Straßen von Monrovia wie lebende Zeitbomben, ausgehungert, verwirrt, wütend, weil sie seit Jahren keinen Sold mehr erhalten haben. Und sie sind frustriert, sie hören von Friedensverhandlungen, einem Friedensvertrag.

Monrovia gleicht einer Ruinenstadt. Auf der Landzunge von Westpoint gibt es kein Trinkwasser. Strom fließt schon seit Jahren nicht mehr. Die Menschen vegetieren zwischen stinkenden Müllbergen vor sich hin. Hunderte starben im Granatenhagel der Angreifer, die sich den klangvollen Namen LURD gegeben haben, ein Akronym für »Liberianer, vereinigt für Versöhnung und Demokratie«. 50000 Menschen flohen während der monatelangen Belagerung der Hauptstadt in das Fußballstadion, wo unterdessen die Cholera ausgebrochen ist. Die Kinder sind in einem erbärmlichen Zustand.

Die Sportarena trägt den Namen des Expräsidenten: Samuel Doe. Die Kindersoldaten, die jetzt im verwahrlosten Hotel Intercontinental untergeschlüpft sind, schwärmen manchmal von der bestialischen Ermordung des Despoten – sie ist auf einem Video festgehalten. Es zeigt, wie Doe im September 1990 zu Tode gequält wird. Wie ihm seine Peiniger die Ohren abschneiden und ihn zwingen, sie zu essen. Wie er viehisch brüllt und langsam verblutet. Kopien der Aufnahmen werden auf den Schwarzmärkten in ganz Westafrika wie ein Kult-Movie gehandelt. Im ehemaligen Hotel Intercontinental haben sie sich das Video reingezogen wie einen Musik-Clip. Aber dann ist das batteriebetriebene Fernsehgerät irgendwann aus der Lobby verschwunden, seitdem sind die ganz jungen Killer auf die Schilderungen ihrer älteren Kampfgefährten angewiesen, die genüsslich ausmalen, was auf dem Video zu sehen war.

Wenn sie davon erzählen, machen Schnapsflaschen und Marihuana-Zigaretten die Runde. Abends kriechen sie auf die Matratzenlager in ihren mit Graffiti beschmierten Zimmern. Sie schlafen ineinander verschlungen wie Knäuel junger Welpen.

»Das sind doch unsere Kinder«, beschwört Gloria Scott, die höchste Richterin des Landes, am Sonntag in der Providence Church von Monrovia ihre Zuhörer. Gloria Scott spricht in der Kirche, in der vor anderthalb Jahrhunderten der Staat Liberia ausgerufen wurde. »Wir müssen ihnen zeigen, dass sie noch Kinder sind, auch wenn sie es nicht mehr wahrhaben wollen.«

Wie Hyänen fallen die Warlords über den Kongo her

Szenenwechsel, 4000 Kilometer östlich von Liberia: Schweigend marschiert eine lange Reihe von Kindersoldaten in glühender Mittagshitze über den Exerzierplatz von Aru, einem gottverlassenen Nest im Osten des Kongo. Die Gummistiefel sind ihnen viel zu groß, und die Gewehre und Granatwerfer wirken auf ihren mageren Schultern wie die Waffen eines Goliath. Der Kommandant, schwere Goldkette, weiße Nike-Turnschuhe, marineblauer Jogginganzug, präsentiert voller Stolz seine Truppe. Lässig wippend, wie ein Rapper aus Los Angeles, kommt er uns entgegen. Das Gebaren, seine Art zu sprechen, seine Kleidung, alles an ihm scheint aus Amerika zu kommen. Die USA sind das mächtigste Land der Welt, nirgendwo sonst treten die Schwarzen so cool und selbstbewusst auf – dem Kommandanten gefällt das, im Urwald des Kongo hat er seine Leitbilder gefunden.

Er hat sich den Kriegsnamen Jérôme zugelegt. Die Leute schimpfen auf ihn hinter vorgehaltener Hand, nennen ihn *putain de la guerre*, Hure des Krieges. Weil man nicht so genau weiß, auf welcher Seite der Kommandant eigentlich steht. Mal gibt er sich als Getreuer der kongolesischen Regierung in Kinshasa aus, mal als deren erbittertster Gegner – je nachdem, wer ihn fragt.

In Wahrheit treibt er sein eigenes Machtspiel. General Jérôme ist einer jener Warlords, die wie Hyänen über den Kongo herfallen. Er streitet sich mit anderen Kriegsfürsten um die Vorherrschaft im Distrikt Ituri. Den Kampf zu gewinnen dürfte mit seiner zusammengewürfelten Truppe nicht einfach sein – die Mehrheit seiner Leute sind Kinder.

»Ich habe sie von der Straße aufgelesen und in die Welt der Soldaten integriert, um sie vor dem Tod zu retten«, tönt Jérôme. Jetzt brauche er von den Vereinten Nationen Geld, damit er die vielen hungrigen Mäuler stopfen könne. Das fordert ausgerechnet der Anführer einer Killertruppe, die sich aus dem Umland der Distrikthauptstadt Bunia holt, was immer sie braucht: Hausrat, Vieh, Kleider, Maissäcke, Frauenkörper.

Wir kamen aus dem Süden nach Bunia. Auf den letzten 150 Kilometern waren rechts und links des Weges zahllose menschenleere Dörfer zu sehen. Irgendwelche Banden mussten sie überfallen und geplündert haben. Im Mai sorgten die bestialischen Massaker, die in Bunia stattfanden, weltweit für Schlagzeilen.

Früher lebten hier die Volksgruppen der Hema und Lendu friedlich Seite an Seite – ehe sich ihre Milizen gegenseitig abzuschlachten begannen und wahllos ihre Waffen auf die Bevölkerung richteten. »Es ist ein Teufelskreis der Gewalt. Hier geht es nur noch darum, die andere Ethnie auszurotten«, sagt Manfred

Sack, von der Deutschen Welthungerhilfe in die Region entsandt. Die Stammesmilizen wollen im Verteilungskampf um die wertvollen Ressourcen des Kongo mitverdienen: Diamanten und Gold, Edelhölzer und begehrte Rohstoffe wie Columbit-Tantalit, das beim Bau von Mobiltelefonen, Videokameras oder auch zur Härtung von Weltraumkapseln verwendet wird.
Bunia wird von Milizionären terrorisiert, unter ihnen sind zahlreiche Kindersoldaten. Sie tragen zum Spaß gerne Frauenkleider, Stöckelschuhe, Perücken, Piratentücher, *happy horror*. An ihren Hälsen hängen Beutestücke, meist schwere Perlenketten und Silberkreuze. Sie patrouillieren durch die Straßen, als zögen sie zu einem Maskenball. Sie lauern hinter den mit bunten Plastikbändern markierten Checkpoints. Oder sie hocken einfach nur stundenlang rauchend und trinkend herum.

»Ich heiße Damase, ich bin hier der Kommandant«, meint ein Kerlchen an einer der Sperren und salutiert. Körpergröße: 1,50 Meter. Alter: vielleicht zwölf Jahre. Er befehligt zwanzig Kindersoldaten. Warum seid ihr hier? Blöde Frage. »Wegen des Krieges natürlich. Unsere Eltern leben nicht mehr. Jetzt verteidigen wir unsere Heimat. Wir sind bereit, dafür zu sterben.« Seine Kumpane beginnen, kongolesische Freiheitslieder zu grölen.

30 000 Anhänger des ehemaligen Präsidenten Charles Taylor feierten am 26. Juli dieses Jahres im Samuel-K.-Doe-Stadion von Monrovia den 156. Jahrestag der Gründung des Staates Liberia, der Republik der Freien

Die Aufnahmeprüfung: Den eigenen Vater töten

Die »Karrieren« dieser Kindersoldaten verlaufen alle ähnlich. Sie kommen zur kämpfenden Truppe, aus freien Stücken oder unter Zwang. Je nach Alter werden sie zunächst für niedere Dienste eingespannt. Die Jungen müssen als Meldegänger, Späher, Spione oder Lastenträger arbeiten, die Mädchen sammeln Brennholz, kochen, waschen, werden nicht selten als Sexsklavinnen missbraucht.
Sobald sie ein Gewehr tragen können, werden sie von ihren Anführern ins Feuer geschickt. Ihre Waffe ist die Kalaschnikow, das Modell mit Aluminiumgehäuse wiegt nicht viel mehr als drei Kilogramm. Das M-16-Gewehr aus amerikanischer Produktion ist ebenfalls leichtgewichtig und hat einen stark gedämpften Rückstoßeffekt. Siebenjährige können diese Waffen tragen, zerlegen und benutzen, als wären sie Spielzeuge.
Ehe die Rekruten in die Schlacht ziehen, lernen sie das Einmaleins der Gewalt, sie werden gedrillt und geschunden, erniedrigt und aufgepeitscht. Die älteren Spießgesellen drohen sie zu töten, wenn sie nicht selbst töten. Alkohol, Rauschgift oder Schnüffelstoffe dämpfen ihren Hunger, ihre Angst, ihre Skrupel. Der Gipfel des Psychoterrors ist der Zwang, Freunde, Verwandte oder Dorfnachbarn umzubringen. Kindersoldaten berichten immer wieder, wie sie auf ihre Familienangehörigen gehetzt wurden. Das Ziel ist, die Tötungshemmung zu überwinden. Wer seine Schwester oder seinen Vater umgebracht hat, ist fortan vermutlich zu jeder Grausamkeit fähig.
»Ich bin Kindersoldat geworden, weil ich gesehen habe, wie der Feind unser Land wegnehmen wollte«, erzählt der 12-jährige Kabal Kabataro. »Es ist ein Job.« Seine Eltern wurden bei einem Massaker getötet. Hier im Camp von Aru hat er Freunde gefunden, die Truppe ist seine Ersatzfamilie. Stolz tritt Kabal vor seinen Kommandeur hin und präsentiert das Gewehr. Bald wird er sich im Kampf beweisen dürfen.
Children to the front, Kriegsherren schicken die jüngsten Soldaten oft in die vorderste Kampflinien. Sie dienen als menschliche Schutzschilde, als Lockvögel oder Gefahrenanzeiger. Man stellt sie an Straßensperren oder jagt sie in Minengürtel, wo sie verstümmelt oder zerfetzt werden. Im absurden Grenzkrieg zwischen Eritrea und Äthiopien – die Nachbarn stritten um 412 Quadratkilometer karges Land – starben Tausende von Minderjährigen in den Schützengräben. Militärhistoriker vergleichen das Kampfgeschehen mit den Völkerschlachten des Ersten Weltkrieges. Im Jahre 2000 war die äthiopische und eritreische Jugend das Kanonenfutter.
Afrikanische Kindersoldaten sind willige und billige Jungkrieger, im Budget der Militärs oder Aufständischen stellen sie nur einen geringen Kostenfaktor dar. Man muss nicht viel investieren, um sie zu gefügigen Mordinstrumenten zu machen. Sie essen weniger als die Alten. Sie fordern in der Regel keinen Sold. Sie haben noch keine ausgeprägten Moralvorstellungen, sie sind leicht zu manipulieren. Die Identitätskrisen während der Pubertät lassen sich wirksam instrumentalisieren. Als Heranwachsende wollen sie angeben, sie wollen herrschen. Die jüngeren Kameraden fürchten sie oft mehr als ihre Feinde.

Geborgenheit im Bund mit gleichaltrigen Waffenbrüdern

»Kindersoldaten sind die effizientesten und skrupellosesten Soldaten«, sagt Olara Otunnu, der UN-Beauftragte. Sie sind Wegwerfmenschen, die schnell ersetzt werden können. Wenn sich die Reihen ihrer Truppe lichten, lassen die Kommandeure neue Kinder kidnappen. Man greift sie einfach weg, vom Bolzplatz, aus dem Klassenzimmer, dem Flüchtlingslager oder dem Dorf, das man gerade niedergebrannt hat.
In manchen Bürgerkriegsgebieten Afrikas liefern sich Milizen, Rebellentrupps und Armeeeinheiten einen regelrechten Wettlauf um die frischen, jungen Kräfte. Die Lord Resistance Army, eine Mörderbande unter der Führung des Religionsfanatikers Joseph Kony, soll in Norduganda 12 000 Minderjährige verschleppt haben. Im Kongo stehen laut Unicef 20 000 bis

40 000 Kinder unter Waffen, an allen Fronten, unter allen Fahnen.

Meist haben die »Kadogos«, die Kleinen, wie sie in der Verkehrssprache Kisuaheli genannt werden, keine Wahl: Entweder sie marschieren mit, oder sie werden getötet. Aber es gibt auch Kinder, die sich freiwillig anschließen. Sie sehen keine andere Überlebenschance mehr, weil ihre Familien ermordet und ihre Hütten zerstört wurden. Ein bewaffneter Bund von Gleichaltrigen bietet scheinbar Schutz, er vermittelt sogar eine gewisse Geborgenheit. Vor allem aber: Das Soldatenleben eröffnet einen Ausweg aus der Elendsfalle.

Als nach dem Untergang des Regimes von Diktator Mobutu in Zaire ein Radiosender der Hauptstadt Kinshasa Freiwillige zur Verteidigung des Vaterlandes suchte – Mindestalter 12, Höchstalter 20 –, meldeten sich spontan 5000 Jugendliche. Das Reservoir minderjähriger Rekruten in Afrika ist gewaltig. Allein die Zahl der Aids-Waisen, die einen oder beide Elternteile verloren haben, wird auf elf Millionen geschätzt. Die Zahl der Straßen- oder Flüchtlingskinder ist nicht bekannt. Sie irren durch den Kontinent, ein Heer der Verzweifelten, Hoffnungslosen und Gewaltbereiten. Der kleine Birhimana, Held in Ahmadou Kouroumas Roman über das Leid der Kindersoldaten, ist eine Kunstfigur. In der Wirklichkeit hat er Zehntausende von Brüdern und Schwestern. Sie betreiben das Geschäft des Todes, um selbst zu überleben.

Denn der ewige Krieg, die Gewaltexzesse, die Aids-Pandemie (29 Millionen Afrikaner sind HIVpositiv), die Massenflucht und der Hunger haben das wichtigste Netz der sozialen Sicherung, die traditionelle afrikanische Großfamilie, zerstört. Nichts ist dran an der oft geäußerten Behauptung, Afrikaner erlebten normalerweise doch zumindest eine glückliche Kindheit. Die Not ist überall, nicht nur in den chronischen Konfliktländern Somalia, Sudan, Kongo, Angola, Burundi, Sierra Leone und Liberia.

Kinder, die alle tückischen Tropenkrankheiten überstanden haben, die nicht an Malaria gestorben sind, an Gelbfieber, Flussblindheit oder Tuberkulose, wachsen im Mangel auf. Die meisten nur mit ein paar Fetzen am Leib, ohne Schuhe, geschlafen wird auf Lehmböden. Vor allem die Mädchen müssen hart arbeiten. Sie schleppen Wasser und Feuerholz, schuften auf dem Feld, betreuen ihre jüngeren Geschwister. Die Jungen hüten das Vieh und werden manchmal zu den Diamantenwäschern oder Goldgräbern geschickt. Oder sie müssen in einer Erzgrube Sklavenarbeit verrichten. Die Dorfschulen haben kaum Lehrmittel, den Krankenstationen – wenn es überhaupt welche gibt – fehlt es an Medikamenten. Von einer guten Ausbildung, einem Arbeitsplatz, einer besseren Zukunft können die meisten Kinder nur träumen.

Eine lange Odyssee liegt hinter Eric Nyeri. Jetzt hat er sein Ziel erreicht: das Trainingslager in Aru. Er ist gerade acht Jahre alt geworden. Auch für ihn ist die Kindertruppe eine Ersatzfamilie. Auch er redet von einem sicheren Job. »Ich habe ihn angenommen, weil ich unser Land verteidigen will.«

Musikkanäle, die ins letzte Urwalddorf senden

Was wirklich in Eric Nyeri vorgeht, was er wirklich denkt, das verrät er nicht. Wahrscheinlich würde es sich, wenn er ehrlich wäre, ungefähr so anhören: Eric, du bist jetzt wieder wer! Du hast ein Gewehr, und das Gewehr verleiht dir Macht. Du musst nicht mehr zittern und hungern, denn du kannst dir nehmen, was du willst, du kannst tun, wozu du Lust hast. Den Kassettenrekorder eines fremden Jungen klauen, die Wolldecke der Frau an der Straßenecke, die Biskuits aus dem Vorratsraum einer Hilfsorganisation. Gar nicht zu reden von all den schönen Dingen, die du im Fernsehen gesehen hast, auf diesen Musikkanälen, die ins letzte Urwalddorf senden: Turnschuhe von adidas und Nike-Kappen, Sweatshirts, Sonnenbrillen von Ray Ban – lauter Sachen, die du sonst nie bekommen würdest. Jetzt kriegst du sie, du musst nicht bezahlen. Wenn sich jemand wehrt, knallst du ihn einfach ab.

»Der Krieg erschien mir wie ein großes Spiel. Ich war froh, mit anderen Kindern marschieren zu dürfen«, erinnert sich die heute 26-jährige China Keitetsi. Sie war Kindersoldatin in Uganda, bei den Rebellen von Yoweri Museveni, der heute Präsident des Landes ist. Sie hat ein Buch geschrieben über das große, faszinierende Mordspiel, das den Kindersoldaten ein Gefühl der absoluten Freiheit beschert. Im mordenden Kollektiv können sie ihre »Gelüste der Selbstentgrenzung« ausleben, die der Göttinger Gewaltforscher Wolfgang Sofsky beschreibt. Weil alle das Gleiche tun, muss sich keiner schuldig fühlen. Oft sind die Jungkrieger so mit Drogen voll gepumpt, dass sie sich an ihre Gräueltaten gar nicht mehr erinnern. Ein afrikanischer Junge schilderte dem amerikanischen *Time Magazine*, wie ein Kampfgefährte mit seinem Revolver in die Vagina eines Mädchens schoss. Das Mädchen, stundenlang vergewaltigt, hatte um Gnade gefleht. »Für das Elend, das Kindersoldaten erfahren und das sie erzeugen, sind sie nicht verantwortlich, das unterscheidet sie von erwachsenen Soldaten«, sagt Andreas Rister, der zuständige Fachreferent der deutschen Sektion von terre des hommes in Osnabrück. »Aber es gibt die Verantwortlichen. Es sind die Feldkommandeure der Rebellen oder Regierungstruppen. Es sind die Armeechefs und Staatsoberhäupter, die die Aushebung von Kindersoldaten anordnen oder stillschweigend dulden.«

Ihren eigenen Nachwuchs schicken diese Mächtigen oft gerne auf Eliteschulen in Europa oder Amerika, die Kinder der Armen lassen sie im Busch verbluten. Wenn der Krieg vorüber ist, wollen sie nichts mehr davon wissen. Seit in Angola die Waffen schweigen, bestreiten sowohl die MPLA-Regierung als auch die Aufständischen der Unita den massenhaften Einsatz von Kindersoldaten. Denn sie wissen: Schon ihre Rekrutierung verletzt die UN-Konvention zum Schutz der Kinder und ist nach den Statuten des Internationalen Strafgerichtshofs in Den Haag ein Kriegsverbrechen. Alle Mitgliedsstaaten der Vereinten Nationen haben die Konvention unterzeichnet. Alle bis auf zwei: Somalia und die USA.

Szenenwechsel, rund 500 Kilometer nördlich von Bunia: Im Gleichschritt Marsch, vorwärts ihr kleinen Krieger! Die Truppe bewegt sich zum Rhythmus monotoner Trommelschläge. Exerzieren, das haben sie bei der sudanesischen Volksbefreiungsarmee SPLA gelernt. Aber heute tun sie es für den Frieden, und sie werden nicht auf Leben und Tod kämpfen, sondern um Medaillen – bei den Olympischen Spielen der Kindersoldaten. Die finden nun schon zum dritten Mal statt, auf dem staubigen Militärflughafen von Turalei, einem 300-Seelen-Nest im Südsudan.

Hilfsorganisationen richten Olympische Spiele aus

Keine siebzig Kilometer vom Dorf entfernt liegen die umkämpften Ölfelder. Das Ringen um das schwarze Gold im Sudan, um die politische Macht und um den einzig wahren Glauben hat den zweitgrößten Flächenstaat Afrikas in den längsten Bürgerkrieg der postkolonialen Geschichte gestürzt. Das Islamistenregime im Norden gegen den christlich-animistischen Süden, Regierungstruppen gegen Rebellen, so geht das seit 1955, unterbrochen durch ein paar Friedensschlüsse und Feuerpausen. Die blutigste Phase begann Anfang der 1990er Jahre. Unterdessen sind rund 1,5 Millionen Sudanesen an den Folgen von Krieg und Hungersnöten gestorben.

Die meisten der 1500 Kinder, die sich zum großen Sportfest in Turalei versammeln, haben aufseiten der SPLA gekämpft. Sie sind desertiert oder wurden entlassen. Die Aufständischen wollten ein Zeichen des guten Willens setzen – und spekulieren auf Hilfsgelder. Manche der ehemaligen Kindersoldaten sind aus ihren zerstörten Dörfern tagelang hierher gewandert, denn dies ist eine Veranstaltung, die es nirgendwo sonst auf der Welt gibt. Für drei Wochen dürfen sie ihre Albträume verdrängen, die immer gleichen Geschichten von Verschleppung, Versklavung und Vergewaltigung.

»Eines Tages griffen die wilden Reitertrupps der Murahelin unser Dorf an«, erzählt Mary Nyandagou. »Sie trieben die Kinder zusammen und schossen blindlings um sich. Viele Bewohner konnten fliehen, aber ich war damals noch zu klein, um wegzurennen. So haben sie mich gefangen. Ich musste in den Camps das gestohlene Vieh hüten und für die Soldaten kochen. Meine Eltern habe ich nie wieder gesehen.«

Die muslimischen Reitertrupps sind gefürchtet im Land der Dinka, der größten Volksgruppe am oberen Nil. Sie fackeln Dörfer ab, töten die Männer, verschleppen die Frauen und Mädchen, um sie als Sexsklavinnen zu halten. Doch über dieses Thema will die 14-jährige Mary nicht reden. Sie ist jetzt eine gute Läuferin, vielleicht schafft sie den Sprung aufs Treppchen.

Aber es gibt keinen olympischen Frieden in Turalei. Ein Luftangriff stehe unmittelbar bevor, raunen die Leute. Die Dörfer, aus denen die Olympioniken kommen, werden regelmäßig bombardiert. Der Landstrich hat sich in eine triste, steinzeitliche Ödnis verwandelt. Es gibt keine Schulen, keine Kliniken, keine Arbeit, nicht einmal Straßen, die diesen Namen verdient hätten. In periodischen Abständen brechen Hungersnöte aus. Der Start in ein neues, friedliches Leben mitten in einem Kampfgebiet – kann das überhaupt gelingen?

»Es geht!«, meint Acuil Banggol, der Wettkampfleiter. Der Hüne mit seinen 2,10 Metern Körpergröße bringt für seine Arbeit bei der Hilfsorganisation Sudanese Production Aid die idealen Voraussetzungen mit: Er war erst Soldat der SPLA, dann Basketballprofi. Sein eigener Sohn wurde im Alter von acht Jahren entführt, musste in einer Kampfeinheit dienen und konnte fliehen. »Man muss die im Krieg erlernten Fähigkeiten wie Disziplin und Opferbereitschaft in konstruktive Bahnen lenken.« Die Erwachsenen seien verloren, sagt Banggol. »Aber gebt mir die Kinder, und ich werde sie verändern.« Er will die Schrecken des Krieges aus ihren Köpfen verbannen. Sie sollen lernen, dass man Konflikte auch friedlich lösen kann. »Nur so können sie Hoffnung schöpfen, jemals ein normales Leben zu führen.«

Unicef und drei weitere Hilfsorganisationen versuchen, in dieser ausgebluteten Region Schulen zu bauen und Lehrer auszubilden. Besondere Lehrer, Pädagogen, die sich Tausender ehemaliger Kindersoldaten annehmen. Die Olympischen Spiele von Turalei im Südsudan sind Teil des Rehabilitationsprogrammes. Aber sobald die Kinder heimkehren in ihre Dörfer, kommen auch ihre Ängste zurück. Vor den Antonow-Flugzeugen und ihren Bomben. Vor den Reiterhorden. Vor den Kinderfängern.

»Wenn ich morgens aus meinen Albträumen erwache und aus dem Fenster schaue, fühle ich mich erlöst«, erzählt China Keitetsi, die ehemalige Kindersoldatin aus Uganda. »Da draußen ist es grün, du bist in Dänemark.« In Kopenhagen, wo sie als Kindergärtnerin arbeitet, hat sie gelernt, mit ihren Traumata zu leben. »Denn sie gehen nie weg. Mein Körper ist hier, aber oft reist die Seele zurück nach Uganda. Dann sehe ich, wie die gefangenen Kinder vor uns knien. Ich sehe ihre Augen, immer wieder ihre Augen.«

Die Arbeit mit Kindersoldaten gehört zu den schwierigsten und undankbarsten Aufgaben, die ein Entwicklungsexperte heutzutage übernehmen kann. »Ohne die Rekonstruktion des Sozialen kann ihre soziale Reintegration nicht gelingen«, sagt Thomas Gebauer von der Hilfsorganisation medico international. Übersetzt bedeutet das: Man kann die zerstörten Seelen nicht einfach wegsperren und warten, bis die Konflikte, die ihre Misere verursacht haben, gelöst sind. Die Kinder werden in den Mahlstrom des Krieges zurückgerissen, sobald sie den Schutzraum der Rehabilitation verlassen.

Eine verlorene Generation, die nie eine Schule besucht hat

Im Südsudan läuft seit 1991 ein Unicef-Programm zur Demobilisierung von Kindersoldaten. In manchen Monaten strömen bis zu tausend erschöpfte Gestalten in die Auffanglager. »An eine psychologische Einzelbetreuung ist natürlich nicht zu denken«, klagt Ben Parker, ein Koordinator des UN-Kinderhelfswerks. Es fehle an Fachkräften und auch an Geld, vom zuletzt beantragten Zuschuss in Höhe von

2,3 Millionen Dollar sei nur die Hälfte bewilligt worden. »Wir müssen uns darauf konzentrieren, den traumatisierten Kindern wieder elementare Lebenstechniken beizubringen. Ihr einziges Handwerkszeug war das Gewehr. Sie gehören zu einer verlorenen Generation, die nie eine Schule besucht hat.«

Die wenigen Psychologen gehen manchmal hinaus in die Dörfer, um eine Art Gruppentherapie zu versuchen. »Aber auch das ist schwer, denn viele Gemeinden sind auseinander gefallen«, berichtet Parker. Es kann auch passieren, dass die Helfer ein Kind mühsam resozialisiert haben, es dann aber plötzlich verschwindet, zurück in die Maschinerie des Krieges.

Martin Areic war ein überzeugter Kindersoldat, seine Vergangenheit bereitet ihm deshalb keine Seelenqualen. »Ich bereue es nicht, Menschen getötet zu haben«, erklärt der 16-Jährige. »Ich habe es getan, um zu verhindern, dass uns die Nordsudanesen ermorden. Ich habe es für die nächste Generation getan.«

Aber jetzt hat er keine Zeit mehr, um über sein Schicksal als Kindersoldat zu reden. Er ist der Kapitän seines Fußballteams aus dem Dörfchen Aweng und wird gleich den Anstoß zum Endspiel beim Olympischen Turnier machen. Es geht um Gold oder Silber. Das Motto: Ehre statt Gewehre.

Axel Vornbäumen

Axel Vornbäumen wurde 1960 in Aschaffenburg geboren. Von 1979–84 studierte er Politik und Publizistik in München und Mainz. Seit 1985 arbeitet er bei der FRANKFURTER RUNDSCHAU, seit 1994 als Leiter des Berliner Büros. Seit März 2003 ist Vornbäumen Leiter des neu gegründeten Ressorts »Reportage« in Berlin.

Westerwelles Welt

Die Wahl ist verloren, Möllemann abgetreten – und der FDP-Chef kehrt in den politischen Alltag zurück

von Axel Vornbäumen
Frankfurter Rundschau
28. April 2003

Kurzes Gedankenspiel, schon recht nah am Fuß der zweiten Flasche Wein: Wie sähe die Welt aus, wenn es den ominösen »Flyer« dieses, dieses ..., gut, sagen wir: dieses Herrn, dessen Name hier nicht unbedingt erwähnt werden soll, wenn es also diesen »Flyer« nicht gegeben hätte, wenige Tage vor der Bundestagswahl?

Dann sähe die Welt jetzt so aus: Schwarz-Gelb regierte, die Union, die FDP. Und zwar gut mit einem Bundeskanzler Stoiber. Das Land? Im Aufbruch. Die Wirtschaft? Im Aufwind sich selbst tragender Kräfte, befeuert von jenem Quantum an rational nicht fassbarer Psychologie, das sich eben einstellt, wenn nur die am Ruder sind, die man für die Richtigen hält. Das transatlantische Verhältnis? Das wäre entspannt wie eh und je. Derart eng übrigens, dass es wegen fortwährender ostentativer Seelenverwandtschaft zu einem Irak-Krieg mit hoher Wahrscheinlichkeit nicht gekommen wäre, sehr sicher aber zu einem Sturz Saddams. Die Welt also? Friedlicher und insgesamt wieder auf jenem rechten Weg, der verlassen wurde für eine kurze Episode demokratisch legitimierter Irrläuferei. Akzeptabel nur deshalb, weil korrigierbar. Und nichts zu bedauern? Nichts.

Bleibt noch eine letzte Frage, die wichtigste: In der Welt, so wie Guido Westerwelle sie sieht, wo wäre da wohl sein Platz gewesen – doch sicher im Außenministerium, oder? Nein, sagt Guido Westerwelle, klug genug, vielleicht auch nur vorsichtig genug, Ironie und Träumerei zu vorgerückter Stunde beiseite zu legen, wenn sich das Fiktionale dann doch wieder ganz gewaltig den eigenen Zielen anzunähern beginnt: Nein, Fraktionsvorsitzender. Im Duett mit Angela Merkel hätte er an der Schaltstelle christlich-liberaler Koalitionsmacht gesessen, so war's besprochen, das wär's gewesen. Nichts anderes. Weil die Zeit noch nicht reif gewesen wäre für etwas anderes, nennen wir es: Höheres – obwohl ihm zu gegebener Zeit nach etwas anderem, höherem durchaus der Sinn stehen könnte. Weil die Generation Westerwelle zwar selbstbewusst genug ist, die Macht zu übernehmen. Weil ihr erster Vertreter aber auch weiß, dass bei allem zur Schau getragenen Selbstbewusstsein durchaus die Selbstverständlichkeit für diese Unternehmung fehlt.

Wer einen Begriff davon hat, wie nah sich Guido Westerwelle diesem hohen Ziel gewähnt hat, wenige Tage vor der Bundestagswahl im September 2002, ja, in einem Anfall verzweifelter Verdrängung irgendwie sogar noch am Wahlwochenende, der hat auch eine Ahnung, wie tief der Fall für ihn gewesen sein muss. Doch kann man ermessen, wie quälend es für den FDP-Vorsitzenden war, seinem eigenen Straucheln zuschauen zu müssen? Unverschuldet in jenem Moment, als er zu stürzen begann – natürlich. Aber machtlos in der Fallbewegung auch, weil er es versäumt hatte, rechtzeitig genug für sicheren Stand zu sorgen. Vielleicht war das fahrlässig, vielleicht nur naiv. Es soll ihm fortan eine Lehre sein. Damals, das war eine bis dahin nicht gekannte Form von Machtverlust auf Zeit. Er trägt noch heute daran.

Wenn also heute an dieser Stelle doch recht ausführlich über die Befindlichkeit des Guido Westerwelle berichtet wird, dann hat das, bei allem Respekt, auch damit zu tun, dass der abflauende Irak-Krieg Zeit und Raum lässt, sich wieder um Menschen zu kümmern, die in den vergangenen Monaten aus dem Blick geraten sind, weil einfach Wichtigeres zu betrachten war. Es hat damit zu tun, dass Mitte Mai ein FDP-Bundesparteitag ansteht, auf dem Westerwelle als Bundesvorsitzender wieder gewählt werden wird, natürlich, wenn auch mit mäßigerem Ergebnis als beim letzten Mal. Vor allem aber hat es damit zu tun, dass Westerwelle Kraft und Zeit gefunden hat, einen Einblick in sein Seelenleben zu gewähren, mit der Verabredung: so offen wie möglich; aber auch: so kontrolliert wie nötig.

Das ist beileibe nicht selbstverständlich. Und nur selten gewünscht. Schon gar nicht in Zeiten, wo der Selbstzweifel zumindest ein Thema ist. Man kann einen gut gebräunten Guido Westerwelle nämlich auch in semi-vertraulicher Runde treffen, draußen drückt die Tristesse des Berliner Winters aufs Gemüt, und ihn interesse- oder eben auch nur höflichkeitshalber fragen, wo er denn im Urlaub gewesen sei. Um als Antwort nichts zu erhalten als: »In der Sonne« – unterlegt mit jenem Standardlächeln der Jovialität, das er wie eine Schutzschicht um sich gelegt hat, und das nichts anderes aussagt als: Sie wissen doch, das geht Sie einen Scheiß an! Was einerseits natürlich stimmt, sich andererseits aber doch auch recht schwer mit jenem auf leger getrimmten Mallorca-Foto auf Westerwelles Homepage vertragen will, das dem arglosen Betrachter jenes Quantum an Privatheit vorspielen soll, um das Westerwelle als Persönlichkeit des öffentlichen Raums nun einmal partout nicht herumkommt.

Soll heißen: Oh ja, es gibt Brüche im Leben des Guido Westerwelle, Zonen, die er im Halbschatten lässt. Er weiß um diese Brüche. Da ist beispielsweise seine »unglaubliche Bürgerlichkeit«, die sich nur schwer paaren lässt mit seiner Sehnsucht nach der weiten Welt. Brüche. Es soll sie ja auch geben. Was wiederum nicht heißt, dass er jederzeit souverän damit umzugehen weiß. Er hat sich angewöhnt, »I don't know« zu sagen. Er sagt es vielleicht einen Tick zu oft. Die Welt, wie Guido Westerwelle sie sieht, diese Welt, die er so gerne nach eigenen Vorstellungen reformieren würde, weil er davon überzeugt ist, dass sie dann besser funktionieren würde, diese Welt ist ihm nicht durchweg wohl gesonnen. Das weiß er. Das spürt er. Er hat den Eindruck, sich wappnen zu müssen, jederzeit. Das verträgt sich nicht mit zu viel Offenheit. Das Gespräch findet bei einem Griechen in Berlin-Charlottenburg statt, nobles Ambiente. Westerwelle geht gern in dieses Restaurant, auch mit Gästen. Er hat seinen Stammplatz an einem Tisch, an dem bis zu vier Personen sitzen können. Die Kellner signalisieren mit ebenso freundlicher wie wichtiger Miene, wenn er, leicht verspätet, weil noch ein wichtiges Telefonat im Auto geführt werden musste, im Anmarsch ist. Die Art, wie sie sich um ihn bemühen, ist die Art, wie sich Kellner um Stammgäste bemühen, die obendrein auch noch prominent sind. Westerwelle genießt das. Er sieht keinen Grund, das nicht zuzugeben, so wie er es genießt, in Galerien gehen zu können an Tagen, an denen die eigentlich geschlossen haben, so wie er es genießt, jederzeit noch Konzertkarten zu erhalten oder sogar Tickets für ein eigentlich ausverkauftes Fußballspiel, die er dann verschenken kann, weil er sich nicht die Bohne für Fußball interessiert, auch wenn er das öffentlich so natürlich nie zugeben würde; er, der sich der Partei zuliebe im Wahlkampf sogar ein Fußballtrikot übergestreift hat.

Wahrscheinlich wäre es nicht mal weiter tragisch, den Namen des Lokals zu nennen. Andererseits – wozu? Auch so hat die Privatheit im öffentlichen Raum ihre Grenzen, bisweilen muss Guido Westerwelle sein joviales Lächeln durch die Fensterscheibe lächeln. Eine zunächst unmerklich, mittlerweile spürbar an den Kräften zehrende Freundlichkeit ist das. Er mag das eigentlich nicht. Auch das übrigens ein Grund für seine Fernreisen, in die USA, nach Südafrika, »in die Sonne«, ein Abtauchen in eine Art von funktionaler Anonymität.

Er ist nun 41. Mitten im Leben, könnte man sagen, wäre der Slogan nicht schon anderweitig verbraucht. Am Beginn des zweiten Drittels sei er, hat es ein Bekannter mit Abstand am charmantesten formuliert. Was man so sagt, um die Ziffern zur Midlife-Crisis zu übertünchen. Und auch dazu gehört wieder eine jener Anekdoten, die Guido Westerwelle nicht überall erzählen würde, weil es sich bei dem Bekannten nämlich um Gregor Gysi handelt, der vielleicht ein Freund ist, aber ganz bestimmt kein Parteifreund. Womit sich, zumindest in der Öffentlichkeit, zu große Nähe zu Ersterem verbietet, weil es Letzteren sauer aufstoßen würde. Zwänge auch das, mit denen Guido Westerwelle leben muss, umgehen muss – die eigene Horizontlinie dort zu haben, wo andere in der Partei längst nicht mehr hin denken können.

Jedenfalls: 41. Das ist kein Alter, nicht in der Politik. Nicht, wenn man Parteichef ist, nicht, wenn man mit Mitte 30 Generalsekretär war. Nicht mal, wenn man weiß, dass das Tempo des Aufstiegs auch etwas mit jener instrumentalisierten Jugendlichkeit zu tun hat, mit der die FDP nur allzu gerne zeigen würde, dass es bei ihr fast so zugeht wie in der freien Wirtschaft. Jung eben, dynamisch. Vorwärts.

Nur – es ist dann eben doch nicht ganz so wie in der Wirtschaft, es ist Politik. Mit Anfang 40 hat ihn eine Krise erwischt, zu einem Zeitpunkt, da Krise nicht vorgesehen war. Was schlimmer ist: Sie hat ihn in offenkundiger Unausweichlichkeit erwischt am Ende einer Wegstrecke, die er zurückgelegt hat unter, wie er es selbst nennt, »totaler Verleugnung der eigenen Person«, bei allem Spaß, den er aus dieser Form von Selbstverleugnung, von Selbstausbeutung auch gezogen hat. Was aber am schlimmsten ist: Sie hat Zweifel aufbrechen lassen, in der Partei, ob das alles seine Richtigkeit hatte mit der Geschwindigkeit seines Aufstiegs. Die Phase der Unantastbarkeit hat ihr Ende gefunden, viel schneller, als es ihm lieb sein kann. Man darf das nicht zu gering bewerten: Guido Westerwelle, der polarisieren kann, wie wenige andere im politischen Tagesgeschäft, der angreift und deshalb angegriffen wird, hat einen wichtigen Rückzugsraum verloren. Er kann sich nicht bedenkenlos in die FDP zurückfallen lassen, er muss sich umschauen.

Mag er nun, in der Rückschau, auch sicherer im Sattel gesessen haben, als er selbst, als andere, das in den turbulenten Krisenwochen nach der Bundestagswahl eingeschätzt haben – Gemunkel gab es doch, dass er im Falle herber Niederlagen bei den Landtagswahlen in Hessen und Niedersachsen weg vom Fenster gewesen wäre. Zur Stabilisierung der eigenen Lage jedenfalls war beizeiten die Ankündigung im Präsidium vonnöten, »auf jeden Fall« wieder für den Vorsitz kandidieren zu wollen. Ein Signal, ja. Aber was für eines! Allein das, unvorstellbar noch wenige Wochen zuvor.

Es ist nicht einfach über all das zu schreiben und die wahren Gedanken Guido Westerwelles zu schildern, schon deshalb nicht, weil er es sich zur Auflage gemacht hat, den Namen Jürgen Möllemann öffentlich nicht mehr in den Mund zu nehmen. Alles ohne Möllemann – eigentlich geht das nicht. Vielleicht aber gelingt es, wenn man Westerwelle abnimmt, dass er mehr als einmal bereut hat, auf Machtkampfangebote des Münsteraners – und seien sie so putzig vorgetragen wie jenes: »Dann gehe ich, als freier Demokrat mit kleinem f« – nicht früher, nicht rigoroser eingegangen zu sein. Nur, wäre das überhaupt gegangen? Hätte er sich nicht viel zu früh seines Alter Ego beraubt, das er gebraucht hat für die Disziplinen Pfiffigkeit, Kreativität, Aufmerksamkeitsgewinnung? Hätte er die Positionierung der FDP am Politikmarkt, mit der er doch ganz zufrieden ist, so, vor allem, so schnell erreicht?

Er hat »Klartext« nicht gelesen, sagt er. Nicht mal reingeschaut in das Buch des Desperado. Und als »Phoenix« seinerzeit die Pressekonferenz zur Buchvorstellung übertragen hat, da hat er weggezappt. Aber natürlich hat er das Buch lesen lassen, hat es durchforsten lassen auf skandaltaugliche Passagen. Hat sich gewappnet, wieder mal. Im Grunde war die Causa Möllemann so etwas wie ein Erkenntnisbeschleuniger: Auch die FDP ist keine Insel der Glückseligkeit. Das hilft beim Hinterfragen der eigenen Rolle.

Es gab eine Zeit, noch gar nicht so lange her, da war es Guido Westerwelle allein, der den Schein aufrecht hielt, als es bei der FDP mit dem Sein haperte. Das hätte nicht unendlich lange so gehen können. Und nun ist es auch nicht mehr nötig. Die Partei hat sich stabilisiert. Unnötig geworden also jenes Stakkato von als überlebenswichtig empfundenen Botschaften, das Guido Westerwelle in die Talkshowsessel der Medienrepublik getrieben hat. Er hat seine Medienpräsens heruntergedimmt, »auf Normalmaß«, wie er sagt. Es wird bei Bedarf schon wieder mehr werden, dafür kann er es einfach zu gut.

Jede Generation hat ihre Zeit. Er muss aufpassen, dass die Generation Westerwelle nicht frühzeitig ihr, sagt man so?, Verfallsdatum erreicht, bevor er selbst bestimmte Etappenziele erreicht hat, die auf der Zugehörigkeit zu dieser Generation basieren. FDP-Chef sein ist schön, aber nichts für die Ewigkeit. Das gilt so auch für den Fraktionsvorsitz. In der Welt, wie Guido Westerwelle sie sieht, gibt es schon noch Plätze, die angestrebt werden sollten. Nicht heute. Nicht morgen. Aber irgendwann.

Walter Wüllenweber

Walter Wüllenweber, geboren 1962. Studium in Heidelberg. Absolvent der Henri-Nannen-Schule. 1991 bis 1995 Reporter bei der BERLINER ZEITUNG. Seit 1995 beim STERN.

Lockruf des Westens

Die Polen sind die Billigarbeiter der Deutschen. Die Ukrainer sind die Billigarbeiter der Polen. Der MARKT FÜR TAGELÖHNER ist Globalisierung pur. Ein Blick in eine verschlossene Welt mit eigenen Regeln – aber ohne Gesetz

von Walter Wüllenweber
stern
27. November 2003

Klingt gut. Ein gleichmäßiges, rundes Brummen. Kein Klingeln, kein Stottern. Dabei macht Waclaw mit seinem Kia-Kleinbus vermutlich noch in diesem Jahr die halbe Million Kilometer voll. Morgens um fünf nagelt er durch die Dörfer rund um Stettin (Szczecin), die nordwestlichste Großstadt Polens. Am Straßenrand liest er seine Passagiere auf. Es wird wenig gesprochen. Man kennt sich. Dieselben Leute, dieselbe Route. Seit Jahren. Waclaw gibt Gas. In zwei Stunden müssen sie am Alexanderplatz sein. In Berlin.

Ivans VW-Bus hat vermutlich schon über eine ganze Million Kilometer runter. So genau weiß das keiner. Sechs Passagiere hat er diesmal an Bord. Im Morgengrauen sind sie nahe Lemberg (Lviv) losgefahren, der nordwestlichsten Großstadt der Ukraine. Wenn alles gut geht, werden sie am Abend ankommen. In Warschau.

Waclaw fährt polnische Schwarzarbeiter nach Deutschland. Ivan fährt ukrainische Schwarzarbeiter nach Polen. Waclaws Fahrgäste pflücken Äpfel, bauen Häuser, pflegen Alte, putzen, renovieren und hüten Kinder. In Deutschland. Ivans Fahrgäste pflücken Äpfel, bauen Häuser, pflegen Alte, putzen, renovieren und hüten Kinder. In Polen.

Wie der Kapitalmarkt ist auch der Arbeitsmarkt globalisiert. Wie die Finanzströme der Rendite nachjagen, so folgen die Menschenströme der Arbeit. Die Globalisierung der Arbeit macht Polen gleichzeitig zum Auswanderungsland und zum Einwanderungsland. Von Deutschland aus gesehen ist Polen der Osten. Die Ukrainer sehen in Polen den goldenen Westen. In Deutschland sind Polen die Billigstarbeiter. Und die Ukrainer sind die Polen der Polen.

WACLAW UND IVAN WAREN MAL WER. Vor der Wende. Als Bauingenieur hat Waclaw Großprojekte in ganz Polen betreut. Auch Ivan war Ingenieur, Maschinenbauer in einem Bergwerk bei Lemberg. Beider Arbeitgeber gingen Anfang der neunziger Jahre Pleite – das Schicksal europäischer Großbetriebe östlich von Lübeck. Jetzt fährt Waclaw täglich nach Berlin. Und zurück. Abends um sieben warten die Heimkehrer am »Polenbahnhof«, einem Parkplatz beim Alexanderplatz. Größtenteils sind es gepflegte Frauen in modischen Bürokostümen. An ihren Schultern baumeln große Taschen. Darin sind ihre Putzklamotten. Ein kurzer Blick in den Schminkspiegel, dann schlüpfen sie in einen der vielen Kleinbusse mit polnischen Kennzeichen. Waclaw schätzt, dass »Hunderte Fahrer wie ich« allein zwischen Stettin und Berlin pendeln. Der Pole Waclaw verlangt von jedem Fahrgast 15 Euro. Für 150 Kilometer Distanz. Der Ukrainer Ivan bekommt 20 Euro. Allerdings für 600 Kilometer. Bei Waclaw ist der Kilometer dreimal so teuer wie bei Ivan, das ist der Unterschied zwischen Polen und der Ukraine. Die Wirtschaft des künftigen EU-Mitgliedes Polen ist seit der Wende kräftig gewachsen. Und kaum subventioniert. Während in der ehemaligen DDR aus viel Förderung wenig gemacht wurde, hat die polnische Wirtschaft aus wenig viel gemacht. So wird der Abstand kleiner zwischen Polen und Deutschland. Und größer zwischen der Ukraine und Polen. Die »Ostwand«, so nennen die Polen ihre Grenze zur Ukraine, ist die neue Armutsgrenze Europas. Die ist um ein Land weitergerückt.

»Denen im Osten scheint es wirklich dreckig zu gehen, wenn sie für so wenig Geld so weit fahren«, staunt Waclaw. Ivan sagt: »In meiner Heimat gehöre ich zu den Wohlhabenden. In guten Monaten kann ich über 500 Euro verdienen.« Zehnmal so viel wie die Lehrer seiner Kinder. Als er arbeitslos wurde, hat Ivan einmal pro Woche seinen alten Wolga mit Obst und Gemüse überladen, ist nach Warschau gefahren und hat dort alles verkauft, auf einem der Ukrainer-Märkte. Vor drei Jahren hatte er genug gespart, um sich für 7000 Euro den gebrauchten VW-Transporter zu kaufen. »Das Geschäft läuft super. Ich könnte bald reich sein.« Könnte. Seine Frau ist nierenkrank. Die Behandlung kostet jedes Jahr mehr als 1000 Euro. Und die Krankenversicherung? »Versicherung«, lacht Ivan. »In meiner Welt gibt es so was nicht.«

DIE GLÜCKSSUCHER, die sich auf den Weg nach Westen machen, werden unsichtbar, sobald sie am Zielort aus Waclaws oder Ivans Auto aussteigen. Und sie werden schweigsam, aus Angst, ihr Akzent könnte sie verraten. Offiziell sind sie Touristen. Als solche dürfen Polen nach Deutschland und Ukrainer nach Polen einreisen. Ihnen ist alles erlaubt, außer arbeiten. Doch das ist das Einzige, was sie wollen. Also leben sie in der Grauzone des Rechts. Das ist anstrengend. Und vor allem sehr kompliziert. Nur die Schlauen, die Fleißigen, die Mutigen schaffen es, im Westen auch wirklich Geld zu verdienen.

BERLIN/DEUTSCHLAND

»In der ersten Zeit verdient man praktisch nichts«, sagt der Berliner Pole Edward. »Da wird man nur betrogen. Man kann ja nicht zur Polizei gehen.« Heute wohnt Edward mit seiner Frau Justina auf eineinhalb Zimmern in Berlin-Wedding, Parterre, Hinterhaus. In dem Haus leben nur Polen. Alles fleißige Touristen. Im Hof stehen ausgeschlachtete Autowracks. Im Treppenhaus klebt der Boden. Das Geländer hat jemand geklaut. An den Wohnungstüren gibt es keine Namensschilder. Die Briefkästen wurden längst abgeschraubt. Hier bekommt niemand Post.

»Angemeldet sind wir hier natürlich nicht«, sagt Edward. Die Polen haben in Deutschland eine logistische Infrastruktur für ihre halb legale Existenz aufgebaut, eine gut organisierte Parallelwelt. Es gibt Strohmänner für Mietverträge und Arbeitsverträge. Und es gibt kleine »Business-Büros«. Dort bastelt man Fotos in Monatskarten der U-Bahn. Wer krank wird, kann sich eine Krankenkassen-Chipkarte mieten. 100 Euro ist der aktuelle Tarif. Edward und seine Frau sind beide Mitte 50. »Beim Arzt war ich schon zweimal mit der Karte eines 22-jährigen Deutschen. Aber der Arzt hat nichts gesagt. Der ist doch Teil des Geschäfts«, sagt Edward. Solche Ärzte inserieren in polnischen Anzeigenblättchen, die es in Berlin inzwischen gibt. Nur Adresse und Sprechzeiten, da weiß jeder Pole, dass er keine Fragen zu befürchten hat.

Das wichtigste Überlebensmittel ist das Handy. »Ohne das könnten wir nicht existieren«, sagt Edwards Frau Justina. »Unsere Auftraggeber kennen oft nicht mal unsere Namen, nur unsere Handynummer.« Sie schließen keine Verträge mit Telefongesellschaften ab, telefonieren nur mit anonymen Prepaid-Karten.
Das Geschäft des Paares läuft schlecht. Früher hat Edward oft auf dem Bau gearbeitet und dabei bis zu 50 Euro am Tag verdient. Doch in Deutschland wird immer weniger gebaut. Darum geht Edward jetzt oft mit seiner Frau putzen. Treppenhäuser in Mietskasernen. Zwei Euro das Treppenhaus. »Im Moment können wir nichts sparen. Wir warten nur noch auf die EU«, sagt Edward. Im Mai nächsten Jahres, wenn Polen beitritt, will Edward sich mit einer Servicefirma selbstständig machen. Arbeiten aller Art, nur er und Justina. Einen richtigen festen Job bei einem deutschen Arbeitgeber darf er auch dann noch nicht annehmen, aber sich als Unternehmer niederlassen, das ist ab Mai erlaubt.
Schlechte Zeiten für Männer. In Deutschland finden polnische und in Polen finden ukrainische Männer immer schwerer Arbeit. Frauen dagegen sind gefragt, nicht nur zum Putzen. Am stärksten boomen Alten- und Krankenpflege, der gesamte medizinische Bereich. »Ich weiß, ich weiß«, sagt Nina. »Die Zukunft gehört mir.« Und dann lacht sie ihr lautes, ungebremstes, ansteckendes Lachen.

STETTIN/POLEN

Nina ist ein 47-jähriges, kleines, molliges Kraftwerk. Sie stammt aus einem ukrainischen Dorf nördlich von Lemberg. Weil sie in der Schule die Beste war, durfte sie studieren. Medizin, in Moskau. Das war noch zu Zeiten der Sowjetunion. Sie wurde Fachärztin für Rehabilitationsmedizin an einem Sanatorium der Roten Armee auf der Krim. 1991 wurde das Sanatorium geschlossen. »Ich war arbeitslos. Und mein ganzes Geld hat die Bank behalten.« Ihre Eltern, ihre sieben Geschwister, ihr Mann, sämtliche Schwager und Schwägerinnen – alle verloren innerhalb von 16 Monaten ihre Arbeit. Die gesamte Sippschaft zog zurück in das kleine Dorf bei Lemberg und lebte von dem, was sie auf dem Feld anbaute. »Ich hab das nicht ausgehalten, dieses Warten auf nichts«, erinnert sich Nina. Ihre Schwester, ihr Schwager und sie schmuggelten Hausrat nach Polen, verscherbelten alles auf dem Ukrainermarkt und hatten nach zwei Wochen genug Geld zusammen für die große Fahrt. Sie kauften Zugtickets und fuhren so weit nach Westen, wie man mit einem ukrainischen Pass kommt: nach Stettin, wenige Meter vor der deutschen Grenze. Für Ukrainer ist hier Endstation. An einem Vormittag im Mai 1993 standen sie auf dem Bahnsteig. »Wir hatten exakt null Zloty in der Tasche.«
Jetzt waren sie da. Aber sie hatten keine Ahnung, was sie tun sollten. Nina hockte sich auf ihren Koffer und weinte. Die Schwester hielt Ausschau nach einem Kirchturm. Der einzige Ort, an dem sie Hilfe erwarten konnten. Der Pfarrer fand eine Bleibe und Arbeit für sie. Auf dem Bau. Drei Jahre hat Nina, die Ärztin, Steine geschleppt, gemauert, Fliesen gelegt und den Müll auf den Baustellen weggeräumt. Eines Tages kam ein Vorarbeiter zu ihr, mit Schmerzgrimasse, nach vorne gebeugt und hilflos. »Hey du, ich hab gehört, davon verstehst du was.« Es war Ninas erster Patient nach mehr als fünf Jahren. »Ich war so glücklich, dem zu helfen. Das war der erste schöne Tag in Polen.«
Die Behandlung hat Nina mehr geholfen als dem Vorarbeiter. In den nächsten Tagen kamen immer mehr Bauleute mit ihren Wehwehchen zu ihr. Kurz darauf räumten Arbeiter in einem Lagerhauskeller ein paar Quadratmeter frei und stellten eine Pritsche ab. Ihre erste eigene Praxis. Von nun an schleppte sie keine Steine mehr, sondern massierte die Rücken ihrer Kollegen. »Zum ersten Mal richtig Penunzen.« Das polnische Wort für Geld. Sie schuftete, sparte und investierte klug. Im Sommer 2000 mietete sie in der City von Stettin ein Einzimmerapartment. Ihre zweite Praxis. »Inzwischen kennen mich fast alle Ärzte aus der Umgebung und schicken mir ihre schweren Fälle.«

Offiziell ist Ninas Behandlung kostenlos, als Ukrainerin darf sie in Polen kein Geschäft eröffnen. »Aber ich helfe meinen Patienten, und die helfen mir. Na, was ist schon dabei?« Die Patienten helfen fleißig. Kürzlich kaufte Nina sich einen gebrauchten Mazda, der sofort gestohlen wurde. »Wahrscheinlich Ukrainer. Das sind die schlimmsten Autodiebe.« Jetzt hat sie einen kleinen Nissan. Und seit Jahresanfang eine Eigentumswohnung. Drei Zimmer, gute Gegend. Dort wohnt sie mit Mann, Tochter, Schwiegersohn und Enkelin.

Nina ist angekommen. Zehn Jahre nachdem sie in einem fremden Land in einer fremden Stadt auf dem Bahnsteig nur noch heulen konnte, hat sie es bis in die neue Mittelschicht Polens geschafft. Genau dahin, wohin Edward und Justina, die beiden Polen in Berlin-Wedding, vielleicht nie gelangen werden. Und vielleicht auch Ninas Verwandte nicht, die noch immer in der Wohnung leben, aus der Nina Anfang des Jahres auszog.

Zwei Zimmer, 48 Quadratmeter, Plattenbau am Stadtrand von Stettin. Bis auf den Flur, die Küche und das Bad ist jeder Zentimeter mit Matratzen belegt. An den Wänden stapeln sich Koffer bis unter die Decke. Das ist das Zuhause von 20 Menschen. Meist sind zehn gleichzeitig hier, die anderen fahren gerade zum Erneuern des Visums in die Ukraine oder schlafen dort, wo sie derzeit Arbeit haben. Auf einem Bett sitzen Ninas kleine Schwestern Vera, Luba und Nadeshda. Sie gackern über druckfrischen Familienfotos. Mutters 70. Geburtstag. Die ganze Sippschaft war gekommen, nach Golovno, ihr Dorf bei Lemberg. »Die auf den Bildern arbeiten alle in Polen«, sagt Luba. »Zu Hause leben nur noch Papa, Mama und Andrusch.« Andrusch ist das Pferd.

GOLOVNO/UKRAINE

Wie sieht es aus in einem Land, aus dem ganze Familien weggehen? Die Straßen sind lang und endlos gerade und führen durch den fruchtbaren Boden. Einst war die Ukraine die Kornkammer Europas. Hitler und Stalin glaubten beide: Wer die Ukraine besitzt, der kontrolliert Europa. Doch alles ist verwahrlost: Auf den Feldern wuchert das Gestrüpp. In den Bergwerken stehen die Fördertürme still. Die Anlagen sind rot vom Rost. Die Straßen sind Buckelpisten. Die wenigen Autos blasen fette Qualmfontänen aus dem Auspuff. Rußschwarze, zehnstöckige Betonwohnhäuser gammeln vor sich hin, nur zur Hälfte bewohnt. In vielen Fensterhöhlen fehlt das Glas.

30 Kilometer vor der polnischen Grenze taucht ein verwittertes Ortsschild auf: Golovno, Ninas Dorf. Am Straßenrand stehen Dutzende Pferde. Ein Pferdemarkt? Nein, das ist der Parkplatz des Wochenmarktes. Die Pferdewagen haben deutsche Autokennzeichen. Die Nummernschilder werden an die Rückfront genagelt, weil sie reflektieren. So erkennt man die Wagen auch in der Dunkelheit. Der Markt in Golovno besteht aus einem alten Laster, auf dem sich Kartoffeln, Paprika und Tomaten stapeln. Die Bauern bekommen Paprika und Tomaten und bezahlen mit Kartoffeln. Tauschwirtschaft. Hier hat kaum einer Geld. Um den Laster herum drängen sich nur alte Leute. Die Jungen sind weg. Im Ausland.

Die Menschenrechtskommissarin der Ukraine, Nina Karpachova, hat im April eine Studie veröffentlicht, nach der etwa sieben Millionen Ukrainer im Ausland arbeiten, von insgesamt 50 Millionen Einwohnern. Das sind mehr als 20 Prozent aller Menschen im erwerbsfähigen Alter. Weil das ungleich verteilt ist, fehlt in Regionen wie der West-Ukraine die Hälfte aller Arbeitsfähigen.

»Ohne die 100 Euro, die wir jeden Monat von Nina bekommen, könnten wir nicht durchkommen«, sagt Jakov, Ninas Vater. Ein Zweizimmerhäuschen nennt er sein Eigen. Gekocht wird auf dem Hof. Wasser gibt es aus dem Brunnen. Er hat drei Schweine, ein Dutzend Hühner und Andrusch, den alten Gaul. »Ja, so leben wir, wie meine Großeltern vor über 100 Jahren«, sagt der 73-Jährige. »Aber im Kommunismus war's auch nicht besser«, unterbricht ihn Olga, seine Frau. »So gut, wie meine Tochter im Westen lebt, das haben wir nie kennen gelernt.«

Die beiden wissen noch nicht, dass sich ihr Leben schon sehr bald ändern wird. Nina hat einen Plan. »Eine Überraschung«, sagt sie. »Keine Angst, ich verrate es schon noch. Aber erst später.«
Olga und Jakov sind mächtig stolz auf ihre Nina. Weil sie es geschafft hat im Westen. Weil sie ihren Eltern viel mehr Geld schickt, als das die Kinder der Nachbarn können. Weil Nina, die Älteste, dafür sorgt, dass sich keine ihrer Schwestern prostituiert wie etliche junge Frauen aus Golovno. Und weil keines von Ninas Geschwistern gezwungen ist, nach Warschau zu gehen, zu jenem trostlosesten Ort für ukrainische Schwarzarbeiter.

WARSCHAU/POLEN

Dort, an einer ganz bestimmten Straße, suchen viele aus Golovno nach Arbeit. Jeder Ukrainer aus der Gegend um Lemberg kennt die Geschichten dieser Straße am südlichen Stadtrand von Warschau: die Johannes-Paul-II.-Straße. Der berüchtigte Arbeiterstrich. Rund 200 Ukrainer stehen hier jeden Tag und warten auf Tagelöhnerjobs. Die Frauen auf der einen Seite, die Männer auf der anderen. Ihre Arbeitgeber sind Bauunternehmer, Bauern und gut verdienende polnische Privatleute.
Langsam fährt ein Golf an der Männerseite vorbei. Eine Frau sitzt am Steuer. Vor einem baufälligen Haus stoppt der Golf. Aus der Ruine springen Männer, umringen das Auto. Die Fahrerin deutet auf zwei ältere Männer und macht die Beifahrertür auf. »Ich brauche Leute, die in meiner Tierarztpraxis ein paar Zimmer streichen«, erklärt sie. Wäre sie eine Tierärztin in Deutschland, würde sie jetzt einen fleißigen Polen beschäftigen. Doch die Polin will keine Polen. »Viel zu teuer. Was das allein an Steuern und Versicherung kostet. Und die Ukrainer arbeiten noch richtig. Die sind sich nicht zu fein.«
Die Johannes-Paul-II.-Straße ist die unterste Stufe des Illegalenlebens in Polen. Eine Gruppe von Schlägern verlangt zehn Euro pro Monat von jedem, der hier am Straßenrand steht. Das ist ungefähr so viel, wie man pro Job und Tag verdienen kann. Die meisten werden zwei, manchmal drei Tage in der Woche zur Arbeit mitgenommen. Frauen verdienen mehr. Überwiegend sind sie über 40 und hoffen auf Putzjobs. Die jungen Frauen machen andere Arbeit an anderen Straßen. Die Männer von gegenüber sind unrasiert. Ihre Haare kleben am Kopf. Sie riechen. Die Frauen sind ordentlich gekleidet, viele sogar geschminkt. Dabei hausen alle in denselben Verschlägen.
In der Nähe vermieten Polen ihre Häuser an Ukrainer. In einem Einfamilienhaus sind meist 50 Tagelöhner untergebracht. Sechs Männer bewohnen in Schichten eine Acht-Quadratmeter-Kammer. So riecht es auch. Soßenreste kleben an unbezogenen Kopfkissen. Die nackten Matratzen sind mit Brandlöchern übersät. 50 Hausbewohner teilen sich zwei Wasserhähne ohne Waschbecken und zwei Kloschüsseln ohne Brillen. 1,20 Euro kostet hier die Nacht.
»Zum Glück habe ich das hinter mir«, sagt Galina. Die Elektrotechnikerin aus Lemberg ist 49 Jahre alt. Fünf davon hat sie am Arbeiterstrich ums Überleben gekämpft. Sie wurde ausgeraubt, manchmal hat sie sogar im Gebüsch geschlafen. Im Sommer hat sie Alexander und seinen Trupp kennen gelernt. Vier Ukrainer Mitte 20, die Rohbauten verputzen. Galina tut Alexander leid, darum lässt er sie bei sich wohnen. In einem Rohbau. Viele illegalen Bauarbeiter ziehen in die Häuser ein, die sie gerade bauen, sobald die Kellerdecke fertig ist. Derzeit wohnen sie in einer halbfertigen Villa.
Galina schmückt die kahlen Räume mit Blumen aus dem parkähnlichen Garten. Und sie kocht. Meistens gibt es Pilze, die sie im nahen Wald sammelt. Wenn die Männer aus dem Haus sind, »dann werde ich depressiv. Weil es einfach keinen Ausweg für mich gibt.« Als sie einmal, nach Monaten in Polen, zurück nach Hause kam, »war mein Mann weg. Ich war ja nie da. Langsam werde ich zu alt für dieses Zigeunerleben. Aber zurück kann ich auch nicht. Wovon soll ich leben?«
Abends, wenn es kalt wird, versammeln sich die Hausbewohner im kleinsten Zimmerchen der Villa

und reden. Die Zukunft ist kein Thema. Träume? Pläne? Alexander hofft, dass sein Sohn mal einen Computer bekommt. »Ist das ein Plan?« Die anderen zucken mit den Schultern. Pläne? Komische Frage. »Wer so lebt wie wir, hat aufgehört zu planen«, sagt Galina.

STETTIN/POLEN

»Wer nicht mehr von der Zukunft träumt, ist doch schon tot«, sagt Nina. Sie hat Träume. Und Pläne. Große Pläne. Als Nächstes ist die Überraschung dran für ihre Eltern: »Ich wollte schon immer meinem Papa einen Traktor schenken. An seinem Geburtstag einfach damit vor das Haus fahren, das wär's«, sagt Nina. Ja, das wär's wirklich, denn wie die meisten Kolchosen der Ukraine ist auch die Kolchose »Russland« in ihrem Heimatdorf Anfang der Neunziger Pleite gegangen. Unendlich große, fruchtbarste Ländereien gammeln seither vor sich hin. Jeder Ukrainer darf die Felder bewirtschaften und die Ernte für sich behalten. Nur wie? Mit ihren Pferden können die Bauern nur einen Bruchteil des Landes beackern. Wer einen Traktor besitzt, hat automatisch mehr Land. Und mehr Geld, denn er kann den Traktor auch vermieten. Ninas Idee ist genial.

So genial, dass sie ihren Plan inzwischen noch etwas erweitert hat. In Schweden hat sie gleich zwei gebrauchte Trecker gekauft, für jeweils 3500 Euro. Wie kann sie in Schweden einkaufen, wo doch Ukrainer kaum in das Land einreisen dürfen? »Viele meiner Patienten sind Schweden. Sie kommen mit der Fähre und arbeiten als Manager in Stettin«, sagt sie. Einer davon kennt sich mit Landmaschinen aus und hat die Traktoren für sie gekauft. Ein anderer Patient, ein Pole, betreibt eine Spedition. »Der bringt das ganze Zeug an die Ostwand«, an die polnische Ostgrenze. Von da sind es noch 30 Kilometer bis Golovno. Ninas Bruder und ihr Schwiegersohn werden die Überraschungen an der Grenze abholen. »Die beiden werden dann in Golovno bleiben und sich mit den Traktoren eine Existenz aufbauen«, sagt Nina.

Damit hat sie noch ein zusätzliches Problem gelöst. Die Männer, die in Polen immer seltener Arbeit finden, sind erst mal beschäftigt und stören die Frauen nicht mehr beim Aufstieg. »Die Kerle sitzen den ganzen Tag rum, gucken Fernsehen und gehen uns auf die Nerven«, sagt Luba, Ninas Schwester. Dass ihre Männer sich immer seltener rasieren und kaum die Jogginghosen wechseln und sich gern mal ein paar Fläschchen Wodka kaufen, das sagen die Frauen nicht. Aber man sieht es.

Nina hat die polnische Staatsbürgerschaft beantragt. »Und auf dem Amt hat man mir gesagt, dass ich alle Voraussetzungen erfülle.« Wenn Nina erst Polin und ihre neue Heimat EU-Mitglied ist, dann ist der Weg frei zu den richtigen Fleischtöpfen. »Als Polin darf ich in Hamburg oder München ein Geschäft aufmachen. Da verdiene ich dann das Doppelte oder das Dreifache wie hier.« Und dann, davon ist Nina überzeugt, wird in wenigen Jahren ihr eigentlicher, ihr großer Lebenstraum in Erfüllung gehen: »Ich werde mein eigenes kleines Sanatorium haben, auf der Krim. Ihr werdet schon sehen.«

Wenn eine das schaffen kann, dann Nina, das Mädchen aus Golovno.

MITARBEIT: WLODZINIERZ NECHAMKIS

Die bisherigen Gewinner des Egon Erwin Kisch-Preises

1977

1. Preis **Peter Sartorius**
»Blindekuh unterm Nordkap«
Süddeutsche Zeitung

2. Preis **Marie-Luise Scherer**
»Alltag einer Trinkerin«
DER SPIEGEL

3. Preis **Roger Anderson**
»Zirkus Rodeo«
GEO

1978

1. Preis **Hans-Joachim Noack**
über Boxer Conny Velensek
Frankfurter Rundschau

2. Preis **Stefan Klein**
über Maidanek-Prozeß
Süddeutsche Zeitung

3. Preis **Peter Sartorius**
»Das Revier der hungrigen Wölfe«
Süddeutsche Zeitung

1979

1. Preis **Stefan Klein**
»Blutsauger im Akkord«
Süddeutsche Zeitung

2. Preis **Marie-Luise Scherer**
»Auf deutsch gesagt: gestrauchelt«
DER SPIEGEL

3. Preis **Benno Kroll**
»Charlys treuer Killer«
GEO

1980

1. Preis **Rolf Kunkel**
»Tod am vierten Hindernis«
GEO

2. Preis **Volker Skierka**
»Irgendwann packt dich 'ne einzige Wut«
Süddeutsche Zeitung

3. Preis **Peter Brügge**
»Herr Meier, wo Blumen, wo Sommer?«
DER SPIEGEL

1981

1. Preis **Emanuel Eckardt**
»Spiel ohne Grenzen«
stern

2. Preis **Günter Kahl**
»Die Komplizen«
Sozialmagazin

3. Preis **Paula Almquist**
»Die Einsamkeit der Rita M.«
stern

1982

1. Preis **Jürgen Leinemann**
»Ich muss doch die Sozis bändigen«
DER SPIEGEL

2. Preis **Hans Conrad Zander**
»Die Diebe von Köln«
stern

3. Preis **Georg Hensel**
»Und viel Spaß am Leben«
Frankfurter Allgemeine Zeitung

1983

1. Preis **Peter Sartorius**
»Herantasten ans Unbegreifliche«
Süddeutsche Zeitung

2. Preis **Dr. Hans Halter**
»Das Spenderherz darf nicht sterben«
DER SPIEGEL

3. Preis **Evelyn Holst**
»Es ist so still geworden bei uns«
stern

1984

1. Preis **Peter Matthias Gaede**
»Die Startmaschine«
GEO

2. Preis **Herbert Riehl-Heyse**
»Das Playmate vom Hasenbergl«
Süddeutsche Zeitung

3. Preis **Wilhelm Bittorf**
»Die Habichte sind im Nest«
DER SPIEGEL

1985

1. Preis **Gerd Kröncke**
»Der Maestro aus der Schildergasse«
Süddeutsche Zeitung
2. Preis **Axel Arens**
»Manhatten, Brooklyn und Bronx: Gott aber wohnt in Kalifornien«
FAZ-Magazin
3. Preis **Markus Peichl**
»Über einen, der sitzt«
TEMPO

1986

1. Preis **Cordt Schnibben**
»Die Karriere eines Kriegsverbrechers«
DIE ZEIT
2. Preis **Carlos Widmann**
»Kleine, böse Welt«
Süddeutsche Zeitung
3. Preis **Christian Jungblut**
»Als Knecht im Garten Eden«
GEO

1987

1. Preis **Peter Schille**
»Er ist ein wildes Tier«
DIE ZEIT
2. Preis **Johanna Romberg**
»Immer an der Emscher lang«
GEO
3. Preis **Axel Hacke**
»Die lange Gerade ins schwarze Loch«
Süddeutsche Zeitung

1988

1. Preis **Michael Gleich**
»Chile im Jahr der Entscheidung«
FAZ-Magazin
2. Preis **Erwin Koch**
»Falls Roads«
Tages Anzeiger Magazin
3. Preis **Wibke Bruhns**
»Die Mauer der Versöhnung«
GEO

1989

1. Preis **Birgit Lahann**
»Spiel mir das Lied von Bonn«
stern
2. Preis **Christoph Scheuring**
»Die sich selbst ein Rätsel sind«
GEO
3. Preis **Peter Sager**
»Tanja Ballerina«
ZEITmagazin

1990

1. Preis **Christoph Scheuring/ Pseudonym Birgit Saß**
»Ein tödliches Fleckchen Unschuld«
Transatlantik
2. Preis **Matthias Matussek**
»Rodeo im wilden Osten«
DER SPIEGEL
3. Preis **Axel Hacke**
»Die Angst vor dem Leben nach der Agonie«
Süddeutsche Zeitung

1991

1. Preis **Andreas Altmann**
»Äthiopien ganz nah: Leben am Rand der Welt«
FAZ-Magazin
2. Preis **Margit Sprecher**
»Wie eine Kampfsau, schwarz im Gesicht«
WELTWOCHE
3. Preis **Jürgen Neffe**
»Der Fluch der guten Tat«
GEO-WISSEN

1992–93

Ab 1993 wird der Egon Erwin Kisch-Preis nach dem Jahr der Preisverleihung benannt und nicht mehr – wie bisher – nach dem Jahr der Reportagen. Deshalb fehlt 1992.

1993

1. Preis **Alexander Osang**
»Mein Heim ist doch kein Durchgangszimmer«
Berliner Zeitung
2. Preis **Uwe Prieser**
»Swetlana Boginskaja«
FAZ-Magazin
3. Preis **Johanna Romberg**
»Karlagin – bitte 4x klingeln«
GEO-Special Russland

1994

1. Preis **Peter Haffner**
»Polski Blues«
NZZ-Folio
2. Preis **Alexander Smoltczyk**
»Ein himmlischer Tropfen«
GEO
3. Preis **Christoph Dieckmann**
»Eine Liebe im Osten«
DIE ZEIT

1995

1. Preis **Alexander Smoltczyk**
»Das Loch in Mitte«
Wochenpost
2. Preis **Barbara Supp**
»Herr Bui möchte bleiben«
DER SPIEGEL
3. Preis **Holde-Barbara Ulrich**
»Dann eben im sitzen!«
ZEITmagazin

1996

1. Preis **Erwin Koch**
»Der Mensch Paul«
Das Magazin
2. Preis **Angelika Overath**
»Bis ins Mark«
ZEITmagazin
3. Preis **Antje Potthoff**
»Sag es. Damit es ein Ende hat«
Süddeutsche Zeitung Magazin

1997

1. Preis **Kuno Kruse**
»Das Land, in dem die Gräber reden«
DIE ZEIT
2. Preis **Carmen Butta**
»Das Wispern im Palazzo«
GEO-Special
3. Preis **Thomas Hüetlin**
»Hier ist Totentanz«
DER SPIEGEL

1998

1. Preis **Dirk Kurbjuweit**
»Die Folter war sauber und ordentlich«
DIE ZEIT
2. Preis **Kai Hermann**
»Eine Liebe in Berlin«
stern
3. Preis **Stephan Lebert**
»Der letzte Umzug«
Süddeutsche Zeitung

1999

1. Preis **Birk Meinhardt**
»Alle sind wir da, bis auf Erich Honecka«
Süddeutsche Zeitung
2. Preis **Alexander Osang**
»Ein brauchbarer Held«
Berliner Zeitung
3. Preis **Axel Vornbäumen**
»Die Welt des Herrn Conrad«
Frankfurter Rundschau

2000

1. Preis **Renate Flottau**
»Kriegstagebuch«
DER SPIEGEL
2. Preis **Cornelia Kazis**
»Letzte Tage«
NZZ FOLIO
3. Preis **Ullrich Fichtner**
»Die verlorene Ehre des Friedrich B.«
FRANKFURTER RUNDSCHAU

2001

1. Preis **Alexander Osang**
»Das eiserne Mädchen«
SPIEGELreporter

2. Preis **Birk Meinhardt**
»Vom Glück, das richtige Wort zu treffen«
Süddeutsche Zeitung

3. Preis **Ullrich Fichtner**
»Die Strafkolonie von Moabit«
DIE ZEIT

2002

1. Preis **Dietmar Hawranek / Dirk Kurbjuweit**
»Die Drei-Welten-AG«
DER SPIEGEL

2. Preis **Sabine Rückert**
»Die Mörderin«
DIE ZEIT

3. Preis **Jan Christoph Wiechmann**
»Die Rebellen von Schloss Salem«
stern

2003

1. Preis **Stefan Willeke**
»Der Herr der Pleiten«
DIE ZEIT

2. Preis **Kurt Kister**
»Wolfslächeln und Nadelstiche«
Süddeutsche Zeitung

3. Preis **Guido Mingels**
»Josef, der Panzerknacker«
DAS MAGAZIN

Lebensdaten Egon Erwin Kisch

1885
Egon Kisch wird am 29. April in Prag geboren, dem Zentrum des tschechischen Teils der Habsburger Monarchie Österreich-Ungarn. Er ist Sohn des jüdischen Tuchhändlers Hermann Kisch (1840–1901) und seiner Frau Ernestine, geb. Kuh (1862–1937), die dem deutschsprachigen Prag zugehören, zweitältester von fünf Brüdern: Paul (1883–1944, gestorben im Konzentrationslager Theresienstadt), Wolfgang (1887–1914, gefallen an der Ostfront), Arnold (1889–1942, im Getto Lódz von der SS ermordet) und Friedrich (1894–1968 in Prag, wohin er nach dem Exil zurückkehrte).

1891
Kisch wird Schüler, zuerst der Seidleschen Privatschule, dann der Piaristenschule, 1895 der I. Deutschen Staatsrealschule (»Nikolander«) in Prag. Er erlebt die sich zuspitzenden nationalen Gegensätze in Böhmen (Sprachenkampf 1897), die zur Auflösung der Doppelmonarchie beitragen.

1903
Im Juli Matura (Abitur), im September eine größere Reise nach Bayern und Österreich, von der ein erster Reportageversuch im Tagebuch mit dem damals schon angenommenen Namen Egon Erwin Auskunft gibt. Im Oktober wird Kisch zu einem Bauingenieurstudium an der k. u. k. Technischen Hochschule in Prag immatrikuliert.

1904
Abbruch des Ingenieurstudiums, Besuch von Vorlesungen über Philosophie und Geschichte der deutschen Literatur an der Prager deutschen Universität. Als »Ehrenbursche« Mitwirkung in der schlagenden Studentenverbindung »Saxonia«. Ab Herbst Militärdienst als Einjährig-Freiwilliger beim 11. Infanterie-Regiment in Prag. Verletzungen der militärischen Disziplin (nach der Militärrolle: »unvorteilhafte Konduite«) führen zu Arrestaufenthalten und im September 1905 zur Entlassung als »Titular-Korporal« statt zur üblichen Beförderung zum Kadetten.

1905
Veröffentlichung erster poetischer Versuche, der Gedichte »Vom Blütenzweig der Jugend« (im Selbstverlag Pierson), denen 1906 die Erzählungen »Der freche Franz und andere Geschichten« folgen. In diesem Jahr zugleich Beginn journalistischer Tätigkeit: Kisch wird Volontär beim »Prager Tagblatt«; von Ende 1905 bis Anfang 1906 besucht er die Journalistenschule von Richard Wrede in Berlin, Versuche bei der »Vossischen Zeitung«.

1906
Im März erhält Kisch eine Anstellung als Lokalreporter an der deutschsprachigen Zeitung »Bohemia« in Prag. Er wird der Redaktion bis Sommer 1913 angehören.

1907
Erste der großen Reisen (Kisch 1908: »Und um jeden Zehner, für den man nicht ein Stückerl Welt gesehen hat, ist es ewig schade«): eine Mittelmeerfahrt bringt ihn im Herbst nach Triest, Piräus, Konstantinopel, Neapel; im Sommer 1909 fährt er nach Brioni, Pisano, Triest; 1910 folgt das Abenteuer einer Floßfahrt auf Moldau und Elbe von Prag bis Magdeburg; Kisch ist in Budapest und Paris; 1912 besucht er Antwerpen und London; Juni 1914 nimmt er an der Jungfernfahrt des Passagierdampfers »Vaterland« nach Southampton teil.

1910
Im August erscheint der erste der »Prager Streifzüge«, eine von Paul Wiegler angeregte Serie, die Kisch von der Lokalberichterstattung ins Feuilleton führt. Aus dieser Tätigkeit schöpfen die Bücher »Aus Prager Gassen und Nächten« von 1912 und »Prager Kinder« von 1913. Er wird von da an zum Kreis jener Prager deutschen Autoren gerechnet, die wie Gustav Meyrink, Paul Leppin, Max Brod, Franz Werfel, Rudolf Fuchs, Oskar Baum, Franz Kafka sich immer auch mit dem tschechischen Volk verbunden fühlten.

1913

Kisch ist Spezialberichterstatter im 1. Balkankrieg. Im Sommer siedelt er nach Berlin über. Er wird Feuilleton-Mitarbeiter des »Berliner Tageblatts«, durch Vermittlung des Regisseurs František Zavřel Dramaturg des »Deutschen Künstlertheaters Sozietät«, an dem Paul Wegener und Tilla Durieux spielen, wirkt als Mitarbeiter des sozialdemokratischen Reichstagsabgeordneten und Berliner Korrespondenten der »Humanité« Georges Weill, arbeitet aber vor allem an seinem »naturalistischen« Roman aus dem Prager Zuhältermilieu »Der Mädchenhirt«, der 1914 bei seinem späteren Stammverlag Erich Reiss (Berlin) erscheint.

1914

Bei Kriegsbeginn wird Kisch zum Militärdienst eingezogen, als Korporal geht er mit dem Prager Korps an die serbische Front, bis Ende Dezember nach der verlorenen Schlacht um Belgrad seine dezimierte Division ins Hinterland nach Ungarn verlegt wird. Die Kriegserfahrungen bis Anfang 1915 werden im Tagebuch notiert, das 1922 als »Soldat im Prager Korps« und 1929 unter dem Titel »Schreib das auf, Kisch« erscheint.

1915

An der russischen Front in den Karpaten wird Kisch am 18. März verwundet, er kommt in ein Prager Spital. Beförderung zum Leutnant der Reserve, Ende 1915 wird er als »felddienstuntauglich« zum Kanzleidienst nach Orsowa kommandiert. Zehn Tage Arrest wegen verbotener Berichterstattung. Von Februar 1916 bis April 1917 nach Gyula. Kisch nimmt seine Arbeit an feuilletonistischen Reportagen hier wieder auf.

1917

Reportagen entstehen auch ab März 1917 in Wien, während er im Kriegspressequartier beim k. u. k. Armee-Oberkommando beschäftigt ist (wo auch Robert Musil arbeitet). Verschiedene Ämter: Auslandsinformation für das Pressequartier, Korrespondent, schließlich bei der Soldatenzeitung »Heimat«. Kontakt mit Kriegsgegnern: mit Intellektuellen um das Wochenblatt »Der Frieden« (Hrsg. B. Karpeles), mit Anarchisten im Kreis von Rudolf Grossmann, mit unabhängigen sozialistischen Gruppen (so der um Leo Rothziegel).

1918

Seit Januar arbeitet Kisch im vom Aktionskomitee der Linksradikalen Ende 1917 gebildeten illegalen Arbeiterrat (später Arbeiter- und Soldatenrat), der den großen Januarstreik führt; bei der Verfolgung der Mitglieder des Arbeiterrats bleibt Kisch unentdeckt und dies auch bei den Polizeischlägen gegen die Linksradikalen nach dem Junistreik.
Im Juni/Juli ist er als Berichterstatter beim Flottenkommando in Pola und wird Zeuge der katastrophalen Ausfahrt der Schlachtschiffflotte unter Admiral Horthy.
Im September/Oktober fährt er im Auftrag des Pressequartiers an die Westfront. Nach Wien zurückgekehrt, nimmt er am 30. Oktober an der Demonstration zur Errichtung der Republik teil, er ist Mitorganisator von Soldatenkundgebungen, die zur Gründung einer dem Schutz der Revolution dienenden »Roten Garde« führen. Am 2. November wird er zum ersten Leiter der »Roten Garde« gewählt.
Von diesem Posten am 11. November abberufen, bis zum Jahresende Kommandeur eines Bataillons, wird er am 21. November zum Vorsitzenden des Soldatenrats der »Roten Garde« gewählt. Mitbegründer der Föderation revolutionärer Sozialisten »Internationale« (28. November) und deren Blatt »Der freie Arbeiter« (9. November), deren Beilage »Die rote Garde« er redigiert. – In diesem Jahr lernt er die Wienerin Gisela Lyner, seine spätere Mitarbeiterin und Frau, kennen.

1919

Von vielen Seiten attackiert, verabschiedet er sich im März von seiner politischen Tätigkeit; Lokalreportagen in »Der neue Tag«; Arbeit am Erinnerungsbuch »Die Abenteuer in Prag«, das 1920 erscheint. Publikationen in linken Blättern, Redner auf Versammlungen, Teilnahme an Demonstrationen (deshalb fünf Tage Arrest im November). Er ist Delegierter der Soldatengruppe auf der 3. Reichskonferenz der KPDÖ im Dezember (Fusion der Föderation mit der KPDÖ am 31. Mai) und spricht über Pressearbeit.

1920

Mitte des Jahres Rückkehr nach Prag. Arbeiten für das »Prager Tagblatt«. Wiederaufnahme der Reportagefahrten: September bis November auf einem Moldaudampfer von Prag über Hamburg nach Mainz; Mai/Juni 1921 Slowakei; August 1921 mit dem Flugzeug nach Paris. Theaterarbeit für die »Revolučni scéna« von Emil Artur Longen, der auch später Stücke von Kisch inszeniert.

1921

Bekanntschaft mit Jarmila Haasová-Nečasová, die Übersetzerin seiner Werke ins Tschechische wird. Kisch siedelt Ende des Jahres nach Berlin über, das für zehn Jahre sein ständiger Wohnsitz bleibt.

1922

Fortsetzung der Theaterarbeit »auf kabarettähnlicher Bühne«, jetzt vor allem mit Rosa Valetti (»Die Galgentoni«). Sammlung von journalistischen Meisterstücken für die Anthologie »Klassischer Journalismus« (1923). Beginn der bis 1924 währenden Korrespondenz für die Zeitung »Lidové noviny« (Brno), aus der eine in Tschechisch publizierte Reportageserie über Deutschland wird.

1924

März/April ist Kisch in Dänemark auf einer der kleineren Reisen, der im Sommer 1926 die nach Holland, im Mai 1928 die nach Belgien, im Mai/Juni 1930 die nach Südfrankreich und Korsika folgen werden. Im Verlag Erich Reiss erscheint »Der rasende Reporter«, Sammlung mit Skizzen von verschiedenen Zeiten und Orten, weitere »rasende Reportagenbände« folgen: »Hetzjagd durch die Zeit« (1926), »Wagnisse in aller Welt« (1927). Kisch arbeitet für Zeitungen und Zeitschriften eines weiten politischen Spektrums (»Prager Tagblatt«, »Berliner Tageblatt«, »Welt am Abend«, »Das Tagebuch«; später auch »Die literarische Welt«, »Die Weltbühne«, »Magazin für Alle«, »Die Rote Fahne«, »Arbeiter-Illustrierte Zeitung«, »Frankfurter Zeitung«, »Vossische Zeitung« u. a.) Die Buchreportage wird aber charakteristisch; Skizzen zur Geschichte der Verbrechen: »Der Fall des Generalstabschefs Redl« (in der Reihe »Außenseiter der Gesellschaft« des Verlags »Die Schmiede« 1924), »Kriminalistisches Reisebuch« (1927), »Prager Pitaval. Historische Kriminalfälle aus Böhmen« (1931).

1925

November 1925: Eintritt in die KPD, Mitarbeit in der Arbeitsgemeinschaft kommunistischer Schriftsteller (Fraktion im Schutzverband deutscher Schriftsteller [SDS]. Beginn der großen Reportagereisen: von Ende Dezember bis Mai 1926 fährt Kisch in die Sowjetunion: Moskau, Leningrad, Donezgebiet, Transkaukasien; »Zaren, Popen, Bolschewiken« (1927) wird Kischs erstes Reisebuch.

1926

Mitwirkung in der »Gruppe 25« (so bei einem Gerichtsspiel über J. R. Bechers Roman »Levisite« mit Brecht, Klabund, Rudolf Leonhard, Döblin). Mitarbeit in der »Neuen Bücherschau« (Hrsg. Gerhart Pohl), von 1927 an auch im Redaktionskomitee. Als Mitwirkender in dem Ufa-Film »Die Frauengasse von Algier« fährt Kisch Ende Dezember über Marseille nach Algerien, danach bis Februar 1927 nach Tunesien und Sardinien.

1927

Aktiv im Max-Hoelz-Komitee, das gegen Justizwillkür auftritt und sich für die Freilassung des politischen Gefangenen einsetzt; u. a. Herausgabe der »Briefe aus dem Zuchthaus« von Hoelz, Broschüre »Sieben Jahre Justizskandal Max Hoelz« (1928), Einleitung zu Hoelz' »Meine Erlebnisse in Mitteldeutschland« (1928).

1928

Ende Oktober bis April 1929 Reise in die USA: nach New York, als Matrose auf einem Frachtdampfer von Baltimore durch den Panamakanal nach Los Angeles; Begegnung mit Charlie Chaplin; Rückreise über San Francisco, Chicago, Detroit, New York. Das Buch »Paradies Amerika« erscheint 1929. Aktiv für und im Bund proletarischrevolutionärer Schriftsteller (Gründung Oktober 1928). 1928/29 Mitglied im Hauptvorstand des SDS wie auch 1930/31.

1929

Im Juli tritt Kisch zusammen mit J. R. Becher aus dem Redaktionskomitee der »Neuen Bücherschau« aus.

1930

Teilnahme an der Internationalen Konferenz revolutionärer Schriftsteller in Charkow im November; er wird Mitarbeiter der Fakultät für Journalistik an der Kommunistischen Universität in Charkow.

1931

Erneuter, jetzt längerer Aufenthalt in der Sowjetunion: Charkow, Moskau, Arbeit für den Funk. Mitte des Jahres u. a. zusammen mit Paul Vaillant-Couturier in Mittelasien (»Asien gründlich verändert«, 1932).

1932

Während der Besetzung der Mandschurei und des Einfalls von Japan in das international kontrollierte Shanghai fährt Kisch von Moskau aus im März über Tschita nach China: Shanghai, Peking, Nangking, die Rückreise im Juli geht über Japan. Das Buch »China geheim« erscheint noch 1932 in Berlin. Gisela Lyner arbeitet während dieser Reise von Kisch als Sekretärin Klara Zetkins in Moskau.

1933

Ende Januar, kurz vor der Ernennung Hitlers zum Reichskanzler wieder in Berlin. 21. Februar: Auflösung einer Versammlung, bei der Kisch sprechen sollte;
28. Februar: Verhaftung am Morgen nach dem Reichstagsbrand; 1. März: Verschleppung in die Festung Spandau;
11. März: mit Berufung auf die Ausländer-Polizei-Verordnung wird Kisch in die ČSR abgeschoben. Die Reportageserie »In den Kasematten von Spandau« (in der AIZ ab 25. März) wird zum ersten umfassenden Erfahrungsbericht über den Terror in Hitlers Gefängnissen. In Prag Mitarbeit an der Vorbereitung des »Antifaschistischen Arbeiterkongresses der Länder Europas«, der schließlich vom 4. bis 6. Juni in Paris stattfindet. Beteiligt am »Braunbuch über den Reichstagsbrand«. Kisch bleibt in Frankreich (wohnt in Paris bzw. Versailles), unterbrochen zunächst von Reisen in die Schweiz (Juni), London (Juli), Spanien (während des Herbstes), Belgien (Dezember), Belgien und Holland (Januar/Februar 1934): Arbeit für den Reportageband »Eintritt verboten« und »Geschichten aus sieben Ghettos« (beide 1934). Mitwirkung an den Veranstaltungen des SDS im Exil (dessen zweiter Vorsitzender er wird).

1934

Als Abgesandter des Weltkomitees gegen Faschismus und Krieg, dem Kisch seit August 1933 angehört (Sekretär des Komitees: Henri Barbusse), fährt er am 13. Oktober von Marseille aus nach Australien zu einem Antikriegs-Kongress. Im Widerstand gegen ein Einreiseverbot springt Kisch am 13. November in Melbourne vom Achterdeck des Schiffs, er bricht sich ein Bein. Schiffshaft, Freilassung und erneute Verhaftung wegen verbotener Einwanderung in Sidney am 16. November, danach zu sechs Monaten Zwangsarbeit verurteilt. Die Vorgänge lösen in Australien bundesweit Proteste aus. Kaution und Berufungsverfahren ermöglichen eine Vielzahl politischer Aktivitäten, Kisch spricht auf Kundgebungen und anderen Veranstaltungen.

1935

März/April 1935 Rückkehr nach Europa. Arbeit am Reisebuch »Landung in Australien« (erscheint Ende 1936). Anlässlich des 50. Geburtstags veranstalten am 23. Mai SDS und Deutsche Freiheitsbibliothek eine große Feier, die zur symbolischen Manifestation einer geistigen Gemeinschaft der antifaschistischen Emigration und ihrer Freunde wird; Brechts Schrift »Fünf Schwierigkeiten beim Schreiben der Wahrheit« wird den Gästen überreicht. – Rede auf dem 1. Internationalen Schriftstellerkongress zur Verteidigung der Kultur in Paris (Juni 1935). Aufenthalt in Belgien und 1936 in Belgien und Holland. 1937 in Prag.

1937

Ende Mai geht Kisch nach Spanien, als Sympathisant der Verteidiger der Republik gegen Franco. Im Bürgerkrieg ist er in Barcelona, Valencia, Madrid (wo er auch im Juli auf dem 2. Internationalen Schriftstellerkongress zur Verteidigung der Kultur spricht), bei den Interbrigaden an verschiedenen Abschnitten der Front (in den Bergen der Südfront, vor Madrid, Belchite, Teruel). Zusammentreffen mit seinem Bruder Friedrich, damals Arzt im Interbrigadisten-Hospital Benicasim; vielfältige Tätigkeit in Presse und Rundfunk, Reportagen: »Die drei Kühe«, »Soldaten am Meeresstrand« (erscheinen 1938 in Spanien).

1938

Rückkehr nach Frankreich im April. (In Abwesenheit) Wahl zum Stadtrat von Prag am 22. Mai. Am 29. Oktober heiraten Kisch und Gisela Lyner, seine langjährige Mitarbeiterin.

1939

Nach Kriegsbeginn wird Kisch unter Polizeiaufsicht gestellt. Mitte Dezember von Erika Mann und der League of American Writers ermöglichte Flucht mit dem Reiseziel Chile.
23. Dezember: Ankunft in den USA, bis 28. Dezember Internierung auf der Einwanderungsinsel Ellis Island.

1940

Reportagenarbeit in New York und New Jersey, Fortsetzung der Arbeit an den Memoiren, die 1941 im Verlag Modern Age Books, New York als »Sensation Fair« erscheinen.
Gisl Kisch kommt in die USA. Am Jahresende Reise mit der Bahn nach Mexiko-Stadt, dem letzten Emigrationsort Kischs, der zu einem wichtigen Zentrum der Exilanten wird.

1941

Gründung des Heinrich-Heine-Klubs Ende November, Präsidentin: Anna Seghers, Vize-Präsident: Kisch.

1942

Mitarbeit an der Zeitschrift »Freies Deutschland« und an der von der »Bewegung ›Freies Deutschland‹« eingerichteten Zeitung »Demokratische Post« (ab 1943), aber auch an tschechischen Zeitungen in Amerika. Mitglied im Beirat des zum Tag der Bücherverbrennung am 10. Mai gegründeten Verlags El Libro Libre, dessen erste Publikation die deutsche Fassung von Kischs Memoiren »Marktplatz der Sensationen« wird.

1945

Im Verlag El Libro Libre erscheinen die Resultate mehrjähriger Reportagearbeit: »Entdeckungen in Mexiko«.

1946

Am 17. Februar Verabschiedung von Kisch und seinem Freund André Simone (Otto Katz) in Mexiko, Reise über New York, London und Frankfurt am Main nach Prag (Ankunft: 21. März). März: Kisch schreibt über die Hinrichtung von K. H. Frank dem »Reichsprotektor« der Nationalsozialisten in Böhmen und Mähren. Juli: Beobachter beim Prozess gegen den Serbischen Cetnikführer Mihailovič in Belgrad. Begegnung mit Josip Broz Tito. Arbeit an der Skizze »Karl Marx in Karlsbad«, Reportagen über die befreite CSR.

1947

Verschlechterung des Gesundheitszustandes, Aufenthalt im Herzbad Poděbrady. Schlaganfälle (November 1947 und März 1948).

1948

Kisch stirbt am 31. März in Prag. Trauerzug durch die Straßen der Innenstadt, Staatsbegräbnis.

ISBN 3-351-02693-5

1. Auflage 2004

Redaktion Nicole Heinicke, stern; Heike Clemens, Aufbau-Verlag
Gesamtgestaltung Therese Schneider, Berlin
Reproduktion LVD GmbH, Berlin
Druck und Binden Clausen & Bosse, Leck
Printed in Germany

www. aufbau-verlag.de